*In Erinnerung an
Hans-Jürgen Korn
22. Juni 1940 – 1. November 2018*

# Dramatis Personae

Bei den *kursiv* gesetzten Namen handelt es sich um historische Persönlichkeiten.

*Thomas Dallam, Orgelbauer*

LONDON, GREENWICH PALACE
*Elizabeth I., Königin von England*
*William Cecil, 1. Baron Burghley, englischer Staatsmann*
*Robert Radcliffe, Herzog von Sussex*
Garcilaso de la Ruy, spanischer Gesandter

CITY OF LONDON
Roscoe Flint, Fährmann
Rowland Bucket, Rätselmeister

AN BORD DER *HECTOR*
Hoodshutter Wells, Kapitän
Winston, Segelflicker
John Flint, Fährmannssohn
*Henry Lello, Sir, englischer Diplomat*
Geoffrey Montagu, Lord, Diplomat
William Aldridge, Lord
Emily Aldridge, seine Frau
Mabel, ihre Zofe
Cuthbert Bull, Kaufmann
Dudley North, Kaufmann

In Istanbul
*Mehmed III., Sultan des Osmanischen Reiches*
Ioannis, griechischer Schmied
Kassandra, seine Tochter
Eremyia, Wasserverkäufer
Melek Ahmed, Kerkermeister

# Schauplätze

 Greenwich Palace und City of London

 An Bord der *Hector*

 In Istanbul

# 1588

## Auftakt

Ein kalter Wind fegte durch die Kathedrale von Westminster. Der alte Kantor rieb sich die von der Gicht verkrümmten Hände. Warum Kirchen mit den Portalen nach Osten gebaut werden mussten, hatte er noch nie verstanden. Von dort fiel zwar die Morgensonne in den Kirchenraum, aber mit ihr kam der Ostwind, und der brachte den Frost. Bisweilen kam aus dieser Himmelsrichtung auch das Unglück.

Kantor Hanscombe beugte sich über die Brüstung der Empore. Tief unter ihm summte die Kathedrale. Die Bänke waren mit Menschen gefüllt. Noch hatte die Messe nicht begonnen, noch redeten die Besucher miteinander, tauschten Neuigkeiten aus. Manche kamen nur aus diesem einen Grund, andere, um die Königin zu sehen. Denn an diesem kalten Morgen im März 1588 wollte Elizabeth persönlich an der Eucharistie teilnehmen. Der Krieg mit Spanien stand unmittelbar bevor, und die Königin konnte jede denkbare Unterstützung gebrauchen. Vor allem die Hilfe Gottes.

Schwere Schritte donnerten auf der Stiege zur Orgel. Farnham, der Küster, kam herauf, aber nur so weit, dass sein von Wein und Gottesfurcht gerötetes Gesicht über dem Treppenschacht erschien.

»Du wirst heute ohne Kalkanten arbeiten müssen. Ich brauche die Männer unten im Kirchenschiff. Verstanden?«

Hanscombe seufzte. Die Kalkanten waren junge Kirchendiener. Sie traten die Blasebälge hinter der Orgel mit Kraft und Ausdauer, damit das Instrument Luft bekam. Er, Hanscombe, hingegen würde dem Instrument mit seinen alten Beinen gerade genug Atem verschaffen, damit es überhaupt Töne von sich gab – ein flaues Flüstern, wo doch ein robustes Röhren zu hören sein sollte. Aber Hanscombe hatte keine Wahl. In dieser Kirche traf der Küster die Entscheidungen.

Farnham warf einen missmutigen Blick auf die leere Orgelbank. »Wo bleibt der Knabe?« In seiner Stimme lag mehr Eis als im Ostwind.

»Gib ihm noch etwas Zeit«, erwiderte Hanscombe. »Die Königin ist doch auch noch nicht da.«

»Zeit!« Der Küster spie das Wort von seinen feuchten Lippen. »Wenn Elizabeth' knochiger Hintern die Kirchenbank berührt, kracht hier eine Kadenz von der Orgel, gegen die ein Furz des seligen Königs Heinrich wie das Winseln eines Welpen klingt.« Er schnappte nach Luft. »Oder ich sehe mich nach einem neuen Kantor um.« Farnhams Kopf verschwand.

Hanscombe nickte, stumm wie die Orgel. Allmählich bereute er seinen Wagemut. Er hatte einem Knaben ermöglicht, die Orgel für die Königin von England zu spielen. Der junge Thomas Dallam hatte Talent. Die Königin, selbst kinderlos, war vernarrt in Kinder. Und jeder wusste: Wer ein Lächeln auf das traurige Gesicht Elizabeth' zaubern konnte, den liebte ganz London – und für Hanscombe war London die ganze Welt.

Aber dieses Lächeln würde Elizabeth' dünne Lippen niemals zieren, wenn Thomas Dallam nicht bald an der Orgel erschien.

Thomas, dachte der alte Kantor, wo steckst du?

\*

Südlich der Stadt schaute ein Knabe zum unerreichbaren nördlichen Ufer der Themse hinüber, dorthin, wo Westminster lag. Längst sollte er dort sein. Aber das Glück war auf dieser Seite des Flusses so viel wert wie zwei schäbige Münzen. In Thomas Dallams Hand lag jedoch nur eine einzige.

»Zwei Farthings«, wiederholte John Flint. Der Sohn des Fährmanns schaute Thomas herausfordernd an. Jedenfalls versuchte er es. Flint schielte. Auch sonst war sein Äußeres wenig dazu angetan, die Mädchen von Lambeth Marsh auf ihn aufmerksam zu machen. Sein Haar war kupferrot und struppig. Seine Ohren wuchsen in entgegengesetzte Himmelsrichtungen. Zwischen seinen Lippen ragten zwei Schneidezähne hervor, und wenn er grinste – so wie in diesem Augenblick –, bekamen diese Gesellschaft von einer Parade bleicher Gesellen, die an ausgemusterte Orgelpfeifen erinnerten. Wenn das Marschland südlich von London das Gesäß der Stadt war, so war John Flint die Warze darauf.

»So viel Geld habe ich nicht«, sagte Thomas. »Bei deinem Vater kostet die Überfahrt nur einen Farthing.«

»Mein Vater ist krank. Ich muss Medizin für ihn kaufen.« Das Grinsen in Flints Gesicht ließ Thomas ahnen, was für eine Medizin das war – und was für eine Krankheit. Gewiss hatte Flints Vater zu viel von dem billigen Bier getrunken, das die Wirte von Lambeth Marsh mit Themsewasser brauten.

Thomas hatte weder das Geld noch die Zeit, sich um die Trunkenheit von Flints Vater zu kümmern.

»Die Königin erwartet mich«, sagte er. Im selben Moment wünschte er sich, den Mund gehalten zu haben.

»Gewiss!« Flint vollführte eine Bewegung mit seinem Oberkörper, die einer Verbeugung recht nahe kam. »Was für eine Ehre, dass der feine Herr mit meiner Fähre vorliebnehmen will. Wartet, ich lege den Samtteppich für Euch aus.« Er zog sich das löchrige Schaffell von den mageren Schultern und breitete es auf dem Anleger aus. Dahinter schaukelte die Fähre im Fluss, und in einiger Entfernung ragten die Türme von Westminster aus dem Morgendunst empor. Glockenschläge erklangen von weit her.

»Hörst du nicht?«, fragte Thomas. »Sie läuten zur Messe. Ich muss rechtzeitig dort sein, um die Orgel zu spielen.« Er holte tief Luft und sagte so langsam wie möglich: »Für die Königin.«

Flint sperrte seine Zähne in seinen Mund ein und runzelte die Stirn. »Das glaubst du dir wohl selbst«, sagte er. »Du bist noch verrückter, als alle sagen.«

Wenn in Lambeth Marsh jemand als verrückt galt, so waren das Roscoe Flint, der Fährmann, und John Flint, sein Sohn. Die Kinder im Dorf um die Hügel Lambeth Heights machten sich einen Spaß daraus, »Flintauge« zu spielen. Dabei galt es, möglichst lange mit absichtlich gekreuzten Pupillen einem anderen ins Gesicht zu starren. Es hieß, wenn man diesen Spaß übertrieb, würden die Augen nie wieder geradeaus schauen können. Deshalb gewannen nur die Mutigsten diesen Wettbewerb. Thomas hatte bislang immer die hinteren Plätze belegt. Er war auch nie unter jenen Schreihälsen, die Flint schauerliche Geschichten andichteten. Darin grub der Fährmannssohn des Nachts Leichen auf dem Friedhof aus, weil er auf der Suche nach Augen war, die er gegen seine schief stehenden eintauschen konnte. So aberwitzig derlei Gerüchte waren, sorgten sie doch dafür, dass Flint von Gleichaltrigen gemieden wurde – und ihnen seinerseits aus dem Weg ging. Nur an der Fähre konnte es vorkommen, dass sich die Wege der Kinder von Lambeth Marsh mit denen des Fährmannssohns kreuzten.

Und das schien der Rotschopf Thomas nun spüren lassen zu wollen.

»Hör zu«, sagte Thomas und versuchte, sich größer zu machen. »Ich habe nichts gegen dich. Ich habe auch nie über dich Witze gerissen oder dich ausgelacht.«

»Warum solltest du über mich Witze reißen?«, fragte Flint. Sein Gesicht war so düster wie der Himmel über der Themse.

Thomas konnte die Füße nicht länger stillhalten. Er begann, vor dem Anleger auf und ab zu gehen. »Hör endlich auf damit, Flint«, sagte er und hob beschwörend die Hände in die Höhe. »Ich muss nach Westminster. Dort soll ich vor der Königin spielen. Master Hanscombe hat dafür gesorgt.«

»Hanscombe? Nie gehört«, erwiderte Flint.

»Der alte Kantor von Westminster Abbey«, erklärte Thomas mit gepresster Stimme. »Was willst du denn noch alles von deinen Passagieren wissen?«

»Deine Lieblingsfarbe«, sagte Flint.

Thomas starrte ihn entgeistert an. »Meine was?«

»Ich will's wissen. Sag es, und ich fahre los.«

Dieser Flint war tatsächlich noch blöder, als alle immer behaupteten. »Gelb«, sagte Thomas.

Flint knetete sein linkes Ohr. »Gelb, ja?« Er spitzte die Lippen. »Gelb geht in Ordnung. Du kannst mitfahren.«

Jetzt war Thomas misstrauisch geworden. »Und der zweite Farthing?«, fragte er, gewiss, dass Flint ihn nur zum Narren halten wollte.

»Ich sehe das so«, sagte Flint. »Wenn du wirklich für die Königin auf der Orgel spielen wirst, zahlst du nur den halben Preis. Damit komme ich dir entgegen, nicht wahr? Weil du mir ebenfalls entgegenkommen wirst. Denn du nimmst mich mit in die Messe. Die Königin! Ich hab sie noch nie gesehen. Und sie mich auch nicht. Das wird ihr wohl einen ganzen Farthing wert sein.«

Die Fähre schob sich mit der Geschwindigkeit einer Seerose über die Themse. Thomas sah keine andere Möglichkeit, als Flint beim Rudern zu helfen. Aber er war den Umgang mit den Riemen nicht gewohnt, und es fiel ihm schwer, mit einem anderen Jungen im selben Rhythmus zu rudern. Wenn es darum ging, den Takt zu halten, war er an der Orgel stets auf sich allein gestellt.

Trotzdem hielt der Kahn nun so schnell auf das nördliche Ufer zu, dass er schon nach kurzer Zeit mit einem Ruck gegen den Anleger stieß. Thomas kletterte von der Ruderbank und lief los.

»Warte! Du musst mich mitnehmen!«, rief der Fährmannssohn ihm hinterher.

»Dann beeil dich!«, wollte Thomas rufen.

Da sah er das Unglück. Flint humpelte auf ihn zu. Etwas war mit seinen Beinen nicht in Ordnung. Das rechte Bein schien verdreht. Die bloßen Zehen zeigten auf die Innenseite des linken Fußes. Wenn Flint lief, schien sein linker Fuß geradeaus gehen zu wollen, während sein rechter einen Bogen beschrieb. Mit einem Mal wusste Thomas, warum Flint niemals unter den anderen Kindern von Lambeth Marsh zu finden war, warum er immer nur auf seiner Fähre über den Fluss schipperte, von Norden nach Süden, von Süden nach Norden. Seine Kompassrose hatte nur zwei Blütenblätter, weil er auf dem Fluss besser vorankam als zu Land.

Wenn er auf John Flint wartete, würde Thomas die Kathedrale wohl erst am nächsten Tag erreichen. Am liebsten wäre er sofort losgelaufen. Ratlos rieb er sich die Wangen.

»Damit kannst du nicht …«, begann er. »Du bist …« Er zeigte auf die missgestaltete Gliedmaße. Dann sah er den Schmerz in Flints Augen. »Ich meine, du bist doch der Fährmann. Du musst bei der Fähre bleiben, falls jemand übergesetzt werden will.« Die Lüge schmeckte fade wie ein Winterapfel. Thomas verzog das Gesicht und probierte ein Lächeln.

»Du hast gesagt, ich kann die Königin sehen.« In Flints Stimme lag ein Klang, den Thomas an der Orgel eingesetzt hätte, um einen dramatischen Effekt zu erzielen.

Er hatte keine Zeit für Diskussionen. Er hatte keine Zeit, einen Krüppel hinter sich herzuzerren. Er hätte längst in Westminster sein müssen. Die Königin von England erwartete ihn. Die Feenkönigin. Elizabeth. Thomas liebte sie, seit er sie zum ersten Mal in ihrer Kutsche gesehen hatte. Was wog dagegen das Unglück eines missgestalteten Burschen von der Themse? Weniger als das Licht einer Kerze.

»Komm!«, sagte Thomas und streckte eine Hand aus. Flint packte zu und ließ sich die Uferböschung hinaufziehen. Gemeinsam hielten die Jungen auf die Stadt zu.

Die Kathedrale von Westminster war ein Schiff in einem Meer aus Schneckenhäusern. Über das riesige Bauwerk zogen graue Wolken. Ein feiner Nieselregen färbte die Mauern schwarz. Thomas zog seinen Hut tief ins Gesicht. Flint trug nicht einmal eine Mütze. Schlapp hing ihm das rote Haar in die Stirn, und Tropfen rannen über sein Gesicht.

Flint gab sich Mühe, möglichst schnell voranzukommen. Aber schon von Weitem sah Thomas, wie sich die Portale der Kirche zu schließen begannen. Das bedeutete, die Königin war bereits eingetroffen.

Er bemerkte erst, dass er noch immer Flints Hand hielt, als der andere Junge sie ihm entzog. Thomas mochte nicht glauben, was er sah: Der Rothaarige wandte sich nach links. Hatte das etwas mit seinem Fuß zu tun?

Thomas überlegte kurz, ob er Flint einfach hinter sich herschleifen sollte. Doch dann verspürte er Erleichterung, dass sein langsamer Begleiter von selbst verschwand, und lief weiter. Als er sich noch einmal nach ihm umsah, war der Junge zwischen zwei

Häusern verschwunden. Wird es wohl mit der Angst bekommen haben, dachte Thomas.

Ihm selbst erging es nicht besser. Vor ihm lag die endlose Straße, die zur Kathedrale führte. Angesichts der Entfernung schienen auch Thomas' eigene Füße nichts weiter zu sein als die Gehhilfen eines beinlosen Bettlers. Aber Bettler gaben niemals auf, oder? Thomas atmete tief ein und rannte, so schnell er konnte, auf Westminster zu. Seine Schuhe klatschten in die Pfützen. Vergebens war die Mühe gewesen, das Leder glänzend zu polieren. Er hörte den eigenen Atem rasseln. Sein Brustkorb schmerzte, und trotz der Kälte lief ihm der Schweiß den Rücken hinunter. Nass von innen und von außen arbeitete er sich auf das gewaltige Bauwerk zu.

Thomas hörte den Hufschlag erst, als das Pferd schon seine Schulter streifte. Auf dem Rücken eines mageren Kleppers hockte John Flint. Diesmal war der Fährmannssohn an der Reihe, Thomas eine Hand entgegenzustrecken.

»Willst du etwa zu Fuß zur Königin?«, fragte Flint, und ein breites Grinsen entblößte seine riesigen Zähne. »Du wirst dir die Schuhe schmutzig machen.«

Thomas griff nach der Hand.

\*

Als sich die Tore schlossen, hielt es Hanscombe nicht länger auf der Orgelempore aus. Er hastete die gewundene Holztreppe hinunter. Sein Rock verfing sich an einem Pfosten des Treppengeländers und ging entzwei, als der alte Kantor mit Schwung weiterlief. Gleichgültig! Ein Riss mehr oder weniger in seinem Leben konnte seine Lage kaum verschlimmern. Er hatte der Königin einen Knaben an der Orgel versprochen. Elizabeth war gekommen, aber Thomas war nicht da. Ihm musste etwas zugestoßen sein. Der Junge war stets korrekt und pünktlich. In Thomas' Innerem lief ein Mechanismus ab. War der erst einmal aufgezogen, lief er beharrlich und vorhersehbar ab. Keine Aussetzer. Keine Überraschungen. Doch jetzt schien irgendetwas in das Getriebe geraten zu sein.

Hanscombe stahl sich durch das Seitenschiff. Die Kirche war bis auf den letzten Platz gefüllt. Gerade stand die Gemeinde auf, denn Elizabeth schritt zwischen den Bänken hindurch, um ihren Platz in der ersten Reihe einzunehmen. Zwischen den schwarzen Schultern und Halskrausen des Londoner Adels erhaschte Hanscombe einen Blick auf etwas Rotes – Elizabeth' Haar. So nah war er der Königin noch nie gewesen. Wie gern wäre er noch näher an sie herangetreten, nur um die Luft zu schmecken, die sie ausgeatmet hatte. Manche sagten, ein Blick aus ihren grünen Augen könne einen Mann die Erlösung im Himmelreich vergessen lassen. Hanscombe zwang sich, weiter in Richtung Portal zu laufen. Wenn Thomas noch kommen sollte, musste er ihm den Zugang ermöglichen. Sollte der Junge aber nicht erscheinen, wäre es wohl das Beste, sich durch das Portal in den grauen Londoner Regen davonzustehlen. So oder so: Der Eingang der Kirche hielt mehr für Hanscombe bereit als ein Blick aus den Augen Elizabeth'.

Die Tür war bereits geschlossen. Zwei Pennys überzeugten die Kirchendiener, sie noch einmal zu öffnen. Aber nur einen Spaltbreit, wurde der Kantor ermahnt, und nur für einen Augenblick. Hanscombe half selbst mit, die schweren Flügel aufzuziehen. Kaum war das Portal in Bewegung gekommen, steckte er seinen Kopf durch die Lücke. Das Erste, was er bemerkte, war der kalte Regen auf seinem fast kahlen Schädel. Das Zweite war das Pferd, das auf ihn zu galoppierte.

Im nächsten Augenblick stand Thomas Dallam vor ihm – oder das, was vorgab, Thomas Dallam zu sein. Das Gesicht des

Jungen und seine Hände waren schmutzig, er trug keinen Hut, seine Haare waren so nass, dass Hanscombe eine Fontäne entgegenspritzte, als er Dallam eine Maulschelle gab.

»Wo bist du gewesen? Ich sollte dich mit den Ohren an der Orgelempore aufhängen lassen!«, schnauzte der Kantor.

Thomas senkte den Blick. »Bin ich noch zur rechten Zeit gekommen?«, fragte er mit leiser Stimme.

Natürlich! Jetzt entging der Knabe seiner Schelte, weil keine Zeit dafür war. Aber nach der Messe, das nahm sich Hanscombe vor, würde das Jüngste Gericht über Thomas Dallam hereinbrechen.

»Eile!«, zischte der Kantor. Er sah, wie die Menschentraube, deren Mittelpunkt die Königin bildete, die vordere Bank erreichte, und schob Thomas hastig vor sich her. Missmutig bemerkte Hanscombe, dass sich kleine Pfützen unter Thomas' Schuhen bildeten. Die Schritte des Jungen quietschten auf den kostbaren Fliesen aus Luxemburger Platten.

Das Geräusch hatte Geschwister. Hanscombe schaute über die Schulter und sah, wie ein zweiter Junge hinter ihnen herlief. Er hinkte und versuchte, Schritt zu halten. Dabei biss er sich auf die Unterlippe und ließ zwei mächtige Vorderzähne sehen. Ein Monstrum aus den Eingeweiden der Stadt verfolgte sie.

»Verschwinde!«, zischte Hanscombe und schob Thomas weiter vor sich her.

»Einen Farthing!«, rief der lahme Verfolger. »Er schuldet mir einen Farthing.« Die Stimme hallte durch das Seitenschiff. Die Köpfe einiger Kirchenbesucher wandten sich zu ihnen um. »Und ich darf die Königin sehen«, quengelte der Rotschopf weiter.

Hanscombe achtete nicht auf ihn. Die Kirchendiener würden den Störenfried entfernen. Ein Straßenjunge, der versuchte, die Messe für die Königin zu stören – das würde kein gutes Ende für diesen Lumpen nehmen.

Doch jetzt blieb Thomas so abrupt stehen, dass Hanscombe hinter ihm stolperte.

»Er hat recht«, sagte der junge Orgelspieler. »Er hat mich über den Fluss gesetzt, aber ich hatte nicht genug Geld. Gebt ihm doch bitte, was ich schuldig bin, Master. Ich zahle es Euch zurück.«

Hanscombe spürte, wie das Lamm von gestern Abend in seinem Gedärm wieder zum Leben erwachte. Nur zu gern hätte er Dallam hochgehoben, ihn über die Schulter geworfen und zur Orgel getragen. Aber dafür war Thomas zu schwer und Hanscombe selbst – wie er sich eingestehen musste – zu alt.

»Später«, knurrte der Kantor. Dann kam ihm ein Einfall. Er wandte sich zu dem rothaarigen Anhängsel um und sagte: »Komm mit auf die Empore. Von dort kannst du die Königin besonders gut sehen.« Der Lammbraten beruhigte sich wieder. Du bringst doch immer noch eins und eins zusammen, Hanscombe, dachte er. Mit Schlägen trieb er Thomas und seinen hässlichen Freund vor sich her. Zu dritt hasteten sie die Holzstufen zur Orgelempore hinauf.

\*

Thomas ließ sich auf die Bank vor dem Spieltisch fallen. Das Manual erstreckte sich vor ihm wie das Meer der Musik. Noch herrschte Windstille. Doch in wenigen Augenblicken würden seine Finger einen Sturm entfachen. Er kannte die Orgel von Westminster wie ein ungeborenes Kind den Mutterleib. An diesem Koloss hatte Master Hanscombe ihn ausgebildet. Allerdings war niemals zuvor die Königin zugegen gewesen, wenn er spielte.

Thomas warf einen Blick in die Tiefe. Aus einem Pulk aus Schultern in schwarzem Taft blühten weiße Halskrausen. Dazwischen leuchtete eine einzige rote Blume: die Haarpracht Königin Elizabeth'. Gerade stand sie vor dem Altar, kniete davor nieder. Thomas spürte eine leise Erregung. Er kam sich vor wie ein Dieb, der Blicke stiehlt. Dort unten stand sie. Er konnte sie tatsächlich sehen. Wenn er lange genug wartete, mochte sie den Kopf heben, um nachzuschauen, warum die Musik nicht einsetzte. Dann würde er in ihre Augen blicken und sie in die seinen.

Thomas schüttelte den Gedanken ab. Das war unmöglich. Hanscombe würde ihn von der Empore stoßen, wenn er nicht bald spielte. Er schwitzte noch immer trotz der Kälte. Als er die Hände auf die Tasten legte, genoss er die wohltuende Kühle. Sie half ihm, sich zu besinnen.

Er wollte die Messe mit einer Motette von Byrd eröffnen. Ein d-Moll-Akkord zu Beginn war besonders dramatisch. Thomas hörte in dem Ton stets die Schmerzensschreie Christi bei der Passion. Und er war sicher, dass er diesen Eindruck seinen Zuhörern würde vermitteln können.

Das Hecheln Hanscombes ließ ihn herumfahren. Der alte Kantor baute sich links neben dem Spieltisch auf. Er war es, der die Register ziehen würde, wenn Thomas ihm mit einem Nicken Zeichen gab. Aber noch konnte er nicht beginnen. Noch hatte die Orgel keine Luft.

»Sind die Kalkanten mit den Blasebälgen so weit?«, fragte Thomas.

»Ja, bereit!« Was war das für ein Lächeln auf Hanscombes Gesicht? Eben noch war der Kantor außer sich gewesen vor Zorn.

Gerade wollte sich Thomas nach Flint umschauen, da hörte er das Kommando Hanscombes. »Jetzt!«, zischte der alte Kantor. Thomas drückte mit aller Kraft die sechs Tasten nieder, mit denen er einen zweistimmigen d-Moll-Dreiklang hervorrufen wollte.

Der Drache erwachte. Er schüttelte seine Mähne aus Eisenblech, er stampfte mit den Füßen und wetzte seine Krallen. Das

Untier riss das Maul auf, um die Kathedrale mit seinem Gebrüll zu erfüllen. Doch alles, was herauskam, war ein Gähnen. Das d-Moll trudelte durch die Weite des Kirchenschiffs, bis es auf halbem Weg durch die Kathedrale jämmerlich verendete. Statt eines Drachen hatte Thomas Dallam eine Ente zum Leben erweckt.

Er starrte auf seine Finger, die noch immer die Tasten niedergedrückt hielten. Die Orgel war verstummt.

Stille lastete auf der Kirche. Auch die Gemeinde, und mit ihr die Königin, tief unter der Empore gab keinen Laut von sich.

Die Mechanik der Orgel musste einen Fehler haben. Gewiss lag es an der Kombination der Tasten. Thomas versuchte einen anderen Akkord. D-Dur war zwar etwas fröhlicher, aber vielleicht funktionierte es ja.

Die Orgel schwieg. Nur die Pfeifenklappen schepperten vor sich hin.

Dem Drachen war der Atem vergangen. Das Untier war eingeschlafen, kaum dass es erwacht war. Thomas wusste, was geschehen war, noch bevor Master Hanscombe etwas sagte.

»Dieser verfluchte Straßenköter!«, schimpfte Hanscombe, leise zwar, doch Thomas war sicher, dass die Worte bis in die hintere Kirchenbank zu hören waren.

Da hielt es Thomas nicht mehr am Spieltisch aus. Er schob die Bank zurück – das Rumpeln war laut genug, um der misslungenen Vorstellung einen passenden Schlusston zu setzen – und lief um die Orgel herum. Ein kleiner Durchgang führte in die Kammer mit den Blasebälgen.

Der Raum lag im Halblicht. Die sechs Bälge lagen in einer Reihe auf dem Boden, ihre ledernen Bäuche waren flach und leer. Aus ihnen ragten die Pedale heraus, schenkeldicke Balken mit Aussparungen für die Füße. Dort hinein musste der Kalkant seinen Fuß setzen, um den Balken mit der Kraft seines ganzen

Körpers herunterzudrücken. Erst dann füllte sich der Blasebalg mit Luft, die er nach und nach an die Orgel abgab.

John Flint klammerte sich an eine der ledernen Schlaufen, die als Haltegriffe dienten. Mit herausgestreckter Zunge versuchte er, seinen missgestalteten Fuß auf das Pedal zu setzen. Aber sobald ihm das gelungen war und er den Balg aufpumpen wollte, rutschte er ab. Dann baumelte er kurz in den Halteschlaufen, und das Spiel begann von vorn.

»Ich wäre doch besser auf dem Fluss geblieben«, ächzte Flint, als er Thomas in der Tür stehen sah. Schließlich ließ er die Schlaufen los. »Den Farthing für die Überfahrt, den kannst du behalten«, sagte er. Damit schob er sich an Thomas vorbei auf die Empore hinaus und verschwand.

Thomas sah ihm nach. Das schrille Lachen einer Frau, das die Kathedrale erfüllte, sollte er nie wieder vergessen.

# Thomas Dallams von selbst spielende Orgel

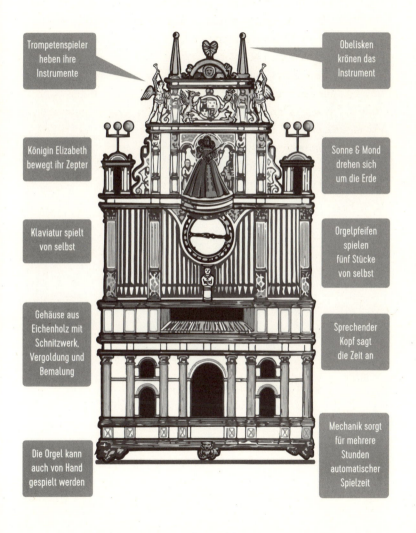

# 1599

## Kapitel 1

LONDON TRUG SEIN SOMMERKLEID. Die Sonne kitzelte der Themse den Bauch, und wer genau hinhörte, der konnte den Fluss lachen hören. Die Brauereien verkauften Bier wie Brot. Die Pest war aus der Stadt vertrieben. Die Theater hatten wieder geöffnet. Der Tag saß den Landschaftsmalern Modell. Trotzdem war dieser 18. August 1599 ein schwerer Tag. Denn Königin Elizabeth war wieder einmal missgestimmt.

Mit ihrem Kleid aus weißem und goldenem Taft segelte die betagte Monarchin durch die Korridore von Greenwich Palace. In ihrem Kielwasser folgten ihre dümmlichen Zofen und ein Dutzend eingebildeter Höflinge. Dabei entstanden ein Rauschen und Rascheln und dieser widerliche Ton, wenn die Beulen der Melonenhosen gegeneinanderrieben.

Am liebsten wäre Elizabeth heute im Bett geblieben. Diesen Wunsch hegte sie seit Monaten. Nur zu Beginn ihrer Regentschaft, als die Macht noch wie eine süße Traube auf ihrer Zunge gelegen hatte, war sie jeden Morgen voller Schwung erwacht. Doch Trauben werden zu Rosinen, und ein Thron ist auch nur ein Stuhl. Seit sie vor elf Jahren die spanische Armada bezwungen hatte, waren Elizabeth alle folgenden Aufgaben nichtig erschienen. Sie unterzeichnete Dekrete mit schneller Hand und verteilte Posten im Vorübergehen, sie verurteilte Verräter und begnadigte sie anschließend wieder, sie ließ sich die Goldstücke ihrer Staatskasse vorzählen. All das waren wichtige Aufgaben einer Monarchin. Aber eine Herausforderung wie damals, als das Schicksal des Reichs auf Messers Schneide stand, die fehlte ihr fast noch mehr als ein Erbe.

Doch wen kümmerte schon die Langeweile einer Königin? Niemand am Hof wusste etwas von ihren Gedanken. Deshalb glaubten auch alle, Elizabeth leide an der Hitze und am Kummer der Kinderlosen. Heute Morgen versuchten sie wieder, ihre Herrscherin aufzuheitern. Was es diesmal sein sollte, hatte Elizabeth längst vergessen. Endlos erschien die Reihe der kostbaren Geschenke, der halsbrecherischen Salti italienischer Artisten, der Stammestänze von Wilden aus der Neuen Welt, der exotischen Tiere und schönen Knaben. Dabei war alles, was Elizabeth wollte, im Bett zu bleiben und wenigstens für einen Tag England seinem Schicksal zu überlassen. Aber sie war eine Läuferin, und eine Verschnaufpause würde ihr Herz und ihre Beine für immer zum Stillstand bringen.

Sie beschleunigte ihre Schritte. Ihr Gefolge keuchte.

»Ihr kennt ihn. Es ist Thomas Dallam«, sagte William Cecil. Der Lordschatzmeister erlaubte sich, nur einen Schritt hinter ihr zu gehen und in ihr Ohr zu flüstern.

Wer sollte das sein? Elizabeth legte den Kopf schief, um Cecil zum Weiterreden zu bringen. Dabei presste sie verärgert die Lippen zusammen. Jeder normale Mensch hätte sich danach erkundigen können, wer Thomas Dallam sei. Das wäre so einfach gewesen. Aber von einer Königin erwartete man, dass sie alles wusste und jeden kannte. Ein Schmierentheater! Elizabeth hoffte, dass Regeln wie diese für ihre Nachkommen abgeschafft würden – wenn sie doch nur Nachkommen hätte!

Cecil verstand die Aufforderung und sprach weiter. »Dallam hat vor etwa zehn Jahren die Orgel für Eure Majestät in Westminster Abbey gespielt. Jedenfalls hat er es versucht. Vielleicht erinnert Ihr Euch an den Vorfall.«

Und ob sie sich daran erinnerte! Sie hatte den Gottesdienst in Westminster Abbey besucht, hatte Gott nah sein wollen in der Stunde der Bedrängnis. Und irgendein einfältiger Kantor, sein Name und Gesicht waren längst aus ihrem königlichen Gedächtnis verschwunden, hatte einen Knaben an die Orgel gesetzt. Dessen Talent reichte jedoch gerade dazu, einen einzigen Ton aus dem Instrument hervorzuquälen und ihn dann jämmerlich verenden zu lassen.

Wie still es geworden war in der Kirche! Alle hatten sie dasselbe gedacht: ein schlechtes Omen für den bevorstehenden Kampf gegen Spanien. Die Stille hatte gedroht, über dem Haupt Elizabeth' zusammenzuschlagen. Sie aber hatte gelacht, schrill und spitz – und als Einzige. Vermutlich hatten alle geglaubt, die Königin sei dem Wahnsinn verfallen. Vielleicht stimmte das sogar. Aber der versinkende Ton, der noch lange zwischen den Jochen und Gewölben der Kathedrale nachhallte, war für Elizabeth nichts anderes gewesen als das Geräusch der untergehenden spanischen Armada. In dem kläglichen Jaulen der Orgel hatte sie die Prophezeiung ihres Sieges gegen Spanien erkannt. Sie hatte gesehen, wie die stolzen Galeonen König Philipps zersplitterten, wie der Schlund der See sich öffnete und spanische Seeleute, spanische Admiräle und spanische Kanonen verschlang. Drei Monate später war diese Vision Wirklichkeit geworden.

»Ja«, sagte sie. »Ich erinnere mich.« Sie kam an einem Kerzenleuchter vorbei und strich mit dem Finger durch das heiße Wachs. Spanien, dachte sie, während sie den Talg zu einer Kugel rollte, du bist heiß und schmerzhaft. Aber meine Hand wird dich formen und zerquetschen.

»Der Organist von damals, er hat darum ersucht, Euch noch einmal vorspielen zu dürfen.« Cecils knarrende Feldherrenstimme riss Elizabeth aus ihren Gedanken.

»Und Ihr, Herzog, habt es ihm ermöglicht.« Sie schnippte die Talgkugel fort, die gegen eine Wand flog und daran haften blieb. »Ich habe keine Zeit für Musiker, die ihr Handwerk nicht verstehen.«

»Gewiss, Mylady«, sagte Cecil. »Aber Thomas Dallam ist kein Musiker mehr. Er ist jetzt Erfinder und Konstrukteur, und er möchte Euch einen Automaten vorstellen.«

Elizabeth sah zur Decke des Korridors, wo sich Spinnweben im Lufthauch blähten. »Hoffentlich ist es ein Automat, in den man oben Spanier hineingibt, damit unten Engländer herauskommen«, sagte sie. Die Höflinge lachten pflichtbewusst.

»Ein Automat, der von selbst Musik hervorbringt«, fuhr Cecil fort, so ernst wie zuvor. Die Höflinge lachten erneut.

Kurz überlegte Elizabeth, ob sie die Vorführung ablehnen sollte. Aber sie wusste, dass der gute alte Cecil sich stets bemühte, Zuckerstückchen aus dem Haferbrei des Londoner Lebens zu fischen, um seine Königin fröhlich zu stimmen. Außerdem hatte ihr dieser Dallam seinerzeit eine Vision verschafft.

»Also gut!«, sagte sie, während sie sich mit unverminderter Geschwindigkeit auf eine geschlossene grüne Tür zubewegte. »Wir wollen uns das Spektakel ansehen.«

In diesem Moment rissen zwei Diener die Flügel der Pforte auf, und die Königin schritt hindurch. Nachdem die letzte der Zofen in der Kapelle verschwunden war, schloss sich die Tür mit einem Klicken. Der Korridor in Greenwich Palace blieb wie ausgestorben zurück, als habe ihn niemals ein Mensch betreten. Die Kugel aus Talg fiel lautlos von der Wand.

\*

Sonne und Mond hatten aufgehört, sich um die Erde zu drehen. Auch die anderen Planeten standen still. Mit der Spitze seines Zeigefingers tippte Thomas Dallam gegen Venus, gegen Mars. Die winzigen Gestirne aus Messing wackelten auf ihren Drahtspiralen, wollten aber nicht in Gang kommen.

Thomas erstarrte. Das Modell des Universums war die krönende Dekoration seiner von selbst spielenden Orgel. Vier Jahre lang hatte er an dem Instrument gebaut. Sein gesamtes Vermögen steckte in Pfeifen aus Zinn, in Tasten aus Elfenbein, in Uhrwerken aus Eisen und in dem kleinen Weltall aus Messing. Damit war er nicht nur Herr über die Dämonen der Musik, er zwang sogar den Sternen seinen Willen auf.

Nie wieder sollten die Gestirne über sein Leben bestimmen. An jenem Morgen in Westminster Abbey hatte das Schicksal die Orgel zum Schweigen gebracht. Zwar hatte der Küster flugs einen Chor herbeiholen können. Doch für Thomas und Kantor Hanscombe änderte das nichts. Sie waren der Kathedrale verwiesen worden. Und der Küster hatte ihnen hinterhergerufen, sie sollten im siebten Kreis der Hölle schmoren, bevor sie noch einmal einen Fuß in seine Kirche setzten. Kurz darauf trieb Hanscombe tot in der Themse. Wie sich herausstellte, hatte der alte Kantor seinen Schmerz und seine Verzweiflung in Gewürzwein zu ertränken versucht. Dabei musste der Unglückselige dem Fluss zu nahe gekommen sein.

Thomas selbst hatte sich nie wieder einer Orgel genähert. Alle Bemühungen seiner Mutter, den Knaben der Musik zurückzugeben, scheiterten. Er empfand nicht länger Liebe und Leidenschaft für die Kunst der Töne. Vielmehr erfüllte ihn Furcht, sobald er ein Kind ein Lied anstimmen hörte, jemand bei einem Fest eine Geige hervorholte oder der Chor bei der Messe das Lob Gottes sang. Jedes Mal hatte Thomas Angst, dass das Kind die nächste Strophe nicht auswendig kannte, dass an der Geige eine Saite riss, dass der Sopran im Chor den Ton nicht traf. Um das Unglück nicht miterleben zu müssen, hielt sich Thomas bei solchen Gelegenheiten mit beiden Händen die Ohren zu. Die Musik war ein wildes Tier, und er schwor sich, alles daranzusetzen, es zu kontrollieren.

Thomas' Vater hörte das gern. Der alte Dallam hatte ohnehin noch nie etwas davon gehalten, den Spross zu einem Künstler ausbilden zu lassen. Deshalb war er auch erleichtert, als Thomas darum bat, bei seinem Onkel, einem Uhrmacher, in die Lehre gehen zu dürfen.

Und während Thomas in die Geheimnisse von Federwerken und Aufzugskronen eingeweiht wurde, während er lernte, Zeiger zu gießen und Ziffernblätter zu malen, war ihm ein Einfall gekommen: Wenn sich mit den Apparaten in der Werkstatt seines Onkels zu einer festgelegten Zeit ein Glöckchen schlagen ließ, dann waren doch gewiss auch zwei Glöckchen möglich, vielleicht sogar ein ganzes Musikstück. Die Berechenbarkeit der Mechanik würde die Wildkatze Musik in ein Schoßtier verwandeln.

Mit Feuereifer erlernte Thomas die Gesetze der Physik. So sehr beschäftigte ihn sein Rachefeldzug gegen die Musik, dass er sich taub stellte, wenn das Leben an seine Tür klopfte. Freunde, Frauen, Feste – sie störten Thomas beim Bau seiner Maschine. Nach einigen Jahren hörte das Klopfen auf. Thomas wurde einsam, ohne es zu bemerken. Da er kein Geld für Vergnügungen ausgab, wuchs ihm ein kleines Vermögen. Jeden Penny steckte er in die mechanische Orgel. Jetzt endlich stand sie vor ihm, und die Königin von England würde erkennen, dass Musik – und sogar die Planeten – ebenso beherrschbar waren wie die Spanier. Sie würde ihm verzeihen. Und vielleicht, dafür betete Thomas seit Langem, würde sie ihm erlauben, regelmäßig in ihrer Nähe zu sein.

Aber jetzt drehte sich das Zierwerk nicht! Sollte sich sein Missgeschick von damals wiederholen? Er schwor sich, dem Schicksal die Stirn zu bieten, und wenn es ihn den Verstand kosten würde.

Thomas' Gedanken liefen zickzack. Der Fehler konnte nur in der Unrast liegen, deren Gewichte er unlängst noch einmal nachgestellt hatte. Diese aber rumorten tief im Bauch der Orgel, geschützt von einem Wald aus Spindeln, Scheiben und Schwingern. Fünf Tage hatte er gebraucht, um das Instrument im Palast von Greenwich aufzubauen. Ebenso lange würde es dauern, die Mechanik wieder freizulegen. Zwischen Glück und Untergang lag das Universum der Apparaturen – ein tückischer Ort, an dem Zeit hörbar war. Tickend verflogen die kostbaren Augenblicke, die bis zur Ankunft der Königin verblieben.

Ein Luftzug streifte Thomas' Nacken. Er fuhr herum. Die Kapelle war riesig. Bis in den letzten Winkel hatte Thomas sie mit Kerzen ausleuchten lassen. Genau siebenhundertneunzig Talglichter waren es, nach dem Geburtstag der Königin am siebten September. Acht Diener hatten die Kerzen entzünden müssen, damit die erste nicht schon hinuntergebrannt war, bevor die Letzte leuchtete. Die Flammen spiegelten sich in den Beschlägen der Orgel. Wenn erst der Wind in die Orgelkanäle geblasen und durch die Pfeifen freigelassen würde, dann würden die Talglichter tanzen und schwingen wie das Volk der Feen. Und was passte besser zu Elizabeth, die von ihren Bewunderern »Gloriana, die Feenkönigin« genannt wurde?

Jetzt flackerten die Flammen in dem plötzlichen Lufthauch. Gern hätte Thomas kontrolliert, ob alle Lichter noch brannten. Doch vom fernen Ende der Kapelle sah er die Königin und ihren Hofstaat auf sich zukommen. Er riss die Augen auf. Sonne und Mond und alle Gestirne des Firmaments waren vergessen. Hier kam sie, die Herrin Englands und seines Schicksals. Sie sah genauso aus wie damals in Westminster Abbey, mit ihren roten aufgedrehten Haaren, dem kunstvollen Kragen aus Goldfäden und Damast und dem weiß geschminkten Gesicht. Doch konnte die Maske nicht verbergen, dass die Königin älter geworden war. Ein bitterer Zug hatte sich in ihren Mundwinkeln eingenistet. Um ihre Augen lagen Schatten.

Als ihr Blick ihn traf, kniete Thomas nieder und betrachtete den mit roten Kacheln ausgelegten Boden. Schritte, Stimmen und das Rascheln von Kleidern waren zu hören. Ein Mann sagte: »Das ist er. Und dort steht der Automat.«

»Sagt ihm, er möge beginnen.« Das musste die Stimme der Königin sein. Sie hatte einen rauchigen Klang. Die meisten Frauen Londons sprachen so. Es lag an den Herdfeuern, die einen Teil ihres Qualms in die Gemächer abgaben. Frauen wollten es stets wärmer haben als Männer. Dafür bezahlten sie mit ihren Stimmen. Offenbar hatte auch Elizabeth diesen Tribut zu entrichten, Königin oder nicht.

Jemand berührte seine Schulter. Thomas erhob sich, warf noch einen raschen Blick auf die Versammlung, die sich jetzt in den Bänken der Kapelle niedergelassen hatte, und ging dann rückwärts auf die Orgel zu. Niemand durfte der Königin den Rücken zukehren.

Dann musste er eben auf Sonne und Mond verzichten. Das Wunder des von selbst spielenden Instruments würde genügen, um Elizabeth in Entzücken zu versetzen.

Er griff nach dem Hebel, der alles in Bewegung setzen würde. Der Knauf am Ende der Holzstange war aus Elfenbein und lag kühl und glatt in seiner Hand. Thomas beruhigte seinen Atem. Dann zog er den Stab aus dem Gehäuse.

Zunächst war nur ein Knacken zu hören, gefolgt von einem Knattern. Was nun kam, war das Glucksen von Wasser. Es war der Auftakt zu dem folgenden Konzert. Denn durch die Adern des Instruments lief Flüssigkeit. In einem verschlungenen Auf und Ab sorgte sie dafür, dass die Blasebälge in dem Kasten eine Stunde lang in Bewegung blieben, ohne dass der Orgel die Luft ausging. Kalkanten, die leidigen Treter der Blasebälge – wer brauchte die noch?

Während es im Gehäuse der Orgel schwappte und rumorte, wandte sich Thomas seinem Publikum zu. »Majestät!«, begann er. Zunächst verkümmerte der Ton in seiner Kehle wie damals das d-Moll in Westminster Abbey. Er räusperte sich. »Majestät!«, hob er noch einmal an, diesmal laut und deutlich. »England und Eure Herrschaft sind ewig. Und die Musik ist es auch. Doch sie ist der Tölpelhaftigkeit der Menschen ausgesetzt.« Eine Woche hatte er für diese Ansprache geprobt. Jetzt sprudelten die Worte aus ihm hervor wie das Wasser, das durch die Orgel gepumpt wurde. Elizabeth sah ihn an. In ihren grünen Augen glänzte der Schein der siebenhundertneunzig Kerzen. Die Königin lächelte.

Beinahe hätte die unverhoffte Freundlichkeit auf dem bleichen Gesicht Thomas ins Stottern gebracht. »Wir Menschen sind es, die dafür sorgen, dass sich Musik nicht zu ihrer vollen Schönheit entfalten kann. Wir zwängen sie ein. Sie ist der Beschränktheit unserer Geschicklichkeit unterworfen. Deshalb«, er vollführte eine elegante Drehung in Richtung des Automaten, seine Rockschöße schwangen, »habe ich diese Orgel entwickelt. Sie spielt von selbst.«

Das Publikum raunte.

»Das ist weder Zauberei, wie mancher vielleicht befürchten mag, noch ist es Betrug. Was hinter meiner Erfindung steckt, sind einfache Naturgesetze. Zum Beispiel die Kraft des Wassers, das von oben nach unten fließt. Gern erkläre ich alles nach der Vorstellung. Doch zunächst«, er atmete tief ein, »die Musik.«

Bei seinen letzten Worten hatte das Gluckern im Innern der Orgel aufgehört. Alles war im Rhythmus. Thomas tastete über das polierte Eichenholz des Orgelkastens, fand den eisernen Knopf und drückte darauf.

Das Konzert begann.

Mit einem Dreiklang in d-Moll hob die Orgel zu spielen an. Es war jener Akkord, der vor zehn Jahren in Westminster hätte erklingen sollen, jener Ton, der die Karriere eines Wunderknaben an den Tasten hatte begründen sollen und der dann schneller verklungen war als der flüchtige Kuss eines Kindes. Diesmal nicht. D-Moll donnerte aus den Pfeifen und ließ den Boden vibrieren. Thomas schloss die Augen und erwartete das auflösende G-Dur. Es kam pünktlich. Die Maschine war zuverlässig. Der Mensch war es nicht.

Die Lautstärke nahm zu. Er nickte zum Takt der Musik. Hier die Kadenz, dort die Überleitung. Längst hatte er Sonne und Mond vergessen. Die Musik erfüllte den Raum, so wie es damals in der Kathedrale hätte sein sollen. Aber diesmal gab es keinen lahmen Flint, der alles zunichtemachte. Diesmal war nichts dem Zufall überlassen.

Da vernahm Thomas einen Missklang. Gerade als die Komposition zu dem schnellen Lauf ansetzte, für den er einige der Tastenhalterungen mit teurem Messing verstärkt hatte, gerade in diesem Moment mischten sich Stimmen unter die himmlische Musik.

Thomas riss die Augen auf. Auf der vordersten Bank der Kapelle schwatzte Königin Elizabeth mit dem Herzog von Cecil. Ausgerechnet Cecil, der Thomas diese Gelegenheit verschafft hatte, störte jetzt die Vorführung. Hitze stieg in Thomas' Wangen. Er hob einen Finger, um die Aufmerksamkeit wieder auf die Musik zu lenken. Doch die Köpfe steckten weiterhin zusammen. Cecil hatte eine Schriftrolle in der Hand, auf die er immer wieder deutete. Das Lächeln auf Elizabeth' Gesicht war einer gerümpften Nase gewichen.

Thomas trat von einem Fuß auf den anderen. Aus der Orgel tönte jetzt sein Meisterstück, der freie Teil. An einem normalen Instrument musste der Musiker bei diesem Part spielen, was er gerade fühlte, musste sich von seiner Liebe zu Christus überwältigen lassen und sich ganz der Musik hingeben. Das war eine Aufgabe, die kein Apparat übernehmen konnte – glaubten alle. Aber Thomas war es gelungen, diese schwierigen Takte so zu gestalten, dass sie wie freies Spiel klangen. Sogar kleine Fehler hatte er eingebaut, um der Musik Leben zu verleihen. Nur hörte die Königin nicht zu!

Er ging einen Schritt auf Elizabeth zu. Den mahnenden Finger hatte er noch immer erhoben. Dann trat er wieder zurück. Gewiss würde Elizabeth gleich wieder lauschen und lachen. Stattdessen war ihre Aufmerksamkeit weiterhin auf Cecil gerichtet.

Der freie Teil verklang unbeachtet. Als Nächstes würden jene Takte folgen, die Thomas mit einer Chiffre versehen hatte. Die Orgel würde die Töne EEGAAED spielen. Sie standen für eine Vermischung von »ELIZABETH« und »ENGLAND«. Die Königin musste ihn dafür lieben, ihn vielleicht zum neuen Kantor von Westminster ernennen. Wenn sie nur endlich die Ohren aufsperren würde!

Festen Schrittes ging Thomas auf die vordere Kirchenbank zu. Als er bis auf sechs Fuß heran war, sprangen zwei Edelleute auf und stellten sich ihm entgegen. Er entwischte ihren Händen. Schon stand er vor der Königin, so nah, dass er den Kampfer riechen konnte, mit dem ihre Kleider bestäubt waren, um Motten abzuhalten. Er sah die Falten an ihrem Hals und die einzelnen Haare ihrer Brauen. Für einen Moment war er enttäuscht. Elizabeth war nur ein Mensch. Doch die Erkenntnis schenkte ihm Mut. Er streckte die rechte Hand aus und fasste die Königin an der Schulter.

»Mylady!«, sagte Thomas mit fester Stimme. »Ihr müsst jetzt zuhören! Sonst entgeht Euch der beste Teil.«

\*

Seine Hand hatte ihre Schulter berührt! Das hatten bislang nicht einmal Raleigh und Drake gewagt. Elizabeth bebte. Wenn dieser Automatenmann Mord statt Musik im Sinn gehabt hätte, würde sie jetzt in ihrem Blut liegen und der Griff eines Dolches aus ihrem Hals ragen.

»Das nächste Mal, wenn Ihr mir ein Vergnügen ankündigt, bester Cecil, werde ich in einer Rüstung erscheinen.« Ihre Stimme war mit Dornen besetzt. Sie stand am Fenster des Empfangsraums. Die Wände waren mit dunklem Holz getäfelt. Es hieß, ihr Vater, König Heinrich VIII., habe den Wandschmuck aus den Galgen anfertigen lassen, an denen er seine politischen Gegner aufhängen ließ. Elizabeth verabscheute solche Gesten. Nichtsdestoweniger fühlte sie sich in dem Zimmer wohl. Vielleicht, so dachte sie, steckt mehr von meinem Vater in mir, als ich bislang ahnte.

Cecil stand am anderen Ende des Raums und wartete schweigend.

Elizabeth schaute aus dem Fenster. Unter ihr lag der Garten von Greenwich Palace. Die Gärtner hatten die Formen von Kriegsschiffen aus den Büschen herausgeschnitten, zur Erinnerung an Englands Sieg über die spanische Armada. Aber ein Parasit hatte sich in den Gewächsen breitgemacht und drohte die grüne Pracht zu zerstören. Trockene gelbe Blätter sprenkelten die Schiffe wie Muschelbefall. Stellenweise wiesen die Büsche Löcher auf, die wie Lecks in den Rümpfen aussahen. Es hätte Elizabeth nicht verwundert, wenn die stolze Flotte eines Tages im Rasen versunken wäre.

»Genug von diesem dummen Vorfall!«, sagte sie mehr zu sich selbst. »Diese mechanischen Töne waren ohnehin kaum auszuhalten. Ich bevorzuge Musiker aus Fleisch und Blut.« Sie wandte sich vom Fenster ab und schenkte Cecil ein trockenes Lächeln. »So wie Euch. Auch wenn Euer Instrument die Diplomatie ist.«

Der Herzog räusperte sich in seinen schwarzen Spitzbart. Sein Kopf war viel zu klein für seinen Kragen. Dann begann er, mit seiner knurrenden Stimme zu sprechen, die Elizabeth immer an das Knarren von Schiffsplanken erinnerte.

»Es sind wieder die Spanier«, sagte der Herzog. »Wir haben erfahren, dass Philipp eine zweite Armada baut.«

Elizabeth trat einen Schritt zurück und stieß gegen die Täfelung. »Eine zweite Armada? Aber die Spanier schicken all ihre Schiffe in die Neue Welt. Womit könnten sie uns da angreifen?«

»Sie bauen neue Schiffe. Ihre Karavellen kehren mit Gold und Silber beladen aus dem neuen Indien zurück. Genug, um Philipps Palast mit goldenen Latrinen auszustatten. Und dann bleibt sogar noch etwas übrig, um eine Armada damit bauen zu lassen.«

Elizabeth zweifelte nicht an Cecils Worten. Was der Herzog sagte, hatte stets Hand und Fuß. Die Arbeit seiner Agenten kostete ein Vermögen.

»Ein zweiter Angriff der Spanier«, sinnierte Elizabeth. Noch einmal sah sie auf den Garten hinab. Es hatte angefangen zu regnen. Tropfen klatschten gegen das Fenster. Die Blätter der grüngelben Schiffe wiegten sich im Wind.

»Können wir ihnen noch einmal die Stirn bieten?«, fragte sie. Ihr Atem vernebelte das Glas.

»Die Stirn können wir ihnen bieten, aber wir werden den Kopf dabei verlieren«, sagte der Herzog. »Unsere Flotte …«

Sie hob die Hand, um ihn zu unterbrechen. Sie wusste genau, wie es um die englische Staatskasse bestellt war. Und Philipp von

Spanien wusste das auch. »Wir können sie also nicht abwehren, und wir können Spanien wohl auch nicht angreifen.« Sie ging in Gedanken die Möglichkeiten durch. Es waren nicht viele. »Die Niederländer? Die Franzosen? Haben wir Hilfe von unseren Nachbarn zu erwarten?«

Cecil schüttelte den Kopf.

»Dann höre ich Euren Vorschlag, Herzog! Es ist hoffentlich nicht meine Abdankung.«

Cecils Gesicht blieb ernst, wie immer. »Wir holen uns Hilfe bei den Türken. Es mag sonderbar klingen, Mylady, aber Englands Heil könnte in Istanbul liegen.«

Trieb Cecil Schabernack mit ihr? Für einen Augenblick fühlte sich Elizabeth verunsichert – ein Zustand, in den sie sich nicht gern versetzen ließ, weder als Frau noch als Königin. »Die Ungläubigen um Beistand bitten? Ihr seid von Sinnen!«, stieß sie hervor.

Cecil ging einen Schritt auf sie zu. »Wenn das Schiff sinkt, springen wir in das letzte Rettungsboot, selbst wenn es von einem Wahnsinnigen gerudert wird.«

»Istanbul soll dieses Boot sein«, ergänzte Elizabeth. »Und der Sultan ...«

»... ist der irre Ruderer.«

»Ihr schlagt also ein Bündnis vor.« Sie nahm eine Karaffe aus Zinn von einem kleinen Tisch aus Ebenholz und goss daraus Wein in einen Becher. Ihre Hände zitterten, und sie verschüttete einige Tropfen. Dann leerte sie den Kelch in einem Zug. Die Gewürze in dem Getränk prickelten auf ihrer Zunge. Kannten die Türken Wein? Sie hatte gehört, dass es ihnen verboten war, welchen zu trinken.

»Ein Bündnis«, sagte Cecil. »Gewiss. Das ist gut.«

Gut! Sie kannte den Herzog. Er versuchte, ihr einen besseren Vorschlag zu machen, wagte aber nicht, die Königin zu belehren.

»Redet endlich, Cecil! Ihr habt doch längst einen Plan erdacht, der so verschroben ist, dass eine einfältige alte Frau wie ich niemals darauf kommen wird.«

Cecil ging zwei Schritte zurück. Er war ein Krebs, der fürchtete, von einer Möwe verschlungen zu werden. Elizabeth spürte einen kalten Lufthauch durch ihr Gefieder streichen.

»Sprecht, Herzog! Wir sind allein. Lasst Eure Königin teilhaben an Eurem Wissen.«

»Wissen. Darum geht es tatsächlich. Ihr seid sehr klug, Mylady.« Cecils Hand fuhr an seinen Hals, wurde jedoch von seinem Kragen aufgehalten. Dann, endlich, offenbarte er seinen Plan.

Als der Herzog geendet hatte, war die Karaffe geleert. Dennoch spürte Elizabeth den Alkohol nicht. Stattdessen rauschte ihr das Blut in den Ohren.

»Ihr wollt also alles auf eine Karte setzen«, stellte sie fest. »Das ganze Reich würde von diesem Unternehmen abhängen. Und wenn es scheitert, was dann? Dann werden unsere Kinder die Sklaven von Spaniern sein. Unser Land wird unter den Katholiken wieder zu einem Morast des Glaubens werden. Die Ernte unserer Felder wird spanische Mäuler stopfen. Gott selbst wird das elende England vergessen wollen. Das und noch viel mehr steht auf dem Spiel, Herzog.«

»Ich weiß«, gab Cecil kleinlaut zu.

»Aber Ihr seht keine andere Möglichkeit«, fuhr Elizabeth fort. »Sonst würdet Ihr mir ein solches Unternehmen nicht vorschlagen.«

»Vielleicht findet ein anderer Eurer Herzöge einen erfolgversprechenderen Ausweg.«

Sie schüttelte den Kopf. Pembroke, Northumberland, Ormonde – sie alle würden ihr nur das Eine vorschlagen: den Überraschungsangriff auf Portugal, wo die wichtigsten Häfen der Spanier lagen. Hals über Kopf in die Höhle des Löwen. So etwas liebten ihre Admiräle. Damit plusterten sie sich bei den Hofdamen auf. Cecil unterbreitete ihr ein ebenso gefährliches Angebot, aber immerhin war er diskret.

»Ich werde mich zurückziehen, damit Ihr über dieses Vorhaben nachsinnen könnt«, sagte der Herzog.

»Ihr bleibt, bis ich Euch entlasse«, erwiderte Elizabeth.

Mit einem Mal war sie Cecil dankbar. Dafür, dass er ihr die schlechte Nachricht überbracht hatte. Dafür, dass er sie aus ihrer Schläfrigkeit riss. Sie betrachtete den stämmigen Mann mit dem kleinen Kopf, in dem das Wissen über alle Intrigen am englischen Hof steckte – und Gott weiß, was sonst noch.

Elizabeth konnte nicht länger auf der Stelle stehen. Sie schritt in dem Gemach auf und ab, strich um den großen Schreibtisch herum, zupfte die Schreibfeder aus dem Loch in der Tischplatte und strich damit über ihr Kinn.

»Diese Waffe, die wir in Istanbul finden könnten«, sagte Elizabeth, »beschreibt sie mir genauer.«

## Kapitel 2

Die *Hector* war eines der stolzesten Schiffe der königlichen Flotte. Sie verdrängte dreihundert Tonnen, nahm hundert Mann Besatzung in Anspruch und schreckte mit ihren siebenundzwanzig Kanonen jeden Feind ab, ob er nun Spanier, Venezianer oder Dünkirchener war. Das jedenfalls behauptete Lord Geoffrey Montagu mit voller Stimme, als er neben Thomas Dallam den Kai entlangspazierte. In der einen Hand hielt Montagu einen Gehstock mit silbernem Knauf, mit der anderen tippte er immer wieder auf Thomas' Schulter. Mit kleinen Gesten dirigierte der Lord die Aufmerksamkeit seines jungen Begleiters bald hierhin – auf die Kanonenkugeln und Pulversäcke, mit denen sich die Schauerleute beim Beladen plagten –, bald dorthin – auf die Proviantfässer und einen Käfig mit einem Dutzend Hühner. Das Federvieh lege während der Reise Eier für das Frühstück der Offiziere und Passagiere, erklärte Montagu, und seine Augen glänzten wie die eines stolzen Vaters. Sein grauer Kinnbart zitterte im Wind.

Thomas deutete auf eine Gruppe schwarz gekleideter Frauen, die etwas abseitsstanden. Ihre Gesichter waren blass und ausgezehrt, ihre Augen rot und geschwollen. »Worauf warten die?«, fragte er. Insgeheim hoffte er, die traurige Versammlung möge nicht zu den Passagieren der *Hector* gehören. Eine Gruppe missgestimmter Damen an Bord würde das Schiff mit Schwermut füllen, bis es sank.

»Die?« Lord Montagus Miene verfinsterte sich. Er wedelte mit dem Spazierstock in Richtung der schwarzen Gestalten. »Eine Versammlung von Unheilsschwestern. Am besten beachten wir sie überhaupt nicht.« Der Druck seiner Hand auf Thomas' Schulter wurde stärker.

Thomas blieb stehen und betrachtete die Frauen genauer. Einige weinten. Alle sahen zur *Hector* hinüber. Lord Montagu wollte ihn fortziehen. Aber Thomas löste sich von seiner Hand. Drei Schritte brachten ihn zu den Frauen. Erst jetzt bemerkte er, dass sie in Pfützen standen.

»Was ist mit euch?«, fragte er.

»Dallam, Ihr folgt mir jetzt besser«, rief Lord Montagu ihm zu.

»Wir scheiden von unseren Männern und singen für sie«, sagte eine der Schwarzgewandeten mit wankender Stimme. »Sie fahren mit diesem Unglücksschiff zur See«, raunte sie.

Thomas schwieg einen Moment. »Ihr glaubt, die *Hector* sei ein Unglücksschiff?«, fragte er dann und fügte leise hinzu: »Ich werde auch mit ihr reisen.« Ein Windstoß ließ die Leinen des Schiffes knattern. Das Wasser in den Pfützen kräuselte sich.

»Wer singt für dich?«, wollte eine Frau aus der Gruppe wissen.

Thomas suchte nach einer Antwort. Niemand sang für ihn. Das wollte er auch gar nicht. Aber aus irgendeinem Grund fiel es ihm schwer, das vor den Seemannsfrauen zuzugeben.

Als Montagu ihn erneut rief, ließ sich Thomas von der Stimme des Lords fortziehen. Er schlang seinen Umhang enger um den Leib.

»Ein Unglücksschiff?« Er wandte sich Montagu zu. »Wir warten wohl besser auf einen Kauffahrer, der uns sicher nach Istanbul bringt.«

Montagu schwang seinen Spazierstock und lächelte Thomas an. »Wir sind im Dienste der Königin unterwegs«, sagte er mit einer Stimme, die ihm vom Kehlkopf in den Brustkorb gerutscht war. »Und die *Hector* ist eine königliche Fregatte. Überdies«, jetzt klopfte die Stockspitze einen gemächlichen Takt auf das Pflaster, »seid Ihr ein Verbrecher und könnt mir auf dieses Schiff folgen oder zurück in den Tower gehen.«

Thomas schwieg. Die eine Nacht in dem berüchtigten Londoner Gefängnis war die längste gewesen, die er in seinen vierundzwanzig Jahren erlebt hatte. Eingesperrt, nur weil er die Schulter der Königin berührt hatte! Am Morgen danach war William Cecil in seiner Zelle erschienen und hatte ihm einen Handel vorgeschlagen. Thomas würde freikommen. Dafür forderte der Herzog die von selbst spielende Orgel. Aber er wollte sie nicht für Greenwich Palace, nicht für die Königin, nicht einmal für London oder England. Zu den Türken wollte er den Musikautomaten schicken – mitsamt seinem Erfinder. »Zu den Türken?«, hatte Thomas mehrfach gefragt und beteuert, dass er sein Vermögen, seine Jugend und seine Liebe zu Königin Elizabeth in den Automaten gesteckt habe, dass die Orgel niemand anderem als Ihrer Majestät zustehe und kein Ungläubiger jemals Hand an das Instrument legen würde. Eigentlich wollte er noch hinzufügen, wie leid es ihm tue, sich der Königin genähert zu haben. Aber das überhebliche Schweigen des Herzogs machte es ihm unmöglich, sich zu entschuldigen.

Was blieb ihm übrig? Sie ließen ihm vier Tage Zeit, die Orgel zu zerlegen und für die Reise vorzubereiten. Sollte er sich weigern, so erklärte Cecil, würde Thomas seine Tage im Tower beenden. Überdies, so hatte der Herzog hinzugefügt, sei die Reise nach Istanbul keine Strafe, sondern eine Ehre. Thomas würde den englischen Diplomaten Lord Montagu begleiten, Sultan Mehmed persönlich begegnen und England am osmanischen Hofe vertreten. Denn in der Stadt am Bosporus sollte eine englische Handelsniederlassung eingerichtet werden. Der Sultan müsse das allerdings erlauben, und man hoffe, die Vorführung der Orgel werde helfen, den Herrscher von den Fähigkeiten der Engländer zu überzeugen.

Eine Möwe mit einem Fisch im Schnabel segelte an Thomas vorbei und landete auf einem Holzpfosten. Dort begann sie, ihre Beute zu zerlegen.

Thomas nahm allen Mut zusammen. Mochte Montagu ihn wieder in den Tower werfen lassen! Lieber sprach er aus, was er dachte, als sich von der Angst beherrschen zu lassen. Und dieses Schiff flößte ihm Angst ein. »Die Reise«, sagte er, »erscheint der Königin wichtig. Mir ist die Orgel wichtig. Und uns beiden ist unser Leben wichtig. Das sind drei Gründe, die dafürsprechen, ein sicheres Schiff zu wählen.«

»Wenn Euch der Musikautomat so sehr am Herzen liegt«, erwiderte Montagu, »dann solltet Ihr jetzt darauf achtgeben.« Die Spitze des Spazierstocks schwang in die Horizontale und wies auf drei Hafenarbeiter. Die Männer trugen längliche, in Segeltuch eingeschlagene Gegenstände auf den Schultern. Ihr Ziel war die Laderampe der *Hector*.

»Die Orgelpfeifen!«, brach es aus Thomas hervor. Schon lief er den Arbeitern entgegen. »Ihr müsst sie an jedem Ende mit je zwei Männern anfassen. Sie verbiegen sonst.«

Er zeigte den Seeleuten, was er meinte, und sie folgten seinen Anweisungen. Behände sprang Thomas zu den nächsten Arbeitern hinüber, erklärte ihnen, dass sie gerade eine Holzkiste trugen, in der eine kunstvolle Figur Königin Elizabeth' verpackt war. Die Seemänner nickten. Anstatt den Kasten über die Leiter auf das Schiff zu tragen, schlangen sie Seile darum und hievten ihn mit einem Ladekran an Bord. Angespannt verfolgte Thomas, wie die zerbrechliche Elizabeth zu schweben begann.

Montagu lächelte anerkennend. Die Orgel sei nicht nur für Thomas von hohem Wert, betonte der Lord, sondern für das gesamte Königreich. Er schärfte Thomas ein, auch während der Fahrt gut auf die Einzelteile des Apparats aufzupassen.

»Dort hinten steht meine Reisetruhe. Gebt bitte auch darauf acht, bester Dallam, denn ich werde jetzt Lord und Lady Aldridge begrüßen. Sie sind Mitglieder unserer Gesandtschaft, und wenn ich meinen alten Augen trauen darf, steigen sie dort vorn gerade aus der Kutsche.«

Montagu verschwand in Richtung der Hafenmeisterei. Vor dem Gebäude stand ein Mann mit einer Frau, die gerade von einem Hustenanfall geschüttelt wurde. Ihr Mann reichte ihr ein Seidentuch. Daneben luden zwei Diener messingbeschlagene Truhen von einer Kutsche.

Thomas wandte sich ab. Er würde die Reisegesellschaft noch früh genug kennenlernen. Immerhin würde man ein halbes Jahr lang zusammen auf See unterwegs sein. Eine Fregatte war zwar ein großes Schiff, aber nach ein paar Tagen auf dem Meer schrumpfte selbst der größte Frachter zu einer Nussschale zusammen. Die Passagiere würden sich gegenseitig auf die Füße treten, noch bevor sie ihre Vornamen kannten.

Langsam näherte sich Thomas der Truhe Montagus, die darauf wartete, an Bord gehievt zu werden. Ein Mann machte sich daran zu schaffen. Er war in teure Stoffe gekleidet und offensichtlich kein Arbeiter. Und er untersuchte das Schloss.

»Was treibt Ihr da?«, rief Thomas und beschleunigte seine Schritte. Seine Schnallenschuhe platschten durch die Pfützen.

Der Unbekannte fuhr herum. Er war im selben Alter wie Thomas, trug einen modischen Hut mit einer Feder und einen dunklen Umhang, der ihm bis zur Taille reichte. Seine Beinlinge waren mit Pelz besetzt, der so weiß war, dass er nur von einem Schneewiesel stammen konnte. Trotz des frischen Winds hatte er keine Halskrause und kein Tuch umgelegt. An seinem Hals prangten drei Muttermale, groß und schwarz wie Käfer. »Wer schreit so laut und fordert Auskunft von Lord Henry Lello?«, fragte er.

Thomas blieb neben der Truhe stehen. »Dies ist das Gepäck von Lord Montagu. Wieso macht Ihr Euch daran zu schaffen?«

»Wieso beantwortest du meine Frage mit einer Frage?«, erwiderte der Mann, der sich Lord Lello nannte. Er verzog genüsslich den Mund. »Das sind bereits vier Fragen in Folge. Aber wer würde schon von einem Hafenarbeiter erwarten, dass er sich in der Kunst der Konversation auskennt?«

»Das wäre Frage Nummer fünf«, gab Thomas zurück. »Drei davon stammen von Euch selbst.«

Lello legte den Kopf schief und schloss eine Hand um den Griff seines Degens, der aus den Schichten seiner Kleidung herausragte. »Du lumpenbehangener Sklave kehrst jetzt in das Loch zurück, aus dem du hervorgekrochen bist. In diesem Augenblick! Oder ich lasse dich mein Eisen schmecken.«

Thomas zögerte. Er war kein Kämpfer. Sein schmaler Körper mit den langen Armen und Beinen würde gegen den gut genährten Lord nicht bestehen. Schon gar nicht, wenn dieser eine Waffe schwang.

Das Gelächter Lord Montagus traf Thomas' Rücken. »Lello! Da haben wir ja noch einen Vertreter des Londoner Adels. Wir vier werden wohl genügen, um den Mohammedanern englische Manieren beizubringen.« Schon kamen Montagu und das Paar herbei, das aus der Kutsche gestiegen war.

Die feindselig verkrampften Züge Lord Lellos entspannten sich. Sein blonder Schnauzbart zuckte, als er den Neuankömmlingen zulächelte. Trotzdem ließ Thomas den Mann keinen Lidschlag lang aus den Augen.

»Thomas Dallam«, sagte Montagu und wedelte mit dem Spazierstock vor Thomas herum. »Dies sind Lord und Lady Aldridge.«

Thomas nickte, schaute aber weiter auf seinen Widersacher. Die gefährliche Hand lag noch immer am Knauf des Rapiers.

»Es wäre höflich, wenn Ihr unsere Mitreisenden begrüßen würdet«, mahnte Montagu. »Sie haben schon von Eurer Orgel gehört und sind gespannt darauf, mehr zu erfahren.« Der Stock klopfte auffordernd gegen Thomas' Hosenboden.

»Dieser Mann hat versucht, Eure Truhe aufzubrechen«, sagte Thomas. Noch immer hielt er Lello mit Blicken fest.

»Tatsächlich?«, fragte Montagu. »Gut aufgepasst, Dallam. Ihr seid wie Eure Maschinen: zuverlässig und exakt. Aber ohne Verstand. Henry Lello ist ein guter Freund von mir. In Norfolk sind wir sogar Nachbarn. Unsere Landhäuser liegen direkt nebeneinander – wenn man eine Distanz von sechzig Morgen als nebeneinanderliegend bezeichnen kann.«

»Aber ich habe gesehen, wie ...«, beharrte Thomas.

»... Lord Lello sich vergewissert hat, dass mein Gepäck wohl verschlossen ist und sich beim Einladen nicht alles ins Hafenbecken ergießt«, ergänzte Montagu.

»Ich grüße dich, Henry!«, sagte die ältere Dame, die als Lady Aldridge vorgestellt worden war. Sie trug ein schwarzes Reisegewand. Mit Silberfäden bestickte Ärmel ragten unter einem schweren Pelzumhang hervor.

Henry Lello zog den kleinen Hut vom Kopf und vollführte eine Verbeugung, die den Tanzschritt eines Fauns nachzuahmen schien. Dabei machte er einen kleinen Hüpfer. Auch Thomas verbeugte sich vor Lady Aldridge und ihrem Gemahl, spürte jedoch, dass seine Bewegungen so elegant waren wie die einer Marionette im Griff eines Gichtgeplagten. Entsprechend dankbar war er für das herzliche Lächeln, bei dem sich die Fältchen im Gesicht Lady Aldridges zu Runzeln auswuchsen.

»Wir sollten besser an Bord gehen und unsere Kabinen bewundern«, sagte Lello und drängte sich zwischen Thomas und die anderen. »Der Diener kann derweil auf unser Gepäck aufpassen. Und auf Dallams seltsamen Mechanismus. Der Sultan soll doch noch einige Jahre daran Freude haben.«

»Es handelt sich um eine Orgel, Mylord!«, zischte Thomas. »Und sie wird nicht bei den Ungläubigen bleiben. Wir führen sie dort nur vor.« Von einer plötzlichen Unsicherheit gezwackt, wandte er sich an Montagu. »So ist es doch, oder? Ich werde sie wieder mit nach London nehmen.«

Montagu machte ein Zitronengesicht. »Hat man Euch das nicht gesagt? Der Automat ist ein Geschenk an Sultan Mehmed und wird in Istanbul bleiben.«

»Und ein Geschenk fordert man nicht zurück«, schulmeisterte Henry Lello.

»Verschenkt man es etwa weiter?« Thomas hätte diesem eingebildeten Edelmann am liebsten den Hut vom Kopf gerissen und ihm in seinen schmalen Mund gestopft. »In dem Automaten steckt die Zukunft der Musik. Nur ein Dummkopf würde das nicht erkennen.«

Bevor Lello etwas erwidern konnte, zog Montagu Thomas weiter. »Wir wollen Lord Lello nicht verärgern«, sagte er so laut, dass die anderen Passagiere ihn noch hören konnten. »Wir wissen doch, dass die bissigsten Hunde rotes Blut haben, kein blaues.« Auf Thomas' fragenden Blick hin schüttelte Montagu stumm den Kopf.

Bald darauf stand Thomas an Deck der *Hector* und lehnte an der Reling. Hafenarbeiter lösten die Taue, und die Fregatte kam frei. Langsam trieb sie davon. Das Flappen von Segeltuch war zu hören, untermalt von den Rufen der Seemänner. Und noch ein Ton drang an Thomas' Ohr. Es waren die Stimmen der Frauen. Ebenso düster wie ihre Kleider war auch die Weise, die sie zum Abschied angestimmt hatten. Es war ein Lied über die Furcht, einen geliebten Menschen an die See zu verlieren. Die bangen

Verse wurden untermalt von den brechenden Stimmen der Zurückbleibenden. Einige von ihnen, dachte Thomas, werden vermutlich Witwen sein, wenn wir zurückkehren. Einmal mehr war er froh, weder Frau noch Kinder zu haben, die er zurücklassen musste. Wenn er sich wünschte, zu jemandem zurückzukehren, dann zu Königin Elizabeth. Bei ihr, nur bei ihr, wollte er sein.

# Kapitel 3

AN IHREM FÜNFTEN TAG auf See glitt die *Hector* über das offene Meer in Richtung Gibraltar. Obwohl die Passagiere den berühmten Felsen gern gesehen hätten, bestand Kapitän Hoodshutter Wells darauf, die Meerenge des Nachts zu passieren. Überdies gab er Befehl, möglichst nah an der afrikanischen Seite zu segeln – weit entfernt von der spanischen Garnison, die das englische Schiff nicht zu Gesicht bekommen sollte. Sogar die englische Flagge wurde eingeholt und gegen eine französische getauscht. Als zudem Wolken aufzogen, die das Meer und alles, was darauf schwamm, in Dunkelheit tauchten, war das für Kapitän Wells ein Geschenk des Himmels – und für die Mitreisenden ein Grund, sich unter Deck zurückzuziehen und die Enttäuschung in tiefem Schlaf zu ertränken.

Die Schiffswache war mit einer Flasche Rum am anderen Ende der *Hector* beschäftigt, als Henry Lello die Wanten hinaufkletterte. Er stieg dem pockennarbigen Mond entgegen und war bereits auf Höhe der dritten Rahstange angekommen. Seine Oberschenkel schmerzten. Die Muskeln in seinen Unterarmen drohten zu verkrampfen. Tagsüber hatte er genau beobachtet, wie die Seeleute in den Seilen turnten, wie sie die Segel aufzogen und verknoteten. Alles hatte so leicht ausgesehen. Er hatte sich sogar gemerkt, dass es am sichersten war, an der Außenseite der Wanten hinaufzusteigen. Dann hing man zwar über der Meeresoberfläche. Aber durch die Schräglage der Seile war es, als klettere man eine Leiter hinauf. Diese Leiter wollte jedoch nicht enden.

Schon seit der Abfahrt des Schiffes beschäftigte ihn die Frage: Warum war Lord Montagu mit auf das Schiff gekommen? Für die Aufgabe, den Sultan von einem Bündnis mit England zu überzeugen, war eigentlich ein anderer Diplomat vorgesehen gewesen. Wieso hatte die Krone Montagu geschickt?

Montagu war ein Schlappsack und ein Lästerbalg. »Bissige Hunde haben rotes Blut, kein blaues«, äffte Lello den Lord nach. Eine Möwe flog heran, setzte sich auf eines der Seile und sah ihn aus kalten Augen an. »Bald werde ich in Spanien leben«, sagte er zu dem Vogel. »Und dort wird niemand meine Herkunft kennen, geschweige denn mich deshalb verspotten.«

Als er den Ausguck endlich erreichte, zitterten seine Knie. Trotzdem war er froh, dass er nicht seinen Komplizen hinaufgeschickt hatte. Der wäre vermutlich nach der halben Strecke abgestürzt. Nicht aber Henry Lello! Er zog sich in das aufgesägte Weinfass hinein, das als Mastkorb diente. Eine weitere Möwe, die auf dem Rand einer Daube geschlafen hatte, flog fluchend davon. Lello versuchte, zu Atem zu kommen, und sah sich um.

Unter ihm erstreckte sich das vom Mondlicht beschienene Meer. Steuerbord lag die Küste Nordafrikas, backbord war Spanien, zwar nicht zu sehen, aber doch zu erahnen. Dort wartete man auf sein Zeichen.

Lello holte Feuerzeug, ein Bündel Kienspäne und einen Spiegel hervor. Er ging in die Knie und versuchte, die Späne zu entzünden. Das Vorhaben wollte zunächst nicht gelingen. Der Wind blies zwischen den Fassdauben hindurch. Schließlich fand Lello eine geschützte Stelle. Die Funken flogen und fraßen die Nahrung, die ihnen zugedacht war. Ein Span glühte. Bald leuchtete das gesamte Bündel in der Farbe reifer Kürbisse.

Jetzt musste er das Licht nur noch gegen den Spiegel halten. Der würde es so sehr verstärken, dass es auf der spanischen Seite der Meerenge zu sehen war. Dann würden seine *compañeros* wissen: Die *Hector* zog gerade an ihnen vorbei. Sie würden ihre Schiffe hinterherschicken und die englische Fregatte bei der nächsten Gelegenheit kapern.

Es wäre vorbei mit den Plänen der englischen Krone, sich mit dem Sultan der Osmanen gemeinzumachen.

Es war an der Zeit, das Signal zu geben. Lello hob die Kienspäne gegen den Spiegel. Da packte jemand seine Beine und zog daran. Lello ließ die Signalgeber fallen. Er stieß gegen den Rand des Mastkorbs. Unter ihm schwankte das Deck der *Hector*, klein wie eine Frauenhand. Mit beiden Händen klammerte er sich an den Dauben fest. Die Konstruktion bebte.

Aus der Tiefe blickte ihm das verzerrte Gesicht Lord Montagus entgegen. Er musste ihm aufgelauert haben und auf den Mast hinterhergestiegen sein. Jetzt stand Montagu auf der Stange des obersten Rahsegels und hielt Lellos Fesseln fest. Das war alles, was ihm Halt gab.

»Hurenbrut!«, bellte Montagu.

Ein Windstoß fegte dem Lord den Hut vom Kopf. Der Filz trudelte abwärts. Strähnen grauen Haars flatterten im Wind. Trotz seines Alters besaß Montagu erstaunlich viel Kraft. Er riss an Lellos Beinen. Lello strauchelte und stieß mit dem Fuß gegen den Spiegel und die Kienspäne. Sie folgten Montagus Kopfputz in die Tiefe.

Dann spürte Lello etwas Feuchtes an seiner Rechten. Möwenkot. Er schleuderte den Vogelmist in Richtung von Montagus Gesicht. Ob er getroffen hatte, wusste er nicht. Aber der Griff lockerte sich einen Wimpernschlag lang. Lello bekam ein Bein frei. Er holte aus und trat gegen Montagus Hals. Der Lord schrie auf und versuchte mit der freien Hand Lellos Schuh zu greifen. Doch der landete nun in Montagus Gesicht. Noch einmal trat Lello zu. Als er den Fuß erneut hob, um ihn auf den Gegenspieler niederzuschmettern, war von seinem Ziel nichts mehr zu sehen.

\*

In seiner Hängematte wälzte sich Thomas Dallam von einer Seite auf die andere. Er teilte sich die Schlafstelle mit der Besatzung der *Hector*, während die wohlhabenderen Passagiere eigene Kammern bezogen hatten. Hier unten war die Luft gesättigt von saurem Männerschweiß. Es gab keine Lüftungsklappen, denn das dritte Deck lag unterhalb der Wasserlinie. Aber es waren nicht die Gerüche, die Thomas den Schlaf raubten. Der Gesang des Schiffs ließ ihn nicht zur Ruhe kommen.

Die Seile knallten, die Segel flappten, die Planken knarrten, das Schiff murrte und knurrte, quiekte und rasselte. Hinzu kamen die Laute des Meeres, die so vielfältig waren wie die eines Orchesters. Das Wasser schwatzte und schlürfte, summte und plärrte. Zunächst war Thomas begeistert gewesen. Ein ganzer Chor war hier am Werk, die Komposition schien rein zufällig, und doch glaubte er, Struktur und Rhythmus heraushören zu können. Schon fünf Nächte lang schaukelte er ruhelos in der Hängematte und lauschte der Kakophonie von Meer, Schiff und Wind. Gelegentlich stöhnten und furzten die Matrosen. Gelegentlich sank Thomas in einen Traum hinab.

In dieser Nacht, in der die *Hector* Gibraltar passieren sollte, schreckte Thomas aus seichtem Schlaf hoch. Um ihn her war es finster. Trotzdem spürte er das Schaukeln des Schiffs. Wie immer umgab ihn das Konzert der Reise. Aber in dieser Nacht hatte sich ein Rufen und Poltern daruntergemischt. Die neuen Töne klangen dumpf. Sie kamen von weiter oben, vom zweiten oder sogar vom ersten Deck.

Thomas horchte in die Dunkelheit hinein. Die anderen Seeleute rührten sich nicht. Einer grunzte im Schlaf. Von weiter hinten war Schnarchen zu hören. Thomas schüttelte den Traum ab, der ihn ohnehin nur sanft umfangen hatte. In jeder anderen Situation hätte er die störenden Geräusche nicht weiter beachtet. Er hätte sich auf die andere Seite gedreht und wäre wieder eingeschlafen, mit dem Vorsatz, am nächsten Morgen nachzusehen, was den Lärm verursacht haben könnte. Aber das Poltern wiederholte sich nicht, und gerade das weckte Thomas' Neugier. Er legte den letzten Rest Schlaf ab, warf die dünne Decke beiseite und schwang sich aus der Hängematte.

Schemenhaft war die Tür zur Stiege erkennbar. Den Weg hinaus zu finden war nicht einfach. Auf dem Boden standen Kannen, die den Seeleuten nachts als Urinale dienten. Thomas setzte vorsichtig einen Fuß vor den anderen. Schließlich erreichte er die Tür, ohne eines der Gefäße umgestoßen zu haben.

Langsam erklomm er die Schiffsstiege. An die schräg gesetzten Stufen hatte er sich auch nach fünf Tagen auf See noch nicht gewöhnt. Als er den Kopf schließlich durch die Luke steckte, strich ein frischer Wind durch sein Haar. Die Nacht war schwarz, aber immer noch heller als die absolute Finsternis, die unter Deck herrschte. Er blinzelte einige Male. Dann konnte er die Masten erkennen. Sein Blick folgte den dunklen Stämmen nach oben. Dort glaubte er eine Bewegung auszumachen. Vermutlich war das die Flagge, die der Kapitän selbst bei Dunkelheit nicht einholen ließ. Eine Fahne, so hatte er gesagt, drücke mehr aus als das, was man sehe. Sonst wäre sie ja nur ein buntes Tuch.

Weiter links erkannte Thomas die Positionslichter. Keines war entzündet. Dienten diese Lampen denn nicht dazu, andere Schiffe zu warnen und Zusammenstöße zu vermeiden?

Da entdeckte er etwas Großes auf dem Deck neben dem

Fockmast. Zuerst dachte er an einen Sack, den einer der Seeleute dort vergessen hatte. Doch auf der *Hector* herrschte peinliche Ordnung. Niemals würden die Offiziere zulassen, dass bei Wachwechsel ein Gegenstand von solcher Größe im Weg liegen blieb. Zudem hatte der Schatten neben dem Mast Arme und Beine und stieß ein Stöhnen aus.

Thomas eilte zu der Gestalt hinüber. Er erkannte Lord Montagu.

»Sire?«, fragte Thomas, und die Sorge fraß ihm ein Loch in den Bauch. »Ist Euch unwohl? Könnt Ihr aufstehen?«

Ein Röcheln war die Antwort. Thomas hockte sich nieder und griff nach Montagus Schulter, um ihm aufzuhelfen. Erschrocken zog er die Hand wieder zurück. Sie war mit etwas Feuchtem, Warmem bedeckt.

»Sire!« Diesmal war es ein Rufen, das Thomas ausstieß. »Ihr seid verletzt. Was ist geschehen?«

Zwischen Montagus Lippen kam ein leises Blubbern hervor, als versuche der Lord, unter Wasser zu atmen. Thomas beugte sich tiefer zu ihm hinab. Schließlich verstand er, was Montagu sagte – jedenfalls den Worten nach.

»Das Griechische Feuer«, keuchte Montagu. »Ihr müsst es an meiner Stelle finden.« Der Mond lugte neugierig hinter einer Wolke hervor und warf einen silbrigen Glanz auf die schmerzverzerrten Züge des Verletzten.

Die *Hector* schaukelte. Montagu stöhnte.

»Ich hole den Schiffsarzt«, sagte Thomas. Doch bevor er aufstehen konnte, krallte sich die Hand des Lords in seinen Rock.

»Das Feuer«, krächzte Montagu. »In Istanbul.«

»Zu Hilfe!«, rief Thomas.

Das nächtliche Deck lag verlassen. Irgendjemand musste doch das Schiff in der Dunkelheit steuern! Aber die *Hector* war wie leer gefegt. Ein Friedhof, dachte Thomas. Ich fahre auf einem schwimmenden Friedhof über das Meer. Er legte eine Hand an Montagus Stirn.

Jetzt erkannte Thomas, dass Montagu in einer Lache lag. Aus seinem Körper floss Blut. Sein Gesicht war zugerichtet wie nach einer Tavernenschlägerei. Eines seiner Beine war unnatürlich verdreht. Aber er atmete und versuchte erneut zu sprechen.

Noch einmal rief Thomas um Hilfe. Endlich näherte sich vom Bug her die Schiffswache. Im Mondlicht war nichts weiter als ein Schatten zu erkennen.

»Hierher!«, rief Thomas und winkte. Er wünschte, er hätte eine Laterne mitgenommen. Warum entzündete denn der Wachposten kein Licht? Thomas starrte die Gestalt an, die langsam auf ihn zukam. Wenn Montagu wirklich Gewalt angetan worden war, wer war dann dafür verantwortlich? Der Übeltäter mochte noch in der Nähe sein. Und er würde sich gewiss nicht im Laternenschein zu erkennen geben.

Thomas sprang auf. Montagus Hand löste sich von seinem Rock und klatschte auf die Planken.

»Wer da?«, fragte Thomas.

Der Schatten rührte sich nicht mehr. Thomas nahm allen Mut zusammen und ging auf die Gestalt zu. Daraufhin verschwand diese hinter dem Besanmast. Das war keine Wache.

»Zu Hilfe!« Diesmal rief Thomas um seiner selbst willen. Er hob die Stimme, füllte seine Lungen mit Luft und stellte sich vor, sein Leib sei die große Orgel von Westminster Abbey. Dann brüllte er so laut, dass das Knattern der Segel, das Heulen des Windes und das Klatschen der Wellen zu einem Säuseln wurden.

Ein schwacher Lichtschimmer flammte in der Luke zum Unterdeck auf. Thomas lief dorthin, bereit, sich kopfüber in das Loch zu stürzen, falls ihn jemand von hinten packen würde. Noch einmal sah er sich um. Der Schatten war wieder hervorgekommen. Jetzt zeichnete er sich deutlich vor dem dunkelgrauen Himmel ab.

Thomas verschwand mit beiden Beinen in der Luke, blieb aber noch auf der Leiter stehen. Er wollte den Unbekannten beobachten, hoffte darauf, dass das Mondlicht einen Augenblick auf seine Züge fiel und ihn entlarvte. Dies musste der Unhold sein, der Lord Montagu so übel zugerichtet hatte.

Mit einer Hand langte Thomas nach der Klappe der Luke, bereit, sie augenblicklich zu schließen, sollte der Unbekannte auf ihn zustürzen. Doch der ging zu dem reglosen Montagu hinüber. Mit geweiteten Augen verfolgte Thomas, wie die Gestalt sich über den Lord beugte. Für einen Moment verschmolzen beide Umrisse. Dann wuchs eine neue Silhouette empor. Der Unbekannte hatte den Lord aufgehoben und wuchtete ihn über seine Schulter. Montagus Arme und Beine baumelten schlaff herab, als sein Träger sich mit schweren Schritten der Bordwand näherte.

»Wer ruft?«, kam eine Bärenstimme von unten. Jemand packte Thomas' Waden.

Er schrak zusammen, drehte sich um und blickte direkt in das Gesicht eines bulligen Seemanns – oder das, was davon zu sehen war. Ein roter Vollbart bedeckte Kinn und Wangen. Eine Augenklappe verbarg das linke Auge.

»Hast du gerufen?«, fragte der Matrose.

»Dort!«, war alles, was Thomas hervorbrachte. Doch als er wieder zur Reling schaute, war der Schatten verschwunden. Auch von Lord Montagu war weit und breit nichts mehr zu sehen.


»Ihr wollt den Lord also schwer verletzt auf Deck liegen gesehen haben«, sagte Hoodshutter Wells zum wiederholten Male.

Thomas nickte. Morgenlicht fiel durch die drei großen Fenster in die Kajüte des Kapitäns. Aus dem Holz der Vertäfelung stiegen ihm die drei Aromen der Seefahrt entgegen: Fischgestank, Vogelmist und der Geruch der Furcht. Thomas stand vor dem Kartentisch des Kapitäns, die Hände hielt er auf dem Rücken. Nervös spielte er mit den Fingern Tonleitern in der Luft. Auf der anderen Seite des Tisches hatte Hoodshutter Wells Platz genommen. Er saß auf der Kante seines Stuhls und stützte die Stirn mit beiden Händen.

Die beiden Männer warteten schweigend. Thomas hatte den Kapitän noch in der Nacht wecken lassen. Mit schnellen Worten hatte er dem verschlafen an seiner Uniformjacke nestelnden Wells berichtet, was auf Deck geschehen war. Nur die letzten Worte Lord Montagus hatte er verschwiegen.

Daraufhin hatte der Kapitän ein Dutzend Seeleute über das Schiff verteilt, um den Lord ausfindig zu machen. Sie suchten noch immer. Schweigen lastete auf dem niedrigen Raum. Wells hatte Thomas keinen Platz angeboten. Schließlich klopfte es knapp, und die Tür der Kajüte wurde aufgerissen. Das strenge Gesicht des zweiten Offiziers erschien. Das Schiff sei von den Mastspitzen bis zum Kielschwein durchkämmt worden, meldete der Mann. Von Lord Montagu fehle jede Spur.

Der Kopf des Kapitäns wuchs aus seinen Händen empor und schimmerte bleich im Licht der schaukelnden Tranlampe. »Und der Blutfleck an Deck?«

Der Offizier warf einen kurzen Blick auf Thomas, dann schüttelte er den Kopf. Den gebe es nicht, sagte er. Wells schickte den Mann hinaus.

Der Kapitän atmete tief durch. »Ihr seid der Letzte, der den Lord lebend gesehen hat. Dass Ihr mir davon berichtet, spricht zwar für Euch. Aber Ihr könntet ebenso gut für das Verschwinden Montagus verantwortlich sein.« Er ließ die Hände auf die Seekarten fallen. Es hätte Thomas nicht verwundert, wenn eine Wasserfontäne aufgespritzt wäre. »Ich werde Euch einsperren lassen, bis wir in Istanbul sind.«

Thomas trat einen Schritt in Richtung Tür. Dann wurde ihm bewusst, wie absurd ein Fluchtversuch auf einem Schiff war. »Aber ich habe doch erzählt, dass noch jemand dort war.«

»Ein Schatten«, sagte der Kapitän und schnaubte. »Solange der nicht ins Licht tritt, kann ich ihn wohl kaum für ein Verbrechen zur Rechenschaft ziehen.«

Hinter seinem Rücken knetete Thomas seine Finger, bis sie brannten. »Wer auch immer es war, er muss Montagu über Bord geworfen haben. Aber warum?«

»Das finden wir heraus, sobald Ihr vor einem Gericht steht.« Der Kapitän erhob sich, öffnete die Tür und rief die Namen zweier Seeleute.

»Wartet!«, rief Thomas und griff nach dem Arm des Kapitäns. »Da war noch jemand. Einer Eurer Männer. Er hat als Einziger auf meine Hilferufe reagiert. Vielleicht hat er etwas bemerkt, was ich nicht gesehen habe.« Er versuchte, sich das Gesicht des Matrosen in Erinnerung zu rufen. »Er hatte einen roten Bart. Und eine Augenklappe.«

Hoodshutter Wells schien einen Moment zu überlegen. Dann rief er aus der Tür hinaus, man möge den Koch herbeiholen.

Während sie auf den Mann warteten, kalkulierte Thomas seine Möglichkeiten. Der Matrose hatte unter ihm gestanden. Von dort aus hatte er die Ereignisse auf Deck nicht verfolgen können. Als er endlich seinen großen Kopf durch die Luke gesteckt hatte, waren Lord Montagu und sein Mörder verschwunden gewesen. Der Seemann würde Thomas jetzt wohl nicht helfen. Aber immerhin gewann er etwas Zeit.

Schwere Schritte polterten die Stiege zur Kajüte hinab. Ein Kerl mit einem Brustkorb so breit wie die Themse zwängte sich durch den Eingang. Er krümmte sich in den niedrigen Raum hinein. Sein rotes Haar strich über das Holz der Decke.

»Kapitän?«, fragte der Seemann. Zwar hatte er Thomas den

Rücken zugekehrt. Doch das Nebelhorn seiner Stimme war unverkennbar. Es war der Matrose der vergangenen Nacht.

Wells deutete auf Thomas. »Du hast diesen Mann gestern Nacht auf Deck aufgelesen und zu mir geführt.«

Als der Rothaarige nichts sagte, fuhr der Kapitän fort. »Er hat vielleicht einen unserer Passagiere erschlagen und über Bord geworfen. Aber er behauptet, dass noch jemand an Deck gewesen sei. Kannst du das bestätigen?«

Der Seemann wandte sich in der niedrigen Kajüte mühevoll um und stieß sich dabei die Stirn an den Deckenbalken. Dann musterte er Thomas, und Thomas erwiderte seinen Blick.

Das Haar des Matrosen war ebenso rot wie sein Bart. Beides wucherte in Wellen über das Gesicht. Aufgrund der Augenklappe aus gelbem Stoff waren nur die große Nase und das andere Auge zu erkennen. Es verengte sich, als der Seemann unter seinem Bart grinste. Dann hob er die Hand und lüpfte die Klappe. Thomas erwartete, darunter Narbengewebe zu sehen – oder Schlimmeres. Zu seiner Überraschung blickte ihn ein gesundes Auge an – jedenfalls beinahe. Denn der Blick des linken Sehorgans ging nicht nach vorn, sondern kreuzte durch die Kabine wie ein Einmaster bei Flaute.

»Ja, da war noch jemand an Deck«, sagte John Flint. »Aber ich konnte ihn nicht erkennen.«

## Kapitel 4

Thomas zwängte sich durch die Frachträume auf dem ersten Unterdeck. Eine Tranlampe spendete messingfarbenes Licht. Irgendwo hier unten musste die Kombüse zu finden sein und darin der Schiffskoch John Flint. Thomas hatte nicht gewagt, den Kapitän oder jemanden von der Besatzung nach Flint zu fragen. Wenn Hoodshutter Wells erfahren hätte, dass Thomas und Flint sich kannten, hätte er das Alibi, das der Schiffskoch dem Passagier verschafft hatte, mit einem Eimer Schmutzwasser über Bord gekippt.

Thomas stieg über Teile zerlegter Fässer. Die Seeleute nahmen die Behälter auseinander, sobald sie leer waren. Die hölzernen Dauben und eisernen Ringe stapelten sie unter Deck, wo sie niemandem im Weg waren. Noch war der Stapel klein, aber bald würde er bis zur Decke reichen.

Der Geruch von Käse verriet Thomas, dass er auf dem richtigen Weg war. Allmählich näherte er sich der Mitte des Schiffs. Dort lag der ruhigste Punkt der Fregatte und damit der beste Ort, um sämige Suppe in schaukelnden Töpfen zu kochen. Dort musste Flints Küche zu finden sein.

Thomas sah das schummrige Licht erst, als er schon vor der Tür stand, durch die es fiel. Der Geruch von Dörrfleisch, das erst in Wasser eingeweicht und dann in altem Fett erhitzt worden war, schlug ihm entgegen. An seinen ersten Tagen auf See hatte Thomas bereits Bekanntschaft mit den schwarzen Klumpen geschlossen. Einst mussten sie Teil eines Schweins gewesen sein. Nach ihrer Verwandlung aber sahen sie aus wie etwas, mit dem sich die Straßenkinder Londons bewerfen würden.

Hier also lag jener Ort, der all das hervorbrachte, was die Mannschaft der *Hector* und damit das Schiff selbst in Gang hielt. Thomas steckte den Kopf durch die Tür. Das Innere der Kombüse war überraschend geräumig. Das musste es auch sein, denn John Flints massiger Körper füllte den Raum zwischen Truhen, Säcken, Fässern und von der Decke hängenden Töpfen bis in den letzten Winkel aus. Seine Gestalt war in ein rotes Glühen getaucht. Flint summte eine kleine Melodie.

»Brauchst mir nicht zu danken. Für einen alten Freund lüg ich die Sterne vom Himmel.« Flints Stimme wurde vom Klappern der Blechnäpfe, mit denen er hantierte, untermalt. Er wandte sich nicht um.

Die Worte trafen Thomas unvorbereitet. Er hatte Flint fragen wollen, wie er von der Fähre in Lambeth Marsh auf eine königliche Fregatte gekommen war. Er hatte einen Haken in der Vergangenheit gesucht, an den er ein Seil knüpfen und es bis in die Gegenwart spannen konnte. Flint hingegen schien das Hier und Jetzt zu genügen.

»Du hast nicht gelogen«, sagte Thomas. Ihm war zumute, als hätte es die vergangenen zehn Jahre nicht gegeben und er hätte erst gestern zusammen mit Flint die Kathedrale von Westminster verlassen. »Ich habe Lord Montagu nicht getötet«, setzte er hinzu.

Flints Antwort ging im Zischen heißen Fetts unter. Dampf stieg auf und hüllte seine Gestalt ein.

»Was hast du gesagt?«, rief Thomas in die Dampfschwaden hinein.

Mit der Behäbigkeit von fließendem Honig kam Flint in Bewegung und drehte sich um. Deutlich war sein gesundes Auge in dem roten Glühen zu erkennen. Die gelbe Augenklappe trug er nicht. Offenbar setzte er sie nur auf, wenn er in Gesellschaft war. Jetzt aber war sein schief stehendes Auge zu sehen. Flints Bart bewegte sich, als er sprach. »Ich sagte: Die rechte Hand führt Gott, die linke der Teufel. Du weißt nie, welcher von beiden gerade die Oberhand hat.«

Was sollte das bedeuten? Wollte John Flint ihn etwa doch des Mordes an Montagu beschuldigen?

Thomas wühlte in der Tasche seines Rocks und fand zwei Pennys. Er hielt sie dem Koch hin. »Diese Hand hier kommt jedenfalls von Gott«, sagte er.

Jetzt wandte sich Flint vollständig um. Dabei stießen seine Schultern gegen die von der Decke hängenden Töpfe. Das Scheppern untermalte seine Bewegungen, als würden seine Gelenke von Blechgewinden und Zahnrädern zusammengehalten. Wie bei einem Automaten, einer passenden Ergänzung zu Thomas' Orgel.

Flint beäugte die beiden Pennys. »Warum willst du mir das geben?«, fragte er.

»Wenn du schon keinen Dank annimmst«, sagte Thomas, »wie wäre es dann mit einer Bitte: Dass du auch in Zukunft bei deiner Version der Geschichte bleibst.«

Mit einem langen Schritt kam Flint aus dem Verschlag heraus. Thomas wich zurück.

»Ich hab dir nicht geholfen, damit du mich dafür bezahlst«, brummte der Hüne. Die Finger seiner Rechten, dick wie Talglichter, fegten die beiden Pennys aus Thomas' Hand. Es gab jedoch kein Klimpern, keinen Laut aufprallenden Kupfers.

»Na gut!«, sagte der Koch. »Einen Farthing warst du mir ohnehin noch schuldig. Wenn wir die Zinsen von – wie lange ist das her? – zehn Jahren hinzuzählen, kommen wir gewiss auf zwei Pennys.« Er öffnete die rechte Faust. Die beiden Münzen blinkten auf seiner Handfläche. Unvermittelt schlug er mit der linken Faust auf das Geld. Als er anschließend beide Hände hob, waren die Handflächen leer.

Als Nächstes spürte Thomas die schweren Hände des Kochs auf seinen Schultern. Wurde die eine wirklich von Gott und die andere vom Teufel gelenkt?

»Keine Sorge!« Flints Stimme brodelte. »Ich verrate nichts. Wir sind doch alte Freunde.«

Meinte der Hüne das etwa ernst? Hatte er vergessen, dass er an Thomas' Versagen in Westminster Abbey schuld gewesen war? Dass eine vielversprechende Laufbahn als Organist einer der größten Kirchen Londons an jenem schicksalhaften Tag in einem Blasebalg stecken geblieben war – einem Blasebalg, den John Flint zu treten versucht hatte?

Thomas wollte widersprechen. Westminster, wollte er sagen. Dein verdammter Fuß, wollte er sagen. Sämtliche Schimpfnamen, die ihm für John Flint eingefallen waren, während er an der automatischen Orgel gearbeitet hatte, lagen ihm auf der Zunge. Aber da sah er das Funkeln in den Augen des Kochs und verstand.

»Freunde«, sagte Thomas und schluckte die Flüche hinunter, »von früher.« Ohne ein Wort des Abschieds drehte er sich um und ging, die Tranlampe wieder vor sich haltend, den Weg zurück zum Oberdeck.

Als er an diesem Abend in seine Hängematte sank und seine Schuhe von den Füßen streifte, rollten zwei Pennys daraus hervor. Sie drehten sich im Kreis, stießen gegeneinander und blieben schließlich liegen. Lange Zeit konnte Thomas den Blick nicht von den Münzen nehmen. Sie schienen ihn anzusehen wie zwei Augen aus Kupfer. Als ein Lichtschimmer die Pennys streifte, schien es ihm, als zwinkerten ihm die Münzen zu.

Am nächsten Morgen segelte die *Hector* an der Küste Nordafrikas entlang. Das Schiff hob und senkte sich wie eine Kinderschaukel. An allen drei Masten plusterten sich die Segel auf, und die Mannschaft sang schmutzige Lieder beim Säubern des Decks.

Über einen Winkel am Heck war ein Stück Leinwand gespannt. Unter dem Sonnenschutz drängten sich die Passagiere zusammen. Außer Thomas und Montagu waren vier Männer und zwei Frauen als Fahrgäste an Bord gekommen. Ihr gemeinsames Ziel war Istanbul.

Für Lady Aldridge und ihre Zofe Mabel waren Schemel aufs Deck gestellt worden. Die Männer – Lord William Aldridge, Lord Henry Lello sowie die Kaufleute Cuthbert Bull und Dudley North – hatten ihre Gesäße in Seilrollen und auf Frischwasserfässer gepflanzt. Die Wagemutigsten versuchten, Warmbier aus Zinnkrügen zu trinken. Das Rollen und Stampfen des Schiffs sorgte jedoch dafür, dass sie das meiste verschütteten.

Das Sonnensegel schlotterte.

Lord Lello reckte den Kopf in Richtung Küste. Dabei entblößte er die Muttermale an seinem Hals. »Wenn der Wind nicht umschlägt«, sagte er, »können wir in zwei Tagen frisches Wasser in Tunis aufnehmen.« Er schnupperte. »Vielleicht in drei Tagen.«

»Wozu Wasser?«, fragte Lady Aldridge. »Bei diesem Seegang kann doch sowieso niemand etwas trinken. Und gleichzeitig ist es so heiß.« Die hochbrüstige Matrone hatte sich in ein Kleid mit kleinen Schulterwülsten gezwängt. Die Taille lag nach der Londoner Mode unter dem Bauchnabel und wurde von einem Korsett zusammengepresst. Daran mochte es liegen, dass der Kopf der Lady hochrot aus ihrem weißen Kragen herausschaute. »Mussten wir die Fahrt ausgerechnet im Juli antreten, William?«

»Wenn erst die Herbststürme blasen, wäre eine so lange Reise viel zu gefährlich«, antwortete ihr Gemahl mit gesenktem Kopf. »Außerdem soll der Winter am Bosporus der Gesundheit ausgesprochen zuträglich sein, meine Liebe.«

»Nur so können wir pünktlich in Istanbul eintreffen, wenn die Wintermärkte dort eröffnen«, ergänzte Cuthbert Bull. Der breitbackige Kaufmann starrte auf das Warmbier in seinem Krug, wartete auf den Moment, wenn das Schiff am tiefsten Punkt eines Wellentals angekommen war, und trank dann ruckartig einen Schluck. Trotz dieser Vorsichtsmaßnahme rann ihm das Bier am Kinn herab und tropfte aus seinen eisenfarbenen Barthaaren auf seine Hosenbeine.

Lady Aldridge stieß hörbar die Luft aus. »Womit habe ich dieses Schicksal verdient?«, fragte sie die Wolken. Ihre Zofe tupfte ihr die Stirn mit einem feuchten Tuch und antwortete: »Wir verstehen es nicht, es ist Gottes Wille.«

Thomas hielt einen Zipfel seines Umhangs in seinen Krug und wartete, bis er sich mit Warmbier vollgesogen hatte. Dann steckte er sich den Stoff in den Mund und saugte daran. Ihm schmeckte die Mischung aus Bier, Salz, Zucker, Eiern und Butter. Und noch etwas lag darunter, ein Gewürz, von dem er nie zuvor gekostet hatte. Vielleicht eine Entdeckung aus der Neuen Welt. Er beschloss, John Flint danach zu fragen.

Am Rande des Sonnensegels tauchte die Gestalt eines Mannes in Uniform auf. Thomas erkannte Hoodshutter Wells, schon bevor sich der Kapitän herabbeugte, um unter die Leinwand zu gelangen. Trotz der Hitze trug Wells die offizielle Kleidung des Schiffsführers mitsamt der roten Weste über seinem Rock. Sein kurzer torffarbener Umhang flatterte im Wind.

»Guten Morgen, Kapitän.« Lady Aldridge spannte ein Lächeln in ihren Mund.

Wells erwiderte die Begrüßung nicht. Breitbeinig stellte er sich zwischen die Passagiere. Thomas fiel auf, dass der Kapitän sich nicht festhalten musste, um vom Schwanken des Schiffs nicht aus dem Gleichgewicht gebracht zu werden.

»Ich überbringe schlechte Nachricht«, sagte Wells. »Es handelt sich um Lord Montagu.«

Henry Lello fiel dem Kapitän ins Wort. »Ist er noch immer seekrank? Seit gestern hat er sich nicht mehr gezeigt. Liegt wohl in seiner Kabine.«

Wells schaute den Grafen an. »Lord Montagu ist wahrscheinlich tot.«

Das saftige Lächeln im Gesicht von Lady Aldridge vertrocknete.

»Es gibt Hinweise darauf, dass er über Bord gegangen ist.« Der Kapitän warf Thomas einen kurzen Blick zu. »Er muss unvorsichtig gewesen sein. Deshalb fordere ich alle auf, sich weder bei Seegang noch in der Nacht an Deck zu begeben.«

»Ist das Schiff durchsucht worden?«, fragte Dudley North, ein dürrer Mann mit einem scheußlichen Rasurbrand am Hals.

»Wir haben das Schiff durchkämmt, in jedes Fass hineingesehen, hinter jeden Aufbau geschaut. Es gibt keinen Zweifel: Lord Montagu hat die *Hector* verlassen.«

»Dann müssen wir umkehren.« Lord Aldridge kreischte wie ein Wachtelkönig. »Vermutlich schwimmt der Unglückliche noch irgendwo im Meer herum.«

Der Kapitän sah erneut zu Thomas hinüber. Wenn er nicht damit aufhört, dachte Thomas, werden sie mich noch an der Rahstange aufhängen.

»Wie ich schon sagte«, fuhr Hoodshutter Wells fort, »wir haben gründlich nach dem Lord gesucht. Länger als in einem solchen Fall üblich. Das bedeutet, dass er schon mehr als zwölf Stunden über Bord sein muss. Niemand kann so lange im offenen Meer schwimmen.«

Lady Aldridges Hände flatterten durch die schwüle Luft.

»Aber er kann es doch bis zur Küste geschafft haben. Das ist doch möglich, oder nicht?«

Wells schaute zu Boden. »Vielleicht«, sagte er so leise, dass es kaum zu verstehen war. Noch einmal blickte er in die Runde. Dann wandte er sich um und verschwand sicheren Schrittes.

»Vielleicht war es gar kein Unglück.« Die hängeschultrige Zofe sprach leise und schnell.

»Was soll das heißen?«, fuhr Lady Aldridge sie an.

»Sie will wohl andeuten«, sagte Dudley North und kratzte sich an seinem entzündeten Hals, »dass jemand den Lord beseitigt haben könnte.«

Thomas brach der Schweiß aus. Gerne hätte er sich einfach aus der Runde entfernt. Stattdessen entledigte er sich nur seiner Weste. Nun blies der heiße Wind zwar durch sein Hemd, Kühlung fand er jedoch nicht.

»Vielleicht war es Selbstmord«, warf Thomas ein.

Henry Lello lächelte Thomas zu. »Was für ein kluger Einwand! Montagu war seekrank. Die Aussicht auf ein halbes Jahr Seegang und Erbrechen muss ihn einfach in den Wahnsinn getrieben haben.« Lello nahm einen Schluck aus seinem Zinnkrug, ohne einen Tropfen zu verschütten.

»Ihr solltet den Toten nicht verspotten!«, rief Lady Aldridge vorwurfsvoll.

Cuthbert Bull schaute gebannt zu, wie Lello das Warmbier meisterte. Mit einer ähnlichen Bewegung wie der Lord führte er den eigenen Krug noch einmal zum Mund, scheiterte aber erneut. Schlürfend sagte er: »Das ist eine einfache Rechnung. Wenn es ein Unglück war, ist das tragisch. Aber in diesem Fall hätten wir nichts zu befürchten.« Er strich sich den Schaum aus dem Bart. Mit einem Blick auf Thomas fuhr er fort: »Wenn er sich selbst gerichtet hat, ist das Meer das richtige Grab für ihn. Auf einem christlichen Friedhof würde sein Geist gewiss keine

Ruhe finden. Jedenfalls müssten wir uns auch in diesem Fall keine Sorgen machen.« Jetzt senkte Bull die Stimme und kniff die Augen zusammen. »Wenn Montagu aber ermordet worden ist, wie das junge Ding dort glaubt, dann ist der Mörder hier auf dem Schiff. In diesem Fall ziehe ich es vor, den Rest der Reise in meiner Kabine zu verbringen.« Bull wollte sich zurücklehnen, schien aber vergessen zu haben, dass er nicht auf einem Stuhl, sondern auf einer Seilrolle saß. Thomas stützte dem Kaufmann im letzten Moment den Rücken. Lord Aldridge hielt sich eine Hand gegen die Stirn. »Ein Mörderschiff. Wir fahren auf einem Mörderschiff.«

»Unsinn!« Seine Frau fächerte ihm Luft zu. »Wer von uns sollte ein Mörder sein? Wir sind zivilisierte Briten.«

»Was ist mit der Mannschaft?«, fragte Dudley North und streckte eine blau geäderte Hand in Richtung der singenden Seeleute aus. »Darunter sind Wilde. Habt Ihr das noch nicht bemerkt?«

Schweigen senkte sich über die kleine Gruppe. Alle Blicke wanderten hinüber zu den Matrosen. Nur vier von ihnen waren zu sehen. Zwei scheuerten das Deck auf den Knien, indem sie Steinquader durch eine Seifenlauge schoben. Diese Putzsteine, das hatte Thomas erfahren, wurden »Heilige Steine« genannt, weil sie so groß und schwer wie Bibeln waren. Zwei weitere Seeleute halfen mit Wischmobs an langen Stangen nach. Sie sangen schief und bespritzten sich gelegentlich mit Schmutzwasser. Für Mörder, dachte Thomas, sind sie recht gut gelaunt.

Lord Lello stellte als Erster eine Vermutung darüber an, welche Matrosen wohl am ehesten zu einem Mord fähig wären: der hagere Norweger mit den dicken Waden, der welke, zerbrechliche Ire oder der Schotte mit dem kinnlosen Fischgesicht. Die anderen stiegen mit gesenkten Stimmen in das Ratespiel ein. War es der Takler, der Schiffsmaat oder der Pulverjunge gewesen?

Unterdessen verglich Thomas jeden einzelnen Matrosen mit dem Schatten, den er in jener Nacht bei Lord Montagu gesehen hatte. Aber in seiner Erinnerung wurde der Mörder mal größer, mal kleiner, mal hatte er lange Affenarme, mal kurze Stumpen. Keine seiner Visionen schien auf die Matrosen an Deck zu passen – und doch ähnelten sie allen Seeleuten gleichzeitig. Es war sinnlos. Thomas sperrte die schrecklichen Bilder der unheilvollen Nacht in jenen Winkel seines Geistes, aus dem Albträume geboren werden.

»Lord Lello hat recht. Der und kein anderer ist der Mörder«, sagte Cuthbert Bull. Der Kaufmann blies seine Backen zu imposanten Bällen auf. Die anderen nickten zustimmend.

»Von wem ist die Rede?«, wollte Thomas wissen.

»Vom Koch natürlich«, hauchte Miss Mabel. »Habt Ihr nicht gesehen, was für ein Ungeheuer er ist?« Sie verzog das Gesicht, als hätte man ihr etwas von üblem Geschmack in den Mund gesteckt. »Diese roten Haare! Und dann hat er auch nur ein Auge. Das ist Gottes Strafe für böse Menschen.«

Thomas war versucht, die Wahrheit hinter Flints Augenklappe zu offenbaren, nur um die Einfalt zum Schweigen zu bringen. Aber Lord Aldridge kam ihm zuvor.

»Das beweist überhaupt nichts«, fuhr er der Zofe über den Mund. »Allerdings«, setzte er mit erhobener Nasenspitze hinzu, »ist dieser Koch wohl der Größte hier an Bord. Und man braucht Kraft, um einen Mann zu töten.«

»Woher willst ausgerechnet du das wissen?«, fragte Lady Aldridge.

»Wir werden den Kapitän auffordern, diesen Unhold in Ketten zu legen«, sagte Bull. »Er bereitet unser Essen zu. Nicht auszudenken, was der uns antun könnte.«

Dudley North linste in seinen Zinnkrug, dann stellte er sein Frühstücksbier auf dem Boden ab. Bull, Lord und Lady Aldridge und die Zofe folgten seinem Beispiel. Lady Aldridge klopfte sich mit der Faust gegen die Brust und räusperte sich. Henry Lello kippte den Rest seines Warmbiers über das Dollbord, wo es geräuschlos zu einem Teil des Meeres wurde.

»Was ist mit dir?«, fragte Lello.

Noch immer hielt Thomas mit beiden Händen den Zinnkrug umklammert. »Unsinn«, sagte er lauter als beabsichtigt. Doch nun war es zu spät, um sich mit den anderen gemeinzumachen. Ohnehin stand er auf der Seite John Flints. Hier bot sich Gelegenheit, dem Hünen die Hilfe von vorgestern Nacht zu vergelten.

»Dieser Koch ist nicht gefährlicher als ein Blauwal«, fuhr er fort. »Wenn wir ihm aus dem Weg gehen, wird er auch niemandem Schaden zufügen.«

»Das könnte ja stimmen, wenn er nicht rot, sondern blau wäre.« Lord Aldridge lachte prustend über seinen Scherz. Niemand stimmte ein.

Thomas stand auf. Langsam wie eine Pflanze, die sich zur Sonne dreht, hob sein rechter Arm den Zinnkrug an den Mund. Ohne abzusetzen, trank er das Warmbier in langen Schlucken bis zur Neige aus. Dabei spürte er ein Kitzeln an den Mundwinkeln, als ihm das Getränk über das Kinn lief. Schließlich riss er sich den Krug vom Mund und leckte sich mit langer Zunge die Lippen. Das Geräusch, mit dem seine Eingeweide das Empfangene quittierten, fing er mit einer Faust auf. Dann nickte er den anderen Passagieren stumm zu, bückte sich unter dem Sonnensegel hindurch und verschwand.

# Kapitel 5

Die Welt stand Kopf. Der Boden aus rotem Porphyr war an die Decke gerutscht. Elizabeth' liebste Ruhebank aus afrikanischem Ebenholz klebte ebenfalls dort oben, und sie fragte sich amüsiert, wie es wohl auf Gesandte wirken würde, wenn sie die Königin bei einer Audienz unter der Zimmerdecke schwebend antreffen würden.

Sie lächelte. Vielleicht sollte sie den gesamten Palast von unten nach oben umkrempeln lassen. Behaupteten die Portugiesen nicht ohnehin, die Welt sei rund? Dann war es wohl gleichgültig, wo oben und wo unten war. Sie, Elizabeth von England, zog jedenfalls oben vor.

Ein Husten schüttelte sie. Ein metallischer Geschmack lag auf ihrer Zunge. Ihn hinunterzuschlucken fiel schwer. Warum hatte sie sich nur dem Rat ihres Leibarztes gefügt und sich kopfüber in diesem Gestell aufhängen lassen? Doktor Fitzpatrick war der Meinung, dass auf diese Weise die Gifte des Alters aus ihrem Körper laufen würden. Eine ausgeglichene Konstellation der vier Körpersäfte war nach Ansicht des Arztes die Voraussetzung für einen gesunden Körper, einen reinen Geist und ein langes Leben. Insbesondere das Versprechen klarer Gedanken hatte Elizabeth dazu bewogen, sich auf Fitzpatricks Methode einzulassen. Allerdings hatte dieser schlaue Fuchs ihr die Wahrheit über sein Verfahren erst eröffnet, als sie schon in den Lederschlaufen seines Apparates hing: Vierundzwanzig Stunden, sagte Fitzpatrick, müsse man in dieser Position ausharren. So lange bräuchten die schädlichen Säfte, um sich im Kopf zu sammeln und durch den Mund abzufließen.

Vierundzwanzig Stunden waren eine lange Zeit.

Wie lange sie nun schon so hing, wusste Elizabeth nicht. Ihre Beine fühlten sich taub an. Auf ihrem Kopf lastete Druck, und in ihren Ohren rauschte es. Obwohl Fitzpatrick empfohlen hatte, die Kur im Untergewand zu ertragen, war Elizabeth in ihrer üblichen reich verzierten Seidengarderobe in das Gestell aus Eisen, Leder und Holz gestiegen. Sogar ihr Haar hatte sie zu einer kunstvollen, aber besonders robusten Frisur hochstecken lassen. Kein Mann würde die Königin von England jemals nachlässig gekleidet zu Gesicht bekommen – und Fitzpatrick und seine Assistenten waren allesamt Männer.

So hing Elizabeth in den Schlaufen. Ihre Arme schmerzten, weil sie ihre Hände über dem Bauch gefaltet hielt, ganz so, als würde sie aufrecht stehen. Eine Kugel, sagte sie sich immer wieder, die Erde ist eine Kugel. Aber die Versuchung, die Arme einfach herabhängen zu lassen, wuchs von Augenblick zu Augenblick. Jetzt war dieser Geschmack in ihrem Mund entstanden. War das einer jener Säfte, die ihr das Leben schwer machten? Vielleicht hatte Fitzpatrick mit seinen Methoden ja recht. Elizabeth nahm sich vor, weiter in dem Gestell auszuharren.

An der Zimmerdecke – sie hatte beschlossen, dass es die Decke war – tauchten zwei mit Silberschnallen besetzte Stiefel auf. Sie erkannte Cecil an der Schuhgröße. Ein Kind hätte diese Stiefel tragen können. Aber es wäre ein gefährliches Kind gewesen, ein garstiger Kobold aus dem Reich der Feen und Elfen.

»Mylady?« Cecils Stimme erklang von irgendwoher.

Elizabeth wollte antworten, befürchtete aber, dass ihr dabei das Gift aus dem Mund rinnen würde.

Sie beließ es bei einem Nicken und musste feststellen, dass

diese gewöhnliche Bewegung zu einer schmerzhaften Angelegenheit wurde.

»Mmh?«, fragte sie Cecils Stiefelspitzen. Was war so wichtig, dass der Herzog sie in dieser Lage heimsuchen musste? Sie meinte zu spüren, wie sich neue Gifte in ihrem Leib zusammenbrauten und irgendwo in Höhe ihres Magens zu einem See aus Bitternis ineinanderflossen.

»Mylady, wenn ich sprechen dürfte?«

Das tat er doch schon längst! Und störte dabei ihre Heilung – vielleicht sogar mit Absicht. Elizabeth schluckte das Gift, das so widerspenstig ihren Leib hatte verlassen wollen, wieder hinunter – oder hinauf. Sie prüfte mit der Zunge, ob ihr Mund trocken genug war, damit sie mit Würde sprechen konnte. Dann sagte sie rüde: »Raus damit!«

Die Stiefel zogen sich zwei Schritte zurück. Elizabeth wusste, dass diese und alle anderen Demutsgesten Cecils nur Augenwischerei waren. Wenn er damit seine Ziele erreichen konnte, würde sich der Herzog sogar erst hängen und dann enthaupten lassen – oder umgekehrt. Doch all sein Streben, dessen war sie ebenso gewiss, diente dem Wohl Englands, dem Wohl Englands und dem Wohl Englands. Danach kam eine ganze Weile nichts. Dann folgte Cecils Sorge um seine Königin.

»Der spanische König«, sagte Cecil, »schickt einen Gesandten.«

Elizabeth schnappte nach Luft. »Einen Gesandten!«, wollte sie rufen. Da fiel ihr auf, dass auch ihre Stimme auf dem Kopf stand. Statt des Knurrens der englischen Löwin war nur ein Fiepen zu hören.

»Runter!«, krähte sie. »Lasst mich herunter.«

Die Gehilfen des Arztes drehten an den Winden, bis Elizabeth mit ausgestreckten Beinen auf dem Boden saß. Ungeduldig streifte sie die Lederschlaufen von Schultern und Armen.

Wie gern wäre sie jetzt aufgesprungen. Aber ihre Beine fühlten sich blutleer an. Bis das Gefühl in ihre Füße zurückgekehrt war, würde sie sich gedulden müssen. Gedulden! Sie, die Königin von England! Noch immer auf dem Boden aus kaltem roten Stein sitzend, funkelte sie Cecil an.

»Keinem Spanier ist es erlaubt, meinen Hof zu betreten. Das solltet Ihr wissen, Herzog.« Jetzt hatte ihre Stimme wieder den gewohnten Umfang. »Ich lehne das Gesuch ab.«

Cecil tupfte seinen Mund mit einem Fäustchen. »Es ist kein Gesuch, Mylady. Der Principe de la Ruy ist bereits hier.«

»In London?«

»Im Palast«, sagte Cecil, und seine Stimme passte sich seinen Körpermaßen an.

Jetzt kam Elizabeth auf die Beine. Es war ihr gleichgültig, ob sie wankte. Insgeheim hoffte sie, das Gift möge ihren Körper noch nicht verlassen haben, denn sie wollte es Cecil und dem infamen Spanier ins Gesicht speien.

»Wer hat das erlaubt?«, rief sie. Zwei Zofen richteten derweil ihre Kleider. Sie stieß die Mädchen von sich.

»Ich hielt es für ratsam«, sagte Cecil mit leiser Stimme. Seine Augen richteten sich auf Elizabeth' Füße.

»Und ich halte es vielleicht für ratsam, Euch das Handwerk zu legen und des Hochverrats zu beschuldigen.« Sie hatte ihre Stimme nicht mehr unter Kontrolle. Wozu auch, fragte sie sich. »Vor achtzehn Jahren habe ich den letzten spanischen Botschafter aus England hinausgejagt. Seither darf kein Spanier mehr einen Fuß in mein Haus setzen.«

»Guerau de Spes war damals Gesandter König Philipps II. Aber de la Ruy ist ein Mann des neuen spanischen Königs, Philipps III. Wir sollten uns anhören, was er zu sagen hat.«

»Sollten wir das?« Elizabeth kniff die Augen zusammen, damit Cecil nicht zu sehen bekam, wie ihre Lider flatterten.

»Mylady weiß doch, dass die Spanier eine neue Armada bauen.« Jetzt klang auch die Stimme des Herzogs gereizt. Das hatte es bislang noch nie gegeben.

Elizabeth schlug die Augen wieder auf, um nachzusehen, ob tatsächlich der ihr bekannte William Cecil vor ihr stand. Er war es, aber seine Augen waren um die Hälfte gewachsen und wirkten in seinem kleinen Kopf wie Vollmonde.

»Wir haben bereits Maßnahmen gegen diese Armada ergriffen«, sagte sie. »Eure Männer sind auf dem Weg nach Istanbul. Dort werden sie den Sultan als Verbündeten gewinnen. Außerdem soll es dort diese Waffe geben, auf die wir alle hoffen. Das Griechische Wasser.«

Mit Absicht hatte sie nicht »Feuer« gesagt, um herauszufinden, ob Cecil es wagen würde, vor ihr zu schulmeistern. Aber entweder war der Herzog sich dazu zu fein oder – was wahrscheinlicher war – er hatte die Falle gerochen.

»Die Gunst der Osmanen müssen wir erst noch gewinnen«, erwiderte Cecil stattdessen, »und die Waffe muss zunächst einmal gefunden werden.« Die Monde in seinem Gesicht nahmen langsam wieder ab. »Wir brauchen Zeit. Ihre Majestät kann diese Zeit gewinnen, indem sie den spanischen Gesandten in London festhält.«

»Ich kann ihn schlecht einsperren lassen. Philipp würde seine Flotte sofort gegen uns schicken.« Aber Elizabeth wusste, wovon Cecil sprach. Sie hob eine Hand, um seinen Einwand abzuwehren. »Schon gut. Ich soll Diplomatie mit ihm spielen, nicht wahr? Seine frechen Forderungen anhören, ihm in Aussicht stellen, dass ich sie erfüllen werde. Ihn hinhalten. Das wollt Ihr doch von mir.«

Es war nicht als Frage formuliert. Trotzdem nickte Cecil. »Unsere Männer auf der *Hector* brauchen Zeit, wenn sie erfolgreich sein sollen«, sagte der Herzog.

Elizabeth nickte. »Wie lange muss ich den Katholiken also hier ertragen? Wann kommen die Schiffe des Sultans, um Spanien in Schutt und Asche zu legen?«

»Ein Jahr«, sagte Cecil und machte das Gesicht eines Schoßhunds. »Ich weiß, das ist eine lange Zeit. Aber der Weg nach Istanbul ist weit und ...«

»Ruft ihn herein«, unterbrach Elizabeth den Herzog. »Je schneller wir beginnen, umso rascher geht dieses Jahr vorüber.« Ihre Körpersäfte flüsterten ihr zu, dass es das längste Jahr ihres Lebens werden könnte.

Elizabeth wollte den Spanier umgehend empfangen, in ihrer von der Kur aufgelösten Garderobe und mit locker sitzender Frisur. Mit diesem Aufzug wollte sie den frechen Besucher brüskieren. Cecil jedoch überzeugte sie davon, die Etikette einzuhalten. Selbst der Feind müsse von einer perfekten Königin begrüßt werden. Nachlässigkeit würde der Gesandte keineswegs als Provokation, sondern als Schwäche auffassen. Der spanische König würde sich die Hände reiben, wenn er erführe, dass eine derangierte Großmutter auf dem englischen Thron saß. Natürlich wagte es Cecil nicht, diese Worte zu benutzen, aber Elizabeth konnte in seinen Gedanken lesen.

Einmal mehr folgte sie dem Ratschlag des Herzogs, zog sich mit den zwei Zofen in ihre Ankleidekammer zurück und wählte, was sie für angebracht erachtete: ein tiefrotes Kleid, besetzt mit Goldfäden und Perlen. Den Schmuck hatten ihre Kapitäne aus der Neuen Welt heimgebracht, geplündert von spanischen Galeonen. Auf dem Karmesin des Kleides leuchteten die Perlen wie versteinerte Tränen. Zwar würde der spanische Gesandte nichts von der Herkunft der Preziosen wissen. Aber sie, Elizabeth, würde die Situation nur umso mehr genießen. Zum richtigen Zeitpunkt, so nahm sie sich vor, würde sie dem ungebetenen

Gast eine der Perlen in seinen Weinkelch werfen und ihn fragen, ob er die Tragödie des Prinzen von Dänemark kenne. Denn in diesem Theaterstück ihres Lieblingsdramatikers spielte eine vergiftete Perle in einem Kelch eine entscheidende Rolle.

Derart eingestimmt, ließ sich Elizabeth eine neue Schicht Bleiweiß auf das Gesicht auftragen. Über ihre Hände zog sie Handschuhe aus schwarzer Seide, um die Altersflecken zu verdecken.

Dann nahm sie im kleinen Empfangssaal Platz – den großen Saal wollte sie dem Besucher vorenthalten –, ruckte noch ein wenig auf dem Polster ihres Throns herum, bis sie eine Position gefunden hatte, in der sie lange aufrecht würde sitzen können, und nickte Cecil zu. Der Herzog gab den Pagen ein Zeichen, und die Türen öffneten sich.

Die tiefblaue Farbe seiner Kleider war das Erste, was Elizabeth sah. Dann erkannte sie, wie jung der Principe war. Er mochte die Zwanzig kaum überschritten haben. Dass er dennoch bereits in diplomatischem Dienst an den Hof der englischen Königin reiste, war entweder ein Zeichen für seine außergewöhnlichen Fähigkeiten oder für die Geringschätzung des spanischen Königs ihr gegenüber. Nun, gleich würde sich zeigen, welche Wahrheit dahintersteckte.

De la Ruy trug einen in feinen Spitzen auslaufenden Oberlippenbart. Vermutlich wollte er damit älter und klüger wirken. Der Spanier blieb in angemessenem Abstand von drei Degenlängen vor Elizabeth stehen und verbeugte sich tief. Aber er kniete nicht nieder. Oh, wäre die politische Lage doch günstiger für sie!

An der Tür hinter de la Ruy warteten vier weitere Spanier. Alle trugen sie die schwarzen Kleider spanischer Granden mit der goldenen Kordel ihres Standes um die Hüfte. Einer von ihnen war ein Mohr, stellte Elizabeth fest, als sich nun auch de la Ruys Gefolge verbeugte. Viel zu knapp bogen die Männer die

Hüften nach vorn, lüpften ihre gefiederten Kappen und hielten sie vor ihre kalten Herzen. De la Ruy trug keinen Hut.

Sein volles schwarzes Haar war zurückgekämmt. Es lag an seinem Kopf an wie eine zweite Haut. Die Haut einer Schlange, dachte Elizabeth. Wir wollen sehen, was darunter zum Vorschein kommen wird.

»Mylady, meine Königin«, begann Cecil. »Vor Euch steht der Principe Garcilaso de la Ruy, seines Zeichens Gesandter Philipps III., des Königs von Spanien.«

Der Reigen war eröffnet. Sie konnte zubeißen.

»Keine Geschenke?«, fragte Elizabeth. Längst hatte sie bemerkt, dass vor der Tür keine Träger mit Kästchen und Truhen warteten. Keine Giraffen reckten neugierig ihre Hälse. Keine halb nackten Jongleure aus dem Land der Tartaren ließen ihre brennenden Fackeln fliegen. Gerade diese Artisten liebte Elizabeth über alles, zeigten sie ihr doch, dass ein Mensch fünfmal mehr Lasten meistern konnte, als er Arme hatte.

Nichts davon wartete auf sie. Die Spanier waren mit leeren Händen gekommen. Gut! Dann sollten sie ihr Verhalten eben erklären. Dieser Knabe sollte ihr ins Gesicht sagen, was er von England hielt. Wenn er sich traute!

»Das Geschenk meines Königs«, sagte de la Ruy, und seine Stimme klang wie das Geräusch eines auf Grund laufenden Schiffes, »ist diese Gesandtschaft.«

Elizabeth hatte mit einer Frechheit gerechnet. Trotzdem trafen sie die Worte wie Kanonenkugeln. Eisern lächelte sie. »Ich bin es gewohnt, dass man mir Geschenke zu Füßen legt.«

Bislang hatte de la Ruys Blick auf Elizabeth' Schuhen geruht. Jetzt hob er die Lider, langsam wie die aufgehende Sonne. Aber diese Sonne war blau, und darin schwammen Geschichten von Elend, Hunger, Frost und Schmerz. Es waren die Augen eines alten Mannes.

Elizabeth erwiderte den Blick und wiederholte ihre Aufforderung schweigend. Nach einer Weile sank der Spanier in die Knie. Als er den Boden berührte, verharrte er. Anscheinend hoffte er darauf, dass sie das Spiel beenden und ihm befehlen würde, sich wieder zu erheben. Aber sie dachte gar nicht daran, sich diesen köstlichen Anblick entgehen zu lassen. Wenn dieser Mann Spanien verkörperte, sollte er vor ihr so klein werden wie ein halber Penny. Mehr war sein ganzes verfluchtes Land nicht wert.

Elizabeth streckte das Kinn vor. De la Ruy verstand die Aufforderung. Er stemmte die Handflächen auf den Boden. Dann ließ er sich langsam nach vorn gleiten. Seine Ellbogen berührten den Porphyr. Schließlich lag er vor ihr, die linke Wange an den kalten Stein gepresst.

Ein Glucksen stieg in Elizabeth' Kehle auf. So einfach war es, einem Spanier den Stolz zu nehmen. Was wohl geschehen würde, wenn sie ihm befahl, auf allen vieren durch den Raum zu kriechen? Sie sperrte den Gedanken in jenen Winkel ihres Geistes, aus dem sie die Fantasien ihrer privaten Stunden nährte.

»Wir nehmen das Geschenk an«, sagte Elizabeth. Mit einer gleitenden Bewegung erhob sie sich. Ihr Gewand raschelte. Zielstrebig ging sie auf den am Boden Liegenden zu. Dabei drehte sie an ihrem Kleid eine Perle aus der Fassung. Die milchige Kugel war so groß wie einer ihrer Fingernägel. Elizabeth ließ sie neben de la Ruy auf den Boden fallen. Das Klicken erfüllte den Raum. Sie zögerte. Sollte sie dem Gesandten verraten, woher die Perle kam? Sie hätte gern noch etwas Spott über den Gedemütigten ausgegossen. Da sah sie es feucht auf seinem Gesicht schimmern. Was bildete sich dieser angebliche Gesandte ein? Mit Tränen mochte er seine Mätressen in Madrid betören, wenn er ihnen weichherzige Lieder sang. Bei der Königin von England würde er damit keinen Erfolg haben.

Elizabeth schnaubte. Zu Cecil gewandt sagte sie: »Sorgt dafür, dass unsere Gäste im Nordflügel des Palastes Unterkunft finden. Sie sollen das englische Wetter von seiner besten Seite kennenlernen.« Mit einem weiten Schritt stieg sie über de la Ruy hinweg und schritt an den erschrocken dreinschauenden Begleitern vorbei zur Tür hinaus.

## Kapitel 6

Auf der *Hector* roch es nach feuchtem Holz und vertrocknendem Möwenkot. Ein klebriger Südwind blies über das Schiff und erhitzte die Gemüter ebenso wie das Warmbier, das niemandem mehr schmecken wollte. Seit die Passagiere vom Tod Lord Montagus erfahren hatten, hielten sie sich tagsüber von der Besatzung fern. Ging es auf die Nacht zu, hörte man Flüstern aus den Kajüten, begleitet vom Scharren schwerer Truhen, die von innen vor die Türen gezerrt wurden, und dem Trippeln ängstlicher Füße. Einmal flog sogar ein spitzer Schrei Lady Aldridges durch die Dunkelheit. Furcht und Argwohn hatten auf der Fregatte die Segel gehisst.

Der Mannschaft blieb das Misstrauen der Passagiere nicht verborgen. Noch trieben die Seeleute Späße damit. Allen voran Winston, der Segelflicker. Immer wieder stülpte er sich ein Stück Leinwand über den Kopf und rannte auf dem Deck herum. Dabei stöhnte und kreischte er wie der Klabautermann. Zwar wagte es der Matrose nicht, sich mit dem Mummenschanz den Passagieren zu nähern. Dennoch wussten alle, wem der Schabernack galt.

Thomas fragte sich besorgt, wie lange die Mannschaft den Passagieren noch mit Humor begegnen würde. Irgendwann, da war er sicher, würde die Stimmung umschlagen wie ein Segel im Wind. Dann würde der Kapitän alles daransetzen müssen, dass an Bord kein Sturm ausbrach.

Alle fieberten der Landung im Hafen von Oran entgegen.

Die Stadt an der nordafrikanischen Küste war zwar von Spanien besetzt. Wenn aber niemand an Land für Unruhe sorgte, würden die Spanier der *Hector* Proviant und Trinkwasser für einen unverschämt hohen Preis verkaufen und sie wieder ziehen lassen wie ganz gewöhnliche Kaufleute. Schließlich musste keiner in Oran etwas von der diplomatischen Mission der Fregatte erfahren.

Auch Thomas sehnte die Ankunft in Oran herbei, allerdings aus anderen Gründen als seine Mitreisenden. Während Lord und Lady Aldridge sich mit einer Kutsche durch die Stadt fahren lassen, Dudley North und Cuthbert Bull sich auf dem Basar die Preise der Gewürze notieren und die Matrosen in den Spelunken die Tiefe der Weinfässer ausloten wollten, hatte Thomas beschlossen, heimlich an Bord zu bleiben. Noch immer klangen ihm Lord Montagus letzte Worte in den Ohren.

»Das Griechische Feuer. Ihr müsst es finden.«

Was hatte es damit auf sich? Wenn das Schiff erst verlassen war, würde er ungestört nach einem Hinweis suchen können – in Montagus Kabine.

Doch zunächst stand Thomas mit den anderen Passagieren am Bug der *Hector* und beobachtete, wie sich Oran langsam ins Sichtfeld schob. Die Stadt lag zwischen dem Meer und den Bergen. Niedrige Häuser pressten sich in den Zwischenraum zwischen Hängen und Wellen und füllten diesen vollständig aus. Die Siedlung wuchs die Berge hinauf. Der Hafen war beinahe so groß wie die Stadt selbst und verriet Orans Bedeutung als Handelsstation an der nordafrikanischen Küste. Auf den Anlegern reihten sich Fässer und Kisten aneinander. Schon von fern war zu erkennen, dass sich in diesem Teil der Stadt die meisten Menschen aufhielten.

Während Thomas das fremdartige Bild betrachtete, fiel ihm eine kleine Kirche auf, die gleich neben den Hafenanlagen stand. Sie hatte einen Kirchturm, so niedrig, dass ein Kind einen Kirschkern hätte darüberspucken können. Ihr ehemals weißer Putz trug gelbe Flecken und war an vielen Stellen von den Mauern gebröckelt.

Der Schiffsrumpf bebte, als sich die Fregatte auf die Seite legte. Thomas hielt sich an einer Leine fest. Cuthbert Bull taumelte gegen Lord Aldridge, und beide wären zu Boden gegangen, wenn John Flint nicht neben ihnen gestanden hätte. Mit beiden Armen fing er die Männer auf und half ihnen wieder ins Gleichgewicht.

»Echte Seeleute betrinken sich erst bei Landgang«, brummte der Hüne.

Kaum hatten Bull und Aldridge wieder Boden unter den Füßen, zogen sie sich ohne ein Wort des Dankes zurück.

»Hat der Unhold Euch etwas zuleide getan?«, wollte Miss Mabel wissen.

Bevor der Lord antworten konnte, ging Thomas dazwischen: »Ich kenne mich in der Alchemie der Winde nicht aus. Aber es scheint, als würden wir ziemlich schnell auf den Anleger zuhalten.«

Nun schauten alle auf die Spitze des Schiffes. Es stimmte. Die *Hector* glitt mit hoher Geschwindigkeit an den Wellenbrechern vorbei in den Hafen hinein. Wie es der Mannschaft schließlich gelang, das Schiff rechtzeitig zu verlangsamen und sanft vor dem Anleger vor Anker gehen zu lassen, ließ die Passagiere staunen. Kaum waren die Taue festgezurrt, kam auch schon der Hafenmeister an Bord. Während die Reisegruppe die Verhandlungen zwischen dem Spanier und Hoodshutter Wells verfolgte, nutzte Thomas die Gelegenheit und stahl sich in Richtung der Kabinen davon. Drängten sich erst alle die Jakobsleiter hinunter, würde sich niemand mehr um einen einzelnen Mitreisenden kümmern, den ohnehin kaum jemand kannte.

So kam es, dass Thomas bereits unter Deck war, als die anderen das Schiff verließen. Zur Sicherheit legte er sich noch eine Weile in seine Hängematte. Lang ausgestreckt bedeckte er mit einem Arm seine Stirn und atmete durch den weit geöffneten Mund. Sollte ihn die Schiffswache hier bei einem Kontrollgang entdecken, würde er Unwohlsein vortäuschen. Eine Weile hörte er noch dumpfe Schritte über sich. Dann war das Schiff nur noch von der stehenden Hitze und dem Glucksen des Hafenwassers erfüllt.

Thomas lag ruhig da und schwitzte. Die Wolle seiner Kleider kratzte auf der Haut. Der Gestank aus den Seemannskannen stach in der Nase. Er wünschte sich zurück nach Lambeth Marsh, wo die salzigen Wiesen die Milch der Kühe würzten, wo die Vögel am kühlen Himmel segelten, wo er die Musik der Erde zum ersten Mal gehört hatte. Aber jedes Mal, wenn er die Augen schloss, um seine Heimat besser sehen zu können, tauchte das Gesicht des sterbenden Lord Montagus vor ihm auf. Und das erinnerte ihn an dessen letzten Willen, an das Rätsel des Griechischen Feuers. Noch war es nicht zu spät. Noch konnte Thomas einfach über die Worte Montagus hinweggehen und sie dem Vergessen preisgeben. Wenn er sich aber erst einmal in die Kabine des Lords geschlichen und dessen Habseligkeiten durchsucht hatte, würde es kein Zurück mehr geben.

Er rieb sich das Gesicht. Er war doch nur ein Konstrukteur. Schon die Mission, die Orgel nach Istanbul zu bringen, unternahm er nicht aus freien Stücken. Jetzt sollte er überdies den wirren Wünschen eines Sterbenden nachgehen.

Aber es gab noch ein Bild, das in Thomas' Fantasie nicht verblassen wollte. Im Hafen von Southampton hatte sich der blondbärtige Lello über Montagus Truhe gebeugt wie ein Dieb. Thomas erinnerte sich daran, wie Montagu Lello zu seinem Nachbarn und Freund erklärt hatte, mit dem er jedes Geheimnis teile. Aber vielleicht hatte Montagu den anderen nur in Sicherheit wiegen wollen. Was wäre, wenn in dieser Truhe tatsächlich etwas Geheimnisvolles zu finden war, etwas, das Lord Lello in seinen Besitz bringen wollte? Und was hatte all das mit diesem Griechischen Feuer zu tun?

Thomas spürte sein Herz wild schlagen. Er wähnte sich umringt von Schurken und Meuchlern. Seufzend schwang er die Beine aus der Hängematte und blieb auf dem Rand sitzen. Er schaukelte noch eine Weile, angetrieben vom Hin und Her seiner Gedanken. Grübelnd fuhr er mit der Zunge über den Gaumen. Noch immer konnte er das Warmbier schmecken, den Hauch jenes rätselhaften Gewürzes, mit dem John Flint dem Gebräu eine besondere Note verliehen hatte. Die Passagiere verdächtigten den Koch des Mordes. Vielleicht lag es an Thomas, in Montagus Habseligkeiten einen Hinweis auf den wahren Mörder zu entdecken und Flint damit zu entlasten.

Er verzichtete auf seine Schnallenschuhe und den weichen Hut mit der schmalen Krempe und verließ das Quartier. Zielstrebig ging er auf die Leiter zum ersten Unterdeck zu, ohne um die Ecken zu spähen. Zum einen würde das der Schiffswache verdächtig erscheinen. Zum anderen wollte er seiner Aufgabe mit Würde nachgehen.

Flugs war Thomas die Leiter hinaufgestiegen. Lichtmesser vom Oberdeck schnitten den Gang in Scheiben aus Schatten. Thomas überraschte sich dabei, wie er sich trotz der ruhigen Lage des Schiffes mit beiden Händen an den Wänden abstützte. Er taumelte aus Gewohnheit.

Da alle Kammern der Passagiere am Heck lagen, musste Thomas sein Ziel nicht lange suchen. Wie Lello und die Aldridges hatte auch Lord Montagu eine eigene Kabine bewohnt. Thomas musterte die Tür. Das Holz war alt, aber frisch geschliffen, und es glänzte. Er strich mit zwei Fingern über die dunkle, glatte Oberfläche. Dahinter lag die Kammer eines toten Lords – und noch etwas anderes. Es war nur ein vages Gefühl, doch Thomas kannte es gut. Es hatte ihn oft überkommen, als er noch Musiker gewesen war: ein Gefühl von Verzagtheit wie bei den ersten Takten an der Orgel, wenn er nicht sicher war, ob er die Musik meistern oder an den schwierigen Stellen scheitern würde.

Thomas' Hand rutschte an der Tür hinab. Er wandte sich um und wollte an Deck gehen, den anderen Passagieren in eine Taverne folgen und den Kopf in einen Kelch voller Wein stecken.

Hinter sich hörte er ein Quietschen. Die Tür stand einen Spaltbreit offen. Sie war unverschlossen und ein kleines Stück aufgeschwungen.

Es ist nur ein Schritt, versuchte Thomas sich einzureden. Dann schlüpfte er in den Raum und drückte die Tür sacht hinter sich zu. Als er das Seil auf der Rückseite in den Haken hängen wollte, stellte er fest, dass es entzweigeschnitten war. Alles, womit er die Tür von innen verschließen konnte, war die Hoffnung, bei seinem Vorhaben ungestört zu bleiben.

Durch zwei große Fenster flutete Licht in die Kabine. Zwar war das Bleiglas von zu schlechter Qualität, um draußen etwas erkennen zu können. Aber dafür konnte auch niemand vom Hafen aus hereinschauen. Thomas zwang seinen Atem auf das Tempo eines Chorals zur Passionsgeschichte herab. Das Licht fiel auf ein Bett, ein Regal, voll mit aufgerollten Seekarten, einen unbequem aussehenden Stuhl und ein grob geschnitztes Kruzifix an der Wand. Ein Geruch nach Fisch und aromatischem Rauch hing in der Luft.

Alles sah aus, als läge es an seinem Platz. Gerade deshalb stach die Unordnung vor der großen Truhe ins Auge. Der Deckel der Kiste stand offen. Davor lagen Kleidungsstücke, eine Bibel, ein Kompass in einer Messingfassung, ein geschlossenes grünes Holzkästchen und ein Stofftier. Als Thomas sich darüberbeugte, erkannte er einen Hahn, von geschickter Hand aus Leinen zusammengenäht. Das Spielzeug eines Kindes. Vermutlich ein Erinnerungsstück von Lord Montagus Familie. Behutsam hob Thomas das Stofftier auf und legte es wieder in die Truhe zurück.

Jemand war ihm zuvorgekommen. Vielleicht einer der Seeleute, der sich mit den Habseligkeiten des Verschwundenen die Heuer aufbessern wollte. Ein ledernes Säckchen lag in der Unordnung. Als Thomas es in die Hand nahm, rollten mehrere Kupfermünzen heraus. Der Dieb schien es wohl doch nicht auf Montagus Wertsachen abgesehen zu haben.

Vom Gang her waren Schritte zu hören. Der Schreck fuhr Thomas in die Glieder. Er sprang auf, stieß mit dem Kopf gegen einen Balken und suchte nach einem Versteck. Die Tür hatte er geschlossen, aber jeder, der einen Blick in die Kammer warf, würde ihn sofort entdecken. Wie sollte er dann seine Anwesenheit und die durchwühlten Habseligkeiten Lord Montagus erklären?

Ihm blieb nur die Truhe. So leise wie möglich stieg er hinein, langte nach dem Deckel und lauschte noch einen Moment. Die Schritte näherten sich. Thomas' schweißnasse Hand rutschte am Messingbeschlag des Deckels ab. Dennoch gelang es ihm, die Abdeckung langsam herabzuziehen. Um die Truhe nicht vollständig zu schließen, klemmte er die Spitze eines Daumens in den Spalt. Das Holz wog zwar schwer auf dem Finger, aber für eine Weile war das auszuhalten. Nun konnte Thomas aus seinem Versteck hervorlugen und sehen, ob jemand die Kabine betrat.

Obwohl er damit gerechnet hatte, schrak er zusammen, als sich die Tür tatsächlich öffnete. Zwei Männer betraten den Raum. Aus seinem Versteck heraus konnte Thomas nur ihre Oberkörper sehen. Doch das genügte, um Lord Henry Lello zu erkennen.

Der andere Mann war außerhalb von Thomas' Sichtfeld hinter dem Lord stehen geblieben.

»Du hast alles verdorben«, schimpfte Lello. Der Mann hinter ihm lachte unwirsch.

»Wir müssten das hier jetzt nicht tun, wenn du ihn durchsucht hättest«, knurrte Lello.

»Und wenn schon«, sagte der andere Mann. »Montagu ist tot. Er kann uns nicht mehr gefährlich werden.«

Thomas presste seinen Kopf gegen den Deckel der Truhe, konnte jedoch immer noch nicht erkennen, wer hinter Lello stand. Diese Stimme. Er hatte sie schon oft an Bord der *Hector* gehört.

Als Lello einen Schritt zur Seite trat, war Lord Aldridge in der Tür zu sehen.

Thomas erstarrte. Lello und Aldridge waren Montagus Mörder? Das war unmöglich. Diese Männer waren Edelleute, die mit ihm auf diplomatischer Mission nach Istanbul reisten. Wieso sollten sie einen Menschen umbringen? Noch dazu einen Mann ihres eigenen Standes? Thomas schloss die Augen.

»Du musst vorsichtiger sein!«, warnte Henry Lello seinen Begleiter. »Oder unsere Abmachung gilt nicht länger.«

Jetzt lag Kälte in Aldridges Stimme. »Du hast mir dein Wort gegeben, dass Emily und ich in Spanien leben können, wenn ich dir helfe. Aber wie es scheint, ist dein Wort keine zwei Eier wert.«

»Die ich dir abschneiden werde, wenn du jetzt nicht endlich den Mund hältst! Gehorche mir nur wie der Domestik, der du bist. Dann wirst du deine Belohnung vielleicht noch erhalten. Aber zunächst hilfst du mir, Montagus Papiere zu finden. Wenn er sie nicht mit in sein nasses Grab genommen hat, müssen sie hier irgendwo sein.« Der haselnussbraune Rock des Lords näherte sich der Truhe. Lello drehte sich herum und ließ sich auf den Deckel fallen.

Thomas schnappte nach Luft. Der Schmerz war ein Komet, der aus seinem Daumen bis in die entlegensten Winkel seines Leibes raste. Er biss sich auf die Lippen, um nicht zu schreien. Tränen tränkten seine Augen und liefen über seine Wangen. Blind tastete er in der Truhe umher, bekam etwas Weiches zu fassen, steckte es sich in den Mund und schlug seine Zähne hinein. Es war das Stofftier. Den Geschmack von ungewaschenem Leinen bemerkte er kaum.

Thomas versuchte, den Daumen aus dem Spalt zu ziehen. Doch der einzige Lohn seiner Mühen war noch größerer Schmerz. Während sich sein Körper wand, verfolgte Thomas weiter den Streit der beiden Unholde.

»Montagu hat die Dokumente gut versteckt. Er muss etwas geahnt haben, sonst wäre er dir nicht auf den Mast hinterhergestiegen.« Aldridges Stimme drang dumpf durch den Deckel der Truhe.

Lello sagte: »Wer hoch hinauswill, fällt tief. Davon kann Montagu jetzt den Fischen ein Lied singen.«

»Hoffentlich gilt das nicht bald auch für uns«, sagte Aldridge. »Wenn Montagu unsere Absichten kannte, müssen wir damit rechnen, dass auch Cecil etwas weiß.«

»Cecil!« Lello spuckte den Namen aus wie einen Käfer, der ihm in den Mund geflogen war. »Cecil ist in England. Sein Arm reicht nicht bis hierher. Schließlich haben wir ihm die rechte Hand gerade erst abgeschlagen.« Er kaute schmatzend auf seinem Bart herum. »Aber zwischen den Fingern muss ein Hinweis gesteckt haben. Jetzt wissen wir noch immer nicht, was Cecil in Istanbul im Schilde führt. Wieso nur hast du Montagu nicht durchsucht?«

Lello stand auf. Das Gewicht löste sich von Thomas' Daumen. Er konzentrierte sich darauf, den Finger unter dem Deckel stecken zu lassen, damit die Truhe nicht verräterisch zuklappte. So konnte er beobachten, wie die beiden Männer sich an der Lagerstatt zu schaffen machten. Sie zogen das Bett von der Wand ab, spähten in jeden Winkel der Holzkiste und schnitten sogar den Leinensack auf. Die Matratze erbrach Stroh auf den Kabinenboden.

Schließlich klopfte sich Aldridge die Hände am Rock ab. »Fortuna ist ein launisches Weib«, sagte er.

»Deshalb pflege ich für die Zuwendung einer Frau zu bezahlen. Aber das wird in diesem Fall auch nicht helfen.« Lello zupfte Stroh von seinen hautengen Hosenbeinen.

»Sollen wir nicht noch einmal in der Kiste nachsehen?«, fragte Lord Aldridge. »Vielleicht gibt es einen doppelten Boden.«

»Glaubst du etwa, ich bin blind? Danach habe ich längst gesucht. Diese Truhe ist so leer wie ein Taubennest im Winter.«

Die Männer schwiegen.

»Vielleicht hat Montagu Dallam etwas zugesteckt«, fuhr Lello grübelnd fort.

»Das glaube ich nicht«, entgegnete Aldridge. »Als ich Montagu ins Meer geworfen habe, war er schon tot.«

»Willst du ihn auf dem Meeresgrund besuchen und persönlich fragen?«, spottete Lello.

Erneut entstand eine Pause.

»Komm«, hörte Thomas Lello sagen, »wir wollen in der Koje dieses Orgelbauers nachsehen. Und wenn wir dort auch nichts finden, müssen wir ihn eben persönlich befragen. In derselben Sprache, in der wir mit Montagu geredet haben.«

Die Tür schloss sich.

In der Kiste lauschte Thomas noch eine Weile den leiser werdenden Stimmen. Als er die Schritte der beiden Männer auf dem Oberdeck hörte, drückte er den Truhendeckel mit der Schulter nach oben und zog den Daumen an die Brust. Scharf sog er die Luft ein. Was war schlimmer? Der Schmerz in seinem zertrümmerten Finger oder die Erkenntnis, dass ihm zwei Verräter nach dem Leben trachteten? Und es stand noch viel mehr auf dem Spiel als sein persönliches Wohl: das Heil Englands und das der Königin.

Er stieg aus der Truhe. Im Licht, das durch die Fenster fiel, sah sein Daumen aus wie eine überreife Pflaume. Das Fleisch hatte eine blaue Farbe angenommen, der Nagel war schwarz. Er musste zum Schiffsarzt, um sich verbinden zu lassen. Er musste zum Kapitän, um ihn zu warnen. Er musste zu John Flint und ihn um Hilfe bitten. Aber er konnte nur an einem Ort gleichzeitig sein.

Da fiel ihm auf, dass seine verkrampften Kiefer noch immer den leinenen Hahn festhielten. Er öffnete den Mund, und das Spielzeug fiel zu Boden. Dabei erklang ein Geräusch, das ein mit Stroh ausgestopfter Sack Leinen niemals hätte verursachen können, ein Ton, so leise wie das Fallen einer Nuss in einer windstillen Nacht.

Thomas schenkte dem Laut zunächst keine Beachtung. Erst in der Tür hielt er inne. Die beiden schurkischen Lords hatten in der Truhe nach irgendetwas gesucht. Gewiss hatten sie den albernen Hahn achtlos beiseitegeschleudert. In Thomas' Ohren aber war das leise Knacken, das dabei zu hören war, durchdringend wie ein Hahnenschrei. Irgendetwas war in dem Stoff verborgen.

Er pflückte das Stofftier mit der Linken vom Boden auf und klemmte es unter den Arm. Wenn er erst einen sicheren Ort gefunden hatte, würde er in Ruhe nachsehen, ob dieser Hahn in der Lage war, ein Ei zu legen.

Thomas zog die Tür auf, spähte den Gang entlang und schlüpfte aus Montagus Kabine.

# Kapitel 7

Das Deck der *Hector* war menschenleer. In der Hitze des Hafens von Oran lag das Schiff in lügnerischem Schlaf. Thomas huschte zwischen dem Besanmast und der Schiffsglocke hindurch. Sein Daumen schrie. Doch der Laut des Stoffhahns hallte tausendfach lauter in seinen Ohren nach.

Er lief am Katzenkopf vorbei, dem mannsdicken Balken, aus dem die Ankerkette heraushing. Die Schiffswache grüßte mit einem knappen Nicken und wandte sich dann wieder dem Anleger und dem Geschehen im Hafen zu. Thomas hielt auf das Achterdeck zu. Dort lag die Kajüte des Kapitäns, dort wollte er sich verborgen halten, bis Hoodshutter Wells vom Landgang zurückkehrte. Dann würde er dem Schiffsführer berichten, wer die Mörder von Lord Montagu waren.

Er hatte das Oberdeck zur Hälfte überquert, als sich einige Schritte vor ihm eine Luke öffnete. Eine Feder kam daraus hervor, gefolgt von dem Hut, an dem sie befestigt war. Mit raschen Schritten kletterten Lord Lello und Lord Aldridge auf das Deck.

Thomas erstarrte. Lellos Degen baumelte an seiner Hüfte wie ein lauerndes Tier. Zunächst glaubte Thomas, die beiden Verschwörer hätten ihm aufgelauert, um ihm nun den Weg abzuschneiden – und womöglich den Kopf. Doch weder Lello noch Aldridge schauten zu ihm herüber. Eine Laune des Schicksals hatte ihm die beiden in den Weg gestellt. Aber von Launenhaftigkeit hatte Thomas noch nie viel gehalten.

Er atmete tief ein und ließ sich von einem plötzlichen Anflug von Waghalsigkeit vorwärtstragen. Lello und Aldridge ahnten ja nicht, dass er sie belauscht hatte. Wenn er jetzt zögerte oder gar vor ihnen Reißaus nahm, würden sie Verdacht schöpfen.

Fünf tapfere Schritte führten Thomas an den Verrätern vorbei. Er murmelte den flüchtigen Gruß eines Vorübereilenden, zog, in Erwartung eines Dolchstoßes, die Schulterblätter zusammen und hielt auf sein Ziel, das Achterdeck, zu. Statt scharfem Stahl bohrten sich bloß Blicke in Thomas' Rücken.

Unbeschadet entkam er den Schurken. Ihre Worte aber holten ihn ein.

»Haben wir dieses Spielzeug nicht schon einmal gesehen, Aldridge?«

Die Worte trafen Thomas ebenso schmerzhaft, wie es eine Klinge getan hätte. Er fuhr herum. Um ein Haar hätte er den Hahn fallen gelassen. Doch er krallte seine Finger in den dünnen Stoff und zerdrückte die letzten Reste des alten Strohs zu Staub.

Auf den Gesichtern von Lello und Aldridge ging die dunkle Sonne verspäteter Erkenntnis auf.

Ohne Warnung sprang Lello auf Thomas zu und stach mit der Spitze seines Degens nach ihm.

Thomas wich zurück und hielt sich schützend die Hände vor das Gesicht. Er spürte den Stoß, als die Klinge in das Stofftier drang, und stieß einen Schrei aus, als sei nicht der leblose Hahn, sondern er selbst erstochen worden.

Lellos weißblonder Bart zitterte, als er versuchte, Degen und Hahn in seine Gewalt zu bringen. Dabei riss er die Waffe mit beiden Händen nach oben wie ein Angler. Thomas klammerte sich an dem Hahn fest. Mochte Lello ihn auch mit einem weiteren Stoß verwunden – er würde Montagus Geheimnis nicht aus den Händen geben.

Nun schaltete sich Lord Aldridge in den Kampf um den

künstlichen Hahn ein. Er versetzte Thomas einen Stoß. Der Hahn kam frei und flog, von der zurückschnellenden Degenspitze in die Luft katapultiert, über Deck. Er prallte auf der Plane ab, die das Beiboot bedeckte, und landete vor den großen Füßen Lady Aldridges.

Die Dame musste gerade in diesem Moment an Bord gekommen sein, denn sie stand mit gerötetem Gesicht neben der Jakobsleiter und tupfte sich mit einem Schweißtuch die Stirn. Langsam beugte sie sich hinab, nahm das misshandelte Leinenbündel mithilfe des Tuchs auf, musterte es mit einem Ausdruck des Abscheus und blickte die drei Männer fragend an.

»Erwachsene Männer, die mit Stofftieren spielen – ich dachte, ihr hättet einen besseren Grund, eine Lady allein in eine Stadt voller Wilder gehen zu lassen.« Sie kam auf Thomas, Lello und Aldridge zu. Der Hahn baumelte an ihrer ausgestreckten Hand. »Insbesondere von Euch, Lord Lello, habe ich mehr erwartet. Dass mein William ein Bube schalen Geistes ist, weiß ich seit unserer Hochzeitsnacht. Und Ihr, Herr Konstrukteur«, Lady Aldridge schien nach einer für Thomas passenden Schelte zu suchen, hielt sich aber die Hand vor den Mund, bevor sie fündig wurde. »Was hat dieser Unhold von einem Lord mit seinem Degen angerichtet?«, kam es dumpf hinter der Hand hervor. Dabei presste sie den Hahn gegen ihren ins enge Korsett geschnürten Busen.

Thomas folgte dem Blick der Lady zu seiner linken Hand. Erst jetzt spürte er wieder das Pochen und Stechen in seinem Daumen. Der Finger hatte die Farbe einer verdorbenen Pflaume angenommen.

»Lasst mich das ansehen!«, sagte Lady Aldridge. Schon hatte sie Thomas' Arm gepackt und hielt ihn hoch, um den Daumen genau in Augenschein nehmen zu können.

»Obacht, Emily!«, warnte Lord Aldridge. »Dieser Mann ist ein Verbrecher.«

»Mit dieser Hand wird er mir wohl kaum etwas zuleide tun können«, erwiderte die Lady. An Lord Lello gewandt fuhr sie fort: »Steckt endlich diese lächerliche Waffe weg, Sir, oder habt Ihr etwa vor, mich ebenso zuzurichten wie diesen armen Teufel?« Sie zog Thomas hinter sich her in Richtung des Achterdecks. »Kommt, Dallam! Vom Schiffsarzt werdet Ihr vorerst keine Hilfe erwarten dürfen. Der liegt betrunken in einer Taverne und wird sich eine Woche lang selbst zur Ader lassen müssen. Aber ich habe natürlich Verbandszeug in meinem Gepäck. Schließlich weiß ich ja, mit wem ich unterwegs bin.«

Lord Aldridge stürzte hinter ihnen her. »Emily! Ich werde dich nicht mit diesem Wahnsinnigen allein in unserer Kabine lassen.«

»Und ich will keinen vor Eifersucht wahnsinnigen Gemahl in meiner Nähe wissen, während ich eine delikate Wunde versorge.«

»Gib mir wenigstens den Hahn«, rief Aldridge hinter seiner Frau her. »Dann kannst du tun, was du willst.«

Lady Aldridge wandte noch einmal den Kopf zu ihrem Gatten um. »Das kann ich sowieso.« Das Stofftier an die Brust gepresst, verschwand sie in dem Aufbau am Achterdeck, in dem ihre Kabine lag. Thomas folgte ihr, misstrauische Blicke auf seine Widersacher werfend.

Die Unterkunft der Aldridges wurde beherrscht von einem gewaltigen Tisch und einem ebenso großen Bett. Thomas blieb staunend vor der Lagerstatt stehen. Über dem großen Holzkasten mit Strohsäcken war eine Art Giebeldach errichtet.

»Der Kapitän hat uns seine eigene Kabine zur Verfügung gestellt«, erklärte Lady Aldridge, als sie Thomas' neugieriger Blicke gewahr wurde. »Allerdings bin ich nicht sicher, ob ich ihm dafür dankbar sein soll.«

»Wieso nicht?«, fragte Thomas. Er hoffte, die Lady möge ihm düstere Einblicke in die Nächte an der Seite Lord Aldridges ersparen.

»Weil es sich in einem Sarg nicht gut schlafen lässt«, erklärte sie und nickte der Schlafstelle mit einer Freundlichkeit zu, wie man sie sonst nur dem Steuereintreiber entgegenbringt. »Das da ist ein Sarg. Und das hat nichts mit den Fähigkeiten meines Gatten zu tun.« Sie klopfte auf einen der Strohsäcke. Die Füllung knisterte. »Auf See scheinen die Menschen seltsamen Bräuchen zu folgen«, fuhr Lady Aldridge fort. »Sollte der Kapitän unterwegs sterben, legt die Mannschaft ihn auf sein Lager, vernagelt die Lücken im Dach der Konstruktion und übergibt den Toten mitsamt seiner letzten Ruhestatt der See. Nun verratet mir, ob ich dankbar genug bin für die Gunst, im Bett eines Kapitäns zu schlafen.«

Thomas spürte, wie sich seine Bauchdecke zusammenzog. Wie konnte man sich Nacht für Nacht in ein Bett legen, das zugleich der eigene Sarg sein sollte? Die *Hector* wurde ein immer unheimlicheres Schiff.

Lady Aldridge beugte sich über eine kleine Truhe und zog eine Lade aus deren Seite hervor. Während Thomas untätig wartend in der Kabine stand, biss der Schmerz wieder zu. Bislang hatte die Aufregung ihn Qual und Angst vergessen lassen. Jetzt hob er zögerlich die Hand vors Gesicht. Der Finger war blau wie ein Rotkehlchenei. Die Hand zitterte. Thomas versuchte, sie stillzuhalten, doch wollte das nicht gelingen. Mit der Rechten packte er die Handwurzel der Linken. Er lehnte sich gegen eine Wand und schloss für einen Moment die Augen. Als er sie wieder öffnete, blickte er in die großen grauen Augen der Lady.

»Hört schon auf zu zittern, Dallam«, befahl sie. »Wie soll ich denn da einen Verband anlegen?«

Für einen Moment fühlte sich Thomas an seine Mutter erinnert. Vermutlich, dachte er, kennen alle Frauen diese Situation, in denen sie den Übermut ihrer Männer und Kinder mit Tränken und Verbänden kühlen müssen.

Während sie seinen Daumen mit dem weißesten Stück Stoff umwickelte, das Thomas je gesehen hatte, berichtete Lady Aldridge von ihren Erlebnissen im Hafen von Oran. Er müsse wissen, betonte sie, dass sie in der Regel nicht viel von den Vergnügungen in solcherlei Vierteln halte. Aber da William, ihr Gemahl, beschlossen habe, an Bord zu bleiben, habe sie die Gelegenheit nutzen wollen, seiner Gesellschaft wenigstens für ein paar Stunden zu entkommen. Er, Thomas, dürfe nicht denken, dass sie ihren Mann nicht liebe. Im Gegenteil. Doch seine tranige Art ließ ihre Tage an seiner Seite in Langeweile versinken. Immerhin habe William den Einfall gehabt, sie auf diese Reise mitzunehmen.

Wäre er den Ausführungen seiner Retterin bei einer Londoner Gesellschaft ausgesetzt gewesen, so hätte sich Thomas unter einem Vorwand zurückgezogen. Einzelheiten über das Liebesleben anderer waren ihm zuwider, ob sie nun von einer Dame oder einer Dirne vorgebracht wurden. Aber die *Hector* war nicht London, und die feine Gesellschaft auf dem Schiff trachtete ihm nach dem Leben. Für einen Moment dachte Thomas darüber nach, Lady Aldridge über den wahren Charakter ihres Mannes in Kenntnis zu setzen. Doch als er sah, wie die Farbe ihrer Augen einen grünlichen Schimmer annahm, als sie von ihrem William sprach, schluckte er die Worte hinunter.

Der Verband war fertig. Strahlend weiß leuchtete der Stoff an Thomas' schmutziger Hand. Ein sanfter Druck war zu spüren. Auch das schmerzhafte Pochen war noch immer da, doch pulsierte es nur noch dumpf wie die Gedanken eines Betrunkenen.

»Danke«, sagte Thomas. »Jetzt ist mein Daumen wohl der am besten gekleidete Teil an mir.«

Lady Aldridge räumte ihr Verbandszeug fort. »Wollt Ihr mir verraten, wer oder was Euren Finger so zugerichtet hat? Ein Stoß mit dem Degen hat diese Verletzung jedenfalls nicht verursacht.«

Noch einmal kamen Thomas die Worte der Wahrheit in den Sinn. Wie gern hätte er eine Frau wie Lady Aldridge auf seiner Seite gewusst. Aber er musste diese Reise voller Gefahren wohl oder übel mithilfe des Schiffskochs John Flint überstehen.

»Nun?«, fragte die Lady. »Wollt Ihr die Neugier einer alten Frau etwa ungestillt lassen?« Mit einem trockenen Knall schob sie die Lade der Truhe zu.

Thomas musterte den Deckel des Behältnisses, und Unbehagen ergriff Besitz von ihm. »Jeder hat seine Geheimnisse«, antwortete er ausweichend. »Ihr gewiss auch. Wieso seid Ihr allein vom Landgang zurückgekehrt?« Er hoffte, sie zum Plaudern zu bewegen. Über den Schilderungen ihrer Erlebnisse würde ihr Interesse an Thomas' Wunde gewiss ausbluten.

Die Rechnung schien aufzugehen. »Oran«, sagte Lady Aldridge, »ist voller Gelichter. Diese Leute möchte ich nicht in meiner Nähe wissen. Ich musste vor ihren Zudringlichkeiten auf das Schiff fliehen.«

»Die Mohammedaner pflegen andere Bräuche und Umgangsformen als wir«, sagte Thomas. »Wenn wir in Istanbul sind, werdet Ihr Euch rasch an ihre Gepflogenheiten gewöhnen.«

»Die Mohammedaner?« Lady Aldridge lachte. Dabei versäumte sie, sich die Hand vor den Mund zu halten, sodass ihre großen Zähne zu sehen waren. Alles an dieser Frau erschien Thomas zu groß zu sein.

»Die Mohammedaner«, fuhr sie fort, »sind gewiss ein fremdartiger Menschenschlag. Aber ich kann mich nicht über sie beklagen, wenn man von ihren abschätzigen Blicken absieht. Und die habe ich zurückgeworfen.«

Dessen war sich Thomas sicher.

»Es waren Spanier, die dafür gesorgt haben, dass ich mein Heil in der Flucht suchen musste«, erklärte Lady Aldridge.

»Spanier!« Thomas zerkaute das Wort wie ein zu kurz geschmortes Stück Fleisch.

»Diese Spanier sind Ganoven, sie haben dunkle Haut, dunkles Haar, dunkle Augen und dunkle Seelen. Sie sind Raubwürger voll der Tücke.« Lady Aldridge presste ihre Hände gegen die Wangen.

»Ist Euch ein Spanier zu nahe getreten?«, wollte Thomas wissen.

»Eine seltsame Frage für einen Engländer. Ihr wart doch schon auf der Welt, als die spanische Armada unsere Heimat erobern wollte.«

»Gewiss. Aber was hat das mit den spanischen Kaufleuten im Hafen von Oran zu tun? Gab es Anfeindungen? Hat man Euch beleidigt?«

Lady Aldridge sah ihn an wie ein Kind, dem die Manieren durchgegangen sind. »Jeder Spanier, der seinen Fuß auf dieselbe Straße setzt wie ich, beleidigt mich. Jeder Spanier, der glaubt, sein Affenkönig sei mächtiger als die von Gott gesandte Elizabeth, unsere Herrscherin, hat es verdient, dass man ihn zu Aas macht. Sie sollten unsere Tischdiener sein, unsere Kelchträger, unsere Aufwärter. Stattdessen wollen sie uns über den rechten Glauben belehren. Wäre ich ein Mann, ich schnitzte ihnen ein Kreuz, an dem sie allesamt aufgehängt werden könnten.« Lady Aldridge untermalte ihre Worte, indem sie mit der flachen Hand auf die Tischplatte schlug.

Thomas dachte an die Worte ihres Gatten, der seinen Verrat an der Krone damit vergütet haben wollte, dass er eine Domäne in Spanien bezog. Wie es schien, hatte Aldridge dieses Vorhaben nicht mit seiner Frau besprochen.

»Es gibt Engländer, die auf spanischen Gütern leben«, sagte er vorsichtig. »Dort soll die Sonne das ganze Jahr über scheinen. Die Pferde der Spanier sind legendär, ebenso ihre Jagden, und ihr schwerer Wein zählt zu den süßesten Europas. Ein Leben in Spanien …«

Sie unterbrach ihn mit einem Hustenanfall. »Lieber schmore ich in der Hölle. Pferde, Jagden, schönes Wetter, das würde vielleicht meinem William gefallen. Ich aber ziehe einen Krug Londoner Bier jedem noch so süßen Wein aus dieser Kloake, die sich Spanien nennt, vor.«

Der Eifer in ihrer Stimme klang echt. Thomas verspürte den Drang, den harten Rhythmus ihrer Worte niederzuschreiben, um ihn zu gegebener Zeit in seinen Musikautomaten einzubauen. Daraus würde sich ein treffliches Madrigal komponieren lassen. Zugleich fühlte er sich wie ein Verräter. Lady Aldridge hatte ihm in der Not geholfen. Sie hatte ihn vor den schurkischen Lords bewahrt, seine Hand verbunden und ihm nun sogar ihr Herz geöffnet. Wie konnte er sich einfach abwenden und sie einem Schicksal überlassen, das ihr Mann für sie ausgesucht hatte? Er schlug die Augen nieder. Die Worte lagen reif, rund und süß auf seiner Zunge und drängten hinaus. Doch Thomas presste die Lippen zusammen.

»Ich habe Euch mit meinen Worten beschämt«, sagte Lady Aldridge in das Schweigen hinein. »Da seht Ihr, was die Spanier anrichten können.« Sie ging zur Tür, um sie zu öffnen. Die Gelegenheit drohte zu verstreichen. Thomas stellte sich ihr schnell in den Weg.

»Ich muss Euch etwas sagen«, begann er. »Es ist wichtig.«

Lady Aldridge wich zurück. Furcht flackerte in ihren Augen.

»Es betrifft Euren Gatten.« Jetzt sprudelten die Worte hervor. Von der Truhe erzählte Thomas, vom Schicksal seines Daumens und von den beiden Lords, die er belauscht hatte. Mit knappen

Worten legte er Lady Aldridge dar, dass ihr Mann William gemeinsam mit Henry Lello die englische Krone verraten hatte und mit den Spaniern Handel trieb. Zwar verschwieg er, dass die beiden Grafen auch die Mörder Montagus waren, berichtete aber von der Hoffnung des Lord Aldridge, für seine Dienste von der spanischen Krone mit einem Stück Land belohnt zu werden.

»Ich glaube nicht, dass Ihr England noch einmal wiedersehen werdet, wenn es nach den Plänen Eures Gatten geht«, endete Thomas. Noch immer sah er Furcht in den Augen der Lady. Gern hätte er seine Hände beruhigend auf ihre Schultern gelegt. Aber schon einmal hatte ihm eine ähnliche Geste Ärger eingehandelt.

Bevor Lady Aldridge die Sprache wiederfand, wurde die Tür hinter Thomas aufgezogen, und eine Stimme dröhnte: »Wenn du noch lange mit diesem Mauertüncher allein in unserer Kabine bleibst, Emily, werde ich ihn zum Duell fordern.«

Thomas fuhr herum und blickte in das gerötete Gesicht von William Aldridge. »Welcherlei Schandtaten haltet Ihr Eure Frau für fähig?«, platzte es aus Thomas heraus.

Ein Stoß gegen die Brust war die Antwort.

»Ich erledige das gleich hier und jetzt.« Aldridge zwängte sich unter der Tür hindurch.

Die Kammer, obwohl großzügig bemessen für einen Raum auf einem Schiff, schrumpfte zusammen. Thomas schob sich hinter das Bett. Aldridge baute sich am anderen Ende auf und schaute ihn drohend an.

Lady Aldridge hustete vernehmlich. Aber es war nicht das Hüsteln einer englischen Lady, die ihrer Missbilligung Ausdruck verlieh. Die Luft, die sich wie Kanonendonner aus ihrem Mund entlud, kam aus dem Körper einer kranken Frau. Immer neue Kaskaden harten Hustens presste Lady Aldridge hervor. Dabei hielt sie sich eine Hand vor den Mund und eine vor den Leib. Thomas hatte schon genug Schwindsüchtige in den feuchten

Stuben Londons siech liegen sehen, um zu wissen, woran Lady Aldridge litt.

Ihr Mann wandte sich von Thomas ab, um sie zu stützen. Als Thomas die Sorge in seinem Gesicht sah, wusste er mit einem Mal, warum der Lord sein Land verraten hatte. Aldridge zog das Wohl seiner Frau dem Heil von Englands Königin vor. Ein Anflug von Mitgefühl streifte ihn, als er die beiden aneinandergeklammerten Eheleute betrachtete. Da warf Lord Aldridge Thomas einen hasserfüllten Blick über die Schulter seiner Frau zu, und der Moment der Anteilnahme verflog.

Thomas verließ die Kabine. Kaum hatte er die Tür hinter sich zugezogen, fiel ihm das Stofftier ein. Er hatte das Spielzeug und seinen geheimnisvollen Inhalt aus den Augen verloren. Thomas stand im Durchgang zum Achterdeck, zwischen dem stechenden Licht der Sonne von Oran und der im Schatten liegenden Kabine der Aldridges. Sollte er umkehren? Erschrocken stellte er fest, dass er nicht beobachtet hatte, wo Lady Aldridge den Hahn verstaut hatte. Der Schmerz in seiner Hand hatte ihn die Augen schließen lassen.

Er würde später danach sehen. Zögernd trat Thomas aus dem Schatten hervor.

# Kapitel 8

Die Luft war süss und satt vom Regen. In den Pfützen schwammen Wolken, und der Wind spielte mit der Feder an Elizabeth' Hut. Sie atmete tief ein. Mein England, dachte sie, wenn ich könnte, würde ich nicht nur deinen Geruch, sondern auch deine Erde, deine Felder, Wiesen und Steine, deinen Sand und deine Wälder in mich aufnehmen und in mir bewahren. Und wehe demjenigen, der sich dir dann mit unredlichen Absichten näherte.

Während sie mit dem Handrücken über die Blesse ihres Pferdes strich, räusperte sich jemand hinter ihr. Augenblicklich war der sanfte Regen vergessen, und der alte Groll stieg in ihr hoch, kochte heiß gegen die Kühle im Wald von Waltham an.

Ohne sich umzusehen, fragte sie: »Kann die Jagd endlich beginnen? Haben die Treiber den Keiler aufgespürt?«

Sie hatte die tiefe Stimme Humphrey von Salisburys erwartet, der die Jagdhunde abrichtete. Aber stattdessen hörte sie das Winseln Robert Radcliffes, Herzog von Sussex: »Es gibt leider keinen Keiler, Mylady. Ich bedaure. Aber Rotwild. Ein Sprung Rehe äst ganz in der Nähe. Perfekte Ziele für Eure Armbrust.«

Sie fuhr herum. »Genauso gut könnte ich Mäuse jagen. Zieht Ihr schon los und tötet Rehe. Ich warte lieber auf einen Gegner, der sich wehren kann.«

Radcliffe trug einen dunklen, altmodischen Mantel mit roten Streifen und breiten Schulterklappen. Niemals war auch nur ein einziger Verschluss seiner Kleider geöffnet. Die Krempe seines Huts, kostbar violett gefärbt, war hochgeschlagen. Der Regen hatte sich darin gesammelt und lief an den Seiten seines Kopfes hinab. Der Herzog sah aus wie die missglückte Figur eines Wasserspeiers an der Kathedrale von Westminster.

»Wir sprachen ja schon über den Keiler.« Er brachte seinen Gedanken nicht zu Ende. Das war auch gar nicht nötig.

»Das taten wir. Und ich sagte Euch ja schon, dass ich keine Rotte Wildschweine in meinen Wäldern dulde.«

»Aber der Keiler ist das Wappentier König Philipps.«

Elizabeth' Lächeln sackte in sich zusammen. »Und ich bin die Königin von England. Wessen Untertan seid Ihr?«

Radcliffe verneigte sich – nein, dachte sie, er duckt sich – und wich zurück. Dabei ergoss sich das Wasser aus seiner Hutkrempe in einem Schwall auf den Boden. Schlamm spritzte hoch und sprenkelte Elizabeth' Kleid.

Sie seufzte. Was für ein Sinnbild! Ihre Vertrauten hatten ihr nichts weiter zu bieten als kriecherische Heucheleien und bewarfen sie obendrein mit Dreck.

Zum ersten Mal seit Jahren wünschte sie sich William Cecil herbei. Aber Cecil war nach Dover geritten, um dort seine geheimen Männer auf ebenso geheime Missionen nach Frankreich und Spanien zu senden. Auf Schiffen, die es eigentlich gar nicht gab. Eines Tages würde Cecil die Kunst erlernen, sich vor ihren Augen in Rauch aufzulösen.

So wie sich die Jagdgesellschaft gerade im Regen auflöste. Die Tische bogen sich unter Schalen frischen Obstes. Glasierte Krüge in Grünblau, Elizabeth' Lieblingsfarbe, warteten auf durstige Münder. Darüber hatte ein Heer von Bediensteten Baldachine gespannt, groß wie die Segel einer Fregatte. Allerdings nicht so windfest. Der Sommerregen hatte die Jagdgesellschaft unter die Bäume getrieben. Dort wischten die Hornbläser ihr

Messing trocken, und die Lords zeigten sich gegenseitig ihre prachtvollen Hengste und Stuten. Für Pferdenarren war die königliche Jagd die beste Gelegenheit, nach vielversprechenden Kandidaten für die Zucht Ausschau zu halten. Andere suchten nach Paarungsmöglichkeiten mit den Damen der Lords.

Elizabeth hatte als Einzige keinen Schutz unter den Baumkronen gesucht. Das Wetter war ihr willkommen, weil es Gelegenheit bot, nur von ihren Jägern begleitet loszureiten. Und jetzt wollte sie sich beeilen, bevor ein launischer Wind die Wolken vertrieb und die Sonne ihren Hofstaat in summenden Betrieb versetzte.

Die Hornbläser waren noch immer damit beschäftigt, ihre Instrumente zu trocknen. Gut! Dann würde es vorerst kein Signal zum Aufbruch geben. Das mochte ihr einen Vorsprung vor der eitlen Blase verschaffen. Dies war immerhin die Jagd, ein blutiger Sport. Und der Preis war der Tod.

Sie griff nach dem Sattelknauf. Ein Page stellte ihr eine Fußbank neben den Schimmel. Sie achtete nicht darauf, hob wenig majestätisch das linke Bein und stemmte sich mithilfe des Steigbügels in den Sattel. Ihr Rücken protestierte. Dennoch hieß sie das geschmeidige Leder und den kraftvollen Pferdekörper zwischen ihren Beinen willkommen. Der Geruch nach Tier und Stall liebkoste ihre Nase. Schon hörte sie das Klappern von Pferdehufen. Die Jäger kamen herbei. Die Hunde hechelten. An ihrer Seite tauchte Lord Salisbury auf. Er hielt die gespannte Armbrust, die er Elizabeth reichen würde, sobald der Keiler in Sicht kam.

Aus den Augenwinkeln nahm Elizabeth wahr, wie die Männer des Hofstaats ihre Waffen aufsammelten. Einige hielten sich noch immer die Weinkelche vor die Gesichter. Sollten sie doch in die Pokale hineinkriechen und darin verschwinden!

Elizabeth hob eine Hand und trabte los. Salisbury folgte zu

ihrer Rechten. Die Hunde liefen voraus. Die Ohren der Beagles flappten, und ihr Gebell klang fröhlich und aufgeregt. Mehrmals hatte Salisbury ihr geraten, Cockerspaniel für die Keilerjagd einzusetzen. Aber sie brachte es nicht über sich, ihre geliebten Beagles gegen Tiere einzutauschen, die den Namen des Feindes trugen.

Als sie sich dem Waldrand näherten, mischte sich rasches Hufklappern unter das Bellen der Hunde und das Knarren der Sättel. Ein Rappe tauchte neben Elizabeth auf, und plötzlich ritt Garcilaso de la Ruy an ihrer linken Seite. Er war in ein unscheinbares dunkelgrünes Wams gekleidet. Der obere Verschluss stand offen und ließ seinen Adamsapfel und die Mulde am Hals erkennen. Elizabeth erschrak bis zum Erblassen. Das durchdringende Gefühl von Scheußlichkeit ließ sie die Zügel kneten. Was bildete sich dieser Spanier ein? Sie hatte ihn nicht eingeladen, an der Jagd teilzunehmen, geschweige denn an ihrer Seite zu reiten.

Gerade wollte sie Salisbury ein Zeichen geben, er möge den ungehörigen Fremden entfernen, da rief de la Ruy: »Sechs Jäger gegen einen Keiler. Ist das die berühmte englische Gerechtigkeit?«

Elizabeth presste die Lippen zusammen. Für solche Frechheiten hatte sie schon Männer enthaupten lassen. Aber im Fall de la Ruys war das nicht möglich. Noch nicht.

»Werft diesen Herrn vom Pferd. Dann schließt so schnell wie möglich wieder auf«, rief sie zu Salisbury und seinen Männern hinüber. Der Lord verschwand von ihrer rechten Seite, nur um bald darauf neben de la Ruy aufzutauchen. Elizabeth sah noch, wie Salisbury de la Ruy in die Zügel griff. Dann wandte sie den Blick ab und ritt weiter auf den Waldrand zu, wo die tropfenden Föhren ihr eine Welt ohne Spanier verhießen.

Sie war noch nicht unter die Bäume getaucht, als der Hufschlag zurückkehrte. Doch statt Salisbury wieder zu ihrer Rechten vorzufinden, entdeckte sie de la Ruy erneut zu ihrer Linken. Elizabeth riss an den Zügeln ihres Pferdes. Zu fest. Ihr Schimmel rutschte durch die nasse Wiese und strauchelte, tänzelte, warf den Kopf herum.

Sofort war de la Ruy aus dem Sattel, sprang herbei und griff nach dem Zaumzeug. Wenige Augenblicke später stand der Schimmel ruhig und schüttelte schnaubend die nasse Mähne.

»Das war unnötig«, rief Elizabeth. »Ich hätte selbst …«

Sie zerbiss die Worte. Um ein Haar hätte sie sich vor de la Ruy gerechtfertigt. Dieser Spanier! Wo blieb nur Salisbury?

»Euer Begleiter scheint seines Pferdes verlustig gegangen zu sein«, sagte der spanische Gesandte. Erst jetzt erkannte Elizabeth den roten Striemen, der sich über seine linke Wange zog. Und da war noch einer, auf seiner Stirn. Reitgerten hinterließen solche Spuren. Sie warf einen Blick zurück. Dort hinten kniete Salisbury im hohen Gras. Seine Hunde sprangen aufgeregt um ihn herum. Sein Pferd trabte in einiger Entfernung davon.

»Ich schlage vor …«, de la Ruy fischte nach dem englischen Begriff und rührte dabei mit einer Hand die Luft um, »… ein Geschäft. Ist das das richtige Wort?«

Elizabeth deutete auf das Dach aus Bäumen über ihren Köpfen. »Handel treibe unter freiem Himmel, wo Gott dich sieht und dein Zeuge ist«, erwiderte sie. »So hat es mich mein Vater gelehrt.«

»Heinrich VIII. Ein kluger Mann soll er gewesen sein.« De la Ruy wischte sich die Regentropfen mit der Hand aus dem Gesicht und schlenkerte das Wasser von den Fingern. »Wie wäre es dann stattdessen mit einer Wette? Ist das passender hier unter den Bäumen, wo Eurem Glauben nach die Kobolde wohnen und die Feen Schabernack treiben?«

Elizabeth schaute zur Seite. Auf keinen Fall durfte de la Ruy sehen, dass er sie amüsierte. Wenn er schon ihren Hundemeister vom Pferd prügelte, was würde er sich wohl erst herausnehmen, wenn er sich ihrer Aufmerksamkeit sicher war?

»Ich bin keine Spielerin«, sagte sie. »Ich ...«

Er unterbrach sie mit seinem bunten Englisch. »Wenn ich den Keiler zuerst töte, dann bekomme ich ein warmes Haus. Und meine Begleiter auch.«

Sie beschloss, ihm die Unterbrechung diesmal durchgehen zu lassen. Immerhin war das hier nicht der Hof von Greenwich, sondern der Wald von Waltham, und die einzigen Untertanen in diesem Palast waren Marder, Mäuse und Meisen. »Und wenn ich es bin, die den Keiler zuerst tötet?«, fragte sie.

»Kehre ich nach Spanien zurück und rate meinem König: Den englischen Hof mit Gesandten zu belästigen ist keine gute Idee.« Er deutete zu Salisbury hinüber. »Ihr werdet gewiss gewinnen, denn ihr seid viele. Ich bin eins.«

»Allein«, verbesserte Elizabeth. Das Wort hatte einen bittersüßen Geschmack. »Allein«, sagte sie noch einmal. Auch sie blickte zu Salisbury zurück, der gerade versuchte, sein Pferd einzufangen. Seine Gehilfen waren auf dem Weg zu ihr, zögerten aber. Offenbar wussten sie nicht, ob sie zuerst dem Hundemeister helfen oder der Königin gegen den Spanier beistehen sollten.

War dies nicht der Moment, den sie herbeigesehnt hatte? Sie hob beide Arme und winkte damit wie ein Waschweib, das die Laken ausschlägt. Die Gehilfen blieben stehen, ließen die Schultern hängen. Dann wandten sie sich Salisbury zu, der atemlos sein Pferd verfolgte.

»Ich nehme die Wette an«, sagte sie. »Aber ich habe keine Waffe. Ihr werdet mir eine leihen müssen.«

De la Ruy hielt bereits eine Saufeder mit langem Schaft und eine Armbrust in Händen. »Mehr habe ich auch nicht. Wählt Euren liebsten Weg, den Tod zu bringen.«

Ohne zu zögern, riss Elizabeth dem Spanier die Armbrust

aus der Hand. Für die Lanze war sie zu schwach. Der Keiler würde sie mit dem Schaft aus dem Sattel heben. Die Armbrust war zwar weniger treffsicher, aber sie hielt sich für eine gute Schützin.

»Der Wald ist nicht groß«, sagte sie. »Ihr werdet die Köderstationen leicht finden.«

De la Ruy stieg wieder in den Sattel. »Danke. Aber ich brauche solche Orte nicht.« Er griff in einen Beutel, der an seiner Seite hing, und holte etwas Gelbes daraus hervor. »Gegorener Mais.« Er roch daran und rümpfte die Nase. »Kein Eber kann diesem Gestank widerstehen.«

»Darum ist die Sau wohl auch das Wappentier Philipps.« Elizabeth ritt los, duckte sich unter den Zweigen hindurch und verschwand zwischen den Bäumen.

Die Dämmerung fiel herab wie das Beil eines Henkers. Kaum war Elizabeth in den Wald eingetaucht, war sie von moosigem Licht umschmeichelt. Gedämpft waren Töne und Farben. Der Regen, im Freien nur ein Nieseln, war hier stärker, denn er hatte sich auf den Ästen gesammelt und dort darauf gewartet, der Reiterin im richtigen Moment in den Nacken zu fallen. An diesem Ort, schien er zu sagen, hat ein Tropfen mehr Macht als ein Schwert.

Elizabeth kniff die Augen zusammen, bis sie sich an die Schwärze dahinter gewöhnt hatte. Dann schlug sie die Lider wieder auf. Nun erschien ihr der Wald heller. Sie hatte diesen Schlich von ihrer Mutter gelernt. Damals war sie ein Kind gewesen und hatte sich stets vor den finsteren Gängen in Windsor Castle gefürchtet. Aber ihre Mutter hatte ihr gesagt, dass sie ein Licht in ihrem Kopf trage, und wenn sie sich nur lange genug sammele, würde es in ihre Augen strömen und jede noch so dunkle Nacht vertreiben.

Der alte Trick funktionierte noch immer. Elizabeth erkannte die Abdrücke des Wildes im lockeren Waldboden: die Spuren von springenden Rehen, von ziehendem Rotwild und dort, neben der aufgewühlten Erde, die Abdrücke eines Wildschweins. War das der Keiler, den sie jagen wollte? Es gab nur eine Möglichkeit, das herauszufinden.

Langsam stieg sie aus dem Sattel. Hinaufzukommen fiel ihr stets leicht. Abzusteigen aber wurde von Jahr zu Jahr schwieriger. Da sie niemanden in der Nähe wähnte, erlaubte sich Elizabeth ein Stöhnen.

Die Spur des Tiers verlor sich zwischen den Bäumen. Sie lauschte. Von de la Ruy war nichts zu hören. Auch das Bellen der Hunde war verstummt. Erst jetzt fiel ihr auf, dass die Vögel nicht sangen. Eine Glocke war über die Welt gestülpt und sperrte alle Geräusche aus.

Eigentlich hätte sie jetzt wieder auf das Pferd steigen und bis zur nächsten Köderstelle reiten sollen. Dort würde sie weitere Spuren finden, vielleicht sogar die Beute selbst, und sie mit einem sauberen Schuss vom Pferderücken aus erlegen. De la Ruy würde nach Spanien zurückkehren, und sie konnte ihr repräsentatives Leben fortsetzen und darauf hoffen, dass die Mission im Osmanischen Reich von Erfolg gekrönt sein würde.

Aber Kronen trugen in einem Wald nur die Bäume.

Elizabeth schlang die Zügel des Schimmels um einen von Moos bewachsenen Ast. Mit zitternden Fingern entsicherte sie die Armbrust. Dann drang sie gebückt in das Dickicht vor.

Die Zweige und Blätter schlugen raschelnd hinter ihr zusammen. Der Duft von feuchtem Waldboden stieg ihr in die Nase. Er vermischte sich mit dem süßen Geruch des Moders und dem scharfen Aroma nassen Tierfells.

Die Fährte war deutlich zu erkennen. Elizabeth folgte ihr tiefer in den Wald hinein. An einem Baum war die Rinde blank gescheuert. Sie strich mit der Hand darüber. Wildschweine hinterließen solche Spuren. Aber es war unmöglich, zu sagen, wie alt das Zeichen war.

Da hörte sie den Schrei. Er fing in tiefen Registern an und kletterte zu einer Tonhöhe hinauf, die das menschliche Ohr beleidigte. Zugleich war der Ruf schartig wie Eichenrinde. Der Eber war nah.

Obwohl die Laute Furcht einflößend waren, zog sich Elizabeth nicht zurück. De la Ruy hatte den Schrei gewiss auch gehört. Jetzt galt es, schneller bei der Beute zu sein als der Spanier. Elizabeth wusste: Geschwindigkeit bedeutete auf der Jagd auch Unvorsichtigkeit und Gefahr. Doch die Vorstellung, den Principe ein für alle Mal loszuwerden, beflügelte sie. Die Königin streifte die Angst ab wie eine alte Jacke und hängte sie an einen Baum. Dann drang sie weiter durch das Unterholz.

Beinahe wäre Elizabeth in die Grube gestürzt. Vor ihren Füßen fiel der Boden jäh ab. Zunächst dachte sie, vor einer Falle zu stehen, die ihre Jäger hier angelegt hatten. Doch dann sah sie, dass die etwa neun Fuß tiefe Grube natürlichen Ursprungs war, entstanden durch umgestürzte Bäume, deren Wurzeln beim letzten Sturm aus dem Erdreich gerissen worden waren. Der Regen der letzten Wochen hatte die Mulde ausgewaschen und zum Teil mit Wasser gefüllt.

Der Eber rannte im Kreis darin herum und suchte nach einem Ausweg.

Anscheinend war das Tier in der Grube gefangen, vielleicht war es abgerutscht, vielleicht war es absichtlich hineingestiegen, um sich im Schlammloch zu suhlen. Jedenfalls fand es nun nicht wieder hinaus. Das schwarze Fell stand in nassen Borsten von dem massigen Leib ab. Aus dem aufgerissenen Gebrech ragten feucht glänzende Hauer. Als der Eber Elizabeth' gewahr wurde, hielt er kurz inne, wandte den Kopf und starrte die Königin an.

Seine Augen waren hell wie die Lichter eines Kriegsschiffs. Drei Kreise, weiß, braun und schwarz, waren darin zu erkennen, und die scharfen Umrisse einer Feindseligkeit, die eine merkwürdige Anziehungskraft auf die Königin ausübte. Dieses Tier wurde von einer Kraft angetrieben, wie sie sie manchmal selbst in sich spürte. Und jetzt steckte es fest, gefangen in einem Schlammloch und dazu verurteilt, jämmerlich darin zugrunde zu gehen.

Eine beängstigende Einsamkeit lag über dem Ort.

Von der anderen Seite der Grube war das Knacken von Zweigen zu hören, Schritte näherten sich, und Garcilaso de la Ruy erschien zwischen den Bäumen. Auch er schien sein Pferd zurückgelassen zu haben. In seiner Rechten hielt er spielerisch die Saufeder, als wäre sie ein Reisigbesen.

Der Keiler, nun von zwei Seiten bedroht, begann wieder zu schreien und umherzulaufen. De la Ruy packte die Saufeder mit beiden Händen.

»Wollt Ihr etwa dort hinabsteigen?«, fragte Elizabeth über die Grube hinweg.

De la Ruy erschrak. Offenbar bemerkte er erst jetzt, dass er die Beute nicht als Einziger aufgespürt hatte.

»Für ein warmes Zimmer wage ich alles«, erwiderte er.

»Und ich für einen Hof, an dem es keine Spanier mehr gibt.« Elizabeth hob die Armbrust und presste den Kolben gegen ihre Schulter. Aber statt den Eber ins Visier zu nehmen, zielte sie auf de la Ruy. »Wagt es, dort hinabzuspringen, und ich nagele Euch am Wanst dieser Bestie fest.«

»Dort ist es gewiss wärmer als in Eurem sogenannten Palast«, sagte de la Ruy. Seine Stimme war ruhig. Doch seine Hände kneteten den Schaft der Saufeder, als wollten sie den Saft des Holzes daraus hervorwringen.

»Es wäre zwar ritterlicher, weil Ihr eine Dame, eine Lady, seid. Aber ich kann Euch nicht gewinnen lassen.« Er warf den Kopf zurück, um sein nasses Haar aus dem Gesicht zu schleudern. »Denn dann müsste ich Euch verlassen. Dabei lernen wir uns doch gerade erst kennen.«

Machte sich dieser Knabe etwa über sie lustig? Elizabeth' Hand zitterte. Sie presste die Waffe fester gegen ihre Schulter. Wenn er in die Grube hinabspräng, würde sie ihren Worten Taten folgen lassen. Dies war ihr Keiler, ihr Wald, ihr Reich. Und Jagdunfälle passierten selbst den besten Schützen.

Als der Eber zum dritten Mal schrie, rief de la Ruy über die Grube hinweg: »Wie es scheint, stehen England und Spanien an gegenüberliegenden Küsten. Und in der Mitte gibt es ein großes Loch mit einem Ungeheuer darin.« Er rammte die Spitze der Saufeder in den Boden. »Warum versuchen wir nicht, eine Brücke zu bauen?«

Die ganze Luft schien sich in Regen aufzulösen. Perlen liefen Elizabeth' Wangen hinunter. Die Feder an ihrem Hut hing schlapp in ihr Gesicht. Sie legte den Kopf in den Nacken, der kalte Wind biss ihr in die entblößte Kehle, und die Königin lachte. Wenn ich sterben muss, dachte sie, dann hier und jetzt, von einem starken Pferd über das offene Land getragen.

Ihre Hände schmerzten. Sie hatte die Handschuhe verloren. Zwei Fingernägel waren abgebrochen. Die anderen waren in einem Zustand, der ihre Dienerinnen in Verzweiflung stürzen würde. Überdies waren ihre Hände schwarz von Erde, braun von Holz und grün von Moos. Gemeinsam mit Garcilaso de la Ruy hatte Elizabeth Bäume versetzt. Sie lachte erneut. Wie zwei Holzfäller hatten sie beide, der Spanier und die Engländerin, ein paar kleine vom Sturm gefällte Fichten zu der Grube mit dem Eber getragen. Einige Stämme waren zu schwer für Elizabeth gewesen. Doch de la Ruy hatte die Zweige und Äste abgeschnitten, sodass sie die Bäume bis zur Mulde rollen konnten. Nach und nach hatten sie die Enden der Stämme in die Grube gestoßen. Der Eber war kreischend davor zurückgewichen. Es würde eine Weile dauern, bis das Tier erkannte, dass nicht Gefahr, sondern Rettung gekommen war, dass auch schlüpfrige Baumstämme eine gute Brücke bildeten, über die man in die Freiheit gelangen konnte.

Elizabeth spürte, wie der Regen das Bleiweiß von ihrem Gesicht wusch, wie es ihre Wangen hinablief und dort hässliche Streifen hinterließ. Hässlich, hässlich, hässlich, summte sie in Gedanken. Täglich verbrachten ihre Zofen Stunden damit, ihr von Falten und Pockennarben entstelltes Gesicht unter einer Maske zu verbergen. Sie nahm eine Hand vom Zügel und wischte sich den Zinnober vom Mund. Als unter der Schicht die empfindliche Haut zum Vorschein kam, empfing sie jeden Regentropfen darauf wie eine Liebkosung.

Unter den Bäumen kamen ihr Reiter entgegen. Gleich würden sie beteuern, wie glücklich sie seien, ihre Königin wohlauf zu sehen. Gleich würden ihr heuchlerische Hände eine Decke über die kalten, nassen Schultern legen. Gleich würde der zugeknöpfte Radcliffe ihr in die Kutsche helfen wie einer alten Frau.

Aber noch war es nicht so weit. Unter den Hufen ihres Schimmels spritzte der Schlamm und flog bis zu ihren Knien hinauf. Die Hände brannten ihr wunderbar vor Kälte, und ihr Haar fühlte sich zerzaust an wie das eines kleinen Mädchens.

Elizabeth atmete tief ein. Der Regen war voller Himmelsduft.

## Kapitel 9

Mit einem Stoffspielzeug zu fechten! Dafür gehörte der Orgelbauer bis in alle Ewigkeit verspottet. Henry Lello wanderte auf Deck umher und schlug mit dem Degen gegen sein linkes Bein. Wäre Thomas Dallam doch wie die Spanier! Dann hätte er sich eine Waffe gegriffen und diese gegen Lello zu führen versucht.

Doch Dallam hatte sich auch noch hinter einem Weiberrock versteckt, dem der Lady Aldridge. Diese Alte hatte Lello einmal mehr bewiesen, dass er in seiner Heimat England nichts mehr zu suchen hatte. In Spanien, so hatte er gehört, mischten sich die Frauen nicht in die Angelegenheiten der Männer ein. In Spanien war der Mann ein König und der König ein Mann.

Im Hafen war jetzt Bewegung zu sehen. Menschen näherten sich der *Hector*. Die Besatzung und die Passagiere kehrten zurück. Der Landgang war beendet. Die Zeit lief ihm davon.

Wütend hieb Lello mit dem Degen gegen die Plane des Beibootes. Der Stoff ging mit einem ratschenden Laut entzwei. Noch einmal traktierte er die Abdeckung und wünschte sich, es wäre der Leib Thomas Dallams. Dann wandte er sich der Tür am Achterdeck zu, hinter der die Kabinen der Adeligen lagen. Bevor das Schiff voller Zeugen war, musste der Musiker zum Schweigen gebracht werden. Für immer.

Lello duckte sich unter dem Eingang zu den Kabinen. Der Degen in seiner Hand zitterte leicht. Er würde versuchen, einen sauberen Stich zu landen. Keine Schreie, keine Blutspritzer. Die kalte Eisenspitze würde er unter Dallams linkes Schulterblatt stechen und das Herz durchbohren. Ein schneller Tod – obwohl dieser lästige Bursche anderes verdient hatte. Doch das Schicksal liebte die Einfältigen.

Den Körper würde er über Bord werfen, wenn genug Zeit dazu wäre. Dallam und Montagu zusammen auf dem Meeresgrund. Sie konnten den Fischen ein Lied singen und es auf einer Orgel aus Muscheln und Seesternen begleiten.

Henry Lello packte den Griff des Degens fester.

\*

Thomas verspürte ein Kribbeln in seinem Nacken. Noch einmal wandte er sich zur Kabine der Aldridges um. Doch die Tür blieb geschlossen. Kein William Aldridge erschien dort, um sich doch noch wutentbrannt auf Thomas zu stürzen. Die Eheleute hatten Wichtiges zu besprechen.

Er machte einen Schritt nach vorn, dorthin, wo der Ausgang zum Achterdeck lag.

Da drang ein Geräusch an sein Ohr.

Ein Pfeifen war zu hören. Thomas riss den Kopf zurück. Die Klinge Lellos verfehlte ihn nur knapp.

Noch einmal drosch Lello auf Thomas ein.

Er hob schützend eine Hand vor das Gesicht. Die Klinge traf die verbundene Stelle zwischen Daumen und Zeigefinger. Der Schmerz blieb aus. Der starke Verband der Lady Aldridge hatte den Schlag abgefangen.

In diesem Moment öffnete sich die Tür hinter ihm. »Was geht hier vor?«, fragte die tiefe Stimme von William Aldridge.

»Halt ihn fest, Bill!«, rief Lello und holte zum nächsten Schlag aus.

Thomas wagte nicht, nach hinten zu blicken. Gleich würden sich Aldridges Bärenarme um seine Brust legen.

»Nein, Henry!«, brummte Aldridge jedoch. »Ich habe meiner Frau alles erzählt.«

Lello verharrte in der Bewegung und starrte den Lord an.

»Sie sagt, sie würde mir verzeihen, wenn ich mit ihr nach England zurückkehre«, erklärte Aldridge ruhig.

Das Eisen erwachte wieder zum Leben. »Dazu ist es zu spät«, rief Lello, zog den Degen zurück und stach erneut zu.

Thomas warf sich gegen die Wand. Der Stich ging fehl. Ein Röcheln erklang in seinem Rücken.

»Bei der Mutter aller Huren!«, schrie Henry Lello.

Etwas Warmes spritzte gegen Thomas Wange. Als er sich zu Lord Aldridge umdrehte, sah er, wie sich dieser den Hals hielt.

Lady Aldridge erschien in der Tür. Im Lichtschein, der aus der Kabine fiel, stand ihr Gatte gegen die Wand gelehnt, und sein Hemd glänzte feucht.

Vom Achterdeck her waren jetzt Stimmen zu hören. Lello regte sich als Erster. »Jeder bekommt, was er verdient«, sagte er mit eisiger Stimme und eilte zum Ausgang.

»William!«, rief Lady Aldridge und war mit einem Schritt bei ihrem Mann. Vergebens versuchte sie, zu verhindern, dass er langsam in die Knie sank. Ihre Blicke fielen auf Thomas.

»Wieso steht Ihr hier herum?«, schrie sie. »Holt Hilfe!« Fahrig tastete sie über das Gesicht ihres Mannes.

Thomas stürzte ins Freie. Geblendet von der tief über dem Bug stehenden Sonne hob er die verbundene Hand vor die Augen. Lello war nirgendwo zu sehen. Aber in dem Gleißen erkannte er, wie einige Männer auf das Achterdeck zueilten, ungefähre Gestalten, die sich nun direkt auf ihn zu bewegten. Er erkannte die Stimme von Hoodshutter Wells und fühlte sich an den Armen gepackt.

»Was ist hier los?«, fragte der Kapitän und starrte Thomas an. »Wieso habt Ihr Blut im Gesicht?«

Thomas schilderte das Geschehen in knappen Worten. Wells brüllte nach dem Schiffsarzt, der sich aus der Gruppe der Zurückgekehrten herausschälte und zu den Kabinen stürzte. Der Kapitän wies einige der Seeleute an, ihn zu begleiten.

Zu gern hätte Thomas Lady Aldridge beigestanden. Das Leben ihres Mannes lag jetzt in der Hand des Schiffsarztes und in der Gottes.

In wessen Hand lag das Leben von Henry Lello?

Thomas blickte über das Oberdeck. Der Graf würde es nicht wagen, noch länger auf der *Hector* zu bleiben. Im Dämmerlicht sah Thomas ihn in Richtung Hafengebäude laufen. Der Verräter hatte das Schiff tatsächlich verlassen. Die Feder an seinem Hut wippte mit jedem Schritt, und er versuchte, im Laufen den Degen in die Scheide zu schieben.

Der Schurke floh. Thomas spürte Erleichterung und zugleich Besorgnis. Er ahnte, dass er Henry Lello nicht zum letzten Mal gesehen hatte.

William Aldridge starb. Lellos Degen hatte seinen Hals durchbohrt und die Schlagader zerrissen. Der Schiffsarzt war machtlos. Lady Aldridge betete über ihrem sterbenden Mann. Als alles Leben aus dem Körper gewichen war, ließ Kapitän Wells den Toten in die Kabine tragen. Sobald das Schiff wieder auf dem Meer war, sollte Lord Aldridge auf offener See beigesetzt werden.

Lady Aldridge stand zwischen den Passagieren an Deck. Ihre Gestalt war eingesunken, ihr Blick auf ihre Füße gerichtet. Dudley North und Cuthbert Bull redeten leise auf sie ein. Thomas fragte sich, wo Miss Mabel, ihre Zofe, war. Die Sonne war inzwischen untergegangen, hatte aber noch Streifen von Licht hinterlassen. Die Seeleute hatten Thomas mittschiffs postiert, mit dem Rücken zum Hauptmast, und hielten ihn noch immer in Schach. In ihren Gesichtern blitzte kalte Entschlossenheit, obwohl der eine oder andere Spuren des Landgangs erkennen ließ – eine sanfte Unsicherheit im Stand, Augen, die in Gelee schwammen.

Hoodshutter Wells kam auf die Gruppe zu. Mit einem Kopfnicken gab er seinen Männern ein Zeichen. Die Seeleute ließen die beiden Männer allein. Der Kapitän blickte Thomas aus müden Augen an.

»Lady Aldridge hat mir alles erzählt«, sagte er. »Die *Hector* ist Schauplatz einer Verschwörung. Ausgerechnet mein Schiff! Meine Seele schmerzt zwar schon genug. Aber ich muss alles wissen.«

Thomas zögerte. Sollte er dem Kapitän erzählen, was er wusste? Nein. Lord Montagu hatte Hoodshutter Wells schließlich auch nicht ins Vertrauen gezogen. Aber Thomas berichtete, dass er die Schurken belauscht habe und sie über den Mord an Montagu gesprochen hatten. Von der Truhe und dem Stoffhahn verriet Thomas nichts.

Als er geendet hatte, nickte Wells bedeutungsvoll. »Wenn ich Lady Aldridge richtig verstanden habe, so wart Ihr der Auslöser dafür, dass William Aldridge vor seiner Frau eine Beichte ablegen musste. Vielleicht würde Aldridge ohne Euch noch leben.«

Thomas zuckte zusammen.

»Aber dann wären wir alle bald tot«, fuhr der Kapitän fort. Er nickte noch einmal langsam, dann holte er tief Luft. »Aldridge hat seiner Frau erzählt, dass bei Gibraltar zwei spanische Galeonen auf der Lauer lagen. Die Spanier wollten die *Hector* verfolgen und kapern. Sie haben auf ein Zeichen gewartet, das ihnen Lord Lello in jener unheilvollen Nacht geben sollte.« Thomas lauschte gebannt dem Bericht des Kapitäns. »Oben im Krähennest auf der Spitze des Fockmastes entfachte Lello ein kleines Feuer. Er brauchte ein Licht, von einem Silberspiegel verstärkt, damit es bis zur anderen Seite der Meerenge leuchten würde. Aber dann ist Lord Montagu dem Verräter auf den Mast gefolgt, und das Unheil nahm seinen Lauf.«

Thomas schüttelte bedächtig den Kopf. »Wenn Montagu nicht gewesen wäre, würden wir jetzt bei den Fischen schlafen, und die *Hector* würde unter spanischer Flagge nach Istanbul segeln.«

Wells trat zum Dollbord, stemmte seine breiten Hände darauf und starrte auf den von Laternen erhellten Hafen. Mehrere Lichter waren bei den Lagerhäusern aufgeflammt. Gut zwei Dutzend Menschen waren dort zusammengelaufen.

»Wenn ich nur wüsste, wozu all das dienen soll«, sagte Wells. »Euer Musikautomat ist gewiss ein bemerkenswertes Geschenk für den Sultan. Aber ist er so wertvoll, dass die Spanier zwei ihrer Schiffe und zwei Verschwörer aufbringen, um die Maschine in ihren Besitz zu bringen?«

»Vielleicht finden wir es in Istanbul heraus«, erwiderte Thomas. Ein wenig bedauerte er, dass er Wells nicht in das Geheimnis einweihen konnte. Dennoch hielt er es für sicherer.

»Mit dem ersten Hahnenschrei verlassen wir diesen Hafen und nehmen Kurs auf griechische Gewässer, wo es nicht auf jeder Klippe von Spaniern wimmelt«, sagte der Kapitän.

Plötzlich erklang vom Hafen her ein Schrei. Antwort kam aus einer anderen Richtung, verdoppelte, verdreifachte sich. Bald war vielstimmiges Rufen zu hören. Thomas lauschte, konnte aber keinerlei Ordnung oder gar Harmonie in den Tönen erkennen. Stattdessen sah er, wie sich die Laternen im Hafen bewegten. Die Lichter tanzten wie Glühwürmchen aufeinander zu. In ihrem Schein waren winzige Gesichter zu sehen. Menschen in bodenlangen Gewändern strömten zusammen.

»Sie kommen auf unseren Anleger zu«, stellte Hoodshutter Wells fest.

Thomas spürte, wie sein Daumen wieder zu pochen begann. Der Finger schien die Gefahr zu wittern wie ein Frosch den Regen.

»Lello!«, rief Thomas. »Das ist sein Werk.«

Wells stieß sich vom Dollbord ab, den Blick auf die Menschenmenge gerichtet, die vor dem großen Hafenkontor zusammenlief. »Dieser angebliche Lord glaubt wohl, er könne einem englischen Schiff mit einer Handvoll Mohammedanern beikommen, wenn es ihm mit Tücke schon nicht gelungen ist.« Der Kapitän legte die Hände an die Wangen und brüllte: »Wir laufen sofort aus. Zieht das Schiff zum Anker raus!« Er wandte sich an Thomas. »Bringt die Passagiere in ihre Kabinen. Ein Toter genügt für diesen Tag.«

Wells wollte davoneilen, aber Thomas hielt ihn zurück. »Ich fürchte, es sind noch nicht alle an Bord«, presste er hervor. »Die Zofe von Lady Aldridge fehlt. Ebenso unser Koch John Flint.«

»Sie sind noch an Land?«, fragte Wells. Ein Eiszapfen lag auf seiner Zunge. Er schlug mit einer Faust in die flache Hand. »Dann sind sie verloren. Dieser lahme Koch kann mit seinen Krötenfüßen nicht mal vor seiner Großmutter davonlaufen. Wir können nicht auf ihn warten.«

Im Hintergrund hörte Thomas die Rufe der Seeleute, die versuchten, die *Hector* im Dunkeln für das Auslaufen vorzubereiten. An der Anzahl der Flüche ließ sich ermessen, wie sehr das Tageslicht bei dieser Arbeit fehlte.

Vor dem Anleger hatten sich gut drei Dutzend Menschen versammelt. Rufe waren zu hören und das heiße Klirren von Metall, das gegen Metall schlägt.

»Zieht die Strickleiter hoch«, rief der Kapitän, »sonst bekommt unser Schiff Landläuse.«

»Wir können die beiden doch nicht zurücklassen!«, drängte Thomas. Er packte den Arm des Kapitäns fester.

Wells riss sich los und deutete auf den Anleger. Die Menge strömte jetzt direkt auf die *Hector* zu. »Wenn wir noch länger warten, wird es kein Schiff mehr geben, auf das irgendjemand zurückkehren könnte.«

»Wenn wir die beiden im Stich lassen, sind wir nicht besser als die Spanier«, sagte Lady Aldridge. Sie war aus der Dunkelheit aufgetaucht. Ihre Stimme war halb erstickt von Tränen.

Von Backbord her war das Knarren von Tauen zu hören, die mit großer Kraft straff gezogen wurden. Die *Hector* schaukelte sanft.

»Ich habe heute schon einen geliebten Menschen verloren«, fuhr Lady Aldridge fort. »Ich werde nicht zulassen, dass meiner Mabel dasselbe Schicksal widerfährt. Sie wollte in die Kirche und Gott um eine sichere Reise bitten. Wir bleiben hier, bis sie wieder an Bord ist. Und Eurem Koch sind wir erst recht Hilfe schuldig, nicht Verrat. Wir haben ihn zu Unrecht einer Schurkerei verdächtigt.«

»Ich bin der Kapitän dieses Schiffes«, sagte Wells scharf.

»Und ich bin die letzte Vertreterin Ihrer Majestät auf diesem Schiff«, gab Lady Aldridge zurück. »Alle anderen Adeligen sind entweder tot oder geflohen. Während Ihr das Kommando hattet.«

»Wenn Flint und Mabel zusammen in der Kirche sind, weiß ich einen Weg, ihnen zu helfen«, mischte sich Thomas ein. »Dazu brauche ich vier Seeleute und die kleinste meiner Orgelpfeifen.«

# Kapitel 10

»Immerhin sind wir im Haus Gottes.« Mabel kniete vor dem schäbigen Altar und hielt die Hände gefaltet.

Die Kirche war so klein, dass sechs Talglichter genügten, um sie zu erhellen. John Flint stand auf einer Bank und reckte den Kopf, um aus einem der winzigen Fenster schauen zu können. Am liebsten hätte er alle Kerzen gelöscht, damit niemand auf sie, die beiden Engländer, aufmerksam wurde. Aber seine Begleiterin hatte ihn mit von Furcht geweiteten Augen davon abgehalten. Die Dunkelheit, so hatte sie erklärt, sei das Element Satans. Und es würde schon genügen, dass die Ungläubigen und die Katholiken ihnen nach dem Leben trachteten. Da müsse man nicht auch noch dem Leibhaftigen den Boden bereiten.

Da zu befürchten stand, dass Mabel in der Finsternis zu einem Bündel aus Angst zusammensinken oder zu schreien anfangen würde, hatte John Flint die Kerzen brennen lassen. Draußen lag auch der Hafen hell erleuchtet. Mit Besorgnis hatte Flint beobachtet, dass Lord Lello dort erschienen war und wie ein Meeresgott Befehle gebrüllt hatte. Zunächst hatte Flint geglaubt, die afrikanische Luft habe Lellos Geist in den Größenwahn quellen lassen. Dann aber hatten sich Männer um den Grafen geschart, Mauren, Spanier und welche Art Gelichter sich sonst noch um diese Stunde im Hafen herumtrieb. Wieso gehorchten all diese Menschen den Befehlen eines englischen Adeligen?

Nun wogte eine Menschenmenge im Hafen, genau zwischen

der englischen Fregatte und der Kirche. Der Weg zurück zum Schiff war versperrt.

Wäre er allein gewesen, Flint hätte sich schon einen Weg zu seiner Kombüse gebahnt. Aber Mabel war bei ihm, und das änderte alles.

»Ich danke Gott dafür, dass er Euch zu mir in die Kirche geschickt hat«, sagte die Zofe. Sie richtete ihre weiße Haube und steckte einige ihrer blonden Haarsträhnen darunter. Ihr sonst blasses Gesicht war gerötet und glänzte.

John Flint verließ seinen Aussichtsposten und stieg von der Bank hinunter. Dabei war ihm sein ungeschlachter Fuß im Weg. Er stolperte und musste sich an der gekalkten Wand abstützen. Selten zuvor hatte er sich einen gesunden Körper so sehr gewünscht wie jetzt unter den Augen Mabels. Schon seit er sie zum ersten Mal an Bord der *Hector* gesehen hatte, war die Sehnsucht nach dem starken und attraktiven Äußeren eines normalen Mannes in ihm übermächtig gewesen. Aber er war nun mal ein entstellter Hüne und wagte es nicht, sich der jungen Frau zu nähern. Doch heute Nachmittag in Oran hatte er beobachtet, wie Mabel diese Kirche betreten hatte. Allein.

»Ja«, sagte Flint, »Gott hat uns hier drin zusammengeführt. Aber hilft er uns auch wieder hinaus?«

Sie nickte. »Darum habe ich den Herrn gerade gebeten. Wenn wir ohne Sünde sind, wird er uns gewiss retten.«

John Flint wusste nicht, was er in diesem Augenblick lieber wollte: Gott dem Herrn gefallen, damit dieser Mabel und ihn rettete, oder als Sünder in der Umarmung dieser gottesfürchtigen Aphrodite für immer in dieser Kirche eingesperrt bleiben.

Während die Gedanken durch seinen Kopf krochen, war von draußen ein Ruf zu hören.

»*¡El barco se va!*« Andere Stimmen mischten sich darunter. »*¡Está saliendo!*«, hörte Flint. Zwar konnte er die spanischen

Worte nicht verstehen, aber er wusste auch so, was die Menge in Aufruhr versetzte.

»Die *Hector* läuft aus«, stieß er hervor.

»Ohne uns?« Mabel trat auf Flint zu und legte ihre Hände gegen seine Brust. Durch den dünnen Stoff seines Hemds spürte er eine ungeheure Hitze von ihren Handflächen ausgehen. »Wir müssen hier raus«, drängte sie. »Vielleicht schaffen wir es noch rechtzeitig an Bord.«

Flint überlegte, ob er nicht einen seiner Taschenspielertricks anwenden konnte, um aus der Misere zu entkommen. Aber ihm fiel nur das Kunststück mit der Kerze ein, deren Licht er aß, um es anschließend aus einer scheinbar leeren Hand wieder auf den Docht zu schleudern. Damit konnte er Kinder beeindrucken – und vielleicht Thomas Dallam –, aber wohl keine Menge aufgebrachter Mohammedaner.

Er ging zum Eingang der Kirche und zog die schwere Tür einen Spaltbreit auf. Der Platz davor lag im Dunkeln und schien menschenleer zu sein. Aber weiter Richtung Hafen war ein Pulk aus Lichtern und Leibern zu sehen – und darüber die drei Masten der Fregatte. Sie bewegten sich.

»Sie legen schon ab«, sagte Flint. »Wir kommen nicht mehr rechtzeitig auf das Schiff.«

»Aber warum fahren sie denn ohne uns los?«, wollte Mabel wissen. Auch sie spähte nun durch die Tür ins Freie.

»Die Menge dort bedroht die *Hector*«, sagte Flint. »Kapitän Wells scheint lieber eine Passagierin und einen Koch zu verlieren als eine ganze Fregatte.«

Obwohl Flint versuchte, Mabel das Geschehen mit ruhigen Worten zu erklären, bebte seine Stimme. Ein jäher Zorn auf Hoodshutter Wells flammte in ihm auf.

»Und was machen wir jetzt?«, fragte Mabel und sah Flint flehend an. »Warten wir hier, bis die *Hector* zurückkehrt?«

»Da können wir lange warten«, erwiderte Flint. Ich würde ja gern mit einer schönen Frau wie dir alt werden, dachte er. Aber nicht unbedingt in einem spanischen Kerker.

Er schlüpfte zur Tür hinaus. Die Masten der Fregatte hatten sich bereits vom Hafen entfernt. Die Menge drängte an den Rand des Anlegers. Brennende Gegenstände flogen durch die Luft, einige prallten gegen die Schiffswand und fielen ins Wasser, einige landeten an Deck.

Flint zog Mabel ins Freie.

»Sie sind beschäftigt«, sagte er leise, hielt ihre Hand fest und schlich um die Ecke auf die Längsseite der Kirche. Unter seinen Füßen knirschte der Putz, der von der Fassade des Gebäudes heruntergefallen war.

»Wohin gehen wir?«, flüsterte Mabel.

Flint zerrte sie mit sich, ohne innezuhalten. Er wusste ebenso wenig wie seine Begleiterin, wohin sie sich wenden sollten. Die schwärzesten Schatten schienen die beste Zuflucht zu bieten.

Da erst sah Flint, dass die Umgebung keineswegs so menschenleer war wie gedacht. Vereinzelte Gestalten standen in den Hauseingängen und lehnten aus den Fenstern, um das Treiben am Anleger zu verfolgen. Einige sahen zur Kirche hinüber. Als jemand in ihrer Nähe etwas auf Spanisch brüllte, spürte Flint, wie sich Mabels Hand um seine Finger krampfte. Hatte man sie entdeckt? Die eine Hand wird von Gott gelenkt, summte es in Flints Gedanken, die andere vom Teufel. Welche von beiden die junge Frau erwischt hatte, würde sich noch herausstellen.

Weitere Rufe im Rücken, stolperten Flint und Mabel in eine Gasse hinein. Hier stank es nach Urin und toten Hunden. Aber immerhin waren sie den Blicken der Feinde entzogen. Auch das Schreien und Johlen klang gedämpfter. Fast hätte man meinen können, im Hafen sei ein Fest im Gange. Ein Fest, bei dem der Irrsinn mit dem Schrecken tanzte.

Das Röhren eines Nebelhorns drang durch die Nacht. Fast hätte Flint das Geräusch nicht wahrgenommen, so vertraut war er mit dem Laut. Doch für ein nautisches Signal war der Ton zu hoch und zu kurz. Flint legte den Kopf schief. Das war kein Nebelhorn.

»Was ist?«, fragte Mabel. Auch sie lauschte.

Der Ton erklang erneut.

»Das kommt von See her!«, stellte Flint fest.

»Ist es die *Hector*?« Mabel spähte in Richtung Hafen.

»Dazu ist das Signal zu nah. Wells wird das Schiff auf die offene See manövriert haben. Und … so klingt kein Schiffshorn.«

Sie lauschten schweigend. Erneut dröhnte etwas durch die Nacht.

»Das ist eine Orgelpfeife«, brach es aus John Flint hervor. »Das ist Dallam! Er gibt uns ein Zeichen.«

\*

Noch einmal blies Thomas in die Orgelpfeife hinein. Der Ton gis flog klar wie der Ruf eines Bussards in die Nacht hinaus und verschwand über dem Wasser. Thomas hoffte, dass er in die richtigen Ohren drang. Um der Pfeife nur kraft seiner Lungen einen Ton entlocken zu können, hatte er eine der kleinsten Röhren aus dem Laderaum der *Hector* geholt. Eine Welle schlug gegen die Pinasse. Gischt ergoss sich auf Thomas. Er schüttelte sich und schnaufte das Salzwasser aus der Nase.

»Das Boot stillhalten!«, befahl er.

»Um es noch ruhiger zu halten, müssten wir es versenken«, gab der ihm am nächsten sitzende Ruderer zurück.

Thomas hatte nie zuvor in einem Beiboot gesessen. Er hoffte, dieses erste Mal würde zugleich das letzte sein. Während die

*Hector* majestätisch über den Wellen schwebte wie Pegasus, glich die Fahrt in der Pinasse dem Ritt auf einem Stier.

Vier Matrosen zogen an den Riemen. Dennoch schien sich das Boot kaum von der Stelle zu bewegen. Wild sprang es auf und nieder, von der schwarzen Dünung bald hierhin, bald dorthin geworfen. Obwohl Thomas sich mit beiden Händen an der Sitzbank festklammerte, konnte er nicht verhindern, gegen die Bordwand geschleudert zu werden. Von den Stößen schmerzten seine Arme, seine Rippen, seine Hüften. Aber er hielt den Blick unverwandt auf die Lichter an Land gerichtet. Dort lag der Hafen von Oran. Das Boot hielt genau auf jenen Ort zu, von dem sein Mutterschiff, die *Hector*, eben erst entkommen war.

»Weiter nach rechts!«, rief Thomas den Ruderern zu. Sofort verbesserte er, »nach Steuerbord«, und deutete mit ausgestrecktem Arm in die Richtung, in der die Kirche lag.

Auf keinen Fall durfte die Pinasse in den Lichtschein gelangen, der auf dem Hafenbecken lag. Dort drängten sich noch immer an die zweihundert Menschen zusammen. Einige stiegen jetzt in Fischerboote. Sie mussten bemerkt haben, dass die *Hector* nur langsam aus der Bucht herauskam, und wollten wohl versuchen, die Fregatte mit ihren kleinen Gefährten zu erreichen.

Wir müssen uns beeilen, dachte Thomas. Sonst wird es kein Schiff mehr geben, zu dem wir zurückkehren können.

Endlich schälte sich ein heller Streifen Land aus der Dunkelheit heraus. Die Wellen schoben die Pinasse darauf zu. Schon schrammte der Kiel des Boots über Grund. Zwei der Seeleute sprangen heraus und hielten das Gefährt fest, damit es nicht zu tief in den Boden gedrückt wurde.

»Wo bleiben sie?«, fragte einer der Ruderer. Es war Winston, der Segelflicker. Thomas erhob sich und fing die Stöße der von hinten anrollenden Wellen mit breit ausgestellten Beinen ab. Voraus, auf dem schmalen Streifen Sandstrand, lagen etwa zehn schmale Boote. Von Flint und Mabel war nichts zu sehen.

»Sie werden gleich da sein«, sagte Thomas und presste die Orgelpfeife schützend gegen seine Brust. Das Blech war in seiner Hand warm geworden.

»Das hoffe ich«, fuhr Winston fort. »Denn die Mauren dort werden es auch bald sein.« Aus der Ferne, wo die Lichter auf dem Anleger tanzten, näherten sich einige Gestalten. Thomas zählte sechs Schemen, die eiligen Schritts auf den kleinen Strand zuhielten. Vermutlich wollten auch sie in Boote steigen, um die *Hector* zu verfolgen. Noch schienen sie die in der Dunkelheit schaukelnde Pinasse nicht entdeckt zu haben.

»Mit denen nehmen wir es nicht auf«, sagte Winston so leise, dass die Worte im Rauschen der Brandung kaum zu verstehen waren. Der Matrose gab den anderen Seeleuten einen Wink, und die beiden im Wasser stehenden Männer schoben das Boot wieder ins Meer hinaus.

Thomas schloss für einen Moment die Augen. Er betete, dass John Flint mit seiner Begleiterin am Strand stehen würde, wenn er sie wieder öffnete. Seine Fäuste umklammerten die Pfeife so fest, dass sie das Blech eindrückten. Wenn Flint noch lebte und in der Kirche war, musste er die Signale doch gehört haben.

Der Strand war so leer wie der Blick eines Toten. Und das Boot entfernte sich von dem Landstreifen.

»Pullt!«, rief der Segelflicker, und wie ein einziger Mann legten sich die vier Matrosen in die Riemen. Eine weitere Welle erwischte die Pinasse. Thomas musste die Arme ausbreiten, um das Gleichgewicht nicht zu verlieren. Als er zum Strand schaute, sah er eine hochgewachsene, breitschultrige Gestalt neben einer schmalen, kleineren. Das mussten die Verschollenen sein.

»Er gibt also doch Menschenverstand in seinem roten Schädel«, rief Thomas niemand Bestimmtem zu.

Doch nun liefen die Mauren mit einem Mal schneller zu ihren Booten – dorthin, wo Flint mit der Zofe stand.

»Wendet!«, rief Thomas den Ruderern zu. Winston gab ein Zeichen, und die vier hoben die Riemen aus dem Wasser. Das Boot trudelte. »So wendet doch!«, wiederholte Thomas und deutete mit seinem von der Orgelpfeife verlängerten Arm in Richtung des Strands. Er fühlte sich wie ein Feldherr in einer Truppe von Deserteuren.

Scheinbar verloren verharrten die beiden Gestalten an Land.

Die Seeleute zögerten.

»Hasenherzen seid ihr!«, rief Thomas den Matrosen zu. »Wenn ihr nicht rudern wollt, so lasst es mich tun.« Mit beiden Händen versuchte er, Winston den Riemen zu entwinden. Aber der Segelflicker hielt fest.

Ein Knall ließ die Männer zusammenfahren. Er kam von See her, hallte über das Wasser, und sein Echo wurde vom Berg hinter der Stadt zurückgeworfen. Dann spritzte eine Fontäne auf, gut zehn Bootslängen backbord.

Die Kanonenkugel war weit entfernt vom Anleger eingeschlagen.

Thomas ließ die Riemenstange los, griff wieder nach der Orgelpfeife und blies hinein, so laut und so lange er es vermochte. Er blies noch, als die nächste Explosion krachte. In das gis des Instruments mischte sich ein schrilles Pfeifen. Dann klatschte etwas ins Wasser, diesmal so nah, dass ein jäher Regen über der Pinasse niederging. Das Boot nahm Wasser bis zu den Waden seiner Besatzung.

Da endlich setzte sich John Flint in Bewegung. Thomas sah, wie der Koch seine Begleiterin in eines der Fischerboote hob und es gegen die Brandung ins Wasser schob.

Doch die Verfolger waren inzwischen heran. Thomas sah, wie sie die Hände nach Flint ausstreckten, seine Beine zu fassen bekamen und versuchten, den schweren Mann wieder aus dem Boot zu zerren. Unterdessen drückte die Dünung das Fischerboot zurück in Richtung Strand.

Eine weitere Kanone bellte. Ein berstender Laut war aus Richtung des Hafengeländes zu hören.

Da erhob sich der schmale Schatten der Zofe aus dem Rumpf des Bootes. Ihre Gestalt war auf bizarre Weise verlängert von einem Paddel, das sie hoch über den Kopf hielt. Sie schlug zu, zweimal, dreimal, viermal. Als sie das Paddel zum fünften Mal wieder in die Höhe riss, fehlte das Blatt.

Das brachte Bewegung in die Ruderer. Sie wendeten die Pinasse und waren schnell nah genug heran, dass Thomas Flints Schreie aus dem Rufen heraushören konnte. Eine hohe Frauenstimme mischte sich ein, und aus dem Hintergrund krachten weiter die Kanonen.

Mit einem Mal war sich Thomas bewusst, dass der Lärm um ihn herum einer Ordnung folgte. Er erkannte einen Zusammenhang zwischen Donnern, Rufen, Schlagen und dem Rauschen der Brandung. Er hörte, dass etwas unbeschreiblich Großes in alldem steckte.

Thomas sprang von Bord. Er hatte erwartet, Grund unter seinen Füßen zu spüren, aber da war nur Leere. Salzwasser drang in seinen Mund. Er ruderte mit den Armen. Dabei ließ er die Orgelpfeife los.

Prustend durchstieß er die Wasseroberfläche. Das Fischerboot war direkt vor ihm. Es sprang über die Wellen und ritt auf der Gischt auf Thomas zu. Jetzt musste er es nur noch zu fassen bekommen und zum Beiboot hinüberziehen.

Noch einmal donnerten Kanonen. Durch das Wasser in seinen Ohren klang der Laut diesmal gedämpft. Auch das Pfeifen der heranfliegenden Eisenkugel war nicht mehr so schrill.

Als Thomas endlich die Hand auf das Fischerboot legte, löste es sich auf. Er sah noch, wie Holzsplitter in den Nachthimmel sprangen. Dann traf ihn etwas am Kopf, und er wurde unter Wasser gedrückt.

Thomas tauchte auf und schnappte nach Luft. Wie lange war es ihm gelungen, den Atem anzuhalten? Er spürte seinen Kopf pochen. Er trat mit den Füßen. Da fühlte er eine Hand an seiner Brust. Er riss die Augen auf. Um ihn her war Licht. Und über ihm hing das Gesicht von Lady Aldridge, übersät mit Kummerkratern und alt wie der Mond.

Er war an Bord der *Hector*. Wie Lady Aldridge erklärte, war das Schiff aus Oran entkommen und seit einem Tag wieder auf See. Beinahe sei Thomas ertrunken. Aber der Koch habe ihn aus dem Meer gefischt, sagte die Lady. Er müsse ihm dankbar sein.

Thomas rief sich die letzten Augenblicke, bevor er versunken war, in Erinnerung. Da war diese teuflische und zugleich wundervolle Musik gewesen, und ...

»Es gab einen Einschlag«, erinnerte er sich.

Lady Aldridge erklärte, dass Kapitän Wells versucht habe, die sich nähernden Boote der Oraner zu beschießen. Aber irgendetwas stimmte mit den Kanonen nicht, und die Kugeln waren in die Irre geflogen. »Jedenfalls ist niemand ernstlich verletzt worden«, schloss Lady Aldridge, »wenn man von einigen Splittern hier und da absieht.«

Thomas sah an sich herab. Seine Arme und Beine lagen unter einer leichten Wolldecke. Er konnte die Gliedmaßen bewegen. Erleichtert ließ er sich auf das Lager sinken. Die *Hector* hatte es geschafft. Die Verschollenen waren wieder an Bord. Und alle waren wohlauf. Aber mit einem Mal stach ein Gedanke wie ein Holzsplitter des zerstörten Fischerboots in seine Erinnerung.

»Die Orgelpfeife«, sagte Thomas. »Ich hatte eine Orgelpfeife mit im Beiboot.«

»Davon weiß ich nichts«, sagte Lady Aldridge. Sie erhob sich und schritt durch die Kabine. Thomas erkannte die Unterkunft als die der Aldridges.

»Ich muss sie verloren haben«, sagte Thomas. »Wie soll ich jetzt die Orgel in Istanbul zusammensetzen?«

»Die Osmanen werden doch auch Orgeln haben«, versuchte sie, ihn zu beruhigen. »Oder etwa nicht?«

Thomas schwieg. Er wollte Lady Aldridge nicht beschämen.

»Außerdem habe ich das hier für dich.« Sie suchte im Hintergrund der Kabine herum. Dann trat sie wieder an sein Lager. In ihrer Hand hing der Hahn.

Thomas griff nach dem Stofftier und mangelte es in seinen Händen. Das Stroh darin fühlte sich wie Wasser an. Und da war nach wie vor der kleine harte Gegenstand, den er zum ersten Mal in der Kabine von Lord Montagu bemerkt hatte.

»Gebt mir ein Messer«, sagte Thomas. »Es wird Zeit, dass wir ein Hühnchen schlachten.«

# Kapitel 11

Elizabeth liebte London. Die Melodie der Stadt ließ ihr Herz schwellen. Wie gern lauschte sie dem Blöken der Schafe, dem Brüllen der Rinder, dem Bellen der Hunde, dem Rufen der Arbeiter und Fuhrleute, dem Knarren und Rattern der Fuhrwerke – und vor allem dem Kreischen der Kinder. Aber nur von Ferne, durch die Fenster des Palasts von Greenwich auf dem Südufer der Themse. Die Stadt rief ihr zu: Das Leben, Königin Englands, keimt im Schlamm meiner Straßen und nicht auf den silbernen Tellern von Greenwich Palace.

Elizabeth' letzter Besuch in London lag schon Wochen zurück. Seit das Wetter umgeschlagen war, saß sie mit dem Hof und den Reichsgeschäften in Greenwich Palace fest. Der Umzug des gesamten Hofstaats in den Palast von Whitehall, in die Nähe des Stadtzentrums, war zwar wünschenswert, würde aber ein Vermögen kosten. Aber seit sie vor vierzig Jahren die Regierungsgeschäfte übernommen hatte, versuchte sie verbissen, die Schulden ihres Vaters zu tilgen. Doch ebenso gut hätte sie versuchen können, den Ben Nevis, den höchsten Berg Britanniens, mit bloßen Händen abzutragen.

Ein Umzug kam nicht infrage.

Elizabeth stand am Fenster. Die Kirchtürme Londons waren jenseits des Parks zu sehen. In der Ferne ragten auch die schwarzen Rauchfahnen der Schmieden in den grauen Himmel. Die Königin drehte an ihren Ringen.

Schließlich wandte sie sich um. Der Raum war lang und leer. Drei gewaltige Bronzereifen hingen von der Decke und dienten als Kerzenhalter. Jeder einzelne war so groß, dass zwei Tänzer sich in seiner Mitte hätten drehen können. Der Kamin aus Sandstein war kalt. Über der Feuerstelle legte eine Rußschicht auf dem hellen Stein Zeugnis von Feuern ab, die erloschen waren.

Elizabeth suchte die Winkel des Raums nach Cecil ab. Zwar wusste sie, dass er für einige Tage nach Calais verreist war. Aber Cecils Wege waren unergründlich. Es gehörte zu seinen Stärken, stets dort aufzutauchen, wo man ihn am wenigsten erwartete oder sehen wollte.

Elizabeth gab den Wächtern, die in rote Röcke gewandet waren, ein Zeichen. Sie öffneten die Tür, und Garcilaso de la Ruy trat ein.

Der Spanier und die Königin standen sich an den entfernten Enden des gewaltigen Raums gegenüber. Elizabeth hatte das Treffen absichtlich hierher verlegt. In der Regel empfing sie Diplomaten im Audienzzimmer, eine Tür weiter. Dahinter wiederum lagen ihre privaten Gemächer. Aber de la Ruy war ein Gesandter ihres Erzfeindes. Ihm Einlass in den Palast zu gewähren war ein Fehler Cecils gewesen. Damit würde Elizabeth umgehen können. Aber um Spanien zu zeigen, dass sie sich für die Stärkere hielt, waren weitere Zugeständnisse an die Hofetikette unmöglich. Der Spanier würde im Wachzimmer mit ihr verhandeln müssen.

Derlei Schranken galten jedoch nur de la Ruy, dem spanischen Gesandten. Garcilaso, der Jäger, hatte Elizabeth im Wald von Waltham beeindruckt. Als sie gemeinsam die Brücke aus Baumstämmen gebaut hatten, um den gefangenen Keiler zu befreien, hatte der Spanier nicht ein einziges Mal vorgeschlagen, sie möge sich ausruhen. Stattdessen hatte er ihr zugemutet, Lasten zu heben und durch das nasse Laub zu schleppen, bis ihr Jagdgewand so schmutzig und zerrissen war wie das der Hexe aus dem toten Holz.

Eine Woche war seither vergangen. Sie hatte Garcilasos Gesuche um die Aufnahme diplomatischer Gespräche ignoriert. Doch schließlich hatte Cecil darauf gedrängt, dass sie den Spanier anhören solle.

Elizabeth legte keine Eile an den Tag.

Doch jetzt war Nachricht aus Nordafrika gekommen. Es hatte einen Angriff auf Oran gegeben. Eine englische Fregatte sollte die Stadt bombardiert haben. Die Spanier waren außer sich und wetzten die Säbel. Es galt, den Krieg gegen Philipp hinauszuzögern. Noch waren die englischen Spione nicht aus Istanbul heimgekehrt, um ihr das Griechische Feuer zu bringen. Vermutlich waren sie noch nicht einmal dort angekommen. Elizabeth musste Spanien hinhalten. Und Spanien war in diesem Fall Garcilaso de la Ruy.

Der Botschafter war an der Tür stehen geblieben. Er war in Schwarz gekleidet, der teuersten Farbe, derer sich Schneider und Färber bedienen konnten. Gerade deshalb bevorzugte Elizabeth helle Gewänder. Damit ging sie ihren Untertanen und Höflingen mit dem Beispiel königlicher Sparsamkeit voran.

Nun stand sie in weißer Seide da, und der Spanier wartete in einiger Distanz. Elizabeth fiel auf, dass de la Ruy diesmal seinen Hals in einer engen Krause hatte verschwinden lassen. Sein Kopf wuchs daraus hervor wie der einer Statue, deren Rest der Bildhauer noch zu modellieren hatte. Ein junges Lächeln flog über Garcilasos Gesicht. Er verbeugte sich.

Elizabeth winkte ihn herbei, und der Spanier kam auf sie zu. Etwa auf der Hälfte des Wachraums blieb er stehen.

Er erwartet, dass ich die andere Hälfte des Weges gehe, dachte Elizabeth. Sie rührte sich nicht.

»Ist Eure Unterkunft jetzt warm genug, damit Ihr es darin aushalten könnt?«, eröffnete sie das Gespräch.

»So warm, wie es in England sein kann«, antwortete er und warf einen langen Blick in den kalten Kamin.

»Dann wollen wir versuchen, diese Wärme auf die Beziehungen unserer Länder zu übertragen«, fuhr sie fort. »Was wollt Ihr an meinem Hof?«

Garcilaso kniete nieder und senkte das Haupt. »Im Auftrag meines Königs, Philipp von Spanien, bin ich hier, um einen Frieden auszuhandeln«, sagte er.

»Aber unsere Reiche liegen nicht miteinander im Krieg. Warum sollten wir um Perlen feilschen, die bereits unser eigen sind?« Noch immer ging sie nicht auf den Spanier zu.

»Weil wir sie behalten wollen«, sagte de la Ruy und erhob sich wieder.

Das war eine Drohung, die sie keinem anderen Gesandten hätte erlauben dürfen. Aber bevor sie den Spanier aus dem Palast werfen ließ, musste sie wissen, womit er ihr drohte. Lauerte tatsächlich eine neue Armada in den Häfen entlang der portugiesischen Küste?

»Nennt mir den Grund, aus dem der Frieden brüchig geworden sein sollte«, sagte Elizabeth. »Habe ich Eure Kammer nicht gut genug ausstatten lassen, sodass Ihr nun auf Rache sinnt?« Der Mund tat ihr weh, so zwang sie ihn wider Willen zum Lächeln.

De la Ruys Gesicht hingegen war ernst. »Können wir offen sprechen, Majestät?«

Elizabeth betrachtete Garcilaso, als sähe sie ihn zum ersten Mal. Er wollte sie wohl aus der Sicherheit ihrer diplomatischen Phrasen hervorlocken. Sie beschloss, vorsichtig zu sein.

»Aber das tun wir doch schon, bester de la Ruy. Seid so offenherzig, wie Ihr es vermögt. Ich werde es zu schätzen wissen.«

Er schwieg einen Augenblick, schien zu überlegen. Dann fuhr er fort: »König Philipp baut eine neue Armada. Er will England im nächsten Jahr angreifen, sobald das Wetter es zulässt. Derzeit ist der März oder April im Gespräch, wenn die Ostwinde noch stark genug sind, um die englischen Schiffe in den Häfen festzuhalten. Achtzig Schiffe mit etwa zweitausend Kanonen sollen von Portugal aus in See stechen. Die genauen Ziele kenne ich nicht.«

Elizabeth wich zurück. Das war keine Drohung! Garcilaso verriet die Pläne seines Königs. Oder war auch das nur ein Schachzug?

Mit einer Geste schickte sie die Wachen aus dem Raum. Als sich die Tür hinter ihnen geschlossen hatte, trat sie näher an den Spanier heran. Gerade wollte sie ihn fragen, wie viele Schiffe der Armada bereits fertiggestellt waren. Da sah sie Verzweiflung auf seinem Gesicht. Rasch holte sie einen der Schemel, die an der Wand aufgereiht waren, und schob ihn de la Ruy hin. Doch der Spanier setzte sich nicht. Auch Elizabeth selbst blieb vor dem Kamin stehen und sah hinein. Frische Holzscheite lagen darin aufgestapelt.

»Warum erzählt Ihr mir von der Armada?«, fragte sie, beugte sich hinab und versuchte, das Feuer zu entfachen.

Garcilaso schluckte. »Ihr wisst es doch ohnehin schon«, sagte er. »Es ist besser, wir sprechen aus, was wir wissen.«

Funken sprangen in das unter den Scheiten aufgeschichtete Stroh.

Entweder war er einer der besten Diplomaten, die Philipp aufbringen konnte, oder einer der ungeschicktesten. Sie hob eine Augenbraue. »Und das wäre?«

»Mein König hat mich hergeschickt, um Euch ein Angebot zu unterbreiten. Spanien, so seine Worte, werde England in die Knie zwingen. Aber Kriege sind teuer. Deshalb bietet Philipp an, dass Ihr auf dem Thron bleiben könnt. Als seine Vasallin. Im Gegenzug würde er von einem Angriff absehen.«

Das Feuer wollte nicht recht gelingen. Schwarzer Rauch kroch zwischen den Scheiten hervor und reizte Elizabeth' Rachen. »Ihr versucht mich zu belustigen, ist es nicht so?«

»Ich versuche, einen Krieg zu verhindern«, erwiderte de la Ruy.

»Ihr seid im Begriff, einen zu beginnen.« Endlich fanden die Flammen Nahrung und züngelten an den Scheiten entlang wie die Fingerspitzen eines Liebhabers an den Beinen einer Frau.

»Sprecht weiter!«, befahl sie und starrte auf das Holz, das sich im Griff der Hitze wand und bog.

»Für England würde alles so bleiben wie zuvor. Jedenfalls vorerst. Aber wenn Ihr diese Welt verlasst, soll einer der Söhne Philipps zu Eurem Nachfolger werden.«

»Ein kluger Vorschlag. Ich bin so alt, dass Philipp sein Ziel bald erreicht hätte«, sagte sie. Fast schien es ihr, als könne sie die schlaffen Hautsäcke unter ihren Augen spüren.

»Philipp meint, es sei für England das Beste, denn …« Er zögerte.

»… die Königin hat keine Früchte getragen«, fuhr sie an seiner Stelle fort. »Und ohne Thronfolger droht dem Land ein Bürgerkrieg. Wir wollten doch offen reden: Was haltet Ihr persönlich von diesem Vorschlag?«

Jetzt ließ sich Garcilaso doch auf dem Schemel nieder. Er stützte die Hände auf die Knie und starrte in das Feuer. »Mein Vater war Kapitän auf einem jener Schiffe, die England vor zehn Jahren angegriffen haben«, berichtete er. »Es sank. Er überlebte und kehrte nach Hause zurück. Aber er war verändert – leer wie ein Segel ohne Wind. Es schien, als wäre seine Seele auf dem Grund des Ärmelkanals geblieben. Eines Tages fand ich ihn mit dem Gesicht in einer Pfütze. Er war ertrunken.« Er hielt den Blick ins Feuer gerichtet. »Vielen Spaniern ist es ebenso ergangen. Ob sie einfache Matrosen oder Admiräle waren. Die Schrecken des Seekriegs gehen an niemandem spurlos vorbei. Für den fernen Beobachter sieht es aus, als beschössen sich Schiffe und vollführten dabei elegante Manöver wie bei einem Ballett auf einer gewaltigen Bühne. Aber unter Deck, wo die Kanonen stehen, werden Männer von Splittern, so groß wie ein Baumstamm, durchbohrt oder von herumrollenden Kanonen zermalmt. Erst watet man durch das Blut seiner Kameraden, dann ertrinkt man im salzigen Wasser.« Er strich eine Strähne seines Haares zurück, die ihm ins Gesicht gefallen war. Dann sah er Elizabeth von unten herauf an. »Ob Ihr mir glaubt oder nicht: Es ist mir gleichgültig, ob Spanien über England triumphiert oder ob Portugal eine Kolonie der britischen Krone wird. Aber es ist meine Pflicht gegenüber dem Andenken meines Vaters, einen weiteren Krieg zwischen unseren Reichen zu verhindern.«

Deshalb also hatte Philipp diesen jungen, unerfahrenen Menschen zu ihr geschickt! Er argumentierte nicht mit kalter Berechnung, sondern mit heißem Herzen. Er meinte, was er sagte. Und das mochte gefährlich sein.

»Ihr seid selbst im Seekrieg gewesen«, stellte sie fest. Woher nahm sie die Gewissheit? Vielleicht lag es an seinen Augen. »Wo war das?«

»Im Neuen Indien«, sagte er knapp.

»Was ist geschehen?«, wollte sie wissen.

»Wenn ihr erlaubt, berichte ich ein anderes Mal davon«, sagte er.

Das durfte sie ihm nicht durchgehen lassen. Andererseits wollte sie den Finger nicht in die Wunde legen. Noch nicht.

»Erzählt mir von der Neuen Welt«, forderte sie ihn auf. »Wie ich hörte, kann man dort vortrefflich jagen.«

Er sah sie an. »Die Wälder sind voller Ungeheuer«, sagte er. »Ein Mann, der sich darin verirrt, kommt selten wieder hervor.«

»Ihr aber seid zurückgekommen.«

»Wollt Ihr auf den Vorschlag König Philipps eingehen?«, fragte er.

Elizabeth wandte sich ab, damit de la Ruy das Lächeln auf ihrem Gesicht nicht sehen konnte. Wahrlich! Er war kein Diplomat. Er war ... sie suchte nach dem richtigen Wort ... ein einfacher Mann.

»Wenn Ihr wissen wollt, ob ich das Gesuch Eures Königs annehme oder nicht, trefft mich an einem Ort, an dem auch ich offen mit Euch sprechen kann. Hier drin«, sie nickte in Richtung des Feuers, »haben sogar die Flammen Ohren.«

Elizabeth kam zu spät. Zwei Stunden hatte sie de la Ruy warten lassen. Einer der Grundsätze des englischen Königtums lautete: Pünktlich sein kann jeder Bauer. Auf eine Monarchin hingegen hatten die Untertanen gern zu warten, und wenn es Tage oder gar Wochen dauern sollte, bevor sie erschien.

Die Zeit verging für eine Königin jedoch ebenso langsam wie für jeden anderen. Elizabeth hatte sich zur verabredeten Stunde bereits vollständig für das Treffen im Park von Greenwich Palace ankleiden lassen. Der Pelz, den ihre Zofen ihr um die Schultern gelegt hatten, war aus Hermelin. Sie geriet ins Schwitzen. Zornig riss sich Elizabeth das Kleidungsstück von der Schulter und warf es Mary, der jungen Nichte Lord Pembrokes, ins Gesicht.

»Ich ziehe mich selbst an«, schimpfte sie. »Ich bin noch nicht so alt, dass ich das nicht allein könnte.« Die Zofe verbeugte sich erschrocken und verließ mit den anderen Mädchen das Gemach.

Elizabeth pflückte den Pelz vom Boden und wandelte durch den Raum. Zunächst schritt sie die Länge des Gemachs ab, dann ging sie im Kreis. Schließlich war die Zeit gekommen. Sie flog aus der Tür, durch die Gänge. Ihren Zofen hatte die Königin eingeschärft, sie auf keinen Fall zu begleiten, noch nicht einmal in gebührendem Abstand. Natürlich begab sie sich in Gefahr, wenn sie einen Spanier allein im Park von Greenwich traf. Aber wenn er ihr etwas zuleide tun wollte, hätte er im Wald von Waltham genügend Gelegenheiten gehabt. Garcilaso führte nichts Böses im Schilde. Da war sich Elizabeth so sicher, wie sie wusste, dass die Königin von England eine schreckhafte alte Häsin geworden war.

Als sie durch die hintere Palasttür ins Freie trat, verlangsamte sie ihr Tempo. Der weite Rasen lag vor ihr im Dämmerlicht. Die Laternen waren entzündet und leuchteten wie Glühwürmchen. Die Torwächter stampften mit den Hellebarden auf, als Elizabeth sie passierte. Dann war sie endlich allein.

Hier draußen wehte der Herbstwind kräftig und pfiff ein grelles Lied. Dazu tanzten die Blätter durch die Luft. Ein feiner Nieselregen fiel auf die Gehwege und brachte den Kies darauf zum Schimmern. Ihre Schritte knirschten auf den Steinen. Die Luft war klar und roch nach vergehendem Laub. Das Jahr starb. Sie lächelte. Schon die Kinder lernten, die Jahreszeiten mit einem Menschenleben zu vergleichen. Aber erst im Alter wusste man, dass das falsch war. Der Winter machte die Hälfte des Lebens aus, und der Frühling kehrte niemals zurück.

Sie erklomm einen Hügel. Noch einmal sah sie sich um. Niemand folgte ihr. Auf der großen Rasenfläche wäre jeder Spion Cecils sofort aufgefallen. Sie war allein. Mit einem Spanier.

Unter einer ausladenden Eiche machte sie Garcilasos Schatten aus. Die letzten Blätter segelten von den Ästen und taumelten um de la Ruy herum.

Sie hielt kurz inne. Was sollte er denken, wenn die Königin Englands außer Atem zu ihrem Treffen erschien?

»Habt Ihr über das Angebot nachgedacht?«, fragte er, als sie schließlich vor ihm stand.

Erneut erstaunte Garcilaso sie mit seiner Art, auf geradem Weg das Ziel anzusteuern. Andeutungen schienen ihm noch fremder zu sein als die englische Sprache.

»Das habe ich«, sagte sie. »Aber meine Antwort ist weder Ja noch Nein. Ich möchte Euch zunächst aus dem Leben einer Königin erzählen.«

Elizabeth lehnte sich mit dem Rücken an den Baum und schaute auf die fernen Lichter Londons.

»Lady Howard«, begann sie, »gehörte vor einigen Jahren zu meinem Hofstaat. Eine wunderschöne Frau. Aber schöne Frauen sind eitel. Lady Howard konnte es nicht lassen, ihr ohnehin auffallendes Äußeres durch teure Kleider noch hervorzuheben. Eines dieser Kleider war ganz aus schmeichelndem blauen Samt mit einer Bordüre, die mit Gold und Perlen besetzt war. Es sah aus, als wäre sie in Meerschaum gekleidet. Kaum betrat sie den Raum, zog sie alle Blicke auf sich. Ihr könnt Euch vorstellen, dass eine Königin so etwas nicht dulden darf.

Eines Tages ließ ich das Kleid aus Lady Howards Gemächern holen und ließ es mir anlegen. Natürlich war es viel zu klein. Trotzdem zeigte ich mich darin den Damen des Hofs. Wie ich vorausgesehen hatte, starrten mich alle an. Ich ging zu jeder Einzelnen und fragte sie, wie sie mein neues Gewand fänden.« Elizabeth lachte. »Die Lügen, die aus ihren Mündern kamen, waren so einfallsreich, dass ich nicht anders konnte, als der ein oder anderen zu applaudieren und sie zu umarmen.«

Sie strich ein verdorrtes Eichenblatt von ihrer Schulter. Früher, dachte Elizabeth, hat man Rosenblätter auf mich regnen lassen. »Schließlich«, fuhr sie fort, »fragte ich die Besitzerin des Kleides selbst. ›Lady Howard‹, sagte ich, ›ist dieser Stoff nicht viel zu kurz für meinen langen Leib? Er steht mir doch überhaupt nicht.‹ Die arme Howard nickte. Ihre Lippen! Ihr hättet ihre Lippen sehen sollen. Sie glänzten feucht und bebten wie die eines kleinen Mädchens, das beim Kuchenstehlen erwischt wurde. ›Für mich ist das Kleid zu kurz‹, sagte ich, ›aber für Euch ist es zu fein. Also steht es wohl keiner von uns.‹ Es war das letzte Mal, dass ich Lady Howard unter meinen Hofdamen sah. Das Kleid, so erzählte man mir, soll sie ins Feuer geworfen haben.«

Neben Elizabeth raschelte es, als de la Ruy mit den Stiefeln durch die Blätter wischte. Seine schwarzen Kleider ließen ihn fast vollständig mit den zunehmenden Schatten verschwimmen. »Eine garstige Begebenheit«, sagte er.

Elizabeth starrte mit geistesabwesendem Blick in ihre Vergangenheit zurück. »Davon gibt es viele. Von einer will ich Euch noch berichten. Gelegentlich frage ich meine Hofdamen, ob sie gern heiraten würden. Die Klügeren wissen ihre Sehnsüchte wohl zu verbergen, denn sie kennen meine Einstellung in dieser Angelegenheit. Aber Hofdamen sind selten klug. Eines Tages fragte ich Margaret, die Nichte von Sir Matthew Arundel, was sie von der Ehe halte. Und das dumme Ding sagte mir doch geradewegs, sie denke oft an Heirat. Wenn ihr Vater ihr doch nur sein Einverständnis geben würde, würde sie ihren Geliebten sofort ehelichen. Ich war entsetzt über eine solche Frechheit, ließ mir aber nichts anmerken. Stattdessen lobte ich ihre Offenherzigkeit und versprach, die Angelegenheit mit ihrem Vater zu besprechen. Darüber war sie so erfreut, dass sie die Hände gegen ihre Wangen schlug und sich wie trunken im Kreis drehte. Was die Liebe aus einer Frau machen kann! – Natürlich konnte ich das Mädchen nicht in sein Verderben laufen lassen. Als Sir Robert Spencer, ihr Vater, an den Hof kam, befragte ich ihn und verlangte seine Zustimmung zu der Vermählung seiner Tochter. Sir Robert zeigte sich recht erstaunt. Er wusste nicht, dass seine Tochter einen Mann favorisierte. Er sagte, er wolle in Erfahrung bringen, um wen es sich handele. Aber da die Königin von England bereits für die Verbindung spreche, gebe er seine Zustimmung gern. ›Lasst mich den Rest erledigen‹, sagte ich und ließ das Mädchen hereinkommen. Ich berichtete ihr, dass ihr Vater mir seine Einwilligung gegeben habe. Sie fiel vor mir auf die Knie, küsste meine Schuhe und schwor, sie werde mir für den Rest ihres Lebens treu dienen. Als wenn ich so etwas nicht ein Dutzend Mal am Tag zu hören bekäme!« Elizabeth schnaubte. »»Das sollst du‹, sagte ich ihr. ›Aber eine verheiratete Närrin sollst du nicht werden. Ich habe die Zustimmung von deinem Vater erhalten. Und ich werde sie nicht wieder hergeben. Und nun geh und diene mir so gut und so lange, wie du es geschworen hast.‹«

Elizabeth sah Garcilaso an und zog den Hermelin enger um ihre Schultern. Ihre Kehle war trocken geworden. Sie wünschte sich den Mundschenk herbei und war zugleich froh, dass niemand ihre Geschichten gehört hatte – niemand außer dem Gesandten ihres Erzfeindes.

De la Ruy räusperte sich. Aber er schwieg. Er schien abzuwarten und das Gehörte in die tieferen Schichten seines Geistes sinken zu lassen.

Die Umrisse der Bäume im Park verdämmerten in der herabsinkenden Nacht. In der Ferne bellte ein Hund.

»Nun möchte ich von Euch wissen«, sagte Elizabeth, »ob Ihr glaubt, dass diese Geschichten der Wahrheit entsprechen. Kann eine Königin so voller Missgunst sein, dass sie anderen Menschen das Leben verdirbt? Oder sind das nur Geschichten, die der Hof in die Welt speit, um die Neugier der Untertanen zu befriedigen?«

Was würde de la Ruy darauf antworten? Würde er der Etikette folgen und sagen, es könne sich nur um Anekdoten handeln, um Lügengespinste aus den hintersten Kammern des königlichen Palastes? Dann wäre er eben doch ein Diplomat. Oder würde er es für möglich halten, dass die angeblich so wundervolle Feenkönigin nichts weiter war als eine arglistige Vettel, bereit, das Glück der Jungen und Schönen zu zerstören, wo sich Gelegenheit bot?

»Lüge oder Wahrheit, Botschafter. Entscheidet Euch!«, forderte sie ihn auf. »Es wird kühl hier draußen.«

De la Ruy öffnete die Spangen, die seinen Umhang hielten, und legte Elizabeth den Stoff um die Schultern. Die Wolle war angenehm warm von seinem Körper. Sie zog sie an ihrem Hals zusammen. Augenblicklich trat er wieder von ihr zurück. Aus respektvollem Abstand sagte er: »Ich kenne Euch nicht besonders gut. Aber ich weiß, wozu Ihr fähig seid, Majestät.«

»Wozu denn?«, fragte sie.

»Ihr lasst harmlose Männer vor Euch im Staub kriechen«, sagte Garcilaso. »Deshalb könnte man Euch für einen Menschen halten, der anderen übelwill. Andererseits empfindet Ihr so viel Liebe und Mitleid, dass Ihr wilden Bestien die Freiheit schenkt, obwohl sie Euch zum Dank zerreißen würden.«

»Sagt mir, was Ihr daraus schließt!«, befahl Elizabeth.

»Dass Ihr eine warmherzige Frau seid, sobald Ihr die Rolle der Königin für einen Augenblick verlassen könnt. Aber das scheint nicht oft der Fall zu sein.«

»Früher war ich mehr als eine Königin«, sagte sie, erstaunt, dass der Spanier sie durchschauen konnte. »Ich war eine Herrscherin. Ich befehligte die Schiffe, die die Armada bezwangen. Ich schlug Verschwörungen nieder, gründete Kolonien und war hart gegen meine Feinde, auch wenn es mir beinahe das Herz brach.« Das Gesicht ihrer Base Mary Stuart tauchte vor ihr auf. »Aber immerhin fühlte ich mich lebendig.«

Erneut raschelten die Blätter um Garcilaso. »Es ist die Gefahr, die Euch munter macht. Deshalb seid Ihr auch ohne die Begleitung Eurer Jäger in den Wald geritten, in dem sich der

Keiler herumtrieb. Deshalb trefft Ihr Euch mit einem Spanier allein in einem dunklen Garten.«

Sie wollte ihm befehlen zu schweigen. Stattdessen war sie es selbst, die den Mund hielt. Sie nickte in der Dunkelheit. »Vielleicht suche ich den Tod«, sagte sie leise.

»Ich glaube, dass es das Leben ist, das Euch fehlt, Majestät.« In seiner Stimme lag geriebene Sanftmut. »Wenn es Euch gefällt, begleite ich Euch noch einmal auf die Jagd.«

Elizabeth schaute zu der fernen Stadt. Ihre Gedanken flogen bis zu den Lichtern der Häuser und kehrten klar und rein wieder zurück. »Die Wälder kenne ich gut. Aber die Straßen Londons sehe ich stets nur durch die Fenster meiner Kutsche«, sagte sie.

## Kapitel 12

Von allen Ungeheuern, die ihm auf der Fahrt nach Istanbul begegneten, erschreckte die Einsamkeit Thomas am meisten. Das Gefühl der Verlorenheit tauchte plötzlich auf, eines Abends im Oktober, als die *Hector* im Flirrlicht über das offene Meer segelte. Die griechische Küste lag in Sichtweite, und der Wind erlaubte es, dass das Schiff mit vollen Segeln seinem Ziel entgegenfuhr. Istanbul. Noch vor Weihnachten sollten sie den Bosporus erreichen.

Thomas stand am Dollbord. Mit einer Hand in den Wanten sah er die griechische Landschaft vorüberziehen. Während die Städte an der Küste Nordafrikas Merkur, dem Gott des Handels, unterworfen waren, schien das Land an den Ufern Griechenlands nur mit Fischerdörfern und Gehöften gespickt zu sein. Unter einem balkanblauen Himmel kratzten Bauern ihren ärmlichen Lebensunterhalt aus der Erde.

War dies das Land, aus dem das Griechische Feuer kam? Oder hatte es ein Grieche in Istanbul erfunden? Vielleicht trug es den Namen, weil Griechen damit gekämpft hatten, damals, auf den Schiffen des römischen Kaisers.

Noch einmal holte Thomas die Papiere hervor. Sein Daumen schmerzte nicht länger, ließ sich aber auch nicht mehr bewegen. Mit beiden Händen hielt er die fünf eng beschriebenen Blätter fest. Der Wind zupfte daran, vermochte jedoch nicht, sie in seine Gewalt zu bringen. Thomas hatte die Dokumente in dem kleinen Kästchen aus schwarzem Holz entdeckt, das in dem Spielzeughahn Lord Montagus eingenäht gewesen war. Die Papiere trugen das Siegel des englischen Königshauses, die Rose der Tudors. Jetzt wusste Thomas auch, warum Henry Lello und die Spanier nach diesen Hinweisen suchten. Woher der Name des Griechischen Feuers kam, stand zwar nicht auf den Seiten. Wohl aber, worum es sich dabei handelte.

Um eine Waffe von unvorstellbarer Macht.

Und der Text, der davon berichtete, war in einer unvorstellbar schlecht lesbaren Handschrift abgefasst. Thomas hatte mehrere Tage gebraucht, um die Worte entziffern und einen Sinn in den Sätzen erkennen zu können. Dass ganze Passagen in griechischer Schrift verfasst waren, brachte ihn an den Rand der Verzweiflung. Glücklicherweise konnte Lady Aldridge ein wenig Griechisch. Mit ihrer Hilfe hatte Thomas schließlich erfahren, wieso Lord Montagu einem ihm fast unbekannten Instrumentenbauer den Auftrag gegeben hatte, das Griechische Feuer zu finden: Das Schicksal Englands stand auf dem Spiel – und jetzt lastete es auf Thomas' Schultern.

Noch einmal hielt er sich die Blätter vor die Augen. Für einen Moment hoffte er, der Wind möge die Buchstaben vom Papier lösen und davontragen wie einen bösen Traum. Es blieben nur zwei Möglichkeiten: Entweder begab er sich in Lebensgefahr, um das Griechische Feuer zu finden, oder England drohte unterzugehen.

Die Römer, so hieß es in dem Schreiben, seien die Konstrukteure einer sagenumwobenen Waffe gewesen. Nicht Konstrukteure, verbesserte sich Thomas in Gedanken, sondern Erfinder. Wenn er es richtig verstanden hatte, ging das Griechische Feuer auf das Rezept eines Alchemisten zurück. Sein Name war nicht genannt. Er hatte es verstanden, aus mehreren Elementen eine leicht brennbare Masse herzustellen. Möglicherweise, so stand es geschrieben, war dieses Gemenge sogar in der Lage, sich von selbst in Flammen zu setzen.

Der Einsatz der Substanz in einer Schlacht soll verheerend gewesen sein. Wurde sie mit einer Art Spritze oder Kanone auf die Schiffe des Feindes geschossen, fingen diese schneller Feuer, als ein Mann ausspucken konnte. Die Flammen mussten nicht erst Nahrung am Holz der feindlichen Dromonen, Galeonen und Fregatten finden. Schon die Masse selbst brannte und verteilte sich über die feindlichen Gefährte wie der heiße Atem der Pest. Schiffe brannten, Menschen brannten, sogar das Wasser brannte, was es den Opfern des teuflischen Stoffes unmöglich machte, ins Meer zu springen, um die Flammen an ihren Leibern zu löschen. Dem Bericht zufolge hatten die Gegner der Römer so große Angst vor dem Griechischen Feuer, dass sie sich, einmal damit beschossen, zurückzogen und die Katastrophe damit zu den restlichen Schiffen ihrer Flotte trugen.

Wenn der Text der Wahrheit entsprach, war das Griechische Feuer ein Ungeheuer, das alle Feinde Englands in schwarzen Rauch auflösen würde. Allen voran die Schiffe der Spanier.

Doch es gab ein Problem. Das Rezept für das Griechische Feuer war nirgends zu finden. Zuletzt sollte es in der Hauptstadt des Oströmischen Reiches bekannt gewesen sein: in jener Metropole, welche die Osmanen Istanbul nannten und die seinerzeit zuerst Byzanz und dann Konstantinopel hieß. Dort wusste aber gewiss niemand mehr davon. Andernfalls wäre Sultan Mehmed der mächtigste Mann auf dem Mittelmeer – und hätte vielleicht sogar schon Wien erobert. Irgendwo in den Gassen Istanbuls mochte das Rezept aber noch verborgen sein. Montagu hatte den Auftrag erhalten, danach zu suchen und das Griechische Feuer mit sich zurück an die Themse zu bringen.

Jetzt sollte Thomas diese Mission erfüllen.

Er steckte die Papiere in seine Gürteltasche.

Seit den Ereignissen in Oran waren vier Monate vergangen. Jeden Tag hatte sich Thomas geschworen, niemals wieder zur See zu fahren, sobald er wieder daheim in London war – wenn er die Stadt jemals wiedersehen würde. Und jeden Tag hatte er die alte Schrift hervorgeholt, in der Hoffnung, einmal einen anderen Text darauf zu finden.

Immerhin hatten ihnen die Stürme auf der Reise nichts anhaben können. Rollte Donner über die See heran, ließ Kapitän Wells vor der nächsten Küste Anker werfen. Dann hockten Seeleute und Passagiere unter Deck und lauschten dem Toben in den Wanten, um nach einigen Stunden wieder hervorzukommen und die Fahrt unbeschadet fortzusetzen.

Auch mit den Gepflogenheiten der Mannschaft lernte Thomas umzugehen. Ihre derben Scherze waren ihm zwar zuwider. Aber ihre Lieder ließen ihn aufhorchen und wollten seine Ohren nicht wieder verlassen. Eifrig notierte er Tonfolgen und ließ sich von John Flint die Verse aufsagen, um auch sie niederzuschreiben. Eines Tages, das nahm sich Thomas vor, würde er einen Musikautomaten entwickeln, der aussah wie ein Schiff und aus dem die Gesänge einer ganzen Mannschaft hervorkommen sollten, ohne dass ein Mensch den Mund bewegte.

Königin Elizabeth würde ihn dafür lieben.

Er fühlte sich von ihr beschützt. Das spürte er jedes Mal, wenn er die Schiffe Ihrer Majestät sah. Im Hafen von Tunis lag die große *Susan of London* vor Anker, eine Riesin von dreihundert Tonnen Verdrängung. In der Nähe von Kairo traf die *Hector* auf die *Royal Defender of Bristol*. Der Kauffahrer *Bonaventura* ging ebenso längsseits wie die *Rebecca of London* und der *Green Dragon of Portsmouth*. Die Neuigkeiten, die von den Schiffen herüberwehten, waren beruhigend. In England herrschte Frieden. Die Königin war wohlauf. Allerdings – das ließ Thomas und die anderen Passagiere staunen –, sei ein Botschafter Spaniens am englischen Hof eingetroffen. So etwas hatte es seit den Tagen der Armada nicht gegeben. Sollte es möglich sein, dass die beiden Reiche Frieden schlossen? Thomas hoffte es, denn dann würde er womöglich von seiner unglückseligen Verpflichtung entbunden, das Griechische Feuer zu finden.

Doch die Hoffnung löste sich auf wie Gischt auf der Krone der Brandung. In der Nähe Kretas ließ Kapitän Wells ein kleines spanisches Schiff jagen, das Weizen geladen hatte. Der Kauffahrer wurde gekapert, sein Kapitän verhört. Er verriet, dass eine ganze Flotte Frachter unterwegs sei, um Getreide aus Ägypten nach Spanien zu liefern. Zwar wusste der Weizenlieferant nicht, wozu dieses Unternehmen diente, aber für die Engländer an Bord der *Hector* war es nicht schwierig, eins und eins zusammenzuzählen. Madrid bereitete sich auf einen Krieg vor und brauchte Nahrung für seine Kämpfer.

Den anderen Passagieren und Kapitän Hoodshutter Wells verriet Thomas nichts vom Griechischen Feuer. Nur Lady Aldridge und John Flint hatte er seine geheime Aufgabe anvertraut. Je näher sie Istanbul kamen, desto mehr fand Thomas sich damit ab, dass ein hinkender Koch, eine alte Witwe und ein einsamer Konstrukteur dazu bestimmt waren, England vor dem Untergang zu retten.

Drei Wochen später erreichte die *Hector* Istanbul. Das Schiff glitt durch die kalte See. Hinter einer Halbinsel schob sich die Hauptstadt der Osmanen ins Blickfeld. Schlanke Türme ragten aus einem Meer niedriger Häuser empor. Der Himmel darüber sah aus wie das Innere einer Muschel, und auf dem Wasser lag eine Glasur aus Licht.

Thomas stand mit den anderen Passagieren an Deck. Sechs Monate lang hatte er diesen Augenblick herbeigesehnt. Aber in seiner Fantasie war der Anblick der angeblich größten Stadt der

Welt stets ein anderer gewesen. Er hatte Lärm erwartet, Hitze und so viele Schiffe, dass der Hafen von ihnen überquoll. Stattdessen herrschte eine kühle Stille. Nur wenige Rufe flogen zur *Hector* hinüber. Die der Möwen waren zahlreicher als die der Menschen. Es schien, als habe eine Seuche Istanbul entvölkert.

»Keine Seuche«, erklärte John Flint, als Thomas ihm seine Eindrücke offenbarte. »Aber vielleicht ihr Gott. Sie sind beim Gebet.«

»Alle?«, fragte Thomas ungläubig. Er hatte bereits davon gehört, dass die Mohammedaner strenge Gebetszeiten achteten und jeder Mann, jede Frau und jedes Kind diesen folgte, ganz gleich, was er, sie oder es gerade taten. Aber Thomas hatte das für eine Übertreibung gehalten.

»Die meisten«, antwortete Flint und lehnte sich auf den Schandeckel. »Wer jetzt noch in den Straßen unterwegs ist, gehört einer anderen Religion an. Unserer zum Beispiel.«

»Woher weiß ein Koch von solchen Dingen?«, fragte Lady Aldridge.

»Englische Schiffe legen überall auf der Welt an, Mylady. Sogar in muslimischen Städten«, gab Flint zurück.

»Gott wird sie alle für ihren Unglauben bestrafen.« Auch Miss Mabel war an Deck gekommen. Sie hielt ein hölzernes Kreuz umklammert, das an einer Kette vor ihrer Brust hing.

»Hoffentlich wartet er damit, bis wir wieder abgefahren sind«, sagte Flint.

Seit den Ereignissen in Oran war Mabel meist in der Nähe des Kochs zu finden. Bei ihm schien sie sich sicher zu fühlen. Flint hatte Thomas gebeichtet, dass er Mabel gern auf andere Art nahe sein würde. Aber die Zofe trug ihren Glauben vor sich her wie einen Schild. Wohl hatte sie Flint dazu eingeladen, sich mit ihr ins Gebet zu versenken. Doch Flint wollte lieber auf ihr Lager sinken.

»Lebt der Sultan in einem dieser Türme?«, wollte Mabel wissen. Ihr schlanker Arm deutete in Richtung Stadt. Ihre Hände trugen ebenso wie ihr Gesicht noch immer die Spuren jener Nacht. Die Splitter des berstenden Bootes hatten rote Striemen auf der Haut der jungen Frau hinterlassen. Bislang wollten sie nicht verblassen.

»Niemand wohnt in den Türmen«, erklärte John Flint. »Sie dienen dazu, die Gläubigen zum Gebet zu rufen.«

»Die Ungläubigen«, verbesserte Mabel.

»Dann sind es Glockentürme?«, fragte Lady Aldridge.

»Ja«, antwortete Flint. »Aber statt Glocken gibt es Priester, die dort hinaufsteigen und die Gemeinde rufen. Fünfmal am Tag, wenn ich mich recht entsinne.«

»Dort hinaufzusteigen stelle ich mir mühsam vor«, sagte Lady Aldridge. »Diese Priester müssen sehr ausdauernd und kräftig sein.«

»Vor allem anderen sind sie blind«, fuhr John Flint fort.

»Ist das ein Ausdruck ihres heidnischen Glaubens?« Mabel hielt sich eine Hand gegen die Wange. »Verstümmeln sie sich, um ihrem Gott zu gefallen?«

»Ich glaube, sie sind bereits zuvor ohne Augenlicht«, erklärte Flint. »Vor allem die Alten werden für diesen Dienst ausgesucht, damit sie von den Türmen nicht in die Gärten und Wohnungen hineinschauen können.«

Miss Mabel zog eine Braue hoch und schloss die Augen. »Müsste ich in dieser Stadt leben, ich würde nicht darauf vertrauen, wenn ein Ungläubiger behauptet, blind zu sein.«

»Dann wird dein Vertrauen in die Ehrlichkeit der Menschen auf eine Probe gestellt werden«, sagte Lady Aldridge. »Denn wir werden gewiss eine Woche in Istanbul bleiben. Und ich werde einen dieser Gebetsrufer zu einer Gesellschaft in unser Palais einladen. Dann werden wir sehen, ob er wirklich blind ist.«

Kanonendonner erklang vom Hafen. Dort waren jetzt fünf Schiffe zu sehen, die sich der *Hector* näherten. Sie waren etwa halb so groß wie die englische Fregatte und von fremdartiger, schlanker Bauweise. Zwei übereinanderliegende Reihen von Rudern trieben die Schiffe an. Die untere Reihe hatte weiße Riemenblätter, die obere blaue. Das Deck lag zum Teil offen. Da die *Hector* größer war, konnte Thomas auf die Mannschaft der herannahenden Schiffe hinabsehen. Trotz der Kälte waren die Männer allesamt halb nackt.

»Sklaven«, sagte John Flint. »Die Mohammedaner treiben ihre Schiffe mit Kriegsgefangenen an.«

»Da lobe ich mir die Engländer«, brach es aus Lady Aldridge heraus. »Wir versklaven nur den Wind.«

Erneut war Kanonendonner zu hören. Diesmal kam er von der *Hector*. Die Schiffe sandten sich gegenseitig Salut. Auf dem vorderen der fünf osmanischen Schiffe wurden jetzt zwei Laternen entzündet. Während die anderen Fahrzeuge zurückblieben, kam dieses eine nah heran, so nah, dass die Gesichter der Besatzung erkennbar waren. Die Osmanen trugen schwarze Bärte. Entweder bedeckten diese die Oberlippe und hingen bis zu den Mundwinkeln herab, oder das halbe Gesicht war von waldigem Haarwuchs bedeckt. Allen waren buschige Brauen und eine olivfarbene Haut gemein.

»Sie erinnern mich an Spanier«, sagte Thomas. »Sind ihre Völker verwandt?«

»So sehr, wie Königin Elizabeth eine Tochter des Volks der Feen ist«, gab Flint zurück.

Auf dem Flaggschiff war nun ein einzelner Mann zu sehen, der sich von den anderen durch die Pracht seiner Kleidung unterschied. Während die einfacheren Seeleute lange Kaftane und mit Quasten verzierte Kopfbedeckungen trugen, war ihr Anführer mit einem halblangen Mantel aus goldenem Stoff angetan.

Auch seine Kappe war von Goldfäden durchwirkt. Um die Hüften trug er eine Seidenschärpe, in der ein Säbel hing, und seine Beine steckten in kniehohen Lederstiefeln.

Er gab seinen Männern ein Zeichen. Daraufhin holte einer von ihnen eine Art Trompete hervor und blies hinein. Vom Achterdeck, wo Hoodshutter Wells erschienen war, ertönte zur Antwort ein ähnliches Signal. Dann setzte der türkische Admiral mit sieben seiner Männer in einem kleinen Boot zur *Hector* über und stieg die Leiter hinauf an Deck.

Erst jetzt sah Thomas, dass die Osmanen ihre Schädel unter den Kappen glatt rasiert trugen. Von ihren Haaren war bis auf eine lange, buschige Strähne hinter dem rechten Ohr nichts übrig.

Als die letzten Besucher das Deck der *Hector* betraten, wichen die Passagiere zurück. Die Türken blickten finster unter ihren dichten Brauen hervor. Ihr Anführer riss Mund und Augen auf. Seine Brust wurde von einem hungrigen Gelächter erschüttert. Er schaute die Passagiere herausfordernd an. Doch niemand stimmte in das Lachen ein.

Kapitän Wells trat auf ihn zu, zog den Hut und verbeugte sich. Der Türke lachte nun noch lauter, legte die Arme um Wells und presste ihn an seine goldgeschmückte Brust. Wells erwiderte die Begrüßung zaghaft.

Als sich der Admiral satt gelacht hatte, sagte er einige Worte in seiner Sprache, die niemand verstand. Wells brachte Begrüßungsfloskeln auf Englisch hervor, die der andere mit einem wohlwollenden Nicken quittierte. Für einen Augenblick schien es, als genügten diese Gesten, um die Türken zufriedenzustellen. Doch dann gab der Anführer ein Zeichen, und seine Leute setzten eine kleine Truhe auf dem Deck ab. Der Osmane ließ den Verschluss aufschnappen und klappte den Deckel der Kiste auf. Mit ausladender Geste gab er zu verstehen, dass es sich um ein

Geschenk handelte, wie es bei einem Empfang in einem orientalischen Hafen üblich war.

»Was ist da wohl drin?«, flüsterte Lady Aldridge in Thomas' Ohr. Zugleich beugte sie sich über seine Schulter, um besser sehen zu können.

Zunächst sah Thomas nur eine Ansammlung von glänzenden Metallteilen. Dann erkannte er Röhren und Drähte.

»Wir danken Euch«, sagte Hoodshutter Wells mit gerunzelter Stirn.

Der Admiral schüttelte den Kopf. Er gab einem seiner Leute einen Wink, und dieser beugte sich zu dem Kasten hinunter, drehte an einer Kurbel und trat einige Schritte zurück.

Musik drang aus der Truhe hervor. Alle starrten die Kiste an. Thomas glaubte für einen Moment, die *Hector* bekäme Schlagseite und würde sinken. Dann merkte er, dass ihn schwindelte.

Ein Saiteninstrument hatte zu spielen begonnen. Tonfolgen entstiegen der Kiste, wie Thomas sie nie zuvor gehört hatte. Sie klangen wie das Klagen einer Mutter, die ihr Kind verloren hat, und zugleich so beschwingt wie der Tanz eines Brautpaars. Wie hatte es der Komponist fertiggebracht, zwei so unterschiedliche Gefühle in einem einzigen Lied zusammenzubringen? Und vor allen Dingen: Wieso spielte der Kasten von selbst?

»Die Osmanen haben Musikautomaten«, brach es aus Lady Aldridge hervor.

»Dann wird deine Orgel beim Sultan wohl kaum Eindruck machen«, sagte John Flint.

Hoodshutter Wells warf Thomas einen besorgten Blick zu.

Ein Geschenk ist niemals umsonst. Schon gar nicht in Istanbul, der Hauptstadt der flüchtigen Geschäfte. Kaum hatte der Admiral die Musiktruhe wieder zugeklappt, verlangte er in holprigem Englisch ein Gegengeschenk. Natürlich war Hoodshutter Wells darauf vorbereitet. Er ließ die Käfige mit den Hühnern bringen. Die Tiere hatten während der Reise fleißig Eier gelegt, waren für ihre Dienste mit fettem Futter belohnt worden und in prachtvollem Zustand. Ihr Gefieder war glatt und glänzte. Die Kämme und Kehllappen waren rot, die Augen der Tiere lebhaft. Doch als die zehn Käfige mit zwei Dutzend Prachtexemplaren englischen Federviehs vor den Osmanen abgestellt wurden, war es mit der Vergnügtheit des Türken vorbei.

Er verstehe, dass nicht alle sechstausend Hühner an Deck gebracht werden könnten, sagte er. Deshalb wolle er jetzt den Frachtraum sehen, um sich ausgiebig über die großzügige Gabe der Briten freuen zu können.

Hoodshutter Wells deutete auf die Hühner und dann auf den Osmanen und machte ein bekümmertes Gesicht. Es gebe keine sechstausend Hühner auf der *Hector*, sagte der Kapitän, aber ein wundersames Instrument, das für den Sultan bestimmt sei und die herrlichste Musik für den Herrscher spielen würde.

Der Admiral strich sich den Bart. Dann gab er zu verstehen, dass die Fregatte derzeit nicht in den Hafen einlaufen könne. Zum einen sei dort gerade kein Platz für ein so großes Gefährt. Zum anderen sei es üblich, dass alle Reisenden, die nicht aus einem Teil des Osmanischen Reichs kämen, zehn Tage lang auf dem Schiff bleiben müssten. Dies diene der Sicherheit des Sultans und seiner Untertanen. Man wolle vermeiden, dass Krankheiten in die Stadt eingeschleppt werden. Sollte während besagter zehn Tage jemand an Bord der *Hector* erkranken, würde sich die Frist um weitere zehn Tage verlängern. Dies ginge so lange weiter, bis alle Menschen an Bord gesund seien – oder tot.

»Und wenn wir sechstausend Hühner hätten?«, murmelte Thomas John Flint zu. »Dürften wir dann unsere Seuchen in die Straßen Istanbuls tragen?«

Der Anführer der Osmanen wandte sich Thomas zu und

sagte lächelnd, er erkenne, dass dieser Engländer dort an einer Krankheit des Geistes leide. Er vor allen anderen dürfe die Stadt unter keinen Umständen betreten, da Wahnsinn ansteckend sei.

Nachdem die Türken verschwunden waren – die Hühner hatten sie mitgenommen –, lastete eine schwarze Stille auf dem Deck.

»Zehn Tage«, sagte Mabel schließlich. »Ich hatte gehofft, dass wir dann schon wieder auf der Heimreise sind.«

Lady Aldridge seufzte.

Hoodshutter Wells zog sein Wams straff. »Das ist ganz normal. Diese Leute sind vorsichtig. Ich kann es ihnen nicht verübeln. Wir nutzen die Zeit, um die Schadstellen auf dem Schiff zu reparieren. Bleibt alle gesund, dann kommen wir in zehn Tagen zum Sultan. Wir haben keinen Grund zur Eile.«

Passagiere und Seeleute versuchten, die folgenden Tage mit Langmut zu füllen. Doch trotz aller Bemühungen wollten die faulen Stunden nicht eilen. Zu schnell waren die Reparaturen an den Segeln und dem Rumpf der Fregatte ausgeführt. Zu wenige Spiele und Lieder gab es, derer nach sechs Monaten nicht alle müde geworden waren. Nur die fernen Rufe von den Minaretten gaben der Zeit noch einen Rhythmus. Auf der *Hector* fraß die Langeweile der Geduld die Haare vom Kopf.

Thomas bat Kapitän Wells, einen Blick in den türkischen Musikautomaten werfen zu dürfen. Doch Wells sagte, das sei unmöglich. Das Geschenk der Osmanen bleibe verschlossen in seiner Kabine, bis er ein passendes Gegengeschenk gefunden habe, und wenn es sechstausend Hühner sein müssten.

Immer wieder legten Schiffe im Istanbuler Hafen an. Die meisten fuhren unter der türkischen Flagge, die einen weißen Halbmond und einen fünfzackigen Stern auf rotem Grund zeigte. Gelegentlich kamen auch Holländer und Franzosen. Auch sie erhielten einen Besuch vom Admiral, einige schienen genug Hühner mitgebracht zu haben, um sofort in den Hafen einfahren zu dürfen. Andere teilten das Schicksal der *Hector*.

Am dritten Tag – die Passagiere nippten gerade an John Flints Warmbier, dem aber nun die Eier fehlten – erklang der Ruf »Spanier voraus!« über das Deck. Alle sprangen von ihren Plätzen auf. Schon schlossen Flint und Winston Wetten darüber ab, ob die Spanier in den Hafen gelassen würden.

Es war eine Galeone, die nur einen Steinwurf entfernt an der *Hector* vorüberglitt. Das Schiff war schlank und trug zusätzlich zu den großen Segeln an den Hauptmasten ein zweites Lateinersegel. Auch gab es fast keine Deckaufbauten. Die Spanier verzichteten auf derartige Annehmlichkeiten, um ihre Galeonen leichter und damit schneller zu machen. Das funktionierte gut in warmen Gewässern. War es jedoch kalt, wie jetzt hier vor Istanbul, waren die Seeleute dem Wetter ausgesetzt. Es hieß, dass mehr Spanier an der Kälte auf ihren Schiffen starben als durch die Kanonenkugeln ihrer Feinde.

Bleiche Gestalten waren an Bord der Galeone zu sehen. Einige drehten an der Winde, um den Anker zu Wasser zu lassen. Andere liefen bald hierhin, bald dorthin, offenbar darauf bedacht, in Bewegung zu bleiben, um ihre Körper warm zu halten. Ein Mann stand still an der Reling und schaute zur *Hector* hinüber. Er war in schwarze Kleider mit Pelzbesatz gehüllt, und sein Atem stieg in Wolken in der klaren Luft auf wie der eines Drachen.

»Das ist Henry Lello«, rief Cuthbert Bull und winkte dem Grafen zu.

Er blieb der Einzige, der sich regte. Weder rührte sich jemand auf der Fregatte, noch grüßte Lello oder gab ein Zeichen des Erkennens. Er musterte die *Hector* mit Augen, so kalt und schmal wie der Bosporus. Dann war die Galeone vorüber.

Sie fuhr direkt auf die Burg mit den sieben Türmen zu, wo der erste Hafen der Stadt lag. Kein osmanisches Schiff hielt sie auf.

# Kapitel 13

KOMMT DER REGEN auf dem Land waagerecht auf einen zu, halten das die Bauern für ein Zeichen Gottes. Ist man aber in London, so ist das einfach nur das Wetter, und Gott hat sich längst in St. Paul's Cathedral untergestellt.

Elizabeth zog den schweren Wollumhang fest um Kopf und Schultern. Der Karren ruckelte über die London Bridge, und die Stöße ließen sie auf dem unbequemen Kutschbock hüpfen. Dabei stieß sie immer wieder gegen Garcilaso, der das Gespann führte. Die beiden Ochsen stapften unablässig voran. Entweder waren sie tapfer oder gleichgültig. Doch vielleicht, dachte Elizabeth, ist der Unterschied nur gering.

Wasser war überall. Es kam von oben, von vorn und jetzt, da sie über die Themse fuhren, war es sogar unter ihnen. Ebenso gut hätte Englands Hauptstadt auf dem Grund des Meeres gebaut sein können. Der Himmel sah aus, als habe ein betrunkener Maler seinen Pinsel darübergezogen. Mit einer einzigen Farbe auf seiner Palette: Grau. Die Wolken drückten auf die Dächer und auf Elizabeth' Stimmung. So hatte sie sich einen Ausflug nach London nicht vorgestellt.

Am frühen Morgen war sie mit Garcilaso aus Greenwich Palace aufgebrochen. Ein Fuhrwerk aus den Ställen holen zu lassen hatte sie nur einen Fingerzeig gekostet. Um unerkannt auf den Kutschbock zu steigen, waren hingegen komplizierte Manöver erforderlich gewesen. Doch schließlich fuhr sie gemeinsam mit dem Spanier der Stadt entgegen, und die aufgehende Sonne wärmte ihre Rücken. Der Tag hatte vielversprechend begonnen.

Garcilaso hatte darauf bestanden, dass sie auf ihre königlichen Kleider verzichten sollte. Doch Elizabeth hatte sich geweigert. Sie war die Herrscherin dieses Reichs. Sollte sie in der Stadt erkannt werden, wollte sie sich als die zu erkennen geben, die sie war. Was hätten ihre Untertanen von ihr denken sollen, wenn sie dann in den Lumpen einer Fuhrmannsfrau vor ihnen erschien? Die Würde einer Königin ließ sich nicht einfach in eine Kleidertruhe legen.

So viel hatte sie dem Spanier zugestanden: Sie wählte ein weniger auffallendes Kleid aus dunklem Brokat, das nur an den Säumen mit Goldfaden genäht war. Die Ärmel waren oben eng und an den Unterarmen gepufft. Auf ausladende Schulterpolster hatte sie verzichtet. Sie wären unter dem Wollumhang sichtbar gewesen, der jetzt dem Regenwasser tapfer Widerstand leistete.

Das Wetter brachte Geschwindigkeit in die Stadt. Die Londoner rannten von Unterstand zu Unterstand. Wo es einen trockenen Flecken gab, versammelten sich die Menschen, warfen missmutige Blicke gen Himmel und nutzten die Zeit, um miteinander zu schwatzen. Die Lust flog Elizabeth an, vom Karren herabzusteigen.

Sie berührte Garcilasos Arm und bedeutete ihm, den Wagen stehen zu lassen. De la Ruy sah sie prüfend an. Sie erwartete, dass er sie zurückhalten würde, dass seine Freude an der Gefahr ebenso winzig war wie die aller Höflinge. Aber er nickte ihr zu und lenkte die Ochsen in eine Lücke zwischen zwei Häusern, die auf der Brücke gebaut waren. Er sprang vom Bock und wollte ihr helfen hinabzusteigen. Sie schlug seine Hand beiseite und sprang in eine Pfütze von der Größe einer Kuhhaut. Der Dreck spritzte dem Spanier bis ans Kinn. Er schaute sie überrascht an.

Dann schnitzte er ein Lächeln in sein gesprenkeltes Gesicht und bot ihr den Arm.

»Schon besser«, sagte Elizabeth, legte die Finger auf den nassen Stoff und schritt mit Garcilaso de la Ruy an ihrer Seite über die London Bridge in Richtung des Stadtkerns hinüber.

Wie oft sie diese Brücke schon überquert hatte! Doch nie zuvor hatte Elizabeth das Treiben darauf so eindringlich betrachten können. Stets hatte sie in einer Kutsche gesessen und war mit einem ihrer Adlaten in Gespräche vertieft gewesen. Die Erneuerung des Handelsvertrags mit den Niederlanden, das Gnadengesuch eines bankrotten Kaufmanns, dem sie Geld schuldete – all die Erlasse und Dekrete hatten sie davon abgehalten, einen Blick auf die Häuser zu werfen, die auf der Brücke standen, als wäre diese eine normale Straße. Jetzt sah sie zu den Fenstern hinauf und zu den überhängenden Giebeln. Sie waren mit Pech gestrichen und schmeichelten der Farbe des Eisenhimmels.

»Eine beeindruckende Konstruktion, diese Brücke«, sagte Garcilaso.

»Einundzwanzig Pfeiler ragen in den Grund der Themse.« Elizabeth hatte die Zahlen schon als Kind gelernt. »Durch zwanzig Bögen fahren die Barken hindurch. Und wenn die Masten eines Segelschiffes zu hoch dazu sind, kann der Mittelteil der Brücke angehoben werden.« Sie deutete auf den Boden. Gerade dort, wo sie standen, war ein Spalt zu sehen. »Allerdings erfordert es einen erfahrenen Kapitän, um die Masten exakt durch diese schmale Stelle zu manövrieren.«

Garcilaso ging zum Rand der Brücke und spähte in die Tiefe. Elizabeth folgte seiner Aufmerksamkeit.

»In Madrid gibt es einen Witz.« Er schüttelte den Kopf, wie stets, wenn er nach dem richtigen Wort suchte. »Ein Gerücht. Ja?«

Sie nickte ihm zu.

»Es heißt, dass unter den Pfeilern der London Bridge eine Schicht Wolle läge. Weil alle Engländer Schafe sind, vor allem ihre Baumeister.« Er sah sie mit blitzenden Augen an. Regen lief an seinen Wangen herab.

»Das ist kein Gerücht«, entgegnete Elizabeth. »Die Brücke ist auf Wolle gebaut. So wie der Rest des Reiches auch. Unsere Wolle ist die beste der Welt. Und wie Ihr sehen könnt«, sie zupfte an seinem Umhang, »hält sie Wasser ab. Selbst dann, wenn ein ganzer Fluss gegen sie anströmt.« Sie lachte. »Nicht alle Engländer sind Schafe. Aber die besten Schafe kommen aus England.«

»Gäbe es eine solche Brücke in Spanien«, sagte Garcilaso, »hätten unsere Baumeister diese Häuser längst abgerissen und stattdessen riesige Türme als Sinnbilder der Macht aufgestellt.«

»Natürlich!«, sagte Elizabeth. »Türme als Zeichen der Manneskraft Eures Königs. So etwas kommt mir nicht auf die London Bridge. Ich hoffe, meine Nachfolger, sollten sie Männer sein, werden ebenfalls auf diese Demonstration ihrer mutmaßlichen Potenz verzichten.«

»Sind denn diese Sinnbilder dort oben die Machtdemonstrationen einer Frau?«, wollte Garcilaso wissen.

Sie waren am Tor angekommen, hinter dem die Stadt lag. Auf dem Dach des Torhauses waren Lanzen aufgestellt. Und auf deren Spitzen steckten, übergroßen Erbsen gleich, Menschenköpfe.

Elizabeth blieb stehen und legte den Kopf in den Nacken. Sie zählte. »Dreißig«, sagte sie nach einer Weile. »Jedes Mal, wenn dort oben der Kopf eines Verräters aufgespießt wurde, hätte mich ein Dolch stechen, ein Gift fällen oder eine Hand würgen sollen. Cecil leistet gute Arbeit, findet Ihr nicht?«

De la Ruy war klug genug, zu diesen Worten zu schweigen. Sie tauchten in den Kern Londons ein. Hier waren die Straßen trotz des Regens übervölkert. Die Fuhrleute brüllten sich den

Weg frei. Radnaben quietschten. Landwirte trieben Schweine und Schafe in Dutzenden in Richtung des nächsten Marktes durch die Menge. Londons Herz schlug kräftig und schnell.

Elizabeth zog Garcilaso in ein Ale-House. Sie waren nicht die Einzigen, die in der Taverne Zuflucht vor dem Wasser suchten. Der Schankraum war so voll, dass es keinen Weg zum Wirt zu geben schien. Das vielstimmige Lärmen der Straße verstärkte sich hier drin, und Garcilaso musste sich zu Elizabeth' Ohr hinabbeugen, um sich verständlich machen zu können. Sein nasses Haar streifte ihre Wange. Es roch nach Leder und Rosinen.

»Was trinken die Engländer in Häusern wie diesem?«, wollte er wissen.

»Dunkles Bier«, rief sie. »Mit dem Wasser der Themse gebraut. Das ist nur etwas für echte Londoner. Ihr trinkt besser den gepanschten Wein.«

Sein Mund blieb an ihrem Ohr. »Den der Wirt mit seinem Speichel gestreckt hat? Ich werde es mit dem gefährlichen englischen Ale aufnehmen. Um die Gefahr zu schmecken, sind wir doch schließlich aufgebrochen.«

Er verschwand in der Menge. Elizabeth sah sich um. Sieben oder acht Tische waren in dem Gastraum aufgestellt. Ale schwamm darauf. Ale schäumte auf dem Boden. Der Regen von draußen schien sich hier drin in Alkohol verwandelt zu haben.

In einem monströsen Kamin loderte ein Feuer. Darüber hing ein Kessel, in dem eine Frau mit weißer Leinenhaube rührte. Der Kamin war mit Schieferplatten eingefasst, die verhinderten, dass Funken auf die Holzbohlen flogen. Über dem Sims der Feuerstelle hing ein Käfig. Darin sprang ein kleiner Affe von einer Seite zur anderen und schimpfte in seiner wilden Sprache. Der Grund für die Aufgeregtheit des Tiers war offensichtlich. Die Gäste bewarfen den Käfig mit Münzen. Das Klimpern des Geldes an den Metallstäben schien den Affen zu erregen und ließ ihn herumspringen und kreischen. Seine Vorstellung brachte die Gäste zum Lachen, und sobald er nach einer Weile wieder zur Ruhe gekommen war, flog die nächste Münze gegen die Gitterstäbe. Die Frau am Kochtopf sammelte die Geldstücke ein.

Ein gutes Geschäft, dachte Elizabeth. Aber wie stets war der Preis für den Gewinn des einen die Würde des anderen. In diesem Fall war der Leidtragende zwar nur ein Affe, aber das Tier dauerte Elizabeth. Es konnte sich nicht wehren, während es von allen Seiten beschossen wurde.

Feuchte Wärme dampfte in ihrem Wollumhang und verfing sich in der Kapuze. Sie schlug den Stoff zurück und sah sich um. Niemand sah sie an. Warum auch? Ihr Gesicht war den meisten Londonern unbekannt. Sie erkannten ihre Königin an der prachtvollen Kutsche, aus der sie stieg, an dem Hofstaat, der sie umgab, oder vielleicht an der Krone auf ihrem Kopf – obwohl sie diese selten zu tragen pflegte. Hier aber war sie nur eine Rothaarige in einem Wollumhang, die versuchte, in einem überfüllten Ale-House etwas zu trinken zu bekommen.

Garcilaso drängte sich zwischen Schultern und Rücken zu ihr hindurch. Über den Köpfen balancierte er zwei hölzerne Krüge, aus denen brauner Schaum rann. Sie prosteten sich zu. Das Bier war kräftig und hatte eine rauchige Note. Elizabeth wischte sich den Schaum von den Lippen.

»Die Engländer scheinen ihre Königin nicht besonders gut zu kennen«, sagte Garcilaso. Er nahm nur kleine Schlucke.

»Sie lernen mich kennen, wenn sie meinem Land übelwollen«, erwiderte Elizabeth. »Das genügt.«

Rufe drangen durch die Menge. »Rowland Bucket! Rowland Bucket ist da!«

Alle Köpfe drehten sich. Aber niemand schien den Genannten ausmachen zu können. »Der Rätselmeister«, hörte Elizabeth ihre Nachbarn raunen.

Unruhe erfasste die Leute. Ein kleiner stämmiger Mann mit groben Zügen kletterte auf einen der Tische. Er hielt eine Gänsekeule in der Hand, biss das Fleisch ab und schlang es hinunter wie ein Schwein. Der Knochen flog in einen Winkel des Schankraums. Nun breitete der Mann – es musste sich um Rowland Bucket handeln – die Arme aus. Die Gäste verstummten. Die wenigen, die sich noch unterhielten, wurden ausgezischt.

»Was tut er?«, fragte Garcilaso. Er erntete ein Schulterzucken von Elizabeth und von seinem Hintermann einen Stoß in den Rücken.

»Wenn ihr ein Rätsel lösen wollt«, rief Rowland Bucket in die Runde, »will ich zuerst den Einsatz wissen.«

Einige Hände schossen empor. Ein Mann rief: »Vier Farthings.« Ein anderer setzte einen Krug Ale. Elizabeth verstand das Spiel nicht. Noch nicht.

Nach einigen Zurufen klatschte Bucket in die Hände. »Genug! Vier Farthings, einen Krug Ale, eine Schüssel Suppe und ...«, er deutete mit ausgestrecktem Arm rundum. Schließlich hielt er inne und zeigte mit dem Finger auf eine junge Frau, »... einen Kuss von dieser Aphrodite. Ist euch das ein Rätsel wert?«

Die Gäste applaudierten. Die junge Frau hielt sich lachend eine Hand vor die Augen.

Bucket zog seinen triefenden Mantel aus und schleuderte ihn beiseite. Wassertropfen regneten auf Elizabeth und Garcilaso, als das Kleidungsstück an ihnen vorbeiflog.

»Ihr müsst zugeben«, sagte Elizabeth zu de la Ruy, »wir Engländer sind einfallsreich, wenn es ums Geschäftemachen geht.«

»Bei uns in Spanien gibt es ein Wort für so etwas«, flüsterte ihr Garcilaso zu. »Es heißt: Betrug.«

»Wenn der Betrüger unterhaltsam ist, kann Gnade gewährt werden.«

»Ruhe!«, rief Bucket von seinem Tisch aus. »Wie immer habe

ich auch in der vergangenen Nacht für euch nach Rätseln gesucht. Dafür bin ich auf die höchsten Kirchtürme der Stadt gestiegen, in der Hoffnung, Gott würde mir eine seiner Scharaden zuflüstern. Ich bin im Palast der Königin gewesen, und in die Hurenhäuser musste ich auch. Einen Unterschied habe ich nicht festgestellt.«

Die Menge johlte. Elizabeth spürte, wie Garcilaso sie fragend ansah. Aber ihr Blick klebte an dem sogenannten Rätselmeister. Solcherlei Späße waren keine Überraschung. Aber auch der Schlag, den man erwartet, ist schmerzhaft.

»Wusstet ihr, dass Königin Elizabeth einen Bart trägt?«, lästerte Bucket weiter. »Sie hat ihn von ihrem Vater geerbt. Und sie lässt ihn wachsen, damit niemand die Pockennarben in ihrem Gesicht sieht.«

Elizabeth erstarrte. Der Bart war erfunden. Die Narben waren Wirklichkeit.

Rowland Bucket fiel eine weitere Demütigung der Königin ein. Darin ging es um ihre Kinderlosigkeit und was für Ungeheuer entstanden seien, als sie versucht habe, schwanger zu werden.

Elizabeth hatte genug Unverschämtheiten bei Hofe erlebt, um geübt darin zu sein, ihr Gesicht in eine Eisenmaske zu verwandeln. Doch als sich Garcilasos Hand beruhigend auf ihre Schulter legte, war es mit der Selbstbeherrschung vorbei.

Gerade beendete Rowland Bucket seine Einführung. Er wischte sich über sein graues Stoppelhaar. »Das Rätsel, das ich gefunden habe, das geht so.«

»Warte!«, rief Elizabeth. Ihre Stimme, darin geübt, den reichsten und mächtigsten Männern Englands zu befehlen, ließ alle Bewegungen im Raum erstarren. Die Gäste schauten sich suchend um. Bucket runzelte die Stirn, konnte die Quelle der Störung aber nicht ausmachen.

»Ich stehe hier«, rief Elizabeth. Sie musste den Arm nicht heben, um auf sich aufmerksam zu machen.

»Eine rothaarige Schönheit gebietet mir Einhalt«, spottete der Rätselmeister. »Willst wohl auch von mir geküsst werden.«

»Das hängt davon ab, wer größeren Gewinn daraus zieht. Ich schätze, das wärest du, Rowland Bucket.«

Er wollte etwas sagen und breitete die Arme theatralisch aus. Aber Elizabeth ließ Bucket nicht zu Wort kommen. »Du bekommst Geld und Essen, wenn du ein Rätsel stellst. Aber was bekommt derjenige, der es lösen kann?«

Bucket zog die Arme wieder an den Leib. »Die Ehre, den Rätselmeister bezwungen zu haben.«

»Ich wusste gar nicht, dass man hier mit Ehre Bier kaufen kann«, rief Elizabeth. Sie erntete Gelächter. Bucket errötete vom Hals bis zum Haaransatz. Seine Augen waren zornhell.

»Wenn es so wäre, müsstest du wohl verdursten«, versetzte er. Diesmal war das Gelächter auf seiner Seite.

»Damit das nicht geschieht, schlage ich vor, dass derjenige, der das Rätsel löst, einen Preis bekommt«, fuhr Elizabeth fort.

»Was für ein Preis soll das sein?«, wollte Rowland Bucket wissen. Er steckte die Hände in seine Hosentaschen. Die Wölbungen im Stoff zeigten an, dass er sie zu Fäusten ballte.

»Das sollte der bestimmen, der das Rätsel löst«, rief Elizabeth.

»Darüber stimmen wir ab«, warf jemand ein.

»Nein«, sagte Elizabeth. »Was ich sage, ist gerecht. Abstimmungen sind Spielereien für das Parlament, für solche, die Perücken tragen, wo andere Leute das Hirn haben.« Sie lachte mit den anderen. Niemals hätte sie für möglich gehalten, solche Worte einmal in der Öffentlichkeit von sich geben zu können. Neben ihr riss Garcilaso den Krug in die Höhe.

»Also gut«, stimmte nun Rowland Bucket ein. »Einen Preis für denjenigen, der das Rätsel löst. Aber zunächst muss ich es stellen.« Er schaute Elizabeth feindselig an. »Deshalb halte endlich deinen Mund, sonst verstehe ich mein eigenes Wort nicht. Außerdem riecht es hier drin dann besser.«

Elizabeth schluckte eine Erwiderung hinunter. Sie hatte Bucket bezwungen. Sollte er das letzte Wort haben! Das war kein Zeichen von Triumph, sondern etwas, das der Stärkere dem Schwächeren zugestand.

»Das Rätsel, dass ich euch heute stelle, dreht sich um einen Gentleman«, sagte der Rätselmeister. »Ihr müsst herausfinden, wer es ist. Er hat ein langes Gesicht und nur ein Auge. Bei Tage sieht man ihn nicht. Aber kaum kriechen Nacht und Nebel durch die Straßen, taucht er plötzlich auf.«

Bucket schwieg einen Moment. Das Publikum tuschelte und tauschte Einfälle. »Geordie Bourne«, rief jemand.

»Geordie hat Engländer an der schottischen Grenze umgebracht. Der war nie in London«, verbesserte ein anderer.

»Ich habe nicht von London gesprochen«, sagte Bucket. »Ihr müsst genau zuhören. Unser Gentleman schämt sich, bei Tage gesehen zu werden. Aber egal, wann man ihm begegnet, immer schwitzt er.«

»Der Kerzenschein«, rief Elizabeth.

Rowland Bucket schaute sie missmutig an. »Richtig«, sagte er schlaff. »Eigentlich dauern meine Rätsel länger. Damit alle Spaß daran haben.«

Die Gäste tuschelten.

»Vielleicht war das Rätsel zu sehr – wie sagt man? – einfach«, rief Garcilaso.

»Was für ein Landsmann bist du denn?«, wollte Rowland Bucket wissen.

Das Tuscheln verstummte.

Elizabeth spürte eine gewaltige Hitze von ihrem Bauchnabel aufsteigen. »Ich habe richtig geraten. Jetzt will ich meinen Preis.«

Bucket wischte die Forderung beiseite. »Ich habe dem da eine Frage gestellt.«

»Meine Belohnung ist dieser Affe«, sagte Elizabeth und deutete auf den Käfig, in dem das Tier von seinen Strapazen ausruhte. Bevor Garcilaso eine Katastrophe heraufbeschwören konnte, schob Elizabeth mit grober Hand die Gäste auseinander und drängte sich zum Kamin durch. Die Köchin, die vor dem Kessel stand, wollte sie davon abhalten, den Affenkäfig vom Haken zu nehmen. Elizabeth versetzte ihr einen Stoß. Die Frau strauchelte, wurde jedoch von den Umstehenden aufgefangen und keifte Verwünschungen.

Elizabeth nahm den Käfig an sich. Der Affe erwachte und sprang herum. Um das Behältnis nicht zu verlieren, musste sie es mit beiden Armen umschlingen. Die scharfen Gerüche von Affenpisse und Zorn drangen daraus hervor.

Eine Hand legte sich auf ihre Schulter. Sie entzog sich dem Griff. Eine andere fasste nach ihrem Arm. Es war wieder die Köchin.

»Der Affe gehört mir«, schimpfte die Frau.

»Nimm den auf dem Tisch dort«, rief Elizabeth. Ihr Versuch, die Gäste wieder auf ihre Seite zu ziehen, gelang. Aber die Köchin ließ nicht los, egal, wie sehr Elizabeth auch zog und zerrte. Um freizukommen, hätte sie den Käfig abstellen müssen.

»Lass sie gehen!« Garcilaso stand mit einem Mal vor ihr. Er zwang die Köchin mit seinen Blicken, Elizabeth freizugeben. Dann drückte er der bebenden Frau drei Münzen in die Hand.

Elizabeth spürte seine Finger in ihrem Rücken. »Wir gehen jetzt«, raunte ihr Garcilaso zu. Er bahnte ihr einen Weg in Richtung Tür. Zwei neue Gäste kamen herein und verstopften den Ausgang.

Vom Kamin her war eine Frauenstimme zu hören: »Das sind spanische Münzen.«

»Ein Spanier!«, rief Rowland Bucket. »Der Mann dort ist ein Feind Englands.«

Garcilaso packte die neuen Gäste bei den Rockaufschlägen und zerrte sie in die Gaststube. Der Weg war frei. Elizabeth huschte auf die Straße, gefolgt von de la Ruy. Er griff nach ihrem Mantel und zog sie hinter sich her. Sie hielt den Käfig umklammert. Der Affe schrie. Zunächst fiel es ihr schwer, mit der Last das Gleichgewicht zu wahren. Nach einigen taumelnden Schritten gewöhnte sie sich aber daran.

»Ein Spanier, ein Spanier!«, klangen Rufe hinter ihren Rücken. Passanten starrten sie an. Aber niemand hielt sie auf. Ihre Füße platschten im Takt des Regens durch die Pfützen.

Nach einer Weile spürte Elizabeth Stiche in der Brust. Sie bedeutete Garcilaso anzuhalten. So war sie nicht mehr gerannt, seit sie ein junges Mädchen war. Der Spanier nahm ihr den Käfig ab. »Geht es so besser?«, fragte er. »Oder wollt Ihr auch noch ein Pferd stehlen?«

Sie lachte zwischen schmerzenden Atemzügen.

»Engländer scheinen Affen zu lieben«, sagte Garcilaso und deutete in die Richtung, aus der sie gerade gekommen waren. Dort drängte sich eine Handvoll Gäste, unter ihnen Bucket und die Köchin, ins Freie.

»Weiter«, keuchte Elizabeth. »Aber diesmal folgt Ihr mir.«

»Wohin?«, wollte der Spanier wissen.

»Dorthin, wo die Pest grassiert«, rief Elizabeth und lief los.

# Kapitel 14

Als die Frist von zehn Tagen verstrichen war, erschien der Admiral erneut an Bord. Diesmal ließ sich der Türke einige Seeleute der *Hector* vorführen. Er musterte sie mit besorgter Miene, ließ sich ihre Zähne zeigen und drückte prüfend ihre Arme.

Im Hintergrund beobachteten die Passagiere das Geschehen. Thomas stand neben Lady Aldridge und bemerkte, dass sie die Hände rang. Wie alle an Bord schien auch sie darum zu bangen, nach langer Reise endlich ans Ziel zu kommen. Sie stieß ihn an. Thomas beugte sich zu ihr hinüber, in dem Glauben, sie wolle ihm etwas zuflüstern. Doch anstatt etwas zu sagen, stieß sie Thomas erneut an. Sie schüttelte sich und hielt sich eine Hand vor den Mund.

Lady Aldridges Leib verkrampfte sich. Thomas hoffte, dass sie sich beherrschen konnte – solange die Osmanen an Bord waren. Zwar hatte die Seeluft auf der Reise den zerfallenden Lungen der Kranken wohlgetan, aber seit es kälter geworden war, war der Husten zurückgekehrt, schlimmer als zuvor.

Vielleicht konnte er sie rechtzeitig in ihre Kabine bringen. Doch die lag auf der anderen Seite des Schiffs, und dazwischen standen die Türken.

Ein dumpfer Laut aus der Brust von Lady Aldridge überzeugte Thomas davon, dass er nicht länger warten durfte. Er bot ihr den Arm. Sie legte ihre Hand darauf und folgte ihm eilenden

Schritts. Während er einen Weg hinter den Rücken der Seeleute suchte, spürte er, wie sich ihre Finger in seinen Arm krallten. In ihrer Brust schien ein Kobold Schabernack zu treiben und sie zu kitzeln, wo es ihm beliebte. Sie blieb stehen und presste eine Faust gegen den Mund. Thomas zog sie weiter.

Hoodshutter Wells warf ihnen einen Blick zu. Thomas hoffte, der Kapitän werde die Aufmerksamkeit des Admirals auf sich lenken. Stattdessen starrte Wells wie gebannt auf die beiden Davonschleichenden. Ebenso gut hätte er mit ausgestrecktem Finger auf sie zeigen können.

»Wohin geht ihr?«, rief der Anführer der Türken.

Thomas gab vor, das grobe Englisch nicht zu verstehen. Er zog Lady Aldridge weiter in Richtung Achterdeck.

»Halt!« Die Aufforderung war unmissverständlich.

Dennoch blieb das Paar nicht stehen. Thomas neigte den Kopf und gab vor, sich in einer Konversation mit der Dame verloren zu haben. Erst als ihn jemand an der Schulter berührte, hielt er an.

Vor ihm stand der osmanische Admiral. Das Gold seiner Kleidung blitzte in der kalten Wintersonne, in seinen Augen glitzerte das Vergnügen des Mächtigen. »Warum geht ihr weg?«, fragte er. Ein Windstoß spielte mit der einsamen Haarsträhne hinter seinem Ohr.

»Meine Mutter muss sich setzen«, sagte Thomas, »und aufwärmen im Innern des Schiffs.«

»Zuerst untersuchen«, erwiderte der goldene Türke.

In diesem Moment drehte Lady Aldridge dem Mann ihr Gesicht zu. Es war rot wie ein Oktoberapfel. Die Lippen waren zu einer dünnen Linie zusammengepresst, und aus den Augen liefen Tränen. Thomas konnte sehen, wie sie mit dem Hustenreiz in ihrem Inneren rang. Ein Krampf schüttelte sie, aber ihr Mund blieb geschlossen.

Der Admiral ließ Thomas los. »Sie weint«, sagte er. »Sie sollte ihr Gesicht bedecken.«

Thomas beugte sich zu ihm hinüber und sagte so leise wie möglich: »Ihr Gemahl ist unterwegs gestorben. Lord William Aldridge. Er war mein Vater. Unsere Trauer ist tief.«

»Hatte er eine Krankheit?«, wollte der Osmane wissen.

»Nichts Ansteckendes«, sagte Thomas der Wahrheit gemäß. »Ein Degen durchbohrte seinen Hals.«

Lady Aldridges Schultern bebten. Sie beugte sich vor. Noch immer hielt sie den Husten im Zaum, doch er schüttelte sie wie ein junges Pferd seinen ersten Reiter.

Der Admiral wedelte mit der Hand. »Der Schmerz ist groß in ihr. Bring sie weg.«

Damit wandte sich der Goldgewandete ab und kehrte zur Mannschaft zurück.

Thomas geleitete Lady Aldridge in ihre Kabine. Sie fiel auf das Lager, presste das Gesicht in die Strohsäcke und ließ den Husten frei. Thomas stellte einen Krug Wasser bereit und legte frische Tücher daneben. Dann schloss er die Tür und kehrte an Deck zurück.

Die Türken hatten die Untersuchung der Seeleute derweil abgeschlossen. Ihr Anführer zeigte auf den zweiten Maat, einen dürren, kraushaarigen Mann mit provozierend vorgerecktem Kinn.

Ohne Vorwarnung schlug der Admiral dem Maat in den Magen. Der Mann ging zu Boden und erbrach sich auf Deck. Mit Mühe gelang es Hoodshutter Wells, seine Mannschaft davon abzuhalten, sich auf die Türken zu stürzen. Mit selbstzufriedener Miene gab ihr Anführer bekannt, dass es an Bord des englischen Schiffes eine Seuche zu geben scheine. Er werde diese den Hafenbehörden melden müssen. Weitere drei Tage vor Anker seien eine angemessene Sicherheitsmaßnahme.

»Wir haben nicht mehr genug Wasser, um weitere Tage auszuhalten«, sagte Hoodshutter Wells.

Der Admiral gab zu verstehen, dass er der *Hector* Frischwasser verkaufen könne. Allerdings sorge das warme Wetter dafür, dass Wassermangel in der Stadt herrsche. Er müsse deshalb acht Akçe für jede Gallone Wasser verlangen. Das entsprach einem Golddukaten, dem Verdienst eines englischen Seemanns in einem Jahr.

Ob es eine gute Entscheidung von John Flint war, den Türken bei den Rockaufschlägen zu packen, zum Rand des Schiffes zu schieben und über Bord zu werfen – darüber stritten Passagiere und Seeleute der *Hector* noch lange. Kapitän Wells wollte Flint einsperren lassen. Aber dann machte Thomas einen Vorschlag, den der Schiffsführer nicht ablehnen konnte.

In dieser Nacht stiegen drei Männer die Strickleiter an der dem Hafen abgewandten Seite der *Hector* hinunter. Der Mond schien zaghaft zwischen Wolken hervor. Das Licht war schwach genug, um Thomas, Flint und Winston in der Dunkelheit zu verbergen, und hell genug, um Zuversicht hervorzurufen.

»Und wenn sie uns entdecken?«, fragte Winston.

»Dann wirst du den Sultan früher zu sehen bekommen, als dir lieb ist«, sagte John Flint, »weil dein Kopf auf einer Lanze die Mauern seines Palastes schmücken wird.« Beinahe lautlos ließ sich der Koch in das Hafenwasser hinab.

Winston tauchte als Nächster ein. Thomas zögerte noch einen Moment. Seinem Vorschlag, Frischwasser aus dem Hafen zu stehlen, hatten alle zugestimmt. Ein Engländer in Not wisse sich immer zu helfen, jubelte Cuthbert Bull. Sogar Hoodshutter Wells hatte nach kurzem Zögern genickt. Das Wohl der Passagiere und der Mannschaft sei wichtiger als diplomatische Verstrickungen mit den Osmanen, hatte der Kapitän entschieden.

Aber dann hatte Lady Aldridge daran erinnert, dass das Beiboot, mit dem die Wasserfässer vom Hafen zur *Hector* geschmuggelt werden sollten, vor Oran in Stücke geschossen worden war. Es blieb keine andere Wahl: Wenn Wasser an Bord geholt werden sollte, so musste man zunächst durch Wasser schwimmen.

Unter Thomas trieben die Köpfe von Flint und Winston davon. Er vergewisserte sich noch einmal, dass das Kleiderbündel fest auf seinem Kopf verschnürt war. Dann ließ er sich an der Leiter hinab und tauchte mit einem Bein bis zur Wade ein. Die Kälte ließ seine Haut schrumpfen.

Kapitän Wells hatte wenig davon gehalten, einen mageren Konstrukteur auf Diebestour zu schicken. Aber Thomas hatte darauf bestanden. Schließlich sei ihm der Einfall gekommen, hatte er erklärt, und es wäre ehrlos, wenn sich jemand anderes an seiner Stelle in Gefahr begebe. Tatsächlich aber hatte Thomas mehr im Sinn, als nur Frischwasser zu stehlen. Irgendwo in Istanbul sollte das Rezept für das Griechische Feuer zu finden sein. Und wenn es ihm gelingen würde, es zu finden, wäre der Besuch beim Sultan überflüssig. Denn dort lauerte gewiss schon Henry Lello. Und was der Verräter dem osmanischen Herrscher ins Ohr geflüstert haben mochte, musste für jeden Engländer giftig sein wie Hexenspei.

Thomas ließ sich jetzt vollständig ins Wasser hinab. Die Kälte schloss sich wie eine Eisenklammer um seine Brust. Er bekam kaum noch Luft. Dennoch stieß er sich vom Schiff ab und folgte den beiden hellen Punkten. Auch Flint und Winston trugen ihre Kleidung auf dem Kopf. Wenn ihnen das kalte Wasser zusetzte, so ließen sie es sich nicht anmerken. Ohne Geräusche zu verursachen, schwammen sie in Richtung der Stadt davon.

Thomas hielt mit, beunruhigt von dem Kribbeln in seinen Armen und Beinen. Er versuchte, schneller zu schwimmen, um seinen Körper zu erwärmen.

Als er endlich das Ufer erreichte, war kein Gefühl mehr in seinen Gliedmaßen. Flint zog ihn an Land. Die drei Männer ließen das Wasser von ihren Leibern rinnen und kleideten sich an. Sie hatten eine Stelle abseits des Hafens erreicht. Hier gab es nur Felder, die sich vor einer gewaltigen Stadtmauer erstreckten. Johannisbrotbäume wuchsen in Gruppen. Ein dunkler Vorhang aus Blättern verbarg die drei Schwimmer vor Blicken von Landseite her.

Es dauerte nicht lange, da sahen sie aus wie jeder andere Europäer, der sich im nächtlichen Hafen bei den sieben Türmen herumtrieb. Zwischen den Lagerhäusern lagen Läden, einige waren erleuchtet. Vorhänge bewegten sich im Wind. Dahinter waren Stimmen und Gelächter zu hören. Thomas warf verstohlene Blicke ins Innere. Die Waren, die in den Geschäften angeboten wurden, unterschieden sich. Doch die Männer, die hinter den Vorhängen saßen, waren sich ähnlich: schnurrbärtige Kerle, die auf Kissen und Polstern auf dem Boden saßen und sich mit lauten Stimmen und ausladenden Gesten unterhielten.

Nirgendwo waren Wasserfässer zu sehen, die sie hätten kaufen oder gar stehlen können. Doch dann bemerkte Flint einen eleganten Pavillon am Wegrand. Nachtschwärmer hielten dort an, zogen aber rasch weiter. Als die drei Engländer nahe genug heran waren, erkannten sie, dass ein Mann in dem Pavillon Getränke ausschenkte.

»Dort bekommen wir vielleicht, was wir suchen«, sagte Thomas und hielt auf den kleinen Bau zu.

Sie beobachteten, wie der Schankwirt eine Gruppe von Europäern bediente. Hinter einem Brett, das auf zwei Fässer gelegt war, goss er den Männern ein, die sich lautstark auf Französisch unterhielten. Sie tranken rasch aus und zogen dann weiter, ohne zu bezahlen.

Thomas hielt sie auf. Mit den wenigen Worten Französisch,

die er aus den Liedern von Claude Le Jeune und Gonzales de Montes kannte, fragte er nach dem Sinn des Pavillons. Die Franzosen lachten über die unbeholfenen Versuche des Engländers, sich verständlich zu machen. Thomas war es recht. Solange sie ihn belustigend fanden, würden sie ihn nicht mit den Degen bedrohen. Schließlich erklärten die Franzosen, es gebe überall in der Stadt solche Pavillons. Sie seien dazu da, die Menschen mit Wasser zu erfrischen. Das habe irgendetwas mit dem Glauben der Mohammedaner zu tun. Was das genau war, wussten die Franzosen nicht. Es sei ihnen auch gleichgültig, solange man für das Wasser nichts bezahlen müsse.

»Das sollten sich unsere Könige eine Lehre sein lassen«, schloss einer aus der Gruppe. »Aber sie sollten sich hüten, bloß Wasser zu verteilen. Wir sind doch keine Türken.«

Lachend zogen die Franzosen davon.

Thomas, Flint und Winston wandten sich dem Pavillon zu. Im Licht der Öllampe erwartete sie der Wirt, ein hochgewachsener Osmane, dessen Kopf fast unter die Decke des Aufbaus stieß. Er schenkte den drei Männern ein, schob ihnen die Becher zu und sagte etwas in seiner Sprache, das sich wie eine Mischung aus Trinkspruch und Gebet anhörte.

Thomas suchte nach einer Möglichkeit, den Türken zu fragen, ob er ihnen Wasserfässer verkaufen könne. »Wasser«, sagte er, wohl wissend, dass sein Gegenüber ihn nicht verstand. Dann nahm er seinen Becher und vergoss den Inhalt über das Schankbrett.

Flint sprang zurück, als das Wasser auf seine Kleider spritzte.

»Wir sind gerade erst trocken geworden, du Narr!«, empörte sich Winston.

Auch der Wirt stieß unfreundliche Worte aus. Aber nun begann Thomas, einen Finger durch die Pfütze zu führen. Er zeichnete die Umrisse eines Fasses. Der Wirt schaute aufmerksam auf die Lache, die zur Leinwand geworden war. Dann blickte er die drei Männer an.

»Ihr wollt Fässer?«, fragte er auf Englisch.

»Mit Frischwasser«, sagte Thomas.

»Wieso sprichst du unsere Sprache?«, wollte Flint wissen.

Der Türke warf Flint einen düsteren Blick zu. »Ich war vier Jahre lang Sklave eines englischen Lords.«

»Es gibt keine Sklaven in England«, brach es aus Flint heraus.

»Ich sagte auch nicht, dass ich in England war«, erwiderte der Lange. »Und ich verschenke Wasser in Bechern, nicht in Fässern.« Er tippte auf das Bild auf dem Brett.

Thomas holte den Beutel mit Silberstücken hervor, den er am Gürtel befestigt hatte, und legte ihn auf das Brett. Das Leder war noch immer nass und dunkel vom Hafenwasser.

Der Wassertürke schaute Thomas misstrauisch an. »Ihr kommt von der englischen Fregatte«, sagte er schließlich.

»Wir sind ehrbare Matrosen und Kaufleute«, mischte sich Winston ein.

Thomas legte dem Segelflicker eine Hand auf die Schulter, dann sagte er: »Ja. Wir kommen von der *Hector*. Und wir brauchen Wasser, sonst verdursten wir dort drüben.«

Der Wirt legte eine Hand auf den Lederbeutel. Augenblicklich ließ Flint seine Rechte auf die des Türken fallen. »So viel Wasser brauchen wir nicht«, sagte der Koch.

»Ich könnte auch die Hafenwachen rufen«, knurrte der Türke. »Die lässt euch im Kerker verdursten.«

Flints Hand schloss sich fester um die des anderen. Der Arm des Osmanen zuckte zurück, aber Flint hielt fest. »Weißt du, dass stets eine Hand von Gott gelenkt wird und die andere vom Teufel?«, fragte Flint. »Welche möchtest du spüren?«

»Ihr Engländer lästert Gott«, stieß der Türke hervor, »und dafür wird Gott euch strafen.«

»Ein Silberstück für drei Fässer«, schlug Thomas mit ruhiger Stimme vor. »Und wir brauchen ein Boot.«

Flints Hand drückte zu. Der Türke stöhnte. »Zwei Silberstücke für vier Fässer«, keuchte er. »Und ihr dürft wiederkommen, wenn sie leer sind.«

»Wie willst du das anstellen?« John Flint war außer sich. »Du kannst doch nicht einfach durch die Straßen gehen und jemanden fragen.«

Das Boot wippte hin und her, als Flint sich darin aufrichtete. Die vier Fässer waren nicht festgezurrt. Sie rollten leicht auf dem Boden des Ruderboots herum und verstärkten dessen Schaukeln noch.

Thomas stand auf dem Anleger und schaute auf das kleine Boot hinunter. »Wenn es das Rezept für das Griechische Feuer irgendwo in dieser Stadt gibt, so doch vermutlich an einem Ort, der sehr alt ist.«

Flint streckte seine mächtigen Arme aus. »Hier ist alles alt.«

»Vielleicht«, sagte Thomas, »aber nicht überall kann man ein Rezept aufbewahren. Ich werde einfach in einer Bibliothek nachsehen.«

Winston lachte auf.

»Steig ein«, sagte Flint. »Wir überstehen die Quarantäne, besuchen den Sultan und fahren heim. Nachdem du ihm die Orgel überreicht hast, natürlich.«

Thomas lächelte. Flints Vorschlag war verlockend. Ein einfacher Weg zurück nach London. Dort könnte er einen neuen Musikautomaten bauen, in der Nähe der Königin leben und für sie arbeiten. Vielleicht würde er sogar eine Frau finden, die Elizabeth ähnlich sah.

»In drei Tagen bin ich wieder an Bord«, sagte Thomas. »Vorher lässt euch der Admiral ohnehin nicht in die Stadt.« Er beugte sich hinunter und schob das Boot vom Anleger fort. John Flint sagte noch etwas, doch mit so leiser Stimme, dass Thomas ihn nicht verstand. Dann trieben der Koch und der Segelflicker in der Dunkelheit davon.

Thomas wandte sich um. Vor ihm lag das Labyrinth Istanbuls, der größten Stadt der Mittelmeerwelt. Und er war nur eine Maus, der von einem Ende des Irrgartens Käsegeruch in die Nase strömt. Und Mäuse, dachte Thomas, steigen sogar auf Türme, wenn der Käse darauf wirklich gut ist.

## Kapitel 15

ISTANBUL ERWACHTE. Aromatischer Rauch stieg aus den Kaminen auf. Wo die Sonne die Schatten vertrieb, schliefen Katzen auf den Mauern. Wenn der magere Europäer an ihnen vorübereilte, hoben sie die Köpfe, legten die Ohren an und kehrten, sobald der Störenfried vorüber war, zu ihren Träumen zurück.

Thomas' Füße schmerzten. Noch immer waren seine Schnallenschuhe feucht und scheuerten auf der Haut. Die ganze Nacht war er durch die Stadt gelaufen, auf der Suche nach einem jener schlanken Türme. Vom Schiff aus waren sie gut zu erkennen gewesen, Mahnfinger eines fremden Gottes und zugleich schlanke Verwandte der Kirchtürme Englands.

Sie verhießen Erkenntnis. Von den Spitzen der Türme, so glaubte Thomas, würde er die Stadt überblicken können und sich Orientierung verschaffen. Vielleicht würde er ein Gebäude ausmachen, das einer Bibliothek glich, einer Schule oder Universität. Irgendein Hort des Wissens könnte sich aus dem Häusermeer herausheben. Und dort, so hoffte Thomas, würde er mit der Suche nach dem Griechischen Feuer beginnen.

Zweimal schon hatte er Rufe von den Spitzen der Bauwerke herunterschallen gehört. Beim ersten Mal hatte er gedacht, er müsse nur der Gemeinde folgen, die nun zum Gotteshaus strömen würde. Aber die nächtlichen Straßen waren leer geblieben. Beim zweiten Mal erklangen die Rufe mit dem frühen Licht der Sonne, und Thomas beschloss, einfach dem Laut zu folgen. Immerhin war er Musiker und hatte ein ausgebildetes Gehör. In einem englischen Wald konnte er den Weg erlauschen, den ein Eichhörnchen im Geäst nahm, bis das Tier eine Meile entfernt war. Aber Istanbul war kein Wald, und hier riefen auch keine Eichhörnchen zum Gebet. Der Singsang verlief sich im Gewirr der Straßen, so wie Thomas selbst. Erschöpft lehnte er sich gegen eine Mauer und sank daran hinab. Er fand die Türme nicht. Die Stadt hatte ihn bezwungen. John Flint hatte recht behalten.

Ein Knabe trat gegen Thomas' Füße. Grobheiten in einer fremden Sprache ergossen sich über ihn. Er zog die Beine an, die über den Weg ausgestreckt waren, und der Junge ging weiter. Er führte einen Mann am Arm, der den Kopf aufmerksam lauschend in die Höhe hielt.

Thomas sah den beiden nach. Der Ältere schien blind zu sein. Sie bogen um eine Ecke und verschwanden. Unruhe erfasste Thomas. Er verspürte das Gefühl von Verlust. Einen Schmerz wie beim Abschied von einem Freund oder Verwandten. Langsam stand er auf und ging einige zögernde Schritte hinter dem Blinden und seinem Helfer her. Da fiel es ihm wieder ein. Lady Aldridge hatte von Blinden in Istanbul gesprochen. Nein, verbesserte sich Thomas, es war John Flint gewesen, der gesagt hatte, die Gebetsrufer auf den Türmen seien blind. Damit sie nicht in die Gärten der unter ihnen liegenden Häuser sehen konnten.

Er ging schneller. Gewiss war nicht jeder Blinde ein Gebetsrufer. Aber wenn dieser dort einer war, so würde er Thomas ans Ziel führen.

Er schlich um die Mauer und sah den Knaben und den Blinden langsam eine Gasse hinaufgehen. Thomas folgte mit etwas Abstand. Der Junge sah sich nicht um. Er war damit beschäftigt, auf Hindernisse zu achten und den Älteren darauf hinzuweisen.

Während er durch Straßen und Gassen strich, studierte Thomas seine Umgebung. Im Licht der aufgehenden Sonne legte Istanbul das dunkle Kleid der Nacht ab und zeigte ein waches Gesicht. Es war männlich. Männer schoben Karren mit Gemüse durch die Straßen, Männer standen in den Eingängen der Läden und schwatzten, Männer saßen auf den Steinbänken vor den Häusern, tranken aus kleinen Bechern und beobachteten, wie der junge Tag Falten bekam. Frauen waren nirgendwo zu sehen.

Der Weg, den der Blinde nahm, erstreckte sich über große Straßen voller Menschen und Wagen, durchquerte Geschäftsviertel mit überdachten Märkten und führte immer wieder an Häusern entlang, die keine Fenster hatten, jedenfalls nicht zur Straßenseite hin. Schließlich blieb der Alte mit seinem Begleiter an einer Mauer stehen. Darüber wuchs einer jener schlanken Türme in den Himmel. Er war aus grauem Stein gebaut, trug zwei steinerne Ringe und ein spitzes Dach. Dessen Farbe war von demselben kalten Blau wie das des Himmels, sodass man nicht zu sagen wusste, wo das eine endete und das andere begann.

Thomas verbarg sich hinter einem zweirädrigen Wagen, dessen Besitzer versuchte, einen Esel anzuspannen. Der Blinde verharrte einen Moment vor einer Holztür, die in die Mauer eingelassen war. Der Knabe holte einen Schlüssel hervor und öffnete. Dann zog er die quietschende Tür auf, und der Blinde tappte hinein. Die Tür schloss sich wieder. Der Knabe ging auf der Straße davon.

Mit zitternden Knien näherte sich Thomas der Stelle. Er wusste: Er war für die Menschen hier das, was einer von ihnen in London gewesen wäre – ein Ungläubiger und Feind Gottes. Was würden die Engländer mit einem Türken anstellen, der sich auf einen Kirchturm hinaufschleicht? Sie würden ihn am Glockenseil aufhängen.

Hatten die Türme der Mohammedaner überhaupt Glockenseile? Thomas würde es herausfinden. Er drückte gegen die Holztür, doch sie ließ sich nicht öffnen.

Thomas blieb nichts anderes übrig, als zu warten. Er half dem Mann mit dem Karren beim Anschirren. Der bedankte sich mit einer roten Frucht, die er aus einem Korb fischte. Thomas betastete das Geschenk und roch daran. Schließlich war der Hunger stärker als der Zweifel. Er schob sich die Frucht in den Mund und biss herzhaft zu. Süßer Saft ergoss sich auf seine Zunge, und der Geschmack von flüssigem Honig schmeichelte seinem Gaumen. Nie zuvor hatte Thomas etwas so Überwältigendes geschmeckt. Er aß das meiste der Frucht mit geschlossenen Augen und spürte, wie es ihm nass am Kinn herablief. Einen Rest bewahrte er auf, um John Flint das Obst zu zeigen. Konnte der Koch mehr von dieser Frucht in Istanbul kaufen, würde er künftig keine Eier mehr für sein Warmbier brauchen. Vielleicht nicht einmal mehr das Warmbier selbst.

Ein Ruf vom Turm herab peitschte durch das Summen der Stadt. Der Esel erschrak und antwortete mit einem heiseren Schrei. Der Karrenfahrer drosch auf das Tier ein. Daraufhin schrie es umso mehr.

Thomas legte den Kopf in den Nacken und beschirmte die Augen. Weit oben, unter dem Rand des blauen Dachs, war eine Bewegung zu sehen. Das musste der Gebetsrufer sein. Winzige Hände kamen aus einer Nische hervor. Es schien, als griffen die Finger nach dem Himmel. Nach einer Weile verstummten die Rufe. Ihre Melodie aber hallte in Thomas' Erinnerung nach. Die auffälligen Bögen und Schleifen schienen einem musikalischen Gesetz zu folgen. Überdies waren sie nicht einfach vom Turm heruntergerufen worden. Vielmehr erschien es Thomas, als habe der Blinde die Geräusche der Stadt gesammelt, sie durch die Röhre des Turms aufsteigen lassen und hoch oben wieder ins Freie entlassen. Von dort regneten ihre Fragmente zurück auf die Menschen. Damit, das verstand Thomas jetzt, begann der Reigen von vorn.

Thomas hoffte, der Blinde würde noch einmal rufen, damit er seinen Einfall überprüfen konnte. Aber sein Wunsch ging nicht in Erfüllung. Stattdessen quietschte nach einer Weile erneut die Tür, und der Gebetsrufer kehrte zurück auf die Straße.

Bevor sich der Eingang wieder schloss, schlüpfte Thomas hindurch. Der Mohammedaner hielt die Tür fest, wandte den Kopf und lauschte. Thomas blieb stocksteif stehen. Über die Schwelle hinweg sah er, dass die erloschenen Augen genau auf ihn gerichtet waren. War noch genug Kraft in ihnen, um den Eindringling zu erkennen?

Der Rufer stellte eine Frage. Thomas verstand das Wort *orada*, das in den leeren Turm hineinhallte. Die Antwort kam von der Straße her. Es war die Stimme des Knaben, der zurückgekehrt war, wohl um seinen Schützling heimzuführen. Der Alte ließ die Tür los. Sie schloss sich. Der Schlüssel klackte. Thomas war allein.

Einen Moment lang glaubte er, auf Abwege geraten zu sein. Er hatte einen Blinden betrogen. Er biss sich auf die Lippen, an denen noch immer der Saft der Frucht klebte. Er schluckte den Geschmack herunter und damit auch das Bittere in seinem Mund. Dann entschied er: Was er tat, war ehrenvoll. Zum einen hatte er sich nicht in den Turm geschlichen, um etwas zu stehlen. Zum anderen ging es weder um ihn, Thomas Dallam, noch um den Gebetsrufer oder den Jungen. Es ging um Ihre Majestät Königin Elizabeth. Das Wohl Englands stand auf dem Spiel.

Entschlossenen Schrittes stieg Thomas die Stufen hinauf.

Wie konnte ein Blinder diese schmale, gewundene Treppe erklimmen, ohne abzustürzen? Linker Hand endete sie im Nichts. Es gab keine Mauer, keine zentrale Säule, die dem Turm im Inneren Halt gab. Vermutlich war das Bauwerk deshalb so schmal. Thomas hatte bereits einige Schritte zurückgelegt, als er den Fehler beging, in die Tiefe zu blicken. Unter ihm lag eine Spirale aus Stufen mit einem Loch in der Mitte. Für einen Moment überkam ihn der Wunsch, sich in dieses Zentrum hineinzustürzen. Er schrak zurück und lehnte sich gegen die Außenwand auf der sicheren Seite der schmalen Stufen. Zum Glück gab es keine Fenster, nur feste Wände. Thomas drückte eine Hand gegen die grob zusammengefügten Steine und zwang sich, seinen Blick nur auf die Spitzen seiner Schuhe und die nächste Treppenstufe zu heften.

Wie viele es davon gab, konnte er nicht einmal schätzen. Doch als schließlich ein kalter Wind nach seinem Hut griff, wusste Thomas, dass er am Ziel war. Er trat auf eine kleine Plattform aus dunklem Holz. Weiße Sprenkel darauf verrieten, dass der Ort nicht nur von Gebetsrufern, sondern auch von Tauben aufgesucht wurde. Eine Brüstung, schmal wie alles an diesem Bauwerk, lief rundum. Auf Kniehöhe öffnete sich der Blick über die Stadt.

Thomas vergaß seine weichen Knie und zitternden Waden. Ganz nah trat er an die Brüstung heran, klammerte sich an einen Pfosten und ließ den Blick schweifen. Niemals hätte er gedacht, dass eine Stadt so groß sein könnte. Im Norden, Osten und Westen erstreckte sich das Häusermeer bis zum Horizont. Türme wie dieser ragten daraus hervor. Unter ihnen lagen wuchtige Bauten mit gewaltigen Kuppeln. Allerorten stiegen schwarze Rauchfahnen in den Himmel. Die Menschen der Stadt suchten an den Herdfeuern Schutz vor dem Winter.

Thomas sah regen Bootsverkehr auf dem Bosporus. Weiter südlich, wo der Hafen lag, meinte er, die *Hector* erkennen zu können, und ihm wurde bewusst, wie weit er sich bereits von der Fregatte, seiner einzigen Zuflucht in dieser fremden riesigen Stadt, entfernt hatte. Der Mut verließ ihn und stürzte den Turm hinunter. Wie sollte er in diesem Irrgarten die Rezeptur für das Griechische Feuer finden? Er konnte niemanden fragen. Er konnte die Schriften in dieser Stadt nicht lesen. Er wusste nicht einmal, wie er heil von diesem Turm hinabsteigen sollte.

Er dachte an die Gebetsrufer, die nicht in die Gärten schauen konnten. Was mochte es dort zu sehen geben, fragte sich Thomas. Er blickte hinab. Tief unten lagen die Straßen mit ihrem regen Treiben, dort ein Viertel mit vielen Sackgassen. Hinter den Häusern erkannte er Obstbäume. Das könnten jene Gärten sein. Die Bäume spendeten den Menschen gewiss Früchte und Schatten, jedenfalls im Sommer. Jetzt waren sie kahl. Dennoch hielt sich jemand in den Gärten auf.

Es waren Frauen. Sie arbeiteten hinter den Häusern, einige allein, die meisten in Gruppen. Das mussten jene Frauen sein, die Thomas im Stadtbild vermisst hatte. Wie es schien, blieben sie daheim und lebten einzig in den Häusern und Gärten. Über den Grund dafür konnte Thomas nicht einmal Vermutungen anstellen.

Neugier packte ihn. Er suchte sich einen Garten in der Nähe aus und beobachtete das Treiben darin. Die Frauen trugen, ebenso wie die Männer, lange Gewänder, die meisten waren schwarz. Ihre Haare waren mit Tüchern bedeckt. Er kniff die Augen zusammen, beugte sich noch weiter hinab. Doch die Entfernung war zu groß. Vielleicht gab es auf der anderen Seite des Turmes einen anderen Garten, einen, der näher lag und mehr offenbaren mochte. Thomas drehte sich um.

Vor ihm stand der Gebetsrufer.

Die blinden Augen waren direkt auf Thomas gerichtet. Der Mann rief barsch etwas auf Türkisch. Dann streckte er die Hände aus. Thomas wich zur Seite. Doch der Blinde hatte gar nicht die Absicht, ihn zu packen. Stattdessen tastete der Mann sich an die Brüstung des Turmes heran, richtete sich hoch auf und ließ seine mächtige Stimme erschallen. Der Ruf, der diesmal über die Stadt flog, hatte keinen religiösen Klang mehr. Es war die Stimme eines Richters, der einen Verbrecher zu Kerkerhaft verurteilt und nach den Büttelen ruft.

# Kapitel 16

Die Londoner sagten, die Themse sei flüssige Geschichte. Was, fragte sich Elizabeth, geschieht dann mit einem Menschen, der den Fluss an einem Tag gleich zweimal überquert, einmal über eine Brücke hin und auf einer Fähre wieder zurück? Reist man beim ersten Mal in die Zukunft und beim zweiten Mal in die Vergangenheit? Vielleicht, so überlegte sie, wird man bei der ersten Fahrt ein kleines bisschen jünger, nur wenig, sodass man es nicht einmal merkt. Um dann bei der Rückkehr um dasselbe Maß wieder zu altern. Erwartungsvoll sah sie das Südufer näher kommen.

»Vier Farthings«, verlangte der alte Fährmann, als er seine Fahrgäste mit seiner nicht minder betagten Fähre absetzte.

Garcilaso, der den Affenkäfig im Arm hielt, griff nach seinem Beutel. Doch Elizabeth kam ihm zuvor. De la Ruy hatte bereits einmal zu viel bezahlt.

Rufe erklangen von der Mitte des Flusses. Ein Boot mit vier Ruderern näherte sich. Einer von ihnen deutete immer wieder in ihre Richtung. Zwar hatte das Alter Elizabeth' Augen trübe werden lassen, aber auch auf die Entfernung konnte sie Rowland Bucket deutlich erkennen.

»Wie heißt du, guter Mann?«, fragte sie den Fährmann und steckte die Finger in ihre Börse.

»Flint, Mylady«, sagte der Fährmann. »Roscoe Flint.« Er schaute auf ihre Hand.

»Roscoe Flint, du kannst dir etwas dazuverdienen«, fuhr Elizabeth fort.

»Wie viel?«, fragte der Alte.

»Was verlangst du dafür, dieses Ruderboot dort drüben auf dem Fluss aufzuhalten?« Sie deutete auf Bucket und seine Begleiter.

Flint drehte sich um. »Noch mal vier Farthings …« Es war mehr als Frage formuliert denn als Forderung.

Elizabeth war überrascht, dass der Fährmann weder nach einem Grund fragte noch danach, wie er das andere Boot stoppen sollte. Sie wünschte sich Männer wie diesen für ihren Palast. Sie hatte genug von Untergebenen, die ständig wissen wollten: Wie soll ich es bloß schaffen, Eurer Majestät eine Flotte ohne Geld zu bauen? Sie brauchte Leute, die fragten: Welche Farbe sollen die Segel haben?

Sie drückte ihm die vier Farthings in die schwielige Hand. Dann gab sie noch ein Pfund dazu. »Halte sie so lange auf, wie du brauchst, um für ein Pfund Ale zu trinken.«

Roscoe Flint starrte erst auf den Reichtum in seiner Hand, dann auf Elizabeth. Er verbeugte sich, zog den Hut und offenbarte einen kahlen Schädel mit riesigen Ohren und einem Kranz roter Haare. Dann stieß er die Fähre vom Anleger ab und ruderte im Stehen seinen Gegnern entgegen.

»Ich beginne zu begreifen, warum unsere Armada bezwungen wurde«, sagte Garcilaso.

Elizabeth zog die Kordel ihrer Börse zusammen. »Die schlimmsten Feinde kehren stets zurück. Das gilt sowohl für Eure Armada als auch für die Meister schlechter Rätselspiele.«

Sie bedeutete dem Spanier, ihr zu folgen. Der Regen legte eine Pause ein. Die Stadt hatte sich an dieser Stelle auf dem Südufer der Themse fortgepflanzt. Die Häuser standen noch nicht so dicht wie im Stadtzentrum, aber das würde sich bald ändern. In den vierzig Jahren, die Elizabeth nun herrschte, war London von einer Stadt mit zwölftausend Einwohnern zu einer Metropole mit zwanzigtausend Bürgern gewachsen. Ständig mangelte es an Hebammen. Dereinst, so malte es sich Elizabeth aus, mochten hunderttausend Londoner in der Stadt leben – eine unvorstellbare Menge Menschen.

Männerstimmen waren in einiger Entfernung zu hören.

»Hier entlang«, befahl Elizabeth. Gemeinsam mit Garcilaso marschierte sie in einen schmalen Durchgang zwischen zwei Häusern. Kurz blieb sie stehen, um sich zu orientieren. Aus der Kutsche hatte die Stadt stets anders ausgesehen. Die Reihenfolge der Häuser schien plötzlich neu zusammengewürfelt zu sein.

Schließlich entdeckte sie das Theater.

Es ragte zwischen den niedrigen Wohnhäusern auf. Die Gefache zwischen den dunklen Eichenbalken waren noch weiß, denn das Gebäude war erst in diesem Jahr errichtet worden. Obwohl das nicht üblich war, hatte Elizabeth Geld aus ihrem privaten Vermögen dafür hergegeben – natürlich nur im Geheimen. Denn die Stücke der hier spielenden Lord Chamberlain's Men stammten zu einem guten Teil von einem Dramatiker, dessen Genie sie zu schätzen wusste.

»Ist dies der Ort, an dem wir uns mit der Pest anstecken werden?«, wollte Garcilaso wissen, als sie auf das Theater zueilten.

»Weil es eng ist in solchen Häusern, haben Seuchen darin oft leichtes Spiel«, antwortete Elizabeth. »Aber seid ohne Sorge«, beruhigte sie Garcilaso. »Heute ist dort drinnen nur die Lust an Mummenschanz und Maskenspiel ansteckend.«

»*Romeo und Julia*«, las Garcilaso von einem Plakat ab. Er sprach die Namen spanisch aus. Das R von Romeo rollte wie ein Erdrutsch aus seiner Kehle hervor, das J von Julia klang wie ein Fauchen. Elizabeth setzte dazu an, ihn zu verbessern, besann sich aber. Sie würde ihn nicht in einen Engländer verwandeln.

»Eine Tragödie«, erklärte sie. »Eine Komödie wäre mir passender erschienen. Aber die Programmauswahl der Londoner Theater entzieht sich selbst der Macht einer Königin.«

Sie zahlten dem Mann am Eingang vier Pennys – und einen extra für den Affen – und traten ein. Ein dunkler Durchgang nahm sie auf. Dahinter war es im Innern des Theaters taghell. Eine laute Stimme war zu hören.

Garcilaso reckte den Kopf. »Warum ist es so hell?«

»Weil es kein Dach gibt«, sagte Elizabeth. »Sonst müssten die Schauspieler bei Kerzenlicht spielen, und der rote Hahn säße schneller in der Loge, als man ›Zugabe‹ rufen kann.« Sie führte de la Ruy eine Holztreppe hinauf. Niemals hätte sie gedacht, selbst einmal ein Theater in der Stadt zu besuchen. Dies war der Tummelplatz des Volkes, und die Königin, die hier herrschte, war Thalia, die Muse der Dichtkunst.

Sie gelangten auf eine Empore mit drei hufeisenförmigen Reihen von Bänken. Vor der vorderen Bank hielt eine Reling die Zuschauer davon ab, in die Tiefe zu stürzen. Als Elizabeth und Garcilaso nach unten blickten, schauten sie in eine Grube, in der mehrere Hundert Köpfe wuchsen. Pilzen gleich gediehen bunte Hüte neben Köpfen mit nassem Haar, glänzten kahle Schädel neben strohigen Schöpfen. Alle Gesichter waren der großen Bühne zugewandt, die den Sitzbänken gegenüberlag.

In der Kulisse sprach ein bunt gekleideter Mann mit einem Degen in der Hand auf eine Frau ein. Elizabeth kannte die Szene von den Aufführungen im Palast. Romeo verabschiedete sich von Julia. Er musste die Stadt Verona verlassen und nach Mantua fliehen. Sie sahen eine Weile zu. Das Geschehen spitzte sich zu, als ein weiterer Mann die Bühne betrat und Romeo zur Eile drängte.

»Das ist er«, sagte Elizabeth. »Der Dichter des Stücks. Ein Genie. Manchmal spielt er in Greenwich vor meinem Hofstaat.«

»Der soll ein Genie sein?«, fragte der Spanier. »Er sieht aus wie ein Fingerhutmacher oder bestenfalls der Gehilfe eines Fischers.«

»Wir sind in der Welt des Theaters«, erwiderte Elizabeth. »Hier ist das Äußere bloßer Schein.«

Von hinten erhielt sie einen Stoß an eine Stelle, an der sie zuletzt von ihrer Mutter berührt worden war. Sie fuhr herum. Eine Frau in hohem Alter und in Kleidern, die ebenso viel erlebt haben mussten wie sie selbst, sah sie aus zornigen Augen an. »Gleich gibt's noch 'nen Tritt, wenn du nicht bald verschwindest.« Als Elizabeth sich nicht rührte, setzte die Alte hinzu: »Bist du taub? Ich kann nichts sehen!«

»Eine Taube und eine Blinde unterhalten sich«, sagte Garcilaso, als er sich neben Elizabeth auf eine der Bänke zwängte. »Theaterspiel scheint hier an allen Orten gleichzeitig stattzufinden.« Er stellte den Affenkäfig zwischen seinen Füßen ab. Darüber hatte er seinen Umhang gelegt. Das Tier verhielt sich ruhig.

Sie verfolgten das Geschehen auf der Bühne. Da Elizabeth das Stück kannte, konnte sie Garcilaso beobachten. Als Romeo in Mantua vom Tod Julias erfuhr, griff sich der Spanier ins Haar. Als der Liebende das Gift kaufte, um sich damit selbst zu töten, streckte Garcilaso eine Hand in Richtung Bühne aus. So sehr war de la Ruy von dem Schauspiel eingenommen, dass ihm anscheinend gar nicht auffiel, dass Julia ein junger Mann war.

William Shakespeare hatte mehrfach bei Elizabeth darum ersucht, dass das Verbot des Theaterspielens für Frauen in England aufgehoben werden möge. Seine Argumente waren nachvollziehbar. Ein Mann, der eine Frau spielt, sei in einer Komödie vielleicht passend. In einer Tragödie konnte ein Bartschatten auf den Wangen einer Julia das gesamte Stück ruinieren. Noch schlimmer, so brachte der Dramatiker vor, sei der Fall, wenn sich in einem seiner Stücke eine Frau als Mann verkleiden müsse.

Eine Hosenrolle nannte Shakespeare das. Dann müsse ein Mann eine Frau spielen, die einen Mann darstellen soll. Kein Schauspieler im gesamten Reich und über seine Grenzen hinaus könne so etwas leisten und dabei glaubwürdig bleiben.

Aber Elizabeth war unnachgiebig geblieben. Frauen hatten auf einer Bühne nichts zu suchen. Es gehörte sich nicht, sie anzustarren. Schlimmstenfalls sah man noch zu, wie sie starben.

Während das Treiben auf der Bühne immer dramatischer wurde – Romeo war nach Verona zurückgekehrt und suchte nach seiner Geliebten –, bemerkte Elizabeth in der Grube heftige Bewegung. Sie reckte den Hals. Unten bahnten sich Neuankömmlinge einen Weg durch die Menge. Sie ernteten Flüche und Schläge und zahlten sie heim. Rowland Bucket und seine Bluthunde suchten das Theater nach ihnen ab.

Elizabeth machte Garcilaso auf die Verfolger in der Grube aufmerksam. »Wir sollten das Gebäude auf der anderen Seite verlassen«, schlug sie vor.

»Hier oben sind wir sicher«, erwiderte Garcilaso. »Bucket wird das Eintrittsgeld für die Ränge nicht bezahlen. Schon gar nicht vier Mal. Außerdem«, fügte er hinzu, »muss ich wissen, wie das Stück ausgeht.«

Tatsächlich blickte der Spanier weiterhin gebannt auf das Spiel und scherte sich nicht um das Drängen und Schieben zu seinen Füßen. Elizabeth versuchte, es ihm nachzumachen, doch sie ertappte sich dabei, wie sie immer wieder Blicke zu den Aufgängen warf.

Von dort kam nicht Bucket, sondern ein Eimer auf sie zu. Die Zuschauer reichten ihn von einer Hand zur nächsten. Zunächst glaubte Elizabeth, dass es sich um eine Kollekte für das Theater handelte. Dann beobachtete sie, wie ein Mann von immenser Statur den Eimer zwischen seine Beine stellte, an seiner Hose nestelte und sich im Sitzen in das Behältnis erleichterte.

Elizabeth' Blick prallte von der Vulgarität ab, kehrte jedoch von Neugier getrieben sogleich wieder zurück. Niemand sonst schien Anstoß zu nehmen. Der Mann richtete sich wieder her, als sei nichts geschehen, und reichte den Eimer an seinen Nebenmann weiter. Das Behältnis setzte seine Wanderschaft durch die Reihen fort.

Mit beängstigender Konsequenz näherte sich das Urinal Elizabeth. Sollte sie diesen Eimer etwa annehmen und weiterreichen? Sie ballte die Hände zu Fäusten – lieber wollte sie zu Stein erstarren. Sacht berührte sie Garcilaso an der Schulter, um ihn zu bitten, diese schmachvolle Aufgabe für sie zu übernehmen. Doch de la Ruy bemerkte sie nicht. Sie beugte sich zu ihm vor. Dabei fiel ihr Blick auf Rowland Bucket, der den Aufgang hinaufkam.

Der Affe musste Bucket die zwei zusätzlichen Pennys wert gewesen sein. Oder war das der Preis seiner Würde? Noch hatte der Rätselmeister Elizabeth und Garcilaso nicht entdeckt. Er suchte sie zwar im selben Rang – seine Kumpane waren vermutlich in den Stockwerken darunter ausgeschwärmt –, doch in der falschen Richtung. Er wandte ihnen den Rücken zu und stolperte durch die Reihen, auch hier begleitet von Flüchen und Stößen.

Auf der Bühne rief Romeo:

»Ich steig' in dieses Totenbett hinab,
Teils meiner Gattin Angesicht zu sehn,
Vornehmlich aber einen kostbarn Ring
Von ihrem toten Finger abzuziehn,
Den ich zu einem wicht'gen Werk bedarf.
Drum auf und geh!«

Elizabeth stand auf, fasste Garcilaso unter der Schulter und zog ihn auf die Beine. Sie deutete auf Rowland Bucket, der zwischen den Bänken nach ihnen suchte. »Wir verschwinden auf der anderen Seite.«

De la Ruy nickte. Er nahm den Käfig vom Boden auf. Der Affe erwachte und kreischte. Das Gebrüll erfüllte das Theater. Die Schauspieler warfen Blicke hinauf, spielten jedoch weiter.

Von der anderen Seite der Ränge bahnte sich Rowland Bucket jetzt einen Weg in ihre Richtung. Was ihm im Weg war, räumte er beiseite, griff in Gesichter und trat gegen Beine.

De la Ruy atmete tief ein und suchte festen Stand.

Elizabeth fasste mit beiden Händen seinen Arm. »Wir müssen fliehen. Ihr könnt nicht gegen ihn kämpfen.«

»Warum?«, fragte Garcilaso, ohne den nahenden Bucket aus den Augen zu lassen. »Er ist nur eins. Ich werde mit ihm fertig.«

»Er wird verraten, dass Ihr ein Spanier seid. Dann habt Ihr das ganze Theater gegen Euch. Wollt Ihr es mit zweihundert Londonern gleichzeitig aufnehmen?«

»Ich stopfe ihm den Mund, bevor er einen Laut hervorbringen kann. Niemals wird dieser Schurke Hand an Euch legen.«

Diese Spanier! Elizabeth keuchte. Auf der einen Seite behandelten sie Frauen wie Dienstmägde, auf der anderen ließen sie sich ohne Not für sie umbringen.

Jemand zupfte Elizabeth am Ärmel. Als sie sich umwandte, sah sie, dass ihr der Eimer entgegengehalten wurde. Er war zu zwei Dritteln gefüllt. Sie überwand ihren Abscheu, nahm das Behältnis entgegen. Dann drängte sie an Garcilaso vorbei und schüttete den dampfenden Harn auf Bucket.

Elizabeth sah nicht, ob sie getroffen hatte. In dem Brüllen, das von den Bänken aufstieg, lag der Ton des Ekels. Sie schob Garcilaso fort. Diesmal folgte er ihrem Drängen.

In der Grube schauten nun alle zu den Rängen hinauf. Der

Wirrwarr dort hatte der Tragödie die Aufmerksamkeit entzogen. Die Schauspieler standen mit hängenden Armen herum und verfolgten Elizabeth' und Garcilasos Flucht, die jetzt in der Zuschauermenge am Boden endete.

»Der da ist ein Spanier!« Rowland Buckets Stimme war im Rund des Theaters zu hören.

Die Blicke des Publikums suchten den Raum ab nach demjenigen, den Bucket gemeint haben könnte. Einige stellten sich auf Zehenspitzen, um etwas erkennen zu können. Auf den Rängen reckten Zuschauer die Hälse. Dort tauchte auch Buckets verzerrtes und nasses Gesicht auf. Die Neugierigen neben ihm machten aus freien Stücken Platz.

Elizabeth drehte sich im Kreis. Der Ausgang war nah. Doch wenn sie jetzt die Flucht ergriffen, würde das Buckets Position nur stärken. In einer Auseinandersetzung ist der einfachste Ausweg stets der schlechteste. Das hatte sie während ihrer Regentschaft schmerzvoll erfahren. Und was in einem Thronsaal galt, das war in einem Theater gewiss nicht anders.

Elizabeth drängte vorwärts, bis sie die Bühne erreicht hatte. Sie suchte nach einem Aufstieg, aber es gab keinen. Entschlossen drückte sie die Hände auf den schmutzigen Bühnenboden und stemmte sich hinauf. Jemand half von hinten nach. Schließlich hockte sie auf Händen und Knien auf der Bühne.

Wenn nur niemand hier ist, der mich erkennt, dachte sie flehend.

Jemand trat an sie heran und reichte ihr eine Hand. Sie griff zu und ließ sich auf die Beine helfen. Vor ihr stand der Mönch Lorenzo, der Beichtvater Julias, und schaute sie aus wütenden Augen an.

»Was fällt dir ein, unser Spiel zu stören?«, knurrte William Shakespeare. »Du geiffrige Bubin!«

Elizabeth öffnete die Schlaufen ihres Mantels und ließ ihn

zu Boden gleiten. Die Goldfäden in ihrem Kleid blitzten. Es war zwar eines ihrer schlichten Gewänder, aber den Zuschauern musste es so kostbar wie die Zeit selbst erscheinen.

»Majestät!«, stieß Shakespeare hervor und verbeugte sich tief. Die Menge raunte.

Elizabeth streckte eine Hand aus und half Garcilaso auf die Bühne. Sie versuchte, sich wie eine Schauspielerin zu fühlen, eine Schauspielerin, die in die Rolle der Königin schlüpfen musste. »Ich bin nicht die Nachtigall, sondern die Lerche«, rief sie. So ähnlich hatte sie die Worte von der Aufführung der Tragödie im Palast in Erinnerung behalten.

Der Dramatiker schien den Hinweis zu verstehen. »Und ob wir uns in dieser hohen Sendung begriffen nun, so beugen wir uns freudig dem Geschick.« Er winkte die anderen Schauspieler herbei. »Die Königin von England ist gekommen, die Liebe Romeos und Julias zu besiegeln. Nicht länger ist der Tod noch ihr Geschick.«

Im Theater wurde es still. Shakespeare trat auf Elizabeth zu, fasste sie bei den Schultern und drückte ihr einen Kuss auf die Wange. »Habt dank, oh Hoheit, dass Ihr erschienen seid, das Unglück dieses Paars zu hindern.«

Die Zuschauer klatschten. Der Dichter hatte gezeigt, dass sie an der Nase herumgeführt worden waren. Niemand würde es wagen, die wahre Königin Englands zu küssen.

»Wirf fort das schnöde Gift, mein Romeo!«, rief Shakespeare dem hilflosen Hauptdarsteller zu. »Schau, Julien tritt hervor, erwacht aus finstrer Gruft.« Shakespeare gab Regieanweisungen, während er selbst auf der Bühne stand.

Der Knabe, der Julia spielte, trat aus der Kulisse. Auch er schien zu begreifen, dass das Stück nicht länger dem Text folgte. Aber er brachte kein Wort heraus.

Elizabeth bewegte sich auf ihn zu und schloss ihn in die Arme.

Sie hoffte, dass der Junge nie erfahren würde, wer sie wirklich war. Sie barg seinen Kopf an ihrer Brust und blickte durch das offene Dach in den Himmel. Worte! Wo blieben die Worte?

»Kein steinern Bollwerk kann der Liebe wehren, und Liebe wagt, was irgend Liebe kann«, rief sie, so laut sie konnte. Dabei ließ sie ihre Stimme in ein tiefes Register rutschen.

War das gut gespielt? Sie ließ den Knaben Julia los und wartete, dass er etwas sagte, ihren Monolog in einen Dialog verwandelte. Der Junge schaute sie nur stumm an.

Sie wischte ihm über die Wangen. »Deine Freude ist so groß, dass sie vom Kummer Tränen borgt, sich zu entladen«, sagte Elizabeth. »Sagst du, du wolltest Romeo zu deinem Mann?«

Jetzt schaltete sich Shakespeare wieder ein. »Eu'r Hoheit täte wohl, es zu gewähren. Es wäre schimpflich, ihr es abzuschlagen.«

Mit der Hilfe Pater Lorenzos schloss die Königin von England, die von der Königin von England gespielt wurde, zwischen Romeo und Julia den heiligen Bund der Ehe. Wie schnell sich eine Tragödie in eine Komödie verwandeln lässt, dachte Elizabeth. Das Publikum jubelte dem Geschehen auf der Bühne so laut zu, dass die Bretter der Bühne bebten. Nur Rowland Bucket und seine Gefährten lehnten mit grimmigen Gesichtern und verschränkten Armen an der Wand in der Nähe des Ausgangs und warteten auf ihre Gelegenheit.

Der Applaus war noch nicht verklungen, da zog der Dichter Elizabeth hinter die Kulissen. In einem Winkel waren Brustpanzer, Helme und Hellebarden aus billigem Blech gestapelt. Garcilaso folgte ihnen, noch immer mit dem Affenkäfig im Arm. Shakespeare fiel vor Elizabeth auf die Knie.

»Verzeiht mir, Majestät, dass ich Euch berührt habe«, bat er.

Konnte er sie nicht einfach zum Bühnenausgang geleiten?

»Ich habe dir nichts zu vergeben«, sagte Elizabeth. »Denn du hast niemals deine Hand an mich gelegt, und dein Mund hat niemals meine Wange geküsst. Führe meinen Begleiter und mich nur aus dieser Mausefalle heraus«, drängte sie. »Und ich werde dein Theaterspiel weiterhin gestatten.«

War in diesen Worten etwas von der Dankbarkeit zu hören, die sie Shakespeare gegenüber empfand? Sie hoffte, dass dem nicht so sei. Ein Schauspieler, der einer Königin hilft! Der Dichter würde eine Komödie daraus weben und Elizabeth für alle Zeit dem Gespött preisgeben.

Aber Shakespeare stand nicht auf. Er versperrte weiterhin den Weg.

»Fort mit dir, oder ich lasse dieses Ungeheuer auf dich los«, drohte Garcilaso und präsentierte den Käfig.

»Wartet!«, beruhigte ihn Elizabeth. »Du willst etwas«, stellte sie an Shakespeare gewandt fest.

»Gewährt mir nur zwei Bitten«, sagte der Dichter zu ihren Schuhen.

»Gleich zwei!« Elizabeth warf unruhige Blicke durch einen Spalt zwischen den Brettern der Kulisse. Das Theater leerte sich. »Raus mit der Sprache!«

»Ihr wart die erste Frau, die öffentlich auf eine Bühne getreten ist«, brachte er hervor. »Und Euer Spiel war königlich. Bitte gewährt mir auch weiterhin Schauspielerinnen.«

Elizabeth schaute auf den Kopf des Dichters hinunter. Die Kapuze der Mönchskutte war zurückgeschlagen, und sie sah die kahle Mitte von Shakespeares Schädel. Darunter lag der Quell all jener Einfälle.

»Ich werde darüber nachdenken«, gestand sie ihm zu. »Was noch?«

Shakespeare räusperte sich. »Eure Zeilen. Die Worte, die ihr vorhin auf der Bühne spracht. Ich würde sie gern in meinen Stücken verwenden.«

»Ich habe nichts von Bedeutung gesagt«, widersprach Elizabeth.

»Oh doch!«, mischte sich jetzt Garcilaso ein. »Ihr spracht von Steinen, welche die Liebe nicht aufhalten können.«

»Kein steinern Bollwerk kann der Liebe wehren, und Liebe wagt, was irgend Liebe kann.« Offenbar hatte Shakespeare den Wortlaut im Kopf behalten. Noch einmal schaute Elizabeth auf seinen lichten Schädel hinab. »Verwende es. Aber gib es als deine eigenen Worte aus.«

Endlich erhob er sich. »Als wessen sonst? Ihr wart schließlich niemals hier.«

Wenig später saßen Elizabeth und Garcilaso in einem geschlossenen Wagen zwischen den Lord Chamberlain's Men und fuhren zur Stadt hinaus. Das Ziel der Schauspieler lag zwar in der entgegengesetzten Richtung. Doch William Shakespeare hatte darum gebeten, dass seine Base Lizzie zunächst vor das Stadttor gebracht werden möge. Immerhin habe sie den Abend mit ihrer spontanen Darstellung einer Königin gerettet.

Als der Abend anbrach, fanden sich Elizabeth und Garcilaso auf der Straße nach Greenwich Palace wieder. Sie stapften durch den Schlamm. Elizabeth hielt mit de la Ruy Schritt und atmete den Zimtduft des jungen Winters.

»Eines habe ich nicht verstanden«, sagte der Spanier, während seine Schuhe durch den Morast platschten. »Warum nennen sie das Theater *Globe* – Globus? Nur weil es rund ist?«

»Weil die ganze Welt eine Bühne ist«, antwortete Elizabeth. »Das haben wir beide jedenfalls heute gelernt.«

# Kapitel 17

»Der Lipsika kann passieren«, sagte der osmanische Lakai. Sein Englisch war schwerelos.

»Mein Name ist Henry Lello«, fuhr Lello den Türken an. »Und ich bin ein Graf. Deshalb nennst du mich Lord Henry Lello. Verstanden, Sklave?«

Der Osmane musterte ihn von oben bis unten und sagte: »Ich bin ein Askerî, ein Diener des Palastes. Das ist ein hohes politisches Amt. Selbstverständlich kannst du das nicht wissen, denn die Ungläubigen wissen ja nicht einmal, wer ihr Gott ist. Aber merken solltest du es dir.«

Er wandte sich um und rief in die Halle hinein. »Lello der Lipsika bittet um Erlaubnis, dem göttlichen Mehmed, unserem Sultan, unter die Augen treten zu dürfen.« Auch das rief er auf Englisch.

Damit ich es verstehe, dachte Lello und wünschte sich einen Strauß osmanischer Schmähungen auf die Zunge. Aber er hatte ein Ziel vor Augen, das die Welt verändern würde, und seine persönlichen Wünsche mussten zurückgestellt werden. Zurückgestellt, aber keineswegs vergessen.

Zwei Torwächter in Rüstungen aus einem gelb schimmernden Metall zogen die schweren Flügel des Durchgangs auf, und Lello trat, von dem Askerî begleitet, hindurch. Ihm folgten zwei in Schwarz gekleidete Spanier. Die beiden trugen eine Truhe.

Gemeinsam mit dem Askerî durchschritten die Gesandten

einen Garten. In dessen Mitte erhob sich ein Haus, dessen Dach von marmornen Säulen getragen wurde. Ihre Sockel und Kapitelle waren aus Messing und glänzten in der Wintersonne. Als der Lakai Lello durch den Eingang führte, sah der Engländer, dass die Wände im Innern aus Porphyr waren, jenem roten Stein, den schon die römischen Kaiser so gern in ihren Tempeln und Palästen verbaut hatten. Denn Porphyr schimmerte wie Purpur, der Farbe der Könige von alters her.

Der hochrote Stein an den Wänden war poliert und spiegelte den Raum tausendfach wider. Lello betrachtete sich darin. Er war ein kräftiger Mann, der die Mitte seines Lebens noch nicht erreicht hatte. Seine Gesichtszüge verschwammen in der unscharfen Reflexion. Aber sein schmutzig blondes Haar war deutlich zu erkennen. Er strich darüber. Ebenso über den Bart. »Lipsika« sagten die Osmanen zu Menschen mit blonder Haarfarbe. Wie der Askerî hämisch erklärt hatte, ging das auf einen Kaufmann aus Istanbul zurück, der einmal die berühmte Messe in Leipzig besucht und dabei festgestellt hatte, dass alle Leipziger gelbhaarig waren. Seither sei der Begriff »Lipsika« für dieses Phänomen in die Sprache der Türken eingegangen.

Lello verachtete die Osmanen ebenso, wie er die Deutschen verachtete. Und von Leipzig wusste er nicht einmal, wo es lag. Er schwor sich, den Askerî wie einen Hund zu schlagen, wenn dieser ihn noch einmal Lipsika nannte.

Wie lange würde er noch durch diesen Palast irren müssen, den die Türken Serail nannten, bevor er endlich vor dem Sultan stand? Es war Lello zuwider, mit dem König der Ungläubigen Geschäfte zu machen. Spanien hatte ein Bündnis mit Mehmed nicht nötig. Spanien war stark. Aber England schien dieses Bündnis zu suchen, und deshalb musste Lello der englischen Gesandtschaft zuvorkommen. Das würde einfach sein. Die Türken glaubten nicht an Diplomatie, sie glaubten an Geschenke. Nicht nur hatte Lello eine Überraschung für den Sultan mit nach Istanbul gebracht. Er hatte auf der *Hector* auch dafür gesorgt, dass Dallams automatische Orgel niemals würde spielen können.

Während Lello durch schmiedeeiserne Tore schritt, durch Gärten und durch Hallen, die so hoch wie Schlachthäuser waren, dachte er an Montagu. Der Lord hatte es nie versäumt, Lello damit aufzuziehen, dass dieser kein Adeliger von Geburt, sondern nur adoptiert worden war. Sogar bei gemeinsamen Jagdausflügen – Lello und Montagu wohnten auf benachbarten Landsitzen – hatte der Ältere den Jüngeren verspottet. Einmal hatte ein Zwölfender dem unvorsichtigen Lello das Bein aufgeschlitzt, und Montagu hatte ihn mit einem Schuss aus der Armbrust gerettet. Natürlich hatte das zur Folge, dass Montagu bei jeder Gelegenheit das natürliche Talent des Adeligen für die Jagd betonen musste. Schon damals wusste Lello, dass Montagu trotz seiner affektierten Art ein gefährlicher Mann war. Das hatte sich an Bord der *Hector* bestätigt. Jetzt war Montagu tot, und sein Geheimnis hatte er mit ins Grab genommen.

Was immer sein Auftrag gewesen sein mochte – es würde den Engländern nichts nutzen. Denn er, Henry Lello, würde dafür sorgen, dass der Sultan die Gesandten Königin Elizabeth' verachtete.

Der Raum, in den er schließlich geführt wurde, war voller Teppiche. Sie lagen auf dem Boden, hingen an den Wänden und von der Decke. Einige waren aus Seide, und ihr Glanz stand dem der Marmorwände in nichts nach. Ihre Farben waren so vielfältig, dass es in den Augen schmerzte.

Der Lakai forderte Lello auf, die Schuhe abzustreifen. Lello gab vor, ihn nicht zu verstehen.

Vor ihm erstreckte sich ein Wasserbecken, das fast die gesamte Länge des Raums ausfüllte. Darin schwammen Fische unterschiedlicher Farben. Auf der anderen Seite des Beckens stand ein Baldachin. Darunter waren Kissen aufgetürmt. Auf diesen ruhte ein Mann, der einen kunstvoll verschlungenen Turban trug. Ein Vollbart schmückte sein Gesicht. Der hatte jedoch nicht die sonst übliche schwarze Farbe. Er war rot. War das etwa der Sultan? Seine Gestalt war in ein blau-grünes Seidengewand gehüllt. Lello glaubte, den Körper eines Kriegers zu erkennen, der zu lange kein Schlachtfeld mehr gesehen hatte.

Ein Diener in gelbem Gewand stand neben dem Kissenlager und las aus einem Buch vor.

»Ist das Sultan Mehmed?«, fragte Lello den Askerî und ging weiter auf das Becken und den Berg aus Kissen zu.

Da spürte er eine kräftige Hand an seinem Arm. »Niemand nähert sich dem Sultan mehr als zwanzig Schritte, bevor es der Herrscher erlaubt. Niemand kehrt ihm den Rücken zu. Wenn er dich entlässt, verlässt du den Raum rückwärts mit dem Gesicht zum ruhmreichen Mehmed.«

Lello kannte solche Rituale von anderen Herrschern. Am schlimmsten von allen trieb es die widerwärtige Elizabeth mit ihren von zu viel Zucker geschwärzten Zähnen. Er hatte gehört, sie habe den spanischen Botschafter auf dem Boden herumkriechen lassen, während sie auf seinem Rücken geritten war. Wie er diese Hexe verabscheute!

Er beschloss, den Ritualen des Heidenfürsten diesmal zu folgen. Schon bald würde der Sultan den Regeln des spanischen Königs – und damit denen Henry Lellos – gehorchen müssen.

Der Askerî kniete nieder und sagte etwas auf Türkisch. Auch Lello beugte die Knie. Dabei verfolgte er die Bewegungen der bunten Fische. Die Wasseroberfläche war so unbewegt, dass er das Spiegelbild des Sultans darin sah. Er konnte den Herrscher beobachten, ohne diesen direkt anblicken zu müssen. Lello erschrak. Mehmed schaute das Spiegelbild Lellos an. Die Blicke der Männer trafen sich über der Schwanzflosse eines Fisches.

Der Sultan spielte mit ihm. Das Wasserbecken war eine Falle. Jeder, der sich hier einfand und niederkniete, würde unweigerlich versuchen, den Sultan heimlich in der Spiegelung zu betrachten. Und Mehmed wusste das.

Noch immer redete der Askerî. Indessen wandte Lello den Blick nicht ab. Er starrte das Spiegelbild des Sultans an, und der Sultan starrte zurück.

Schließlich sagte Mehmed etwas auf Osmanisch. Sein Vorleser legte eine bunte Feder zwischen die Seiten des Buches, klappte dieses zu und sagte auf Englisch: »Der Sultan, der Beschützer der Gläubigen, erlaubt, dass der Besucher sein Knie küsst.«

Lello hob den Kopf. »Ich bin ein Gesandter des spanischen Königs«, sagte er so ruhig wie möglich.

Der Vorleser nickte. »Deshalb wird dir auch diese seltene Gnade zuteil. Die meisten Besucher dürfen nur den Zipfel des herrschaftlichen Gewandes berühren.«

Bevor er widersprechen konnte, kamen die Türwächter auf Lello zu. Sie packten seine Arme und führten ihn am Wasserbecken entlang in Richtung des Baldachins. Lello versuchte freizukommen, aber die Finger der Wächter klebten an ihm wie Muscheln an einem Pfahl. Seine Beine konnten kaum mithalten, und so wurde er mehr zu Mehmed geschleift, als dass er sich ihm würdevoll näherte.

Als Lello vor ihm stand, musterte Mehmed seinen Gast mit sorgenvollem Gesicht. Seine reich beringten Finger pflückten etwas aus einer Schale, das aussah wie kandierte Kastanien, und schoben es in seinen Mund. Darin zuckte eine Zunge von erstaunlich dunkler Farbe.

Noch immer hielten die Torwächter Lellos Arme umklammert.

»Wie soll ich sein Knie küssen, wenn diese Kerle mich festhalten?«, fragte er den Vorleser.

Der Gelbgewandete gab ein Zeichen, und die Torwächter drückten Lello zu Boden. Unvermittelt tauchte das Knie des Sultans vor seinem Gesicht auf. Es war groß und rund wie eine Melone, und die Seide, die es bedeckte, war grün.

Langsam streckte Lello den Hals und spitzte die Lippen. Noch immer hielten die Wächter seine Hände fest. Vermutlich, damit er den Sultan nicht mit den Fingern berührte. Dann traf sein Mund auf den Stoff. Lello spürte die Wärme des herrschaftlichen Fleisches nur kurz. Aber die Demütigung würde ihm noch tagelang ein Loch ins Gemüt brennen.

Als ihn die Wächter wieder an das andere Ende des Wasserbeckens zurückgebracht hatten, fragte der Vorleser, welche Geschenke der Sultan von den Spaniern erhalten werde.

Endlich verlief die Audienz so, wie Henry Lello erwartet hatte.

»König Philipp von Spanien schickt seine Grüße«, sagte er. »Das Geschenk, das ich für den Sultan mitgebracht habe ...«, er gab seinen Begleitern ein Zeichen, »... ist so groß, dass es nicht in diesen Palast hineinpassen würde.« Die Spanier stellten die Truhe am Rand des Wasserbeckens ab. »Dennoch passt es in diese Kiste.«

Der Sultan setzte sich auf und gab dem Vorleser einen Wink. Der ging zu dem Kasten hinüber und klappte den Deckel auf.

»Eine Eisenkugel?«, fragte er in die Truhe hinein. Er übersetzte das Wort ins Osmanische und wandte sich mit ratlos erhobenen Händen zum Sultan um.

Lello beugte sich zu der Truhe hinab und betätigte den verborgenen Mechanismus an der Kugel. Die Metallfeder verrichtete ihren Dienst lautlos. Der Deckel der Kugel sprang auf und gab den Blick frei auf die Juwelen in ihrem Inneren. Lapislazuli und Smaragde, Rubine und Diamanten glitzerten darin. Die Kugel war als Hohlkörper gegossen worden. Die Edelsteine hatte

Lello persönlich ausgesucht, da er davon gehört hatte, dass der Sultan eine wilde Farbenpracht über alles liebte.

Der Vorleser tauchte eine Hand in die Kugel und zog sie von Juwelen überschwemmt wieder daraus hervor. Rote und grüne Ovale, Kegel und Perlen prasselten zurück in die Truhe. Lello war sicher, dass sich die ein oder andere Kostbarkeit rein zufällig im Ärmel des Vorlesers verfangen würde. Aber das war gleichgültig. Denn die Edelsteine waren wertlos gegen das, was folgen sollte.

Als der Sultan den bunten Regen fallen sah, legte er die Kastanien beiseite und reckte den Hals. Er gab seinen Wächtern einen Wink, und sie brachten ihm die Truhe. Auch der Sultan tauchte eine Hand in die Kugel. So wie er zuvor die kandierten Kastanien vom Tablett gepflückt hatte, so holte er nun Saphire, Alexandrite und Opale hervor. Mit einem Schlenker seines Handgelenks schleuderte er die Kostbarkeiten in das Wasserbecken. Dort verschwanden sie mit einem leisen Geräusch und mischten ihre Farben mit denen der Fische.

Mehmed lächelte. Jetzt widmete er der Eisenkugel seine Aufmerksamkeit. Er klappte den Deckel zu und versuchte, ihn wieder zu öffnen. Als das nicht gelang, tastete er in der Truhe herum. Der Mechanismus war absichtlich so angebracht, dass der Sultan ihn rasch entdecken konnte. Schon klappte die Kugel wieder auf, wurde von herrschaftlicher Hand wieder geschlossen, wieder geöffnet.

Nach einiger Zeit schien Mehmed des Spiels müde zu werden. »Was ist das für ein Geschenk, für das mein Palast zu klein sein soll?«, fragte der Sultan. Sein Englisch hörte sich an wie das Schnurren einer Katze – einer sehr großen Katze.

Lello fasste Mut. Wenn er es jetzt richtig anstellte, würde er hier und jetzt Geschichte schreiben und Englands Untergang besiegeln. »Auf den Sultan wartet ein Heer von zwanzigtausend

Kriegern und eine Flotte von einhundert Kriegsschiffen. Allesamt mit Kanonen bestückt, deren Kugeln«, er deutete auf die Eisenkugel in der Truhe, »reiche Ernte unter den Feinden der Osmanen halten werden.«

Mehmed ließ einen Zipfel seines Bartes in seinem Mund verschwinden. Sein Unterkiefer mahlte. »Leeres Gerede. Wo sind diese Krieger? Stehen sie vor der Stadt?«

»Wäre dem so«, antwortete Lello, »könnte sich der mächtige Mehmed dieser Bedrohung mit einem Fingerzeig entledigen. Die Krieger und die Schiffe sind in Spanien und warten auf Euren Befehl.«

»Deine Worte sind so hohl wie diese Kanonenkugel«, sagte der Sultan. »Was nützen mir Krieger, die ich nicht sehen kann?«

Der Moment war gekommen. Lello stach mit einer Nadel in das aufgeblähte Gemüt des Osmanen. »Hat Süleyman der Prächtige nicht auch ein Bündnis mit einer europäischen Macht geschlossen?«

Die Kaubewegungen des herrschaftlichen Unterkiefers endeten abrupt. »Süleyman hat ein Bündnis gegen die Habsburger geschlossen. Er war der Klügste meiner Vorgänger.«

Lello wusste, wie sehr Mehmed den Erzmörder und Hurenhengst Süleyman verehrte. Und er wusste auch, warum. Süleyman der Prächtige hatte Ungarn überrannt und Wien belagert. Er hatte die Venezianer in die Schranken gewiesen und die Osmanen zur stärksten Macht im Mittelmeer aufsteigen lassen. Aber das lag ein halbes Jahrhundert zurück. Seit die Sonne Süleymans untergegangen war, lag das Osmanische Reich im Schatten seiner Feinde.

Schon Murad III., Mehmeds Vorgänger, hatte an die alten Erfolge nicht anknüpfen können. Zwar führte Murad Krieg um Krieg, aber Eroberungen blieben aus. Das einzig Dauerhafte an Murads Feldzügen war das Loch, das sie in der Reichskasse zurückließen. Die Schande war für viele Türken nicht zu ertragen. Mehr als einmal hatten Menschen aus dem Gefolge des Sultans diesen persönlich angegriffen.

Mehmed hatte ein schweres Erbe angetreten, als er vor fünf Jahren an die Macht gekommen war. Zunächst hatte er versucht, in Süleymans Fußstapfen zu treten. Im Krieg gegen die Habsburger zog Mehmed persönlich an der Spitze seiner Truppen in den Krieg. Die Schlacht von Keresztes im nördlichen Ungarn konnten die Osmanen zwar gegen die Österreicher gewinnen, aber Mehmed sollte auf dem Schlachtfeld das Entsetzen gepackt haben. Auf halbem Weg in den Kampf hatte er sein Pferd herumgerissen und war geflohen.

Seither blieb der Sultan auf seinem Diwan liegen. Ertönte der Ruf zur Schlacht, war er niemals wieder bei seinen Kriegern zu sehen.

Die Siege blieben aus. Die Hofhaltung verschlang so viel Geld, dass für das Militär kaum noch etwas übrig war. Mehmeds Krieger kämpften in Lumpen und mit stumpfen Säbeln gegen die Österreicher. Drei Jahre ging das gut. Aber jetzt kursierte das Gerücht, das Heer plane einen Aufstand gegen den Sultan – mitten in Istanbul.

Wie Lello herausgefunden hatte, erhielten Soldaten im Osmanischen Reich eine Sonderzahlung, wenn ein neuer Herrscher den Thron bestieg. Um möglichst oft in den Genuss dieser Geldsumme zu kommen, waren die Krieger angeblich darauf aus, nach einer Weile die Regierung zu stürzen. Dieser Augenblick, so munkelte man, sei bald gekommen. Wenn sich für Mehmed nicht bald etwas änderte, würde er den Kopf verlieren.

»Gewiss war Süleyman klug«, fuhr Lello fort. »Aber nicht so klug wie Mehmed der Weise.« Der Beiname war eine Schmeichelei und Lüge. Denn auf den Straßen Istanbuls nannten die Untertanen ihren Sultan »Mehmed den Verschwender«.

Der Sultan richtete seinen Turban. »Wie könnte ich jemals klüger werden als der große Süleyman?«, wollte er wissen.

»Süleyman hat damals ein Bündnis mit Frankreich geschlossen«, sagte Lello. »Das war ein Fehler.«

»Ein Fehler?«, blaffte Mehmed. »Er hat die Habsburger und die Venezianer in die Knie gezwungen.«

Lello stellte einen Fuß auf den Rand des Wasserbeckens und stützte die Hände auf ein Knie. »Hat Süleyman etwa Wien erobert? Nein. Gehört Venedig den Osmanen? Nein. Sind die Österreicher von den Grenzen Eures Reiches verschwunden? Nein. Das hat Süleyman nicht geschafft. Aber es kann sich ändern. Mit einem Bündnis zwischen dem Osmanischen Reich und Spanien.«

»Und welchen Vorteil verspricht sich König Philipp von einem solchen Bündnis?«, fragte der Sultan.

Lello hatte mit dieser Frage gerechnet und zog die Antwort wie eine Spielkarte hervor. »Eure Hilfe im Kampf gegen England. Eigentlich besteht diese Hilfe nur darin, dass Ihr nichts tut. Vor allem sollt Ihr Euch nicht mit den Engländern verbünden. Den Rest erledigt Spanien aus eigener Kraft. Ihr bekommt also die Soldaten Philipps praktisch umsonst.«

Mehmed setzte sich breitbeinig auf und rieb mit beiden Händen seine mächtigen Schenkel. »Vielleicht nehme ich das Angebot an«, sagte er.

In diesem Moment beugte sich der Vorleser zum Sultan hinab und flüsterte etwas in dessen Ohr.

Mehmed runzelte die Stirn. Dann fuhr er fort: »Wie ich höre, gibt es noch eine Gesandtschaft. Eine Gruppe von Engländern. Ich werde zuerst mit ihnen sprechen und dann entscheiden, mit wem ich mich verbünde.«

Lello verbeugte sich. Nicht nur aus Höflichkeit, sondern auch, um sein Siegerlächeln zu verbergen. Das Geschenk des Orgelbauers würde kläglich versagen und damit die gesamte Mission der *Hector* scheitern. Überdies: Wer sollte überhaupt diplomatische Verhandlungen mit dem Sultan führen, jetzt, wo es keine Adeligen mehr an Bord der englischen Fregatte gab?

Spanien, dachte Henry Lello, bald wirst du die Welt beherrschen. Und ein Teil davon wird mir gehören.

# Kapitel 18

Der Ofen im Audienzsaal tickte. Neben dem Wasserbecken legte John Flint die letzte Orgelpfeife auf einem Seidenteppich ab. Ein unansehnlicher Haufen aus Metallröhren, Truhen und Brettern lag in der Halle.

Flint klopfte sich die Hände sauber und gesellte sich zu Hoodshutter Wells und Lady Aldridge. Die Seeleute der *Hector*, die den Karren mit den Teilen der Orgel bis hierher gezogen hatten, verließen den Raum. Etwas zu schnell, wie Flint fand.

Sultan Mehmed runzelte die Stirn.

»Was bringen mir die Engländer?«, fragte er in zähflüssigem Englisch. Die Konsonanten verhakten sich im Gehör. »Wo sind die Juwelen, Pferde, erlesenen Stoffe und schönen Londonerinnen? Ich sehe nur Gerümpel und eine Einpennyjungfrau.«

»Wen meint er mit diesem entsetzlichen Wort?«, zischte Lady Aldridge Kapitän Wells zu.

Wären wir doch besser in Quarantäne geblieben, dachte John Flint. Die drei Tage waren vorüber, und der Admiral hatte sich nicht wieder auf der *Hector* gezeigt. Vermutlich fürchtete er, sein unfreiwilliges Bad im Hafenbecken könnte sich wiederholen.

John Flint grinste. Er trug die gelbe Augenklappe und warf den Wächtern an der Pforte einen Blick zu. Sie waren schwer gepanzert und beobachteten die englische Gesandtschaft mit der gleichen Freundlichkeit, mit der sie die Flöhe in ihren Betten betrachtet hätten.

»Ich habe Euch hergebracht, weil Ihr die einzige Adelige auf der *Hector* seid«, raunte Wells Lady Aldridge zu. »Lasst mich diese Entscheidung nicht bereuen. Werdet Eurer Rolle als Vertreterin des englischen Hofes gerecht.«

»Zunächst entschuldigt sich der Ungläubige bei mir«, sagte Lady Aldridge und verschränkte die Arme vor der Brust.

Wells seufzte. »Dann werde wohl ich das Wort führen müssen.« Er wandte sich Mehmed zu. »Eure Exzellenz, großartiger Sultan Mehmed, erlaubt bitte, dass ich zu Euch spreche.«

John Flint biss sich auf die Lippen. Wells konnte Befehle über das Deck einer Fregatte bellen. Aber einer diplomatischen Konversation war er wohl kaum gewachsen.

Der Sultan starrte Wells an.

Der Kapitän schien das für eine Aufforderung zu halten. Er deutete auf die zerlegte Orgel. »Unser Geschenk ist eine von selbst spielende Orgel. Sie muss nur noch zusammengebaut werden. Unser Konstrukteur wird bald hier sein. Möglicherweise fehlt noch eine Orgelpfeife. Aber auch der Rest wird dem Sultan wie ein Wunder erscheinen.«

»Ich habe schon Musikautomaten«, blaffte Mehmed. »Und sie funktionieren. Was soll das überhaupt sein: eine Orgel?«

Wells straffte sich. »Ein Instrument, das in einer Kirche gespielt wird, zum Lobe Gottes.«

»Welchen Gottes?«, fragte Mehmed barsch.

Wells öffnete den Mund, um ihn sofort wieder zu schließen. Er schaute zu Lady Aldridge hinüber, erntete jedoch nur zornige Blicke.

Sultan Mehmed blickte noch einmal auf das zerlegte Instrument. Dann wandte er sich einem Mann in gelbem Gewand zu, der hinter ihm stand. Mehmed sagte etwas auf Türkisch und wedelte mit weichen Fingern durch die Luft. Darauf schlug der Gelbe ein Buch auf und begann daraus vorzulesen.

Zunächst glaubte Flint, das Rezitieren der osmanischen Worte gehöre zum Empfangsritual im Sultanspalast. Als der Vorleser aber nicht zum Ende kam, schauten sich die drei Gäste ratlos an. Mehmed indessen hatte die umschatteten Lider genussvoll gesenkt und lauschte der Stimme und den Worten seines Dieners.

»Ich fürchte, wir sind vorerst entlassen«, sagte Wells leise. Er spitzte den Mund und schien zu überlegen, was zu tun sei.

»Ich bleibe hier stehen, bis sich dieser sogenannte Sultan für seine Dreistigkeit entschuldigt hat«, sagte Lady Aldridge verstimmt.

Flint blickte auf die Orgelpfeifen. Das Blech hatte die Feuchtigkeit im Lagerraum der *Hector* nicht unbeschadet überstanden und war angelaufen. Wäre Thomas Dallam hier, könnte er den Musikautomaten gewiss zusammensetzen und zum Spielen bringen. Aber Dallam war vor drei Nächten in den Straßen Istanbuls verschwunden und seither nicht wieder aufgetaucht. Deshalb hatte Flint sich der Orgelpfeifen angenommen. Er hatte gehofft, dass er sie nicht vorführen müsste. Aber wie es schien, hing der Erfolg der Mission nun davon ab. Dann würde er es auf seine eigene Art und Weise angehen.

Er griff eine der Pfeifen von dem Haufen. Dabei stieß er mit dem Fuß gegen zwei andere Röhren. Das Scheppern ließ den Vorleser verstummen. Dallam, vergib mir, bat Flint im Stillen. Jetzt würde sich zeigen, welche Hand von Gott gelenkt wurde. Er hob die Orgelpfeife so hoch, dass er den Sultan durch die Röhre anblicken konnte. Der Herrscher saß im Zentrum eines dunklen Kreises und schaute den Engländer an, als habe dieser den Verstand verloren.

»England«, sagte John Flint, »ist wie diese Röhre. Es steckt voller Überraschungen.«

»Aber die Röhre ist leer«, erwiderte der Sultan und lachte.

»Wenn England wie diese Röhre ist, so hat es wohl nicht viel zu bieten.«

Flint nickte. Der Sultan hatte gesehen, dass die Röhre leer war. Das war gut. Aber dabei wollte es Flint nicht belassen.

Nun war es doch von Vorteil, dass Dallam nicht da war. Denn Flint hatte zwei der Orgelpfeifen zerstört. Von einer hatte er die Spitze abgetrennt und eine andere, kleinere Pfeife in die größere hineingezwängt. Die gleichmäßige Form der kleinen Pfeife hatte er mit einer Zange verbogen. Jetzt steckte eine Röhre von der Form eines Kegels in einer anderen Röhre von der Form eines Schlauchs. Der Sultan aber sah nur eine einzige Öffnung. Was zwischen den Schichten steckte, konnte nur Flint sehen.

Er schob einen Arm durch die Pfeife, bis die Hand am anderen Ende wieder hervorkam. Er zeigte dem Sultan die leere Handfläche. Dann zog er den Arm wieder zurück.

Mehmed hob die Augenbrauen und befahl dem Vorleser, das Buch zuzuschlagen.

Noch einmal bewies Flint, dass die Röhre leer war. Er nahm einen Krug von einem niedrigen Tisch und schöpfte Wasser aus dem großen Becken, das den Raum beherrschte. Dann goss er den Inhalt in die Röhre hinein. Für einen Moment hörte er, wie etwas in dem Metall klackerte. Der Laut wiederholte sich nicht, und Flint beschloss, sich nicht weiter darum zu kümmern. Als der Krug leer und alle Flüssigkeit aus der Orgelpfeife wieder in das Becken gelaufen war, stellte er den Krug ab.

»Juwelen, Pferde, schöne Frauen – davon hat der Sultan gewiss schon genug. Aber hat er auch eine Maschine, die Wünsche erfüllt?«, fragte Flint. Sofort biss er sich auf die Zunge. Er trieb es zu weit. Aber er brauchte die Aufmerksamkeit des Herrschers.

»Meine Wünsche werden von meinen Untertanen erfüllt«, gab Mehmed zurück. »Und von Besuchern aus anderen Teilen der Welt, die um meine Gunst buhlen.«

»Gut«, sagte Flint. »Dann nehmen wir die Maschine, die Wünsche erfüllt, wieder mit nach England. Unsere Königin konnte sich ohnehin nur schweren Herzens von ihr trennen.«

Die Wintersonne schob einen Strahl durch die verglasten Fenster des Saals und tauchte den Sultan in grelles Licht. Mehmed kniff die Augen zusammen.

»Wenn der Apparat Wünsche erfüllt, warum bist du dann noch einäugig?«, fragte er und lachte. Der Vorleser stimmte in den Ausbruch von Schadenfreude ein.

John Flint lachte ebenfalls. Aber nur innerlich. Auf seinem Gesicht hingegen erschien eine missmutige Miene. »Der Sultan hat recht. Statt die Wünsche, die in dieser Maschine stecken, wegzuschenken, sollte ich selbst mich daran bereichern. Wenn es der Sultan erlaubt, würde ich gern mein Auge gesund wünschen.«

Mehmed beschattete sein Gesicht mit einer Hand, da er nun vollends im Licht saß. »Das gelingt dir nicht!«, sagte er.

Flint griff mit einer Hand in die Röhre und gab vor, etwas daraus hervorzuziehen. Er sagte: »Ich wünsche mir ein gesundes Auge.« Dann führte er die Faust, in der nichts weiter als Luft war, an den Mund, öffnete die Hand und tat so, als verspeise er etwas, das darin gelegen hatte. Er kaute, schluckte, kaute. Dann nahm er den Krug mit dem Wasser, trank und stieß auf.

Lady Aldridge und Hoodshutter Wells starrten ihn an.

Flint schüttelte den Kopf wie einer, der den Glanz der ersten Trunkenheit spürt. Er stöhnte ein wenig, aber nicht so viel, dass er den Sultan damit verängstigt hätte. Dann zog er sich die gelbe Augenklappe vom Kopf und blickte den Sultan aus beiden Augen an.

Mehmed ließ sich in die Kissen fallen. »Hexenwerk!«, stieß er hervor.

Der Vorleser trat einige Schritte zurück. Er rief etwas auf Osmanisch. Daraufhin eilten die beiden Türwächter zum Diwan und bauten sich vor dem Sultan auf.

Mühsam erhob sich Mehmed, trat vor und drängte die Leibwächter beiseite. Er schob sich den weißen Turban bis zum Scheitel hinauf. Jetzt war erkennbar, dass er Augenbrauen hatte, die so dick wie Tannenzapfen waren. Ganz nah ging er an John Flint heran und betrachtete dessen neu geborenes Auge.

»Es steht schief«, sagte der Sultan. Aus seinen Kleidern stieg der Geruch von Zimt auf. So nah war das Gesicht des Herrschers, dass Flint die Haare auf seiner Nasenwurzel zählen konnte.

»Es ist noch frisch«, erwiderte John. »Gewiss wird es sich in den nächsten Tagen noch richten.«

Jetzt drückte Mehmed eine Handfläche gegen Flints rechtes, gesundes Auge. Der Schweiß des Herrschers erwärmte Johns Gesicht. Mit der anderen Hand hielt Mehmed drei Finger hoch. »Wie viele Finger siehst du?«, fragte der Sultan.

Flint antwortete.

Mehmed nickte. »Ich glaube dir trotzdem nicht«, sagte er. »Das Auge war schon dort, bevor du die Klappe aufgesetzt hast.«

»Aber …«, hob Flint an.

»Aber«, fuhr Mehmed fort, »du hast mich unterhalten. Das gelingt nicht vielen. Um die Freundschaft zwischen unseren Ländern zu besiegeln, schenke ich eurer Königin einen meiner Prinzen, damit sie endlich Thronfolger gebären kann. Er wird auf euer Schiff gebracht werden. Danach dürft ihr Istanbul verlassen.«

Lady Aldridge hustete.

»Aber«, sagte John Flint, »kein Herrscher kann so eine Maschine sein eigen nennen. Ihr würdet euch eine Gelegenheit entgehen lassen, unbeschreibliche Macht in Händen zu halten.«

Mehmed schaute belustigt zu Flint auf. Die Tannenzapfen wurden zu Triumphbögen. »Dann zaubere mir doch ein Pferd herbei. Einen Araberhengst. Diese Tiere liebe ich am meisten.«

Flint suchte den Raum nach einer Antwort ab. Die schweren bunten Vorhänge hingen schlaff vor den Fenstern. Der Vorleser war wieder hervorgekommen und verfolgte das Schauspiel mit belustigter Miene.

Flint schaute in die Röhre. Sie war noch nass von dem Wasser, das er hindurchgegossen hatte. In dem Spalt zwischen dem inneren und dem äußeren Blech steckten bunte Tücher, die er wie aus dem Nichts hatte hervorzaubern wollen. Auch die gebratene Taube, die er eigens für diesen Zweck in seiner Küche vorbereitet hatte, war noch an ihrem Platz. Sollte sie nun niemals aus der vermeintlich leeren Orgelpfeife heraus in den Mund des Sultans fliegen?

Ein Araberhengst war nicht zwischen den Blechen verborgen. Dafür sah Flint etwas anderes. Er kniff die Augen zusammen. Als er sicher war, dass sie ihm keinen Streich spielten, wandte er sich mit frischem Mut an den Sultan.

»Wünsche folgen nicht immer geraden Pfaden, und Araberhengste kann man kaufen. Dazu benötigt man Reichtümer.«

Er langte in die Orgelpfeife hinein und zog den Smaragd hervor, der darin erschienen war. Woher der Edelstein gekommen war, wusste Flint nicht. Vielleicht erfüllte die Orgel wirklich Wünsche – seine eigenen. Darüber würde er später nachdenken müssen. Jetzt zählte allein, dass er den Sultan von den Fähigkeiten der Orgel, und damit Englands, überzeugen konnte.

Er hielt dem Sultan das Juwel entgegen, indem er die Fingerspitzen zusammendrückte und den Smaragd darauflegte wie eine Krone. Mehmed griff danach und betrachtete das Geschenk von allen Seiten. Dann warf er es dem Vorleser zu mit dem Befehl, die Echtheit des Steins prüfen zu lassen. Der Gelbgewandete verschwand.

»Du bist geschickt mit deinen Händen«, murmelte Mehmed. »Aber ich glaube dir trotzdem nicht.«

»Dann bedenke, großmächtiger Sultan, dass diese Wunder, die ich dir gezeigt habe, nur aus einer einzigen Orgelpfeife hervorgekommen sind. Was könnte dieser Automat erst hervorbringen, wenn er vollständig zusammengesetzt sein wird?«, erwiderte John Flint.

Ein glückseliger Ausdruck erschien auf den Zügen des Sultans. »Also gut. Ich erlaube, dass Euer Konstrukteur die Maschine aufbaut und vorführt.«

John Flint schluckte die Anspannung hinunter, die seine Kehle im Griff gehalten hatte. Aber der Sinneswandel des Sultans war zu abrupt gekommen.

»Richte es nur so ein, dass mir der Apparat einen einzigen Wunsch erfüllt. Ich will meinen Untertanen zeigen, dass ich dieses gewaltige Instrument beherrsche, so wie ich Europa beherrschen werde. Dafür werden sie mich lieben. Sultan Mehmed spielt die Feldmusik, und die Janitscharen marschieren dazu durch die Stadt. Ah! Was für eine Vorstellung! Sag, kannst du diesen meinen Wunsch in Erfüllung gehen lassen?«

Die Klammer um Flints Kehle schloss sich wieder. Der Husten der Lady Aldridge wollte nicht mehr enden. Hoodshutter Wells stand die Angst in einem Auge und die Wut im anderen geschrieben.

»Wird dir das gelingen?«, fragte Mehmed noch einmal und griff nach John Flints Arm. Der Griff war trotz der weichen kurzen Finger des Herrschers fest.

Flint dachte an Thomas. Der suchte irgendwo in Istanbul nach dem Griechischen Feuer. Er würde die Suche abbrechen müssen, um die Orgel für den Sultan aufzubauen und Mehmed im Spiel zu unterrichten. Sonst war alles verloren.

»Euer Wunsch«, sagte John Flint zu Sultan Mehmed, »wird in Erfüllung gehen.«

# Kapitel 19

Das Fenster war winzig, die Zelle klein und Thomas' Zuversicht ein Zwerg. War es der Ironie der Büttel zuzuschreiben, dass der Gefangene durch die kleine Öffnung in der Mauer ausgerechnet auf ein Minarett blicken konnte? Wäre er doch niemals auf eines hinaufgestiegen!

Seit zwei Tagen harrte Thomas in diesem kleinen Raum aus. Es war kalt darin. Auf den Steinen hatten sich Flechten von der Farbe alten Käses gebildet. In einem Winkel hatte Thomas Stroh gefunden. Es war feucht und stank, und winzige weiße Tierchen krabbelten darin herum. Da er nicht auf den nackten Steinen sitzen wollte, blieb ihm nichts übrig, als herumzugehen. Wurde er müde, so lehnte er sich gegen die Tür, denn die war aus Holz und nicht ganz so eisig wie die Mauern dieses Lochs. Selbst der Tower in London war kein so menschenunwürdiges Verlies gewesen. Die Erinnerung erschreckte Thomas. Er war ein rechtschaffener Mensch und innerhalb einiger Monate gleich zweimal im Gefängnis gelandet.

Von der anderen Seite der Tür vernahm er die Musik des Kerkers: Schreie, Laute der Verärgerung und ein hungriges Lachen. Mehrfach hatte Thomas sich vergewissert, dass die Tür verschlossen war. Nicht, um einen Fluchtversuch zu wagen, sondern um sicherzugehen, dass kein Unhold zu ihm hineinkommen konnte.

Man brachte ihm Wasser. Zu essen bekam er nichts. Ein Osmane mit einer hochgezogenen Schulter hatte ihm einen Krug in die Hände gedrückt und ihm – in Zeichensprache, aber trotzdem unmissverständlich – bedeutet, dass die Gefangenen für Essen zu bezahlen hätten. Zwar hatte Thomas einige Münzen bei sich gehabt, als er von Bord der *Hector* gegangen war. Doch diese hatten ihm die Büttel, die ihn im Minarett gestellt hatten, abgenommen.

»Wie soll ich denn für etwas bezahlen, wenn ihr mir das Geld wegnehmt?«, hatte er gefragt und seine Taschen von innen nach außen gekehrt. Aber der Kerkermeister hatte nur mit den Schultern gezuckt. Auch über Thomas' Bitte, man möge jemandem auf der *Hector* von seiner misslichen Lage berichten – dazu versuchte er ein Schiff mit den Händen darzustellen –, war der Kerl hinweggegangen. Alleingelassen mit einem Krug Wasser und einem unmoralischen Hunger blieb Thomas nichts anderes übrig, als zu warten. Worauf, wusste er nicht.

Am ersten Tag zählte er die Füße, die vor seinem Fenster erschienen. Der Kerker lag unter der Erde, und das winzige Luft- und Lichtloch war oben in der Wand angebracht, auf Höhe der Straße. Thomas schloss die Augen und lauschte dem Rhythmus der Schritte. Das Geräusch unterschied sich von jenem, das in London zu hören war. Die Bewohner Istanbuls gingen langsamer, beinahe bedächtig. Es gab keine Eile, nur das beständige Verfolgen eines Ziels, an dessen Erreichen niemand zu zweifeln schien.

Die Nacht verbrachte er in unbequemen Positionen und einem armseligen Halbschlaf. Am zweiten Tag seiner Gefangenschaft fragte er sich ständig, welche Empfindung seinem Körper gerade am meisten zusetzte: Kälte, Hunger, Angst, Muskelschmerzen oder Müdigkeit.

Er war versucht, gegen die Tür zu schlagen und nach einem Richter zu rufen, vor den man ihn stellen möge. Dem hätte er seine Beweggründe darlegen und von Königin Elizabeth berichten können. Doch die Vorstellung, die Tür würde sich öffnen und ihn allem preisgeben, was dahinter lauern mochte, gemahnte ihn zur Vorsicht.

Es geschah am Nachmittag des zweiten Tages. Thomas schritt gerade zum tausendsten Mal die Länge seiner Zelle ab, als sich die Tür öffnete. Ein Mann kam herein. Diesmal war es nicht jener Osmane, der ihm das Wasser gebracht hatte. Dieser hier war gedrungen und kräftig. Er trug ein weißes Leinenhemd und darüber eine Lederschürze, die ihm vom Hals bis zu den Knien reichte. Sein dunkles Haar hing ihm bis zu den Schultern hinab. Anders als die meisten Türken trug er keinen Bart. Sein Gesicht war weich. Die linke Wange war von einer handtellergroßen Narbe entstellt. Er schaute Thomas aus wässrigen blauen Augen an.

Als Thomas sah, dass der Mann Zange, Hammer, Nägel und andere Gerätschaften in seine Armbeuge geklemmt hatte, wich er ans andere Ende der Zelle zurück. Jetzt wusste er, woher am Tag zuvor die Schreie gekommen waren.

Der Besucher musterte ihn mit ausdruckslosem Blick. Ohne die Tür wieder zu schließen, hockte er sich nieder und ließ seine Werkzeuge klimpernd auf den Boden fallen, wo er begann, sie zu sortieren.

Thomas schätzte die Entfernung zur offen stehenden Tür und die Zeit, die der Folterknecht brauchen würde, um ihn zu packen, sollte Thomas an ihm vorbeilaufen. Während er die Muskeln anspannte, bereit loszulaufen, spürte er noch, dass seine Schuhe drückten und seine Beine von der rastlosen Nacht geschwollen waren. Dennoch. Er musste versuchen, diesem Unhold zu entkommen.

»Halt das mal!«, sagte der Mann auf Englisch und hielt Thomas die Zange entgegen.

Thomas starrte die Hand an, die sich ihm entgegenstreckte. War das ein Trick, mit dem Folterknechte ihre Opfer in Sicherheit wiegten?

»Na los!«, sagte der Osmane und wedelte mit der Zange. »Du bist doch der Engländer, von dem mir Melek Ahmed erzählt hat?«

Thomas kam mit der Geschwindigkeit einer Schildkröte vorwärts. Kaum hatte er die Hand ausgestreckt, lag auch schon die Zange darin. Das Metall war kalt und schwer.

Jetzt beugte sich der Osmane bis zum Boden hinab und rüttelte an der Verankerung der Tür. Es gab ein knirschendes Geräusch.

»Locker«, sagte er, noch immer auf Englisch. »Dieser Kerker zerfällt von Tag zu Tag mehr. Genauso wie die Macht des Sultans. Allerdings«, er stöhnte, als er die Tür mit einem Ruck aus den Angeln hob, »kann man einen Kerker reparieren. Die Zange.« Er streckte eine Hand aus, und Thomas gab das Werkzeug zurück.

»Wer bist du?«, fragte Thomas. Er beobachtete, dass der Mann sich mit einer Hand an den Angeln zu schaffen machte, während er mit der anderen die Tür festhielt und anpasste.

»Ioannis«, stöhnte der Bartlose. »Heb die Tür an. Etwas tiefer. Gut.«

Thomas lugte über die breiten Schultern und beobachtete, wie Ioannis eine neue Angel in das Mauerwerk drückte und den Dorn mit dem Hammer einschlug. Wenn der Mann kein Folterer war, so doch ein Meister seelischer Grausamkeit: Er ließ sich von einem Gefangenen dabei helfen, dessen Gefängnis ausbruchssicher zu machen.

Für einen Moment war Thomas versucht, loszulassen und blindlings in den Korridor zu stürzen. Er streckte den Kopf durch die Tür. Dort lag ein Gang mit einem Dutzend Türen wie der seinen. Alle waren geschlossen. Durch die Löcher eines schadhaften Dachs fiel Licht in den Kerker. Staubpartikel schwebten darin. Wächter schien es nicht zu geben.

»Die Vordertür ist verschlossen. Du wirst nicht weit kommen«, sagte Ioannis. Er erhob sich und nahm Thomas die Tür ab. Dann hob er sie an und steckte sie auf die neue Angel.

»Wenn sie dich hinauslassen, nimm mich mit«, bat Thomas. »Ich bin im Auftrag der englischen Königin hier. Aber deine Landsleute verstehen das nicht.«

Ioannis drehte die Tür langsam in ihrer neuen Halterung. Ein schleifender Laut erklang. »Das sind nicht meine Landsleute«, sagte der Fremde. »Ich bin Grieche und ein Gefangener wie du.«

»Woher hast du dann die Werkzeuge?«, wollte Thomas wissen. »Warum besserst du den Kerker aus, wenn du ein Häftling bist?«

Ioannis richtete sich auf. Erst jetzt bemerkte Thomas die schwarzen Flecken auf seiner Lederschürze und die kleinen roten Male in seinem Gesicht und auf den Händen. »Ich bin Schmied«, sagte der Grieche.

»Ist das in Istanbul ein Verbrechen?«, fragte Thomas.

Ioannis lachte. Die Narbe zuckte. »Nur wenn du Grieche bist.« Seine Miene verfinsterte sich. »Sultan Mehmed hat einen kalten, raffinierten Geist. Er hat alle Schmiede und Eisenschneider, die keine Türken sind, von den Zünften ausgeschlossen. Wir haben keinerlei Rechte.« Er schaute wieder auf die Stelle, an der er die Angel eingesetzt hatte. »Das muss vermauert werden«, sagte er. Wie es schien, hatte er seine Erklärung beendet.

Thomas fragte weiter: »Warum bist du ein Gefangener, wenn du deine Zelle verlassen darfst?«

»Sie holen mich aus der Schmiede, wenn es hier im Kerker Arbeit gibt«, erwiderte Ioannis. »Ich erledige alles, was sie wollen. Zum Lohn erhalte ich meine Freiheit zurück.«

Die Verbitterung des Griechen füllte die Zelle aus.

»Wann wirst du hier herauskommen?«, fragte Thomas.

»Noch heute Abend«, sagte Ioannis. »Sobald die Arbeit in den anderen Zellen getan ist.«

»Kannst du eine Nachricht für mich überbringen?«

»Warum sollte ich das tun?«, fragte Ioannis. »Wenn sie mich dabei erwischen, werden sie meine Schmiede schließen und mich dauerhaft ins Loch werfen.« Er beugte sich zu Thomas hinüber. »Sie warten nur darauf, dass ich einen Fehler begehe. Dann können sie mich für immer hierbehalten. Und meine Tochter muss den Kerkermeister heiraten, damit sie mich nicht verhungern lassen.«

Thomas fühlte sich, als sei er gestrandet. Ioannis war seine einzige Hoffnung.

»Ich sage dir doch, ich bin im Dienst der Königin von England unterwegs. Sie wird dich reich belohnen, wenn du mir hilfst.« Das Gesicht Elizabeth' tauchte für einen Moment vor ihm auf. Doch es verschwebte wieder und verwandelte sich in das grimme Antlitz des griechischen Schmieds.

»Schweig!«, sagte dieser und schaute in den Korridor. »Es genügt schon, wenn uns einer der anderen Gefangenen hört.«

Jetzt fasste Thomas nach Ioannis' Arm. Die Haut unter dem Leinenstoff fühlte sich heiß und hart an. »Weißt du, wer die Königin von England ist? Ich könnte dich mit deiner Familie nach London mitnehmen. Dort könntest du eine eigene Schmiede führen. Mit den Rechten eines Londoner Bürgers.«

Erneut lachte Ioannis. Er zog den Arm aus Thomas' Griff und deutete auf sein Gesicht. »Was glaubst du, woher ich diese Narbe habe? Warum wohl spreche ich deine Sprache?«

Thomas kannte die Antwort, bevor der Grieche weitersprach.

»Ich war Gefangener auf einem englischen Kriegsschiff. Sie haben mich die Kanonen warten lassen. Während der Gefechte.

Weißt du, was geschieht, wenn eine Kanone abgefeuert wird, die nicht gereinigt ist oder Risse hat?«

Das Gesicht des Schmieds war blass geworden. Nur die Narbe leuchtete rot.

»Das Metall platzt«, fuhr Ioannis fort. »Gnade Gott jedem, der danebensteht. Ich habe Glück gehabt. Aber ich sah, wie andere in Stücke gerissen wurden, weil sie mit ihrer Arbeit nicht rechtzeitig fertig geworden waren. Damals«, seine Stimme wurde leiser, »habe ich zwei Dinge gelernt: wie man ein schneller Schmied wird und wie man die Engländer hasst. Also biete mir besser kein Leben in London an. Es könnte für deine Landsleute gefährlich werden.«

Thomas versuchte es noch einmal. »Dann erteile ich dir einen Auftrag. Ich bezahle dafür.«

Ioannis prustete. »Du bist wie alle Engländer: Du hörst nicht zu.«

»Mein Gehör ist besser, als du es dir vorstellen kannst«, erwiderte Thomas. »Und jetzt wirst du es sein, der zuhört.«

Er habe etwas aus England mitgebracht, erklärte Thomas, einen wundersamen Apparat. Doch habe dieser die Reise nach Istanbul nicht unbeschadet überstanden. Ein Teil fehle. Eine Orgelpfeife, falls der Schmied wisse, was das ist. Thomas würde Ioannis damit beauftragen, dieses Metallrohr nach seinen Vorgaben wiederherzustellen.

Ioannis schaute ihn mit schneidender Skepsis an.

Es sei natürlich kein einfaches Rohr, sondern müsse auf besondere Art aus dünnem Blech geformt werden, fuhr Thomas fort.

Der Schmied verließ die Zelle. Gerade als er die Tür von außen schließen wollte, stemmte sich Thomas dagegen und fuhr fort: »Die Maschine, zu der das Rohr gehört, ist ein Geschenk für Sultan Mehmed. Wenn du hilfst, ihm eine Freude zu bereiten, gibt er dir vielleicht deine Rechte zurück, und du darfst in die Zunft eintreten.« Thomas klatschte mit der flachen Hand gegen die Tür des Kerkers. »Dann wirst du solche niedrigen Aufgaben nicht länger verrichten müssen. Vielleicht wirst du sogar der berühmteste Schmied Istanbuls.«

Er wusste, dass er übertrieb. Aber als er den Sultan erwähnt hatte, hatte er ein Zögern bei Ioannis gespürt. Der Schmied ließ die Tür los. Thomas zog sie wieder auf. Die neue Angel quietschte.

»Ein Geschenk für den Sultan?«, fragte Ioannis. »Und ich kann dabei sein, wenn du es ihm übergibst?«

»Ich verspreche es«, sagte Thomas. »Bei den schlaffen Wangen meiner Mutter.«

Zum zweiten Mal kroch die Nacht in Thomas' Zelle. Die Kälte schärfte die Luft. Aber die Hoffnung hielt warm. So unbemerkt wie der alte Tag würde auch Thomas aus diesem Loch verschwinden.

Der Kerkermeister war gekommen, um Ioannis' Arbeit an den Angeln zu prüfen. Der Mann namens Melek Ahmed war zufrieden. Der Grieche war entlassen und die Tür geschlossen worden. Alles war wie zuvor – mit einem eisernen Unterschied.

Ioannis hatte einen Dorn aus Metall in das Schloss der Tür gesteckt. Nun ließ sich die Tür von außen abschließen wie zuvor, aber trotzdem von innen öffnen. Ebenso wolle er mit der Eingangstür des Kerkers verfahren, hatte er versprochen.

Als die Stimmen im Korridor lange verstummt waren, hielt Thomas den Moment für gekommen. Er steckte die Finger in den breiten Spalt zwischen Tür und Mauerwerk und fuhr daran herunter, bis er den Dorn spürte. Dann drückte er zu. Zunächst wollte sich das Eisen nicht bewegen. Doch mit einiger Anstrengung gelang es Thomas, die Verriegelung zu öffnen.

Ein metallisches Knacken hallte durch den Kerker.

Thomas presste ein Ohr gegen die Tür. Hörte er Schritte, die sich seiner Zelle näherten? Nein, es war kalter Regen, der durch die Löcher im Dach fiel und in eine Pfütze klatschte. Nicht lange, und es würde anfangen zu schneien. Dann würde er schon im Sultanspalast sitzen und seine Füße am Feuer wärmen.

Er zog die Tür auf. Ioannis hatte dafür gesorgt, dass die Angeln kein Geräusch mehr von sich gaben. Thomas spähte in den Korridor. Niemand war zu sehen. Wie der Schmied erklärt hatte, kam der Wächter so selten wie möglich zu seiner Arbeitsstelle. Nachts blieb er für gewöhnlich zu Hause und vertraute seine Aufgabe den Schlössern in den Türen der Zellen an.

Thomas schlich auf den Gang hinaus. Mit ruhiger Hand zog er die Tür hinter sich zu. Das Schloss rastete mit einem Klacken ein. Nun gab es kein Zurück mehr.

Thomas tappte in Richtung des Ausgangs. Dabei machte er einen Bogen um die Pfützen, die sich in den Mulden des Korridors gesammelt hatten. Der Regen drang, vom Mondlicht beschienen, in Strömen durch das Dach. Thomas blieb einen Moment lang stehen, streckte die Hand aus und sammelte etwas von dem kalten Wasser, um sich damit das Gesicht zu waschen. Da hörte er eine Stimme im Korridor.

Es war nur ein Flüstern. Doch auf Thomas wirkte es bedrohlich wie das Knurren einer Meute Wölfe.

Er sah sich um. Alle Zellentüren waren geschlossen. Am Ende des Korridors, wo der Ausgang lag, rührte sich nichts. Dort wartete der Durchgang zu einer schmalen Wendeltreppe und dahinter eine schmale Gasse in die Freiheit.

Das Flüstern wiederholte sich.

Der Laut kam von links aus einer Zelle. Thomas näherte sich der Tür. In deren unterer Hälfte bewegte sich etwas. Zwei Finger wuchsen aus dem Holz heraus. Dort gab es einen Spalt zwischen den Bohlen. Der Gefangene schien Thomas' Flucht bemerkt zu haben. Um zu verstehen, warum der Häftling auf sich aufmerksam machte, musste Thomas kein Türkisch beherrschen.

»Ich kann dir nicht helfen«, zischte er zu den Fingern hinüber. Mit dem Gefühl, Schuld auf sich zu laden, wollte er seinen Weg zur Treppe fortsetzen.

Hinter ihm ertönte ein Schrei. Der Laut hallte im Korridor wider und flog durch das Loch im Dach ins Freie. Dort antworteten das Klatschen von Flügeln und das Schnattern eines schweren Vogels.

Thomas hob das Gesicht zum Himmel und schloss die Augen. Selbst wenn er die Zeit hätte – wie sollte er die Türen zu den anderen Zellen öffnen? Und warum dachte er jetzt an mehrere Türen, statt nur an die eine mit den Fingern?

Seine Furcht befahl ihm, die Treppe hinaufzusteigen und zu entkommen. Er trommelte mit den Fingern einen schnellen Rhythmus gegen die linke Wange. Dann wandte er sich dem Aufstieg zu und verschwand.

# Kapitel 20

»Wir müssen noch einmal hinein!«, drängte Thomas.

Vor dem Kerker hatte ihn der Grieche erwartet. Jedenfalls glaubte Thomas, dass der große Schatten Ioannis war. Die Nacht hatte Mond und Sterne ausgesperrt. In Istanbul herrschte Finsternis.

»Komm jetzt mit!«, befahl der Schmied. Er fasste Thomas am Arm und wollte ihn mit sich ziehen. »Bevor jemand bemerkt, dass du entkommen bist.«

Thomas sah sich um. Die Gasse lag verlassen da. Der Geruch von Fisch hing in der Luft. »Du vermagst doch auch die andere Zelle aufzuschließen«, sagte er eindringlich und stemmte sich gegen den Zug an seinem Arm. Die Finger des Schmieds waren eine Zange.

»Was kümmert dich der andere Gefangene?«, zischte Ioannis. »Er ist nicht einmal Christ. In einigen Monaten wird er freigelassen werden.«

Bei dem Gedanken, so lange Zeit in dem Kerker verbringen zu müssen, zog sich Thomas' Magen zusammen. Noch einmal versuchte er, sich loszureißen. Noch einmal scheiterte er. Wenn Muskelkraft nicht ausreicht, um den Schmied auf meine Seite zu ziehen, dachte Thomas, hilft vielleicht die Stimme.

»Traurigkeit und Sorge halten mich fest im Griff.« Er sang die ersten Zeilen einer Motette von William Byrd – falsch, aber laut.

»Bist du von Sinnen?«, schimpfte Ioannis mit unterdrückter Stimme und riss Thomas zu sich heran. Die Gesichter der beiden Männer waren eine Handbreit voneinander entfernt.

»Aber du, oh Herr, der du die nicht verlässt, die auf dich hoffen ...«

Der Schmied presste eine schwielige Hand auf Thomas' Lippen. Eine feuchte Wärme drang zwischen den Fingern hervor.

»Still. Oder ich bringe dich zurück in die Zelle.« Mit herrischen Blicken versuchte der Schmied, Thomas zum Schweigen zu bringen.

Ioannis' Hand roch nach verbranntem Haar und erkaltetem Feuer. So langsam, als wären sie daran festgeleimt, löste er die Finger von Thomas' Gesicht.

»Dein Vater war ein Latrinenputzer!«, schnaubte der Schmied. »Also gut! Wir gehen zurück. Aber wenn dieser Verbrecher herumerzählt, wer ihn aus dem Loch geholt hat, wirst du behaupten, du wärst es gewesen.«

Thomas überlegte nicht lange und hielt Ioannis die Hand entgegen, um den Pakt zu besiegeln. Doch der beachtete die Geste nicht und verschwand durch den Eingang, der in den Kerker hinabführte. Diesmal musste der Schmied Thomas nicht hinter sich herziehen.

Der Gefangene hieß Ali Ufkî und trug den Geruch der Gefangenschaft und der Verzweiflung an sich. Es bereitete Ioannis keine Mühe, die Tür seiner Zelle zu öffnen und wieder zu verschließen. Die Kratzer an dem Schloss, sagte er, würden Melek Ahmed am nächsten Morgen nicht auffallen. Der Wachmann würde glauben, die Eingesperrten hätten sich in Luft aufgelöst.

Ali Ufkî weinte und wollte nicht aufhören, die Wangen des Schmieds zu küssen. Schließlich drängte Ioannis darauf zu verschwinden.

»Ich hoffe, der Besuch beim Sultan ist dieses Wagnis wert«, knurrte er, als er Thomas durch die nächtlichen Straßen führte.

»Werden die Wachleute den Entflohenen wieder einfangen?«, wollte Thomas wissen.

»Erst wenn der Bosporus austrocknet«, sagte der Grieche, während er weiterging. »Verstehst du? Eigentlich hätte Melek Ahmed Nachtwache halten müssen. Aber er vertraut auf die Türen der Zellen und geht nachts heim. Wenn bekannt wird, dass er nicht aufgepasst hat, wird er zum Häftling in seinem eigenen Kerker.« Ioannis spie aus. »Ahmed wird so tun, als sei nichts geschehen. Der Kerker füllt sich schon wieder von allein.«

Nun verfiel der Schmied in mürrisches Schweigen. Thomas trabte neben ihm her. Gern hätte er mehr von der Stadt gesehen, um festzustellen, in welche Richtung sie gingen und ob der Hafen vielleicht in der Nähe lag. Doch Ioannis huschte so schnell durch die Dunkelheit, tauchte in Gassen ein, kreuzte durch Gärten und setzte über niedrige Mauern, dass Thomas schon bald die Orientierung verloren hatte. So begnügte er sich damit, auf die Geräusche der nächtlichen Stadt zu lauschen.

Hinter einer Hecke war das Geräusch eines trinkenden Hundes zu hören. Aus einem Haus kam ein Befehl wie der einer entbindenden Hebamme. Ein Fetzen Musik wehte herüber, und jemand schrie in gespieltem Schmerz auf. Die Geräusche ähnelten denen Londons, dennoch klangen sie fremdartig.

Ein Stück Stoff flog in Thomas' Gesicht. Er wischte es beiseite und stellte fest, dass er in einen Vorhang gelaufen war. Dahinter öffnete sich ein Raum, der von einer Öllampe dürftig erhellt war. Ioannis stand am Fuß einer Stiege und rief: »Kassandra!« Dann entzündete er ein weiteres Licht.

»Ist dies dein Haus?«, fragte Thomas.

Er hatte Wirrwarr erwartet, eine verwahrloste Kammer voller Kisten und Säcke, Asche und Brandspuren – das beengte

Heim eines Schmieds. Aber jetzt fand er sich in einer hohen, weiß gekalkten Halle wieder. Die Wände waren aus festem Mauerwerk und nicht wie die der meisten Häuser Istanbuls aus Holz, so alt, dass es von der Zeit schwarz gefärbt worden war. Fliesen aus gebranntem Ton bedeckten den Boden. Ein großer Teppich lag darauf, an dem das Sonnenlicht zu oft geleckt hatte. Regale standen an den Wänden. In einem erblickte Thomas zwei Bücher.

»Natürlich ist es mein Haus«, brummte Ioannis. »Oder glaubst du, ich zahle dir ein Zimmer in einer Herberge?«

Das Tappen nackter Füße war zu hören. Auf der Stiege erschien eine Gestalt in einem lose fallenden Gewand aus grünem Samt, das ihr bis zu den Waden reichte. Darunter schauten weite Hosenbeine hervor. Ihr Kopf war ebenso unbedeckt wie ihre Füße. Thomas schaute in das Gesicht einer jungen Frau. Ihr Haar war nachlässig zusammengesteckt. Strähnen krochen ihre Wangen entlang, und Schatten lagen unter ihren Augen. Entweder war sie krank, oder sie hatte seit einigen Nächten keinen Schlaf gefunden.

Ioannis wechselte einige Worte mit ihr in einer Sprache, die Griechisch sein musste. Die Frau war zwar von feiner Gestalt, ihre Stimme aber klang dunkel, als käme sie aus einer Höhle.

»Das ist Kassandra«, sagte Ioannis, jetzt wieder auf Englisch. »Meine Tochter.«

Sie stieg die letzten Stufen herab, zögerte und verbeugte sich dann steif vor Thomas. Sie führte die Bewegung aus wie eine Tänzerin, der man erklärt, wie sie die Füße zu setzen habe. Thomas erwiderte die Begrüßung und stellte sich vor. Erst jetzt fiel ihm auf, dass die junge Frau trotz der Kälte weder Schuhe noch Fußwickel trug.

»Der Engländer wird für einige Tage unser Gast sein«, sagte Ioannis.

»Nur heute Nacht«, verbesserte Thomas. »Wenn es keine Mühe bereitet.«

»Ich sagte: einige Tage. Und was ich sage, das meine ich auch.« Der Grieche wandte sich an seine Tochter. »Bereite ihm hier unten ein Lager und kümmere dich ums Essen. Die Nacht hat mehr Arbeit als Sterne für mich bereitgehalten. Dank unseres Gastes!«

»Gleich morgen gehe ich wieder auf das Schiff«, kündigte Thomas an, der nicht wusste, was er von Ioannis und seiner Tochter halten sollte. Einerseits beschwerte sich der Schmied darüber, dass Thomas ihm Mühe bereitet habe. Andererseits wollte er ihn nicht gehen lassen.

»Bis der Sultan meine Dienste gewürdigt hat, bist du unser Gast«, sagte Ioannis.

Der Schmied schien zu befürchten, dass Thomas seinen Teil der Abmachung nicht einhalten und verschwinden würde. Beim heiligen Alkmund! Sah er vielleicht aus wie ein Betrüger?

»Also gut, ich bleibe hier«, sagte Thomas. »Aber bei Sonnenaufgang gehen wir zur *Hector*. Meine Landsleute müssen wissen, dass ich wohlauf bin.«

\*

Als der Tag schließlich anbrach, war der Fremde in einer Nische eingeschlafen. Mit geschlossenen Augen blies er eine kleine Melodie durch seine bebenden Lippen.

»Ruhen alle Engländer auf diese Weise?«, fragte Kassandra.

Sie und Ioannis standen am Kopf der Stiege und beobachteten den unter einem Schafspelz träumenden Fremden.

»Nicht die, die ich kennenlernen musste«, sagte ihr Vater.

»Er wirkt gar nicht so unfreundlich wie die Briten, von denen du erzählt hast«, sagte sie.

»Sie sind alle Ungeheuer. Aber sie beherrschen die Kunst, sich als Menschen auszugeben. Hüte dich vor ihren Lügen!«

Sie gingen ins Obergeschoss. Hier lagen winzige Räume entlang eines langen Korridors. Zwei der Kammern dienten ihrem Vater und ihr selbst als Schlafgemächer.

Ioannis führte Kassandra in sein Zimmer. Es war beherrscht von einem Wandgemälde, das ein Gesicht aus verschlungenen Linien zeigte. Kassandra kannte das Bild seit frühester Kindheit. Schon als ihre Eltern in das alte verlassene Gebäude gezogen waren, war das Gesicht da gewesen. Dennoch zuckte sie noch immer unter dem Blick der feurigen Augen zusammen.

»Warum hängst du nicht endlich einen Teppich über diese Fratze?«, fragte sie ihren Vater.

»Weil sie mich an meine Wut erinnert«, sagte Ioannis. »Welches Bild wäre besser geeignet? Glaubst du, ich könnte den Zorn auf die Osmanen in meinem Herzen nähren, während ich mir ein Bild anschaue, auf dem Christus das Lamm nach Hause trägt?«

Sie kehrte dem Gesicht den Rücken zu. »Dein Zorn hat unsere Lage nicht verbessert. Nur schlimmer gemacht.«

»Bald wird es anders sein«, fuhr Ioannis fort. »Gott hat mir diesen Mann gesandt. Nach allem, was mir die Engländer angetan haben, soll es nun ausgerechnet einer von ihnen sein, der mir helfen wird.« Er lehnte sich mit einer Hand gegen die Wand. Putz rieselte knisternd herunter. »Der Sultan muss mir endlich das Recht zugestehen, dass ich von den Türken Geld für meine Arbeit bekomme.«

Nun berichtete Ioannis von seiner Begegnung mit Thomas im Kerker. Er erzählte, wie er die Tür zur Zelle des Engländers habe reparieren wollen. Stattdessen habe der Häftling eine Tür für ihn, Ioannis, aufgestoßen – die zum Palast.

»Sein Gastgeschenk besteht aus Metallröhren«, erklärte ihr Vater. »Eine ist auf der Reise verloren gegangen, andere sind beschädigt. Ich soll sie ersetzen.« Ein Lächeln umspielte seine Lippen, eine seltene Erscheinung auf Ioannis' Gesicht. »Dabei wird es mir gelingen, dem Hund Mehmed ein Zugeständnis abzutrotzen. Danach werden wir leben wie reiche Leute.«

»Der Sultan ist unberechenbar.« Kassandra legte ihm die Hand auf den Arm. Seine Muskeln waren wie aus Stein gehauen. »Mutter ist schon lange tot. Ich habe nur noch dich. Warum können wir nicht einfach weiterleben wie bisher?«

Ioannis schob ihren Arm beiseite. »Du weißt, warum.« Seine Stimme wurde sanfter. »Sei ohne Argwohn. Sorge nur dafür, dass der Engländer weiterhin bei uns wohnt. Nur durch ihn bekomme ich Zutritt zum Palast.«

»Was erwartest du von mir? Soll ich ihn an die Wand ketten?«

»Wenn es sein muss. Aber du könntest ihn auch an dich selbst binden. Diese Briten haben ein merkwürdiges Verhältnis zu Frauen. Sie gestehen ihnen Rechte zu. Auf der Straße gehen Männer sogar hinter ihren Frauen her.« Ioannis lachte. »Es wird dir nicht schwerfallen, den Engländer zu umgarnen. Nur ein wenig. Jetzt wird es sich auszahlen, dass ich dich ihre Sprache gelehrt habe.«

# Kapitel 21

Thomas ruhte auf einem Haufen bunt bestickter Kissen. Dunkelgelber öliger Wein schwappte in seinem Becher. Das Getränk schmeckte nach Holz und trieb den Schlaf aus seinem Geist.

Über den Rand des Bechers hinweg beobachtete er die Tochter des Schmieds, wie sie Holzkohle in einem eisernen Becken schürte. Das Behältnis war flach und stand auf niedrigen Füßen. Als die Kohle zu glühen begann, schloss die junge Frau das Becken mit einem metallenen Deckel. Dann holte sie bunte Decken hervor und breitete diese darüber aus.

»Für die Füße«, sagte sie. Um ihre Worte zu unterstreichen, griff sie nach Thomas' Waden und wollte sie auf die Decken legen.

Thomas schreckte zurück – vor der unerwarteten Berührung und aus Furcht, die Hitze des Beckens könne sich durch seine Hosenbeine brennen.

Sie lächelte. »Es ist nicht heiß. Nur warm.« Noch einmal griff sie nach Thomas' Beinen, sah ihn fragend an und hob seine Füße auf das Kohlebecken, sanfter diesmal.

Die Wärme legte sich mit breiten Händen um seine Waden. Die Kälte, die über Nacht in seine Gliedmaßen gekrochen war, verdampfte in einem einzigen Augenblick. Thomas ließ sich in die Kissen fallen und spürte, wie sein Körper zum Leben erwachte.

»Wie steht es mit dir?«, fragte er die Tochter des Schmieds. Ihr Name war Kassandra, so hatte Ioannis gesagt. »Das Becken ist groß genug für zwei.« Er deutete mit dem Weinbecher und vergoss dabei einige Tropfen.

»Nur für Gäste«, sagte Kassandra und zog sich einige Schritte zurück.

Thomas fiel erneut auf, dass die junge Frau keine Schuhe trug. Ihre bloßen Füße mussten kalt sein wie die eines Themseschiffers im Januar. Ihre Zehen waren schmutzig, klein und kräftig. Unter der Haut schlängelten sich Adern wie junge Zweige. Thomas nahm sich vor, auf der *Hector* nach einem Paar Schuhe für Kassandra zu fragen.

Ioannis wollte bald zurück sein. Bevor er mit Thomas zu der Fregatte gehen könne, habe er noch etwas zu erledigen, hatte er gesagt. Zunächst war Thomas das recht gewesen. Er hatte lange geschlafen und sich von den beiden Tagen im Kerker erholt. Aber nun war ihm die Zweisamkeit mit Kassandra unangenehm. Ihr schien es nicht anders zu gehen, denn sie bearbeitete stumm einen alten Brotlaib mit einem Messer.

»Ich dachte, in Istanbul trinke man keinen Wein«, sagte er, um das Schweigen zu erwürgen.

Sie sägte weiter mit gebeugten Schultern an dem Brot. »Das gilt nur für Mohammedaner. Wir sind Christen«, sagte sie. »Griechen.«

»Wie gefällt es dir, in einer Stadt der Osmanen zu leben?«, wollte Thomas wissen.

Sie ließ das Messer sinken und schaute zu einem Punkt an der gewölbten Decke des Raums. »Wenn man ihnen aus dem Weg geht, ist das Leben ganz erträglich. Aber die meisten Türken verachten die Christen. Sie glauben, dass selbst die schlechtesten Dinge, die sie selbst besitzen, noch zu gut für uns sind. Wir leben von den Resten, die von ihren Tischen fallen.«

Thomas überlegte, was er nun sagen sollte. Doch ihm fiel nichts ein. Die Wärme aus seinen Beinen erreichte seine Ohren. »Die Bücher da«, begann er schließlich. »Gehören sie deinem Vater?«

Kassandra schüttelte den Kopf. »Die waren schon hier, als wir eingezogen sind. Dies ist ein alter Konvent. Derwische lebten hier. Mönche. Aber der Sultan ließ die Gruppe auflösen. Sie waren«, sie suchte nach dem richtigen Wort, »nicht beliebt.«

»Und die Bücher?«, fragte Thomas.

»Die sind einfach zurückgeblieben«, entgegnete Kassandra.

Thomas stand auf und ging zu der Wand mit den Ledereinbänden. Er legte einen Finger auf eines der Bücher. In dessen Rücken war ein kreisrundes Ornament gestanzt. Einst hatte Goldfarbe das Zeichen hervorgehoben, doch war davon jetzt kaum noch etwas übrig. Hatte er nicht vor wenigen Tagen nach einer Bibliothek gesucht und war dafür eingesperrt worden? Jetzt hatte ihn die Stadt an einen jener Orte gespült, zu dem er gewollt hatte.

»Darf ich mir das ansehen?«, fragte er über die Schulter.

Auf ihre Zustimmung hin zog er den Band heraus. Das Werk war so schwer, dass er es mit beiden Händen zu den Kissen tragen musste. Als er es darauf ablegte, sank es in die Polster hinein.

Thomas schlug das Buch auf. Zum einen war es alt. Holzwürmer hatten nadelstichgroße Löcher durch den Einband gefressen. Zum anderen gab es keine Buchstaben. Stattdessen schlängelten sich Linien über die ledernen Seiten. Wie schwarzes Feuer züngelten die Zeichen über das Pergament. Er berührte das Leder mit einer Fingerspitze und wäre nicht überrascht gewesen, wenn er sich verbrannt hätte.

»Was sind das für Ornamente?«, fragte er.

»Die Schrift der Osmanen«, sagte Kassandra.

»Das sollen Buchstaben und Worte sein?« Thomas erinnerte

sich, bereits ähnliche Symbole in Istanbul gesehen zu haben. Auf Fahnen und Wänden. Aber er hatte sie für Zeichen ohne Sinn gehalten.

»Was steht da?«, fragte er.

Kassandra schob ihren Schemel beiseite und kam zu ihm herüber. Sie kniete neben Thomas nieder. Ihrer Kleidung entströmte der feine Duft von Zitronen und Verbenen.

Sie sah ihn an. Ihr Gesicht war erstaunlich nah. »Ich habe es nicht gelesen«, sagte sie und schlug die Augen nieder.

Thomas schlug den Folianten zu. Der Luftzug bewegte Kassandras Haar. Eine tiefe Enttäuschung ergriff von ihm Besitz. Seine Glieder wurden schwer. Er ließ sich wieder in die Kissen sinken und rieb sich das Gesicht. Wie sollte er das Griechische Feuer finden, wenn er die Hinweise, die es dazu geben mochte, nicht lesen konnte? Ihm blieb nur eines: Er musste in der Stadt danach fragen. Aber dann würde sich bald herumsprechen, warum die Engländer wirklich nach Istanbul gekommen waren. Der Sultan würde die Gesandtschaft wieder auf ihr Schiff verweisen und zurück nach London schicken.

»Was ist?«, hörte er Kassandra fragen. »Was betrübt dich?«

Thomas' Herz schlug mit einem Mal wie rasend. Wagemut ergriff von ihm Besitz. »Ich suche nach einem alten Text über eine Substanz, die Griechisches Feuer genannt wird. Du bist doch Griechin. Hast du jemals davon gehört?«

Sie sah ihn stirnrunzelnd an. »Das Griechische Feuer …«, sagte sie mit dem Tonfall von jemandem, der sich an einen alten Bekannten erinnert. Aber die Erinnerung schien nicht angenehm zu sein.

Ein tiefes Lachen erfüllte den Raum. Ioannis war an der Tür erschienen. Mit beiden Armen presste er Metallbarren gegen seine Brust. »Das Griechische Feuer ist eine Geschichte für Kinder.« Er legte die Barren auf den Teppich und befahl Kassandra, sie in die Schmiede zu tragen. Seine Tochter gehorchte. Es fiel ihr schwer, die Barren aufzuheben. Thomas sah ihr nach, wie sie stolpernd in einem Durchgang unter der Stiege verschwand.

»Dann hast du davon gehört?«, fragte Thomas den Schmied.

Ioannis ließ sich neben Thomas auf die Kissen fallen. Das Lager bebte. Der Schmied schwang seine Beine auf die Wärmeschale. »Wie ich schon sagte: eine Kindergeschichte. Aber nicht mehr viele in der Stadt kennen die alte Sage. Es ist sogar verboten, in der Öffentlichkeit darüber zu sprechen.«

»Warum?«, fragte Thomas.

»Weil es darin um die Unbezwingbarkeit der griechischen Flotte geht. Wir Griechen waren die Feinde des Osmanen, bevor Istanbul in ihre Hände fiel. Deshalb will der Sultan nicht, dass die Widersacher seiner Vorfahren als Helden besungen werden.« Ioannis wandte sich zu Thomas und löschte das Lächeln aus seinem Gesicht. »Wieso wisst ihr in London von dem Griechischen Feuer?«

Aus einem hinteren Raum war das Klingeln der Metallbarren zu hören. Eine ehrliche Antwort formte sich auf Thomas' Zunge. Er schluckte sie hinunter und erfand eine Ausrede. »Ein Wasserverkäufer am Hafen hat mir davon berichtet«, sagte er. »Er sprach Englisch und unterhielt seine Gäste mit Geschichten aus der Stadt.«

»Eremyia!«, schnaubte Ioannis. »Der sollte besser aufpassen, wem er seine Märchen erzählt. Sonst lässt ihn der Sultan in einem seiner Wasserkrüge ertränken. Ich werde mich mit Eremyia darüber unterhalten müssen.«

Thomas hatte seine Finger in eines der Kissen gekrallt. Langsam löste er den Griff und stand auf. »Wir sollten aufbrechen. Kapitän Wells und John Flint sind gewiss in großer Sorge um mich.«

»Sind das deine Freunde?«, fragte Ioannis.

Darauf wusste Thomas keine Antwort.

Als sie den alten Konvent verließen, war Istanbul ins Licht der Wintersonne getaucht. Doch sie vertrieb die Kälte nicht. Immer wieder holte Thomas die Hände aus den Taschen und hielt sie sich gegen die Ohren, um diese zu wärmen. Während sie durch die Straßen gingen, fragte er Ioannis, warum Kassandra sie nicht begleite. Der Schmied schüttelte den Kopf. Nur wenn Thomas am Abend noch einmal bei ihnen zu Gast sei, könne er Kassandra wiedersehen.

Thomas dachte an das Gespräch über das Griechische Feuer. Als er danach gefragt hatte, war Kassandras lange und bewegliche Oberlippe für einen Augenblick erstarrt. Dann war Ioannis in das Gespräch geplatzt. Das letzte Wort war ungesagt geblieben, und Thomas nahm sich fest vor, es zu hören zu bekommen.

»Ja«, sagte er, »ich kehre am Abend zurück und bin euer Gast.«

»Den Sultan im Orgelspiel unterrichten!«, rief Thomas. Er stand an Deck der *Hector*, umringt von den Seeleuten und den Passagieren. Groß war die Freude gewesen, alle wohlauf wiederzusehen, bis John Flint von der Audienz beim Sultan berichtete.

»Wie sollen wir das fertigbringen?«, fragte Thomas und schlug gegen den Fockmast. »Ich habe ein Musikinstrument gebaut, das von selbst spielt. Wie viel mehr kann sich ein Mensch wünschen?«

»Aber so eine Maschine ist in Istanbul nichts Besonderes«, sagte John Flint und schaute betreten zu Boden. »Wenn ich dem Sultan nicht ein Wunder versprochen hätte, wären wir vermutlich schon wieder auf dem Heimweg.«

Und zwar ohne das Griechische Feuer, dachte Thomas. Flint hatte vermutlich richtig gehandelt. Aber wer würde jetzt die Last eines Sultans auf seinen Schultern tragen müssen? John Flint jedenfalls nicht.

»Wir brauchen mehr Zeit in Istanbul«, sagte Thomas. Damit gab er Flint und Lady Aldridge den Hinweis, dass er das Griechische Feuer noch nicht gefunden hatte. »Zuerst einmal werde ich die Orgel im Serail aufbauen. Das wird einige Tage dauern. Das hier ist Ioannis, ein Schmied. Er spricht unsere Sprache und wird mir helfen, den Apparat wieder instand zu setzen.«

Ioannis schaute in die Runde und stieß einen missmutigen Kehllaut aus.

»Dieser Mann ist nicht Teil unserer Gesandtschaft«, sagte Hoodshutter Wells. »Ich kann mich nicht für ihn verbürgen. Also kann er auch nicht im Namen Königin Elizabeth' in den Palast gehen. Er kann die Orgelpfeifen in seiner Schmiede reparieren und sie uns dann liefern. Gegen einen erschwinglichen Preis, versteht sich.«

Ioannis warf Thomas einen verdrossenen Blick zu.

Thomas schüttelte den Kopf. »Ioannis hat mich aus dem Kerker befreit. Im Gegenzug habe ich ihm versprochen, ihn in den Palast zu führen. Er will Sultan Mehmed persönlich gegenübertreten und ihm ein Gesuch überreichen. Daran ist nichts Verwerfliches.«

»Aus welchem Kerker?«, fragte Dudley North.

»Warum geht er nicht allein zu einer Audienz?«, wollte Lady Aldridge wissen. »Wir sind schließlich auch offiziell empfangen worden.«

»Weil er Grieche ist und …«, sagte Thomas.

»Der Sultan hasst die Griechen«, fiel Ioannis ihm ins Wort. »Er duldet uns in der Stadt. Aber wir sind vom öffentlichen Leben ausgeschlossen. Ich bin Schmied, ein Handwerker, darf aber der Zunft nicht beitreten. Deshalb bekomme ich nur die schlechtesten Aufträge, und niemand unterstützt mich, wenn die Schmiede eine Zeit lang nicht läuft. Werde ich krank, muss meine Tochter die Türken um Almosen anbetteln.«

»Das ist bedauerlich«, sagte der Kapitän. »Aber wir bezahlen natürlich für deine Dienste.«

»Ihr Engländer seid alle gleich«, spie Ioannis aus. »Ihr wollt die Welt beherrschen, aber euer Blick reicht nur bis zum Horizont. Ich muss zu Mehmed, um der Zukunft meiner Tochter willen.«

Wells verschränkte die Arme. »Warum sollte der Sultan etwas an deiner Lage ändern wollen? Wenn ich es richtig verstanden habe, hat er das Gesetz doch selbst erlassen.«

In Ioannis' Augen loderte etwas Unheiliges. Thomas stellte sich zwischen den Griechen und den Kapitän.

»Also gut«, sagte er. »Ich lasse mich auf diesen Irrsinn ein. Vielleicht kann ich es wenigstens so aussehen lassen, als würde ich dem Herrn der Osmanen das Orgelspiel beibringen. Mehmed wird vor den Tasten sitzen. In Wirklichkeit spielt aber der Automat. Nur darf das eben niemand bemerken.« Er überlegte, wie er das anstellen sollte. Dann fuhr er fort: »Aber das geht nur, wenn Ioannis mir hilft, das Instrument zu reparieren – und zwar direkt im Serail. Ich habe diesem Mann mein Wort gegeben. Zwingt mich nicht, es zu brechen.«

Thomas atmete schwer. Wenn er Ioannis verlor, würde sich die einzige Spur zum Griechischen Feuer in Luft auflösen.

Wells deutete mit einem Finger auf das Deck. Doch Lady Aldridge hielt seinen Arm fest.

»Der Kapitän folgt nur dem Protokoll. Das ist gewiss richtig. Aber die einzige noch verbliebene Adelige in unserer Gesandtschaft bin ich. Und damit habe ich die Hoheit über den Verlauf der Verhandlungen.«

Wells wollte etwas entgegnen, doch Lady Aldridge kam ihm erneut zuvor: »Es ist gleichgültig, dass ich eine Frau bin. Ich vertrete in dieser Angelegenheit die Königin. Ist die etwa ein Mann?«

»Dann tragt Ihr allein die Verantwortung für diesen Fremden. Er scheint ein unverschämter Bursche zu sein. Sollte er den Sultan beleidigen, werdet Ihr der Königin erklären, warum wir am osmanischen Hofe gescheitert sind.«

Lady Aldridge schenkte Wells ein herbes Lächeln. Dann ließ sie den Arm des Kapitäns los und nahm stattdessen Thomas bei der Hand.

»Kommt, bester Dallam«, forderte sie ihn auf. »Wir wollen uns anhören, wie es Euch unter den Osmanen ergangen ist. Überdies muss der Verband an Eurem Daumen gewechselt werden. Er sieht aus, als hättet Ihr versucht, Euch damit aus einem türkischen Gefängnis herauszugraben.«

# Kapitel 22

Die bunten Blätter wilden Weins auf den Mauern, das Innere der Gemächer mit den Holzschnitzereien von Efeu und reifen Haselnüssen, der Boden bestreut mit süßen Kräutern und Immergrün – in Greenwich Palace veränderte sich nie etwas. Die Zeit stand still in diesen toten Mauern, so wie sie in Elizabeth stillgestanden hatte.

Aber jetzt jagten die Stunden durch sie hindurch, und zum ersten Mal seit einer undenklich langen Zeit spürte sie die Augenblicke verfliegen. Seit London war alles anders.

Elizabeth ging zum Kamin, in dem ein mächtiges Feuer die Kälte fraß. Sie ballte die Hand mit den Dokumenten zur Faust, zögerte und warf die Papiere in die Flammen. Im ersten Moment erschrak sie. Dann spürte sie Erleichterung.

»Mit solchen Nebensächlichkeiten vergeude ich nicht länger meine Zeit«, sagte sie. Ihre Stimme klang unfreundlicher, als sie es beabsichtigt hatte.

»Wie Ihr wünscht, Majestät«, sagte William Cecil, der schon eine Weile darauf gewartet hatte, dass Elizabeth die Schriftstücke unterzeichnete. Er trat an das Feuer heran und fischte die an den Rändern glühenden Schreiben aus dem Kamin. Dann warf er sie zu Boden und trat die Flammen aus. »Nebensächlichkeiten«, fuhr Cecil fort, »sollten nicht zu den Aufgaben einer Königin gehören. Einen Affen zu zähmen erfordert gewiss Eure gesamte Aufmerksamkeit.«

Elizabeth stockte der Atem. »Was erlaubt Ihr Euch, Cecil?«

»Zu viel, meine Königin«, sagte ihr Berater. Er verbeugte sich und gab seinen Hals preis. Das uralte Ritual der Demut. Elizabeth fragte sich, ob ein Herrscher jemals diese Geste ausgenutzt, eine Axt hervorgezogen und den Bückling enthauptet hatte. Bei der Vorstellung stieg ein Glucksen in ihrer Kehle auf.

Aber Cecil war noch nicht fertig. »Ebenso anstrengend muss es wohl sein, einen spanischen Diplomaten bei Laune zu halten. Wie ich hörte, gebt Ihr Euch die größte Mühe.«

Das Glucksen löste sich auf. Zurück blieb der Geschmack von Säure. »Natürlich gebe ich mir Mühe«, prasselte es aus ihr hervor. »Diese Aufgabe ist mir doch von Euch persönlich angetragen worden. Oder ist mein Gedächtnis etwa nicht mehr frisch?«

Cecil richtete sich wieder auf. »So frisch wie eine Gänseblume«, sagte er. »Allerdings haben wir bereits Winter. Deshalb ist es meine Pflicht, Euch über die Gerüchte zu informieren, die im Palast kursieren.«

Elizabeth wollte davon nichts hören. Sie deutete auf die angesengten Papiere in Cecils Hand. »Nehmt Abschriften davon und unterzeichnet sie selbst. Ich bin es müde, mich mit lächerlichen Dekreten und Bittschriften herumschlagen zu müssen.«

»Diese Gerüchte besagen, man habe Euch in London gesehen. Zu Fuß. Mit dem Spanier an Eurer Seite. Ihr sollt – bitte, vergebt mir, aber das erzählt man sich auf der Straße – Ihr sollt in einem Theater aufgetreten sein.«

Nein, dachte Elizabeth. Nichts hat sich verändert. Und doch ist alles anders geworden.

»Und Ihr glaubt diesen Gerüchten«, stellte Elizabeth fest.

»Einer der Lord Chamberlain's Men steht in meinen Diensten«, schnarrte Cecil.

»Und wird von meinem Geld bezahlt«, sagte Elizabeth. »Ich sollte Euch die Mittel kürzen, um meiner eigenen Freiheit willen.«

»Dann wäre diese Freiheit teuer erkauft. Mein Mann hat Eure Verfolger davon überzeugen können, nicht auf den Wagen aufzuspringen, in dem Ihr das Theater verlassen habt – beinahe unerkannt, wie ich zugeben muss.«

Elizabeth fühlte sich müde. Jetzt musste sie Cecil sogar noch dankbar dafür sein, dass er ihr nachstellen ließ.

»Ich werde mich erkenntlich zeigen. Und nun geht!«, befahl sie.

»Mylady«, begann Cecil von Neuem.

»Oder ich werde Euch zu dem Affen sperren«, drohte Elizabeth.

Cecil musterte sie mit einem Blick, der nach einer Spur von Ironie suchte. Er fand den unnahbaren Ernst einer Herrscherin. Mit seiner knappsten Verbeugung zog er sich aus dem Gemach zurück. Sein kurzer Schatten eilte ihm voraus.

Auf einem Tischchen stand eine Schüssel mit Wasser. Darauf schwammen Rosenblätter. Mit den Fingerspitzen zog Elizabeth die Blüten an den Rand, wartete, bis sich die Oberfläche beruhigt hatte, und schaute hinein. Ihr bleiches Gesicht blickte zurück. Es war das Antlitz einer alten Frau.

Die Vergangenheit hat mich verkleidet, dachte Elizabeth. Sie tupfte mit einem Finger in das Wasser, und das Bild verschwamm.

An diesem kalten Tag hielt der Hof mancherlei Spiel bereit. Es gab Fingerhakeln, Hindernisläufe in der großen Halle, Tennis und sinnreiche Gespräche über Liebe, Tod und Politik. Seit Jahren hatte sich Elizabeth an derlei Kurzweil nicht mehr beteiligt. Heute aber wollte sie dem Treiben in der großen Halle wieder einmal beiwohnen.

Sie wählte ein enges Gewand aus dunklem Brokat. Daraus ragte das Unterhemd an den Ärmeln und an der Taille hervor.

Es war mit Borten, Biesen, Krausen, Bändern und Stickereien verziert. Sie hatte dieses Kleid seit Jahren nicht mehr getragen, doch es schmiegte sich an sie, als käme es gerade erst vom Hofschneider.

Von ihren Zofen ließ sie sich das Haar öffnen. Üblicherweise trug sie es hochgesteckt und zu kunstvollen Locken und Wirbeln frisiert. Heute jedoch sollte es nur gebürstet werden. Es war noch immer seidig und lang genug, um ihre Schultern zu berühren.

Prüfend schaute Elizabeth in den Spiegel. Machte sie sich mit diesem Aufzug lächerlich? Sie wandte den Kopf langsam nach links und rechts, fand jedoch nichts, dessen sie sich hätte schämen müssen.

Als sie die Treppe zur Großen Halle erreichte, lauschte sie für einen Moment dem Treiben im Erdgeschoss. Das Schnattern und Tremolieren der Damen mischte sich mit dem Fluchen und Lachen der Herren. Dazwischen waren das Ploppen von Bällen und das Keuchen der Angestrengten zu hören.

Elizabeth schritt die Stufen hinab. Lichterfunkelnde Hängekronen warfen ihren Glanz auf die Szenerie, die nun einfror, da die Spieler der Königin gewahr wurden. Alle fielen auf die Knie, und sogar der Ball ging zu Boden.

Elizabeth wischte mit der Hand durch die Luft und erweckte den Hofstaat wieder zum Leben. Das Spiel ging weiter. Nur Garcilaso de la Ruy blieb starr am Fuß der Treppe stehen, den Tennisschläger unter den Arm geklemmt, das tiefblaue Hemd voll feuchter Flecken, und erwartete sie mit großen Augen und von Schweiß glänzendem Gesicht. Er freut sich wie ein Kind, dachte Elizabeth. Sie selbst spürte Erleichterung, den Spanier hier anzutreffen. Natürlich durfte sie sich das nicht anmerken lassen – im Gegenteil.

»Ich bin überrascht, Euch beim Zeitvertreib zu treffen, Garcilaso«, sagte sie und blieb auf der unteren Stufe stehen, um einen

Kopf größer zu sein als der Gesandte. »Wie es scheint, mangelt es Euch an sinnvollen Aufgaben.«

Sie hatte erwartet, dass de la Ruy die Augen niederschlug. Doch er schaute sie unverwandt an. »Eure Schönheit zu bewundern ist meine Aufgabe. Sie wird von Tag zu Tag einfacher.«

»Wie steht es mit dem Krieg, den Ihr verhindern wollt?«, fragte sie spitz.

»Krieg entsteht dort, wo der Hass wohnt«, erwiderte er.

Sie schaute sich um. Hatten die Spielenden diese Worte vernommen? Kein Wunder, dass Cecil ihr Zurückhaltung auferlegte, wenn ihr Gast solche Worte in der Öffentlichkeit von sich gab. Sie musste de la Ruy von hier entfernen. Aber wie?

»Habt Ihr Euch schon um den Affen gekümmert?«, fragte sie so laut, dass es jeder verstehen konnte.

»Sein Käfig ist in der Bibliothek im Nordflügel aufgestellt. Wie Ihr es befohlen habt«, sagte de la Ruy.

Sie schaute ihn schweigend an. Begriff er denn nicht? Wenn sie doch nur die richtigen Worte hinter seine Stirn denken könnte.

»Es geht dem Tier gut«, fuhr de la Ruy fort. »Aber es scheint nicht besonders glücklich zu sein. Ich hatte den Eindruck, es sehnt sich nach seiner Befreierin.«

»Was für eine Befreiung ist das schon gewesen?«, sagte Elizabeth. »Das bedauernswerte Geschöpf steckt noch immer in einem kleinen Käfig. Nur steht der jetzt in einem Palast statt in einem Wirtshaus. Ich will den Gefangenen sehen. Auf der Stelle! Begleitet mich!«

Garcilaso folgte dem Ruf. Aber nicht allein. Wie sie an dem Geräusch zahlreicher zarter Schritte erkennen konnte, klebten die Zofen an ihrem Kleid.

Elizabeth blieb stehen. Sie wollte mit de la Ruy allein sein, sich mit ihm an den Ausflug erinnern, sich über den Eimer voller

Urin entsetzen und über ihren Auftritt als Königin lachen. Sie öffnete den Mund und schloss ihn wieder.

Die Zofen fortzuschicken war unmöglich.

Die Gerüchte, die laut Cecil durch den Palast rauschten, würden Flügel bekommen und in die Stadt fliegen: Die Königin wollte mit einem Spanier allein sein.

Elizabeth starrte ihre Zofen an.

»Zum Nordflügel geht es hier entlang«, sagte de la Ruy und deutete mit halb erhobener Hand in besagte Richtung.

Elizabeth rettete sich in ein Lächeln. »Ein Spanier weist der Königin von England den Weg durch ihren Palast. Ich hatte gehofft, diesen Tag nicht erleben zu müssen.«

Als sie an ihm vorüberging, sagte er: »Und ich hoffe, dass die Tage Ihrer Majestät voller spanischer Momente sein werden.«

Für den Affen hatte sich tatsächlich nichts verbessert. Noch immer saß das Tier in dem alten Käfig und umklammerte mit seinen winzigen Fingern die angelaufenen Metallstäbe. Zwar lebte es jetzt in einem Palast, war aber ein Gefangener wie zuvor.

»Wir haben ihm noch nicht einmal einen Namen gegeben«, sagte Elizabeth, als sie in die Bibliothek kam.

Die vier Zofen stießen kleine Schreie des Entzückens aus und liefen auf den runden Tisch aus poliertem Nussbaumholz zu, auf dem der Käfig stand. Der Affe schrie ebenfalls und sprang angesichts der auf ihn zueilenden Riesinnen durch den Käfig, auf der Suche nach einer Fluchtmöglichkeit.

»Ihm?«, fragte Garcilaso, der mit Elizabeth im Hintergrund blieb.

»Ihr habt recht«, sagte sie. »Es könnte ebenso gut ein Weibchen sein. Vielleicht sogar die Königin der Affen.«

»Also müssen wir nachsehen«, schlug de la Ruy vor.

In diesem Moment erreichte das Kieksen der Zofen eine

schmerzhafte Höhe. Die Mädchen stoben auseinander. Auf dem Kopf der blonden Beatrice ritt der Affe.

»Diese Hühner haben den Käfig geöffnet«, rief Elizabeth.

»Ein Affe, der ein Huhn bespringt«, sagte Garcilaso mit gleichbleibender Ruhe. »Es scheint sich wohl doch um ein männliches Tier zu handeln.«

»Es würde mich nicht wundern, wenn er aus Spanien käme«, versetzte Elizabeth.

Doch de la Ruy hörte sie nicht mehr. Er sprang Beatrice zu Hilfe, an deren Kopf der Affe sich für all die Jahre in Gefangenschaft zu rächen schien. Das Tier riss an den Haaren des Mädchens und trommelte auf dem Kopf seines Opfers herum. Affe und Zofe kreischten nach Leibeskräften. De la Ruy versuchte, das Tier zu packen. Es biss ihn in die Hand. Garcilaso zog den Arm zurück. Der Affe ließ von seinem Opfer ab und flüchtete sich in die oberen Fächer der Buchregale. Dort blieb er geduckt auf den Chroniken der Tudor-Familie sitzen und warf argwöhnische Blicke auf die Menschen hinab.

Die Zofen liefen aus dem Raum. Nicht eine schaute nach Elizabeth. Ein winziger Affe genügt, dachte sie, schon kehren dir Treue und Ergebenheit die Rücken.

Garcilaso hielt sich die Hand und schaute zu dem Affen hinauf. Das Tier sprang von Buch zu Buch und schaute aus bösartigen kleinen Augen zurück.

Elizabeth schloss die Tür, damit der Affe nicht entkommen konnte. »Seid ihr verletzt?«, fragte sie Garcilaso.

»Nur vom wilden Affen gebissen«, antwortete der Spanier.

»Zeigt her!«, befahl sie und nahm seine Hand. Sie war warm, und auf dem Handrücken kräuselte sich dunkles Haar. Der Affe hatte den Abdruck seiner Zähne in der weichen Stelle zwischen Daumen und Zeigefinger hinterlassen. Die Haut war aufgerissen, und Blut sickerte hervor. Aber die Wunde war nicht tief.

»Daran werdet Ihr nicht sterben«, sagte Elizabeth und ließ die Hand los. »Aber es wäre besser, Ihr wascht es aus.«

»Gleich nachdem ich mich gerächt habe«, erwiderte Garcilaso. Unverwandt behielt er den Affen im Blick. »Gibt es eine Leiter?«

»Wir wollten ihm doch die Freiheit schenken«, erinnerte Elizabeth.

»Er gehört in einen Wald, wo er Artgenossen findet. Diese Burg ist nur ein weiteres Gefängnis.«

Elizabeth spürte, wie sich die Haare auf ihren Armen aufstellten. »Vielleicht gehören wir alle in einen Wald«, sagte sie.

Garcilaso löste den Blick von dem Affen und schaute sie schweigend an. Er hob die unverletzte Hand und legte sie an ihre Wange. »Der Wald, in dem Ihr Euch niederlasst, würde sich augenblicklich in einen Palast verwandeln«, sagte er.

Sie erlaubte seiner Hand zu verweilen. »Dann gibt es wohl keine Rettung für mich«, sagte sie.

»Keine«, sagte de la Ruy und küsste sie auf den Mund.

Elizabeth wich zurück. Erschrocken riss sie die Augen auf, doch ihr dummer Mund lächelte.

In diesem Augenblick sprang der Affe herab und landete auf ihren Schultern. Wie zuvor bei Beatrice, zauste er diesmal Elizabeth' Haar, sprang jedoch weiter, bevor Garcilaso ihn zu fassen bekam, und verschwand in einem Stapel Feuerholz. Einige Scheite polterten zu Boden. Dann war alles still.

Die Tür wurde aufgerissen, und vier Mitglieder der Palastwache stürmten in den Raum. »Mylady«, rief der vordere Wachmann. »Verzeiht die Störung. Aber Eure Zofen riefen uns und sagten, Ihr würdet in der Bibliothek von einem Ungeheuer angegriffen.« Die Blicke der Männer fielen auf Garcilaso, dann wieder auf Elizabeth. »Verzeiht die Störung«, wiederholte der Wachmann.

Um ein Haar hätte Elizabeth sich an ihr durchgewühltes Haar gefasst. Sie beherrschte sich. Die Erklärung für ihr Aussehen, die ihr auf der Zunge lag, schluckte sie hinunter. Alles, was sie sagen konnte, würde wie eine Ausflucht klingen.

»Ein Ungeheuer«, sagte sie deshalb. »Es reicht euch etwa bis zur Wade. Also seht euch vor, wenn ihr zu viert dagegen antretet.«

Die Wachmänner schauten zu Boden. Der Vordere fragte: »Wohin ist es entwischt?«

Elizabeth warf Garcilaso einen schnellen Blick zu. »Es ist zum Fenster hinaus. Vermutlich könnt ihr es im Garten aufstöbern.«

## Kapitel 23

Einst war sie eine von selbst spielende Orgel gewesen, ein Wunderwerk unter den Maschinen. Jetzt war sie nur noch ein Haufen Altmetall und Feuerholz. Als Thomas die Einzelteile seines Apparates im Pavillon des Sultans liegen sah, vergaß er alles um sich herum. Der mächtigste Mann des Osmanischen Reiches würde jeden Augenblick erscheinen – gleichgültig! Kapitän Wells, John Flint und Lady Aldridge warteten darauf, dass Thomas die Orgel zusammenbaute und anpries – gleichgültig! Die bis an die Zähne bewaffneten Torwächter, die nur darauf lauerten, sie alle wieder aus dem Serail zu werfen – auch sie waren ihm gleichgültig! Sein Lebenswerk war ein Leichnam. Thomas fiel vor den verbogenen Röhren und zerschrammten Gehäuseteilen auf die Knie.

»Wer hat das getan?«, rief er.

»Also, ich habe zwei Pfeifen für meine Zwecke hergerichtet, als ich dem Sultan unser Gastgeschenk präsentieren musste«, sagte John Flint mit leiser Stimme. »Aber die waren schon verbogen.«

»Eine der Pfeifen ist vor Oran verloren gegangen«, ergänzte Hoodshutter Wells.

Thomas strich über die Verzierungen und Leisten. »Gewiss. Aber das hier …«

Der Leim, der die vielen Einzelteile zusammengehalten hatte, war vertrocknet und gerissen. Ein halbes Jahr in der salzigen Luft hatte den Klebstoff zerfressen. Was Thomas mit großer Präzision zusammengefügt hatte, war auseinandergefallen. Schlimmer noch waren die Beulen und Dellen, die in jede einzelne der zuvor exakt geformten Pfeifen gedrückt waren. Schwer hatte es die große B-Pfeife getroffen. Einst gleichmäßig und schön wie ein Frauenbein, hatte die Röhre ein Knie bekommen. Dieser Schaden war nicht von selbst entstanden. Jemand hatte sie in der Mitte durchgebogen.

»Das hat Henry Lello getan!«, rief Thomas. Er warf seinen Hut zu Boden und fuhr sich mit beiden Händen durchs Haar.

Jemand klatschte zweimal in die Hände, und ein Ruf auf Osmanisch erklang. Thomas zwang sich, den Blick von den Überresten seiner Maschine zu lösen, und erhob sich. Aus einem Durchgang näherte sich eine kleine Prozession, in deren Mitte ein stämmiger, reich gekleideter Mann zu sehen war. Das musste der Sultan sein. Thomas' Verdacht bestätigte sich, als sich der Rotbärtige mit einem Seufzer in ein Lager aus Kissen fallen ließ, das am Ende eines Wasserbeckens aufgebaut war. Seine Begleiter gruppierten sich um ihn herum. Ein Türke in gelbem Brokat, der ein Buch hielt, sprach zu dem Sultan und deutete auf die englische Gesandtschaft.

Der Sultan nickte der Gruppe zu.

Hoodshutter Wells verbeugte sich, ebenso John Flint. Nur Lady Aldridge schien einen Besenstiel verschluckt zu haben. Thomas wollte es Wells gleichtun, doch das Entsetzen über den Kadaver seiner Orgel lähmte ihn bis in die Zehenspitzen.

»Haben die Engländer über meinen Wunsch nachgedacht?« Die Stimme des Sultans hallte über das Wasserbecken wie Donner über das Meer.

Thomas wollte etwas sagen, doch Wells kam ihm zuvor. »Was der große Mehmed will, das soll geschehen. Die Orgel wird zusammengesetzt werden, und dieser Mann dort, Thomas Dallam, wird den ehrwürdigen Sultan im Orgelspiel unterweisen. Dies soll der erste Schritt in der Zusammenarbeit unserer Länder sein, und viele weitere werden folgen.«

»Jaja«, sagte Mehmed. »Das Bündnis mit England. Ich erinnere mich.« Er ließ sich einen Kelch reichen und trank daraus.

»Aber das Instrument ist zerstört«, sagte Thomas. Doch Wells gebot ihm zu schweigen.

Der Sultan ließ den Kelch noch einmal füllen und leerte ihn erneut. Dann bemerkte er: »Diese Maschine sieht nicht aus, als könne sie Wunder vollbringen. Vielleicht sollte ich besser das Spiel auf der Oud üben. Dann müsste ich mir auch über ein Bündnis mit England keine Gedanken machen.«

»Wahre Schönheit entfaltet sich erst auf den zweiten Blick«, sagte Thomas in Richtung des Diwans. »Meine Orgel musste für den Transport zerlegt werden. Jetzt brauche ich Zeit, um sie wieder zusammenzusetzen.«

Mehmed erhob sich, wandelte am Wasserbecken entlang und blieb vor dem Haufen aus Holz und Metall stehen. Thomas schaute die Einzelteile jetzt mit dem Blick des Sultans an, so, als habe er sie nie zuvor gesehen. Was er sah, ließ seinen Mut in die Schuhe rutschen.

»Wie lange müsste ich warten, bis diese Trümmer einen Ton von sich geben?«, fragte Mehmed.

Thomas' Magen zog sich zusammen. Er wusste nicht, wie lange das dauern würde. Er wusste nicht einmal, ob das überhaupt jemals möglich sein würde. Wie sollte er antworten? Nannte er einen langen Zeitraum, würde der Sultan die Geduld verlieren. Verhieß er aber baldigen Erfolg, würde ihm die Zeit davonlaufen, und er drohte zu scheitern.

»Nun?«, fragte Mehmed. »Er lässt mich ja schon mit einer einfachen Antwort warten. Wie lange soll es da erst dauern, bis er eine ganze Orgel zusammengesetzt hat?«

»Zwölf Tage«, sagte Thomas, von Unsicherheit gequält. Zwölf – das war die Anzahl der Töne auf der Tonleiter. Vielleicht brachte ihm diese Zahl Glück.

»Zwölf«, brummte Mehmed. »Das ist die Zahl meiner Kinder. Eine gute Zahl. Doch hat mir Allah sechs Söhne und sechs Töchter beschieden. Die Mädchen machen alles in der Welt langsamer als nötig. Deshalb zählen nur die Söhne für mich. Sechs Tage. So lange werde ich mich in Geduld üben. Dieser Apparat gefällt mir schon jetzt. Vielleicht würde ich ihn als Geschenk Englands annehmen und ein Bündnis mit Eurem König eingehen.«

»Königin Elizabeth ist eine Frau«, warf Lady Aldridge ein.

»Das macht nichts«, erwiderte Mehmed. »Das Bündnis käme trotzdem zustande. Aber so einfach wird Eure Mission nicht zu erfüllen sein.« Der Sultan lächelte und faltete seine großen behaarten Hände über seiner Brust. »Holt den Lipsika herein«, befahl er seinen Wachen.

Die beiden Männer an der Tür verschwanden, um bald darauf mit Henry Lello in ihrer Mitte zurückzukehren. Der Lord trug schwarze Kleider. In seinem Hut steckte eine neue safranfarbene Feder. Die Male an seinem Hals, die während der heißen Tage auf der *Hector* zu sehen gewesen waren, waren mit einem weißen Rüschenkragen bedeckt.

Als Lady Aldridge den Mörder ihres Mannes sah, wich sie vor ihm zurück, bis sie gegen Thomas stieß. Er hielt sie fest und spürte, wie ihre Schultern bebten.

Ohne seine ehemaligen Reisebegleiter eines Blickes zu würdigen, trat Lello vor den Sultan und verbeugte sich vor ihm. Nicht besonders tief, wie Thomas fand.

»Ein Besucher aus Spanien«, stellte Sultan Mehmed den Ankömmling vor. »Wenn ich es richtig verstanden habe, ist er eigentlich ein Engländer, und ihr seid miteinander bekannt.«

Mehmed schmunzelte. »Europa muss eine verwirrende Ansammlung winziger Reiche sein, beherrscht von Frauen und Zwergen.«

Der osmanische Hofstaat lachte pflichtschuldig.

Der Sultan kehrte zu seinem Lager zurück. Dort war eine silberne Platte aufgetragen worden. Der Duft von gebratenem Fleisch und kandierten Früchten zog durch den Raum. Mehmed steckte sich etwas Rundes und von Fett Glänzendes in den Mund und kaute ausgiebig.

Die Stille zwischen Henry Lello und den anderen war so tief wie das Schweigen alter Feinde.

Schließlich fuhr Mehmed fort: »England will ein Bündnis mit mir. Spanien will ein Bündnis mit mir. Bei Allah, dem Allmächtigen! Ich bin ein netter Mensch und würde einen Pakt mit jedem schließen, der mein Freund sein will.« Kurz hielt er sich eine Faust vor den Mund. »Aber wenn ich es richtig verstanden habe, soll ich einen von euch im Krieg gegen den jeweils anderen unterstützen. Meine Freundlichkeit für alle ist also überhaupt nicht erwünscht. Bedauerlich.«

Thomas wollte etwas sagen, doch Wells gab ihm Zeichen zu schweigen.

»Da ich nur einem von euch meine Freundschaft anbieten kann, muss ich herausfinden, wer der wertvollere Verbündete für mich ist«, fuhr Mehmed fort. »Sind es die Engländer? Mit dem Orgelspiel würde ich meine Untertanen beeindrucken und meine Feinde im Innern des Reichs zum Schweigen bringen.« Er deutete auf Lello. »Oder sind es die Spanier? Mit einer spanischen Flotte kann ich den Habsburgern Angst einjagen und sie vielleicht sogar vernichten. Ihr müsst zugeben: Das sind zwei verlockende Aussichten.«

»Wer mit den Spaniern paktiert, landet in der Hölle«, sagte Lady Aldridge.

Thomas fragte sich, ob sie damit ihren Gatten meinte.

Mehmed überging die Worte. »Ihr werdet mir bei der Entscheidung helfen. In genau sechs Tagen soll es ein großes Fest in der Stadt geben. Dann werde ich entweder vor Tausenden meiner Untertanen die Orgel spielen, oder ich werde ihnen die spanischen Schiffe zeigen, die im Hafen eingelaufen sind und auf meinen Befehl Salut aus zweihundert Kanonen schießen. Ihr habt sechs Tage Zeit, euch auf dieses Ereignis vorzubereiten. Derjenige, der scheitert, verliert auf dem Höhepunkt des Festes seinen Kopf.«

\*

Den Weg zum Hafen legte Lello im Laufschritt zurück. Wie sollte er die spanische Flotte nach Istanbul holen? Das war nicht in sechs Tagen zu bewerkstelligen, nicht einmal in einem ganzen Jahr. König Philipp würde Lello auslachen. Wenn er überhaupt jemals zum spanischen König vorgelassen werden würde. In dessen Augen war Lello nur ein Verräter, und jetzt hatte er seine Einsätze verspielt. Daran war nur dieser Orgelbauer schuld!

Lello stieß den Bootsführer auf die Sitzbank und griff selbst zu den Riemen. Viel zu lange dauerte es, ehe er an Bord der Galeone stand. Die Fragen des Kapitäns überhörend, rannte er in seine Kabine, verriegelte die Tür und zerrte sich die Kleider vom Leib. Es störte ihn nicht, dass der kostbare Stoff riss. Es störte ihn nicht, dass die Luft so kalt war wie in einem Grab. Lello klappte eine Truhe auf und nahm den Gürtel hervor. Er bestand aus Schweineborsten und war mit Dornen gespickt. Hastig legte er sich den Riemen um die bloße Hüfte und zog ihn mit einem Ruck zu.

Der Schmerz durchflutete ihn wie ein Schluck Wasser am Abend eines heißen Tages. Lello legte den Kopf in den Nacken und schloss die Augen. Seine Gedanken, von den Worten des widerlichen Sultans getrübt, klarten auf. Er atmete tief ein, spürte, wie Borsten und Dornen die dünne Haut verletzten. Lello zog seine Kleider wieder an. Er ging probeweise in der Kabine auf und ab, tastete über seine Hüfte. Der Gürtel schien nicht sichtbar zu sein. Aber die Stiche peitschten ihn noch immer auf, während er umherging. So liebte er es.

Die Borsten und Dornen hatten den Zorn aus seinem Fleisch gesogen. Jetzt war er nicht länger blind und hilflos. Jetzt wusste er, was zu tun war.

Wenn er den Wunsch des Sultans nicht erfüllen, wenn Spanien diesen Wettkampf eines Irrsinnigen nicht gewinnen konnte, dann blieb nur eins: Die Gegenseite durfte ebenfalls nicht obsiegen. Die Orgel zu beschädigen war offenbar nicht genug gewesen. Also musste er auch ihren Meister zerstören. Thomas Dallam musste sterben. Der nächste Tag würde sein letzter sein.

## Kapitel 24

ÜBER DEN DÄCHERN Istanbuls zerfranste der Lichtschein des späten Tages. Die Kälte nagte an Henry Lellos Beinen. Schon seit Stunden spürte er seine Füße nicht mehr. Eine Ewigkeit hatte er im Hafen darauf gewartet, dass Thomas Dallam wieder von der *Hector* herüberkommen würde. Endlich legte ein Ruderboot an, und mehrere Personen stiegen aus. Lello erkannte Flint, den Koch, Dallam und noch einen Mann, der ihm nicht bekannt war. Der Kleidung nach zu urteilen, musste es sich um einen Einheimischen handeln.

Drei waren zwei zu viel. Wenn er den Musiker aufschlitzen wollte, so musste dieser allein sein. Vielleicht, dachte Lello, habe ich Glück, und sie trennen sich, bevor sie das Serail erreichen. Denn dorthin würde ihr Weg führen. Dallam würde keine Zeit verschwenden und die Arbeiten an der Orgel sofort in Angriff nehmen.

Die kleine Gruppe näherte sich. Lello verbarg sich im Schatten eines Schuppens. Als das Trio an seinem Versteck vorübergekommen war, folgte er in sicherem Abstand. Die Straßen waren voller Menschen. Er würde nicht einmal dann auffallen, wenn sich einer der drei umdrehen würde. Dennoch nahm er vorsichtshalber den Hut ab.

Rasch erkannte Lello, dass Dallam und seine Begleiter nicht in Richtung Serail unterwegs waren. Er schob sich an Karren vorbei, die mit so vielen grünen Bohnen beladen waren, dass ein

Mann sich hätte darin verbergen können. Einige Schritte weiter musste er Kamelen ausweichen, die er bislang nur auf Zeichnungen gesehen hatte. Sooft er konnte, stellte sich Lello auf die Eingangsstufen der Häuser und vergewisserte sich, dass Dallam und seine Begleiter nicht unbemerkt in eine der zahlreichen Gassen abgebogen waren. Schließlich sah er, wie die drei Männer in einem Durchgang verschwanden. Er wartete sieben Atemzüge lang. Dann folgte er ihnen.

Auf der einen Seite der Gasse standen kleine Häuser aus dunklem Holz. Jedes war auf das andere angewiesen, weil es sonst einstürzen würde. Ihnen gegenüber breitete sich schwerfällig ein weißes Gebäude aus. Es war von einer Kuppel gekrönt und hatte winzige, glaslose Fenster. Gerade schloss sich einer der beiden Türflügel.

Lello stellte sich unter eines der Fenster. Aus dem Inneren drangen Stimmen. Eine gehörte Dallam, eine andere einer Frau. Eine weitere, dunkle Stimme sagte etwas in einer Sprache, die Lello nicht verstand. Dann wechselte sie zu Englisch.

»Wartet hier. Kassandra und ich gehen in die Werkstatt und holen die Geräte.« Das musste der Mann sein, der Dallam und Flint hierher begleitet hatte.

In diesem Moment wurde die Haustür wieder aufgezogen. Lello blieb keine Zeit, um nach einem Versteck zu suchen. Er fasste nach seinem Degen. Wenn es sein musste, würde er Dallam gleich hier und jetzt töten.

Aus dem Haus traten der Einheimische und eine junge Frau. Lello ließ den Degen los und setzte sich in Bewegung. Er ging an den beiden vorbei wie ein Spaziergänger. Kurz nickte er ihnen zu. Die Bewohner des weißen Hauses grüßten zurück. Dann war er vorbei.

Aus einem Durchgang heraus beobachtete Lello, wie die beiden in einem Schuppen verschwanden. Er kehrte zu seinem

Horchposten unter dem Fenster zurück. Wenn niemand sonst in diesem Haus wohnte, mussten Dallam und Flint jetzt unter sich sein. Ihre Stimmen waren auf der Gasse undeutlich zu hören. Lello holte eine Bank herbei, die gegenüber vor einem der Häuser stand, und stieg darauf. Jetzt konnte er der Unterhaltung besser lauschen. Dem Volumen nach zu urteilen, mussten sich Dallam und Flint in einem hohen Raum befinden.

»Hier ist es«, hörte Lello Dallam sagen. »Hier habe ich die vergangene Nacht verbracht. Und diese beiden, Ioannis und Kassandra, sie wissen, was das Griechische Feuer ist.«

John Flints Bass war zu hören. »Wissen sie auch, wo wir es finden können?«

»Ioannis sagt, es sei nur eine Geschichte für Kinder. Und dass der Sultan verboten habe, darüber zu sprechen«, erwiderte Dallam.

»Vielleicht ist das die Wahrheit«, sagte Flint.

»Es ist unsere einzige Spur«, gab Thomas zurück.

Eine Pause entstand. Schließlich sagte Flint: »Angenommen, es gibt diese Waffe. Angenommen, die beiden wissen etwas darüber. Wie willst du sie dazu bringen, uns zu helfen?«

»Siehst du die Bücher dort?«, fragte Dallam. Schritte waren zu hören, gefolgt von dem Knarren alten Leders. »Kassandra sagt, diese Bände seien schon hier gewesen, als sie das Haus übernommen haben. Einst war das hier eine Art Kloster. Und Klöster sind Horte des Wissens. Ich glaube, dass in diesen Seiten etwas über das Griechische Feuer zu finden sein könnte.«

»Ich kann schon die Schrift bei uns daheim nicht lesen«, brachte Flint vor. »Aber das hier sieht aus wie … wie …«

»Wie Flammen, die über Pergament züngeln«, sagte Thomas. »Ich werde die Bücher von Ioannis ausleihen. Dann suchen wir nach einem Übersetzer.«

»Und vertrauen ihm an, dass wir eine geheime Waffe für die

englische Flotte suchen? In deinen Worten liegt mehr Zuversicht als Verstand.«

Henry Lello stieg mit sachten Schritten von der Bank hinunter. Jetzt war er froh, Thomas Dallam noch nicht erstochen zu haben. Eine Waffe für Englands Admiräle – das also hatte Montagu in Istanbul zu finden gehofft. Das Bündnis mit den Osmanen sollte nur von der eigentlichen Mission der *Hector* ablenken.

Lello stahl sich aus der Gasse und ließ sich von dem Treiben auf der Marktstraße verschlucken. Wenn er dem Sultan diese Neuigkeit unterbreitete, würde der Wunsch des Herrschers, die spanische Flotte im Istanbuler Hafen zu sehen, mit Mann und Maus untergehen.


»Das Griechische Feuer«, sagte Mehmed, »ist eine Lüge.«

»Warum sollte ich den großen Mehmed, den Beherrscher der Gläubigen, anlügen wollen, wo doch jedes Kind weiß, dass der Sultan eine Lüge erkennt, bevor sie ausgesprochen wird?« Lello kniete vor Mehmed. Erst hatte man ihn nicht vorlassen wollen. Auch seine Beteuerungen, es gehe um die Zukunft des Osmanischen Reichs, hatten die Wachmänner nicht überzeugt. Vermutlich verstanden sie nicht einmal, was er sagte. Dann erwähnte er das Griechische Feuer. Er brachte die beiden Worte auf Englisch, Französisch und Spanisch vor. Einer der Wachleute schien ihn zu verstehen, denn er ging davon, um nach einer endlos erscheinenden Zeit zurückzukehren. Die Wachposten führten Lello in den Palast. Doch diesmal ging es nicht in den Pavillon mit dem Wasserbecken, diesmal blieben sie auf dem Umgang einer Wehrmauer stehen. Von hier aus konnte man über das Meer blicken. Ein kalter Wind blies. Schließlich erschien Sultan Mehmed, in kostbare Pelze gehüllt.

Er glaubte Lellos Geschichte nicht.

»Schau hinab!«, befahl Mehmed.

Lello trat dicht an die Wehrmauer heran. Sie ragte so hoch auf, dass die Häuser in der Tiefe klein wie Vogelkäfige aussahen. Winzige Menschen flatterten auf den fingerbreiten Straßen umher.

»Mein Tag hält Wichtigeres für mich bereit, als mich ohne Unterlass um Europäer und ihre Narreteien zu kümmern. Wenn du mich nicht davon überzeugen kannst, dass du die Wahrheit sprichst, springst du.« Der Wind spielte mit den Haaren im Pelz des Sultans. Mehmed hielt seinen Umhang mit beiden Händen zusammen.

Lange musste Lello nicht überlegen. »Die Engländer sind nicht gekommen, um ein Bündnis mit Euch zu schließen. Sie suchen nach dieser Waffe. Sie sind es, die lügen.«

Mehmed legte den Kopf schief. »Mag sein. Aber das könntest du dir ausgedacht haben, um von deinen angeblichen Schiffen abzulenken. Gib zu: Sie existieren nicht.«

»Es gibt sie. Doch kann ich sie nicht innerhalb von sechs Tagen herbeischaffen«, gestand Lello. »Meine Absichten dir gegenüber sind redlich. Die der Engländer hingegen …«

»Silbenstecherei!«, unterbrach Mehmed und gab seinen Männern ein Zeichen.

Lello fühlte sich von den Wachmännern bei den Armen gepackt. Vergeblich versuchte er, sich aus ihrem Griff zu befreien.

»Ich habe die Engländer verfolgt. Das Haus, zu dem sie gingen, war ein altes Kloster«, beeilte sich Lello zu sagen. »Darin gab es Bücher. Die wollen die Engländer übersetzen lassen.«

»Ein verlassenes Kloster mit einer Bibliothek«, wiederholte Mehmed. »Das kann nur ein alter Derwischkonvent sein. Vor einigen Jahren hat mein Vorgänger den Orden der Bektaschi verbieten lassen. War das Gebäude weiß gekalkt?«

»Ja. Ja. Und es war groß, obwohl es in einer Gasse stand.«

Lello wollte mit den Händen die Ausmaße des Hauses andeuten, doch die Klammern um seine Arme blieben fest geschlossen.

»Die Bektaschi hüteten geheimes Wissen. Dass sie aber den Verbleib des Griechischen Feuers gekannt haben sollen, halte ich für unwahrscheinlich.« Mehmed sprach jetzt mehr zu sich selbst.

»Was ist das überhaupt, das Griechische Feuer?«, fragte Lello.

Etwas blitzte in Mehmeds Augen auf. »Es ist eine Kanone, die so groß ist, dass sie ganze Städte mit einem einzigen Treffer zerstören kann.«

»Das also suchen die Engländer«, sagte Lello. »Und niemand weiß, wo diese Kanone zu finden ist? Aber wenn sie so gewaltig ist, muss es doch schwer sein, sie verborgen zu halten.«

»Genug!«, sagte Mehmed. »Lasst ihn los! Er weiß wirklich nichts.«

Die Klammern lösten sich. War er jetzt dem Tod entronnen? Lello lächelte Mehmed unsicher an. »Was ist es, das ich nicht weiß?«

»Das Griechische Feuer«, erklärte Mehmed, »ist keine Kanone, sondern eine Substanz. Du kanntest den Namen, wusstest aber nicht, worum es sich handelt. Also hast du tatsächlich nur irgendwo gelauscht.«

»Dann darf ich darum bitten, den Wettbewerb gegen die Engländer gewonnen zu haben?«, fragte Lello und rieb sich die schmerzenden Arme.

»Keineswegs«, erwiderte der Sultan. »Ich stelle dir eine neue Aufgabe. Finde das Griechische Feuer für mich. Sollte dir das gelingen, wird es bald keine Engländer mehr in Istanbul geben. Und auf den Meeren der Welt auch nicht.«

\*

Melek Ahmed schlug mit der flachen Hand gegen die Tür. Die grüne Farbe hielt kaum noch auf dem Holz, und Flocken davon fielen unter den Erschütterungen zu Boden und sprenkelten die grauen Haufen alten Schnees.

»Öffne, Ali Ufki!«, rief Mehmed, so laut er konnte. »Ich weiß, dass du zu Hause bist.«

In Wirklichkeit wusste Mehmed das nicht so genau. Aber er vermutete, dass der flüchtige Ali sich hinter den Röcken seiner Frauen und Töchter verborgen hielt.

Die Tür wurde aufgezogen. Tatsächlich erschien eine Frau im Eingang. Zwar trug sie einen Schleier, doch Melek Ahmed war sicher, dass ihre Augen dahinter wütend funkelten.

»Was willst du, Melek Ahmed? Und warum bringst du die Janitscharen zu unserem Haus?«, fragte sie mit belegter Stimme.

Melek deutete auf die drei Krieger, die in der Gasse warteten und sich auf ihre Speere stützten. »Sie helfen mir, die entflohenen Gefangenen wiederzufinden. Einer davon ist dein Mann Ali.«

»Der zu Unrecht verurteilt wurde«, sagte die Frau. Sie wollte die Tür zuschlagen, aber Melek stemmte sich gegen das Holz. Weitere Farbsplitter flatterten in den Schnee.

»Unrecht«, kläffte Melek Ahmed, »widerfährt gerade mir! Zwei Gefangene sind aus dem Kerker befreit worden. Was glaubst du, wer dafür bestraft werden soll?«

»Derjenige, der nicht aufgepasst hat«, zischte die Frau unter dem Schleier hervor. »Hättest du deinen Dienst verrichtet, wie du es hättest tun sollen, wäre niemand in Versuchung gekommen, das Gefängnis zu verlassen. Aber du hast es vorgezogen, deine Nachtwache zwischen den Schenkeln deiner Frau abzuhalten. Vermutlich ist die Arme dabei eingeschlafen.«

Bei Allah!, dachte Melek. Diese Alte ist schwerer zu überwinden als eine Kerkertür. Mitgefühl, sagte er zu sich selbst. Selbst die unnahbarste Frau kann nicht widerstehen, wenn man an ihr Mitgefühl appelliert.

»Die Janitscharen dort sind nicht wegen deines Mannes hier. Sie beobachten mich. Wenn ich die Gefangenen nicht wiederfinde, werden sie stattdessen mich einsperren. Was soll dann aus meiner Familie werden?«

»Deine Familie ist mir gleichgültig«, brauste die Hausherrin auf. »Und du gehörst selbst bestraft, wenn du deine Nachbarn in ein Loch einsperren lässt. Janitscharen!«, rief sie über Melek Ahmeds Kopf hinweg. »Bringt diesen Mann weg!«

Die Worte kamen mit so überzeugender Befehlsgewalt aus ihrem Mund, dass Melek Ahmed herumfuhr. Doch die Janitscharen waren nach wie vor ins Gespräch vertieft und rührten sich nicht.

Als er sich wieder umdrehte, krachte die Tür ins Schloss. Er schlug mit der Hand dagegen. Seine Bemühungen verhallten im Innern des Gebäudes.

»Ali!«, rief er. »Ich weiß, dass du da drin bist. Komm zurück ins Gefängnis. Du bist in zwei Wochen wieder frei. Ich verspreche es. Du bekommst umsonst zu essen und frisches Stroh. Lass mich nicht im Stich!« Er überlegte, wie weit er sich auf offener Straße demütigen lassen sollte. Dann schluckte er zweimal und fügte mit leiser Stimme hinzu: »Bitte!«

Eine Klappe in der Tür wurde aufgezogen. Der Schleier erschien. Die Frau zog ihn zurück und schaute ihn aus dunklen Augen an, die in einem Nest aus Falten ruhten. »Ich gebe dir jetzt einen Rat, Melek Ahmed. Du solltest herausfinden, wie die Gefangenen aus dem Kerker entkommen konnten.«

»Das habe ich bereits. Aber alle Türen waren unversehrt.«

»Dann frage doch jemanden, der sich mit Türen auskennt.« Die Klappe schloss sich wieder.

Melek Ahmed ging mit gesenktem Kopf zu den Janitscharen.

Er reichte ihnen nur bis zu den Schultern, und sie sahen mit kalten Augen auf ihn herab.

»Bevor ihr mich zur Verantwortung zieht, müsst ihr mich noch einmal begleiten«, sagte er.

»Damit du dir wieder von einer Frau die Tür weisen lässt?«, fragte der Anführer der Gruppe. »Wie oft sollen wir uns so etwas Erbärmliches noch ansehen?«

»Diesmal wird es anders sein«, erwiderte Melek Ahmed, und Zuversicht durchströmte ihn. »Wir gehen zu Ioannis, dem Schmied.«

# Kapitel 25

»Luzifer«, sagte Elizabeth.

Im Privy Chamber duftete es nach Tannenzweigen. Das Holz im Kamin knackte. Die Flammen tanzten zu einer unhörbaren Musik.

»Luzifer ist doch kein Name für einen Affen«, sagte Garcilaso. Er streckte die Hände zum Feuer aus. Der Lichtschein modellierte seine Gesichtszüge.

Elizabeth ließ den Blick über die Malereien auf der Holztäfelung schweifen, die die obere Hälfte des Raums zierten. Auf einem der Gemälde war der Sturz des Teufels aus den hohen Himmeln zu sehen. Im nächsten Bild wandelten die ersten Menschen Hand in Hand durch das Paradies.

»Adam«, schlug Elizabeth vor.

»Ein guter Einfall. Aber ohne Eva wäre er einsam«, warf Garcilaso ein.

»Dann schlagt doch Ihr etwas vor. Ich bin keine Maschine, die unablässig Namen für wilde Tiere hervorbringt.« Was auch immer der Spanier sagen würde, Elizabeth nahm sich vor, es abzulehnen und sich darüber lustig zu machen.

»Cupido«, sagte Garcilaso de la Ruy.

»Das ist …«, hob Elizabeth an, »… wundervoll.«

De la Ruy deutete eine Verbeugung an. »Danke! Der Name stammt aus einem Drama Eures Dichters Shakespeare. Ich fand den Text in der Bibliothek.«

»Er ist gut gewählt«, sagte Elizabeth. Sie spürte den heiklen Augenblick der Preisgabe nahen. Noch war Gelegenheit, sich zurückzuziehen. Ohnehin war es wagemutig gewesen, Garcilaso den Zutritt zu den Privatgemächern zu gewähren. Hierher zog sich die Königin mit ihren Vertrauten zurück. Doch auch die hatte sie an diesem Abend fortgeschickt.

»Auf mich hat das kleine Tier jedenfalls einen Pfeil abgeschossen«, sagte de la Ruy.

Das Herz klopfte Elizabeth im Hals. Sie hatte für die Begegnung auf Kragen und Halskrause verzichtet. Hätte sie doch wenigstens ein Tuch umgelegt! Jetzt würde Garcilaso die pochende Ader an ihrem Hals bemerken.

Sie versuchte, sich in einen Scherz zu retten. »Hoffentlich hat der Pfeil keine wichtigen Organe verletzt.«

»Ich fürchte, das hat er«, sagte de la Ruy.

Seine Hände legten sich trocken und kühl an ihre Wangen. Nach einer Weile löste er sein Gesicht wieder von ihrem.

Sie sah ihm gebieterisch in die Augen. Sie war Königin. Sie musste es bleiben. Später. Jetzt lehnte sie den Kopf gegen seine Brust. Sein Hals roch nach Rosinen.

»Das kann Euch den Kopf kosten«, sagte Elizabeth leise.

»Ich habe ihn bereits verloren«, erwiderte de la Ruy und rollte die R dabei so sehr, dass Elizabeth das Vibrieren seiner Stimmbänder an der Stirn spürte. »Aber was ist mit Eurem?«

»Ich dachte, ich hätte mich gerade deutlich genug ausgedrückt«, sagte sie streng. »Ich wiederhole mich nicht gern – normalerweise.«

Sie küsste ihn.

Sein Brustkorb hob und senkte sich rasch und rieb über ihr Kleid. Seine Hände waren wie Wurzeln, die durch ihr Haar wuchsen. Seine Zunge schmeckte nach Wasserpflanzen.

Jemand klopfte an die Tür.

Garcilaso wollte sich zurückziehen. Doch sie hielt seinen Kopf fest.

Das Klopfen wiederholte sich. Ein Korsett schloss sich um Elizabeth' Hingabe.

»Die Gelegenheit ist flüchtig«, sagte sie und löste sich von de la Ruy. Im Feuerschein sah sie ihren Speichel auf seinen Lippen und an seinem Kinn glänzen. Sie nahm ein Tuch und wischte darüber. Dann richtete sie ihre Frisur so gut es ging und strich ihr Kleid glatt.

Sie wollte zur Tür gehen. Garcilaso fasste ihr Handgelenk. »Heute Nacht erzähle ich der alten Eiche im Park von meinen Erlebnissen im Neuen Indien. Wollt Ihr dazukommen und lauschen?«

Sie hielt sich an der Lehne eines Stuhls fest. »Wenn der Mond über dem Ostflügel des Palastes steht«, sagte sie schnell.

Vor der Tür stand Cecil. »Majestät müssen mir verzeihen, dass ich Ihre diplomatischen Gespräche störe.« Die Pause, die Cecil folgen ließ, dauerte einen Wimpernschlag zu lang. »Aber der Affe ist eingefangen worden. Ihr wolltet davon in Kenntnis gesetzt werden, wenn das Tier wieder in seinem Käfig sitzt.«

Elizabeth sah in Cecils Blick, dass ihre Erscheinung zu viel von dem preisgab, was gerade geschehen war.

Wo ist er?, wollte sie fragen. Doch nur das erste Wort kam über ihre Lippen. Sie spürte, wie ihre Wangen die Farbe ihres Haars annahmen.

»Man hat ihn im Garten eingefangen. Ich hielt es für klug, ihn in die Menagerie bringen zu lassen. Dort wartet das Tier auf eine Audienz. Habt Ihr ihm schon einen Namen gegeben?«

Elizabeth zögerte. Hatte er sie belauscht? »Wie wäre es mit ›Cecil‹?«, fragte sie und segelte an ihm vorbei. Längst wusste sie nicht mehr, wer in diesem Palast der Affe und wer der Herrscher war.

Cupido war wohlauf. Das Tier war von den Jägern eingefangen worden, ohne verletzt zu werden. Der Ausflug hatte den Affen offenbar erschöpft, denn nun schlief er zusammengerollt in seinem alten Käfig, den Elizabeth von der Menagerie in ihr Ankleidezimmer hatte bringen lassen. Ein beißender Geruch ging von dem Tier aus. Es war an der Zeit, dem Gefangenen die Freiheit zu schenken. Die Frage war: Wo? Der Palast, der Park, London, ganz England musste Cupido so fremd und feindselig erscheinen, wie es das Innere Afrikas für Elizabeth gewesen wäre.

Die Dämmerung klebte an den Fensterscheiben. Der Mond wanderte über die Wipfel des dunkler werdenden Waldes. Wenn das Gestirn über dem Ostflügel stand, würde sie mit Garcilaso zusammentreffen und über das Schicksal Cupidos beraten.

Wie langsam der Mond ging! Vor nicht allzu langer Zeit war er sogar stehen geblieben. Ebenso wie die Sonne. Dieser Orgelbauer Dallam hatte die Gestirne auf seiner von selbst spielenden Orgel befestigt. Doch als er den Automaten für die Königin hatte in Gang setzen wollen, hatten sich die Planeten nicht bewegt. Dallam hatte versucht, das Missgeschick zu überspielen. Aber Elizabeth war es trotzdem aufgefallen.

Auch der Orgelbauer hatte sie berührt. Zur Strafe dafür war er auf eine Mission zu den Osmanen geschickt worden – um die Gefahr zu bannen, die von Spanien drohte. Der Erzfeind wetzte die Messer und baute eine neue Armada, um England zu erobern. Und nun war die Königin kurz davor, die Waffen vor einem Spanier zu strecken.

Elizabeth öffnete ein Fenster und sog die klare Luft des Abends ein.

Nein, so war es nicht. Sie war noch immer Herrin ihrer Sinne, und Garcilaso war selbst nur eine Spielfigur König Philipps. Sich mit ihm einzulassen war ungefährlich – jedenfalls, solange Elizabeth keine Staatsgeheimnisse ausplauderte.

Sie musste ihn ja nicht gleich heiraten.

Der Gedanke entlockte ihr ein Lächeln, das rasch auf ihren Lippen gefror. Garcilaso war ein junger Mann. Sie könnte seine Mutter sein, vielleicht sogar seine Großmutter. Bildete sie sich wirklich ein, er wäre an ihrer Weiblichkeit interessiert? Oder galt sein Werben stattdessen der Königin und den Vorteilen, die er an ihrer Seite für seinen Auftraggeber herausschlagen konnte?

»Bringt mir einen Spiegel!«, befahl sie ihren Zofen, die in der Vorkammer schwatzten. Den Handspiegel, den man ihr reichte, warf sie fort. »Einen Spiegel, sagte ich. Keine Pfütze der Eitelkeit.«

Bald darauf stand ein Spiegel in ihrem Gemach, in dem sie sich noch auf einem Pferd sitzend hätte betrachten können. Elizabeth prüfte, ob die Tür verschlossen war, und zog die Vorhänge vor die Fenster. Sie verbrachte einige Zeit damit, die Kerzenleuchter zu platzieren. Dann stellte sie sich vor den Spiegel, löste umständlich ihr Kleid und ließ den Stoff zu Boden fallen. Die beiden Untergewänder zog sie über ihren Kopf und stand dem Spiegel – und sich selbst – schließlich nackt gegenüber.

Die Vergangenheit hatte sie verkleidet. Die ehemals warme Fülle ihrer Brüste war welk geworden. Blaue Adern schlängelten sich durch das schlaffe Fleisch. Ihren Schenkeln, ihrem Bauch war es nicht anders ergangen. Ihr Gesicht war von den feinen Runzeln ständiger Gereiztheit überzogen. Die Ohrläppchen waren lang. Unter ihren Augen hingen Hautsäcke. Es schien ihr, als zöge die Erde an ihrem Körper, als könne das Grab es nicht erwarten, sie in sich aufzunehmen.

Wie fern war ihr das nächtliche Geächze im Federbett gewesen all die Jahre! Wie ging es an, dass sie jetzt wieder darüber nachdachte? Sie lachte stumm über die Vorstellung, dass ein junger Mann wie Garcilaso de la Ruy Gefallen an diesem Körper finden könnte.

Elizabeth kniff die Augen zusammen. Als sie sie wieder öffnete und der Schleier fortgerieben war, sah sie die Male. An ihrer Schulter und – sie drehte sich ein wenig – an ihrer Hüfte hatten Garcilasos Hände Flecken hinterlassen. Waren das Zeichen von vorgetäuschter Leidenschaft?

Daran mochte Elizabeth nicht glauben. Noch einmal musterte sie ihren Leib von oben bis unten. Bei genauerem Hinsehen lösten sich die Falten ein wenig auf. Wenn sie die Muskeln anspannte, wirkte ihr Gesäß wieder straff. Und die Blässe ihrer Haut – sie wirkte überhaupt nicht kränklich, sondern erinnerte an die Farbe der Kirschblüte.

Bevor sie sich wieder ankleidete, ging sie zu einem der Fenster und zog, den Atem anhaltend, den Vorhang beiseite. Der Mond sah sie an. Er war noch viel älter und hatte nur ein Auge. Aber er strahlte.

Überdies stand das Gestirn beinahe über dem Ostflügel des Palastes. Für Elizabeth war es an der Zeit, eine Entscheidung zu treffen.

Der Herbst hatte die alte Eiche im Park von Greenwich Palace vollends entlaubt. Gegen das Mondlicht betrachtet sahen die Äste aus wie Gespensterfinger. Doch das Laub raschelte lustig unter Elizabeth' Schritten, und sie ließ sich darauf nieder, lehnte sich gegen den Stamm und spürte die Wärme, die der sonnige Tag zwischen den Blättern zurückgelassen hatte.

Sie war zu früh erschienen. Vielleicht ließ Garcilaso sie diesmal warten, so wie sie ihn bei ihrem ersten Treffen an diesem Ort hatte warten lassen. Elizabeth sog den Duft des Waldbodens ein, streckte die Beine aus und spielte mit den Fingern im Laub.

Der Winter schärfte seine Waffen, aber der Herbst warf ihm noch einige warme Tage entgegen. Merkwürdig: In der Regel fröstelte Elizabeth rasch an der frischen Luft. Ihre Haut war dünn, ein Erbe ihrer Mutter, etwas, das für eine Königin nicht unpassender hätte sein können.

Sie rieb sich die Hände und suchte noch einmal nach der Wärme unter den Blättern, doch sie war bereits verflogen.

Jenseits des Parks sah sie die schwarzen Umrisse des Waldes. Auf der anderen Seite leuchteten die Lichter Londons. Sie dachte an Rowland Bucket und sein Rätsel vom Kerzenlicht, das sie so rasch hatte lösen können. Was für ein Abenteuer war es gewesen, durch die Straßen der Stadt zu laufen! Sie hatte andere Menschen berührt, gerochen, mit ihnen gesprochen wie mit Gleichgestellten.

Hier hingegen war niemand. Nicht einmal Insekten flogen mehr durch die Luft. Und von ihrem spanischen Galan war weit und breit nichts zu sehen.

Elizabeth erhob sich. Auf einmal empfand sie das Laub als störend. Es war an der Unterseite feucht und klebte an ihren Schuhen. Als sie sich am Baumstamm abstützte, um den Schmutz von ihren mit Brokat besetzten Schuhen zu streifen, rutschte sie an einer moosigen Stelle ab und stieß mit der Schulter schmerzhaft gegen den Stamm.

Was trieb sie nur allein in diesem Park? Sie war eine Königin, und als solche sollte sie in ihrem Schloss vor einem großen Kamin sitzen. Zofen und Höflinge sollten sie umschwärmen und ihr jeden Wunsch von den Augen ablesen.

Die meisten Menschen um sie herum aber waren in dieser Beziehung Analphabeten.

Elizabeth hätte nicht gedacht, dass de la Ruy dazugehörte.

## Kapitel 26

»Du kannst diese Bücher nicht mitnehmen«, sagte Kassandra. Der Rauch in ihrer Stimme hatte sich verdichtet, seit Thomas das letzte Mal beim Schmied und seiner Tochter zu Gast gewesen war.

Thomas war mit Kassandra allein in dem Raum unter der großen Kuppel. Wie schon bei seinem ersten Besuch verhielt sich die junge Frau zurückhaltend. Sie hatte Tee angeboten und die Wärmeschale aufgestellt. Doch als er sich nicht setzen wollte, schien sie nicht zu wissen, wie sie ihm begegnen sollte.

Thomas hatte Mitleid mit Kassandra. Sie lebte unter elenden Verhältnissen in einer Stadt, in der Frauen sich nicht ohne Begleitung in der Öffentlichkeit zeigen durften. Und jetzt musste sie mit einem fremden Mann allein sein und Konversation treiben wie eine Engländerin.

Ioannis und Flint waren in der Werkstatt verschwunden.

Thomas baute Brücken. Er fragte Kassandra nach ihrem Wohlbefinden, erkundigte sich nach ihren Verwandten, nach ihrer Meinung zum Wetter und wollte wissen, ob sie schon einmal auf einem Schiff gewesen sei. Die Antworten blieben einsilbig. Jedes Gespräch verwelkte, kaum dass es begonnen hatte.

Schließlich war Thomas zu den Büchern hinübergeschlendert und hatte unverwandt gefragt, ob er sie ausleihen dürfe. Über seine Hoffnung, darin einen Hinweis auf das Griechische Feuer zu finden, hatte er nichts gesagt.

»Ich werde die Bücher wieder zurückbringen, bei meinem Leben«, versicherte er.

»Aber sie sind nicht unser Eigentum«, sagte Kassandra. »Sie waren schon hier, als wir einzogen. Sie gehören hierher.« Die Schatten unter ihren Augen schienen dunkler zu werden.

»Dann übersetze du für mich, was darin steht«, bat Thomas, nahm ein Buch und hielt es ihr entgegen.

Kassandra wich zurück. Ihre Blicke suchten den Raum ab. »Mein Vater behauptet, du magst Musik«, sagte sie hastig und holte aus einer kleinen Kiste, die in einer Nische stand, eine Flöte hervor. Das Instrument hatte am Ende einen Trichter und ähnelte einer Schalmei.

Ohne ein weiteres Wort hob Kassandra das Mundstück an die Lippen, legte die Finger auf die Löcher und blies einen einzigen Ton. Er klang ebenso rauchig wie ihre Stimme. Sie setzte die Flöte wieder ab, kniff die Lippen zusammen und begann von Neuem. Diesmal spielte sie eine kleine Melodie. Der Rhythmus war ruhig und gefühlvoll. Sie schloss die Augen. Mit den Fingern wob sie Klänge, so deutlich, dass Thomas glaubte, Gespinste aus Luft durch den Raum fliegen zu sehen. Der Atem wurde ihm knapp. Die Melodie war so zart, dass ein einziger falscher Ton ihrer Schönheit den Todesstoß versetzt hätte.

Thomas schloss ebenfalls die Augen. Mit einem Mal lag der Duft von Weihrauch in der Luft. Unter dem Flötenspiel waren Stimmen zu hören, die in einem weiten Raum verhallten. Die Gläubigen in der Kathedrale von Westminster warteten darauf, dass er den Gottesdienst für die Königin mit einem d-Moll-Dreiklang eröffnete.

Thomas spürte, wie ihn Entsetzen packte. Er entriss Kassandra das Instrument und presste es gegen seine Brust.

Kassandra sah ihn aus aufgerissenen Augen an und wich zurück. »Gefällt es dir nicht?«

Thomas schnappte nach Luft. Kassandras Atem hatte sich in Musik verwandelt. Fremdartige Musik zwar, aber das war gleichgültig, denn etwas war aus ihrem Körper in den Raum entwichen, etwas, das mehr war als Atem, der durch eine Flöte geblasen wird. Er wollte mehr davon hören – und zugleich doch nicht. Seine Hände wrangen das dunkle Holz des Instruments. »Es war wundervoll. Aber bitte spiel nicht weiter.«

»Warum nicht?«, fragte sie.

»Du könntest die Muse, die du geweckt hast, mit einem einzigen Misston töten.«

»Manchmal spiele ich einen halben Tag, ohne abzusetzen«, sagte sie. »Natürlich gehören auch Misstöne dazu.«

»Die musst du vermeiden.« Er reichte ihr die Flöte zurück. »Vielleicht werde ich eines Tages eine von selbst spielende Flöte erfinden. Dann wäre deine Kunst außer Gefahr.«

Kassandra sah ihn mit einem fragenden Blick an. »Was für eine Gefahr?«, wollte sie wissen. »Wovon sprichst du?«

Die Tür schwang auf. Flint und Ioannis kehrten zurück. In Flints Armen lag ein Haufen Metallscheiben. Die Stirn des Kochs glänzte von Schweiß. Er kniff die Augen zusammen und hatte wütende Blicke auf Ioannis' Rücken geheftet.

»Die Bleche sind fertig«, sagte der Schmied. »Wir brechen sofort zum Palast auf.«

Sie erreichten das Serail zur Mittagsstunde. Schnee rieselte auf Istanbul herab. In den Straßen hing feuchte, rußhaltige Luft, doch im Pavillon des Sultans erwartete sie balsamische Wärme. Niemand sonst war dort. Die Kissen waren entfernt worden. Jetzt wirkte das Podest wie die Bühne für eine Truppe Schauspieler, die zu spät kam. Nicht einmal Wachen waren an der Tür postiert. Nur die bunten Fische tummelten sich in dem langen Becken und wussten nichts von Eis und Schnee.

Den ganzen Weg bis zum Palast hatte Flint kein einziges Wort gesprochen. Da für Ioannis das Gespräch eine fremde Kunst zu sein schien, waren sie schweigend durch den Schnee gestapft. Unter dem Rhythmus der Schritte war Thomas Kassandras Melodie durch den Kopf gewirbelt. Immer wieder hörte er die feinen Bögen der Töne und den rauchigen Klang, der wie ihre Stimme aus dem Trichter der Flöte hervorgeflogen war.

Sie luden Werkzeug und Reparaturbleche ab.

»Siehst du?«, sagte Flint mit lauter Stimme zu Ioannis. »Es sind viel zu viele Bleche. Du hättest nicht alle Töpfe zerstören müssen.«

Es war Flints Idee gewesen, die Orgelpfeifen mit dem Metall seiner Kochtöpfe zu flicken. Wie es schien, hatte Ioannis das Opfer des Kochs nicht nur angenommen, sondern auch ausgenutzt. Kein einziger Topf war heil geblieben. Der Schmied ignorierte Flint und wandte sich Thomas zu.

»Warum bist du so sicher, dass der Sultan an diesem Ding Gefallen finden wird?«

»Weil er bereits ein Fest dafür geplant hat«, erklärte Thomas. »Dabei will Mehmed seinen Untertanen auf der Orgel vorspielen.«

»Die Ausrufer in den Straßen …«, setzte Ioannis an. Er zog seine schwere Lederschürze unter dem Werkzeug hervor und hängte sie sich um den Hals. Darüber band er einen Gürtel, in dem Werkzeuge hingen. Dann nahm er einen Hammer in die eine und eine Zange in die andere Hand.

»… kündigen das Fest bereits an«, ergänzte Thomas. »Für Mehmed gibt es keinen Weg zurück.« Er deutete auf das, was einmal eine von selbst spielende Orgel gewesen war. »Und für uns auch nicht.«

*

Kassandra drehte die Flöte in ihren Händen und summte vor sich hin. Nie zuvor hatte jemand so heftig auf ihr Flötenspiel reagiert wie der Engländer Dallam. Zweifellos hatte dieser Fremde einen Gaumen für die Musik. Gleich bei den ersten Takten war er wie verzaubert erschienen, doch im nächsten Moment hatte er seltsam unbeherrscht reagiert. Wie er ihr die Flöte aus den Händen gerissen hatte! Waren alle Briten so?

Vielleicht lag es an der Weise, die sie gespielt hatte. Beim nächsten Mal würde sie nicht so frei spielen, sondern zuvor einige Melodien üben, die in Istanbul beliebt waren. Noch einmal summte sie, um sich die Reihenfolge der Töne in Erinnerung zu rufen.

Durch das Fenster sah sie die Wintersonne sinken. Dämmerung lag auf den Dächern. Die Gasse war schon in Dunkelheit getaucht. Eigentlich hätte Kassandra längst in der Werkstatt sein müssen, um die Schmiede auszukehren. Ihr Vater und der hochgewachsene Engländer hatten beim Schneiden der Bleche Späne hinterlassen, die sie aufsammeln musste. Keine Unze Eisen ging jemals verloren. War es aber erst einmal dunkel, scheute Kassandra den Weg in die Werkstatt. Es waren nur wenige Schritte. Doch die Gasse war stets menschenleer. Wenn ihre Nachbarn überhaupt die Häuser verließen, dann nur, um sich in den hinten liegenden Gärten aufzuhalten.

Als Kassandra ein Kind gewesen war, hatte ihr Vater ihr oft von den brennenden Kobolden erzählt, die in der Schmiede hausten. Natürlich hatte er mit diesen Geschichten nur verhindern wollen, dass seine Tochter sich an den Werkzeugen verletzte oder der Esse und den Funken zu nahe kam. Aber Ioannis' Schauergeschichten waren so lebendig gewesen, dass sie noch immer eine wuchernde Furcht spürte, sobald sie die Schmiede betrat.

Dasselbe Gefühl überfiel sie jetzt, als jemand an die Tür klopfte. Das Pochen hallte in der großen Konventshalle wider.

Ihr Vater konnte das nicht sein. Zum einen hatte er angekündigt, bis spät in der Nacht im Serail an Dallams Orgel zu arbeiten. Zum anderen klopfte er nie, sondern rief ihren Namen, wenn er heimkehrte.

Das Pochen wiederholte sich. Diesmal klang es lauter, und die Schläge kamen schneller hintereinander.

Kassandra legte die Flöte beiseite und versuchte, die Melodie in einem Winkel ihres Gedächtnisses abzulegen, wo sie die Klänge später wiederfinden würde. Dann erhob sie sich von dem kühlen Boden und ging langsam auf die Tür zu. Am unteren Ende der beiden Flügel lag ein zusammengerollter Teppich, um die Zugluft auszusperren. Sie zog ihn beiseite und legte eine Hand auf den Riegel. Ihr Vater hatte die Sicherung aus Metall selbst geschmiedet. Nur eine Ramme konnte diese Tür aufbrechen. Niemand kam herein, wenn Kassandra es nicht wollte.

»Wer ist da?«, fragte sie so freundlich wie möglich, in der Hoffnung, es handele sich um einen seltenen Besuch aus der Nachbarschaft.

»Kerkermeister Melek Ahmed mit drei Janitscharen«, rief eine Stimme. »Ich muss mit Ioannis dem Schmied sprechen.«

Der Aufseher des Gefängnisses war in diesem Viertel Istanbuls nicht beliebt. Schon gar nicht bei Kassandras Vater. Wenn Melek Ahmed auftauchte, bedeutete das für Ioannis eine Menge Arbeit – unbezahlte Arbeit.

»Der Schmied ist nicht zu Hause«, rief Kassandra.

»Ich muss mit Ioannis sprechen, nicht mit seiner Tür«, kam es von draußen zurück.

»Warte einen Augenblick.« Kassandra holte ihre Kopfbedeckung, achtete darauf, dass der Schleier richtig fiel, und schloss die Tür auf.

Im Licht, das aus der Halle nach draußen drang, stand ein grobknochiger Mann mit einer hochgezogenen Schulter. Hinter ihm erkannte Kassandra die schimmernden Rüstungen von Janitscharen. Alle vier Männer hatten sich Pelze um die Schultern gelegt und stießen Atemwolken aus.

»Wie ich schon sagte: Mein Vater ist nicht im Haus. Aber ich richte ihm eine Nachricht von dir aus.«

»Ich muss mit ihm selbst sprechen«, sagte der Kerkermeister. »Wo ist er?«

Kassandra zögerte. War es ein Geheimnis, dass ihr Vater für die Engländer arbeitete und einen Auftrag im Palast angenommen hatte? Ioannis hatte nichts dergleichen erwähnt. Sie beschloss, die Wahrheit zu sagen. Vielleicht würde das Melek Ahmed Respekt einflößen.

»Ioannis ist im Serail und arbeitet für Sultan Mehmed«, sagte sie.

Der Kerkermeister lachte laut. Dann polterte er mit schneller Stimme: »Das lügst du! Du bist so verschlagen wie alle Christen. Dein Vater ist ein …« Er schluckte die restlichen Worte hinunter und presste dann hervor: »Ich muss ihn sofort sprechen.«

Kassandra gab die Tür frei. »Tritt ein und überzeuge dich, dass ich die Wahrheit spreche.« Dann zog sie den Schleier vom Gesicht.

Melek Ahmed starrte sie an und rührte sich nicht.

»Komm herein, Kerkermeister!« Kassandra wusste, dass die Janitscharen von diesem Vorfall berichten würden. Schneller, als ein Stein im Meer versinkt, würde jeder im Viertel wissen, dass der Kerkermeister mit der unverschleierten Tochter des Schmieds allein gewesen war.

Melek Ahmed beugte sich vor und steckte den Kopf durch die Tür. Seine Füße rührten sich nicht. »Ioannis!«, rief er in die Halle hinein. »Ich weiß, was du getan hast. Ich komme wieder.«

Mit einem letzten Blick auf Kassandras Gesicht zog sich der Aufseher zurück. Er gab den Janitscharen einen Wink, und sie folgten ihm in die Richtung, in der die dunkle Gasse in die breitere, von Lampen erleuchtete Straße mündete.

Kassandra schloss die Tür und legte den Riegel vor. Dann lehnte sie sich mit dem Rücken gegen das Holz. Was hatten Melek Ahmeds Worte zu bedeuten? Ihr Vater war seit den letzten Tagen in viele unerklärliche Vorkommnisse verwickelt, er arbeitete mit einer englischen Gesandtschaft und hielt sich im Serail auf. Irgendetwas daran schien nicht mit rechten Dingen zuzugehen. Sie beschloss, Ioannis danach zu fragen.

Schläge gegen die Tür schüttelten sie und rissen sie aus ihren Gedanken.

Kassandra starrte die Pforte mit zusammengezogenen Brauen an. Was wollte Melek Ahmed denn noch? Vermutlich hatten ihn die Janitscharen ausgelacht, und er war zurückgekehrt, um den Kriegern zu beweisen, wie tapfer er gegenüber einer Frau sein konnte. Sollte er! Sie würde den Kerkermeister auch diesmal in die Schranken weisen.

Sie zog den Riegel zurück und riss die Tür auf.

Vor ihr stand ein Mann in engen schwarzen Kleidern. Er trug einen Hut mit einer Fasanenfeder, und seine Oberlippe schmückte ein heller Bart. Der wurde breiter, als er Kassandra ansah.

Rasch zog sie den Schleier wieder vor das Gesicht. »Wer seid Ihr?«, fragte sie verdrossen. Sie war der Merkwürdigkeiten müde.

»Der Schmied schickt mich«, sagte der Besucher auf Englisch. Er verbeugte sich so tief, dass sein Hut beinahe die Türschwelle berührte. »Du verstehst mich doch?«

»Ich verstehe«, antwortete Kassandra, »aber sprecht langsam.« Der Mann schien einer der englischen Gesandten zu sein. »Worum geht es?«

»Darf ich eintreten?«, fragte der Besucher und nahm den Hut vom Kopf. Trotz der Finsternis auf der Straße leuchtete sein Haar wie Ziegenkäse.

Kassandra wollte die Tür freigeben. Doch sie zögerte. »Was wollt Ihr?«

»Bücher«, sagte der Fremde. »Ich soll die Bücher holen und ins Serail bringen. Der Schmied will etwas darin nachschlagen.«

Ihr Vater brauchte die alten Bücher der Derwische im Serail? »Warum?«, fragte sie.

»Ich habe keine Zeit, um mit einem Weib zu streiten«, gab der Hellhaarige zurück. »Gib mir die Bücher, oder lass mich ein, damit ich sie selbst holen kann.«

Die Höflichkeit war aus der Stimme des Fremden gewichen wie ein Sonnenstrahl, auf den ein Wolkenschatten fällt.

Kassandra legte beide Hände an den Rand der Tür, bereit, sie zuzuschlagen und den Riegel vorzuschieben. Hatte Thomas Dallam diesen Mann beauftragt, die Bücher für ihn zu stehlen? Beide waren Engländer, und der Orgelbauer hatte großes Interesse an den Folianten gezeigt. Sie beschloss, den Besucher auf die Probe zu stellen.

»Wir haben hier zwei Bücher. Welches will mein Bruder haben?«

»Ich soll beide holen. Er hat gesagt: ›Bestell meiner Schwester Grüße und sage ihr, sie soll gehorchen.‹«

Nun wusste sie, dass er log. Kassandra schlug die Tür zu. Sie klemmte. Ein Stein lag auf der Schwelle. Wo kam der her?

Der Fremde drückte die Tür auf und kam herein. Kassandra trat zurück. Die Kraft wich aus ihren Beinen. Sie stützte sich an der Wand ab. »Verschwindet, oder ich rufe die Nachbarn«, brachte sie hervor. Ihre Stimme bebte.

»Die können mir die Bücher tragen.« Der Engländer stemmte die Fäuste in die Hüften und sah sich in der Halle um. »Ihr wohnt sehr geräumig. Wo ich herkomme, sind solche Gebäude nur Leuten von Adel vorbehalten. So wie mir. Gehört ihr zur feinen Gesellschaft Istanbuls?«

Kassandra schüttelte den Kopf und presste sich mit dem Rücken gegen die Wand.

»Du kannst den Schleier ruhig lösen«, forderte er sie auf. »Ich bin kein Mohammedaner und habe nichts gegen schöne Frauen – im Gegenteil.«

Vielleicht wollte er wirklich nur die Bücher. »Dort vorn bewahren wir die Folianten auf«, sagte sie.

Erleichtert beobachtete Kassandra, wie der Eindringling zu dem Regal ging. Er wandte ihr den Rücken zu. Die Tür stand offen. Vier Schritte und sie wäre in die Nacht entkommen. Aber etwas hielt sie zurück.

»Wie heißt Ihr?«, fragte sie mit vorgetäuschter Unbekümmertheit.

»Mein Name ist Henry Lello«, sagte der Besucher und musterte die braunen und gelben Rücken der beiden Bücher. »Du wirst diesen Namen in Erinnerung behalten.«

Angst stieg wie Magensäure in Kassandra auf.

Lello wandte sich um und nahm einen Granatapfel aus einer Schale. Dann zog er die Waffe, die er an der Seite trug, schälte die Frucht damit und biss hinein. Der Saft lief ihm am Kinn herab und tropfte auf den Boden.

»Das Fleisch der Früchte Istanbuls ist robust«, sagte er zwischen zwei Bissen. Er kam auf Kassandra zu und blieb so dicht vor ihr stehen, dass sie den süßen Geruch des Granatapfels auf seinen Lippen riechen konnte.

»Du bist Dallams Liebchen, nicht wahr?« Es klang mehr nach einer Feststellung als nach einer Frage. »Nimm endlich den Schleier ab«, sagte Lello.

Kassandra drängte an dem Fremden vorbei. Sie war überrascht, dass er sie gewähren ließ. Sie probierte, einige Schritte in Richtung der Tür zu gehen.

»Wie weit würdest du wohl kommen?«, fragte Henry Lello.

Sie blieb stehen. Er hatte recht. Wie immer war sie barfüßig und zudem in ihre Gewänder gehüllt. Der Engländer hingegen trug merkwürdig aussehende, eng anliegende Hosen und Lederstiefel. Gewiss konnte er damit laufen wie ein Jagdhund.

Jetzt wünschte Kassandra, Melek Ahmed würde noch einmal zurückkehren.

Eine Hand legte sich auf ihre Schulter. Sie war kalt, aber sanft. Die Selbstsicherheit, die von der leisen Berührung ausging, war schrecklicher als Gewalt.

»Mein Vater ist nur ein Schmied, aber er ist würdevoller als Ihr«, stieß sie hervor. »Ihr seid kein Mann von Adel. Denn dann würdet Ihr Euch nicht ehrlos verhalten.«

Jetzt drückte Lello zu. Schmerz raste durch Kassandras Schulter. Aber sie hielt ihr Mienenspiel im Zaum.

Sie erwartete, dass sich der Engländer auf sie stürzen würde. Doch Henry Lello lächelte noch immer schief auf sie herab. »Du irrst«, sagte er mit scharfem Groll. »Du weißt nichts über mich. Du bist nur die Tochter einer türkischen Hure.«

Der Engländer wandte sich von ihr ab, ging zu dem Gestell mit den Folianten und riss die Bände heraus. Er klemmte sie sich rechts und links unter die Arme. Dann ging er zur Tür, die er mit einem Fuß weiter aufstieß. Nachdem er über die Schwelle getreten war, wandte er sich noch einmal um. »Wenn ich gefunden habe, was ich suche, werde ich wiederkommen. Dann zeige ich dir, dass deine Zunge nicht nur dazu da ist, Gift zu verspritzen.«

Er verschwand in der Dunkelheit.

## Kapitel 27

Musik – für Thomas war sie ein alles verschlingendes Feuer. Er stellte sich das Knallen, Heulen, Fauchen und Stampfen seiner Maschine vor. Dann ihr Säuseln, wie von Flöten, bukolische Töne von Hirten, darunter das Summen der Bässe, bis sich alles in Gewittern aus Klang entlud. Die einzige Musik aber, die ein Schmied erzeugt, ist das Klingen eines Hammers auf einem Stück Metall. Schon seit Stunden drosch Ioannis auf das ein, was von Flints Kochtöpfen und Thomas' Orgel übrig geblieben war. Der Pavillon im Serail, in dem die Überreste der Orgel lagen, war erfüllt von Lärmen und Schlagen. Thomas und Flint hockten auf dem Rand des Wasserbeckens, warteten und hielten sich die Ohren zu.

Nach einiger Zeit richtete sich Ioannis auf und wischte sich mit dem Unterarm über die Stirn. »Geschafft«, tat er kund. »Alle Röhren sind heil.«

Thomas gab seine Ohren frei und musterte die Orgelpfeifen. Ioannis hatte sie zurechtgebogen und mit Flicken versehen. Sie waren von Dellen übersät, wo der Hammer sie getroffen hatte. Wenn Thomas mit vorsichtiger Hand die Lippe am Kopf der Pfeife justieren würde, mochte ein halbwegs sauberer Ton daraus hervorkommen.

Etwas klebte an einem der Bleche. Thomas kratzte daran herum und löste einen blassen Brocken ab, der einst zu einem von John Flints Gerichten gehört haben mochte. Ohne den Speiserest genauer zu untersuchen, schnippte er ihn beiseite und hoffte, die Orgel werde am Festtag nur Musik in den Himmel Istanbuls blasen und nicht etwa Knochenstückchen, Federn, Eierschalen und was sonst noch an Küchenabfällen darin verborgen sein mochte.

Die von Henry Lello zerstörten Teile waren ausgebessert. Aber noch galt es, den Schaden zu beheben, den die Seeluft an Hölzern, Rädern und Gewinden angerichtet hatte. Die Schmuckelemente aus Messing und Bronze, die kleinen Planeten, die Statue der Königin und die Vögel, die ihre Schnäbel bewegen konnten, waren allesamt angelaufen. Thomas würde sie polieren, vielleicht sogar anstreichen müssen. Beinahe aussichtslos erschien die Reparatur bei jenen Orgelteilen, die miteinander verleimt gewesen waren. Der Knochenleim war in der salzigen Seeluft trocken geworden und gerissen. Was zuvor verbunden gewesen war, lag nun verstreut herum. Das bemalte Gehäuse aus Eichenholz, das Tastenwerk, die Registerzüge, die Pedale – all das war über den Boden des Pavillons verstreut wie das Spielzeug eines wütenden Kindes.

Flint kratzte sich am Hinterkopf. »Du weißt hoffentlich, was wohin gehört«, sagte er.

Die Sonne war aufgegangen, als die drei Männer die Arbeit begonnen hatten. Sie ging unter, als sie die Werkzeuge schließlich niederlegten.

In der Dämmerung stand der Orgelkasten. Einige Pfeifen waren schon installiert und ragten daraus hervor. Schläuche, Leitungen und Räderwerk saßen an Ort und Stelle. Zwar war die Maschine noch weit davon entfernt, eine Stimme zu haben. Doch ihr Herz war bereit, zu schlagen.

Thomas entzündete Talglichter auf einem Kerzenständer. »Wir brauchen Wasser, um prüfen zu können, ob die Mechanik läuft.«

»Wozu Wasser?«, fragte John Flint.

Thomas versuchte, Flint die Funktionsweise des Apparats zu erklären. Aber schon beim Ausgangspunkt, dass Wasser stets von oben nach unten fließt, erntete er skeptische Blicke. Das Wasser der Themse, hielt ihm Flint entgegen, fließe von Westen nach Osten. Thomas begann noch einmal, zeigte auf die Mechanik der Orgel und sagte, dass es Wasser sei, das sie zum Laufen bringe. Es setze Räder in Bewegung, damit diese Hebel bewegten und bestimmte Töne spielten.

Jetzt nahm Ioannis eines der Talglichter in die Hand und beleuchtete damit die Organe der Orgel. »Wasser wird nicht helfen«, brummte er. »Dieser Apparat wird niemals von selbst spielen.«

Thomas spürte einen Stich in der Brust. Was erlaubte sich dieser einfältige Schmied? »Natürlich wird er spielen«, schnappte Thomas. »Ich habe es in England tausendmal probiert.«

»Es ist zwar schon dunkel, aber ich bin nicht blind.« Ioannis deutete in dem Kasten herum. »Hier ist eine Leitung aus Blei. Durch sie fließt das Wasser in diesen Löffel und von da in diese Schläuche und Ballons.« Nach und nach vollzog er den Weg des Wassers und die Bewegung der Mechanik nach. »Das ist klug ausgedacht«, schloss Ioannis. »Aber es wird nicht funktionieren.«

Thomas nahm selbst eine Kerze und schob den Schmied beiseite. »Unfug!«, sagte er. »Dieses Gewicht drückt gegen jene Unrast. Die Verankerung der Tasten wird angesprochen, wenn diese Riemen über die Räder laufen.«

Der Schmied nickte stumm.

Gut, dachte Thomas. Er ist einsichtig. Da bemerkte auch er den Zustand der Schläuche. Die Behälter bestanden aus Schweinedarm und Schweinsblasen. Sie waren voller Löcher.

»Wenn ich deinen Apparat richtig verstehe, ist das alles von Bedeutung«, sagte Ioannis. Sein langes Haar fiel ihm ins Gesicht. Er strich es nicht beiseite. Es war, als spräche der Schmied durch einen Vorhang.

»War das auch die Salzluft?«, fragte Thomas und tastete über eine Schweinsblase. Die Löcher darin waren so groß, dass er den Daumen hindurchstecken konnte.

»Mäuse, Ratten, Motten, Käfer«, zählte Ioannis auf.

Thomas löste ein Stück gehärteten Darms aus der Konstruktion und holte es hervor. Das Stück war nutzlos. »Wir benötigen Ersatz. Schweinedarm!«, stieß er hervor und starrte auf die zerstörte Leitung.

»Muss er vom Schwein sein?«, fragte Ioannis.

Thomas nickte. »Der Darm von Rindern ist zu groß. Das Wasser würde nicht genug Druck bekommen. Der Darm von Schafen und Ziegen hingegen ist zu fein. Wir müssen einen Schlachter finden, der Därme vom Schwein trocknet.«

»Du wirst bis nach Griechenland reisen müssen, wenn deine Orgel von selbst spielen soll«, sagte Ioannis. »Die Osmanen essen kein Schweinefleisch.« In der Stimme des Schmieds lag der kratzige Ton der Schadenfreude. Lachte er etwa?

»Es muss Schweine in Istanbul geben«, sagte Thomas. »Und Schlachter, die sie verarbeiten.«

»Wenn du mir nicht glaubst, kannst du ja danach suchen. Istanbul ist groß, und seine Geheimnisse sind zahlreich.«

Noch einmal betrachtete Thomas das Stück Schweinedarm. In England war das nichts weiter als Abfall, den der Schlachter den Hunden zuwarf oder den Kindern schenkte. Die bliesen die Därme auf, ließen sie trocknen und spielten damit Ball. Aber England war weit.

»Wir werden ein Schwein finden, oder alles wird zum Teufel gehen!« Thomas warf das Talglicht zu Boden. Der Docht glomm weiter.

Ioannis trat die Glut aus.

\*

Es war ein Fehler gewesen, die Kleider anzubehalten. Kaum war Henry Lello über die Schwelle des Badehauses getreten, war er in feuchte Schwaden gehüllt. Schweiß brach aus ihm hervor wie Dampf aus einem Teekessel. Er war noch keine drei Schritte weit gekommen, da klebten ihm die Haare bereits am Kopf. Bei jeder Bewegung haftete der Stoff seiner Kleidung an der Haut. Zum ersten Mal seit langer Zeit wünschte er sich ins kühle England zurück, wo es keine Sultane und keine Dampfbäder gab, in denen man sie aufsuchen musste.

Lello versuchte, den Dampf beiseitezuwedeln. Das Wabern kam zwar in Bewegung, klarer sehen konnte er aber nicht. Von irgendwoher war ein Klatschen zu hören, gefolgt von Stöhnen. Eine tiefe osmanische Stimme grunzte Unverständliches. Lello blieb stehen. Zeuge welcher Unaussprechlichkeiten sollte er hier werden?

Mit den Füßen stieß er einen Eimer um, der polternd über den gefliesten Boden rollte.

»Lipsika, komm herbei!«, war des Sultans Stimme zu hören. Dem Tonfall nach zu urteilen, hatte Mehmed nur leise gesprochen. Dennoch waren die Worte deutlich zu hören. Sie schienen von allen Seiten zu kommen.

»Wohin?«, rief Lello – viel zu laut, wie er feststellen musste. Die mit Marmor verkleideten Wände, der Fußboden und die Decke warfen jedes Geräusch tausendfach verstärkt zurück.

Ein nackter Arm kam aus dem Dampf hervor und packte Lello an der Schulter. Er sprang zurück und schrie auf. Hätte er den Degen nicht am Eingang abgeben müssen, hätte er ihn jetzt gezückt und zugestoßen.

Dem Arm folgten eine bloße, dicht behaarte Männerbrust und ein haarloser Kopf.

»Folge dem Tellak«, war Mehmeds Stimme zu hören.

Widerstrebend ging Lello hinter dem Mann her. Der Rücken

seines Führers war fett, und das Fleisch lastete auf seinen Hüften. Der Mann war nackt und glänzte. Jetzt war Lello erleichtert, seine Kleider noch zu tragen – auch wenn sie mittlerweile so nass waren wie die Unterwäsche des Neptun.

Nachdem sie zwei Durchgänge passiert und eine Art Tunnel hinter sich gelassen hatten, ließ der Dicke Lello los. Aus dem Dampf schälte sich ein Podest heraus – ebenfalls aus hellem Marmorstein. Darauf lag der bloße mächtige Leib Mehmeds. Wie auf einer Schlachtbank, dachte Lello.

Mehmed wandte ihm das Gesicht zu und lachte. »Das ganze Leben könnte ich im Hamam verbringen«, sagte der Sultan und seufzte. Hinter ihm nahm der Dicke eine Art Lappen und scheuerte damit den Rücken des Sultans. Dabei massierte er auch das Gesäß des Herrschers.

Ekel erfasste Lello. Was trieben diese Männer hier? Erst jetzt bemerkte er weitere Personen, die in Nischen an der Wand saßen. Auch sie waren nackt. Lello erkannte die Leibwachen des Sultans an ihrer gespannten Körperhaltung. Einige musterten ihn, andere gossen sich Wasser aus kleinen Schalen über den Kopf.

Die Luft roch nach Rosmarin, Eukalyptus und Männerschweiß.

»Du bist der erste Mensch, den ich vollständig angezogen in einem Hamam treffe«, sagte Mehmed. »Ihr Europäer müsst wirklich kaltblütig sein.«

Der Dicke, den Mehmed Tellak genannt hatte, schlug nun mit den Händen auf den schlackernden Leib des Sultans.

Ein Tropfen rann an Lellos Nasenrücken entlang und blieb an der Spitze hängen. »Ich habe die Rezeptur gefunden«, sagte er und warf den Leibwächtern und dem Tellak misstrauische Blicke zu.

Mehmed drehte sich um und stützte sich auf. Lello zwang sich, nicht auf das imposante Geschlechtsteil des Herrschers zu starren. »Wo ist es?«, fragte der Sultan. Seine Augenbrauen hoben sich.

»Ich habe es bei mir«, sagte Lello. Endlich konnte er die schwere Tasche loswerden, die um seine Schulter hing. Er stellte sie auf das Podest, schlug die Lasche zurück und holte die beiden Bücher hervor. Eins nach dem anderen legte er vor Mehmed ab.

»Das scheint ein ziemlich langes Rezept zu sein«, sagte Mehmed, griff nach dem oben liegenden Band und schlug ihn auf. Lello beobachtete, wie sich die Feuchtigkeit auf dem Pergament niederließ.

Der Sultan blätterte durch die Seiten, klappte das Buch zu und legte es beiseite. Dann nahm er das nächste und wiederholte die Inspektion. Als er beide Bände auf diese Weise betrachtet hatte, legte er sich wieder auf den Rücken und gab dem Tellak einen Wink. Der Mann nahm eine Schüssel und goss Wasser über Brust und Bauch des Herrschers.

»Was du mir gebracht hast, ist der Koran. Zugegeben: Die Ausgaben sind prächtig. Aber das, was wir suchen, werden wir darin nicht finden.« Er lachte auf. »Ein Engländer schenkt dem Beherrscher des Osmanischen Reiches den Koran. In einem Hamam. Das wird in meine Lebensgeschichte eingehen.«

Die Leibwächter lachten mit ihrem Sultan. Die Geräusche hallten durch das Bad wie das Schnattern großer Vögel. Henry Lello war überrascht, dass ihm noch heißer werden konnte. Er wischte sich den Schweiß vom Gesicht. Seine Haut fühlte sich wie Spachtelmasse an.

»Du jagst einem Gespenst hinterher«, sagte Mehmed. »Das Griechische Feuer ist schon vor Jahrhunderten erloschen. Niemand weiß heute mehr, wie man es wieder entfachen könnte.«

»Aber ich habe gehört, wie sie darüber gesprochen haben«, beteuerte Henry Lello.

»Bedenke, wen du belauscht hast: zwei Engländer, die den Koran nicht von Kochrezepten unterscheiden können.«

Lello sah auf seine Hände und stellte fest, dass sie zitterten.

»Die Substanz, die wir suchen, gibt es nur in deiner Fantasie«, fuhr der Sultan fort. »Ich werde die Engländer zu den Gewinnern des Wettstreits erklären. Auf dich hingegen wartet ein tiefer Fall von der Mauerkrone.«

»Aber die sechs Tage sind noch nicht vorüber!« Lello fiel auf die Knie. Bis vor Kurzem war ihm das noch schwergefallen. »Bitte gewähre mir die Frist.« Der Schweiß rann ihm fast hörbar über den Rücken.

»Du willst leben«, sagte der Sultan. »Das verstehe ich.« Er deutete auf die Bücher. »Aber du hast schon jetzt bewiesen, dass du dein Ziel nicht erreichen wirst.«

»Dallam wird es ebenfalls nicht erreichen«, stieß Lello hervor. »Seine Orgel wird niemals von selbst spielen. Schon in London hat die Erfindung nicht funktioniert. Aber die verlogene Elizabeth meinte, der Sultan der Osmanen wäre zu einfältig, das zu bemerken.«

Der Sultan richtete sich auf. Seine Haut loderte rot. Seine Augen blickten mit einem Mal feindselig. »Wenn die Orgel nicht von selbst spielt, werde ich am Festtag zum Gespött ganz Istanbuls.«

»Es sei denn«, setzte Lello nach, »du hast das Griechische Feuer. Ich glaube daran, dass es existiert. Gewähre mir noch einige Tage, und ich werde die Rezeptur für dich finden. Dann kannst du damit die Orgel mitsamt den Engländern zu Asche verwandeln.«

Mehmed schwang sich von dem Podest herunter. »Ich werde sofort die Arbeiten an dem Musikautomaten überprüfen.« Er nahm einen Eimer und goss sich Wasser über den Kopf. Dann streckte er eine Hand aus, und der Tellak reichte ihm ein Leinentuch. Mehmed schlang sich den Stoff um die Hüften und verschwand zwischen den Dampfschwaden. Seine Leibwächter folgten ihm.

Auch der Tellak wollte gehen. Doch Lello hielt ihn zurück. Gemächlich entledigte er sich seiner Kleider, zog auch den Geißelgürtel aus, ließ alles zu Boden fallen und stieg nun seinerseits auf das Podest. Der Stein fühlte sich warm an, an einigen Stellen war er geradezu heiß. Lello legte sich auf den Bauch und spürte, wie die Hände des Tellaks seine Muskeln massierten. Eine unwillkürliche Heiterkeit erfüllte ihn, die er nur mit Mühe unterdrücken konnte.

## Kapitel 28

GARCILASO HATTE SIE VERRATEN. Nein, sagte sich Elizabeth. Sie hatte sich von ihm versetzen lassen. Von einem Spanier! Übelkeit schüttelte sie, wenn sie daran dachte, wie sie sich eitel im Spiegel betrachtet hatte, voller Bangen, einem dreißig Jahre jüngeren Galan zu gefallen.

De la Ruy hatte sich nicht dafür entschuldigt, ihrem Stelldichein ferngeblieben zu sein. Nicht einmal hanebüchene Ausflüchte kamen über seine Lippen. Wenn sie ihm in den Fluren begegnete, verbeugte er sich, so wie sich ein Gesandter vor einer Königin verbeugen sollte. Dabei schaute er zu Boden. Als Elizabeth klar wurde, dass sie von ihm keine Erklärung zu erwarten hatte, gewöhnte sie sich an, wortlos an ihm vorüberzurauschen.

Von Wut getrieben und von Sehnsucht geschwächt flüchtete sie sich in die Reichsgeschäfte. Mit rascher Feder unterzeichnete sie mehr Todesurteile als Begnadigungen. Es schien ihr, als führe sie das Richtschwert dabei gegen sich selbst.

Sie hatte sich verführen lassen. De la Ruy hatte die Hoffnung in ihr geweckt, dass sie vom Leben mehr erwarten durfte als die staubtrockene Lust an der Macht einer Herrscherin. Dann hatte er ihr auf infame Weise vor Augen geführt, dass die Liebe ihr für immer fernbleiben würde. Sie war mit England vermählt. Promiskuität kam nicht infrage.

Hatte der Dienst am Reich schon vor ihrer Begegnung mit

Garcilaso schwer auf ihren Schultern gelastet, so drückte diese Pflicht sie jetzt zu Boden. Elizabeth spürte ein Reißen in den Gliedern. Ihr Rachen schmerzte. An den Abenden ließ sie das Essen stehen.

In den unruhigen Nächten träumte sie davon, wieder im Theater zu sein. Sie stand auf der Bühne, in vollem Ornat. Sogar die schwere Krone trug sie auf dem Haupt. Dann tauchte William Shakespeare aus den Kulissen auf, nahm ihr den Kopfputz ab, öffnete ihren mit Hermelin besetzten Umhang und ließ ihn zu Boden gleiten. Nun stand sie nackt vor dem Publikum. Sie wollte ihre Blöße mit den Händen bedecken, konnte sich aber nicht bewegen. Jeder Zuschauer trug eine Maske mit den Zügen Garcilaso de la Ruys vor dem Gesicht.

Wenn sie erwachte, verzehrte sie sich nach ihm. Bei Tag wohnte er in ihren Gedanken – und am Abend, wenn sie sich endlich zur Ruhe betten konnte, legte er sich neben sie in ihr viel zu breites Bett.

»Eure Majestät sieht heute besonders schön aus«, sagte William Cecil bei der Sitzung des kleinen Kabinetts, das einmal in der Woche zusammentrat.

»Ihr eröffnet diese Runde mit einer Lüge, Cecil!«, erwiderte Elizabeth müde. »Ich trage kein Bleiweiß auf dem Gesicht, weil ich so blass bin, dass der Unterschied nicht zu erkennen wäre.«

Die Teilnehmer der Sitzung trugen ihre Berichte mit gesenkten Blicken vor. Als die erschöpfenden Vorträge endlich vorüber waren und sich die Berater zerstreuten, blieb Elizabeth am Kopf der Tafel sitzen. »Auf ein Wort noch, Master Cecil.«

Cecils kleine Hände hörten damit auf, Papiere zu sortieren. »Gewiss, Mylady«, sagte er leise.

»Wie Ihr sicher wisst, ist es um mein Wohlbefinden nicht besonders gut bestellt«, sagte Elizabeth. Sie hatte versucht, ihren Zustand geheim zu halten. Aber sie wusste, dass der Lordschatzmeister sie durchschaute. Wäre dem nicht so, wäre es an der Zeit, ihn aus dem Amt zu befördern.

Cecil nickte. »Ich bin in Sorge, meine Königin«, sagte er.

»Dieser Spanier«, begann sie. Wie sollte sie ihre Fragen stellen, ohne sich selbst bloßzustellen?

»De la Ruy ist noch immer im Palast«, sagte Cecil zweideutig.

Elizabeth erkannte die Brücke, die ihr gebaut wurde, und betrat sie. »Er nimmt darin viel Platz ein. Mehr, als ihm zusteht.«

»Mehr, als der Gesundheit meiner Königin zuträglich wäre«, entgegnete er.

»So ist es. Allerdings trage ich selbst die Schuld. Ich habe ihm einen ganzen Gebäudeflügel angeboten. Doch er hat das Geschenk abgelehnt.« Die letzten Worte stolperten aus ihrem Mund. Sie räusperte sich.

Cecil ging zur Tür und drehte den Schlüssel um. Dann zog er die schweren Vorhänge vor die Fenster. »Ich selbst habe dem Gesandten verboten, seinen Einflussbereich weiter auszudehnen – im Palast und insbesondere im Park.«

Elizabeth spürte ein eisiges Prickeln, das vom Ansatz ihrer Wirbelsäule ausging und sich bis über die Kopfhaut ausbreitete. Also war es Cecil gewesen, der Garcilaso von ihrem geheimen Treffen abgehalten hatte!

Bevor sie etwas erwidern konnte, wandte sich William Cecil wieder seiner ledernen Mappe zu. Er zog ein Dokument hervor und reichte es Elizabeth.

Sie nahm das Schreiben mit unsicherer Hand entgegen. »Euer Entlassgesuch?« Sie lächelte schief.

Cecils Miene blieb ernst. »Das ist ein Brief König Philipps an Garcilaso de la Ruy.«

»Woher habt Ihr ihn?«, wollte Elizabeth wissen. Wollte sie das wirklich?

»Es ist eine Abschrift«, sagte William Cecil.

»Danach habe ich nicht gefragt«, zischte Elizabeth. Ihre Beine befahlen ihr, aufzustehen und aus dem Raum zu laufen, ihre Hände, das Schreiben zu zerreißen.

»Das Original stammt aus dem diplomatischen Gepäck de la Ruys.« Cecil wich zwei kleine Schritte zurück.

Elizabeth mahlte mit dem Kiefer. Sie senkte den Blick auf den Bogen bräunlichen Papiers. Der Text war in Spanisch abgefasst. Es bereitete ihr keine Mühe, ihn zu lesen.

*Mit spanischem Blut in Euren Adern wird es Euch gewiss leichtfallen, die englische Hetäre zu umwerben. Für Eure Überwindung, die königlichen Runzeln mit Komplimenten zu glätten, sei Euch der Dank des spanischen Königshauses gewiss. Passt nur auf, dass Ihr kein Kind in die alte Vettel setzt. Ein englischer Thronfolger, selbst wenn er ein Bastard wäre, ist das Letzte, was die spanische Krone jetzt braucht.*

Elizabeth konnte sich das bösartige Behagen vorstellen, mit dem König Philipp diese Zeilen geschrieben hatte.

»Wie lange wusstet Ihr davon?« Die Blätter in ihrer Hand flatterten.

»Ich ahnte es bereits, als der Besuch des Gesandten angekündigt wurde. König Philipp musste einen guten Grund haben, einen so unerfahrenen Mann auf eine so wichtige Mission zu senden. Als ich de la Ruy dann zum ersten Mal sah, war ich mir sicher, dass er Euch den Kopf verdrehen sollte. Ein Blick in seine Papiere lieferte den Beweis.«

Elizabeth legte die Briefe auf den Tisch. »Ihr habt mich ins Messer laufen lassen, Cecil!« Ihre Stimme! Sie hatte ihre Stimme nicht mehr unter Kontrolle. Hastig trank sie einen Schluck Wein. Dabei verschüttete sie einige Tropfen.

»Ich habe versucht, Euch zu warnen«, erwiderte er.

Das stimmte. William Cecil hatte sie mehrfach ermahnt, Abstand zu de la Ruy zu halten. Aber sie hatte in seinen gut gemeinten Ratschlägen nur die Vorschriften eines ängstlichen Beamten gesehen. Noch einmal trank Elizabeth. Der Wein war süß, so wie sie ihn liebte. Auf seiner Oberfläche schwammen ölige Schlieren.

»Ihr hättet de la Ruy zurück nach Spanien schicken sollen«, sagte sie mit leiser Stimme. Das war töricht. Der Lordschatzmeister hatte für alles einen Grund. »Warum durfte der Spanier so lange im Palast bleiben?«, fragte sie.

Es gelang ihr, ruhig sitzen zu bleiben, während Cecil berichtete. De la Ruy, so erklärte ihr Berater, sei mit einer wichtigen Mission nach England gekommen.

»Das weiß ich längst«, sagte Elizabeth ungeduldig. »Er wollte, dass ich die Herrschaft über England nach meinem Tod auf einen spanischen Thronfolger übertrage.«

Doch Cecil schüttelte den Kopf. Vielleicht, sagte er, sollte Garcilaso ihr diesen Vorschlag wirklich unterbreiten. Doch habe das nur zur Ablenkung gedient. In Wirklichkeit sei de la Ruy gekommen, um die militärische Macht Englands auszukundschaften. Er habe die englischen Häfen besucht und dort die Schiffe und die Werften gezählt. Er sei in den Schmieden gewesen und habe sich den Stand der Waffentechnik zeigen lassen. »Was er in Erfahrung brachte, schrieb er in Briefen an den spanischen König nieder.«

»Diese Briefe sind natürlich durch Eure Hände gegangen«, schlussfolgerte Elizabeth.

Cecil verbeugte sich demutsvoll.

Es fiel Elizabeth nicht schwer, den Bericht des Lordschatzmeisters zu vervollständigen. Die Briefe, die schließlich zum spanischen Hof gelangten, sprachen von einer riesigen englischen Flotte, von überlegener Waffentechnik und kräftigen, gut ausgebildeten Kriegern – also von alldem, was England nicht besaß.

»Deshalb also habt Ihr einen spanischen Diplomaten an den Hof gelassen«, sagte Elizabeth zu ihrem Weinkelch.

»Einen erfahrenen Gesandten hätten wir gewiss nicht täuschen können«, sagte Cecil. »Aber König Philipp musste ja unbedingt einen jungen Schönling schicken. Er hat zu viel auf einmal gewollt und bekam nichts.«

Diese Worte versetzten Elizabeth einen Stich. Mit ruhiger Hand strich sie das Schreiben König Philipps glatt. Immer wieder rollten sich die Enden zusammen.

»De la Ruy ist noch immer eine starke Karte in unserem Spiel gegen Philipp«, sagte Cecil. »Die Briefe, die er schreibt und die wir korrigieren, bewahren uns vor einem Angriff der Armada.«

Elizabeth erhob sich. Gemessenen Schrittes ging sie zur Tür, entriegelte und öffnete sie. Bevor die Königin auf den Korridor hinaustrat, wandte sie sich noch einmal zum Lordschatzmeister um. »Ihr habt klug gehandelt, William Cecil«, sagte Elizabeth. »Dafür hasse ich Euch.«

# Kapitel 29

Thomas erwachte auf dem Teppich neben dem Wasserbecken. Die Sonne schien durch die Vorhänge. Er schaute hinaus auf den Park des Serails, die monumentale Stadtmauer und das in der Ferne schimmernde Meer. Schnee hatte die Dächer befiedert. Noch hing die Dämmerung zwischen den Häusern.

John Flint schlief noch immer. Der Koch hatte sich auf dem Podest des Sultans ausgestreckt. Mit seiner stattlichen Erscheinung und seinem mächtigen Bart hätte er einen beeindruckenden Herrscher abgegeben.

Ioannis war wach und kniete vor der Orgel. Sein Kopf und seine Hände waren in dem Instrument verschwunden. Hatte der Schmied überhaupt geschlafen? Anscheinend nicht. Denn die Orgel war in den wenigen Stunden, die Thomas zur Ruhe gekommen war, um ein erhebliches Stück gewachsen.

Stolz erfüllte ihn, als er sie jetzt anschaute. Der Sockel bestand aus Eiche. In das Holz waren Figuren geschnitzt. Darüber erhoben sich sechzehn Säulen aus Eichenholz. Sie trugen die dritte Zone: das Spielbrett. Darüber ragten die Pfeifen in die Höhe. Noch waren nicht alle eingesetzt. Auch fehlte die Uhr, die in der Mitte des Instruments den Verlauf von vierundzwanzig Stunden anzeigen sollte. Über den Pfeifen begann die Schmuckzone mit zwei Türmen und der Figur Königin Elizabeth'. Thomas hatte die Statuette, kaum dass der Platz für sie eingerichtet war, aus dem Ölpapier gewickelt und auf den Dorn gesetzt, auf dem sie sich drehen sollte, wenn der Apparat wieder funktionierte. Die anderen acht Figuren, darunter zwei Trompeter, waren ebenso wenig an ihrem Platz wie das königliche Wappen und der mechanische Kopf, der zu jeder vollen Stunde ein Geräusch von sich gab, das mit etwas gutem Willen für eine menschliche Stimme gehalten werden konnte. Auch die beiden Obelisken auf der Spitze der Orgel und der Hahn in ihrer Mitte lagen noch irgendwo in dem Haufen auf dem Boden herum. Das beschädigte Planetensystem, bei dem sich Sonne und Mond um die Erde drehten, wollte Thomas zuletzt installieren.

Er löschte seinen Durst am Becken, spritzte sich etwas Wasser ins Gesicht und strich seinen Rock glatt, mit dem er sich in der Nacht zugedeckt hatte. Sein Hut hatte als Kissen herhalten müssen und die Form verloren. Thomas setzte ihn trotzdem auf.

Er weckte John Flint. Gemeinsam ließen sie sich von Ioannis zeigen, welche Teile der Schmied inzwischen zusammengebaut hatte, welche noch fehlten und welche zerstört waren. Selbst die schadhaften Hölzer, sagte Ioannis, könne er mit etwas Geduld wieder leimen. Doch das löchrige Schweinsgedärm verhindere, dass das Instrument von selbst spielen werde.

Thomas stemmte die Hände in die Hüften und betrachtete die herumliegenden Schweinsblasen. Er nahm eine auf und ging damit zum Wasserbecken. Dort tauchte er den Ballon ein. Luftblasen stiegen auf, als sich der Darm füllte. Als er ihn wieder aus dem Wasser hob, war er an fünf Stellen leck. Thomas steckte einen Finger in jedes Loch. Nun lief das Wasser eine Weile langsamer. Dann entstanden Risse an den Rändern der Schadstellen. Schließlich ging die Blase entzwei wie der Traum der von selbst spielenden Orgel. Eine Ladung Wasser platschte auf den Teppich.

»Vertrauen in einen Engländer brütete meine Hoffnungen aus.« Die Stimme des Sultans erfüllte mit einem Mal den Raum.

Mehmed war an der Tür erschienen, hinter ihm stand ein gutes Dutzend Höflinge.

Thomas verbeugte sich so tief wie möglich.

»Und ich habe weise entschieden«, fuhr Mehmed fort. »Beim Schwerte Osmans! Ich bin gekommen, um mich vom Fortschritt eurer Bemühungen zu überzeugen, und was sehe ich? Die Engländer haben das Instrument beinahe fertiggestellt!«

Der Sultan näherte sich der Orgel. Ein Duft nach Eukalyptus ging von ihm aus und verbreitete sich im Raum. Die Haut des Sultans schien das Licht zu reflektieren. Mehmed war von hohem Wuchs. Dennoch überragte ihn die Orgel um eine halbe Mannslänge. Er legte eine Hand gegen das polierte Eichenholz des Gehäuses. »Sie ist schön«, sagte er. »Aber funktioniert sie auch?« Er strich über den Spieltisch und drückte eine der Tasten herunter.

»Warum kommt kein Ton hervor?«, fragte Mehmed.

»Weil die Blasebälge noch keine Luft in das Instrument gepumpt haben«, erklärte Thomas. Er zwang sich, die Wasserlache zu seinen Füßen nicht anzusehen.

»Es ist die Luft, die unsere Körper am Leben hält, und dieselbe Luft verschafft uns den Wohlklang der Musik«, sinnierte Mehmed. Sein Gefolge stieß Laute des Erstaunens aus. Einige applaudierten.

»Es wird noch einige Zeit dauern, bis …«, hob Thomas an.

Der Sultan wedelte ungeduldig mit der Hand. »Ein wenig Musik wird doch schon jetzt daraus hervorkommen. Böse Zungen behaupten, dieses Instrument sei dazu überhaupt nicht imstande. Das ist gewiss bloß eine Behauptung, oder?«

Thomas' Mund fühlte sich staubtrocken an. Dahinter konnte nur Lello stecken. Erst hatte er die Orgelteile beschädigt. Jetzt schien er dem Sultan ins Ohr geflüstert zu haben, das Instrument sei schadhaft. Und Mehmed wollte nachsehen, ob das stimmte.

Thomas ging um die Orgel herum. Dort hatte Ioannis bereits einige der Lederbälge angeschlossen. Sie waren dazu da, Luft in die Orgel zu pumpen. Eigentlich sollten sie im Innern des Gehäuses verborgen sein und dort von dem fließenden Wasser in Bewegung gesetzt werden. Doch jetzt würde sie nur Muskelkraft antreiben können.

Thomas trat auf die Bälge. Nach einer Weile hatte er genug Luft in die Kästen gepumpt, die unter den Pfeifen angebracht waren. Er gab dem Sultan ein Zeichen. Mehmed schmunzelte zufrieden und drückte noch einmal auf eine Taste.

Nichts geschah. Thomas lächelte Mehmed an, kniete vor dem Spielbrett nieder und streckte eine Hand in das Gehäuse. Ohne hinschauen zu müssen, fand er den Hebel, der die Tastatur sperrte. Er legte ihn um und nickte Mehmed von unten herauf zu.

Diesmal war der Sultan erfolgreich. Auf einen Druck seines Fingers öffneten sich die Fächer unter den Röhren. Luft strömte hindurch. Ein wolkiges C erklang, nicht ganz rein, wie Thomas feststellte. Doch auch mit Orgelpfeifen aus Kochtöpfen sauber genug, um als Grundton erkannt zu werden. Thomas schloss die Augen. Wie er diesen Klang in den vergangenen Monaten vermisst hatte! Dies war nicht einfach ein Ton, es war der pneumatische Atem Gottes!

»Du willst mich zum Narren halten!« Mehmed ließ die Taste los. Das C erstarb wie das Röcheln eines Gehenkten.

Thomas stand auf und stellte sich vor die Orgel. »Aber das Instrument funktioniert«, sagte er. »Der großmächtige Sultan hat es selbst zum Spielen gebracht.«

»Spielen?«, kläffte Mehmed. »Einen einzigen Ton nennst du spielen? Um die Musik Englands scheint es nicht besonders gut bestellt zu sein.«

Das Gefolge lachte verhalten. Als Mehmed den Höflingen einen finsteren Blick zuwarf, schwiegen sie.

Thomas verwies auf die Frist von sechs Tagen und beteuerte, dass die Orgel nach Ablauf dieser Zeit von selbst spielen werde. Doch Mehmed wandte sich ab. Schließlich griff Thomas zu einem bewährten Mittel. Er berührte Mehmed an der Schulter.

»Schaut her! Es ist ein Kinderspiel.« Mit der rechten Hand schlug er einen g-Moll-Dreiklang an. Die Töne brausten durch den Pavillon und ließen die Orgel vibrieren.

»Man legt den Zeigefinger der linken Hand auf diese Taste«, erklärte Thomas, »den Daumen hierhin und den Ringfinger dorthin.«

Mehmed beugte sich über die Tastatur, studierte Thomas' Handhaltung und versuchte sie nachzuahmen. Die Finger wollten ihm nicht gehorchen. Ungeduldig drückte der Sultan die Tasten nieder. Die Orgel stöhnte, als ihr drei nicht zueinander passende Töne abgequetscht wurden.

Mehmed riss die Hand von den Tasten, als habe er sich verbrannt. Er blickte Thomas mit aufgerissenen Augen an. Dann schrie er seinem Gefolge zu, sie sollten allesamt sofort verschwinden.

»Ein Fehler«, beeilte sich Thomas zu sagen. »Das ist ganz normal.« Er wollte Mehmed noch einmal den Dreiklang zeigen, doch der Sultan schlug mit der Faust auf Thomas linke Hand. Die Orgel kreischte.

»Meine Ausrufer kündigen das Fest in den Straßen an und berichten, der Sultan werde von diesem Balkon dort die schönste Musik der Welt wehen lassen.« Mehmed deutete auf eine Tür, die auf eine Plattform hinausführte. »Die Menschen erzählen sich, diese Musik sei wundertätig, würde Kranke heilen und Frauen fruchtbar machen.«

»Vielleicht ist das etwas übertrieben«, sagte Thomas leise.

»Übertrieben war mein Vertrauen in die Fertigkeiten eines Engländers.« Mehmed packte einen der Registerzüge und riss daran, wohl um den Hebel aus dem Gehäuse zu zerren. Als der Zug hielt, trat der Sultan gegen die Orgel und stieß mit beiden Händen gegen das Gehäuse. Das Instrument wackelte nur leicht. Als er keine andere Angriffsfläche mehr wusste, stellte sich Mehmed auf die Zehenspitzen, langte auf den Deckel und brach die Figur Königin Elizabeth' ab. Ein leises Knacken ertönte. Der Sultan warf die Statuette in das Wasserbecken, wo sie mit einem kaum hörbaren Platschen versank. Aber die Bronze war als Hohlkörper gegossen. Nach einer Weile tauchte die winzige Elizabeth wieder auf und wippte auf der Wasseroberfläche, als fände sie Gefallen an dem Spiel.

Mehmed starrte Thomas an. Unter den Augen des Sultans lagen Unheil verheißende Schatten. »Ich werde mit euch ebenso verfahren, wenn ihr mich betrügen wollt.«

Thomas presste die Zunge gegen seinen Gaumen. Dann sagte er ruhig: »Das ist nicht der Fall, Ehrenwerter. Die Orgel hat tatsächlich etwas Schaden genommen.« Er überlegte, ob er Henry Lello beschuldigen sollte, entschied sich aber dagegen. »Die Salzluft hat den Leim hart werden lassen, und einige Pfeifen sind beschädigt. Aber das sind nur Belanglosigkeiten.« Er deutete auf Ioannis. »Wir haben einen Schmied hergebracht. Er wird das Instrument wieder so herstellen, wie es in London aufgebaut war. Ioannis ist ein Meister seiner Zunft.«

Ioannis verbeugte sich. »Ich mag ein Meister sein, wie der Engländer behauptet. Aber einer Zunft gehöre ich nicht an. Leider.«

Mehmed betrachtete ihn mit Gleichgültigkeit. »Du bist kein Engländer«, stellte er fest. »Bist du einer meiner Untertanen?«

»Ich bin Grieche, lebe in dieser Stadt und zahle meine Abgaben«, zählte Ioannis auf.

»Und du hilfst den Engländern dabei, diesen Automaten wieder zum Spielen zu bringen?«, fragte der Sultan.

Ioannis nickte. Er biss sich auf die Lippen, dann sagte er: »Ich möchte den Sultan um etwas bitten.«

»Richte deine Bitte nicht an mich, sondern an die Engländer.« Mehmed winkte ab. »Warum sollte ich für deine Hilfe mit einem Gefallen zahlen? Ich erhalte ein Geschenk. Und Geschenke sind in der Regel umsonst. Oder ist das bei den Ungläubigen anders?«

Thomas wollte etwas Vermittelndes sagen. Doch die Nadeln in Mehmeds Stimme hatten Ioannis getroffen, als wäre er eine Seifenblase. Der Schmied platzte heraus: »Die Armut hält mir unerwünscht Treue. Seit Jahren arbeite ich ohne Bezahlung für die Türken. Sultan Mehmed, Eure Untertanen entlohnen mich nicht mit Geld, sondern mit abgetragenen Kleidungsstücken und mit Essensresten, die sie nicht einmal mehr ihren Hunden geben würden. Der Kerkermeister Melek Ahmed lässt mich einmal im Monat aus fadenscheinigen Gründen verhaften. Erst wenn ich seinen Kerker wieder instand gesetzt habe, erhalte ich zur Belohnung die Freiheit zurück. Das ist kein Leben für einen Eurer Untertanen. Ich bitte Euch: Erlaubt mir, in die Zunft der Schmiede einzutreten, damit ich für ehrliche Arbeit auch ehrlichen Lohn erhalte. Nicht nur um meiner Zukunft willen, sondern auch für meine Tochter. Werde ich krank, muss sie auf der Straße um Almosen betteln.«

Ioannis' Stimme war laut und schnell. Mehmed hingegen sprach so langsam und so leise, dass Thomas, Ioannis und Flint den Atem anhalten mussten, um die Worte verstehen zu können.

»Diesen Kerkermeister Melek Ahmed sollte ich belohnen. Er ist ein Mann nach meinem Geschmack«, sagte Mehmed.

Ioannis' Augen schienen noch tiefer in ihre Höhlen zu sinken. Wieder hob er an: »Ich bin ein hervorragender Schmied und wäre ein Gewinn für die Zunft.«

»Und ich bin ein hervorragender Sultan.« Mehmeds Stimme wurde lauter. »Beim Schwerte Osmans! Mein Wort gilt. Ich selbst habe die Ungläubigen aus den Zünften ausgeschlossen. Dabei wird es bleiben.«

Thomas spürte heiße Beschämung in sich aufsteigen. Er hatte Ioannis die Audienz versprochen und das Versprechen gehalten. Aber Ioannis hatte sich einen ungünstigen Augenblick ausgesucht, um Mehmed seine Bitte vorzutragen.

»Aber ich kann so nicht weiterleben!« Ioannis trat einen Schritt auf Mehmed zu. Thomas hielt ihn zurück. Die Leibwächter würden den Schmied aufspießen, wenn er dem Herrscher zu nahe kam.

»Dann stirb halt«, sagte Mehmed. »Was kümmert es mich, ob ein Ungläubiger mehr oder weniger in meinem Reich betteln geht.« Er zog sein Gewand glatt. »Arbeitet weiter. Ich habe mich schon viel zu lange mit euch aufgehalten.« Mehmed ging hinaus. Die Schritte seiner Samtschuhe waren noch kurz in den Gängen zu hören. Dann schlug irgendwo eine Tür, und Stille lastete auf dem Pavillon.

John Flint fand als Erster die Sprache wieder. »Unser Kapitän wird dich gewiss reich für deine Arbeit entlohnen.«

Thomas stimmte in Flints Zuversicht ein. »Wir könnten dich und deine Tochter mitnehmen, nach London. Ihr sprecht unsere Sprache und seid unseres Glaubens. Dort würde es euch gewiss besser ergehen als hier.« Je länger er sprach, desto begeisterter war er von seinem Einfall.

Ioannis schaute sie stumm an und verzerrte sein Gesicht zu einem kalten Lächeln. Dabei schien sich die Narbe auf seiner Wange von selbst zu bewegen. Ohne ein weiteres Wort packte der Schmied sein Werkzeug zusammen und verließ das Serail.

# Kapitel 30

Die Stadt empfing Henry Lello wie einen alten Freund. Aus den Kaminen stieg aromatischer Rauch auf, der die Lungen massierte. Istanbul roch nach Kiefernholz, Lellos Haut duftete nach Eukalyptus, und der Tag verströmte das Aroma des Erfolgs. Seit er gestern aus dem Hamam gekommen war, fühlte sich Lello in Hochstimmung. Er hatte sogar den Wein zum Abendessen abgelehnt, den seine spanischen Kumpane auf der Galeone für ihn bereitgehalten hatten. Lieber wollte er jeden Augenblick seines Sieges reinen Geistes auskosten.

Jetzt ließ er sich von vier Seeleuten an Land rudern. Er befahl ihnen, auf seine Rückkehr zu warten, und warf ihnen einige Münzen zu, die sie in den Tavernen loswerden konnten. Dann schlenderte er durch den Hafen.

Fischerboote brachen in den Dunstschleier des Morgens auf. Schwärme von Silbermöwen folgten ihnen. Von weiter draußen waren Nebelhörner zu hören. Sie brüllten wie verirrtes Vieh.

Lello wusste, wohin er zu gehen hatte. Sein Ziel war die Schmiede. Dort wollte er endlich das Griechische Feuer finden. Die Bücher hatten die Rezeptur zwar nicht enthalten. Aber die junge Frau wusste etwas. Da war er sich sicher. Er konnte es kaum erwarten, sie zu befragen. Dazu war gerade die rechte Zeit, denn das Mädchen war vermutlich allein. Ihr Vater musste mit Dallam im Serail sein, um die lächerliche Orgel zusammenzusetzen – oder das, was Henry Lello davon übrig gelassen hatte.

Allerorten kündete Betriebsamkeit von den Vorbereitungen für das Fest des Sultans. Die Türken schmückten die Fassaden der Häuser mit bunten Stoffen. Von einem der schlanken Türme hingen Schnüre herab, an denen Behälter mit Öllampen angebracht waren. Am Abend des Festtages würde ganz Istanbul in einem Lichtermeer schwimmen.

So wie die Dinge lagen, würde Lello das Fest an der Seite des Sultans genießen, während Dallams zerschmetterter Körper am Fuß der Stadtmauer zusammengekratzt wurde.

Ein Mann überholte ihn mit raschem Schritt. Er trug keine Kopfbedeckung, und sein Haar hing ungewöhnlich lang auf seine Schultern herab.

Lello erkannte den Schmied. Die Unbekümmertheit fiel von ihm ab. Wieso war der Handwerker nicht im Palast und baute die Orgel zusammen? Anscheinend nahm er denselben Weg, den Lello eingeschlagen hatte: Er ging zur Schmiede.

Lellos Plan zerfiel zu Staub. Würde er es mit dem Vater und der Tochter zugleich aufnehmen können? Er war ein geschickter Fechter. Aber er wollte die beiden nicht töten, jedenfalls nicht, bevor sie ihm die Rezeptur verraten hatten. Er hielt inne. Vielleicht bot sich ihm hier eine andere Möglichkeit.

»Warte!«, rief Lello dem Mann hinterher. »So warte doch!«

Die Taverne lag im Schatten der Stadtmauer. Der Schmied hatte den Besuch dieses Gasthauses vorgeschlagen, weil dort auch Christen bedient wurden. Lello hatte das zunächst auf sich bezogen. Doch dann erfuhr er, dass der Schmied griechischer Christ war. Beinahe hätte er gefragt, warum er dann den Koran in seinem Haus aufbewahrte. Doch damit hätte Lello zu viel preisgegeben.

»Was ist das für ein Geschäft, das du mir vorschlagen willst?«, fragte der Schmied und ließ sich auf eines der Polster fallen.

In der Taverne gab es weder Stühle noch Bänke. Abgesehen von einem Regal, auf dem Krüge und Teller aus Irdenware aufbewahrt wurden, war der Gastraum mit Kissen, Teppichen und Vorhängen ausstaffiert, auf die Tiermotive gestickt waren. Ein Lichtschein fiel durch ein kleines Loch in der Mauer. Öllampen flackerten träge. Zwei Männer in Kaftanen hockten am anderen Ende des Raumes und schwiegen sich über einem Gefäß mit einer dampfenden Flüssigkeit an.

Lello reichte seine Hand über das Polster. »Ich heiße Henry Lello«, sagte er, »und bin Teil der englischen Gesandtschaft, die mit der *Hector* gekommen ist.«

»Ioannis«, brummte der Schmied. Die Hand ergriff er nicht.

»Ich habe von den Schwierigkeiten gehört«, sagte Lello. Er hoffte, dass der andere ihm einen Hinweis geben würde, mit dem er das Gespräch weiterführen konnte.

Ioannis knurrte.

»Wie geht der Aufbau unserer Orgel voran?«, versuchte es Lello noch einmal.

»Gut«, sagte Ioannis.

Das würde nicht einfach werden. Lello überlegte, ob er den Schmied betrunken machen könnte. Vielleicht wäre er dann gesprächiger. Sonst könnte Lello seinen ursprünglichen Plan verfolgen und die Tochter des Mannes aufsuchen, wenn sie allein war.

Da sagte Ioannis: »Ich rieche Zerde.«

»Zerde?«, fragte Lello. »Was ist das?«

»Süßspeisen«, antwortete Ioannis und schluckte.

»Wirt!«, rief Lello.

Bald darauf standen vier Schalen aus Kupfer mit einer gelben Masse vor ihnen. Da es keine Tische gab, hatte der Wirt einen Untersatz aus Leder zwischen die Polster gestellt, den er Sofra nannte. Lello hielt sich eine der Schüsseln unter die Nase und roch vorsichtig an der Zerde. Der Duft von Honig und Mandeln stieg davon auf. Die Oberfläche glänzte. Doch das gedämpfte Licht ließ nicht zu, dass man erkennen konnte, was man aß.

Als Lello die Schale wieder absetzte, ohne die Süßspeise angerührt zu haben, hatte Ioannis seine Portion bereits hinuntergestürzt. Der Schmied deutete auf Lellos volle Schalen. »Wenn du das nicht isst, nehme ich es.«

Lello schob dem Schmied die Zerde zu. Dann ließ er weitere Speisen auftragen. Wie es schien, hatte der Mann seit Tagen nicht mehr richtig gegessen und litt an einem urzeitlichen Hunger. Die folgenden Gerichte waren garstig, von Öl triefend und mit einer abscheulichen Tunke bespritzt. Schon bei dem Geruch drehte es Lello den Magen um. Der Schmied aber aß ohne Unterlass. Schließlich hielt er sich den Bauch und stöhnte.

Die Zeit für einen erneuten Vorstoß in das Gemüt des Gesättigten war gekommen. »Bezahlt dich Dallam so schlecht für deine Dienste, dass du dir nichts zu essen kaufen kannst?«, fragte Lello.

Ioannis wischte sich mit einer behaarten Hand über den Mund. »Es liegt nicht an Dallam, sondern an Mehmed.« Dann erzählte der Schmied seine Geschichte.

Als er bei dem Gespräch mit dem Sultan an diesem Morgen angekommen war, spürte Lello seine Haut prickeln. »Ich kann dir helfen«, sagte er und bemühte sich darum, höfliche Gleichgültigkeit in seine Stimme zu legen.

»Wie?«, wollte Ioannis wissen. »Du sprachst von einem Angebot.«

Jetzt galt es, kleine Schritte zu gehen. »Ich bin ein Freund des Sultans. Zwar kann ich seine Meinung nicht beeinflussen, aber ich könnte mit ihm über das Zunftgesetz sprechen. Vielleicht überdenkt Mehmed seine Entscheidung dann noch einmal.«

»Warum sollte er das tun?«, fragte Ioannis.

»Weil der Sultan etwas sucht, das ihm sehr wichtig ist. Und

ich glaube, dass du es ihm beschaffen kannst. Du siehst: Ich bin nur ein Vermittler. Ich weiß, was der eine will und was der andere hat.«

Ioannis' Augen verengten sich zu Schlitzen. »Was kann ich schon haben, das Sultan Mehmed sein Eigen nennen will? Ich habe ja nicht einmal genug zu essen für meine Tochter und mich.«

Lello schaute sich um. Der Wirt war hinter einem Vorhang verschwunden. Die beiden Männer am Ende des Raums dösten vor sich hin. »Die Rezeptur des Griechischen Feuers«, flüsterte er mit unschuldiger Ernsthaftigkeit.

Die Müdigkeit, die Erbin der Gefräßigkeit, verschwand aus dem Gesicht des Schmieds. Seine Augen blitzen wie die Funken, die aus einer Esse fliegen. »Was soll das sein, das Griechische Feuer?«, fragte er. Seine Stimme war eine zum Sprung bereite Katze.

Lello überlegte, ob er auf die Frage antworten sollte. »Oh, ich dachte, du wüsstest das«, sagte er stattdessen. »Thomas Dallam hat mir erzählt, du würdest die Rezeptur kennen. Aber er scheint sich geirrt zu haben.«

»Thomas Dallam hat mich ...« Ioannis sprach nicht weiter. »Ich kenne die Zutaten nicht«, sagte er schließlich.

»Dann weißt du, wovon ich spreche«, setzte Lello nach.

»Das ist nur eine Geschichte, etwas, das es nicht gibt. Jedenfalls heute nicht mehr«, sagte Ioannis.

Lello packte Ioannis' Handgelenk. »Wenn diese Geschichte in die Wirklichkeit überführt werden könnte, wäre Sultan Mehmed einer der mächtigsten Männer der Welt. Bedenke, welche Reichtümer du dafür erhalten würdest. Du könntest jeden Tag so speisen wie gerade eben. Deine Tochter würde die schönsten Kleider tragen. Sag mir nur, ob es die Rezeptur gibt.«

\*

»Es gibt keine Schweine in Istanbul«, sagte Eremyia. Der Wasserverkäufer lehnte sich aus seinem Kiosk heraus und reichte Thomas und Flint tönerne Becher. Thomas probierte das Wasser. Es schmeckte wie Bücherleim. Trotzdem schluckte er es hinunter, hielt den Becher danach aber fest, damit Eremyia nicht nachschenken konnte.

Es war Nachmittag geworden, bis Flint und Thomas das Serail verlassen hatten. Sie hatten gehofft, Ioannis würde zurückkehren. Doch nachdem Mehmed ihm die Aufnahme in die Zunft verweigert hatte, war der Schmied verärgert abgezogen und fortgeblieben. Vielleicht würde er am nächsten Morgen wiederkommen. Er musste! Ohne Ioannis würde der Aufbau der Orgel doppelt so lange dauern – und so viel Zeit blieb ihnen nicht.

Und dann gab es noch ein anderes Problem.

»Wir brauchen kein vollständiges Schwein«, erklärte Flint. »Nur die Innereien.«

Eremyia hob ratlos die Hände. »Ich bin Wasserverkäufer, kein Schlachter. Und wenn ich es wäre: Wir halten keine Schweine in dieser Stadt. Sie sind unrein. Wieso fragt ihr ausgerechnet mich danach?«

»Wir kennen niemanden sonst hier«, sagte Thomas. »Erst recht niemanden, der Englisch spricht. Du bist unsere einzige Hoffnung.«

Eremyia legte seine Arme auf die Theke und stützte das Kinn auf die Fäuste. »Es könnte Schweine bei den Dardanellen geben. Dort lebt eine große christliche Gemeinschaft. Vielleicht kann die euch weiterhelfen.«

»Dardanellen?«, fragte Thomas. »Was ist das?«

»Eine Meerenge. Manche nennen sie auch Hellespont. Ihr könnt sie mit einem schnellen Schiff in drei Tagen erreichen. Wo das Dorf der Christen genau liegt, weiß ich aber nicht.«

»Dann begleitest du uns und fragst die Einheimischen.« Flints Worte klangen wie ein Befehl.

»Nein«, sagte Thomas. »Wir würden zu viel Zeit verlieren. Vorausgesetzt, wir sind überhaupt erfolgreich und finden ein Schwein. Es muss eine andere Möglichkeit geben.« Er beugte sich zu Eremyia. »Du hast schon einmal Geld für deine Hilfe bekommen. Wenn du ein Schwein für uns findest, soll es nicht dein Schaden sein.«

Drei Osmanen näherten sich dem Kiosk. Eremyia bedeutete Flint und Thomas zu warten. Er bediente die Türken. Während sie ihr Wasser tranken, warfen sie Thomas und Flint misstrauische Blicke zu. Dann unterhielten sie sich mit Eremyia.

Thomas kehrte den Osmanen den Rücken zu. »Ein Schwein zu finden, ist das eine«, sagte er zu Flint. »Aber wir müssen zugleich auch jemanden haben, der es töten und ausnehmen kann.«

»Das kann ich versuchen«, sagte Flint zögerlich. »Schließlich bin ich Koch.«

»Ein Koch ist kein Fleischer«, warf Thomas ein.

»Aber ich kenne den Körper eines Schweins so gut wie meine Schiffsküche«, sagte Flint. »Ich habe schon Pudding aus Schweineschwänzen gekocht und Kuchen aus dem Mark der Knochen gebacken.«

»Und das hat die Besatzung gegessen?«, fragte Thomas ungläubig.

»Leere Teller lügen nicht«, sagte Flint.

Jetzt kehrte Eremyia zu den Engländern zurück. »Ich habe die drei dort nach einem Schwein gefragt.« Er deutete auf die Türken. »Sie sagen, sie wüssten, wo ihr eins finden könnt.«

Thomas schaute zu den Osmanen hinüber. Sie hoben ihre Becher und prosteten ihm zu. In dem Grinsen unter ihren Schnurrbärten wohnte die Häme.

»Haben sie dir gesagt, wo es dieses Schwein gibt?«

Der Wasserverkäufer lüpfte seine Filzkappe und strich sich über das borstige dunkle Haar. »Dieses Wissen ist wertvoller als mein Wasser.«

Thomas zog drei Silbermünzen hervor und legte sie auf den Ausschank. Die englische Währung war in Istanbul ein kleines Vermögen wert, wie er in der Zwischenzeit herausgefunden hatte. Dennoch sagte Eremyia: »Das sind drei Münzen.« Er deutete auf die Osmanen, dann auf sich selbst. »Wir sind vier.«

Zögernd ließ Thomas eine vierte Münze folgen. Kaum hatten die Türken das Geld unter sich aufgeteilt, rief ihm einer etwas in ihrer Sprache zu. Lachend verschwanden die Männer in Richtung des Stadttors. Ihre langen Kaftane schwangen, und sie schlugen sich gegenseitig auf die Schultern.

Eremyia schenkte Thomas und Flint Wasser nach.

»Was haben sie gesagt?«, wollte Thomas wissen.

»Ihr sollt ein Domuz finden«, antwortete Eremyia. Seine leise Stimme verriet, dass die Engländer zum Narren gehalten worden waren.

»Was soll das sein, ein Domuz?«, fragte Flint und beugte sich bedrohlich zu Eremyia hinüber. Der Wasserverkäufer ließ den Krug fallen. Das Gefäß zerbrach.

»Ein Wildschwein«, rief Eremyia. »Sie sagten, ihr sollt ein Wildschwein jagen, wenn ihr euch traut.«

Anscheinend hatten sich die drei Männer tatsächlich über die Engländer lustig gemacht. »Diese Türken!«, fluchte Flint. Er stieß Eremyia gegen die Brust. Der Wasserverkäufer riss den Mund zu einem stummen Schrei auf.

»Warte!« Thomas legte eine Hand auf Flints Finger. Die Muskeln des Kochs waren hart wie Nussschalen. »Ich glaube, wir haben gerade ein gutes Geschäft abgeschlossen.«

Die Luft zerrte am Mantel von Hoodshutter Wells, als erhebe sie Anspruch darauf. Der Kapitän stand an Deck der *Hector*, hielt die Arme vor der Brust verschränkt und musterte Thomas und Flint mit demselben Blick, mit dem er zwei Meuterer angesehen hätte.

»Ihr wollt Wildschweine jagen?«, fragte er. Sein Gesichtsausdruck hätte nicht überraschter sein können, wenn Lord Montagu und Lord Aldridge an Bord erschienen wären.

»Es ist die einzige Möglichkeit, die Orgel zum Spielen zu bringen«, erklärte Thomas.

Flint ergänzte: »Der Wasserverkäufer sagt, eine halbe Tagesreise im Westen lägen die Jagdgründe des Sultans. Dort wimmele es von Wildschweinen. Natürlich müssten wir Mehmed zuvor um Erlaubnis bitten.«

»Aber wir haben keine Ausrüstung für die Keilerjagd«, sagte Wells. »Keine Pferde, keine Waffen, keine Hunde. Wollt ihr ein Wildschwein mit dem Degen stellen und es zum Duell fordern?«

»Wir haben Kanonen«, sagte eine weibliche Stimme. Lady Aldridge war hinter Wells aufgetaucht. Mabel begleitete sie. Die beiden Frauen trugen lange Umhänge gegen die Kälte und hatten sich Tücher um die Köpfe geschlungen, deren Enden vor der Brust von schweren Broschen zusammengehalten wurden.

Thomas wusste nicht, ob die Farbe von Wells' Wangen vom Wind des Winters gefärbt waren oder von der Einmischung Lady Aldridges. »Wollt Ihr mit Kanonen auf ein Wildschwein schießen? In einem Wald?«

»Ihr nehmt mir die Worte aus dem Mund, Kapitän«, sagte Lady Aldridge.

»Mit Verlaub: Das ist Dumpfsinn«, fuhr Wells auf. »Wir können nicht einfach blindlings in einen Wald feuern und hoffen, ein Wildschwein zu treffen. Selbst wenn wir dabei Glück hätten, würde die Kugel das Tier in Stücke reißen.«

»Ich danke für die Belehrung, Kapitän.« Lady Aldridge hustete in die Faust. »Aber darauf wäre ich von selbst gekommen. Obwohl ich nur eine Frau bin.«

»Worauf wollt Ihr hinaus?«, schaltete sich Thomas ein.

»Für die Jagd auf einen Keiler brauchen wir Hunde. Da hat unser Schiffsführer recht. Die Meute müsste das Wildschwein dorthin treiben, wo die Jäger es stellen können. Da wir keine Hunde haben, müssen wir die Beute mit anderen Mitteln aufschrecken.«

»Mit den Kanonen der *Hector*«, führte Flint den Gedanken fort. Er rieb sich das Kinn. »Kann das funktionieren?«

»Das wissen wir erst, wenn wir es ausprobiert haben«, erwiderte Thomas.

Hoodshutter Wells hielt diesen Vorschlag für eine Verschwendung von Pulver, Eisen und Zeit. Aber er erklärte sich nach einigem Hin und Her bereit, die *Hector*, ihre Seeleute und die Bewaffnung des Schiffs für einen Versuch zur Verfügung zu stellen – vorausgesetzt, Thomas hole die Erlaubnis des Sultans ein.

»Und wie töten wir das Schwein, wenn es aus dem Wald kommt?«, wollte Flint wissen, als er mit Thomas unter Deck stieg.

»Darüber müssen wir uns noch Gedanken machen«, sagte Thomas mit gefurchter Stirn. »Wie Eremyia sagt, sind die Wildschweine im Osmanischen Reich die größten ihrer Art. Ein englischer Keiler bringt schon an die vierhundert Pfund auf die Waage. Die hiesigen Tiere sollen doppelt so viel wiegen. Sie sollen so schwer sein wie ein Amboss und dabei so groß und schnell wie ein Pferd.«

## Kapitel 31

Der Palast von Greenwich war Elizabeth stets weitläufig vorgekommen. Er war eine Welt für sich. Seine Säle glichen Kontinenten, die Gemächer waren Inseln, zwischen denen die Flure und Gänge mäanderten.

Seit Elizabeth versuchte, Garcilaso de la Ruy auszuweichen, war Greenwich Palace zu einer Köhlerhütte geschrumpft. Inspizierte sie die Wachsoldaten vor dem Palasttor, sah sie Garcilaso im Garten spazieren gehen. Nahm sie an Ausritten teil, bemerkte sie den Spanier bei den Ställen. Besuchte sie einen der Winterbälle im Palast, war de la Ruy zwar nicht unter den Gästen. Doch kaum ließ sie den Blick schweifen, glaubte sie, ihn im oberen Stockwerk hinter einem der Vorhänge zu sehen.

Stets war er allein. Niemals erschien er mit einem der Höflinge ins Gespräch vertieft, nie an der Seite einer Frau. Dabei war das Interesse der Hofdamen an ihm groß, wie Elizabeth dem allgemeinen Geschwätz entnahm. In der Regel gab sie nicht viel auf die Palastgerüchte. Doch seit einiger Zeit blieb sie stehen, wenn hinter einer offen stehenden Tür geflüstert wurde.

Wich de la Ruy ihr aus, oder beobachtete er sie? Wartete er auf eine Gelegenheit, sich ihr erneut zu nähern, um den Auftrag seines Königs endlich zu erfüllen? Elizabeth hätte ihn gern zur Rede gestellt. Doch die Briefe, die er nach wie vor schrieb, waren wichtig für das Wohl Englands. Wie unbedeutend waren dagegen die lächerlichen Gefühle einer Frau!

Sie begegneten sich im Park. Der späte Winter hatte noch einmal Schnee auf Büsche und Bäume gelegt. Elizabeth spazierte mit ihrem Gefolge umher. Den Gärtnern hatte sie verboten, die Wege freizuschaufeln. Sie liebte es, ihre Füße in frischen Schnee zu setzen und neue Pfade auszuprobieren. Als sie um die Büsche bog, die in Schiffsform geschnitten waren, stand de la Ruy plötzlich vor ihr.

Elizabeth' rotgewandete und rotgesichtige Leibwächter sprangen herbei. Sie rief die Männer zurück. Einen Augenblick lang standen sich der Spanier und die Königin gegenüber. Garcilaso schien ebenso erschrocken zu sein wie sie selbst. Er hatte noch immer eine dunkle Gesichtsfarbe. Aber unter seinen Augen lagen Schatten. In seinem schmalen Bart hatte sich ein graues Haar eingenistet.

»Der englische Winter scheint Euch nicht zu bekommen«, sagte Elizabeth.

Eine Pause entstand. Schweigen fiel wie Schnee. Wollte er denn gar nichts erwidern? Sie hatte ihn doch stets wegen seiner Wortgewandtheit bewundert.

Sie versuchte es noch einmal. »Habt Ihr die königliche Flotte gesehen, die meine Gärtner geschaffen haben? Jetzt liegen die Schiffe unter Eis und Schnee. Aber wenn erst der Frühling kommt, sind sie wieder bereit auszulaufen.« Sie wusste, dass William Cecil ihr die folgenden Worte übel nehmen würde, aber die Lust flog sie an, Garcilaso wenigstens einen einzigen Satz zu entlocken.

»Wann werdet Ihr wieder in See stechen?«, fragte sie ihn.

Wie erstaunt war sie, als er – noch immer wortlos – beiseitetrat und mit raschen Schritten an ihr vorbei in Richtung Nordflügel ging.

»Soll ich dieses Benehmen als Beleidigung auffassen?«, fragte sie ihre Begleiter.

»Als Kompliment an Eure Beredsamkeit«, sagte der Herzog von Somerset. »Angesichts der Kanonenschüsse Eurer Majestät blieb der spanischen Flotte nur die Flucht in den sicheren Hafen.« Gelächter und sanfter Applaus belohnten Somersets flauen Scherz.

Elizabeth setzte den Weg fort. Schritt für Schritt trat sie in die Fußstapfen de la Ruys und folgte seiner verschneienden Fährte in die entgegengesetzte Richtung. Bald waren seine Spuren unter dem Neuschnee verschwunden, und für einen Augenblick schien es Elizabeth, als habe es den spanischen Diplomaten niemals gegeben.

Cupido verkümmerte. Dem Affen schienen die Dunkelheit und Kälte der Wintermonate zuzusetzen. Zwar hatte es das Tier in Elizabeth' Gemächern warm. Doch lebte es nach wie vor in seinem Käfig. Die Zofen, die ihm gewiss Zärtlichkeit und Fürsorge hätten angedeihen lassen, waren durch Cupidos Ausbruch in der Bibliothek verschreckt und blieben ihm seither fern. Elizabeth selbst widmete sich ihm, wenn die Staatsgeschäfte es zuließen. Meist mussten sich die Yeomen, die Männer der Garde, seiner annehmen. Deren rote Uniformen erregten den Affen jedoch dergestalt, dass er biss und kratzte und das Futter, das man ihm brachte, durch die Gitterstäbe warf.

An den Abenden, wenn sich Elizabeth erschöpft vom Tagesgeschäft in ihre Gemächer zurückzog, stand sie vor dem Käfig und stellte immer neue Stufen des Verfalls an Cupido fest. Sein Fell war stumpf geworden. Die Augen stierten glanzlos und ohne Interesse in eine begrenzte Welt. Er aß kaum etwas. Dafür trank er viel. Vermutlich hat er Fieber, dachte Elizabeth.

Eines Abends, vor dem Fenster trieben schwere Schneeflocken, kam Elizabeth in das Gemach, in dem der Käfig an einem Ständer aus polierter Bronze hing. Normalerweise rührte sich

Cupido bei ihrem Eintreten, und der Käfig schaukelte. Diesmal hing das Gehäuse ruhig wie der Schwanz eines schlafenden Pferdes. Von Sorge getrieben, hielt Elizabeth eine Öllampe vor die Gitterstäbe. Cupido lag auf dem Boden, und die Schatten, die die Lampe warf, strichen über ihn hinweg. Das kleine Maul stand auf. Die Zähne waren zu sehen. Elizabeth beugte sich näher heran. Sie entdeckte einen Floh. Der Schädling kroch zwischen den Haaren des Affen hervor und lief über Cupidos Augenlider. Das Tier reagierte nicht.

Elizabeth riss die Käfigtür auf. Sie trug keine Handschuhe. Vorsichtig packte sie den Affen und hob ihn aus dem Käfig heraus. Er wehrte sich nicht. Sein Körper war warm – vielleicht zu warm. Sie setzte sich auf eine Bank und legte Cupido in das Nest, das die Falten ihres Kleides bildeten. Der Kopf bewegte sich schwankend, als der Affe versuchte, sich zu orientieren.

Elizabeth rief nach ihren Zofen. Die Dringlichkeit in der Stimme der Königin ließ die vier Mädchen ins Zimmer stürzen und mit gesenkten Köpfen vor ihr auf die Knie fallen. Elizabeth befahl ihnen, den Rossarzt zu holen. Wenig später stand Harvey Watson vor ihr. Er war ein vierschrötiger Mann mit hängenden Kinnfalten. Jede seiner Hände war so groß wie der Affe. Er untersuchte das Tier, zog ihm die Lider hoch und schaute nach Zähnen und Zahnfleisch. All das geschah auf Elizabeth' Schoß. Gewiss würde der Tierarzt von diesem Erlebnis in der Taverne erzählen. Elizabeth war das gleichgültig. Wenn nur Cupido wieder aufstehen und zu jenem wilden Tier würde, das auf der Suche nach Freiheit den gesamten Hof in Schrecken versetzt hatte.

Schließlich erhob sich Watson und schüttelte den Kopf. Er kenne sich mit Pferden aus, erklärte er. Aber dieses Tier gebe ihm Rätsel auf. Die Symptome ähnelten denen eines kranken Menschen. Vielleicht könne der Leibarzt der Königin helfen.

Elizabeth lehnte den Vorschlag ab. Man würde sie für wahnsinnig halten, wenn sie ein wildes Tier von ihrem persönlichen Medicus kurieren ließe.

»Kennt sich denn niemand hier mit Affen aus?«, fragte sie mit Verzweiflung in der Stimme.

»Vielleicht einer jener Glücksritter, denen diese Tiere in Afrika oder in der Neuen Welt begegnet sind«, eröffnete ihr der Rossarzt.

»Francis Drake hat bestimmt schon Affen gesehen«, sagte eine der Zofen.

Der stattliche Drake wurde von den Mädchen bei Hof bewundert. »Drake kann einem Affen beibringen, ein Schiff zu steuern«, sagte Elizabeth, »aber er ist kein Arzt und kein Naturkundler.«

»Der spanische Botschafter soll schon in der Neuen Welt gewesen sein«, sagte die nächste Zofe.

»De la Ruy ist ein Einfaltspinsel und ein Lügner!«, fuhr Elizabeth das Mädchen an. »Wie kannst du deiner Königin vorschlagen, einen solchen Mann in ihre Nähe zu lassen! Im Innern dieses Spaniers brodelt ein stinkender Morast. Ich werde ...«

Sie presste die Lippen aufeinander.

»Hinaus«, flüsterte sie.

Die Zofen verließen den Raum. Etwas zu schnell, wie Elizabeth fand. Sie würde das Benehmen der Mädchen korrigieren müssen. Harvey Watson verbeugte sich, fragte, ob er sich in London nach einem Fachmann für Affen umhören solle. Doch Elizabeth schüttelte den Kopf und entließ den Rossarzt mit einer Bewegung ihres linken Zeigefingers.

Nach einer Weile erhob sie sich. Behutsam legte sie den Affen zurück in den Käfig. Dann ging sie angekleidet zu Bett und wartete darauf, dass die Nacht ihren dunkelsten Punkt erreichte.

Die Flure von Greenwich waren so schwarz und leer wie das Herz eines Spaniers. Vier Yeomen begleiteten Elizabeth durch den Palast. Die Lampen, die sie trugen, warfen Licht auf die dunklen Vertäfelungen der Wände. Was sie im einen Augenblick erhellten, verschwand im nächsten wieder in der Finsternis.

Ich muss damit aufhören, allerorten Zeichen zu erkennen, ermahnte sich Elizabeth. Doch ihr Blick wandte sich immer wieder zu dem Lichtspiel hinüber, das sie auf dem gesamten Weg in den Nordflügel begleitete.

Niemand begegnete ihnen. Greenwich schlief. Auch Cupido lag zusammengerollt in seinem Käfig und duldete stumm, dass Elizabeth das Gehäuse vor sich her trug. Sie hatte ein tiefblaues Tuch über die Gitterstäbe drapiert und hielt das Behältnis mit beiden Armen umschlungen, während sie versuchte, so sanft wie möglich aufzutreten.

Die Tür zu Garcilaso de la Ruys Gemächern war versperrt. Elizabeth ließ aufschließen und betrat den Gesellschaftsraum, ein großzügiges Zimmer mit niedriger Decke, in dem sich die Bewohner dieses Palastteils versammeln und unterhalten konnten. Von hier aus gingen Türen zu den Wohn- und Schlafgemächern der spanischen Gäste ab.

»Wo schläft de la Ruy?«, wollte Elizabeth mit gesenkter Stimme wissen.

Einer der Yeomen deutete auf jene Tür, die dem Eingang zum Gesellschaftszimmer am nächsten lag.

Elizabeth stellte den Käfig davor ab. Sie zögerte. Sollte sie anklopfen, de la Ruy wecken und ihm die Lage schildern? Aber dann hätte sie um seine Hilfe bitten müssen. Der Käfig vor seiner Tür sprach hingegen für sich. So war es besser.

Sie trat einen Schritt zurück und hielt erneut inne. Der Spanier mochte den kranken Affen vor seiner Tür als Zeichen der Königin missverstehen, endlich den Palast und England zu verlassen. Sah nicht Elizabeth auch in jedem Winkel des Palastes und in jeder Geste ihrer Mitmenschen Sinnbilder und versteckte Andeutungen?

Hauptsache, er kümmert sich um das Tier, dachte Elizabeth. Und wenn er sich weigerte?

Sie gab einem der Yeomen Befehl, de la Ruy zu wecken. Der untersetzte Wachmann hob eine in schwarzem Leder steckende Faust und schlug gegen die Tür. Ein Ruf auf Spanisch erklang. Bald darauf stand de la Ruy im Türrahmen. Er hatte sich einen Mantel übergeworfen. Darunter schimmerte seine bloße Haut.

Er strich sich das Haar zurück und blinzelte.

Elizabeth deutete auf den Käfig zu Garcilasos Füßen. »Ich bin nur wegen Cupido hier«, sagte sie. »Er ist krank. Wie es scheint, seid Ihr der Einzige, der schon einmal Affen in Freiheit gesehen hat und sich mit ihnen auskennt.«

De la Ruy wischte sich den Schlaf aus den Augen und ging in die Knie, um das Tuch von dem Käfig zu nehmen. Dabei klaffte sein Mantel auf und offenbarte ein Buschwerk aus Haaren. Garcilaso klopfte gegen die Käfigstäbe. Der Affe reagierte träge.

»Was ist geschehen?«, fragte der Spanier.

»Noch ist gar nichts geschehen«, antwortete Elizabeth. »Deshalb ist das Tier ja auch krank. Pflegt es gesund.« Sie zögerte. »Ich befehle es!«

## Kapitel 32

Thomas wartete im Pavillon. Doch Ioannis blieb auch an diesem Morgen der Orgel fern. Die Sonne kroch müde über das Meer, ohne dass der Grieche sich zeigte. Also beschloss Thomas, zur Schmiede zu gehen und Ioannis zur Rede zu stellen.

Eigentlich hatte er im Palast um Erlaubnis zur Wildschweinjagd ersuchen sollen. Doch das musste warten. Ohnehin würde die *Hector* erst am folgenden Tag zum Auslaufen bereit sein. Bis dahin musste Ioannis längst wieder an der Orgel arbeiten, wenn das Instrument noch rechtzeitig fertig werden sollte.

Der Weg zur Schmiede war Thomas mittlerweile gut bekannt. Von einem Straßenhändler kaufte er Brot und vier Spieße mit gebratenem Fleisch für Kassandra und ihren Vater. Von einem Gefühl der Dringlichkeit getrieben, legte er die Strecke im Laufschritt zurück. Außer Atem erreichte er den alten Konvent und klopfte an die Tür.

Von innen hörte er Kassandras Stimme. Sie stellte eine Frage auf Osmanisch.

»Ich bin es, Thomas Dallam«, antwortete er.

Die Tür öffnete sich nicht.

»Thomas Dallam«, wiederholte er laut und deutlich. »Ist Ioannis daheim?«

Er erhielt keine Antwort. Ein Blick zur Werkstatt hinüber verriet ihm, dass diese verschlossen war.

»Kassandra?«, fragte er. »Hat dein Vater dir verboten, mit mir zu sprechen?«

Die Tür öffnete sich einen Spaltbreit. Kassandras Gesicht erschien. Sie sah noch abgezehrter aus als zuvor. Thomas reichte ihr die Fleischspieße und das Brot. Sie öffnete die Tür zögerlich und nahm beides entgegen.

»Bist du allein?«, fragte sie. In ihrer Stimme lag Argwohn.

»John Flint ist nicht bei mir«, sagte Thomas, dem die Situation immer merkwürdiger erschien.

Sie lugte aus der Tür. »Auch nicht der Mann mit der Feder am Hut?«

Thomas stutzte. »Henry Lello? Er war hier?« Allmählich ahnte er, warum Kassandra so abweisend war.

Nachdem Thomas versichert hatte, dass niemand ihn begleitete, bat sie ihn schließlich ins Haus. Kassandra schlug die Tür hinter ihm zu und legte den Riegel vor. Die Halle des Konvents war leer, ebenso wie das Regal, auf dem die Bücher gestanden hatten.

»Was ist passiert?«, wollte Thomas wissen.

Sie berichtete ihm, was er schon befürchtet hatte. Lello war im Konvent aufgetaucht, hatte nach dem Rezept für das Griechische Feuer gefragt, die Bücher gestohlen, der jungen Frau Angst eingejagt und gedroht zurückzukehren. Seither lebte sie in Furcht.

In Thomas' Gedärm breitete sich Eiseskälte aus. »Woher weiß Lello vom Griechischen Feuer?«, fragte er laut.

Er ging zu dem Buchregal und legte eine Hand auf das Holz. Hier hatte sie gestanden, die Rezeptur, die Königin Elizabeth so nötig brauchte, für die Männer ihr Leben gegeben hatten – und er, Thomas, hatte es versäumt, danach zu greifen. Er senkte den Kopf, und ein Zittern durchlief ihn.

Kassandras Stimme drang durch seine Betrübnis. »Der Mann

mit dem Hut war ein Engländer wie du. Hat er die Bücher denn nicht in deinem Namen mitgenommen?«

Thomas schüttelte den Kopf. Die Bücher waren fort. Die Spanier hatten die Rezeptur. Thomas war gescheitert. Montagu hätte sich einen fähigeren Nachfolger für seine Mission erwählen sollen.

»Warum sucht ihr Engländer im Koran nach dem Griechischen Feuer?«, fragte sie. »Ich wusste nicht, dass im heiligen Buch der Mohammedaner etwas darüber zu finden ist.«

»Ich suche nicht den Koran, sondern die Rezeptur«, erklärte Thomas. Dann begriff er. »Diese Bücher waren nichts anderes als der Koran?«

Kassandra nickte. »Das wusstest du nicht?«

Thomas erinnerte sich, dass er sich in den Büchern eine Spur zu dem Rezept erhofft hatte. Er schimpfte sich einen Bruder der Einfalt. Auf der anderen Seite war sein Fehler nun sein Glück. Denn Henry Lello hatte die Spur zwar aufgenommen, war aber in die Irre gelaufen.

Kassandra stand noch immer in einiger Entfernung und hielt seine Geschenke umklammert. »Gib deine Suche nach dem Rezept auf«, sagte sie. »Es bringt Unheil über alle, die danach suchen.«

»Dann kennst du es?«, fragte Thomas.

Kassandra legte die Fleischspieße beiseite und entfachte ein Feuer in einem kleinen Ofen, der in einer Nische der Halle stand. »Das Griechische Feuer ist der Fluch meiner Familie«, sagte sie und blies in die Glut. Flammen leckten daraus hervor. Sie schob Holzscheite in die Ofenluke, schloss sie und legte einen Riegel vor. Dann hielt sie prüfend eine Hand über die Herdplatte.

Kassandra wusste also doch etwas über die Rezeptur! Thomas wagte nicht, sich zu rühren – aus Angst, die junge Frau würde sich in Luft auflösen. Er schluckte schwer an den Fragen, die auf seiner Zunge zusammenliefen.

Nach einer Weile fuhr sie fort:. »Meine Eltern kamen aus Griechenland hierher, fanden diesen verlassenen Konvent und bezogen ihn. Damals war ich noch nicht geboren. Mein Vater verdiente schon zu jener Zeit nicht genug Geld mit seinem Handwerk. Als meine Mutter schwanger wurde, verzweifelte er und rief Gott um Beistand an. Jedenfalls hat er es mir so erzählt.«

Der Ofen knisterte. Kassandra legte zwei Fleischspieße auf die Herdplatte. Das Fleisch zischte. Der Duft von Gebratenem zog durch den Raum.

»Er fand die Rezeptur in einem der oberen Räume«, erklärte Kassandra. »Dort liegen die Zellen der Derwische. Jede Kammer ist mit einem Bild geschmückt. Es sind …«, sie zögerte, »… Figuren, die aus Schriftzeichen zusammengesetzt sind. Das muss so eine Art Ritual bei den Mönchen gewesen sein. Diese Bilder sind in jeder einzelnen Zelle zu finden.« Sie griff nach den Enden der Holzspieße und wendete sie rasch. Erneut war das Zischen zu hören.

»Meine Eltern lernten die Sprache der Mohammedaner, und allmählich lernten sie auch, die Schrift zu lesen. Nach einiger Zeit, ich war bereits zur Welt gekommen, konnten sie die Wandbilder entziffern. Das war eine gute Übung, denn die Texte waren kurz und bestanden meist aus einfachen Worten. Eines Tages stieß mein Vater bei seinen Leseübungen auf die Rezeptur.«

»Woher wusste er, um was es sich handelte?«, fragte Thomas.

»Er wusste es nicht.« Kassandras Stimme veränderte sich. Sie nahm die Fleischspieße vom Ofen und legte sie auf zwei Holzbrettchen. Eines reichte sie Thomas. »Der Text nannte nur die Zutaten und die Art und Weise, wie sie gemischt werden sollten. Von der Verwendung sprach das Bild nicht. Mein Vater sammelte, was er von den Ingredienzen finden konnte, und mischte es in seiner Schmiede zusammen.«

»Und es war das Griechische Feuer?«, fragte Thomas. Er steckte einen der Spieße zwischen seine Zähne, um die Gier in seiner Stimme zu verbergen.

»Ja«, sagte Kassandra. »Es war wie in einer jener Legenden, die aus der Zeit vor den Osmanen stammen. Die Masse entzündete sich von selbst, setzte alles in Brand, mit dem sie in Berührung kam, und war nicht mehr zu löschen. Gab man Wasser darauf, spritzte sie auseinander und verteilte sich noch weiter – noch immer brennend. Mein Vater hat nur eine winzige Menge davon hergestellt, doch beinahe wäre die gesamte Schmiede in Flammen aufgegangen.«

»Wo ist dieses Bild?«, fragte Thomas und stellte das Brett mit dem angebissenen Spieß beiseite.

Als er die Tränen in Kassandras Augen sah, hielt er inne. Anscheinend war sie mit ihrer Geschichte noch nicht am Ende angekommen.

»Was ist passiert?«

»Meine Mutter drängte meinen Vater, mehr von der Substanz herzustellen. Sie glaubte, wir könnten die Masse verkaufen und damit unsere Not lindern. Mein Vater war anderer Meinung. Er hatte miterlebt, welche Macht das Feuer hatte – eine Macht, die niemand würde kontrollieren können. Aber je schlimmer unsere Notlage wurde, umso drängender wurde das Flehen meiner Mutter. Eines Tages rührte mein Vater die Substanz noch einmal zusammen. Aber im letzten Moment zögerte er, damit zum Basar zu gehen. Die Vorstellung, die Masse unter die Osmanen zu bringen, weckte Zweifel in ihm. Geld, so sagte er meiner Mutter, würde er auch anderweitig bekommen. Er glaubte fest daran, dass er eines Tages wegen seines Geschicks und seines Fleißes in die Zunft aufgenommen werden würde.«

»Wo ist deine Mutter jetzt?«, fragte Thomas.

»Meine Eltern stritten sich. Der Krug mit der Substanz fiel von der Werkbank. Die Schmiede stand sofort in Flammen. Mein Vater versuchte vergebens, meine Mutter zu retten. Er trägt noch immer die Brandnarben am Körper.«

Thomas dachte an die Entstellung in Ioannis' Gesicht, die ihm schon bei ihrer ersten Begegnung im Kerker aufgefallen war.

»Seither hat er die Rezeptur nicht mehr verwendet«, sagte Kassandra. Noch immer hielt sie den Spieß in der Hand. Das Fleisch hatte sie nicht angerührt. »Er hat stets gesagt: ›Wenn ich nicht in die Zunft aufgenommen werde, kann ich den Plan deiner Mutter immer noch in die Tat umsetzen.‹«

»Kannst du mir das Wandbild zeigen?«, fragte Thomas. »Bitte!«

Kassandra schüttelte den Kopf, erst schnell, dann langsam. Schließlich fasste sie ihn bei der Hand. Ihre Haut war kühl und trug die Schwielen harter Arbeit. »Komm«, sagte sie und zog ihn hinter sich her die Stiege hinauf.

Im oberen Stockwerk empfing sie ein langer Korridor. An den Seiten zweigte ein gutes Dutzend Eingänge ab. Einige waren mit Vorhängen verschlossen. Kassandra schob einen davon zur Seite. Die Haken klapperten an einem hölzernen Stab entlang. Sie ließ Thomas eintreten. In einer Ecke stand eine Truhe. Auf einem Strohlager war ein Haufen Decken achtlos übereinandergeworfen. Drei der Wände waren weiß getüncht. Eine hingegen war schwarz.

»Ich sehe kein Bild«, sagte Thomas. »Dies scheint die falsche Kammer zu sein.«

Kassandra trat in den Raum und blieb vor der schwarzen Wand stehen. Sie streckte eine Hand aus und berührte die Mauer, als wäre sie heiß. »Das Bildnis war hier«, sagte sie. »Mein Vater muss es zerstört haben.«

# Kapitel 33

LELLO GING DURCH den Basar und täuschte die Unbekümmertheit des Unentschiedenen vor. In Wirklichkeit glich sein nervlicher Zustand dem einer gespannten Armbrust. Es bereitete ihm Mühe, mit Ioannis Schritt zu halten. Zum einen eilte der Schmied durch die Hallen. Zum anderen konnte Lello nicht glauben, was er in den Auslagen sah.

Marktstand reihte sich an Marktstand. Bot der eine Händler Früchte feil, so gab es beim nächsten Teppiche, wieder ein anderer handelte mit Waffen. Die Farbenspiele der Waren waren so grell wie die Stimmen derjenigen, die sie anpriesen, und derjenigen, die um den Preis feilschten. Bisweilen verspürte Lello das Bedürfnis, sich die Ohren zuzuhalten. Der Basar lag in einem gewaltigen Gebäude, dessen gewölbte Gänge an ein englisches Kirchenschiff erinnerten. Allerdings endete eine christliche Kirche beim Altar. Der Basar hingegen schien kein Ende nehmen zu wollen, und der Altar, der hier tausendfach aufgestellt worden war, diente nur einem: Merkur, dem Gott des Handels.

In diesem Gewimmel wollte Ioannis die Zutaten für das Griechische Feuer finden? Nach ihrem Gespräch in der Taverne war der Schmied in sein Haus zurückgekehrt, um die Rezeptur zu holen. Nun galt es, die Zutaten zu kaufen.

Ioannis beugte sich über Säcke mit Rosinen, prüfte ein graues Pulver, indem er es zwischen Daumen und Zeigefinger rieb, und hielt Gesteinsbrocken gegen das Licht. Lello versuchte zu verstehen, was Ioannis mit den Händlern besprach. Er hoffte, wenigstens einen Teil des Rezepts zu erlauschen. Doch die Verhandlungen verliefen auf Osmanisch und so schnell, dass er selbst dann nichts verstanden hätte, wenn ihm die Sprache geläufig gewesen wäre. Deutlicher waren hingegen die Zeichen, die Ioannis Lello gab, sobald er etwas kaufen wollte. Dann musste dieser die Börse zücken. Nach einer Weile – Lellos Füße schmerzten, und sein Geist war müde – trug Ioannis zwei prall gefüllte Beutel über der Schulter. Auf Lellos Frage, was er denn noch alles brauche, um das Griechische Feuer herzustellen, fuhr Ioannis zu ihm herum und herrschte ihn an, er solle leiser sprechen. Der Basar, so erklärte der Schmied, kenne alle Sprachen der Welt und verwandele jedes Gerücht sofort in Gold.

Lello schwieg und staunte. Ein Juwelier bot Edelsteine an, die wie Beeren in goldenen Schalen aufgeschichtet waren. Gegen das, was er hier sah, waren die wenigen Opale und Amethyste, die er Mehmed geschenkt hatte, nichts weiter als Fliegenkot.

Das Glitzern und Funkeln spiegelte sich in seinen Augen. Der Händler bemerkte es. Er rief ihm etwas zu. Zwischen osmanischen Schmeicheleien schnappte Lello die englischen Worte »Frau« und »Angebot« auf. Er wandte den Kopf. Eine Hand reckte sich ihm entgegen. Darauf lagen Diamanten wie Hühnerfutter. Die Steine rieselten ihrem Besitzer durch die Finger und klimperten zurück in die Schale.

Lello blieb stehen. Er schluckte und rief Ioannis' Namen. Aber der Schmied war bereits zwischen schwingenden Kaftanen verschwunden.

Der Händler mit den Diamanten trug ein langes blaues Gewand mit einem grünen Seidenumhang im italienischen Stil. Eine eng anliegende Filzkappe mit einem Quast bedeckte seinen Kopf. Sein Gesicht war braun wie Schuhleder und eingerahmt von einem weißen Bart. Als er sah, dass Lello stehen geblieben war, steckte er beide Arme in den Haufen aus Diamanten, zog sie heraus und ließ erneut Juwelen durch die Luft rieseln. Dann klopfte er sich die Hände ab und forderte Lello mit ausladender Geste auf, es ihm gleichzutun.

Lello glaubte zu träumen. Er näherte sich bedächtigen Schritts, vergewisserte sich noch einmal, dass der Kaufmann keine Klinge zückte, um ihm die Finger abzuhacken, dann streckte er langsam die Arme aus und tauchte in die Edelsteine ein.

Seine Hände verschwanden bis zu den Gelenken, bevor er auf den Grund der Schale stieß. Er schloss die Finger und hielt so viele Diamanten wie möglich umklammert. Seine Brust wurde von Lachen erschüttert.

Der Händler lachte mit ihm.

Dann zog Lello die Hände aus den Edelsteinen hervor. Er hatte die Fäuste wieder geöffnet, obwohl es ihm schwerfiel. Der Kaufmann nickte und gab zu verstehen, dass er genau wusste, wie man sich fühlt, wenn man Reichtümer in Händen hält. Lello streifte die letzten Juwelen ab, die am Schweiß seiner Haut kleben geblieben waren. Er zeigte dem Händler die offenen Handflächen, lächelte noch einmal und wollte weitergehen.

Eine schwere Hand legte sich auf seine Schulter.

Ein großer Kerl war hinter ihm aufgetaucht. Er hatte einen mächtigen Bauch, über dem eine speckige Lederweste hing, und einen kugeligen Glatzkopf. Vermutlich hatte der Mann schon die ganze Zeit dort gestanden, um zu verhindern, dass sich die Kunden mit den Diamanten davonmachten.

»Ich habe kein Interesse an den Steinen«, sagte Lello und versuchte, die Hand abzustreifen. Doch die Finger gruben sich tiefer in seinen Rock.

Nun kam der Händler hinter dem Stand hervor und musterte Lello mit missmutiger Miene. Dann rief er mit lauter Stimme osmanische Worte.

Bärtige Köpfe unter Turbanen drehten sich zu ihnen um.

Wäre ich ein Einheimischer, dachte Lello, würde sich vermutlich niemand für diese Szene interessieren.

Ioannis tauchte vor ihm auf. »Hast du die Hände in eine der Schalen gesteckt?«

»Ja!«, stieß Lello hervor. »Er hat mich ja dazu aufgefordert.«

»Hast du die Ärmel hochgerollt?«

»Nein«, antwortete Lello.

»Zieh dich aus«, sagte Ioannis.

Lello starrte den Schmied mit offenem Mund an. »Was?«

»Sie behaupten, du habest Steine in deinen Ärmeln versteckt. Wenn du nicht im Kerker landen willst, musst du ihnen das Gegenteil beweisen.«

»Zuerst sollen sie mir beweisen, dass ich etwas gestohlen habe«, sagte Lello. »So fordert es das Recht.«

»Welches Recht?« Ioannis trat näher an ihn heran. »Du bist ein Christ in einer Stadt der Mohammedaner. Wenn sie dich eines Verbrechens überführen, können sie dich in die Sklaverei verkaufen. Verstehst du jetzt?«

Lello schüttelte verärgert den Kopf. Er wusste nicht, worauf Ioannis hinauswollte. Doch er begriff, dass er sich in einer gefährlichen Lage befand.

»Du bist auf dem Basar Istanbuls. Nirgendwo auf der Welt werden so schnelle Geschäfte gemacht wie hier. Die Händler wittern jede Gelegenheit, und du stinkst förmlich nach einem Verdienst.«

»Aber ich will keine Edelsteine kaufen«, sagte Lello.

Ioannis lachte bitter. »Das da sind keine Edelsteine, nur Plunder aus Glas und Kristall. Aber wenn sie dich zur Strafe für den Diebstahl versklaven können, verdienen sie eine Menge Geld. Also zieh dich aus, solange du noch ein freier Mann bist.«

Lello spürte, wie sein Wams unter seinen Armen feucht wurde. Waren bei seinem Bad in den falschen Diamanten einige Steine in seinen Ärmel gerutscht? Er schlug den Rock zurück und schüttelte seine Hände.

»Sag Goliath, er soll mich loslassen«, befahl Lello.

Ioannis wandte sich an den großen Mann hinter Lello. Das Gewicht auf seiner Schulter verschwand.

»Jetzt sag ihnen, ich bin im Auftrag von Sultan Mehmed hier«, forderte Lello Ioannis auf.

»Sie sagen, sie glauben dir nicht«, erklärte Ioannis nach kurzem Wortwechsel.

»Dann muss ich wohl bessere Argumente vorbringen«, sagte Lello.

Der Degen flog wie von selbst in seine Hand. Dem Händler zerschnitt er das Knie. Der Große zückte ein Messer und versuchte sich auf ihn zu stürzen. Lello traf die Waffenhand des Gegners. Die gekrümmte Klinge und Teile der Finger, die sie hielten, flogen in die Schalen mit den Edelsteinen.

Der Mann brüllte seine verstümmelte Hand an. Der Händler kroch über den Boden und umklammerte stöhnend sein Bein. Die Umstehenden riefen. Lello fuhr herum, bereit, seinen Degen noch einmal tanzen zu lassen.

»Weg von hier!« Ioannis griff nach Lellos Waffenarm. Um ein Haar hätte Lello den Schmied angegriffen. Doch in dessen Griff lag Kraft.

»Warte!« Lello kam nun doch frei. Er nestelte an den Rüschen seines Hemds, das an den Handgelenken unter seinem Rock hervorschaute. Da waren sie. Zwei der falschen Diamanten kamen zum Vorschein. Die Steine zwischen Daumen und Zeigefinger haltend, beugte sich Lello über den Händler. Der Mann hatte die Lippen zu einem Schrei des Schmerzes geöffnet. Lello kniff ein Auge zu und ließ die beiden Steine in den Mund des Kaufmanns fallen. Dann steckte er den Degen weg und lief hinter Ioannis davon.

Nach einer Weile blieben sie stehen. Lello hatte nicht mehr genug Atem, stützte sich auf seine Knie und keuchte. Alle Versuche Ioannis', ihn zum Weitergehen zu bewegen, scheiterten. Lello sah sich um. Sie standen vor einer bronzenen Säule, die zwei ineinander verwundene Schlangen darstellte. Die Köpfe der Tiere waren abgebrochen. Die Stümpfe ragten in den Himmel.

»Du bist ein Narr!«, schimpfte Ioannis. »So wie Thomas Dallam auch. Alle Engländer sind nichts weiter als Toren.«

Lello lehnte sich gegen den Sockel der Säule. Allmählich ließ das Stechen in seiner Brust nach. »Warum so erregt? Es ist uns doch niemand gefolgt. Wir sind außer Gefahr. Außerdem hat jeder, der mich zu seinem Sklaven machen will, den Tod verdient. Diese beiden Schurken sind noch glimpflich davongekommen.«

Ioannis schlug mit der flachen Hand gegen die Säule. Der Hieb entlockte dem Monument ein Dröhnen. »Du verstehst nichts. Wir können nicht mehr zum Basar zurück, um die Zutaten zu kaufen.« Er hielt Lello den Beutel entgegen. »Das Wichtigste fehlt noch. Ohne Erdpech werden wir mit all dem, was wir bisher zusammengetragen haben, bestenfalls Kinder erschrecken.«

»Dann besorgen wir dieses Erdpech halt andernorts. Es wird noch weitere Händler in Istanbul geben, die es verkaufen«, sagte Lello, um einen beruhigenden Tonfall bemüht.

»Ich kenne keinen«, erwiderte Ioannis. »Aber ich warte gern, bis du einen gefunden hast.«

Lello warf einen Blick an der Schlangensäule hinauf. Wo die beiden Bronzeköpfe fehlten, schienen die Leiber direkt in die grauen Wolken zu wachsen. Er wünschte sich, er könne an den mächtigen Schlangenkörpern in den Himmel klettern und einfach verschwinden. Aber dann würde Dallam gewinnen.

»Also gut«, sagte Lello schließlich. »Ich habe einen Fehler gemacht. Aber nur, weil du mich nicht vor diesen Scharlatanen gewarnt hast.«

Ioannis verzog den Mund wie ein Raubtier. »Es gibt noch eine Möglichkeit, an Erdpech zu gelangen«, sagte er.

»Dann nenne sie. Geschwind!«, fuhr Lello auf.

»Wir sammeln es selbst ein«, sagte Ioannis. »Nördlich der Stadt gibt es einen Ort, an dem das Pech an die Oberfläche tritt. Ich war einmal dort, aber das ist lange her. Wir werden suchen müssen.«

»Dafür habe ich keine Zeit«, presste Lello hervor. »Das Fest beginnt in zwei Tagen. Bis dahin muss der Sultan die Mixtur in Händen halten.«

Ioannis nickte knapp. »Dann sollten wir uns besser beeilen«, sagte er.

*

»Die Rezeptur hat an dieser Wand gestanden?«, fragte Thomas und starrte die schwarz gestrichene Mauer an.

Kassandra antwortete nicht. Die Armseligkeit des Winters schien sich auf ihre ausgemergelte Gestalt gelegt zu haben.

Thomas wischte über die Farbe. Sie war trocken. Er kratzte mit einem Fingernagel darüber, doch die Schicht löste sich nicht. »Warum hat er das getan? Und wann soll das geschehen sein?«

Kassandra wandte sich ihm mit einer langsamen Drehung ihres Kopfes zu. Es schien, als erwache sie aus tiefem Schlaf. »Mein Vater hat mich heute in der Frühe in die Schmiede geschickt, um dort aufzuräumen. In dieser Zeit muss er das Bild zerstört haben.«

»Vielleicht können wir die Formel noch retten«, sagte Thomas drängend.

Sie schüttelte den Kopf. »Nein. Wenn mein Vater den Text hat vernichten wollen, so sei gewiss, dass wir die Farbe nicht einfach abwaschen können. Vielleicht ist es auch gut so. Das Griechische Feuer hat genug Unheil über meine Familie gebracht. Ich bin erleichtert, dass mein Vater sich endlich davon hat lösen können.«

Thomas schaute auf die schwarze Fläche. Sah so die Zukunft Englands aus? »Aber wieso hat er es übermalt?«, fragte er leise.

»Ich weiß es nicht«, antwortete Kassandra. »Oft habe ich meinen Vater gebeten, das Bild hinter einem Vorhang zu verbergen. Aber er weigerte sich. Ich glaube, es hat den Schmerz über den Tod meiner Mutter in ihm wachgehalten. Jetzt scheint er endlich damit abgeschlossen zu haben.«

»Als ich ihn das letzte Mal sah, war er mit sich selbst nicht gerade im Reinen«, gab Thomas zu bedenken. Er berichtete, was im Serail vorgefallen war. Der Sultan wolle keinen christlichen Schmied in die Zunft eintreten lassen.

Kassandra erzählte, was ihr Vater ihr immer wieder gesagt habe: Werde er nicht in die Zunft aufgenommen, bleibe ihm immer noch das Griechische Feuer, um zu Geld zu kommen.

»Warum hat Ioannis die Rezeptur dann vernichtet? Das verstehe ich nicht«, sagte Thomas.

»Vielleicht wollte er der Einzige sein, der es kennt, damit er es teurer verkaufen kann«, gab Kassandra zu bedenken. »Aber warum hat er mir nichts davon erzählt?«, fügte sie nachdenklich hinzu.

Thomas dachte an die Ereignisse der vergangenen Tage. »Womöglich hatte er einen anderen Grund, die Rezeptur zu zerstören.«

»Was für ein Grund könnte das gewesen sein?«, fragte sie.

»Als ich zum ersten Mal bei euch war, habe ich nach dem Griechischen Feuer gefragt. Wäre es möglich, dass ich die Rezeptur nicht finden sollte?«

»Nein«, erwiderte Kassandra. »Selbst wenn du die Kammer gefunden hättest, so hättest du doch die Schrift nicht lesen können.«

Thomas fielen die verschwundenen Bücher wieder ein. »Dann hat es vielleicht etwas mit Henry Lello zu tun.« Eine dunkle Ahnung befiel ihn.

»Du meinst den Mann, der hier war?«, fragte Kassandra.

Thomas nickte. »Lello muss von dem Griechischen Feuer erfahren haben. Er sucht die Rezeptur genauso wie ich, sonst hätte er die Folianten nicht mitgenommen. Aber darin konnte er nichts finden. Also muss er es nun auf anderem Wege versuchen.«

Noch einmal schaute er auf die schwarze Wand. Die Farbe schien seinen Geist aufzusaugen. »Für Lello gibt es drei Schlüssel zu dem Geheimnis: mich, dich und deinen Vater.«

»Du glaubst, dieser Unhold hat meinen Vater gezwungen, ihm die Zusammensetzung zu verraten?«

»Und das Bild anschließend zu zerstören, damit ich es nicht mehr finden kann«, ergänzte Thomas.

»Aber darauf hätte sich mein Vater niemals eingelassen«, sagte Kassandra.

»Du kennst die Niedertracht Henry Lellos nicht«, entgegnete Thomas.

Kassandra verzog das Gesicht wie jemand mit einem schmerzenden Zahn. »Dann braucht mein Vater jetzt meine Hilfe.«

Und ich brauche Ioannis, dachte Thomas. Er ist der einzige Mensch, der die Rezeptur noch kennt. Laut sagte Thomas: »Wir werden deinen Vater finden.«

# Kapitel 34

»Wo bleibt Dallam?« Hoodshutter Wells stemmte die Fäuste auf das Dollbord der *Hector* und starrte zur Stadt hinüber. Wie zur Antwort auf die Frage des Kapitäns begannen die Gebetsrufer mit ihrem Singsang. Noch nach Wochen in Istanbul klangen die Laute fremdartig.

»Wird schon kommen«, grunzte John Flint und biss in die Mumie eines Apfels. Er beobachtete mit dem Kapitän, wie sich das Boot des Wasserverkäufers der *Hector* näherte. Der Frischwasservorrat auf der Fregatte war erneut zur Neige gegangen.

Eigentlich hätte Flint in der Schiffsküche die Verpflegung der Mannschaft vorbereiten müssen. Doch er stahl sich immer dann an Deck, wenn Mabel herauskam, um Lady Aldridge bei einem Spaziergang an der frischen Luft zu begleiten.

Die beiden Frauen näherten sich Flint und Wells. Auf Lady Aldridges Frage nach seinem Befinden deutete der Kapitän auf die Stadt, die sich vor ihnen erstreckte wie eine Wüste aus Häusern, und beklagte die Abwesenheit Dallams.

»Vielleicht haben die Türken den armen Teufel wieder in den Kerker geworfen«, gab Lady Aldridge zu bedenken. »Diese Orientalen sind fast so schlimm wie die Spanier.«

»Ich bin sicher, Thomas hat einen Grund, nicht hier zu sein«, sagte Flint.

»Dann müssen wir ihm helfen«, stieß Mabel hervor. »Vor Oran hat er sein Leben für uns aufs Spiel gesetzt.«

Für ihre Hilfsbereitschaft hätte John Flint die blasse Zofe gern geherzt und auf den Mund geküsst. Aber er ließ sich seine Gefühle nicht anmerken – das hoffte er jedenfalls. Stattdessen sagte er: »Wir sollten ohne Thomas auslaufen. Uns bleiben nur noch zwei Tage Zeit bis zum Fest.«

Lady Aldridge legte Flint eine Hand auf die Schulter. Dazu musste sie sich strecken. Schließlich wirkte ihre Geste so, als stütze sie sich an John Flint ab.

Er wünschte, Mabel würde dasselbe tun.

»Wir brauchen Dallam nicht für die Jagd, oder?«, fragte Lady Aldridge. »Wir könnten ihm etwas Zeit verschaffen, indem wir das Schwein ohne ihn fangen.«

»Das ist ein guter Vorschlag«, sagte Flint.

»Ihr vergesst etwas«, blaffte der Kapitän. »Wir brauchen die Erlaubnis, in den Wäldern des Sultans auf die Jagd gehen zu dürfen. Deshalb werden wir weiterhin auf Dallam warten. Ohne diese Genehmigung lasse ich die *Hector* nicht auslaufen.«

»Aber der Koch hat recht«, sagte Lady Aldridge. »Wir verlieren Zeit.«

Sie wandte sich dem Kapitän zu. »Wenn die Orgel nicht rechtzeitig fertig wird, scheitert unsere Mission. Wollt Ihr, Kapitän, dafür verantwortlich sein, dass wir ein Jahr unseres Lebens hergegeben haben, ohne diese Mission erfolgreich zum Abschluss zu bringen?«

»Eure Leben sind es, für die ich die Verantwortung trage«, erwiderte Wells. »Auf Wilderei steht der Tod.«

Lady Aldridge wurde grau im Gesicht. »Euer Verantwortungsgefühl hat bislang nur dazu geführt, dass zwei Menschen auf Eurem Schiff das Leben verloren haben. Ihr solltet diese Entscheidung mir überlassen.«

»Euch?«, fragte Wells. Die Entschlossenheit war aus seiner Stimme gewichen.

»Muss ich es noch einmal betonen? Ich bin die einzige verbleibende Adelige auf der *Hector* und damit offiziell Leiterin dieser Mission.«

»Wir wissen ja nicht einmal, wohin wir fahren müssen«, wandte Wells ein.

»Wir nicht«, stimmte Flint zu, »aber der da.«

Unter ihnen machte Eremyia sein mit Fässern beladenes Boot an der *Hector* fest.

Das Knirschen und Ratschen einer Rah, die am Mast hochgezogen wird, erschien John Flint wie ein Geräusch aus längst vergangenen Tagen. Als sich die *Hector* in Bewegung setzte, um den Hafen Istanbuls in Richtung Osten zu verlassen, empfand Flint das Schaukeln des Schiffs wie eine Erlösung. An den Gesichtern der Seeleute erkannte er, dass es ihm nicht allein so ging. Der Schiffsrumpf zitterte leicht, als sich die *Hector* auf die Seite legte, und es war, als würde die Fregatte aus tiefem Schlaf erwachen.

Noch einmal warf Flint einen Blick zum Hafen Istanbuls hinüber, in der Hoffnung, Dallam dort winken zu sehen. Doch in dem Treiben zwischen den Anlegern und Speicherhäusern blieb niemand stehen, um der *Hector* Zeichen zu geben.

Thomas, dachte Flint, du musst einige Tage ohne mich auskommen. Während die Fregatte den Hafen verließ und die Stadt immer kleiner wurde, stellte Flint überrascht fest, dass er sich Sorgen um Thomas machte.

Das Segeln entlang der Küste kam einer Spazierfahrt gleich. Mehrere Wochen lang waren die Häuser und Türme Istanbuls alles gewesen, was die Besatzung der *Hector* zu Gesicht bekommen hatte. Jetzt glitt das Schiff an einer lieblichen Landschaft vorbei. Bauernhöfe lagen zwischen weiß bepuderten Feldern. Dörfer grüßten von Hügelkuppen herab. Flüsse mit einer Haut aus Eis mündeten in die kalte See.

Niemand wollte unter Deck bleiben, und Kapitän Wells fand für jeden eine Aufgabe an der frischen Luft. Als es Abend wurde, ließ er Anker werfen. Eremyia kündigte an, dass sie ihr Ziel am nächsten Morgen erreichen würden.

Flint bereitete das Essen zu. Jedenfalls versuchte er es. Seit der Kapitän die Hühner an die Osmanen verschenkt hatte, fehlten die Eier auf dem Speiseplan. Überdies hatte der unverschämte Schmied alle Töpfe mitgenommen. Flint blieb nichts anderes übrig, als den Fisch, den er im Hafen hatte kaufen können, roh zuzubereiten. Er taufte die kalten Platten »Maulklapperer«, weil alle sich darüber beschwerten.

»Wartet nur«, rief er den schimpfenden Seeleuten zu, »eines Tages wird roher Fisch eine Delikatesse sein. Ihr speist wie die Fürsten. Ihr wisst es nur noch nicht.«

An den Abenden holte Mabel das Essen für Lady Aldridge aus der Schiffsküche. Wegen ihrer empfindlichen Lungen verzichtete die Lady darauf, ihre Kabine in der Kälte nach Einbruch der Dämmerung zu verlassen. Leider blieb Mabel nie lange, denn Lady Aldridge wartete auf ihre Rückkehr. Doch an diesem Abend, als die *Hector* vor den Jagdgründen des Sultans dümpelte, stieg Mabel früher als sonst die Treppe hinab.

Flint bemerkte sie erst, als sie ihn an der Schulter berührte. Unter dem Lied über den Hund des blinden Kochs, das er bei der Arbeit stets sang, hatte er Mabel nicht gehört. Er fuhr herum und schlug sie mit dem Fischleib, den er gerade ausnahm. Mabel stürzte zu Boden.

»Ist das eines deiner Kunststücke?«, fragte sie ärgerlich.

Flint half ihr auf. Er staunte darüber, dass die junge Frau nicht mehr wog als ein Sack Mehl. Schon wollte er seinen Gedanken Ausdruck verleihen. Doch er entschied sich dagegen. Frauen, das wusste er inzwischen, fassten Komplimente anders auf, als Männer sie meinten.

»Was tust du hier?«, fragte er stattdessen und wünschte sich die sprachliche Gewandtheit Thomas Dallams. »Das Essen ist noch nicht fertig.«

Mabel richtete notdürftig ihre Haube. »Das Essen kann warten«, sagte sie warmäugig. »Ich bin hier, um dich zu bitten, die Jagd morgen den anderen zu überlassen.«

Flint runzelte die Stirn. »Warum?«

»Weil es gefährlich ist, ein Wildschwein zu jagen«, sagte Mabel.

»Aber ich bin größer und stärker als die anderen Seeleute«, entgegnete Flint.

Mabel schlug die Augen nieder. Nein, verbesserte Flint: Sie schaut auf meine Füße.

»Du kannst nicht richtig laufen«, sagte sie.

Eine heiße Kugel ballte sich in seinem Bauch zusammen. »Aber in Oran habe ich dich gerettet«, warf er ein.

Mabel legte eine dünne Hand gegen seine Wange. »Gott hat uns gerettet.« Bevor er protestieren konnte, fuhr sie fort: »Weil du Gottes Werk getan hast.«

»Dann wird Gott auch morgen bei mir sein, denn ich helfe meinem Freund Thomas Dallam.« Er stutzte. Nie zuvor hatte er Thomas seinen Freund genannt.

»Aber wenn du dich nicht in diese Gefahr begibst, würdest du stattdessen mir helfen«, sagte Mabel.

»Dir helfen?«, fragte Flint.

Die Hand an seiner Wange wanderte in seinen Nacken und zog ihn zu ihrem Gesicht hinunter. Mit der anderen Hand strich sich Mabel die Haube vom Haar.

»Ich habe Angst um dich, John Flint«, sagte sie leise.

Flints Gedanken flogen zu den Sternen.

\*

Ein Keil Gänse zog über den Himmel. Die Vögel flogen über die beiden Männer hinweg, in die entgegengesetzte Richtung. Hoffentlich ist das kein schlechtes Omen, dachte Henry Lello, während er schweigend neben Ioannis einherstapfte.

Sie hatten die Stadt hinter sich gelassen. Fast den gesamten Tag waren sie schon unterwegs. Einen Teil der Strecke hatten sie auf dem Karren eines Händlers zurückgelegt. Doch in den Außenbezirken Istanbuls waren keine Kaufleute mehr anzutreffen, und sie mussten zu Fuß gehen. Jetzt liefen sie durch eine parkähnliche Landschaft. Schnee lag wie Staub auf dem Land. Darunter schienen Wiesen zu liegen. Im Frühjahr, so stellte es sich Lello vor, herrschte hier womöglich reges Treiben.

Aber dieser Tag war weder warm noch hell. Die alte Sonne zog die Schatten lang. Die hungrige Kälte biss Lello in den Nacken und zwackte sein Gemüt.

»Wie weit ist es noch?«, fragte er, von seinen schmerzenden Füßen ebenso zu Bosheit angestachelt wie davon, dass Ioannis keine Spuren von Erschöpfung erkennen ließ.

Der Schmied deutete auf einen Wald, der in der Ferne nicht größer wirkte als ein Grasbüschel. »Ein halber Tagesmarsch. Hinter diesen Bäumen lagen vor einigen Jahren die Quellen, an denen das Erdpech aus dem Boden stieg.« Er rückte die beiden Beutel mit den Zutaten für das Griechische Feuer zurecht.

»Warte!« Lello blieb stehen. Seine Waden verkrampften sich. Er beugte sich hinab und massierte die Muskeln. »Heißt das, du weißt nicht, ob wir das Erdpech dort finden werden?«

Ioannis nickte.

»Wir werden die halbe Nacht brauchen, um dorthin zu gelangen.« Lello sah sich um. Es gab weder Häuser noch einen natürlichen Unterschlupf. »Gibt es einen anderen Weg?«

»Den gab es«, sagte der Schmied. »Im Basar.« Er setzte den Marsch fort.

Lello blieb zurück. »Ich werde hier warten, bis du das Erdpech herbeibringst.«

Noch einmal hielt Ioannis an und wandte sich zu seinem Begleiter um. »Du willst die Substanz doch noch, oder?«

»Natürlich!«, bellte Lello. Die Kälte gefror den Schweiß an seinem Leib zu einer garstigen Kruste.

Ioannis ging weiter.

Lello starrte auf den Rücken des Schmieds, auf die Beutel mit den Zutaten, die bei jedem zweiten Schritt gegen die Hüfte klopften. Er blieb zurück, bis die Gestalt seines Begleiters kleiner wurde. Jetzt wünschte sich Lello seinen Schmerzensgürtel herbei. Den hatte er in seiner Kabine auf dem Schiff gelassen. Die Galeone! Wann würde er endlich auf dem stolzen Schiff in den Hafen Barcelonas einfahren, seinen Fuß auf spanischen Boden setzen, sein Knie auf den Marmor des Thronsaals von König Philipp und seinen Mund auf den Schuh des Herrschers pressen?

In Spanien, so hatte man ihm gesagt, sei es immer warm. Dort würde niemand nach seiner wahren Abstammung fragen. Er würde ein Grande unter Granden sein – der Mann, der dafür gesorgt hatte, dass England in Flammen aufgegangen war.

Lello stolperte weiter hinter dem Schmied her.

Die Nacht war von einem feuchten Mond beschienen. Lello saß im Schnee auf einer Hügelkuppe und blickte hinab auf dunkle Flecken in der sanft wogenden Landschaft. Sie waren schwarz wie Tintenkleckse, dabei aber groß wie Seen. Es schien, als hätte sich das All in Tropfen auf die Erde abgeregnet. Sie hatten die Quellen gefunden.

»Du hast recht behalten«, sagte Lello. Seine Muskeln waren von dem Gewaltmarsch so taub, dass er die Feuchtigkeit kaum spürte, die durch seine Kleider drang. Das Griechische Feuer lag in greifbarer Nähe.

»Wir sind noch nicht am Ziel«, brummte Ioannis. Auch der Schmied war müde geworden, wie Lello zufrieden bemerkte. Seine Schritte waren schleppend, seine Schultern hingen, sein Blick war auf den Boden gerichtet.

Lello erhob sich. »Noch nicht, aber bald«, sagte er und humpelte den Hang hinab.

Als sie vor der ersten Quelle standen, kündigte ein Lichtschein am östlichen Horizont den Sonnenaufgang an. Vor ihnen lag eine Lache aus schwarzem Schlamm. Lello ging in die Knie und tastete über die Oberfläche. Der Schlamm war hart wie Stein.

»Wir hätten besser eine Hacke mitgenommen«, sagte er.

»Als ich zuletzt hier war, stand das Pech flüssig an der Oberfläche«, erwiderte Ioannis. Er trat kräftig auf den Schlamm. Ein krachendes Geräusch ertönte.

Sie beschlossen, die anderen Quellen zu untersuchen, die sie vom Hang aus gesehen hatten. An den kleineren, die nicht größer als Teiche waren, gingen sie vorbei. Schließlich erreichten sie eine große schwarze Fläche. Ein kleines Schiff hätte auf dem Schlammsee schwimmen können. Lello beugte sich zu der dunklen Masse hinab. Auch diese Quelle war erstarrt.

Lello fluchte und spie aus. Ioannis brachte etwas auf Griechisch hervor, was dem Ton nach eine Verwünschung war. Der Schmied trat auch hier kräftig auf den Schlamm. Erneut erklang ein Krachen.

»Hörst du?«, fragte Ioannis.

Lello konnte keinen Unterschied zu jenem Ton feststellen, der kurz zuvor aus der kleineren Lache hervorgekommen war.

Ioannis trat noch einmal zu. Dann ging er gebückt am Rand des Schlammsees entlang. Nach einer Weile kehrte er mit einem Stein in der Hand zurück. Er kniete nieder und schlug mit dem Stein auf den Schlamm ein. Diesmal hörte auch Lello einen anderen Ton als zuvor.

»Was hat das zu bedeuten?«, fragte er.

»Die Oberfläche ist hart«, sagte Ioannis. »Aber darunter ist das Pech flüssig.«

Lello lachte protestierend. »Das hilft uns ohne Werkzeug auch nicht weiter.«

»Bist du schon mal auf einem vereisten See spazieren gegangen?«, wollte Ioannis wissen.

Lello starrte den Schmied kiefermahlend an. Dann sagte er: »Das Eis ist in der Mitte des Gewässers am dünnsten. Willst du darauf hinaus?«

Ioannis nickte. Er deutete auf die pechschwarze Fläche hinaus. »Du bist der Leichtere von uns beiden.«

Die Sonne ging zu langsam auf. Ihre Strahlen zogen noch über die Baumwipfel, als Henry Lello ohne Schuhe und Rock am Rand des Pechsees stand. Der Frost schüttelte ihn. Er biss die Zähne zusammen, damit sie nicht aufeinanderschlugen. Seine Kleider lagen auf einem Haufen am Ufer. Alles, was er in Händen hielt, war einer von Ioannis' Beuteln und ein Stock, den der Schmied aufgelesen hatte. Je leichter er sei, hatte Ioannis gesagt, desto geringer sei die Gefahr, dass er durch die Pechkruste brechen würde.

Es gab kein Seil, keine Sicherung. Wenn er spüre, dass der Untergrund nachgebe, hatte Ioannis gesagt, solle er sich vorsichtig auf den Boden legen und alle viere von sich strecken.

Nur kurz dachte Henry Lello darüber nach, die Suche nach dem Griechischen Feuer abzublasen. Doch dann würde Thomas Dallam gewinnen, und der Sultan würde ihn, Lello, hinrichten lassen. Was war schlimmer? Von einem einfältigen und selbstgefälligen Herrscher in einen Abgrund geworfen zu werden oder in einem Schlammloch umzukommen?

Lello setzte einen Fuß auf die gehärtete Masse. Der Boden war überraschend warm. Erst jetzt fiel ihm auf, dass kein Schnee auf dem schwarzen See lag. Vielleicht, so dachte er, wartet darunter die Pforte zur Hölle.

Schritt für Schritt tastete er sich voran. Den Stock in seiner Rechten drückte er immer wieder vorsichtig auf den Boden. Die Spitze drang jedoch nicht ein.

Die Wärme unter seinen Füßen half ihm, die Kälte zu ertragen. Dennoch flatterten seine Bauchmuskeln, und seine Schulterblätter zogen sich zusammen. Er dachte daran, sich für einen Moment auszuruhen und sich auf den warmen Boden zu legen. Hatte Ioannis nicht gesagt, damit könne er verhindern einzubrechen?

Lello verlagerte das Gewicht auf den rechten Fuß. Bis zum Knie verschwand sein Bein im Boden. Er ließ sich nach hinten fallen. Wo sein Gesäß auf den Boden traf, brach er ebenfalls ein. Wärme durchströmte ihn, aber das Gefühl war nicht angenehm. Etwas schien an seinem Rücken zu saugen und ihn nach unten zu ziehen.

Nicht jetzt! Er war noch nicht bereit zu sterben. »Du kannst meine Seele haben«, presste er zwischen den Zähnen hervor. »Aber erst später.«

Er breitete die Arme aus und schob sich mit dem frei gewordenen Bein nach oben. Die Kruste hielt. Allmählich rutschte er wieder über festen Grund. An seinem Bein klebte eine schwarze zähe Masse. Dem Gefühl an seinem Hinterteil nach zu urteilen, sah dieses ebenso aus. Lello zog sich weiter zurück, hielt die Augen dabei geschlossen. Als er auf diese Weise zwei Mannslängen weit gekrochen war, wagte er es aufzustehen. Der Boden hielt. Weiter vorn war er an zwei Stellen gerissen. Daraus schwappte gierig schwarzer Schlamm hervor.

Lello schloss die Angst in jene Kammer seines Geistes, in der auch die Rache und der Neid wohnten. Er beugte sich vor und versenkte den Stock in eines der Löcher. Als er ihn wieder hervorholte, rann Pech wie Sirup davon herab. Rasch öffnete Lello den Beutel und fing die Masse darin auf. Er wiederholte den Vorgang, bis das Behältnis gefüllt war. Dann klemmte er den Lederbeutel unter seinen Arm. Wärme durchströmte ihn. Nur ein Teil davon ging von dem Erdpech aus, das er nun sicheren Schrittes zurück ans Ufer trug.

# Kapitel 35

UNTER DEM ENGLISCHEN THRON schien ein Feuer zu brennen. Elizabeth hielt es nicht länger auf dem gewaltigen Sitz aus. Schon bei der Audienz der Geldverleiher aus Brügge ertappte sie sich dabei, wie sie mit den Füßen wippte. Bevor die Schneider aus Edinburgh hereinkamen, erhob sie sich und lief dreimal durch den Raum. Zwar gelang es ihr, sich wieder zu setzen. Doch die letzten Besucher, eine Delegation aus Frankreich, empfing sie im Stehen.

William Cecil, der bei den Empfängen zugegen war, erkundigte sich nach ihrem Wohlbefinden. Seine Worte entsprangen offenbar echter Sorge. Doch Elizabeth speiste ihn mit einer Ausflucht ab und verließ das Audienzzimmer schnellen Schrittes.

Noch immer hatte sie nichts von Cupido gehört. Zwei Tage waren seit ihrem nächtlichen Besuch im Nordflügel verstrichen, zwei Tage ohne Nachricht von de la Ruy. Sie schalt sich eine Närrin. Warum nur hatte sie den Spanier mit der Pflege des Affen betraut? Natürlich unterließ er es, zu ihr zu kommen und sie darüber zu unterrichten, wie es Cupido mittlerweile ging. Stattdessen blieb er einfach in seinem kalten Gebäudeflügel.

Cupido könnte längst tot sein, ohne dass Elizabeth davon wusste.

Nach der Audienz ging sie mit William Cecil die Pläne für die folgenden Wochen durch. Während sie den besten Zeitpunkt für einen Besuch bei der Flotte in Southampton berieten, dachte Elizabeth darüber nach, einen Mann der Leibwache in den Nordflügel zu schicken und dort nach dem Affen fragen zu lassen. Doch der Gedanke verkümmerte. Ganz gleich, welche Nachricht ihr de la Ruy auch zukommen lassen würde – sie würde nicht eher Ruhe finden, bevor sie den Patienten nicht mit eigenen Augen gesehen hatte.

Ungeduldig wedelte sie alle Einwände William Cecils beiseite und nickte knapp zu seinen Scharfsinnigkeiten. Als das Treffen endlich vorüber war, konnte es Elizabeth kaum erwarten, in den Nordflügel zu kommen.

Der Tag war erst zur Hälfte vorüber, und die milchige Sonne stand noch über den fernen Dächern Londons. Das Tageslicht beleuchtete jeden ihrer Schritte, als sie den nördlichen Teil des Palastes erreichte. Zwei Wachleute begleiteten sie. Im Gesellschaftsraum roch es nach abgestandener Luft. An einem Tisch saßen zwei Spanier beim Würfelspiel. Elizabeth beachtete ihre Demutsbezeugungen nicht. Sie atmete tief durch und ließ einen Wachmann an die Tür zu Garcilasos Gemach klopfen.

Als de la Ruy öffnete, erkannte sie ihn nicht wieder. Seine Augen hatten die Farbe der tiefsten Nacht. Sein sonst straff zurückgekämmtes Haar war zerzaust und sein Bart verschwunden. Ein stechender Geruch drang aus seinem Gemach hervor.

»Majestät!« Er verbeugte sich. Dabei erkannte Elizabeth Kratzspuren an seinem Kopf und seinem Hals.

»Ich hatte erwartet, dass Ihr mir Bericht erstattet über den Zustand des Patienten«, sagte sie sorgfältig. »Nun muss ich persönlich zu Euch kommen. Entspricht das den Gepflogenheiten spanischer Edelleute?«

De la Ruy gab die Tür frei. »Eure Majestät hat mir befohlen, einen Affen gesund zu pflegen. Da ich meiner Aufgabe pflichtschuldig nachkomme, bleibt keine Zeit für Botengänge.«

Dieser Mann war schlimmer als William Cecil. Sie wollte ihn zurechtweisen und damit drohen, ihm den Gesandtenstatus zu entziehen. Da hörte sie aus dem Gemach einen Schrei. Sie drängte sich an Garcilaso vorbei in die Kammer. Darin schien eine Schlacht stattgefunden zu haben. Das Bettzeug war zerrissen. Die Asche aus dem Kamin war über den kostbaren Teppichen verstreut. De la Ruys Truhe stand offen. Ein Teil seiner Kleider lag auf dem Boden. Der andere bildete eine Art Nest. Das Kreischen wiederholte sich. In einem der schweren Brokatvorhänge schaukelte Cupido und riss mit den Krallen Löcher in den bestickten Stoff.

Elizabeth lief auf den Affen zu, zwang sich aber dann, stehen zu bleiben, und drückte die Hände gegen die Brust. »Er ist gesund!«, stieß sie hervor. »Wie ist das möglich?«

»Ich glaube, er war niemals krank«, sagte Garcilaso hinter ihr. »Nur einsam und eingesperrt.«

»Aber ich war doch für ihn da«, protestierte Elizabeth.

Garcilaso ging durch das Gemach, klaubte ein Kissen vom Boden auf und legte es auf das Bett. »Sieht es in Euren Gemächern auch so aus?«, fragte er, und ein sanfter Vorwurf lag in seiner Stimme.

»Natürlich nicht«, erwiderte Elizabeth. »Ich bin die Königin.«

»Und Cupido ist ein Affe«, sagte de la Ruy. »Manche Paare passen einfach nicht zueinander.«

Sie überging diese Frechheit. »Was ist hier geschehen?«, fragte sie und deutete in die Runde. Jeder Winkel des Raums schien verwüstet. Sogar der Baldachin des Bettes hing schief auf den Pfosten. Der Zustand des Zimmers spiegelte die Veränderungen in de la Ruys Gesicht wider.

»Etwas Bewegungsfreiheit und Zuneigung«, sagte der Spanier. »Das war die Medizin, die Cupido brauchte.« Er strich sich über das glatt rasierte Kinn. »Ich musste Opfer bringen. Affen scheinen eine Vorliebe für Bärte zu haben. Sehr schmerzhaft. Deshalb habe ich mich vorübergehend davon getrennt.«

»Aber in der Taverne, in der wir ihn gefunden haben, war er doch auch einsam und eingesperrt.« Die Erinnerung an den Ausflug nach London stieg wie ein Flirrlicht in Elizabeth auf.

»Vielleicht gefiel ihm der Trubel in der Schänke doch mehr, als wir glaubten«, sagte Garcilaso und schaute an dem Vorhang empor. »Er liebt die Unterhaltung und das Vergnügen.«

»Dann bauen wir ihm einen größeren Käfig«, sagte Elizabeth. »So etwas wie das hier«, sie deutete auf die Verwüstungen, »kann ich im Palast nicht dulden.« Erst jetzt fiel ihr auf, dass sie mit »wir« Garcilaso und sich selbst gemeint hatte.

»Das genügt nicht«, sagte Garcilaso unverblümt.

Cupido kletterte auf die Gardinenstange, lief darauf herum, als wäre der dünne Holzstab eine Prachtstraße, und sprang mit einem Satz auf die Überreste eines runden Tisches. Dort orientierte er sich kurz und landete mit einem weiteren Sprung an Garcilasos Brust, wo er sich mit allen vieren festklammerte.

»Vorsicht!« Elizabeth wich zurück. »Er wird Euch beißen.«

Garcilaso presste sein Kinn auf seine Brust, um den Affen anschauen zu können. »Er tut das schon, seit ich ihn aus dem Käfig befreit habe«, sagte er mit dumpfer Stimme.

Der Affe kletterte an de la Ruys Kleidern hinauf, bis seine winzigen Hände den Kragen des Spaniers erreicht hatten. Dort legte das Tier den Kopf gegen Garcilasos Brust und schloss die Augen. Es rührte sich nicht mehr. Das kleine Maul war nah an de la Ruys Hals.

»Gleich wird er zuschnappen.« Elizabeth flüsterte die Worte, um den Affen nicht zu erschrecken. Da erst erkannte sie, dass sich Cupido an Garcilaso anschmiegte. »Wie habt Ihr ihm das beigebracht?«, fragte sie und spürte Wärme in ihren Wangen aufsteigen.

Diesmal bewegte de la Ruy nur die Augen, um auf seinen Gast hinabzublicken. »Ich musste es ihm nicht beibringen. Er tat es von sich aus. Aus ...«, er zögerte, »... freiem Wunsch. Ja?«

Elizabeth korrigierte ihn nicht. Sie ging einen Schritt auf den Spanier zu. Dabei war es ihr, als spanne ein altes Narbengewebe auf ihrem Leib.

»Affen sind Meister der Imitation«, erklärte Garcilaso. »Er scheint sich dieses Kunststück irgendwo abgeschaut zu haben.«

Elizabeth wollte hinauslaufen. Was trieb sie hier noch? Der Affe war gesund. War das nicht alles, was sie hatte wissen wollen?

»Warum seid Ihr wirklich nach England gekommen?«, fragte sie.

Garcilasos Kopf ruckte herum. Cupido erschrak und sprang von der Schulter des Spaniers auf einen Stuhl und von dort in die offen stehende Truhe. Er verschwand zwischen den Aufschlägen einer Jacke aus schwerem schwarzen Samt.

De la Ruy schaute auf die beiden Yeomen, die vor der Tür warteten.

»Also habt Ihr erfahren, weshalb mein König mich hergesandt hat«, sagte er.

»Es gibt keine Geheimnisse mehr«, erwiderte Elizabeth. Mit einem Mal fühlte sie sich wieder wie eine alte Frau, die im Begriff war, einem Jüngling eine Lektion zu erteilen.

Sie sah, wie seine Augen überflossen, und fragte sich, warum seine Tränen vor ihren Augen verschwammen. »Euer König kann zufrieden sein«, sagte sie. »Ihr habt den Auftrag erfüllt. Euch ist gelungen, was bisher noch kein Mann geschafft hat.« Ihre Worte erstarben.

Im nächsten Augenblick war Garcilaso bei ihr, hielt sie an den Schultern und beugte sich über sie. Seine Lippen berührten ihren Mund. Sie legte die Hände auf seine Arme. Bevor sie ihn von sich drückte, schob sie ihre Zunge zwischen seinen Zähnen hindurch. Dann riss sie den Kopf zurück.

»Zu Hilfe!«, rief Elizabeth.

Zwei rote Schemen stürzten an ihr vorbei. Die Yeomen packten de la Ruy an den Armen und schoben ihn an die Wand, so weit wie möglich von Elizabeth fort.

Sie stand vornübergebeugt und hielt sich den Mund mit beiden Händen. Für die Leibwächter musste es so aussehen, als würde sie von Entsetzen und Übelkeit geschüttelt. Tatsächlich aber wollte sie de la Ruys Geschmack nachspüren. Es war der Geschmack von Wasserpflanzen.

Sie hob den Kopf. »Dieser Wüstling bleibt in seiner Kammer unter Arrest, bis ich entschieden habe, was mit ihm geschehen wird.« Als sie den Nordflügel verließ, war es Elizabeth, als würde sie in Einzelteile zerfallen.

# Kapitel 36

BIS ZUM SONNENUNTERGANG durchstreiften Thomas und Kassandra die Stadt. Auf der Suche nach Ioannis suchten sie jeden Winkel ab, in dem Kassandra ihren Vater vermutete. Sie schauten in der Taverne im Viertel vorbei – die Thomas allein betreten musste. Ihr Weg führte zum Kerker – in dem wiederum Kassandra ohne Thomas nach Ioannis fragte – und zum Basar, wo tagsüber ein Engländer für Aufruhr gesorgt haben sollte. Von Ioannis fehlte jede Spur.

Erschöpft und ratlos kehrten sie zur Schmiede zurück. Dort lernte Thomas, dass es einfacher ist, eine Orgel mit dreihundert Pfeifen zu stimmen, als eine missgestimmte Frau aufzuheitern. Kassandra zog sich in ein eisernes Schweigen zurück. Das Brot, das sie vom Basar mitgebracht hatten, zerriss sie unachtsam zu groben Brocken. Die Worte, die er zu ihrer Beruhigung sprach, schien sie nicht zu verstehen. Nachdem sie mit mechanischen Kaubewegungen gegessen hatten, eröffnete Kassandra: »Dir läuft die Zeit davon. Es wäre besser, du machst dich im Palast wieder an die Arbeit.«

»Ich bleibe hier«, entgegnete Thomas.

Eine lange Stille setzte ein.

Schließlich ließ sich Thomas in die Polster fallen, in denen er sich schon bei seinem ersten Besuch wohlgefühlt hatte. Die Kissen nahmen ihn auf wie einen alten Bekannten.

Kassandra stand auf. »Ich hole die Wärmeschale.«

Bald darauf glühten die Kohlen in dem eisernen Becken, und die junge Frau schloss behutsam den Deckel. Diesmal musste sie Thomas' Beine nicht anheben. Er machte es sich von selbst bequem und genoss die Wärme, die durch den Stoff seiner Hosen drang. Kassandra zog ihm die nassen Schuhe von den Füßen.

Er warf ihr ein großes Kissen zu und forderte sie auf, ebenfalls an dem Becken Platz zu nehmen. Sie zögerte, ließ sich aber schließlich ihm gegenüber nieder. Vorsichtig legte sie die bloßen Füße auf das Becken.

Thomas' Füße steckten in Strümpfen. Dennoch war die Hitze kaum zu ertragen. Mit nackten Fersen hätte er es auf dem Metall nicht ausgehalten. Kassandra hingegen schloss die Augen, öffnete den Mund einen Spaltbreit und ließ sich in das Kissen sinken.

»Erzähle mir von diesem Instrument, das du erfunden hast«, sagte sie nach einer Weile. Ihre Stimme war nur ein Hauch.

Thomas schaute auf ihre schmutzigen Fußsohlen. An den Ballen und an der Ferse hatte sich eine kräftige Hornhaut entwickelt. Die Haut dazwischen war durchzogen von feinen Linien, die ihn an die Flüsse auf einer Landkarte erinnerten.

»Das Instrument nennt sich Orgel, und ich habe es nicht erfunden«, begann er. Dann trug ihn die Erinnerung davon. Er berichtete von der großen Orgel von Westminster und seinem ersten Zusammentreffen mit John Flint. Er erzählte von den einsamen Stunden, die er brütend über seinen Entwürfen zugebracht hatte. Und er berichtete von Königin Elizabeth, die seine Orgel wert befunden hatte, als diplomatisches Geschenk in ihrem Namen zu dienen. Den Moment während der Vorführung, den Ihre Majestät mit ihrem Berater verschwatzt hatte, ließ Thomas aus.

Die Falten um Kassandras Mund waren verschwunden. Ihre Lider waren noch immer geschlossen. »Wie hört sie sich denn an, deine Orgel?«, fragte sie gerade in dem Augenblick, in dem Thomas sicher war, dass sie schlief.

Jetzt schloss auch er die Augen. In seinem Geist öffneten sich die Klappen eines gewaltigen Instruments. Er spürte, wie die Zungenpfeifen vibrierten, der Wind durch die Röhren säuselte, erst sanft, dann füllig. Zunächst klang das Summen der Bässe nur leise. Dann begann die Orgel zu tönen, zu singen, zu pfeifen. Sie rauschte, hallte, schallte und brauste, sie sprach, schrie und seufzte. Er zog an den Registern und ließ die Flöten die Vorherrschaft übernehmen. Sie kamen steil, hell und klirrend hervor. Das Instrument war perfekt gestimmt. Aus den unteren Oktaven näherte sich das Schnarren tiefer Zungenstimmen. Dann Gewitter, Donnerschläge, Schlachtenlärm. Das Instrument raste, stöhnte, sprudelte und toste.

Die Basspedale ... Thomas riss die Augen auf. Er hatte gegen Kassandras Fußsohlen getreten. Flink zog er die Beine zurück.

»Das war beeindruckend, Thomas Dallam«, sagte sie. »Wie gern würde ich so eine Orgel spielen hören!«

»Wenn der Apparat im Serail aufgebaut ist, wird dein Wunsch in Erfüllung gehen«, sagte Thomas.

Die Falte an Kassandras Mund kehrte zurück. »Du meinst, wenn mein Vater auftaucht, um dir dabei zu helfen.«

»Ich wollte dich nicht daran erinnern«, sagte Thomas schnell. Er hatte das Gefühl, die Kälte sei in die Halle zurückgekehrt.

»Das wolltest du nicht«, stimmte sie zu. »Manchmal sind unsere Worte und das, was wir sagen wollen, nicht dasselbe. Nur in der Musik ist das anders. Deshalb ist sie eine so wunderbare Sprache.«

Thomas wollte ergänzen, dass das wilde Herz der Musik kontrolliert werden müsse. Aber er fand die richtigen Worte nicht.

Während er noch überlegte, sagte Kassandra: »Leg die Beine wieder auf das Becken.«

Er gehorchte. Sie lehnte ihre Füße gegen seine. Zunächst wollte er der Berührung ausweichen. Dann bemerkte er, dass es kein Versehen war. Kassandra drückte mit ihren Fußsohlen gegen seine und schob ihn über die warme Platte.

»Du musst dagegenhalten«, forderte sie ihn auf.

Thomas runzelte die Stirn. Er spannte seine Beinmuskeln an. Diesmal waren es Kassandras Füße, die über das Becken rutschten. »Nicht so stark«, sagte sie. Doch es wollte Thomas nicht gelingen, die richtige Menge Kraft aufzuwenden.

Nach einigen ungeschickten Versuchen beugte sich Kassandra vor und zog Thomas' Strümpfe aus. »Vielleicht geht es jetzt besser«, sagte sie und ließ sich wieder zurückfallen. Ihre Füße berührten sich erneut. Die Hornhaut unter ihren Sohlen kitzelte ihn, und er gluckste, während er versuchte, die Füße stillzuhalten. Einen Augenblick später war das Gefühl einem angenehmen Prickeln gewichen. Sie presste sich an ihn, und er drückte im gleichen Maße zurück. Thomas schloss die Augen und hörte von der anderen Seite der Wärmeschale, wie Kassandras Atem ruhiger und gleichmäßiger wurde, wie er verwehte und wiederkehrte.

Über diesen Geräuschen schlief er ein.

Als er erwachte, lag Kassandra neben ihm, und ihr melodischer Atem wärmte seinen Hals. Sie lagen unter einer Wolldecke, die die junge Frau in der Nacht über sie ausgebreitet haben musste. Sie war aus gutem Stoff, nicht eine jener klebrigen Decken, die die Körperwärme aufsaugen und die Ioannis Thomas in seiner ersten Nacht im Konvent hingeworfen hatte.

Was war geschehen? Er erinnerte sich daran, eingeschlafen zu sein. Mit einer Hand hob er die Decke an. Sie trugen beide ihre Kleider. Nur die Füße waren nackt. Anscheinend war Kassandra zu ihm herübergekommen, um seine Körperwärme zu suchen. Thomas fühlte zugleich Erleichterung und Bedauern darüber, dass er ihre Nähe nicht hatte wachen Geistes genießen können.

Dann fiel ihm Ioannis ein. Wenn der Schmied jetzt zur Tür hereinkäme und Thomas neben seiner Tochter fand – was würde er dann wohl mit der Orgel anstellen?

Noch einmal sah sich Thomas an Kassandras entspannten Zügen satt. Dann kroch er unter der Decke hervor. Ihn überraschte das Zögern, mit dem er sich Strümpfe und Schuhe anzog. Es war ihm, als kehre er in eine Zeit zurück, in der er ein einsamer Mensch gewesen war.

Er war noch über seine Schuhe gebeugt und richtete die Schnallen, als er das Rauschen der Wolldecke hinter sich hörte.

»Ich habe dir noch nicht gesagt, dass ich die Rezeptur auch kenne.« Kassandras Stimme war schlaftrunken.

Thomas fuhr herum.

»Ich habe es ja oft genug gesehen, wenn ich die Kammer meines Vaters säuberte.« Sie rieb sich den Schlaf aus den Augen, formte Krallen mit den Fingern und fuhr sich damit durch das Haar. Dann schmatzte sie trocken und sah sich mit kleinen Augen in der Halle um.

Thomas goss Wasser aus einem Krug in einen Becher und gab ihn Kassandra. Sie trank in kleinen Schlucken.

»Warum hast du das nicht früher gesagt?«, wollte er wissen.

Sie atmete einige Male, schien ihre Gedanken zu sammeln. Dann sagte sie: »Weil ich wissen wollte, ob du wirklich der bist, für den du dich ausgibst. Du bist bei mir geblieben in dieser Nacht, obwohl dein Land, deine Königin und sogar dein Leben in Gefahr sind. Das hat noch niemand für mich getan. Und ich glaube auch nicht, dass es mir noch einmal widerfahren wird. Aber wenn ich dir verraten hätte, dass ich die Zutaten kenne, dann ...«

»... dann hätte es sein können, dass ich nur deswegen hierbleibe«, ergänzte Thomas leise.

Sie stand auf und ließ die Wolldecke zu Boden gleiten. Ihre

weiten Kleider waren zerknittert. Es schien sie nicht zu kümmern. »Mein Vater ist nicht heimgekehrt. Das bedeutet wohl, dass meine Sorgen begründet sind.« Die Schatten kehrten unter ihre Augen zurück. »Du kannst nicht länger mit mir warten. Das verstehe ich.« Sie nahm einen Wollumhang und wickelte sich darin ein.

»Was tust du?«, fragte Thomas verwundert.

»Ich schütze mich gegen die Kälte in den Straßen«, sagte Kassandra. Sie blickte zu ihm auf. »Wir gehen zusammen ins Serail. Du musst weiter an der Orgel arbeiten. Und vielleicht ist mein Vater in der Zwischenzeit dort aufgetaucht. Das sind zwei gute Gründe, dorthin zu gehen, findest du nicht?«

\*

»Putzt die Rohre und richtet die Kanonen aus!« Hoodshutter Wells brüllte Befehle über das Deck. Die Morgensonne strich über die *Hector*. Die Masten warfen lange Schatten. Das Schiff hatte seinen Bestimmungsort erreicht. An der Küste lag ein Wald aus ernsten Kiefern. Die Bäume endeten auf der einen Seite an einem breiten Strand, auf der anderen schmiegten sie sich an die Hänge eines Berges.

Eremyia stand mit Wells und Flint an Deck und deutete auf den Wald. »Erkennt ihr, warum der Sultan hier gern zur Jagd geht?« Er wartete die Antwort nicht ab. »Die Auswege im Osten und Westen sind durch den Berg und das Meer versperrt. Wenn die Treiber und die Hunde auf der einen Seite hineingehen, kann die Beute nur auf der anderen heraus.«

Wells nickte. »Und dort warten dann die Jäger und töten die Wildschweine. Das ist nicht gerade sportlich.«

»Habt ihr schon einmal ein Wildschwein gejagt?«, wollte Eremyia wissen. »Wisst ihr, was das für Bestien sind?«

»Gejagt nicht«, antwortete Wells, »aber gegessen. Unser Koch hat Talent für die Zubereitung von Wild. Ist es nicht so, Flint? Flint!«

John Flint hörte die Worte, erwiderte aber nichts. Er lehnte mit verschränkten Armen auf der Reling und schaute auf die von der Wintersonne umschmeichelten Wipfel. Er dachte an die warme Fülle von Mabels Brüsten und die seidige Haut ihrer Beine. Sie hatte ihn mit einer reifen weiblichen Willigkeit überrascht und ihn darum gebeten, dass seine Hände diesmal beide von Gott gelenkt würden.

»Was ist das für eine glückselige Miene, John Flint?« Wells' Stimme drang in seine Gedanken. »Du kannst es wohl kaum erwarten, ein Wildschwein aufzuspießen.«

Flints Geist kehrte auf das Deck zurück. Er hatte Mabel versprochen, bei der Jagd vorsichtig zu sein. Nichts wollte er lieber, als so schnell wie möglich an Bord der *Hector* zurückkehren, um weiterhin die Früchte seiner monatelangen Bemühungen um Lady Aldridges Zofe zu ernten. Kein Wildschwein würde ihn davon abhalten.

Winston, der Segelflicker, erschien, um zu verkünden, dass das Beiboot bereit sei. Wells hatte die vor Oran verloren gegangene Pinasse durch eine neue ersetzen lassen. Sechs Seeleute, Winston und Flint bildeten die Jagdgesellschaft. Noch einmal erläuterte Flint das Vorgehen. Er hatte seinem Plan einen Titel gegeben: »Wie man ein Schwein verschwinden lässt«.

Die Matrosen würden an Land rudern, auf der abgelegenen Seite des Waldes Fallgruben ausheben und diese mit Strauchwerk bedecken. Dann würden sie mit einer Fahne der *Hector* Zeichen geben, dass alles bereit sei. Das Schiff lag auf Höhe des anderen Waldendes vor Anker und würde auf das Signal hin Kanonenschüsse in Richtung der Bäume abfeuern. Der Lärm und die Einschläge sollten das Wild aufschrecken und aus dem Wald treiben. Auf der einen Seite versperrte der Berg den Weg, auf der anderen das Meer, und von hinten krachten die Eisenkugeln – die Beute hatte keine Wahl. Die Tiere mussten auf genau jener Seite aus dem Forst hervorbrechen, an der die Fallgruben lagen. Sobald eine Sau gefangen war, wollten Flint und die anderen aus ihrem Versteck hervorkommen und das Tier mit Spießen töten.

»Thomas Dallam wird sein Gedärm bekommen«, sagte Flint, »und wir einen ordentlichen Braten.«

»Und der Sultan wird uns wegen Wilderei aufhängen lassen«, knurrte Wells.

Als John Flint das Fallreep hinunterkletterte und in das schaukelnde Beiboot sprang, schaute er noch einmal die Bordwand hinauf. Alle Klappen waren geöffnet, und die Mündungen der Kanonen schauten daraus hervor wie die geöffneten Münder eines eisernen Chors. Weiter oben schmückten Köpfe das Dollbord. Flint erkannte Wells' missmutiges Gesicht, Lady Aldridges sieche Hautfarbe und die geschwollenen Augen Mabels.

Er versuchte, ihr zuzulächeln, doch die Zuversicht blieb in seiner Brust stecken und fand den Weg zu seinen Lippen nicht.

Wenig später knirschte das Beiboot über Grund. Die Seeleute zogen die Pinasse an Land und marschierten zu der abgelegenen Seite des Waldes. In den Händen hielten sie die Spieße für die Sau und die Schaufeln für die Gruben. Als sie sich dem Waldrand näherten, ließ Flint anhalten. Er wollte sichergehen, dass Eremyia ihnen mit seiner Geschichte vom Wildschwein keinen Bären aufgebunden hatte. Eilig humpelte er zwischen die Bäume.

Der Wald roch trotz der Kälte nach Harz und Nadeln. Vielleicht lag auch der Geruch von Wildtieren in der Luft, aber Flint wollte sich nicht auf eine Ahnung verlassen. Er stapfte etwa hundert Fuß in den Wald hinein und hielt nach Spuren Ausschau. Zwar war der Boden hart gefroren. Doch der lichte

Baumbestand hatte den Schnee durchgelassen, sodass eine weiße Schicht den Boden befiederte.

Die Abdrücke von Tierfüßen waren deutlich erkennbar. Jede Fährte zeigte zwei Schalen. Flint ging in die Knie. Er war kein Jäger und erst recht kein Fährtenleser. Aber er hatte schon Wildschweinspuren gesehen. Diese hier sahen genauso aus, aber sie waren größer. Viel größer.

Flint zauste sich den Bart, dessen Haare in der Kälte allmählich steif wurden. Diese Spuren mochten ebenso gut von großem Damwild stammen, einem kapitalen Zwölfender oder dessen osmanischem Verwandten. Ein Wildschwein von solcher Größe konnte es nicht geben. Jedenfalls hoffte er das.

Als er aus dem Wald hervortrat, hatte Flint beschlossen, seine Zweifel für sich zu behalten. Er gab den Seeleuten Zeichen, und sie eilten weiter. Nach einer Weile hatten sie fünf Stellen am Waldrand ausgemacht, an denen das Wild erscheinen musste. Sie ließen die Waffen fallen, nahmen die Schaufeln und begannen, die Fallgruben auszuheben.

Die Schatten des Kiefernwaldes waren lang geworden, als die acht Männer die Werkzeuge beiseitelegten, sich auf den Rand einer Grube setzten und die Beine in die Falle hängen ließen. Die Arbeit hatte sie erschöpft. Die obere Schicht des Bodens war gefroren, und sie hatten Meerwasser herbeitragen müssen, damit das Salz das Eis zersetzte. Was bis zum Mittag hatte vollbracht sein sollen, hatte fast den ganzen Tag gedauert. Und noch waren sie nicht fertig.

»Genug gefaulenzt«, maulte Flint. Der Schweiß auf seinem Körper trocknete viel zu schnell im kalten Wind, und er begann zu frösteln. »Wir bedecken die Gruben. Dann geben wir der *Hector* Zeichen. Sonst denken die an Bord noch, wir würden uns den ganzen Tag in der Sonne rekeln.«

Das Geäst lag schon bereit. Humphrey Conisby und Paul

Pindar, zwei der weniger kräftigen Matrosen, hatten die Zweige geschnitten. Trotzdem dauerte es noch eine Weile, bis die Fallen abgedeckt waren. Flint stellte sich auf einen der Erdhaufen und betrachtete das Werk mit dem Blick des Feldherrn, der es nicht erwarten kann, dass der Feind anrückt. Von seiner erhöhten Position aus waren die abgedeckten Gruben natürlich gut zu sehen. Die grünen Nadeln der Kiefernzweige hoben sich deutlich von dem zertrampelten Schnee ab. Dem Wild würde das aber nicht auffallen, schon gar nicht, wenn es in Panik aus dem Wald rannte.

Es war an der Zeit, das Signal zu geben.

Flint entrollte die Fahne, die ihm Hoodshutter Wells zu diesem Zweck gegeben hatte. Da trat Winston an ihn heran. Der Segelflicker war in den letzten Wochen noch dünner geworden. »Die Sonne geht bald unter«, sagte Winston. »Wir sollten bis morgen warten.«

Darüber hatte Flint auch schon nachgedacht. »Uns läuft die Zeit davon. Morgen Abend müssen wir schon wieder in Istanbul sein und die Orgel fertigstellen.« Er zögerte und dachte an das Versprechen, das er Mabel gegeben hatte. Dann schaute er auf den Berghang, an dem das Sonnenlicht allmählich herunterglitt.

»Wir machen es jetzt«, sagte er schließlich.

Winston schien mit dem Beschluss zwar nicht zufrieden zu sein, doch er nickte und sagte, er würde jedes Risiko auf sich nehmen, wenn es bedeutete, dass sie dafür eine einzige Stunde früher wieder in Richtung England in See stächen.

Flint vergewisserte sich, dass Winston und die anderen hinter den Fallen verborgen waren. Dann lief er zum Strand hinab. Noch einmal warf er einen Blick auf die Fallen, den Wald, die *Hector*. Ein kalter Wind hatte das Meer in Bewegung gesetzt. Die Wellen zischten an den Strand.

Langsam entrollte er die Fahne. Es war die englische Flagge

mit einem roten Kreuz auf weißem Grund. Normalerweise war sie am Heck der Fregatte befestigt, wo der Wind beständig an dem Stoff nagte. Flint hob sie über den Kopf. Noch einmal zögerte er. Ein einzelner Schweißtropfen rann ihm über den Rücken. Zugleich spürte er eine Gänsehaut auf seinen Armen. Dann schwenkte er die Fahne mit aller ihm noch verbliebenen Kraft hin und her.

# Kapitel 37

Die Schüsse krachten so laut, dass Flint sich die Ohren zuhalten musste. Wells hatte alle Kanonen an der Steuerbordseite der *Hector* zugleich abfeuern lassen. Das Donnern wurde von der Bergwand zurückgeworfen, vermischte sich mit dem Heulen der durch die Luft fliegenden Eisenkugeln und mündete schließlich in dem Bersten von Baumstämmen und dem Flattern von Vogelschwingen.

Wenn ich ein Schwein wäre und in diesem Wald lebte, dachte Flint, würde ich schneller laufen als ein Windhund. Das galt nun auch für ihn selbst. Er musste rechtzeitig bei den anderen hinter den Fallen sein, wenn das Wild aufgeschreckt aus dem Wald hervorbrach.

Einmal mehr verfluchte Flint seinen Fuß. Sand und Schnee knirschten unter seinen ungelenken Schritten. Die Luft des frühen Abends war eisig und brachte seine Nase zum Laufen. Schwitzend erreichte er die Fallgruben und ließ sich neben Winston, Pindar und Conisby zu Boden fallen. Hinter dem Haufen ausgehobenen Erdreichs hatten sie gute Sicht auf die Kiefern. Flint nahm einen der Spieße und packte ihn mit beiden Händen.

Die Wipfel der Bäume verdämmerten zu schwarzen Umrissen vor der grauen Leinwand des Berges. Bald würde es dunkel sein.

Das Wild zeigte sich nicht.

Die Kanonen der *Hector* bellten noch einmal. Zwei Salven

waren vereinbart worden. Diesmal traf eine der Kugeln den Berghang. Geröll löste sich. Felsen polterten in die Tiefe. Eine Kugel zischte sogar über die Köpfe der Jäger hinweg und landete mit einem dumpfen Ton am Strand. Flint ahnte, dass die größte Gefahr nicht von dem aufgescheuchten Wild ausging, sondern von Hoodshutter Wells.

Nach dem Lärm herrschte erneut Ruhe. Nur das Meer rauschte weiter gegen den Strand. Im Wald jedoch rührte sich nichts. Nicht einmal Vögel flogen mehr auf.

Die Männer warteten schweigend. Jemand nieste. Ein anderer fluchte und herrschte den Ersten an, still zu sein.

Der Wald schwieg. Wenn überhaupt Wild darin lebte, so schien es sich zwischen den Bäumen sicher zu fühlen.

»Vielleicht gibt es eine Höhle, in die sich die Tiere zurückziehen«, flüsterte Pindar.

»Hast du schon mal ein Wildschwein in einer Höhle gesehen?«, fragte Winston bissig.

»Ich habe noch nie ein Wildschwein gesehen«, gab Pindar zurück. »Weder in einer Höhle noch in einem Wald.«

»Wie es scheint, wirst du auch heute keins zu Gesicht bekommen«, knurrte Flint. »Eremyia hat uns den falschen Wald gezeigt.« Er dachte an die Spuren. Irgendetwas musste doch zwischen den Bäumen leben.

»Vielleicht hat Wells zum ersten Mal in seinem Leben etwas getroffen, und die Beute liegt längst tot zwischen den Bäumen«, überlegte Flint laut. Er erhob sich. »Ich gehe nachsehen.«

Den Vorschlag der anderen Seeleute, ihn zu begleiten, lehnte Flint ab. Er befahl ihnen, weiter hinter den Fallen zu lauern. Dann ging er zum Waldrand und lauschte noch einmal. Dallams feines Gehör hätte ihm jetzt gute Dienste geleistet. Aber Dallam war in Istanbul verschollen. Flint tauchte in den Wald ein.

Dunkelheit umfing ihn. Seine Hände waren schweißnass, und

der Schaft des Spießes wurde rutschig zwischen seinen Fingern. Allmählich gewöhnten sich seine Augen an das gedämpfte Licht. Er blieb stehen. Wo kein Schnee lag, hatte der Wind Kiefernnadeln zu Haufen zusammengeweht. Nirgendwo waren Spuren zu erkennen oder Geräusche zu hören. Flint humpelte weiter. Nie zuvor hatte er sich ein baldiges Ende der Mission so sehr gewünscht wie jetzt. Er fühlte sich hilflos an Land, langsam wie eine Schildkröte, allerdings fehlte ihm der Panzer – und wohl auch die Langmut dieser Tiere. Unruhig schaute er sich um.

Erneut krachten die Kanonen der *Hector*. Teufelszack! Sie hatten doch zwei Salven vereinbart. Konnte dieser garstige Gauch von Kapitän nicht einmal bis drei zählen?

Flint blieb keine Zeit, sich weitere Verwünschungen für Wells auszudenken. Ein Pfeifen war zu hören. Das Geräusch kam näher. Er ließ sich zu Boden fallen. Der Laut entfernte sich wieder. Das Geschoss schlug weiter östlich ein. Sechs- oder siebenmal krachte es kurz hintereinander. Nachdem er eine Weile nichts mehr gehört hatte, stand John Flint auf. Schnee rieselte aus seinem Bart und fiel in Brocken von seiner Brust. Er klopfte sich die Hosen sauber.

Da hörte er Trappeln und Rascheln. Es lebte also doch etwas in diesem Wald! Flint sprang hinter einen Baumstamm und lugte dahinter hervor. Aus dem Unterholz rannte ein gedrungenes Tier auf ihn zu. Ein Wildschwein. Besonders groß war es nicht, es reichte Flint gerade bis zu den Knien.

Flint sprang hinter dem Baum hervor und legte den Spieß an. Mit Schreien machte er das Schwein auf sich aufmerksam. Als das Tier seiner gewahr wurde, schlug es einen Haken. Jetzt rannte es in Richtung der Fallen. Flint stolperte laut rufend hinterher.

Schon ein Mann mit zwei gesunden Füßen hätte Mühe gehabt, mit dem Wildschwein Schritt zu halten. Flint blieb keuchend zurück. Seine Füße schmerzten. Er konnte nur hoffen, dass das Tier erschrocken genug war, um aus dem Wald hinauszulaufen.

Er erreichte eine Lichtung, lehnte sich gegen eine Kiefer und versuchte, zu Atem zu kommen. Schwarze Punkte tanzten vor seinen Augen. Er schloss die Lider für einen Moment. Als er sie wieder öffnete, sah er das Ungeheuer.

Das Monstrum rannte vom anderen Ende der Lichtung auf ihn zu. Ein Wildschwein. Doch wenn das erste Tier bis zu Flints Knien gereicht hatte, so ragte dieses Exemplar bis zu seinen Schultern empor.

Einen Baum hinauf, entschied er augenblicklich. Doch die niedrigsten Äste der Kiefern hingen selbst für einen großen Mann wie ihn zu hoch.

Der Keiler – Flint glaubte, dass es einer war – hatte die Lichtung zur Hälfte überquert. Er wusste nicht, ob das Tier vor den Kanonenschüssen floh oder ob es ihn zu seiner Beute erkoren hatte. Flint rannte nun ebenfalls. Er hielt auf den Waldrand zu. Das Geräusch von brechenden Zweigen in seinem Rücken wurde rasch lauter. Die Fallen waren zu weit weg. Er würde sie nicht erreichen. Auch wären die Gruben zu klein für ein Monstrum wie dieses.

Abrupt wechselte er die Richtung. Dabei rutschte er auf Schnee und feuchten Blättern aus. Im nächsten Moment hatte er wieder Boden unter den Füßen. Jetzt konnte er auch das Schnaufen des Keilers hören. Das Tier war ihm direkt auf den Fersen. Erst als er das Meer zwischen den Bäumen sah, wusste er, wohin er lief. Zum Wasser. Seinem Element. Es zog ihn an in der Not.

Konnten Wildschweine schwimmen?

Er erreichte den Strand. Hinter ihm knirschten auch die Hufe des Wildschweins durch den Sand. Flints Füße tauchten ins Wasser. Seine Beine folgten. Bevor er waten musste, warf er sich in die Wellen.

Das kalte Wasser schlug über ihm zusammen. Er tauchte sofort auf, bekam trotzdem keine Luft mehr. Eisige Klammern schlossen sich um seine Brust. Irgendwie gelang es ihm, einige Züge zu schwimmen. Als er glaubte, weit genug vom Strand entfernt zu sein, wagte er es zurückzublicken.

Der Keiler schwamm auf ihn zu. Wie ein Schiff teilte der mächtige Kopf die Wellen. Das Tier kam nicht so schnell voran wie an Land. Aber von seiner Zielstrebigkeit hatte es nichts eingebüßt.

Flint schwamm weiter. Er versuchte, sich zu orientieren. Als er die *Hector* in einiger Entfernung sah, beschloss er, auf das Schiff zuzuhalten. Er ruderte mit den Armen und trat mit den Beinen, so schnell er konnte.

Die Kälte des eisigen Wassers lähmte seine Muskeln. Ging es denn dem Keiler nicht ebenso? Ein Blick zurück ließ diese Hoffnung schrumpfen.

Flint wusste, dass er nicht lange durchhalten könnte. Bald würden seine Schwimmbewegungen unkontrolliert werden. Entweder blieb sein Herz stehen, oder er ertrank.

Die *Hector* war in der Ferne nicht größer als ein Pferd. Sein Verstand sagte ihm, dass er sie nicht erreichen würde. Aber seine Instinkte befahlen ihm, sich weiterzubewegen.

Bei jedem Blick zurück war der Keiler noch da. Sein mächtiger Kopf ragte aus dem Wasser, und seine Augen leuchteten in der untergehenden Sonne. In diesen Augen loderte etwas, das Flint dazu brachte weiterzuschwimmen. Was für eine unheilige Bestie hatten die Kanonenschüsse geweckt? Flint schien es, als wolle das Untier Vergeltung üben. Konnten Tiere nach Rache dürsten?

Der Gedanke kam gleichzeitig mit dem Muskelzittern. Mit

einem Mal gehorchte ihm sein linker Arm nicht mehr. Sein Körper sackte weg. Eine Welle drückte ihn hinab. Flint rang nach Luft. Eisiges Salzwasser drang in seinen Mund. Sein Inneres erstarrte. Er zwang sich, Wasser zu treten. Sein Kopf durchstieß die Oberfläche. Schleier waren vor seinen Augen. Er wollte sie fortwischen. Aber seine Gliedmaßen gehorchten nicht. Er ging wieder unter, kam wieder hoch. Er trank, ertrank.

Etwas zerrte schmerzhaft an seinen Haaren. Der Keiler, dachte John Flint. Er wurde an seinem Schopf in die Höhe gerissen. Seine Schulter stieß gegen etwas Hartes. Hände fassten unter seine Achseln. Jemand griff seine Handgelenke. Wo kamen so viele Hände her?

Er öffnete den Mund, bekam aber keine Luft. Wasser lief aus ihm hervor, über seine Lippen, aus seiner Nase. Da war kein Platz zum Atmen. Die fremden Hände bemerkten das nicht. Sie zogen und zerrten. Seine Kleider zerrissen. Verschwommen sah Flint den Rumpf der Pinasse. Das Gesicht Winstons war nur eine Handbreit entfernt. Dann rollte Flint in das Beiboot hinein.

Sein Geist war wach genug, um die folgende Tortur mitzuerleben. Jemand hockte über ihm und presste das Wasser aus seinem Bauch, aus seinen Lungen. Als er es erbrach, stellte er fest, dass es sich in seinem Magen nicht erwärmt hatte. Dann gingen alle Gedanken unter in Schmerz und dem beständigen Gefühl, ersticken zu müssen.

Als er meinte, die Behandlung nicht mehr aushalten zu können, stieß Flint mit matter Hand gegen den Mann, der über ihm hockte. Es schien Paul Pindar zu sein.

Flint versuchte, sich aufzurichten. Jemand drückte ihn zurück. Er stellte fest, dass er auf dem Boden des Beiboots lag und sich in einer Pfütze aus Schleim wälzte. »Der Keiler«, krächzte er.

Jemand lachte. Gemurmel war zu hören.

»Wenn du das Ungetüm meinst, das dich zur Vesper verspeisen wollte«, sagte die Stimme Winstons, »das hast du abgehängt. Dem Ding ist es zu kalt geworden. Es ist aus dem Wasser raus und schneller als ein Eichhörnchen im Wald verschwunden.«

Eine andere Stimme sagte: »Du hast mehr Fett auf den Rippen als eine Wildsau, John.«

»Der Keiler«, stammelte Flint. »Die Orgel.«

Jemand richtete ihn auf, sodass er über den Rand des Bootes blicken konnte. Der Strand war nur wenige Schwimmzüge entfernt. Im Sand oberhalb der Wasserlinie lag etwas Dunkles. Es hatte Beine.

»Das kam aus dem Wald gerannt, kurz nachdem du darin verschwunden bist«, sagte Humphrey Conisby. »Vermutlich hat es den Gestank nicht ausgehalten, der plötzlich zwischen den Bäumen herrschte.«

»Wir bringen dich mit der Sau zurück zur *Hector*. Dann zerlegen wir das Tier dort gemeinsam. Hoffentlich verwechseln wir euch nicht.« Winston lachte auf seine koboldhafte Art. Flint kannte den Segelflicker gut genug, um die Erleichterung in seiner Stimme zu hören.

\*

Wolkenschnörkel hingen über der Stadt. Thomas und Kassandra waren auf dem Weg zum Palast. Die Straßen Istanbuls hatten sich verändert. Kurz vor dem großen Fest hatte der Strom der Menschen an Kraft verloren. Wer Zeit fand, schmückte sein Haus oder half dem Nachbarn. Thomas lauschte. Die Musik der Stadt war jetzt eine andere. Das drängende Rufen der Geschäftigkeit hatte dem Gelächter der Vorfreude Platz gemacht.

Auch Kassandra sah verwandelt aus. Sie trug eine Kopfbedeckung mit Schleier. Immer wieder musste Thomas zu ihr hinüberschauen. War das wirklich jene Frau, mit der er auf sonderbare Weise die Nacht verbracht hatte? Er spürte Angst in seinem vollen Herzen. Angst davor, dass der Mensch, der später unter dem Schleier hervorkommen würde, nicht derjenige war, den er darin hatte verschwinden sehen.

Als sie im Serail ankamen, warfen die Wachen skeptische Blicke auf die junge Frau. Sie riefen eine Dienerin herbei, damit sich die Besucherin vor ihr offenbaren konnte. Dann ließen die Wachen Thomas und Kassandra auf das Palastgelände.

Im Pavillon hatte sich nichts verändert. Die Einzelteile der Orgel lagen herum, die Fische zogen schweigend ihre Bahnen. Weder Ioannis noch Lello waren zu sehen.

»Wir werden ohne meinen Vater auskommen müssen«, sagte Kassandra. Es gelang ihr nicht, die Enttäuschung in ihrer Stimme zu verbergen. »Zeigt mir, wie ich Euch helfen kann.« Sie schlug den Schleier zurück und nahm die Kopfbedeckung ab. Kassandra war dieselbe wie am Morgen, wie in der Nacht.

»Warum starrst du mich an?«, fragte sie. »Sind wir nicht hier, weil uns die Zeit davonläuft? Wie lange haben wir noch bis zum Festtag?«

Thomas rechnete nach und erschrak. »Morgen«, sagte er. »Morgen beginnt das Fest. Wir haben nur noch diesen Tag und die kommende Nacht. Wir fangen sofort an.«

Ioannis hatte gute Arbeit geleistet. Die Teile, die er geflickt hatte, funktionierten einwandfrei. Doch noch immer fehlten die Schweinsdärme, war der Orgelkasten nicht vollständig verleimt, fehlten die Pedale, waren die Zapfen der Registerzüge nicht gesichert, stimmte die Aufstellung der Pfeifen nicht. Wäre er in England, so hätte Thomas zwei Wochen benötigt, um das Instrument einigermaßen präsentabel klingen zu lassen. Hier blieben ihm dafür nur noch wenige Stunden.

»Ich bin froh, dass du mir helfen willst«, sagte er zu Kassandra. »Aber ohne deinen Vater weiß ich nicht, wie ich rechtzeitig fertig werden soll.«

Sie ließ eine Tasche von ihrer Schulter gleiten. Das metallene Klingeln klang vertraut. »Ich habe bei meinem Vater mehr gelernt, als nur die Schmiede auszukehren.«

# Kapitel 38

DIE WÄNDE DER SCHMIEDE waren von Ruß geschwärzt. Es roch nach kaltem Rauch. Dies war ein Ort nach Henry Lellos Geschmack, eine Arena für den Kampf gegen die Elemente, für das Ringen mit der Natur. Hier wurden die härtesten Materialien dem Willen eines einzelnen Mannes unterworfen.

Lello saß auf einem Holzklotz und lehnte gegen einen Wetzstein. Er hielt den Hut in der Hand und strich über die Feder. Dabei beobachtete er Ioannis an der Werkbank. Der Schmied hatte die Zutaten für das Griechische Feuer vor sich ausgebreitet und ging daran, die Substanz zu mischen, die die Welt verändern würde. Henry Lello hatte sich so positioniert, dass er Ioannis dabei beobachten konnte. Er musste alles über das Griechische Feuer wissen: wie es gemischt wurde, wie man es anwendete und vor allem, welches die Zutaten waren.

Erst am Vorabend waren die beiden Männer zur Schmiede zurückgekehrt – Ioannis erschöpft, Lello hingegen erfrischt und tatendurstig. Seit seinem Erlebnis auf dem Pechsee hatte er Kraft gesammelt. Bisweilen glaubte Lello Wärme, sogar Hitze auszustrahlen. Seine Ziele lagen in greifbarer Nähe.

Alle, bis auf eins. Die Tochter des Schmieds war nicht zu Hause gewesen, als Lello und Ioannis zurückgekehrt waren. Der Grieche war deshalb unruhig geworden. Trotz seiner Erschöpfung war er in den Abend hinausgelaufen und hatte nach ihr gesucht. Doch die junge Frau blieb verschwunden.

Vielleicht, dachte Lello, hat sie wegen mir das Weite gesucht.

Funken flogen von der Werkbank. Ioannis zuckte zurück und fluchte auf Griechisch. Er schüttelte die Hand und tauchte sie in einen Eimer mit Wasser. Der Geruch von Schwefel breitete sich aus.

»Verrate mir die Rezeptur«, forderte Henry Lello den Schmied auf.

»Warum sollte ich das tun?«, fragte Ioannis mit Eisen in der Stimme.

»Wenn du dich selbst umbringst, ist alles verloren. Wie soll ich dann an die Substanz kommen?«, erwiderte Lello.

»Das gehört nicht zu unserer Abmachung.« Ioannis stützte sich mit seinen mächtigen Armen auf die Werkbank. »Du bekommst die Substanz. Ich werde ein reicher Mann.«

Lello stand auf und ging zur Tür.

»He!«, rief Ioannis. »Was führst du im Schilde?«

»Die Rezeptur suchen«, antwortete Lello. »Irgendwo in deinem Bau muss sie ja sein.« Das Grinsen des Schmieds ließ ihn innehalten. »Wo ist sie?«, fragte Lello.

»Sie war tatsächlich im Konvent. Aber ich habe sie vernichtet.« Ioannis zeigte auf seine Stirn. »Nur hier drin steht sie noch geschrieben.«

Die Hitze, die Lello in seinem Körper spürte, schien sich durch seine Haut zu schmelzen. Er trat auf Ioannis zu und packte die Ränder von dessen Lederschürze. Er wollte ihn schütteln, doch der große Mann war ein Baum. Nur die Spitzen seiner langen Haare bewegten sich sacht.

Das Grinsen verschwand aus Ioannis' Gesicht. »Ich habe sie gerade vergessen«, sagte der Schmied. »Du hältst besser dein Wort, sonst wirst du nicht einmal die Substanz bekommen.«

Wollte dieser Sklave ihn betrügen? Ihn, Henry Lello, der mit Königen speiste und mit dem Teufel sprach? »Du willst mir befehlen, aber du bist nichts weiter als der Auskehrer eines Stankgemachs.«

Bitterer Speichel lief auf Lellos Zunge zusammen. »Wir können ja deine Tochter fragen, wenn sie zurückkehrt. Ich habe sie aufgesucht vor einigen Tagen. Du warst nicht da. Hat sie dir das nicht erzählt?«

Ioannis sperrte den Mund auf, aber kein Wort kam heraus.

Lello legte nach: »Oder redet sie nur noch von Thomas Dallam? Er spricht jedenfalls in den höchsten Tönen von ihr.«

Ioannis' Faust traf ihn auf der rechten Wange. Lello hörte das Krachen seines Kiefers. Dann saß er auf dem Boden. Ioannis stand über ihm und nahm einen Hammer von der Werkbank. Das Mal im Gesicht des Schmieds schien von innen heraus zu glühen.

Lello hob abwehrend die Hand und bewegte sich von Ioannis fort. Der Schmied verfolgte ihn nicht.

Lello kam auf die Beine. Ioannis starrte ihn an. Durch sein von Ruß geschwärztes Gesicht liefen die hellen Spuren von Tränen. Sein Mund ging auf und zu. »Meine Tochter hat nichts mit dieser Sache zu tun«, knarrte der Schmied. Er hob den Arm und holte mit dem Hammer aus.

Lello war nahe bei der Tür. Es mochte ihm gelingen zu entkommen. Aber vor einem wie Ioannis würde er nicht davonlaufen. Er war ein Adeliger, ein Mann von hohem Stand. Der Schmied hingegen lebte von schimmeligem Brot und trank das Brackwasser der Gosse.

Lello blieb, wo er war. Seine Wange fühlte sich taub an. Trotzdem versuchte er zu sprechen. »Deine Tochter ist vermutlich dort, wo sie hingehört. In einem Hurenhaus. Jetzt verrichte deine Arbeit, oder ich spieße dich auf.« Er zog den Degen.

Ioannis' Arm schnellte nach vorn.

\*

Ioannis hielt den Atem an. Der Leib des Engländers lag ausgestreckt auf dem Boden. Der Hammer hatte Lello an der Stirn getroffen. Sein alberner Hut lag neben ihm. Blut lief über sein Gesicht. Henry Lello rührte sich nicht.

Ioannis war es gleichgültig, ob der Engländer lebte oder tot war. Lello hatte sein Versprechen gebrochen. Er war ein Betrüger. Ebenso wie Dallam und der Sultan. Aber das war es nicht, was Ioannis in Flammen versetzte. Es waren Lellos Worte über Kassandra.

Er musste sie finden. Er musste Dallam bestrafen. Und er wusste auch schon, wie er das anstellen würde. Sultan Mehmed, der orientalische Hund, würde ebenfalls zu spüren bekommen, was es hieß, die Ehre eines griechischen Schmieds zu verletzen.

Ioannis wandte sich der Werkbank zu. In welchem Moment des Prozesses hatte es die Stichflamme gegeben? Er hatte Schwefel, Asche, Pyrit, gemahlenen Donnerstein und Steinsalz in einen Mörser hineingegeben und zermahlen. Die Rezeptur verlangte eigentlich einen schwarzen Mörser, und dass die Mittagssonne schien. Doch es funktionierte auch so. Das hatte Ioannis festgestellt, als er das Griechische Feuer zum ersten Mal ausprobiert hatte. Damals, als Kyra noch lebte.

Er hielt inne und starrte auf das Gemisch. Was hätte sie gewollt?

Ioannis der Schmied war betrogen und verlacht worden – weil er nicht rechtzeitig versucht hatte, dem Elend zu entkommen.

Er konnte nicht länger ausharren und sein Schicksal erdulden. Vielleicht konnte er wenigstens die Würde seiner Tochter retten.

Vorsichtig ließ er Brandkalk auf das Gemisch rieseln. Dann nahm er den Beutel mit dem Erdpech. Ioannis molk prüfend das Leder. Das Pech war noch immer flüssig. Vorsichtig zog er den Stopfen heraus und goss einige Tropfen in ein Kupfergefäß. Als der Boden mit der schwarzen, glänzenden Masse bedeckt war, gab Ioannis den Inhalt des Mörsers hinzu. Dann schloss er das Gefäß mit einem Deckel aus Kupfer, befestigte die Ränder mit Klammern und stellte es in eine Kiste aus Holz. Auch auf diese legte er einen Deckel und trug sie behutsam aus der Schmiede.

Er stieg über Lellos Körper, ohne ihn eines weiteren Blickes zu würdigen.

\*

Das Schwein zu töten hatte Flint beinahe das Leben gekostet. Jetzt aber erschien es einfacher, eines zu erlegen, als eines auszunehmen. Der Koch stand an Deck der *Hector* und hielt ein großes Messer in der Hand. Der Kadaver des Wildschweins hing kopfüber am Besanmast. Die Hinterläufe des Tiers waren an langen Seilen festgebunden, die an die untere Rahstange geknotet waren.

»Mach schon!«, rief Winston.

Er stand mit den anderen Seeleuten um den Mast herum und wollte sehen, wie der Koch seinen Worten, er wisse, wie man ein Schwein zerlegt, Taten folgen ließ. Flint war noch immer unsicher auf den Beinen. Das rührte nur zum Teil von seinem Kampf mit dem Ungeheuer her – eigentlich war es eine Flucht gewesen, aber es fiel ihm leichter, diese Episode als Kräftemessen mit der Natur zu bezeichnen. Was Flint tatsächlich beunruhigte, war die Anwesenheit Mabels. Sie stand neben Lady Aldridge und Hoodshutter Wells. Nie zuvor war Flint mehr daran gelegen gewesen, eine gute Figur abzugeben.

Die *Hector* lag still. Sie war gerade in den Hafen Istanbuls zurückgekehrt. Kaum hatte der Kapitän Anker werfen lassen, wollte sich John Flint an die Arbeit machen – wenn er nur wüsste, wie!

Er setzte das Messer an den Bauch des Wildschweins, um es

aufzubrechen. Dann drückte er zu. Der Frost hatte die Schwarte des Tiers unnachgiebig gemacht. Flint drückte kräftiger. Das Tier schwang zurück. Als es gegen den Mast stieß, bekam das Messer Widerstand. Es drang in den Bauch ein. Ein reißendes Geräusch erklang, gefolgt von dem Keuchen Mabels. Flint kannte diesen Laut.

Er riss das Messer nach unten, bis ein Schnitt von der Länge eines Unterarms in dem Schweinebauch klaffte. Dann steckte er die Klinge in den Gürtel, griff mit beiden Händen in den Spalt und dehnte ihn. Die Innereien des Tiers fielen ihm entgegen. Er fing sie geschickt in seinen Armen auf. Aber das Gedärm hing noch am Zwerchfell fest. Er musste es abschneiden.

»Gib her«, sagte Mabel, die mit einem Mal neben ihm stand. »Ich nehme das.« Sie legte ihren Umhang ab, reichte ihn Lady Aldridge und rollte die Ärmel auf.

Flint wollte protestieren. Dann sah er die Entschlossenheit in ihrem Blick. Seine Verzagtheit zerfiel zu Staub. Er legte Mabel die Eingeweide in die Arme. Ihre weiße Haut färbte sich rot.

»Pass gut darauf auf«, sagte er. »Nur deswegen sind wir überhaupt losgefahren.«

»Ich weiß, John Flint«, sagte Mabel. »Aber wenn du glaubst, ich würde diesen Unrat deshalb schützend gegen meine Brust pressen, dann bist du im Irrtum. Das tue ich nur mit dir.«

Die Seeleute lachten und pfiffen. Lady Aldridge hielt sich eine Hand vor den Mund. Wells schaute Flint ob dieser Eröffnung grimmig an. »Weitermachen«, befahl der Kapitän.

Vom Hafenbecken erscholl ein Ruf. Eine Stimme rief etwas auf Osmanisch. Sie klang vertraut.

Einer der Seeleute schaute über das Dollbord und berichtete: »Eine Barke nähert sich. Sieht aus, als käme dieser Admiral noch einmal zu Besuch.«

Bald darauf stand der prunkvoll gekleidete Osmane mit fünf

bewaffneten Begleitern an Bord. Es war jener Mann, der die Quarantäne über das Schiff verhängt hatte. War er beim ersten Mal noch zum Scherzen aufgelegt gewesen, so schaute er jetzt grimmig zwischen seinen mächtigen Augenbrauen und seinem Bart hervor.

John Flint erinnerte sich daran, wie er diesen Mann vor nicht allzu langer Zeit über Bord geworfen hatte. Als sich seine Blicke mit denen des Admirals kreuzten, erkannte er, dass auch der Osmane den Vorfall nicht vergessen hatte.

Der Kerl brüllte etwas in seiner Sprache. Diesmal schien er sich nicht die Mühe gemacht zu haben, einen Übersetzer mitzubringen. Dabei deutete er auf das Schwein und John Flint. Er schien kein Ende finden zu können. Als er endlich fertig war, nickte er, offenbar zufrieden mit sich selbst.

Wells forderte Eremyia auf, die Ansprache, wie der Kapitän das Gebrüll nannte, zu übersetzen. Der Wasserverkäufer war noch auf dem Schiff, weil er sich eine weitere Belohnung erhofft hatte. Jetzt verbeugte er sich zunächst tief vor seinen Landsleuten. Dann sagte er, dass er die Schmähungen des Admirals nicht wiederholen könne, wohl aber dessen Frage: Woher hatten die Engländer das Wildschwein?

Wells erbleichte.

Flint dachte an die beiden Messer in seinem Gürtel. Es war klar, dass dieser Mann darauf brannte, sich für die ihm zugefügte Schmach zu rächen. Und das erneute Einlaufen der *Hector* lieferte ihm Gelegenheit dazu.

Der Admiral bellte weiter. Eremyia übersetzte: »Das Schwein ist ein Seuchenherd. Niemand darf das Schiff verlassen. Überdies will ich die Erlaubnis zur Jagd sehen.«

Wells brachte Ausflüchte vor. Eremyia übersetzte. Der Osmane wurde immer wilder.

Ein Angriff auf die sechs Türken wäre aussichtsreich, überlegte Flint. Dreimal so viele Engländer standen an Deck. Da hörte er ein Husten von der dem Hafen abgewandten Seite des Schiffs.

Verstohlen sah er sich um. Mabel war noch nicht zurückgekehrt. Lady Aldridge fehlte ebenfalls. Ebenso wenig waren Winston und Paul Pindar zu sehen. Und noch etwas fiel Flint auf, als er den Blick über die *Hector* wandern ließ. Das Beiboot war fort. An den Davits, den Hebekränen der Pinasse, an denen sie befestigt gewesen war, baumelten lose Seile im kalten Wind.

# Kapitel 39

»Was sagte Ihre Majestät gerade?« Die Stimme des Arztes bohrte sich in Elizabeth' Geist, der mit zurückgelassenen Dingen beschäftigt war.

Sie saß auf einem harten Stuhl in ihren Privatgemächern. Der linke Ärmel ihres Kleides war bis zum Ellbogen hochgerollt, und ihr blasser Arm lag auf der dunklen Holzlehne. Doktor Fitzpatrick saß vor ihr und deutete auf eine Kanüle, die er in der Hand hielt. William Cecil beugte sich über die Schulter des Arztes und schaute auf die Apparatur, als gelte es, damit die spanische Armada zu versenken.

»Breitet Euren Vorschlag noch einmal aus«, befahl sie. »Ich habe ihn noch nicht richtig verstanden.« Eigentlich waren Doktor Fitzpatricks Einfälle meist nicht kompliziert. Doch Elizabeth' Aufmerksamkeit wanderte davon, kaum dass der alte Medicus den Mund aufgemacht hatte. Sie versuchte, sich zu konzentrieren.

Aus Frankreich komme eine neue Möglichkeit, die Körpersäfte in ein gesundes Mischungsverhältnis zu bringen, erklärte Fitzpatrick. Man steche mit einer Nadel in eine Vene und schiebe diese Kanüle hinein. Durch sie lasse man Ammoniak in den Körper des Patienten laufen. Das Verfahren sei bereits beim französischen König angewendet worden und habe hervorragende Ergebnisse erzielt.

»Woran litt denn der arme Henri?«, fragte Elizabeth mit gespielter Neugier. Wenn es etwas gab, an dem alle französischen Monarchen erkrankten, so war das der Wahnsinn.

»Ein Herzpolyp setzte ihm zu«, antwortete Fitzpatrick. Als Elizabeth keine weiteren Fragen stellte, fuhr er fort: »Diese Methode ersetzt das Gestell, mit dem ich Ihre Majestät bisher behandelte. Ihr müsst nicht länger kopfüber in den Lederschlaufen hängen. Ist das nicht wunderbar?«

Elizabeth erinnerte sich an das letzte Mal, als sie in Fitzpatricks Maschine gesteckt hatte. Damals war William Cecil hinzugekommen und hatte den Besuch des spanischen Gesandten angekündigt. Sie hatte sich zwar aus dem Folterinstrument befreit, doch ihre Welt stand seither ununterbrochen kopf.

»Ein Herzpolyp?«, fragte Elizabeth. »Und Ihr könntet mich davon befreien?«

»Wenn wir die Kanüle nur regelmäßig anwenden, garantiere ich Erfolg«, sagte Fitzpatrick.

Die Substanz, die der Arzt in ihren Arm gab, brannte wie Feuer. Elizabeth' Haut loderte rot, und der Atem wurde ihr knapp. Fitzpatrick hielt das für ein gutes Zeichen. Bald sei sie die gesündeste Königin der Welt, sagte er. Das war eine charmante Übertreibung in eigener Sache. Denn alle anderen Reiche wurden von Männern regiert.

Nachdem Doktor Fitzpatrick seine Apparaturen zusammengeräumt und das Gemach verlassen hatte, blieb Elizabeth noch eine Weile sitzen. Es könne sein, dass ihre Beine ihr noch nicht gehorchten und in den Knien nachgäben, hatte Fitzpatrick gesagt. Elizabeth kannte das Gefühl inzwischen zur Genüge.

William Cecil leistete ihr Gesellschaft, während sie darauf wartete, dass die Wirkung der Arznei nachließ. »Ich habe von dem Vorfall im Nordflügel gehört«, sagte der Lordschatzmeister, während er sich aus einer Karaffe Wein einschenkte. Er trank einen kleinen Schluck. »Sollen wir den Spanier hängen?«

Elizabeth spürte einen kleinen Stich. »Das würde unser Verhältnis zu König Philipp nicht gerade verbessern«, gab sie zurück.

»Philipp würde einen Krieg vom Zaun brechen«, sagte Cecil. Sein Tonfall war so nüchtern, als würde er ein Kochrezept vortragen.

»Dazu sind wir zu schwach«, sagte Elizabeth. »Wir haben noch immer nichts von der Gesandtschaft in Istanbul gehört. Entweder brauchen wir die Osmanen als Verbündete oder diese Waffe, auf die Ihr so große Hoffnungen setzt.«

»Ich erwarte die *Hector* bald zurück«, sagte Cecil. »Aber noch gibt es kein Zeichen von ihr.«

»Dann können wir eine offene Auseinandersetzung mit Spanien wohl kaum riskieren. De la Ruy bleibt am Leben.« Sie versuchte, die Gleichgültigkeit von Cecils Stimme zu imitieren.

»Wollt Ihr dem Spanier die Schamlosigkeit etwa nicht vergelten?« Cecil leerte seinen Becher und goss sich nach.

»Ich habe ihn einsperren lassen«, sagte Elizabeth.

Cecil schwieg. Er schien auf mehr zu warten.

Schließlich platzte es aus Elizabeth heraus: »Wenn Euch sein Kopf zu teuer und seine Freiheit zu billig ist – was wäre dann Eurer Meinung nach ein angemessener Preis für meine Würde?«

Die Farbe des Weins stieg in die Wangen des Lordschatzmeisters. »Ich schlage vor, ihn zurück nach Spanien zu schicken.« Cecil zögerte.

»Heraus mit der Sprache«, forderte Elizabeth ihn auf.

»Es sei denn, ich handele damit Euren Interessen zuwider«, fuhr er mit leiser Stimme fort. Sein Blick suchte etwas in ihren Augen.

»Was erlaubt Ihr Euch?« Elizabeth sprang auf. Ein Schwindel ergriff sie, und sie musste sich an der hohen Lehne des Stuhls festhalten. Cecil war augenblicklich bei ihr, bot ihr den Arm. Doch das Gefühl verging.

Sie ließ sich wieder auf den Stuhl sinken. »Euer Vorschlag ist die einzige Möglichkeit, mit dieser Affäre umzugehen.« Die Worte schmeckten bitter.

»Ich werde die entsprechenden Schritte sofort in die Wege leiten«, sagte Cecil eifrig. »De la Ruy wird gleich morgen das Land verlassen. Wenn Ihr einverstanden seid.«

Elizabeth wollte widersprechen und einen Aufschub anordnen. Doch der Geschmack in ihrem Mund hatte ihre Zunge gelähmt. Vor sich sah sie Garcilasos zerstörte Kammer und den Affen, der sich an den Hals des Spaniers schmiegte. Das Chaos und die Liebe – sie waren miteinander vermählt. Wer das eine wollte, der musste mit dem anderen fertigwerden. Sie aber war die Königin Englands.

»Gleich morgen«, bekräftigte sie.

Die Eiche im Park von Greenwich wartete auf die frühen Knospen. Ihre Äste waren zart in den hellblauen Himmel gezeichnet. Der Schnee, der so lange die Wiesen bepudert hatte, war geschmolzen. Der Tag war von ungewöhnlicher Wärme, und die Vögel sangen den Winter in sein kaltes Grab.

Elizabeth ließ sich auf der Steinbank nieder, die sie unter der Eiche hatte aufstellen lassen. Sie hatte beschlossen, diesen Ort bei ihren Spaziergängen aufzusuchen und unter der Krone des alten Baumes nachzusinnen. Vielleicht, dachte sie, schreibe ich meine Gedanken sogar auf und hinterlasse sie denen, die nach mir kommen. Lächelnd schüttelte sie den Kopf. Niemand würde ihre Zeilen ernst nehmen. Vielleicht würde William Shakespeare daraus ein Stück schmieden. Würde es eine Tragödie oder eine Komödie sein?

Vier Ycomen waren ihr auf den Hügel gefolgt. Seit dem Vorfall im Nordflügel bestand William Cecil darauf, dass Elizabeth ständig von ihren Leibwächtern beobachtet wurde. Er befürchte, so hatte er gesagt, dass de la Ruy aus seinen Gemächern ausbrechen und sie erneut heimsuchen würde. Elizabeth war sich sicher, dass die vier Rotgewandeten ebenso darauf achteten, dass die Königin nicht versehentlich in die Nähe des Nordflügels kam.

Jetzt befahl sie den Männern, am Fuß des Hügels auf sie zu warten. Als sie allein war, zog sie die Dokumente unter ihrem Mantel aus Zobelfell hervor und begann zu lesen. Sie hatte die Papiere von William Cecil verlangt. Es waren Garcilasos Briefe. Die ersten Schreiben enthielten nichts weiter als das, wovon Cecil bereits berichtet hatte: die Aufstellung der englischen Flotte, Namen und Bauweise von Schiffen, Anzahl der Kanonen, Besatzungsstärken. Garcilaso hatte gründliche Nachforschungen betrieben.

Elizabeth blätterte durch die Seiten. Erst beim dritten Brief fiel ihr auf, dass de la Ruy eine elegante Handschrift hatte. Die Unterlängen seiner Buchstaben hingen wie Affenschwänze unter den Zeilen und schlängelten sich verspielt unter den Worten entlang, um sich schließlich um die Basis eines weit entfernten Buchstabens zu winden. Sie fuhr die Linien mit der Fingerspitze entlang. Jemand, der so schrieb, gab größte Obacht auf alles, was er unternahm. Auf der letzten Seite fand Elizabeth das, wonach sie gesucht hatte. In einem seiner Schreiben bat Garcilaso den spanischen König darum, ihn noch nicht aus England abzuberufen. Die Buchstaben auf dem lehmfarbenen Bogen hatten eine etwas andere Form als jene auf den Berichten. Es war zweifellos Garcilasos Handschrift, doch schienen die Worte in größerer Eile niedergeschrieben worden zu sein – oder unter dem Drängen der Besorgnis.

*Es sind große Holzladungen in den Londoner Werften angekommen*, las Elizabeth, *die weitere Untersuchungen erforderlich machen. Ein Aufschub meiner Abreise ist deshalb unumgänglich.*

Sie ließ das Schreiben sinken und schaute über die Wipfel

der Bäume zu den fernen Kirchtürmen der Stadt. Alle Werften entlang der Themse waren beim letzten Großbrand in London vernichtet worden. Zwar wurde seither eifrig daran gearbeitet, sie wieder aufzubauen, neue Schiffe würden daraus aber vorerst nicht in See stechen.

Die Dämmerung hatte eingesetzt. Elizabeth fühlte sich wie das steinerne Skelett eines ausgetrockneten Flusses. Sorgfältig rollte sie die Dokumente zusammen, erhob sich und schritt im zitternden Halbdunkel zurück zum Palast.

»Was soll das heißen, er hat Greenwich bereits verlassen?«

Elizabeth starrte William Cecil an. Sie war unvermittelt in den Gemächern des Lordschatzmeisters aufgetaucht. Cecil hatte Gäste und trieb gerade Konversation an einer reich gedeckten Tafel. Als Elizabeth in die Runde platzte, bemerkte sie eine ungewöhnliche Ausgelassenheit auf Cecils kleinem Gesicht. Kaum erkannte ihr Berater, wer ihm die Aufwartung machte, legte er die Maske der Ernsthaftigkeit auf.

»Kommt, Mylady!« Fast hätte er ihren Arm berührt. »Wir ziehen uns in meine Privatgemächer zurück. Dort sind wir ungestört.«

Er hatte recht, wie immer. Seine Taten, seine Worte dienten stets dem Wohle Englands.

Elizabeth' Gemüt kochte über. »Warum ist der Spanier schon fort?«, rief sie. Ihre Stimme kündete von Folter und Tod.

Stühle schrammten über den Boden. Cecils Gäste erhoben sich, verbeugten sich tief vor Elizabeth und verließen den Gesellschaftsraum in Eile.

William Cecil nahm ein Mundtuch vom Tisch und tupfte sich die Lippen. »Wir hatten es doch besprochen ...«, begann er.

»Morgen!«, rief Elizabeth. Cecil schrumpfte unter ihren Worten zu einem Gnom zusammen. »Morgen sollte er abreisen.« Sie holte die Briefe unter ihrem Pelz hervor und presste sie dem Lordschatzmeister gegen die Brust. »Welche Route nimmt de la Ruy?«

»Mylady«, sagte Cecil in dem väterlichen Ton, den Elizabeth an ihm verabscheute. »Ihr solltet schlafen gehen und das Gift, das Doktor Fitzpatrick Euch eingeflößt hat, wirken lassen.«

Mit einem Mal war es ihr, als sei sie wieder in jener Taverne in London. Rowland Bucket tanzte auf dem Tisch, und um sie herum herrschte Drängen und Schieben. Jeder rief und schrie, jeder wollte etwas anderes. Wie von selbst schnellte ihre Hand in die Höhe und ohrfeigte den Lordschatzmeister.

»Ich werde Fitzpatrick fragen, ob er ein Mittel gegen Lügen bei Hofe kennt«, stieß sie hervor.

William Cecils Adamsapfel hüpfte. »Dover«, krächzte er, »de la Ruy soll von Dover aus übersetzen. Mit dem ersten Strahl der Morgensonne.«

# Kapitel 40

MABEL UND LADY ALDRIDGE waren mit dem Beiboot entkommen. John Flints Herz machte einen Sprung. Er war stolz auf die beiden Frauen. Kein korrupter Osmane würde jemals eine Engländerin aufhalten können, die ein Ziel vor Augen hatte.

Wells verhandelte noch immer mit dem türkischen Admiral. Gerade sagte der Kapitän mit ruhiger Stimme, es tue ihm leid, aber die restlichen Hühner für den Admiral seien leider nicht geliefert worden. Er bitte ihn deshalb, stattdessen das Wildschwein als Geschenk zu akzeptieren. Der Admiral hielt in seiner Schimpftirade inne, lauschte der Übersetzung und runzelte die Stirn.

Wells legte eine Hand auf den Rücken des Osmanen und führte ihn auf das Wildschwein zu. Mit Balsam in der Stimme pries der Kapitän die Qualität des Fleisches und das Talent seiner Jäger.

Der Osmane blickte Wells in die Augen – und dann am Kapitän vorbei zum Schiffsrand. Dort bemerkte er die lose baumelnden Seile an den Davits – und daneben zwei Seeleute. Die beiden mussten geholfen haben, das Beiboot zu Wasser zu lassen. Der Admiral lief zu den leeren Aufhängungen, schaute über den Schiffsrand und erspähte die Pinasse, die auf den Hafen zuhielt.

Kaum hatte sich der Admiral zu seinen Männern umgewandt

und knappe Befehle gebrüllt, stellte sich ihm Hoodshutter Wells in den Weg. Der Kapitän packte den Admiral an den Rockaufschlägen und wandte sich John Flint zu. Das Zeichen, das er dem Koch gab, war unmissverständlich. Gemeinsam schnappten sich die beiden Männer den Osmanen und warfen ihn über Bord.

Ein leises Klatschen war zu hören. Zum ersten Mal seit Beginn der Reise lächelte der Kapitän den Schiffskoch an. »Du solltest wissen, John Flint: Von all deinen Zauberkunststücken gefallen mir die simpelsten am besten.«

\*

Thomas rieb sich die Augen. Die Zahnräder und Gewichte im Bauch der Orgel verschwammen. Er blinzelte. Seine Hand zitterte, als er den winzigen Lagerzapfen in das dafür vorgesehene Loch stecken wollte. Er hielt den Atem an und ließ den Zapfen los. Das Stück verschwand klackend im Gedärm der Maschine.

Thomas schlug mit der Faust gegen das Gehäuse der Orgel.

Kassandra kam hinter dem Gerät hervor. Sie legte sich bäuchlings auf den Teppich, presste eine Wange gegen den Boden und fischte den Lagerzapfen wieder hervor.

»Wo gehört der hin?«, fragte sie.

Thomas zeigte es ihr. Sie schob Kopf und Schultern ins Innere des Instruments.

Er betrachtete ihren Rücken. Unter dem weiten Gewand bewegte sich ihr schmaler Körper mit Eleganz und Kraft. Auf eine ihm unbekannte Weise bedauerte er, dass sie ihre zweite gemeinsame Nacht ganz und gar der Orgel hatten widmen müssen. Kassandra hatte ihren Vater nicht ersetzen können. Doch wusste sie gut genug mit Treibhammer, Zange und Gesenk umzugehen.

Sie zog den Kopf aus dem Gehäuse hervor. Das Haar hing ihr ins Gesicht, die Augen lagen tief in den Höhlen, ihre Wangen waren hohl, ihre Nase lief, und ihr Kinn war schmutzig. Thomas wollte niemals wieder aufhören, sie anzusehen.

»Fertig«, sagte Kassandra und gähnte. Thomas stimmte ein.

Durch die Vorhänge drang der erste Schimmer des jungen Tages in den Pavillon.

»Wir sind erschöpft. Etwas Ruhe täte gut«, sagte sie matt.

»Aber wir haben keine Zeit zu verlieren«, drängte Thomas. »Uns bleiben nur wenige Stunden. Heute beginnt das Fest.«

Sie nickte. »Du hast recht. Dennoch will ich mich erfrischen. Warte solange auf dem Balkon.«

Thomas schaute sie fragend an. Kassandra trat an den Rand des Wasserbeckens. Noch einmal drehte sie sich zu ihm um und forderte ihn schweigend auf, den Raum zu verlassen.

Er schob einen der schweren Vorhänge beiseite und trat auf den Balkon hinaus. Unter ihm erstreckte sich die Stadt. Der Hafen und das Meer waren zu sehen. In der Ferne ankerte die *Hector*. Es schien Thomas, als habe sich das Schiff zu einer anderen Anlegestelle bewegt. Bevor er dem Gedanken weiter nachgehen konnte, hörte er ein leises Plätschern. Es drängte ihn, wieder hineinzugehen, doch er nagelte seine Blicke an der *Hector* fest. Die Fregatte war zu weit entfernt, um Einzelheiten darauf zu erkennen. Aber da waren kleinere Boote, die sich dem Schiff näherten. Er kniff die Augen zusammen.

»Thomas!« Kassandras Stimme klang aufgeregt.

Er riss den Vorhang beiseite. Sie saß, nur mit dem Untergewand bekleidet, auf dem Beckenrand und ließ die Beine ins Wasser hängen. Ihre Überkleider lagen zusammengefaltet neben ihr. Ein neuer Geruch hing im Raum – der Duft ihres Körpers.

Thomas hatte mit einem der Wächter gerechnet, der Kassandra beim Bade erwischt hatte. Doch der Pavillon war leer.

»Was ist geschehen?«, fragte er und trat näher an das Becken heran. Im Wasser sah er ihre Beine verschwimmen.

»Schau!«, sagte sie und ließ sich vollends in das Wasser gleiten. Sie tastete auf dem Boden des Beckens umher. Dann hob sie einen Arm. Er war schmal, und die Muskeln darauf erzählten von harter Arbeit. Das Wasser lief von ihrem Ellbogen herab. In ihrer Hand lag etwas Farbiges. Sie legte ihren Fund auf dem Beckenrand ab.

Thomas kniete davor nieder. Vor ihm lag ein Edelstein. »Das könnte ein Rubin sein«, sagte er und berührte den roten Stein. »Anscheinend füttert der Sultan seine Fische damit.« Er nahm den roten Stein und legte ihn auf ihre Hand. »Er ist für dich gemacht«, sagte Thomas. »Wie fühlt es sich an, reich zu sein?«

Sie schaute ihn aus großen Augen an. Tropfen rannen an ihrem Hals herab und sammelten sich in der Mulde über ihrem Brustbein. »Es ist ein schönes Gefühl«, sagte sie und drehte ihre Hand so, dass der Rubin mit einem leisen Geräusch ins Wasser fiel. Seine Finger aber hielt sie weiterhin fest.

Schritte waren auf dem Kiesweg zu hören. Sie näherten sich rasch. Kassandra ließ Thomas' Hand los und tauchte bis zum Kinn unter. Thomas sprang auf.

In der Tür stand Ioannis. Seine Blicke fuhren durch den Raum. Unter seinem Arm trug er eine hölzerne Kiste.

»Was treibst du mit meiner Tochter?«, rief der Schmied.

»Wir haben versucht, die Orgel zusammenzubauen«, sagte Kassandra.

»Das sehe ich«, brachte Ioannis hervor.

Thomas wich zurück. Ioannis stapfte in den Raum. »Dreh dich um, damit sie sich ankleiden kann.«

Thomas wandte Kassandra und Ioannis den Rücken zu. Zwischen seinen Schulterblättern spürte er Ioannis' Blicke. Fast glaubte er, die Hände des Schmieds an seiner Kehle zu fühlen.

»Wo warst du, Vater? Was ist bei uns zu Hause geschehen?«, fragte Kassandra. Thomas hörte, wie sie dem Becken entstieg.

»Das könnte ich dich fragen«, zischte Ioannis. Seine Stimme war nah – näher, als Thomas lieb war.

»Ich habe Thomas Dallam zur Seite gestanden«, sagte sie. Ihre Kleider raschelten.

»Dann hatte der andere Engländer also recht. Ich habe ihm nicht glauben wollen«, flüsterte Ioannis.

Meinte er etwa Henry Lello? Gerade als Thomas nach dem Verräter fragen wollte, sagte Kassandra, sie sei bereit. Thomas drehte sich um. Sie war wieder in ihre Lumpen gekleidet. Nur die nassen Spitzen ihres Haars erinnerten noch an die verflogenen Augenblicke.

»Starr sie nicht an!«, knurrte der Schmied. Sein Gesicht sah aus wie das stumpfe Ende eines Hammers.

Für einen Moment stand die Zeit still. Schließlich deutete Thomas auf die Kiste, die der Schmied unter dem Arm hielt. »Was hast du mitgebracht?«, fragte er.

»Werkzeug«, brummte Ioannis.

Thomas runzelte die Stirn. »Dann hilfst du wieder mit?«

Ein hasserfüllter Blick traf Thomas.

»Das wäre wunderbar, Vater«, sagte Kassandra. »Wir haben deine Arbeit fortgeführt, so gut es ging.«

»Das Fest beginnt gleich«, sagte Thomas schnell. »Wir können es noch schaffen. Du musst nur …«

»Soll ich arbeiten oder schwatzen?«, blaffte der Schmied. Mit missmutiger Miene inspizierte er die Orgel, rüttelte prüfend an den Pfeifen und klopfte gegen das Gehäuse.

Thomas, der noch nicht sicher war, ob Ioannis nicht gleich auffahren und seine Wut an dem Instrument auslassen würde, fragte: »Werden wir rechtzeitig fertig sein?«

In diesem Moment waren erneut Schritte zu hören. Helle Stimmen erklangen und wurden rasch lauter. Lady Aldridge und Mabel traten in den Pavillon. Gemeinsam trugen sie einen Seesack, der in der Mitte durchhing. Sie ließen den Sack zu Boden fallen.

»Die Jagd war erfolgreich«, sagte Lady Aldridge. »Die Sau ist tot.«

\*

Eifersucht und Zorn schlugen wie Gewitterregen auf Ioannis ein. Was hatten die Engländer mit seiner Tochter angestellt? War das, was er gerade gesehen hatte, die gesamte Zeit über passiert, während er die Orgel repariert hatte? Dieser Lello hatte ihm die Augen geöffnet – und die seinigen zur Strafe geschlossen.

Dallam sollte es nicht besser ergehen! Und wenn der Sultan, dieser betrügerische Hund, die Rache eines Griechen ebenfalls zu spüren bekam, würde Ioannis endlich seinen Seelenfrieden finden. Mehmed würde ein Feuerwerk bekommen.

Doch dazu musste er die Orgel mit dem Griechischen Feuer präparieren. Sein Plan war einfach. Er wollte die Masse in die Pfeifen geben. Wenn das Instrument zu spielen begann, würde der Luftdruck in den Röhren die Substanz zum Brennen bringen. Der gesamte Automat würde in Flammen aufgehen – und mit ihm jeder, der in seiner Nähe stand.

Kassandra durfte nichts geschehen. Er musste sie von der Orgel fernhalten. Er würde sie in der Schmiede einsperren, während er selbst das Fest besuchte und zusah, wie das Instrument, der Sultan, vielleicht sogar der Palast in die Luft flogen.

Seit die beiden Engländerinnen den Pavillon betreten hatten, war Thomas Dallam abgelenkt. Ioannis verschwand auf der Rückseite der Orgel, öffnete die Kiste und holte den Kupferbehälter hervor. Er musste sich zwingen, langsam vorzugehen. Seine Hand war schweißnass, und er fürchtete, der Deckel könne ihm entgleiten.

Ioannis nahm einen hölzernen Spatel aus der Kiste. Noch einmal lugte er um die Orgel herum und vergewisserte sich, dass die anderen damit beschäftigt waren, Schweinsgedärm aus dem Seesack zu fischen. Dann tauchte er den Spatel langsam in die schwarze Substanz ein und begann sein Werk.

# Kapitel 41

Eiskaltes Wasser spritzte in Henry Lellos Gesicht. Er bekam keine Luft und riss den Mund auf. Wasser drang in seine Kehle. Er hustete, fuhr auf und öffnete die Augen.

Er fand sich auf dem Boden sitzend wieder. Unter seinen Händen spürte er Stroh. Er erkannte die Schmiede, mehrere Beinpaare standen vor ihm. Dann packte ihn Übelkeit mitsamt einem kapitalen Kopfschmerz, und er ließ sich zurückfallen.

Jemand packte Lellos Wams und zog ihn hoch. Schmerz explodierte in seinem Kopf. Hatte ihm Ioannis das Griechische Feuer eingeflößt? Dann erinnerte er sich an den Hammer in der Hand des Schmieds. Er hob eine Hand und betastete sein Gesicht. Es war geschwollen. Das linke Jochbein war blutverkrustet, und wenn er es berührte, zuckte ein wütender Schlag durch seinen Schädel.

Vor Lello standen vier Männer. Drei von ihnen waren Janitscharen. Sie trugen Hüte, die so hoch waren, dass sich die Krone des Papstes dagegen wie ein Zwergenhut ausnahm. Der Vierte war ärmlich gekleidet und von erstaunlicher Hässlichkeit.

»Was wollt ihr von mir?«, fragte Lello mit brüchiger Stimme.

Der Hässliche sagte etwas auf Osmanisch. Einer der Hutträger übersetzte die Worte. »Melek Ahmed will wissen, wo Ioannis der Schmied ist«, sagte der Janitschar mit befehlsgewohnter Stimme.

»Das wüsste ich auch gern«, krächzte Lello.

»Wer bist du? Was ist hier geschehen?«, lauteten die nächsten Fragen.

»Ich bin im Auftrag des Sultans hier«, antwortete Lello. »Der Schmied hat etwas, das Mehmed gehört.« Er bemerkte Staunen und Skepsis, als die Wache diese Worte übersetzte.

Wie lange hatte er in der Schmiede gelegen? Er spähte zum Eingang. Draußen lag die Dämmerung.

»Ist es Morgen oder Abend?«, wollte Lello wissen.

»Es ist Morgen«, kam als Antwort.

Der Tag des Festes war gekommen. Er musste das Griechische Feuer zu fassen bekommen, er musste Ioannis finden, er musste als Erster vor dem Sultan erscheinen.

»Wo ist der Schmied?«, ließ der Osmane namens Melek Ahmed noch einmal fragen.

Lello hielt sich an der Werkbank fest. Die Muskeln in seinen Beinen gehorchten ihm nicht. Kaum ließ er die Tischplatte los, kam ihm der Boden entgegen. Die Osmanen rührten sich nicht. Sie betrachteten ihn wortlos.

Nach zwei weiteren Versuchen stand Lello aufrecht. »Wer seid Ihr, und warum sucht Ihr nach Ioannis?«, fragte er mit hart klingender Stimme.

Melek Ahmed ließ erklären, er sei der Kerkermeister für diesen Stadtteil und er suche den Schmied, um ihn einzusperren. Ebenso sei er auf der Suche nach einem Engländer.

»Thomas Dallam?«, fragte Henry Lello.

Melek Ahmed nickte.

Lello konnte es kaum glauben. Gott oder der Teufel – einer von beiden hatte ihm Hilfe gesandt. Jetzt musste er sie nutzen.

In Lellos schmerzendem Kopf rieselten die Gedanken zusammen wie in einer Sanduhr. »Ich kann Euch sagen, wo Ihr Dallam findet. Begleitet mich zum Palast.«

Er pflückte seinen Hut vom Boden und strich die Feder glatt.

Dann drückte er sich die Kopfbedeckung auf seinen schmerzenden Schädel und gab den Osmanen ein Zeichen, ihm zu folgen.

*

»Schaut!«, rief Mabel vom Balkon des Pavillons. »Sie haben einen Glasofen aufgebaut und feuern ihn an!«

Lady Aldridge ließ das Tuch fallen, mit dem sie die Bronzefiguren der Orgel poliert hatte, und eilte durch die Tür ins Freie. Thomas hörte kleine Rufe des Entzückens, die die beiden Frauen ausstießen. Bald würde das Fest beginnen. Auf der Straße unterhalb des Palastes hatte sich bereits eine Zuschauermenge versammelt. Mabels Ausruf war zu entnehmen, dass die Attraktionen herbeigeschafft wurden. Nicht mehr lange, und der Festumzug würde beginnen, der unterhalb des Pavillons vorbeiführen sollte.

Thomas legte die Geräusche am Grunde seines Gehörs ab. Die Därme des Wildschweins erforderten seine gesamte Aufmerksamkeit.

Er lag unter der Orgel. Den Rock hatte er ausgezogen. Sein ehemals weißes Hemd trug Flecken von Maschinenfett und Schweiß. Beide Arme hatte er in die Höhe gestreckt. Der glitschige Darm wollte nicht über die Leitung passen. Hätte John Flint kein größeres Wildschwein erlegen können?

Kassandra hockte vor der Orgel und reichte Thomas die Werkzeuge, die er verlangte. Ioannis arbeitete noch immer auf der Rückseite des Instruments. Niemand wusste, wann der Sultan erscheinen würde, um sein Geschenk in Empfang zu nehmen. Thomas hoffte, dass Mehmed erst noch den Festumzug durch die Straßen begleiten, eine Ansprache halten oder tun würde, was Sultane zu solchen Gelegenheiten sonst zu tun pflegten.

»Jetzt tragen sie eine Hütte herbei«, berichtete Mabel vom

Balkon her. »Sie stellen sie unter dem Balkon ab. Was ist das? Daraus kommen halb nackte Männer hervor. Frieren die nicht?«

»Sie reiben sich mit Öl ein«, kommentierte nun auch Lady Aldridge.

Der Darm entglitt Thomas' Fingern, rutschte von der Leitung und landete auf seinem Gesicht. Er riss ihn fort und knurrte: »Ich werde John Flint eigenhändig zu einem Teil meiner Orgel machen.«

Aber Flint war nicht da. Auch Hoodshutter Wells fehlte. Lady Aldridge hatte berichtet, dass der osmanische Admiral wieder auf der Fregatte erschienen war. Thomas würde die Orgel ohne den Koch und den Kapitän vorführen müssen.

Wenn das Instrument doch endlich reibungslos arbeiten würde!

Er atmete tief durch. Dann griff er erneut nach dem Darm, steckte die Finger beider Hände in das Ende und dehnte das Gewebe mit aller Kraft. Diesmal gelang es ihm, das Organ über den Ansatz der Leitung zu stülpen, ein kleines Stück nur, aber es war ein Anfang.

»Die Zange«, rief er und streckte die Hand aus. Doch sie blieb leer.

Langsam rollte sich der Darm wieder von der Leitung ab.

»Zange!«, rief Thomas.

Der behelfsmäßige Schlauch glitt ab und schnellte durch den Bauch des Instruments.

Thomas fluchte und kroch unter der Orgel hervor. Was trieb Kassandra?

Sie stand am Ausgang des Pavillons und unterhielt sich mit Ioannis. Der Schmied hatte eine Hand auf ihren Rücken gelegt und schien sie ins Freie drängen zu wollen. Kassandra wehrte sich, versuchte, die Hand abzustreifen. Ioannis beugte sich über sie und flüsterte ihr etwas zu. Sie wich vor ihm zurück.

»Ich brauche eure Hilfe«, rief Thomas.

Kassandra sah ihren Vater an und schüttelte den Kopf. Ioannis warf Thomas einen hasserfüllten Blick zu.

Was ging da vor sich? Gerade als Thomas aufstand, um mit dem Schmied zu sprechen, verschwand dieser in den Garten des Palastes. Thomas rief ihm hinterher. Er setzte sich in Bewegung, um Ioannis zu folgen. Doch Kassandra stellte sich ihm in den Weg.

»Jetzt bringen sie eine zweiköpfige Riesenpuppe«, berichtete Mabel von draußen.

»Was ist mit deinem Vater?«, fragte Thomas Kassandra. »Warum ist er gegangen? Wir sind noch nicht fertig.«

Sie sah ihn ratlos an. »Ich weiß es nicht. Ich sollte ihn zur Schmiede begleiten. Er sagte, dieser Ort hier sei nicht sicher für mich.«

»Er ist dein Vater. Er will dich nicht in meiner Nähe wissen«, mutmaßte Thomas.

»Er wirkt so verändert«, sagte Kassandra. »Ich musste ihm versprechen, das Serail noch vor Beginn des Festes zu verlassen. Aber erst kümmern wir uns um die Schläuche. Dann treffe ich meinen Vater am Palasttor.«

Thomas wollte widersprechen. Seine Gedanken trudelten durcheinander. Die Orgel. Das Griechische Feuer. Die Königin. Kassandra. Was wollte er?

»Komm mit mir nach England!«, sagte er.

Bevor sie antworten konnte, waren Schritte auf dem Kiesweg zu hören. Vier Männer der Palastwache kamen herein. Sie riefen etwas auf Osmanisch und machten dazu herrische Gesten.

Kassandra übersetzte: »Der Sultan kommt, um vom Balkon aus das Fest zu eröffnen.«

\*

Ioannis ging schnellen Schrittes den Kiesweg hinab, der zum Palasttor führte. Er spie aus und ballte die Hände zu Fäusten. Seine eigene Tochter hätte ihn fast im Stich gelassen! Kassandra wollte lieber noch bei dem Engländer bleiben, als ihren Vater zu begleiten. Hätte er diesen Dallam doch niemals aus dem Kerker befreit!

Der Schmied durchquerte die Halle aus rotem Marmor. Dann stand er vor dem Palasttor. Hier wollte er seine Tochter treffen. Unruhig ging er vor der Mauer auf und ab.

Er hatte das Griechische Feuer in die Orgelpfeifen gegeben. Der Sultan und die Engländer würden sterben. Aber solange Kassandra sich noch in der Nähe des Instruments aufhielt, war auch ihr Leben in Gefahr. Sie hatte ihm versprochen, so schnell wie möglich zum Palasttor zu kommen. Wo blieb sie nur?

Da hörte Ioannis Lärm von der Straße her. Das Fest begann. So schnell er konnte, lief er wieder in den Palast.

\*

Als Mehmed in den Pavillon stolzierte, reflektierte das Licht die Juwelen an seiner weißen Kleidung. Auch sein Gefolge war prächtig gekleidet. Wenn der Sultan einer wandelnden Sonne glich, so waren seine Höflinge die Gestirne, die um ihn kreisten.

Mehmed klatschte in die Hände. »Das Fest beginnt«, rief er auf Englisch.

Thomas kam unter der Orgel hervor.

»Wie ich sehe, haben die Engländer bis zuletzt an dem Instrument gearbeitet«, sagte Mehmed. »Das ist lobenswert. Wird der Apparat spielen und mir zu Diensten sein?«

»Das ist so gewiss, wie das Osmanische Reich der mächtigste Verbündete ist, den meine Königin sich wünschen kann«, brachte Thomas hervor. Fieberhaft suchte er nach einer Ausflucht, um Zeit zu gewinnen. Mit Kassandras Hilfe würde er die Schweinedärme befestigen und einen Probelauf durchführen. Wenn Mehmed vor seinen Untertanen darauf zu spielen versuchte, ohne dass ein Ton hervorkam, würde bald darauf Thomas' abgeschlagener Kopf das Instrument schmücken.

Da fiel sein Blick auf Lady Aldridge, die vom Balkon hereinblickte. Sie hustete vernehmlich. »Ihr müsst herauskommen, gerade erscheint eine Parade von Köchen. Und sie tragen Statuen aus Zuckerwerk auf ihren Köpfen.«

Mehmed folgte der Aufforderung tatsächlich und lugte hinaus. Offenbar wollte der Sultan von seinen Untertanen noch nicht entdeckt werden. Lady Aldridge redete auf ihn ein.

Jetzt galt es, die Zeit zu nutzen, die Lady Aldridge ihnen verschafft hatte. Mit Kassandras Hilfe gelang es Thomas endlich, die Därme über die Leitungen zu stülpen. Dann gossen sie Wasser in das Becken, das an der Rückseite der Orgel befestigt war. Als der Füllstrich erreicht war, setzte Kassandra die Kanne ab. Die Menge würde ausreichen, um eine Stunde lang Musik aus dem Instrument hervorzubringen. Ganz sicher war es genügend Flüssigkeit für einen Test.

Mehmed war abgelenkt. Thomas betätigte die Sicherung unter dem Spielbrett. Der Hebel klemmte, ließ sich aber mit sanfter Gewalt bewegen. Ein Rucken ging durch das Gehäuse.

Thomas rief Kassandra zu sich. Er wollte, dass sie es war, die den ersten Ton spielte. Auf sein Zeichen hin legte sie einen Finger auf die Klaviatur. Sie hatte eine der kleinen schwarzen Tasten gewählt, das fis. Sie richtete einen letzten fragenden Blick auf Thomas. Er nickte. Dann drückte sie die Taste herunter.

Wie schon bei Mehmeds letztem Besuch blieb die Orgel stumm. Thomas starrte das Instrument an. Auf dem Deckel begannen die Planeten, sich zu drehen. Auch die Trompeter und

Königin Elizabeth rührten sich zaghaft. An den Schläuchen konnte es demnach nicht liegen. Der Automat bekam Kraft durch das Wasserwerk in seinem Innern. Die Pfeifen. Etwas schien mit den Pfeifen nicht in Ordnung sein.

Vom Balkon her warf ihm Lady Aldridge fragende Blicke zu. Dann sah er, wie sie mit ausgestrecktem Arm auf das zeigte, was sich auf der Straße abspielte. Sultan Mehmeds Blicke liefen ihren Arm entlang und blieben auf dem Festgedränge haften.

»Die Röhren haben nicht genügend Luft«, sagte Thomas zu Kassandra. »Wir bauen diese Pfeife dort ab. Dann sehen wir, woran es liegt.«

Mit wenigen Handgriffen war eine der mittleren Pfeifen aus dem Kasten entfernt. Thomas hielt das Stück gegen das Licht, das durch die Vorhänge schien. Er spähte hindurch. Etwas verstopfte die Pfeife im Inneren. Was mochte das sein? Da fiel ihm ein, dass die Röhren mit den Kochtöpfen aus Flints Schiffsküche geflickt worden waren. Und daran hatte er Speisereste gefunden. Dass es so viele waren! Kein Wunder, dass kein Ton daraus hervorgekommen war. Thomas hielt die Nase an die Röhre. Die Überbleibsel von John Flints Gerichten waren zu etwas vergoren, das einen entsetzlichen Gestank absonderte. Thomas verzog das Gesicht.

»Eigentlich müssten wir alle Pfeifen noch einmal abnehmen und reinigen«, raunte er Kassandra zu. Doch bevor sie etwas unternehmen konnten, war der Bass des Sultans zu hören.

»Der Wettstreit ist zu Ende«, sagte Mehmed. »Die sechs Tage sind um. Es ist an der Zeit, den Sieger zu ehren – und den Verlierer zu töten.«

Er klatschte dreimal in die Hände.

Thomas schaute sich um. Henry Lello war nirgendwo zu sehen. Im Hafen war keine spanische Flotte aufgetaucht. Sollte diese nicht im letzten Augenblick einlaufen, so mochte Thomas das Kräftemessen für sich entscheiden – vorausgesetzt, er brachte die Orgel zum Spielen.

Er beugte sich zu Kassandra hinüber. »Wir müssen mehr Druck erzeugen. Dann können wir die Pfeifen vielleicht während des Spielens freiblasen. Gib mehr Wasser in den Behälter. Und wenn alles durchgelaufen ist, schütte eine weitere Ladung hinzu.«

Sie nickte und verschwand auf der Rückseite des Instruments.

Der Sultan atmete tief ein und legte eine schwere Hand auf Thomas' Rücken. »Das ist sie also, die Orgel, die Königin Elizabeth mir gesandt hat«, stellte der Herrscher fest. Er musterte Thomas. »Sie ist in besserer Verfassung als ihr Erbauer. Oder spielt sie etwa immer noch nicht?« Mehmed deutete auf die Pfeife in Thomas' Händen.

Der legte die Orgelpfeife auf den Boden. »Das ist nur ein Ersatzteil. Das Instrument ist fertig und kann bedient werden.« Noch einmal zog er an der Sicherung. Die Figuren auf dem Deckel tanzten und drehten sich.

»Soll ich dem mächtigen Sultan jetzt zeigen, wie er das Instrument bedienen kann?«, fragte Thomas.

Mehmed warf ihm einen misstrauischen Blick zu. »Es spielt doch von selbst.«

»Gewiss!«, pflichtete Thomas dem Sultan bei. »Aber es soll für jeden aussehen, als würde der Sultan darauf musizieren. Dazu sind einige Handgriffe nötig.«

Mehmed stieß mit einem verächtlichen Laut die Luft aus. »Es genügt, wenn dieses Ding Töne hervorbringt. Ich muss für meine Untertanen nicht auch noch Theater spielen. Schafft den Apparat auf den Balkon!«, befahl er.

Sorgenvoll beobachtete Thomas, wie die Wachleute versuchten, die Orgel anzuheben. Als das nicht gelingen wollte, schoben und zogen sie an dem Kasten. Zoll für Zoll bewegte sich der Apparat vorwärts. Aus dem Innern war das Schwappen von Wasser und das Klingeln von Metall zu hören. Die kleine Elizabeth auf dem Deckel wackelte.

Thomas sorgte dafür, dass die Osmanen das Gehäuse an den richtigen Stellen anfassten.

Schließlich stand der Apparat auf dem Balkon. Eine Schmucksäule war abgefallen. Rasch setzte Thomas sie wieder ein. Doch die Halterung hatte sich gelockert. Überhaupt schien der gesamte Kasten instabil zu sein.

Mehmed trat auf den Balkon hinaus. Von irgendwoher erschallte eine Fanfare. Es war nur eine, und sie war schlecht gespielt. Trotzdem erzielte das Signal Wirkung. Jubel von der Straße her brandete gegen die Brüstung des Balkons. Einer der Höflinge stellte einen Schemel ab, und Mehmed stieg darauf. Für die Zuschauer musste der Sultan jetzt wie ein Riese wirken, während neben ihm die Höflinge und die Engländer nicht größer als Kinder waren.

Die osmanischen Worte, die Mehmed rief, verstand Thomas nicht. Selbst auf Englisch wären sie nicht zu ihm durchgedrungen. Denn unter ihm schien sich ganz Istanbul versammelt zu haben. Ein Meer aus Farben leuchtete in den Straßen. Die Wände der Häuser waren mit allem geschmückt, was die Bewohner an Stoffen hatten auftreiben können. Auch die Kappen, Hüte, Kopftücher und Turbane waren von ausgelassener Farbigkeit. Linkerhand setzte sich eine Prozession in Bewegung. Anscheinend hatten die Teilnehmer nur darauf gewartet, dass der Sultan erschien. Jetzt näherte sich ein Zug der Absonderlichkeiten, wie ihn Thomas nie zuvor gesehen hatte. Zum Rhythmus einer Trommel marschierten Osmanen in Viererreihen am Balkon vorbei. Die Ersten trugen hölzerne Pfähle und Pyramiden, die mit Nachbildungen von Blumen und Früchten reich geschmückt waren. Der letzte Pfahl war vergoldet. Auf die Pfähle folgte eine ausladende Plattform, die von einem Dutzend Männer getragen wurde. Darauf standen Bäume und Kioske. Auch sie leuchteten in grellen Farben. Erst als die künstliche Landschaft näher kam, erkannte Thomas, dass es sich um Zuckerguss handelte. Am Rand der Prozession feuerten Osmanen Garküchen an. Aus der Kuppel des Glasofens, von dem Mabel berichtet hatte, stieg Dampf auf, während sich von weiter hinten – Thomas traute seinen Augen nicht – das Modell einer Badeanstalt näherte. Diese Plattform musste von fünfzig Männern getragen werden. Auf ihr waren halb nackte Gestalten zu sehen, die mit Handtüchern, Lappen und Bürsten ihr Handwerk vorführten. Sie schienen Bader zu sein.

Nach einer kurzen Ansprache nickte der Sultan Thomas zu. Der Moment war gekommen. Thomas warf einen letzten prüfenden Blick auf die Wasserbehälter. Alle Flüssigkeit war daraus in die Orgel gesickert. Die Därme und Leitungen im Innern des Instruments waren bis zum Rand gefüllt. Es war gut, dass die Vorführung im Freien stattfinden sollte. Denn die Orgel würde so laut spielen, dass sie Westminster Abbey hätte beschallen können. Thomas war sich nicht sicher, ob er die richtige Entscheidung getroffen hatte. Aber die Speisereste mussten aus den Pfeifen heraus, wenn er erfolgreich sein wollte.

Er lächelte Kassandra zu. Dann trat er von der Orgel zurück und gab das Spielbrett für Mehmed frei.

# Kapitel 42

»Sadece!«, rief jemand aus dem Innern des Pavillons. »Halt!« Ioannis stürmte auf den Balkon. Zwei Wachmänner packten ihn bei den Armen.

Mehmed wich von der Orgel zurück.

Ioannis beachtete den Sultan nicht. Er wand sich im Griff der Wachmänner und redete auf seine Tochter ein. »Warum bist du noch hier?«, fragte er mit zorngeschmiedeter Stimme. »Geh, bevor ein Unglück geschieht.«

Kassandra sah ihren Vater aus schmalen Augen an. »Was für ein Unglück?«

»Gehorche!«, donnerte Ioannis.

Sie schrak zusammen.

Ioannis rief ihr etwas auf Griechisch zu.

Mehmed gab seinen Wachen Zeichen, den Störenfried zu entfernen.

»Lasst ihn doch los!«, rief Thomas.

»Nein, haltet ihn nur fest!«, kam eine Stimme aus dem Pavillon. Im nächsten Augenblick trat Henry Lello auf den Balkon hinaus. Er war in Begleitung eines armselig gekleideten Mannes und dreier Janitscharen.

Thomas erschrak. Der Verräter trug noch immer seine eleganten schwarzen Kleider und den Hut mitsamt Feder. Aber sein Gesicht hatte sich verändert. Es war aufgequollen. Verkrustetes Blut bedeckte die linke Wange. Seine Augen waren von einem roten Rand umzogen, und seine Haut loderte in der Farbe eines Fliegenpilzes.

Als Mehmed Lello entdeckte, blitzten seine Augen auf. »Bringst du mir, wonach ich suche?«, fragte Mehmed.

Lello verbeugte sich. Dann deutete er auf Ioannis. »Dieser Mann dort kennt das Geheimnis. Ich habe ihn gefunden. Folglich habe ich den Wettstreit gewonnen.«

Bevor Mehmed etwas erwidern konnte, trat der zerlumpte Osmane vor, fiel vor dem Sultan auf die Knie und ließ einen Wortschwall auf die Füße des Herrschers regnen.

»Das ist der Kerkermeister«, sagte Kassandra zu Thomas. »Er bittet den Sultan darum, meinen Vater und dich zurück ins Gefängnis bringen zu dürfen. Er sagt, der Sultan sei in eurer Nähe in Gefahr.«

Als der Kerkermeister geendet hatte, schaute Sultan Mehmed lange auf ihn hinab. Dann hob er einen Fuß und drückte damit gegen die Schulter des vor ihm Hockenden. Langsam, aber kraftvoll schob er den Kerkermeister zurück.

»Den Engländer kannst du vielleicht haben«, sagte Mehmed. »Aber der Schmied bleibt bei mir. Er wird mir von Nutzen sein. Und jetzt still! Meine Untertanen warten auf die Musik, die der Allmächtige durch meine Hände fließen lassen wird.«

Mehmed trat wieder an die Orgel heran und ließ beide Hände über dem Spielbrett schweben. Thomas legte den Hebel um, der die Klappen entsicherte. Jetzt würde sich zeigen, wer wirklich der Gewinner des Wettstreits war, er oder Lello. Der Verräter hatte dem Sultan das Griechische Feuer versprochen. Das war listig. Aber noch hatte Mehmed die Orgel nicht gehört. Noch war nichts verloren.

Das Instrument war bereit. Thomas trat zurück. Der Schmied schrie.

Da brach Musik aus dem Automaten hervor. Sie drang so laut

aus den Pfeifen, dass sich die Umstehenden die Ohren zuhielten. Nur der Sultan wedelte mit den Armen wie ein Dirigent. Von der Straße her mischte sich Jubel in die Pfeifentöne.

Kassandra, Lady Aldridge, Mabel und Henry Lello zogen sich vor dem Getöse in den Pavillon zurück. Statt himmlischer Fanfaren und einem Engelschor erklang das Quietschen und Knarren sich langsam öffnender Höllentore.

Mehmed schien das nicht zu stören. Noch immer ruderte er mit den Armen. Der herrschaftliche Bart bewegte sich. Der Mund formte Worte. Der Sultan sang. Doch seine Stimme ging unter in dem Gewitter, das dem Instrument entwich.

Warum bewegten sich Sonne und Mond nicht? Thomas streckte einen Arm aus, um die Planeten anzuschieben. Eine merkwürdige Wärme ging von dem Instrument aus.

Mehmed schritt im Rhythmus der Musik an der Brüstung entlang und warf Thomas zornige Blicke zu. Zögernd wich Thomas zurück. Dies war der große Moment seiner Erfindung. Aber irgendetwas stimmte mit dem Automaten nicht.

Im nächsten Moment erhielt Thomas einen Stoß. Die Faust eines Riesen riss ihn von den Füßen und schleuderte ihn rückwärts in den Pavillon hinein. Er prallte auf die Teppiche und konnte nichts mehr sehen. Seine Brust war in Schmerzen getaucht. Über seine Beine lief ein Brennen. Schreie und Stöhnen drangen an sein Ohr, und es roch verbrannt.

Es kostete ihn Mühe, die Lider zu heben. Zuerst sah er Flammen. Der Balkon brannte. Wo zuvor die Orgel gestanden hatte, lagen verkohlte Trümmer herum. Reste des Gehäuses waren noch zu sehen. Die Pfeifen hingegen waren verschwunden. Metallstücke lagen verstreut, zu Klumpen geschmolzen.

Aus den Flammen kroch Sultan Mehmed hervor. Die Überreste seiner Kleider standen in Flammen. Sein Bart war verschwunden, sein Gesicht verkohlt. Mehmed versuchte, sich aufzurichten. Im nächsten Moment war ein Platschen zu hören. Der Sultan war in das Wasserbecken gestürzt.

Thomas schloss die Augen wieder und sammelte Kraft. Er wollte atmen. Doch die Luft war voll von fettem Rauch, der ihm Mund und Nase verklebte. Langsam kam er auf die Beine und sah sich um. Die Vorhänge hingen in Fetzen vor den Fenstern. Die Glasscheiben waren zersprungen. Einer der Wachmänner lag bäuchlings auf dem Boden und rührte sich nicht. Lady Aldridge und Mabel standen bei der Tür und hielten sich umklammert. Beide waren mit Ruß bedeckt.

Janitscharen drängten herein. Befehle knallten. Zwei Männer zogen den zitternden Sultan aus dem Becken, dessen Wasser nun ebenfalls in Flammen stand, und rissen ihm die brennenden Kleider vom Leib. Thomas stolperte auf den Balkon zu und stürzte. Er spürte etwas unter seinem linken Rippenbogen. Sein Hemd war nass. Warme Feuchtigkeit rann an seiner Hüfte herab. Langsam zog er die Fetzen seiner Kleider beiseite. In seinem Bauch steckte ein Stück Metall von der Größe einer Kinderhand. Er berührte es mit den Fingerspitzen. Die Wunde war taub. War es John Flint gewesen, der ihm erzählt hatte, dass eine Verletzung erst nach einer halben Stunde anfing zu schmerzen, dann allerdings so stark, dass man es kaum noch aushalten konnte? Noch einmal tastete Thomas über den Metallsplitter, griff danach und zog ihn mit einem Ruck heraus.

John Flint hatte gelogen. Der Schmerz explodierte in seinem Bauch, so wie zuvor die Orgel explodiert war. Thomas fiel auf die Knie, ließ den Splitter fallen und presste die Hände gegen die Wunde. Das Blut rann nun heftiger aus ihm hervor.

Durch Tränenschleier sah er Kassandra auf dem Balkon. Sie kniete über ihrem Vater. Ioannis lag hingestreckt auf dem Boden. Sein Gesicht war blutüberströmt. Seine langen Haare waren zu Stummeln verbrannt. Er rührte sich nicht.

Thomas riss einen Ärmel von seinem zerfetzten Hemd ab und presste den Lumpen gegen die Wunde in seinem Bauch. Als er auf den Balkon hinaustrat, schlug ihm die Hitze des Feuers entgegen. Die Brüstung war verschwunden. Flammen tanzten in Lachen, die über den Balkon verteilt waren. Thomas kniff die Augen zusammen. Das musste das Wasser aus der Orgel sein. Aber wieso brannte es?

Die flammende Masse lief über den Rand des Balkons und tropfte auf die Straße. Von unten hörte Thomas ebenfalls Rufe und Tumult. Er ging neben Kassandra und Ioannis in die Knie. Mit der freien Hand berührte er ihren Arm.

»Bist du verletzt?«, fragte er.

Sie schüttelte den Kopf, ohne ihn anzusehen. Stattdessen tastete sie über den Leib ihres Vaters. Ioannis' Gliedmaßen waren unnatürlich verrenkt. Die Wucht der Explosion musste ihn gegen die Wand geschleudert haben. Anders als Thomas hatte der Schmied nicht das Glück gehabt, durch die Tür in den Pavillon gedrückt zu werden.

Ioannis war tot. Sein linkes Auge war weit aufgerissen. Das rechte fehlte. In einer Blutlache lagen Zähne.

»Warum hat er das getan?«, fragte Kassandra.

Thomas starrte sie an. »Du glaubst, dein Vater hat die Orgel in die Luft gejagt?«

Sie nickte. »Nur das Griechische Feuer ist in der Lage, eine solche Verwüstung anzurichten.«

Thomas wandte sich noch einmal der brennenden Ruine zu, die sein Lebenswerk gewesen war. Eine schwarze Rauchsäule stand über dem Instrument. Was ein Geschenk hatte sein sollen, war zu einer Waffe geworden. Das Bündnis mit den Osmanen war nicht zu retten. Vielleicht aber das Leben seiner Gefährten.

»Wir müssen sofort von hier verschwinden«, sagte Thomas. Sultan Mehmed würde nach Rache schreien, sobald er seine verbrannten Lippen wieder bewegen konnte. Ein toter Schmied würde ihm gewiss nicht genügen. Gestochen von Schmerzen stand Thomas auf.

Kassandra starrte noch immer auf den Leichnam ihres Vaters, ließ sich aber von Thomas fortziehen. Sie betraten den Pavillon. Inmitten der Verwundeten und Wachleute, die durch den Pavillon liefen, fiel ihm ein metallisches Glänzen an einer Wand des Pavillons auf. Es war die Orgelpfeife, die Thomas untersucht hatte, als der Sultan erschienen war. Er hatte keine Gelegenheit mehr gehabt, die Röhre in das Instrument einzusetzen, und sie beiseitegelegt.

Mit zwei Schritten hatte er die Pfeife erreicht. Er blickte hinein. In der Röhre sah er das, was er für die Speisereste von John Flints Kochtöpfen gehalten hatte. Mit einem Mal wusste Thomas, was geschehen war.

Mit Kassandras Hilfe schleppte er sich zu Lady Aldridge und Mabel. Die Augen der Frauen waren aufgerissen und leuchteten wie Taubeneier aus ihren geschwärzten Gesichtern hervor.

Lady Aldridge nahm Thomas den Lumpen aus der Hand und inspizierte die Wunde. Die Blutung hatte nachgelassen. Der Schmerz war geblieben. »Ihr müsst sofort auf das Schiff, Dallam.«

Thomas nickte. »Das müssen wir alle. Ihr beide geht sofort«, sagte er so bestimmt wie möglich. Noch immer konnte er das Zittern nicht kontrollieren. »Wir treffen uns am Hafen.«

Lady Aldridge blickte erst Thomas und dann Kassandra an. Sie nickte und fasste Mabel am Arm. Die beiden Frauen drängten sich an einigen Wachleuten, die mit Verwundeten beschäftigt waren, vorbei ins Freie. Von draußen kamen weitere Gepanzerte herein und widmeten sich den am Boden liegenden Höflingen.

»Auch uns läuft die Zeit davon«, sagte Thomas zu Kassandra.

Ihre Augen waren voller Trauer. Dann blickte sie auf seine

Wunde. »Du brauchst meine Hilfe«, sagte sie. Von Kassandra gestützt, humpelte Thomas auf den Kiesweg hinaus. Unter seinem Arm trug er die Pfeife davon.

Thomas und Kassandra stolperten durch den Garten des Palastes. Immer mehr Wachleute strömten ihnen entgegen. Bisweilen war das Gedränge so dicht, dass sie kaum vorwärtskamen. Thomas hielt die Orgelpfeife schützend vor seine Wunde. Schließlich erreichten sie die Halle aus rotem Marmor, die zum Palasttor führte. Mit einem Mal waren sie allein. Stille lastete auf dem Raum. Die Halle mündete in einen Säulengang. Thomas hielt Kassandra zurück. Unter der Lautlosigkeit war ein Geräusch erklungen.

»Kannst du nicht mehr weiter?«, fragte sie.

Thomas legte einen Finger gegen ihre Lippen.

Er lauschte. Er hörte das Blut in seinen Ohren, das Rasseln seines Atems, das Zittern seiner Muskeln. Aber da war noch etwas anderes.

Er ging einige Schritte vorwärts. Da war es wieder. An den Grenzen der Wahrnehmbarkeit. Jetzt wusste Thomas, was es war: das Geräusch einer Feder, die über Marmor streicht.

Dort vorne wartete Henry Lello auf ihn.

In diesem Moment sprang Lello aus dem Schatten einer Säule hervor.

Thomas wollte ausweichen, warf sich aber mit voller Wucht nach vorn. Beim Kampf mit Lello auf der *Hector* hatte sein Sprung zur Seite Lord Aldridge das Leben gekostet. Diesmal war es Kassandra, die in Thomas' Rücken stand.

Schmerz schrie in seinem Arm auf, als Lellos Degen ihn traf. Der Hieb war an der Pfeife abgeglitten.

Lellos Gesicht war nur eine Handbreit entfernt. Thomas hob die Röhre und schmetterte sie hinein.

Der Verräter brüllte. Er stieß Thomas von sich. Für einen Moment verlor Thomas die Orientierung. Die Wunde in seinem Bauch war weiter aufgerissen. Blindlings schlug er noch einmal mit der Pfeife zu, traf aber auf keinen Widerstand.

Aus der Halle hörte er Kassandra rufen. Thomas stützte sich an der glatten kalten Wand ab und schüttelte die Benommenheit aus seinem Kopf. Als er aus der Nische hervorkam, waren Halle und Gang leer. Die Tür ins Freie stand offen. Gerade noch sah er, wie Henry Lello durch das Palasttor verschwand. Die Spitze seines Degens bohrte sich in Kassandras Rücken.

# Kapitel 43

Der Atem des Menschen soll die schönste Musik sein, den diese Welt zu bieten hat. So jedenfalls hatte es ihn der alte Hanscombe gelehrt. Doch als sich Thomas jetzt durch Istanbul schleppte, hätte er seinem Lehrer gern widersprochen. Er keuchte und konnte nur mit Mühe verhindern, vor Schmerzen zu stöhnen.

In den Straßen herrschte Tumult. Die Explosion im Palast lockte Neugierige an. Andere flohen vor den Flammen. Thomas steckte im Gedränge fest und kam nur mühsam voran.

Längst hatte er Henry Lello und Kassandra aus den Augen verloren. Das Ziel des Verräters war jedoch einfach zu erraten. Lello war unterwegs zum Hafen, um sich an Bord der spanischen Galeone aus dem Staub zu machen. Mit Kassandra hatte er die Rezeptur des Griechischen Feuers bei sich. Wenn es ihm gelänge, mit ihr nach Spanien zu entkommen, würde Lello über Thomas triumphieren – und Spanien über England.

Das Erste, was Thomas sah, als er den Hafen erreichte, war der umgestürzte und niedergetrampelte Kiosk des Wasserverkäufers. Mabel und Lady Aldridge kamen ihm vom Anleger entgegengelaufen. Die Frauen stützten ihn. Lady Aldridge hustete. Ihre Lungen rasselten, als würden sie in Ketten liegen.

Thomas' Blick flog auf das Meer hinaus. Die *Hector* lag rechter Hand in einiger Entfernung, die Galeone links. Ein einziges Boot bewegte sich durch das Hafenwasser. Es wurde von vier

Männern gerudert. Lello und Kassandra standen am Heck und schauten zu ihnen herüber. Der Verräter hielt mit einer Hand den Nacken der Gefangenen umklammert. Mit der anderen fasste er sich an die eigene Schulter. Auch Lello schien verletzt zu sein.

Mabel hatte das Beiboot der *Hector* rasch wiedergefunden. Es dümpelte noch dort, wo die Frauen es vertäut hatten. Um die Pinasse herum war eine dünne Eisschicht gewachsen, die riss, kaum dass die drei Engländer in das Boot gestiegen waren. Mabel setzte sich an die Riemen. Thomas protestierte vergeblich. Weder er noch Lady Aldridge waren in der Lage, das Boot anzutreiben. Mabel gab sich alle Mühe. Aber sie arbeitete allein. Die Pinasse verließ den Anleger so langsam wie eine Pflanze, die sich der Sonne zuwendet.

Thomas musste mit ansehen, wie Lello die Galeone erreichte und gemeinsam mit Kassandra das spanische Schiff bestieg.

Mabels sonst blasses Gesicht nahm die Farbe einer Karotte an. Bei jedem Zug an den Riemen kniff sie die Lippen zusammen und hielt den Atem an. Lady Aldridge wies ihr die Richtung. Dabei trudelte die Pinasse mal zu weit nach links, mal zu weit nach rechts. Einmal vollführte Mabel eine beinahe vollständige Drehung, bevor sie wieder auf Kurs kam.

Wir werden die *Hector* verfehlen, dachte Thomas.

Auf dem spanischen Schiff kletterten Seeleute in die Takelage. Andere hasteten über Deck. Nicht lange, und Henry Lello entwischte auf einem Rennpferd, während sie auf einer Schildkröte ritten.

»Wir werden jetzt direkt auf die Spanier zusteuern«, befahl Lady Aldridge plötzlich. »Wir bieten Lello einen Tausch an. Ich gehe auf das Schiff. Im Gegenzug lässt er die Griechin frei.« Sie sah Thomas an. »Euch scheint etwas an dem Mädchen zu liegen, Dallam.«

Thomas öffnete den Mund, um zu protestieren. Lady Aldridge

hob eine Hand. »Wenn Lello mich an Bord nimmt, bringt er eine adelige Geisel nach Madrid. Was soll er denn mit der Tochter eines griechischen Schmieds anfangen?«

»Sie ist die Einzige, die die Rezeptur des Griechischen Feuers noch kennt«, sagte Thomas. »Und Lello scheint das zu ahnen.«

Mabel lüpfte die Riemenblätter aus dem Wasser und schaute von einem zum andern.

»Wir könnten trotzdem einen Tausch vorschlagen«, sagte Thomas zögerlich. Er deutete auf die Orgelpfeife, die auf seinen Beinen lag. »Darin ist ein Rest des Griechischen Feuers«, erklärte er. »Kassandras Vater hat die Substanz gemischt und damit die Orgelpfeifen präpariert. Jetzt wird sein letztes Werkstück dabei helfen, seine Tochter zu retten. Alles, was Henry Lello will, ist hier drin.«

*

»Da sind sie!«, rief John Flint und lief am Dollbord entlang. »In dem Boot.«

Hoodshutter Wells bedeckte die Augen mit einer Hand gegen die tief stehende Sonne. »Ich erkenne Lady Aldridge. Ihre Zofe arbeitet an den Riemen. Und der Kerl, der sich da herumfahren lässt, scheint Dallam zu sein. Er trägt kaum etwas am Leib. Er … er scheint verletzt zu sein.«

Seit der Explosion im Sultanspalast herrschte Aufregung auf der *Hector*. Der Lärm war noch nicht verhallt, schon hatte Wells die Mannschaft in die Wanten geschickt. Die schwarze Rauchsäule über dem Serail konnte nur eines bedeuten: Die diplomatische Mission war fehlgeschlagen. Vielleicht hatte es eine Revolte gegen den Sultan gegeben. In jedem Fall war die Zeit der Verhandlungen vorbei. »Aber sie fahren in die falsche Richtung«, brüllte John Flint.

»Die halten auf die Galeone zu!«, rief Wells. »Sind die blind? Oder machen sie jetzt auch mit den Spaniern gemeinsame Sache?«

Als Flint die Pinasse mit Mabel abdrehen sah, spürte er einen Knoten im Bauch. Er wollte ihr folgen. Aber es gab kein Beiboot mehr, mit dem er die *Hector* hätte verlassen können. Er schlug auf das Dollbord. Splitter bohrten sich in seine Faust. »Dallam ist kein Verräter«, sagte er.

»Genug Zeit vertrödelt. Wir legen ab!«, rief Kapitän Wells über das Deck.

Flint nahm beide Hände an den Mund und rief Mabels Namen, so laut er konnte. Seine Worte versanken im Donnern von Kanonen. Von den Stadtmauern, die hinter dem Hafengelände aufragten, stieg weißer Pulverdampf auf. Einen Atemzug später spritzten Fontänen im Hafenbecken auf.

»Die Türken schießen auf uns!«, brüllte Wells. »Den Anker hoch!«

»Nein!«, rief Flint. Er fasste Wells am Arm. Eine weitere Salve von der Stadtmauer schnitt ihm das Wort ab. Ein Rasseln war zu hören. John Flint schaute nach oben. Die Seeleute hatten die Seile an den Rahstangen gelöst. Die Segel der *Hector* sausten herab wie Fallbeile.

»Steuermann!«, rief Wells. »Wir nehmen Kurs auf den Spanier.« Zu Flint sagte er: »Wir fischen jetzt unsere Leute aus dem Wasser. Und wenn die Galeone etwas dagegen unternimmt, verpassen wir ihr eine Breitseite. Vorausgesetzt, die Türken schießen uns nicht zuvor in Stücke.«

\*

Kanonenschüsse hallten über das Wasser. Die Einschläge waren weit entfernt. Trotzdem schrie Mabel auf, ließ die Riemen los und hielt sich die Arme über den Kopf. Sie hatten die Galeone fast erreicht. Die Masten schwankten und warfen unruhige Schatten auf das Meer.

»Weiter, Kind!«, drängte Lady Aldridge. Sie nahm auf der Ruderbank neben Mabel Platz und griff selbst zu einer der Riemenstangen. Gemeinsam gelang es den Frauen, näher an die Galeone heranzufahren.

Vom Dollbord her begrüßte sie der gefiederte Hut Henry Lellos. »Habt ihr endlich begriffen, dass Spanien der bessere Verbündete ist?«, rief der Verräter zu der Pinasse hinunter.

Thomas stellte sich aufrecht. Die Kälte hatte seinen Körper gegen den Schmerz taub werden lassen.

»Lello!«, rief Thomas. »Ich habe das Griechische Feuer. Wenn du es willst, gib Kassandra frei!«

»Woher willst ausgerechnet du das Feuer haben?«, schallte es zurück.

Thomas hielt die Röhre in die Höhe. »Der Schmied hat die Orgel damit gefüllt. Hier drin ist noch ein Rest der Substanz erhalten. Das ist alles, was übrig ist.«

»Behalte es!«, rief Lello zurück. »Seine Tochter kennt die Rezeptur.«

»Das dachte ich auch«, erwiderte Thomas. »Aber sie kennt nur einen Teil der Zusammensetzung.«

»Du lügst«, kam es von oben.

Wieder krachten Schüsse aus Richtung der Stadt. Eine Kugel ging in der Nähe nieder. Die Pinasse schaukelte.

»Warum willst du das Mädchen, wenn sie die Rezeptur nicht kennt?«, fragte Lello.

Thomas antwortete nicht.

Lello grinste. »Ich verstehe.« Er wandte sich um und rief etwas auf Spanisch. Das Fallreep rollte herab.

Bald darauf standen Thomas und Lady Aldridge an Deck der

Galeone. Mabel war in der Pinasse geblieben, um sie neben dem spanischen Schiff bereitzuhalten. Der Aufstieg die Strickleiter hinauf hatte Thomas' Kräfte aufgezehrt. Die Wunde in seinem Bauch blutete wieder. Der Arm, von Lellos Degenstich durchbohrt, hätte ihm beinahe nicht mehr gehorcht, als er an der Leiter hing. Jetzt baumelte seine linke Hand schlaff herab. Unter den rechten Arm hatte Thomas die Orgelpfeife geklemmt.

Lello ließ Kassandra holen. Als sie Thomas erkannte, ging sie auf ihn zu.

Lello griff nach ihrem Arm und hielt sie fest. »Du bleibst bei mir«, befahl er. »Und ihr anderen auch.« Dann rief er ein Kommando auf Spanisch. Vier Seeleute liefen zur Ankerwinde. »Jetzt habe ich beides«, verkündete Lello, und die Feder an seinem Hut wippte im Wind. »Die Rezeptur und die Substanz. Ihr zwei«, er deutete auf Thomas und Lady Aldridge, »dürft das Schiff verlassen, sobald wir auf hoher See sind.«

Er streckte eine Hand aus. »Gib mir die Röhre, Dallam. Danach bist du aller Sorgen ledig.«

Thomas wich an die Reling zurück. »Wenn du uns drei nicht sofort gehen lässt, werfe ich die Pfeife ins Meer.«

»Her mit der Substanz, Dallam!«, forderte Lello.

Thomas hob die Röhre hoch und hielt sie über den Rand des Schiffes.

»Nein!« Der Ruf kam von Lady Aldridge. Sie griff nach Thomas' Arm und entriss ihm die Pfeife. Er war zu schwach, um sich gegen den energischen Griff zu wehren.

Mit der Röhre in der Hand ging Lady Aldridge auf Henry Lello zu. Dabei presste sie die Pfeife mit beiden Händen gegen ihre Brust. Husten schüttelte ihren abgezehrten Körper. Die knochigen Schultern zuckten.

Als Lello die Lady auf sich zukommen sah, wich er zurück.

Lady Aldridge blieb eine Armlänge vor Lello stehen. »Hier

ist die Röhre«, sagte sie und streckte ihm die Spitze der Orgelpfeife entgegen. Lello griff nach dem Metall. Kassandra wand sich aus seinem Griff. Augenblicklich lief sie auf Thomas zu und hielt ihn aufrecht.

»Und hier ist meine Vergeltung«, rief Lady Aldridge. Mit einer Hand zog sie eine Haarnadel aus ihrer aufgelösten Frisur.

Was hatte sie vor? Sie glaubte doch nicht etwa, Lello mit der Nadel ernsthaft verletzen zu können?

Ein metallisches Kreischen erklang. Lady Aldridge stach mit der Nadel in das Innere der Pfeife und kratzte kräftig über das Metall. Funken flogen auf.

Thomas drängte Kassandra zum Schiffsrand. Als sie über Bord sprangen, spürte er, wie eine ungeheure Hitze seinen Rücken versengte. Dann schlugen die kalten Wasser des Marmarameers über ihnen zusammen.

\*

»Die Galeone steht in Flammen!« Winston rief vom Bug her über das Deck der *Hector*. Jeder an Bord hatte es gesehen. Eine Stichflamme war über das Hauptdeck des Spaniers geschossen. Jetzt brannte das halbe Schiff. Menschen liefen schreiend umher – einige glichen lebenden Fackeln – und sprangen ins Meer. Wo sie eintauchten, brannte das Wasser. Für die Unglücklichen schien es keine Rettung zu geben.

Flint starrte mit versteinerter Miene auf die Galeone. Wo waren seine Gefährten? Wo war Mabel?

Ein Krachen und Heulen erklang. Eine Kanonenkugel flog über die *Hector* hinweg und schlug auf der spanischen Galeone ein. Die Mitte des brennenden Fockmasts zersplitterte. Der Mastbaum neigte sich und schlug auf dem Deck auf.

Flint erinnerte sich an den Text über das Griechische Feuer, den er gemeinsam mit Dallam aus Lord Montagus Kästchen geborgen hatte. Darin war von der verheerenden Wirkung der Waffe die Rede gewesen. Nur darum konnte es sich bei dem Inferno vor ihnen handeln.

Flint beugte sich zu Hoodshutter Wells hinunter. »Die Flammen sind auch für uns eine Gefahr. Sie werden an der *Hector* emporzüngeln und uns ebenfalls vernichten, wenn wir nicht ausweichen.«

Wells kniff die Augen zusammen. »Wie sollen wir dann die drei dort drüben erreichen?«, fragte er. »Wir haben keine Beiboote mehr.«

Jetzt sah auch John Flint die Pinasse mit den drei Gestalten zwischen den beiden Schiffen trudeln. Sie schien nicht manövrieren zu können. Sehnlich wünschte sich John Flint, wirklich zaubern zu können.

\*

Schwimmend hatten Thomas und Kassandra das Boot erreicht. Mit Mabels Hilfe war es ihnen gelungen, an Bord zu klettern. Thomas stellte erstaunt fest, dass seine Haut weiß geworden war. Der Blutverlust setzte ihm zu, und die Gestalten der beiden Frauen vor ihm lösten sich zu Schemen auf. Die Welt um ihn herum zerfaserte.

Nur das Entsetzen hielt seinen Geist noch an der Oberfläche. Lady Aldridge hatte das Griechische Feuer entzündet und sich selbst mitsamt Henry Lello in Brand gesteckt. Das gesamte feindliche Schiff stand in Flammen. Die Rauchsäule, die davon aufstieg, schien eine Antwort auf den Qualm über dem Sultanspalast zu sein – jenem Ort, an dem die von selbst spielende Orgel die Welt hatte verändern sollen.

Ein Schrei Mabels weckte Thomas aus seinem Dämmerzustand. Eines der Riemenblätter brannte. Bevor die Feuerzungen über die Riemenstange lecken konnten, drückte Kassandra den Riemen aus der Verankerung und stieß ihn ins Wasser. Das Holz versank für einen Moment, nur um sofort wieder aufzutauchen. Es brannte noch immer lichterloh.

Mit nur einem Riemen war das Boot nicht mehr zu steuern. Hilflos trudelte es über die Wogen. Linkerhand bekam die brennende Galeone Schlagseite. Von rechts näherte sich die *Hector*. Doch die Fregatte hatte beigedreht, bevor sie mit dem Flammenmeer in Berührung kommen konnte.

Rauch trieb über die Pinasse hinweg. Für einen Moment bekam Thomas keine Luft mehr. Der Qualm beizte seine Augen, und er presste sie zusammen. Als er sie wieder öffnete, sah er durch die vorüberziehenden Schwaden ein Haus aus dem Meer aufsteigen. Er blinzelte, rieb sich die Augen.

»Was ist das?«, fragte Thomas. Doch seine Stimme war so leise, dass er sie selbst kaum noch hörte.

Das Haus näherte sich. War das der Tempel des Poseidon, der aus den Fluten aufstieg, um die Frevler zu holen, die das Reich des Meeresgottes in Brand gesteckt hatten? Thomas glaubte, einen Choral unter dem Knistern der Feuer und den Schreien der Ertrinkenden zu hören. Engelschöre erfüllten seinen Geist. Die Musik war wundervoll. Er grinste und zerbiss den Schmerz in seinem Bauch für einen Moment. Wenn es im Totenreich solche Musik gab, würde er leichten Herzens hinüberwechseln. Das Letzte, was er sah, war der riesige rote Kopf John Flints, der aus dem schwimmenden Haus hervorschaute.

# Kapitel 44

Ein warmer Wind aus Südosten hatte den letzten Schnee geschmolzen. Ein feiner Nachtregen fiel und weckte einen üppigen Erdgeruch. Ein Dutzend Reiter sprengte über die Straße in Richtung Dover. Jeder hielt eine Fackel in der Hand. Dennoch schien die Finsternis undurchdringlich zu sein. Der Weg war aufgeweicht und tückisch. Unbeirrbar trieb Elizabeth, die in der Mitte der Truppe ritt, die Männer zur Eile an.

Sie war das Reiten im Galopp nur von der Jagd gewohnt, wenn es über kurze Strecken ging. Jetzt saß sie bereits seit drei Stunden im Sattel – und hatte nicht einmal die Hälfte der Strecke hinter sich. Ihre Gelenke kreischten, ihre Beine waren taub, ihr Gesäß war wund. Der eigentliche Schmerz aber rumorte tief in ihrer Brust.

Garcilaso de la Ruy würde mit dem ersten Schiff das Land verlassen, in Richtung Frankreich, und von dort nach Spanien segeln. So hatte es William Cecil in die Wege geleitet. Nach ihrer Begegnung in Cecils Wohnflügel war der Lordschatzmeister hinter ihr hergeeilt. Bis in die königlichen Ställe hatte er Elizabeth verfolgt. Sie hatte Befehle gerufen und so viele Männer wie möglich zusammengetrommelt. Cecil hatte versucht, ruhig auf Elizabeth einzureden. Als er erkannte, dass er die Königin nicht würde aufhalten können, war dem Berater zum ersten Mal, seit Elizabeth ihn kannte, der Geduldsfaden gerissen.

»Ihr benehmt Euch wie ein Kind!«, hatte er gerufen.

Die Pferde hatten geschnaubt, die Stallknechte für einen Moment aufgehört, die Tiere zu satteln. Elizabeth hatte auf William Cecil heruntergeschaut. Er übertrat Grenzen und brach Regeln, aber seine Absichten waren redlich. England war seine große Liebe – und das war es, was sie beide verband.

So ruhig wie möglich hatte Elizabeth gesagt: »Wenn de la Ruy das Land verlässt, nimmt er Geheimnisse mit nach Spanien, von denen Ihr nichts ahnt.«

Ob William Cecil mit dieser Auskunft zufrieden war, erfuhr Elizabeth nicht. Sie hatte ihn am Eingang der Ställe stehen lassen und war in die Nacht davongeritten. Mit nur zwölf Männern zum Geleit. Eine Bande von Wegelagerern mochte es mit diesem kleinen Trupp aufnehmen. Doch Elizabeth vertraute auf das Glück, das demjenigen hold war, den die Liebe verließ.

Dartford, Bredhurst, Milstead zogen an ihnen vorbei. Die Dörfer lagen in tiefem Schlaf. Nur die Hunde schlugen an, vom Klappern der Pferdehufe geweckt. Der Weg führte direkt nach Osten. Elizabeth würde den ersten Schein der aufgehenden Sonne bemerken, sobald er sich zeigte. Aber noch war es nicht so weit.

Hinter Kingsdown glitt ihr Falbe im Schlamm aus. Das Tier wieherte, stemmte die Beine gegen den Boden und beugte den Hals, bis die Nüstern fast den Boden berührten. Elizabeth rutschte über den Kopf und schlug auf dem Boden auf. Unwillkürlich hielt sie die Zügel fest. Das Pferd lief an ihr vorbei und zog sie hinter sich her, bis es ihr einfiel, die Lederriemen loszulassen. Dann lag sie im Schlamm, froh darüber, dass die Straßen ihres Reiches nicht gepflastert waren so wie die alten Heerstraßen der Römer.

Einer ihrer Begleiter versuchte, ihr auf die Beine zu helfen. Nach dem dritten Anlauf gelang es. Sie humpelte einige Schritte. Der Schreck ließ ihre Glieder zittern. Sonst schien nichts geschehen zu sein – abgesehen davon, dass sie von oben bis unten mit Schlamm bespritzt war wie eine Schweinehirtin.

Ihr Pferd tänzelte unruhig hin und her. Es erschien Elizabeth ratsamer, ein anderes zu nehmen. So ließ sie den Falben und einen der Reiter zurück und nahm den Wettlauf mit dem Tageslicht auf dem breiten Rücken eines Schimmels wieder auf.

Ihre Kleider waren nass. Der Wind fegte hindurch. Ihr Haar, dessen Knoten sich bei dem Sturz gelöst hatte, flatterte ihr ins Gesicht. Sie ließ sich einen Eisenhelm geben und setzte ihn auf. Das Lederpolster dämpfte die Kälte. Doch der Helm stank.

Zuerst hörte sie die Möwen. Dann erkannte sie von fern her die Umrisse von Dover Castle. Die klobige Burg hockte über dem kleinen Fischerort wie ein Riese, der es kaum erwarten kann, sich auf den anrückenden Feind zu stürzen. Die ersten Sonnenstrahlen umschmeichelten die Türme und Zinnen. Licht fiel auch in den kleinen Hafen. Von der Straße aus sah Elizabeth, wie ein Schiff vom Anleger losmachte. Ein Schwarm Seevögel folgte ihm in einer Wolke aus Schnäbeln und Schwingen.

Pferde und Reiter waren erschöpft. Noch einmal trieb Elizabeth die Begleiter an. Sie preschten zwischen den armseligen Hütten hindurch, vor denen Fischer ihre Netze flickten. Schmutz spritzte unter den Hufen auf. Vom Rücken des Schimmels stieg Dampf empor.

Sie kam zu spät. Die frühe Fähre nach Frankreich hatte abgelegt.

Drei Männer standen auf dem Anleger und rollten Taue auf. Der vordere von Elizabeth' Begleitern stieg steif aus dem Sattel und nahm ihre Zügel. Ein anderer half ihr vom Pferd. Als sie den Boden berührte, hatte sie kein Gefühl in den Knien und stakste einige Schritte umher. Dann gelang es ihr allmählich, sich wieder normal zu bewegen.

So schnell es ihr möglich war, lief Elizabeth auf die drei Arbeiter zu. Die Schritte der Königin polterten über die Holzbohlen. Ihre bange Frage, ob eine spanische Gesandtschaft an Bord der ersten Fähre gewesen sei, wussten die Männer nur ungefähr zu beantworten. Einer der Passagiere, so lautete die Antwort, habe eine Sprache verwendet, die gewiss nicht Englisch gewesen sei. Aber als sie das Gepäck verladen hatten, berichteten die Fährarbeiter weiter, habe sie ein kleines Tier in einem Käfig angeschrien und sie kräftig erschreckt. Der Kleinere der drei spie aus.

Ein Boot näherte sich. Es segelte an den Kreidefelsen entlang und hielt auf den Anleger zu. Es hatte Hoffnung geladen. Elizabeth wandte sich dem Hauptmann ihrer Wache zu und gab Anweisungen. Der Mann setzte sich auf sein zitterndes Pferd und ritt in Richtung Dover Castle davon.

Ungeduldig erwartete Elizabeth die Ankunft des kleinen Bootes. Als es mit einem sanften Stoß gegen den Anleger stieß, kletterte sie augenblicklich hinein. Die beiden Männer an Bord sahen sie ärgerlich an. Doch die Wachsoldaten schienen ihnen Respekt einzuflößen.

Elizabeth nahm den Helm vom Kopf und sah die beiden Fischer an. Sie trugen schmutzige Kapuzen auf den Köpfen. Darunter schauten ebenso schmutzige Gesichter hervor. Beide Männer hatten dieselben hervortretenden Augen. Erschreckt musterten sie die Bewaffneten und die Fremde in ihrem Boot.

Der ältere der Fischer wollte etwas sagen, da zog Elizabeth einen Beutel mit Münzen hervor und drückte ihn dem Mann in die Hand. Sie deutete auf die in der Ferne verschwindende Fähre. »Fahrt dem Schiff dort hinterher. Wenn ihr es einholt, bekommt ihr noch einmal so viel Gold.«

Der Ältere wischte die Kapuze des Jüngeren vom Kopf. Dann entblößte er seinen eigenen grauhaarigen Schädel und fiel vor

Elizabeth auf die Knie. »Euch zu helfen, Majestät, ist die größte Belohnung, die ein armer Fischer sich wünschen kann.« Er legte ihr den Geldbeutel vor die Füße. Als der Jüngere begriff, was vor sich ging, fiel auch er vor Elizabeth auf die Knie.

Diese Männer wussten, wer vor ihnen stand? Das war unmöglich! Die meisten ihrer Untertanen hatten sie noch nie gesehen. Sie hatte sich in feinen Kleidern durch London bewegt, war auf eine Theaterbühne gestiegen und dort als Königin von England angesprochen worden – ohne dass es jemanden gekümmert hatte. Und hier wurde sie, schlammverkrustet, humpelnd und in aufgelöster Garderobe, von zweien ihrer Untertanen erkannt. Wie konnte das sein?

Elizabeth lächelte. Etwas in ihr musste sich seit jenem Tag in London verändert haben, etwas, das ihre Herrschaftlichkeit nach außen kehrte, etwas, das sie zuvor stets hinter einer höfischen Maske verborgen gehalten hatte. Sie war vollends zu einer Königin geworden.

»Fahrt los!«, befahl sie und riss an einer der Leinen. Das Segel des Bootes rollte von der Rah. »Morgen bin ich Eure Königin. Aber jetzt bin ich nur eine alte Frau. Helft mir, die Fähre einzuholen!«, forderte sie die beiden Fischer noch einmal auf. Die Männer stießen das Boot vom Anleger ab. Ihren Begleitern gab Elizabeth zu verstehen, dass sie zurückbleiben sollten. Je leichter das kleine Boot war, umso schneller würde es fahren.

Die junge Sonne ging über der Küste Frankreichs auf. Elizabeth beschirmte ihre Augen, um die vorausfahrende Fähre erkennen zu können. Sie war schnell und hatte einen Vorsprung. Die beiden Fischer riefen und schwenkten schmutzige Tücher. Auf der Fähre schien das niemand wahrzunehmen.

Von Dover her kam ein platzendes Geräusch. Es war lauter als das Lärmen der Möwen und das Pfeifen des Winds. Es wiederholte sich. Der Ton prallte von den weißen Klippen ab und rollte über das Meer. Noch einmal donnerten die Kanonen der Festung. Drei Schüsse – so lautete das Warnsignal für alle Schiffe, auf keinen Fall französischen Boden anzusteuern.

Die Fähre holte ihre Segel ein.

Bald darauf gingen die beiden Boote längsseits. Die Besatzung der Fähre fing die Leinen der Fischer auf und vertäute sie. Dollbord an Dollbord schaukelten die Schiffe auf den Wellen.

Die Fährmänner bestürmten Elizabeth mit Fragen und wollten ihr an Bord helfen. Doch sie lehnte ab und blieb, wo sie war. Schließlich sah sie Garcilasos Kopf in einer Luke auftauchen. Der Spanier rief einen der Seeleute zu sich. Sie wechselten einige Worte. Dann deutete der Seemann auf das Fischerboot.

Elizabeth genoss den Ausdruck des Erstaunens auf de la Ruys Zügen. Das Sonnenlicht strich über sein Gesicht. Noch immer hatte er sein Haar nicht gerichtet. Der Wind zerrte daran. Nieselregen legte einen Glanz auf die Wangen mit dem dunklen Teint. In diesem Augenblick wusste Elizabeth, dass es dieses Bild Garcilasos war, das sie in Erinnerung behalten würde.

Der Spanier kletterte an Deck und stürzte zum Dollbord. »Majestät!«, rief er gegen den Wind und streckte seine Hände aus.

Wie fein sie geformt waren. Sanftheit und Kraft lagen darin. Es fiel Elizabeth schwer, nicht danach zu greifen. Auf der Suche nach Halt umklammerte sie stattdessen eine der Leinen.

»Ich bin gekommen, weil ich Euch noch eine Frage stellen muss«, rief sie zu der Fähre hinüber.

Garcilaso de la Ruy zog die Hände zurück. Elizabeth war dankbar, dass er nicht versuchte, zu ihr in das Fischerboot zu steigen. »Das scheint eine drängende Frage zu sein«, stellte er fest.

Sie hatte sich die Worte während des langen Ritts zurechtgelegt. »Wenn Euer König Euch in den vergangenen Monaten zurück nach Spanien beordert hätte«, sagte Elizabeth. »Wäret Ihr seinem Befehl gefolgt?«

Garcilaso öffnete den Mund, nur um ihn sofort wieder zu schließen. Er runzelte die Stirn. Fast schien es Elizabeth, als könne sie die Gedanken hinter seiner Stirn wogen sehen.

Schließlich sagte er: »Philipp ist mein König, und ich müsste ihm gehorchen.« Er zögerte. »Aber wenn ein solcher Befehl an mich ergangen wäre, so hätte ich um Aufschub gebeten. So lange, wie es irgend möglich gewesen wäre.«

Elizabeth spürte, wie die Anstrengung der vergangenen Nacht von ihr abfiel. Sie fühlte sich leicht, atmete die salzige Luft. Der Geruch von Fisch erfrischte sie. Sie spürte das Aroma von Wasserpflanzen auf der Zunge.

»Dann habe ich mich also nicht geirrt«, sagte sie leise. Garcilaso schien die Worte auch über die Entfernung zwischen ihnen verstanden zu haben, denn er schüttelte den Kopf.

Elizabeth hielt den Atem an. Sie hoffte, die Szene in ihrem Geiste einfrieren zu können. Schließlich drängten ihre Lungen sie, wieder Luft zu holen.

Sie befahl den beiden Fischern, die Leinen zu lösen. Augenblicklich drückten die Wellen die beiden Schiffe auseinander. Garcilaso de la Ruy stand an Bord der Fähre, die Hände auf das Dollbord gestützt, und sah dem Fischerboot hinterher.

Erst als das Segel der Fähre nur mehr ein Punkt am grauen Horizont war, gelang es Elizabeth, den Blick davon zu lösen. Sie schaute nach Westen. Dort lagen die Kreidefelsen – fingerbreite weiße Striche zwischen dem Grau des Meeres und dem Grün der Hügel. Vogelschwärme stoben davon auf. Ihr Kreischen erfüllte die Luft. England hieß seine Königin willkommen.

# Kapitel 45

John Flint blickte in den Sarg hinein. Thomas Dallam füllte die Kiste vollständig aus. Sein Leib war etwas zu lang, und die Füße schauten heraus. Dallam lachte. Im nächsten Moment verzog sich sein Gesicht, und er hielt sich den Bauch.

»Obacht!«, sagte Flint. »Sonst wirst du dich noch totlachen.«

Thomas keuchte.

»Sobald wir wieder Kochtöpfe an Bord haben, werde ich dir ein Warmbier nach meinem besten Rezept brauen«, versprach Flint.

»Dann hoffe ich, dass Töpfe in den Häfen Griechenlands und Afrikas Mangelware sind«, gab Thomas zurück.

Flint war stolz, dass es ihm gelungen war, Thomas, Mabel und Kassandra aus dem brennenden Meer zu retten. Die verkohlten Stellen an Dallams Lager erzählten noch davon – ebenso wie Mabels warme Hand auf seinem Rücken.

Es war die Bettstatt des Kapitäns gewesen, mit der Flint die Rettung seiner Gefährten gelungen war – jene Schlafstelle, die mit einem Dach versehen war und sich mit einigen Handgriffen in einen Sarg verwandeln ließ, um den Schiffsführer im Todesfall auf hoher See bestatten zu können.

In jenem verzweifelten Moment, in dem John Flint erkannt hatte, dass die drei die *Hector* aus eigener Kraft nicht erreichen konnten, war ihm die Holzkiste in der Kabine des Kapitäns eingefallen. Gemeinsam mit Winston hatte er sie an Deck geschleift und über den Rand der Fregatte geworfen. Dann war er hinterhergesprungen. Die Kiste war jedoch kein Boot und außerdem viel zu klein. Wasser war an mehreren Stellen eingedrungen. Dennoch hatte Flint die drei Schiffbrüchigen rechtzeitig erreicht.

Mithilfe der Davits hatte Hoodshutter Wells sein Bett mitsamt den Insassen an Bord hieven lassen. Nun stand der Sarg wieder in der Kabine des Kapitäns – mit Dallam darin, der seine Wunden auskurierte.

Die spanische Galeone war vor Istanbul gesunken. Die Flammen des Griechischen Feuers hatten sich über das Meer ergossen und das Wasser in Brand gesteckt. Die osmanischen Schiffe, die zur Verfolgung der *Hector* ausgelaufen waren, kamen an der brennenden Barriere nicht vorbei. Von einem Treffer am Bug abgesehen hatte die Fregatte unbeschadet entkommen können.

Zurück blieb die Erinnerung an Lady Aldridge. Sie hatte das Griechische Feuer entzündet und Henry Lello mit sich in den Tod gerissen. Mabel vermutete, dass Lady Aldridge schon lange mit dem Gedanken gespielt hatte, sich an Lello zu rächen. Erst hatte er aus ihrem Gatten einen Verräter gemacht und ihn dann getötet. Welche Aussicht auf den Rest ihres von Krankheit gezeichneten und vermutlich kurzen Lebens wäre Lady Aldridge geblieben? Nicht viel mehr als Einsamkeit, Trauer und das brennende Verlangen nach Rache.

Als John Flint mit Mabel an seinem Arm die Kabine verließ, blies ihnen ein kalter Wind entgegen. Die *Hector* machte Fahrt, die Segel waren prall gefüllt, und Sonnenschein lag auf dem Deck. Am Bug besserte die Besatzung den Schaden aus. Unter den Seeleuten war der dunkle Haarschopf Kassandras zu erkennen. Sie hielt einen Hammer in der Hand und erklärte den Seemännern, wie sie ein Stück Eisen zu einem dünnen Blech austreiben konnten, ohne es erhitzen zu müssen. Hoodshutter

Wells beugte sich über den Schiffsrand und reichte den Seeleuten einen Topf Farbe, aus dem der Stiel eines Pinsels herausragte.

»Wie groß ist der Schaden, Kapitän?«, wollte Mabel wissen. »Werden wir es bis nach Athen schaffen?«

Wells zog seinen Hut. »Bis nach London, Miss Mabel«, antwortete er. »Das Loch in der Schiffshaut ist schon geflickt. Leider ist der Schriftzug der *Hector* bei dem Angriff zerstört worden.« Er deutete auf den Eimer. »Es wurde ohnehin Zeit für einen neuen Anstrich – und dabei erlaube ich mir, unserem Schiff einen anderen Namen zu geben.« Er setzte den Hut wieder auf und zog ihn zurecht. »Wir werden zwar nicht mit, aber immerhin auf der *Lady Aldridge* nach England zurückkehren.«

# Die Kathedrale von Westminster

# 1601

## Nachhall

Ein warmer Wind blies durch die Kathedrale von Westminster. Der Sommer des Jahres 1601 war ungewöhnlich warm, und selbst der Ostwind brachte keine Abkühlung. In der gewaltigen Kirche herrschten angenehme Temperaturen. Vermutlich strömten die Menschen deshalb an jenem Sonntag in die Messe – und weil sie ihre Königin sehen wollten. Elizabeth ließ einen Dankgottesdienst abhalten, weil Gott die Gefahr eines Kriegs mit Spanien abgewendet hatte. Und nach der Messe sollte es in den Londoner Straßen einen Festumzug geben.

Die Königin saß auf einem Stuhl, der vor dem Altar aufgestellt war. Viel lieber hätte sie auf einer der Bänke Platz genommen, wo auch die anderen saßen, ihre Lords und Ladys. Sogar William Cecils Nähe hätte sie der Einsamkeit vor dem Altar vorgezogen. Aber so waren die jahrhundertealten Rituale in ihrem Land nun einmal, und wer war sie schon, dass sie daran rütteln wollte? Sie war nur die Königin von England. Eine einsame, alte Frau.

Die Messdiener huschten zwischen Tabernakel und Altar herum und warfen der Königin verstohlene Blicke zu. Einer der Jungen blieb wie erstarrt stehen und konnte den Blick nicht von ihr nehmen. Elizabeth schenkte ihm einen Moment ihrer Aufmerksamkeit. Der Knabe war kaum älter als acht Jahre. Sein Haar war dunkel und voll, seine Augen waren noch nicht von dem umschattet, was die Welt für ihn bereithalten würde. Er stand am Anfang seines Lebens, und die Königin saß ihm gegenüber und war am Ende des ihren angekommen. Wer von beiden hatte größere Macht?

Der Gedanke zauberte ein Lächeln auf Elizabeth' Lippen. Als der Knabe sah, dass die Königin ihn anlächelte, wich alle Farbe aus seinem Gesicht. Dann lächelte er zurück.

Er wird als Engländer unter Engländern aufwachsen, dachte Elizabeth. Ein spanischer Angriff war auf die bestmögliche Art und Weise verhindert worden: ohne Krieg und Blutvergießen. Der Wunsch Garcilaso de la Ruys war in Erfüllung gegangen – durch ihn selbst.

Es gab keine Wunderwaffe aus dem Orient. Ebenso wenig war das Bündnis mit den Osmanen zustande gekommen. Die wahre Stärke Englands, das wusste Elizabeth jetzt, lag nicht in der Flotte und der Tollkühnheit ihrer Admiräle, sondern in der Kunst der Lüge. Die gefälschten Briefe William Cecils hatten letztlich dazu geführt, dass Spanien vom Bau einer zweiten Armada abgelassen hatte. König Philipp war das Geld ausgegangen. Er hatte sich außerstande gesehen, noch mehr Schiffe zu bezahlen, um der vermeintlich gewaltigen Flotte Englands begegnen zu können. Lieber schickte er seine Schiffe in die Neue Welt, um von dort Silber in die spanische Schatzkammer fließen zu lassen. Elizabeth hatte gehört, dass Garcilaso de la Ruy mit den Silberschiffen nach Westen aufgebrochen sein sollte. Seit Monaten, so hatte Cecil herausgefunden, war kein Lebenszeichen von ihm zum spanischen Hof gelangt.

Elizabeth fühlte ihr Herz schneller klopfen. Ihre Rechte glitt unter den schweren, warmen Umhang. Seit sie vor vier Tagen den Brief erhalten hatte, trug sie das Schreiben über dem Herzen und tastete danach, so oft sie konnte. Die Blätter knisterten. Sie konnte nicht widerstehen und zog sie hervor. Der Brief hatte sie in einem schlechten Zustand erreicht. Er war verklebt und eingerissen. Feuchtigkeit war von dem Papier aufgesogen worden, und es roch nach Bilgewasser und Rattenmist. Aber die Worte darauf waren frisch und schön wie die Apfelblüte. Elizabeth kannte den Inhalt auswendig. Ihre Lippen bewegten sich stumm, während sie ihn sich ins Gedächtnis rief.

»Betest du schon?« Der Knabe stand mit einem Mal vor ihr. Seine Finger umklammerten den goldenen Pokal für die Eucharistiefeier.

Elizabeth schaute ihn mit tiefem Ernst an. »Ja«, sagte sie. »Ich glaube, das tue ich.«

\*

Alles war bereit. Die Kathedrale von Westminster war voller Menschen. Kantor Dallam blickte von der Empore in die Tiefe. Der rote Schopf Königin Elizabeth' war deutlich zu erkennen. Die Monarchin saß vor dem Altar und schien sich mit einem der Messdiener zu unterhalten. Gleich würde Thomas den d-Moll-Akkord erklingen lassen. Die Fenster der Kathedrale würden beben, die Tauben von den Strebebögen auffliegen, und die Engel würden singen.

Thomas spürte ein Prickeln in seinen Fingern. Es war ihm, als fließe das Griechische Feuer durch seine Adern und warte nur darauf, seine Fingerspitzen und alles, was sie berührten, in Brand zu setzen. Das Spielbrett der großen Orgel lag vor ihm. Auf der Ablage für die Noten richtete Thomas die Partitur so her, dass er möglichst viele Seiten auf einmal lesen konnte, ohne umblättern zu müssen. Sechs Monate lang hatte er an der Komposition gearbeitet. Auf der Reise von Istanbul nach London hatte er dem Werk jeden Augenblick gewidmet – jeden, den er nicht mit Kassandra verbracht hatte. Die Musik, die ihre gemeinsamen Stunden in seinem Kopf freisetzte, war aus ihm herausgeflossen wie Wein aus einem angeschlagenen Fass.

Es waren die Laute einer langen Reise, die Thomas zu einer Motette zusammengefasst hatte. Sie begann mit einer Kakophonie aus dem Rauschen des Meeres, dem Knarren von Schiffsplanken und dem Wind in den Segeln. Dann würde sich die Lautstärke allmählich steigern. Thomas hatte die fremdartige Melodie eines mohammedanischen Gebetsrufers auf die hohen Register gelegt. Im Basspedal würde der Rhythmus eines trinkenden Hundes erklingen. Das Inferno des Griechischen Feuers sollte auf dem Höhepunkt des Stücks so laut aus der Orgel hervorbrechen, dass die Menschen im Kirchenschiff glauben würden, Gott erscheine ihnen. Dieser Moment bedeutete Thomas viel, denn damit würde noch einmal das Griechische Feuer aus den Pfeifen einer Orgel hervorschießen – natürlich nur sinnbildlich. Für die Welt waren die Flammen erloschen: Die Substanz war mit Henry Lello verbrannt, und die Rezeptur hatte Kassandra vergessen. Jedenfalls behauptete sie das, und Thomas stellte keine Fragen.

»Bist du so weit?« Sie war im Eingang zum Raum mit den Blasebälgen aufgetaucht. Thomas antwortete nicht. Er wollte, dass sie noch einen Augenblick dort verweilte. Nach ihrer Abreise aus Istanbul hatte ihn die Angst zerfressen, dass Kassandra verlangen könnte, irgendwo in Griechenland an Land zu gehen, um in ihre alte Heimat zurückzukehren. Aber die griechische Küste war an ihnen vorbeigezogen, gefolgt von der dalmatischen, tyrrhenischen und spanischen. Als sie Gibraltar passiert hatten, wusste Thomas, dass der Moment kommen würde, den er jetzt gerade erlebte.

Thomas war zum Kantor in Westminster ernannt worden und hatte seine eigene Kalkantin mitgebracht. Hatte er vor Jahren an der Orgel versagt, weil John Flints verwachsener Fuß den Blasebalg nicht hatte treten können, so würde diesmal ein Klanggewitter durch die Kathedrale fegen. Kassandras Füße waren gesund und kräftig. Und Thomas liebte es, die Hornhaut ihrer Fersen und Fußsohlen an seinen nackten Beinen zu spüren.

»Wenn du noch lange so starrst, ist der Gottesdienst gleich vorüber«, zischte Kassandra in gespieltem Zorn.

Thomas wischte sich über das Gesicht. Noch einmal rief er sich die Themen und Motive seiner Motette in Erinnerung. Dann legte er alle zehn Finger auf die Tasten und begann zu spielen.

\*

Die Klippen wuchsen grün in die See hinaus. Hinter dem Strand stand ein Wald in derselben Farbe. Die Bäume sahen fremdartig aus, und die Laute, die daraus hervordrangen, erinnerten Garcilaso an das Getümmel einer Schlacht. Er stieg aus dem Ruderboot, mit dem er gerade die *Rose von Madrid* verlassen hatte. Die Galeone lag in einiger Entfernung zur Küste. Sie hatte auf der langen Reise ins neue Indien gelitten. Noch schlimmer aber würde es ihr auf dem Rückweg gehen, wenn die Winde aus dem Osten bliesen, aus der Gegenrichtung, und das Schiff beim ständigen Kreuzen an die Grenzen seiner Belastbarkeit stoßen würde.

Dann würde Garcilaso nicht mit an Bord sein. Er strich sich das von Schweiß und Salzluft verklebte Haar glatt und schaute auf die Palisaden, die das behelfsmäßige spanische Fort umgaben. Sein neues Zuhause war so armselig und dunkel wie Hiobs Hütte. Doch Garcilaso war sicher, dass er sich darin ebenso zurechtfinden würde wie in einem englischen Palast.

König Philipp persönlich hatte ihn für seinen Einsatz in England geehrt. Dank de la Ruys Informationen sei der Überfall auf England vorerst abgeblasen, sagte der König. Philipps Berater hätten die Schlagkraft der englischen Flotte offenbar unterschätzt. De la Ruy habe dem Herrscher gerade noch rechtzeitig die Augen geöffnet.

Garcilaso hatten diese Worte verunsichert. Er hatte in den englischen Häfen nur wenige einsatzbereite Kriegsschiffe gesehen. Wovon sprach sein König? Mit zitternder Stimme bat er darum, seine Briefe einsehen zu dürfen. Philipp ließ die Schreiben holen und händigte sie seinem Gesandten aus. Garcilaso musste die Zeilen nicht lange studieren, um zu erkennen, dass sie nicht von seiner eigenen Hand verfasst waren. Jemand hatte seine Schrift auf ungelenke Weise gefälscht – und den Inhalt der Briefe verändert.

»Ist etwas mit den Dokumenten nicht in Ordnung?«, fragte Philipp.

Garcilaso legte die Papiere wieder zusammen und gab sie zurück. »Nein«, sagte er. »Das sind die Briefe, die ich geschrieben habe.«

Nachdem er das spanische Fort eine Weile lang gemustert hatte, kehrte er mit knirschenden Schritten zu dem im Kies liegenden Beiboot zurück. »Bringt meine Truhen in die Festung«, befahl er den Ruderern. Die Männer machten sich augenblicklich an die Arbeit und hievten das schwere Gepäck an Land.

»Das da trage ich selbst«, sagte Garcilaso und nahm einem der Seeleute einen Kasten aus der Hand, über den ein Tuch gelegt war. Während die Männer beschäftigt waren, ging Garcilaso auf die grüne Wand des Waldes zu. Für einen Moment dachte er daran, wie es wäre, wenn er einfach darin verschwinden würde.

Dann trat er unter die Blätter der Bäume. Zwielicht umfing ihn wie damals im Wald von Waltham. Diesmal jedoch galt es nicht, ein wildes Tier zu jagen. Im Gegenteil.

Er stellte die Kiste ab. Ein wohlbekanntes Kreischen drang

daraus hervor. Garcilaso zog das Tuch fort und öffnete die Käfigtür.

*

Die Tür zu dem alten Konvent flog auf. Die Flügel waren mit Vogeldreck verklebt, der sich durch die Erschütterung löste und in Brocken zu Boden fiel. Feridun spähte in die dahinterliegende Halle. Tauben hatten darin genistet, Ratten, und Allah wusste, was noch alles.

»Bis wir hier Zeremonien abhalten können, wird es wohl einige Zeit dauern«, sagte Feridun zu seinen Begleitern. Rami, Feyzullah, Hüseyin und Osman folgten ihm in das Gebäude.

Seit zwei Monaten saß Sultan Ahmed I. auf dem Thron. Er war zwar erst dreizehn Jahre alt, hatte aber schon viele weise Entscheidungen getroffen. Dazu zählte, dass er die Derwische in seinem Reich wieder zugelassen hatte. Auch die alten Konventsgebäude waren wieder an die Geistlichen zurückgefallen.

Feridun war der Glückseligkeit nahe wie nie. Hier würde er mit seinen Brüdern leben und die Rituale des Bektaschi-Ordens wieder ins Leben rufen. Es störte ihn nicht: das spärliche Essen und die Kleidung aus Tierfellen. Umso mehr liebte er die laut gespielte Musik und die tief empfundene Frömmigkeit der Gottesmänner.

Eine alte Wärmeschale stand auf einem von Motten zerfressenen Teppich. Feridun hob den Deckel an. Das Becken war voller Asche. Ein wenig Holz, und sie würden es schön warm haben hier drin.

»Hier oben sind die Schlafkammern«, rief Osman. Gemeinsam folgten sie den Rufen und kletterten eine Stiege hinauf. Die Stufen quietschten unter ihren bloßen Füßen. Ein langer Flur empfing sie. Davon gingen Eingänge ab. Einst waren sie mit

Vorhängen geschlossen gewesen, doch auch dieser Stoff hatte Insekten genährt.

Feridun betrat einen winzigen Raum. Wolldecken waren achtlos in einen Winkel geworfen. Die Wände waren weiß gekalkt. An einigen Stellen hatten sich gelbe feuchte Flecken gebildet. Das ließ sich gewiss beheben.

Dann fiel Feriduns Blick auf eine Wand, die von oben bis unten mit schwarzer Farbe bemalt war.

Rami steckte den Kopf herein. »Warum verunstaltet jemand seine Kammer auf diese Weise?«, fragte er.

»Wahrscheinlich war da ein Bild, das der Bewohner nicht mehr anschauen wollte. Du weißt ja: Wenn man zwanzig Jahre in derselben Zelle wohnt, fällt einem irgendwann die Decke auf den Kopf.«

»Vielleicht ist darunter eine nackte Tänzerin zu sehen«, scherzte Rami und zog sich zurück. Seine Schritte verklangen auf dem Gang.

Bevor Feridun seinem Ordensbruder folgte, musterte er noch einmal die schwarze Wand. Vielleicht verbarg sich wirklich etwas Interessantes unter der Farbe. Er ging in die Knie und strich mit den Fingern über den Anstrich. Ein kleiner Brocken löste sich.

# Nachwort

Die Rezeptur des Romans setzt sich aus historischen Zutaten zusammen: das legendäre Griechische Feuer, den schwelenden Krieg zwischen England und Spanien und die wundersame, von selbst spielende Orgel, die der Instrumentenbauer Thomas Dallam an den Bosporus bringt.

Der Musikapparat spielt in der englischen Geschichte eine kleine, aber klangvolle Rolle. Der einfallsreiche Orgelbauer Thomas Dallam (1575–ca. 1641) ersann eine Maschine, die – allein von einem Uhrwerk angetrieben – mehrere Stunden lang Musik spielen konnte. Die englische Königin Elizabeth I. (1533–1603) ließ sich das ungewöhnliche Instrument vorführen. Sie war davon so begeistert, dass sie es als Geschenk für Sultan Mehmed nach Istanbul schickte – zusammen mit dem überraschten Konstrukteur. Dallam machte sich auf die Reise in den Orient, baute die Orgel im Serail auf und führte dem Sultan den geheimnisvollen Apparat vor.

Thomas Dallam kehrte im April 1600 an Bord der Fregatte *Hector* nach England zurück. In den folgenden Jahren errichtete er Orgeln für das berühmte King's College in Cambridge, die Kathedrale von Worcester und den Palace of Holyroodhouse in Edinburgh. Keines von Dallams Instrumenten hat die Zeiten überdauert. Die Geschichte der Reise an den Bosporus aber gibt es noch. Thomas Dallams Tagebuch mit dem Titel *Early Voyages And Travels In The Levant* (Frühe Fahrten und Reisen in die Levante) wird nach über vierhundert Jahren noch immer gedruckt. Eine Übertragung des Textes in zeitgemäßes Englisch hat der Brite John Mole mit *The Sultan's Organ* 2011 vorgelegt. Eine deutsche Übersetzung steht aus.

Dallams Reise diente zwar nicht dazu, das Griechische Feuer zu finden. Wohl aber war sie eine diplomatische Mission: Der Orgelbauer sollte die Osmanen für England gewinnen. Der Krieg gegen Spanien hatte Königin Elizabeth I. in arge Bedrängnis gebracht. Zwar hatte die britische Flotte 1588 in einer acht Tage während Seeschlacht die spanische Armada vor der Küste von Cornwall bezwungen. Doch der Seekrieg hatte ein Loch in die englische Staatskasse geschlagen. Spanien hingegen verfügte durch das Gold und Silber, das Beutezüge aus der Neuen Welt auf die Iberische Halbinsel brachten, über ausreichende Ressourcen. Die Spanier rüsteten nach und zogen ihre Schiffe zu einer neuen, mächtigen Flotte zusammen. Ein weiterer spanischer Invasionsversuch war das Schreckgespenst der englischen Politik und bereitete Königin Elizabeth I. schlaflose Nächte. Der Roman nutzt diese Situation als Ausgangslage für die erdachten Ereignisse in Istanbul und London.

Die Herrscherin selbst soll bei ihren Untertanen beliebt gewesen sein, Elizabeth I. wurde nahezu verehrt. Sie befindet sich zur Zeit der Romanhandlung im letzten Drittel ihrer Regentschaft. Elizabeth galt, da sie niemals geheiratet und keine Kinder hatte, als »jungfräuliche Königin«. Während ihrer 45-jährigen Regierungszeit entwickelte sich England politisch und kulturell so stark, dass man fortan vom »Elisabethanischen Zeitalter« sprach. Die Renaissance erreichte die Insel – und mit ihr ein Entdeckergeist in Wissenschaft, Architektur und Kunst.

Literatur und Theater erlebten eine Glanzzeit. Zu den berühmtesten Schriftstellern zählte schon damals William Shakespeare (1564–1616), dessen Werke Elizabeth I. hoch schätzte. Shakespeare führte viele seiner Stücke am Hof der Königin auf. Die Heimat der berühmten Dramen war jedoch das Londoner Globe Theatre am Südufer der Themse. Das einzigartige Gebäude brannte 1613 nieder, als bei einer Aufführung eine Kanone abgefeuert wurde und das Strohdach Feuer fing. Heute haben Shakespeares Stücke in einem originalgetreuen Nachbau nahe dem ursprünglichen Standort ein Zuhause. Sogar das Strohdach über den Rängen und der Freiluft-Innenhof wurden rekonstruiert. Nur der Urin-Eimer, ein historisches Detail aus den Tagen des Theaterdichters, ist mittlerweile abgeschafft.

Auf der politischen Bühne am Hof Elizabeth' wechselten Berater in rascher Folge. Einer blieb. Gleich nach ihrer Thronbesteigung 1558 ernannte die Königin William Cecil zum Staatssekretär und später zum Lordschatzmeister. Cecil blieb vierzig Jahre lang der mächtigste Mann Englands und war Vertrauter der Königin bis zu seinem Tod 1598. Um die einflussreiche und schillernde Figur Cecils für den Roman nutzen zu können, musste Cecils Leben in der Fiktion um einige Jahre verlängert werden.

Wenn London der westliche Pol der europäischen Politik war, so war Istanbul der östliche. Die Metropole am Bosporus blickte um das Jahr 1600 auf eine etwa 1300-jährige Geschichte zurück. Der römische Kaiser Konstantin der Große hatte die Stadt, die im Jahr 330 noch Byzanz hieß, zur Hauptstadt seines Reiches erkoren. Unter ihrem neuen Namen Konstantinopel blieb sie Hauptstadt des Oströmischen Reiches und widerstand allen Eroberungsversuchen. Schließlich gelang es den Osmanen im Jahr 1453, Konstantinopel einzunehmen. Fortan hieß die Metropole am Bosporus in der Alltagssprache Istanbul. Offiziell legte die Stadt ihren alten Namen Konstantinopel erst 1930 ab.

Auf eine Reihe mächtiger Sultane folgten schwache Herrscher. Einer von ihnen war Mehmed III. (1566–1603). Zwar hielten die Osmanen auch unter seiner Führung die Habsburger in Atem und beherrschten den Balkan, Mehmed selbst aber soll nur ein einziges Mal an einer Schlacht teilgenommen und dem Kampf so schnell wie möglich den Rücken gekehrt haben. Stattdessen war der Sultan dafür bekannt, sich dem Müßiggang hinzugeben und sich aus der Lebensbeschreibung Alexanders des Großen vorlesen zu lassen, den er bewunderte. Überdies lebte Mehmed in ständiger Angst vor seinen Untertanen. Denn ein ungünstig verlaufender Krieg oder ein nachteiliger Friedensschluss mit den Ungläubigen konnte im Osmanischen Reich ein Grund dafür sein, den Herrscher gewaltsam abzusetzen.

Gewiss hätte Mehmed besser geschlafen, wenn er das Griechische Feuer gekannt hätte. Diese Waffe war im 16. Jahrhundert, zur Zeit des Romans, längst ein Mythos. Tausend Jahre zuvor könnte es sie tatsächlich gegeben haben.

Ein Erfinder namens Kallinikos soll die Wunderwaffe entwickelt haben – in höchster Not. Kallinikos lebte im 7. Jahrhundert n. Chr. in Konstantinopel. Als die Stadt von den Arabern belagert wurde, schien das Schicksal der Metropole und ihrer Bewohner besiegelt. Doch Kallinikos entwickelte eine Substanz, die sich als wirkungsvolles Mittel gegen die Feinde erwies. Die Masse war leicht entzündlich, aber schwer zu löschen. Die Byzantiner bestückten ihre Schiffe mit einer Art Flammenwerfer, der das Griechische Feuer auf die feindliche Flotte schleuderte und spritzte. Historischen Berichten zufolge sollen die Flammen sogar Wasser zum Brennen gebracht haben. Das deutet darauf hin, dass Erdöl oder Erdpech darin enthalten war. Die weiteren Zutaten des Griechischen Feuers sind nicht überliefert. Die Byzantiner achteten auf die Geheimhaltung des Rezepts, denn das Feuer sicherte den Fortbestand des Reichs über mehrere Jahrhunderte. Noch im Jahr 941 soll es einen Angriff der Kiewer Rus abgewehrt haben. Diese Nachkommen der Wikinger fielen von den Steppen Russlands her in Konstantinopel ein. Letzte Erwähnungen der Wunderwaffe stammen aus dem 13. Jahrhundert. Bis heute sind die Rezeptur und ihr Verbleib unbekannt.

Aus Thomas Dallams Tagebuch geht nicht hervor, ob der

Engländer bei seinem Besuch in Istanbul vom Griechischen Feuer gehört hat. Dallams Jagd nach der Waffe ist fiktiv und ein Spiel mit den dramatischen Möglichkeiten des Romans. Thomas' Begegnungen mit der Lebenswirklichkeit im Osmanischen Reich entsprechen hingegen weitgehend der historischen Überlieferung.

Verlassene Derwisch-Konvente, wie das Zuhause von Ioannis und Kassandra, waren zur Zeit der Romanhandlung in Istanbul häufig zu finden. Derwische waren Geistliche, die einen asketischen Lebensstil praktizierten. Waren diese Mönche in den ersten Jahrhunderten der osmanischen Geschichte noch geduldet, fielen sie im 16. Jahrhundert in Ungnade.

Die Orden, insbesondere jener der Bektaschi, boten vielen Asketen zeitweise Schutz vor Verfolgung. Doch nach und nach mussten die Konvente aufgegeben werden. Die Klöster verfielen oder wurden als Wohnstätten genutzt. Der Orden der Bektaschi war es auch, der Schriftzeichen zu Bildern, oft zu Gesichtern, zusammensetzte. Meist handelte es sich bei diesen Texten der sogenannten Buchstabenmystik um religiöse Gedichte oder kurze Texte.

Wer heute nach Istanbul reist, dem fallen die zahlreichen Wasserverkäufer auf. Jemandem Wasser zu geben hat in der Stadt eine jahrhundertelange Tradition. Es gehörte zu den Aufgaben des Sultans, die Untertanen mit Wasser zu versorgen. Insbesondere die höher gelegenen Stadtviertel Istanbuls besaßen keine Brunnen. Deshalb ließen die Herrscher elegante Kioske aufstellen, in denen Trinkwasser an die Passanten verteilt wurde. Eremyias Pavillon ist eine Reminiszenz an diese alte Gepflogenheit. An dieser wie an vielen anderen Stellen des Romans spielt das Wasser überdies eine Rolle als Gegengewicht zum Griechischen Feuer.

Thomas Dallams Orgel wird im Roman durch das Griechische Feuer zerstört. Das echte Instrument stand vier Jahre im Sultanspalast. Nach dem Tod Mehmeds III. bestieg sein Sohn Ahmed I. den Thron. Der junge Sultan wandte sich gegen westliche Einflüsse. Er zerschlug die von selbst spielende Orgel eigenhändig mit einer Kriegsaxt. Die Trümmer ließ er verbrennen. Die vorliegende Geschichte reiht sich in die Bemühungen ein, dem Kulturen verbindenden Instrument, das von England an den Bosporus reiste, ein Denkmal zu setzen.

# Glossar

AKÇE  Osmanische Silbermünze

ASKERÎ  Bedienstete des Sultans

BESANMAST  Pfosten zur Befestigung eines Segels am hintersten Teil eines Schiffs

BYRD, WILLIAM  Englischer Komponist (1543–1623). Er schrieb bedeutende kirchenmusikalische Werke und war ab 1572 Organist der Königlichen Kapelle in London.

DAVIT  Hebevorrichtung auf Schiffen, mit der Boote ein- und ausgesetzt werden können

DOLLBORD  Die obere Planke eines offenen Boots oder Schiffs

DRAKE, FRANCIS  Englischer Admiral und Seefahrer (um 1540/43–1596). Drake war Freibeuter und umsegelte als erster Engländer und zweiter Seefahrer überhaupt die Welt. Er war am erfolgreichen Seekampf der englischen Flotte gegen die spanische Armada beteiligt. Die englische Königin Elizabeth I. billigte inoffiziell seine Kaperfahrten nach Westindien. Im Roman wird seine Lebenszeit verlängert.

DROMONE  Ruderkriegsschiff, das im frühen Mittelalter verbreitet war und eine hohe Geschwindigkeit erreichen konnte. Die Byzantiner entwickelten diesen Schiffstyp, der im 10. Jahrhundert mit einer Anlage zum Schleudern des Griechischen Feuers ausgestattet gewesen sein soll.

FALBE  Pferd mit graugelbem Fell, dessen Mähne und Schweif eine dunklere Farbe haben

FREGATTE  Schnelles Schiff mittlerer Größe, das mit drei Masten und Kanonen ausgestattet war. Vom 17. bis ins 19. Jahrhundert waren Fregatten in Handelskriegen zur Sicherung und zum Geleit im Einsatz.

GALEONE Segelkriegsschiff im 16. und 17. Jahrhundert. Diente als Hauptkampfschiff der spanischen Armada. Markant war das über den Bug hinausgezogene Oberdeck, die Galion, die dem Schiff den Namen gab. Die hohen Aufbauten waren hilfreich beim Entern anderer Schiffe, aber auch windanfällig.

GEBRECH Rüssel des Wildschweins in der Jägersprache

GEFACH Mit Holzbalken eingefasster Teil einer Wand im Fachwerkbau

HAMAM Türkisches Bad. In den meist öffentlichen Einrichtungen sorgen Wasser, Hitze, Dampf und Massagen für Reinigung und Entspannung.

JANITSCHAREN Militärischer Truppenverband, der die Leibwache des Sultans stellte. Die Angehörigen des Janitscharenkorps wurden schon als Knaben für ihre spätere Aufgabe ausgewählt und mussten ihre Familien verlassen. Die sogenannte Knabenlese fand hauptsächlich in Anatolien und in den Gebieten des Balkan statt.

KALKANT Assistent beim Orgelspiel, der den Blasebalg des Instruments bediente (von lat. *calcare* = mit den Füßen treten). Der Kalkant trat auf pedalartige Bretter, um die Luftzufuhr zu regeln. Heute wird der Spielwind elektrisch gesteuert.

KATZENKOPF Dicker, über die Bordwand eines Schiffs hervorstehender Balken, an dem eine Winde montiert ist. Die Seeleute bewegen darüber das Ankerseil und befestigen den Anker nach dem Einholen an dem Balken.

LATEINERSEGEL Dreieckiges Segel, das schräg zum Mast gesetzt wird

LE JEUNE, CLAUDE Französischer Komponist (um 1528/1530–1600). Zu seinen Werken zählen viele weltliche und geistliche Gesänge und Motetten.

MONTE, PHILIPPE DE Franko-flämischer Komponist (1521–1603). Erschuf etwa 1500 geistliche und weltliche Musikstücke. Musiker in der königlichen Kapelle in London. Später Kapellmeister bei Kaiser Maximilian II. in Wien.

NEUES INDIEN Im 16. Jahrhundert gebräuchliche Bezeichnung für die Neue Welt. Bei der Entdeckung Amerikas glaubten die europäischen Seefahrer, an der Ostküste Indiens gelandet zu sein. Der Begriff »Westindische Inseln« für die Inselwelt der Karibik hielt sich bis ins 19. Jahrhundert.

OUD Orientalisches Saiteninstrument, das als Vorbild für die Laute gilt

PINASSE Beiboot eines Kriegsschiffes. Der Name wird auf das ursprüngliche Baumaterial, lat. *pinus* = die Kiefer, zurückgeführt.

RAHSTANGE Befestigung für ein rechteckiges Segel. Dieses Rahsegel ist an der Stange schwenkbar.

RALEIGH, WALTER Englischer Seefahrer (1554–1618). Er unternahm Beutezüge nach Übersee und stand in der Gunst der englischen Königin Elizabeth I. Der Entdecker gilt als Vorkämpfer der englischen Seeherrschaft gegen Spanien.

RIEMEN Ein hölzerner Schaft mit Blatt, der von einem Ruderer mit beiden Händen bewegt wird, um ein Schiff anzutreiben

SAUFEDER Waffe für die Wildschweinjagd. An einer etwa zwei Meter langen Stange ist eine breite Klinge befestigt, die einer Feder ähnelt.

SCHALE Klaue des Wildschweins in der Jägersprache

SHAKESPEARE, WILLIAM Englischer Dramatiker (1564–1616), dessen Stücke als weltweit meistaufgeführt gelten. Der Dichter war auch Schauspieler und gehörte zur Londoner Theatertruppe der Chamberlain's Men, die 1599 für den Bau des Globe Theatre sorgten. (Die Zitate stammen aus *Romeo und Julia*. »Totenbett«: Fünfter Aufzug, Dritte Szene; »Liebe«: Zweiter Aufzug, Zweite Szene; »Es war die Nachtigall und nicht die Lerche, / Die eben jetzt dein banges Ohr durchdrang«:

Dritter Aufzug, Fünfte Szene. Quelle: William Shakespeare, Dramatische Werke, übersetzt von A.W. Schlegel und J.J. Eschenburg, Wien 1810.)

SOFRA Im osmanischen Kulturkreis ein lederner Untersatz, auf dem das Essen serviert wird. Man speiste daran, Tische waren nicht in Gebrauch.

TELLAK Bediensteter im türkischen Bad, der die Öfen anheizt und die Besucher – zum Beispiel mit Massagen – umsorgt

WANTEN Seile aus Hanf, die im Schiffsbau verwendet werden. Mit jeweils zweien solcher Taue sind die Masten seitlich abgespannt.

YEOMEN OF THE GUARD Leibwache der englischen Königin/des englischen Königs. Die Yeomen wurden von Heinrich VIII., dem Vater von Königin Elizabeth I., aufgestellt. Durch ihre markanten roten Uniformen hatten sie vor allem zeremoniellen Charakter. Heute sind die Yeomen auch unter dem Namen »Beefeaters« bekannt.

# Die Community für alle, die Bücher lieben

**Das Gefühl, wenn man ein Buch in einer einzigen Nacht verschlingt – teile es mit der Community**

In der Lesejury kannst du
- ★ Bücher lesen und rezensieren, die noch nicht erschienen sind
- ★ Gemeinsam mit anderen buchbegeisterten Menschen in Leserunden diskutieren
- ★ Autoren persönlich kennenlernen
- ★ An exklusiven Gewinnspielen und Aktionen teilnehmen
- ★ Bonuspunkte sammeln und diese gegen tolle Prämien eintauschen

**Jetzt kostenlos registrieren: www.lesejury.de**
**Folge uns auf Facebook:**
**www.facebook.com/lesejury**